KB053826

파우스트 박사 1

Doktor Faustus

Das Leben des deutschen Tonsetzers Adrian Leverkühn, erzählt von einem Freunde

Thomas Mann

대산세계문학총서 152

파우스트 박사 1

한 친구가 전하는 독일 작곡가 아드리안 레버퀸의 삶

Doktor Faustus
Das Leben des deutschen Tonsetzers Adrian Leverkühn,
erzählt von einem Freunde

토마스 만 지음 ― 김륜옥 옮김

문학과지성사

대산세계문학총서 152_소설

파우스트 박사 1

지은이 토마스 만

옮긴이 김륜옥

펴낸이 이광호

주간 이근혜

편집 김은주

펴낸곳 ㈜**문학과지성사**

등록번호 제1993-000098호

주소 04034 서울 마포구 잔다리로7길 18(서교동 377-20)

전화 02) 338-7224

팩스 02) 323-4180(편집) 02) 338-7221(영업)

전자우편 moonji@moonji.com

홈페이지 www.moonji.com

제1판 제1쇄 2019년 3월 25일

ISBN 978-89-320-3507-9 04850

ISBN 978-89-320-3506-2(전 2권)

ISBN 978-89-320-1246-9 (세트)

이 도서의 국립중앙도서관 출판예정도서목록(CIP)은 서지정보유통지원시스템 홈페이지(http://seoji.nl.go.kr)와
국가자료공동목록시스템(http://www.nl.go.kr/kolisnet)에서 이용하실 수 있습니다.
(CIP제어번호: CIP2018042705)

이 책은 대산문화재단의 외국문학 번역지원사업을 통해 발간되었습니다.
대산문화재단은 大山 愼鏞虎 선생의 뜻에 따라 교보생명의 출연으로 창립되어
우리 문학의 창달과 세계화를 위해 다양한 공익문화사업을 펼치고 있습니다.

벌써 날은 저물고, 어스레한 하늘이
땅 위에서 연명하는 존재들의 고달픈 짐을
덜어주었으나, 오직 나만 홀로
다가올 싸움을 이겨내리라 준비를 했으니,
지옥행과의 싸움, 또한 자비와의 싸움을.
나의 기억력이 거짓 없이 전해야 할 그 싸움을.
오 뮤즈여, 숭고한 영혼이여, 나를 도우소서,
내가 본 것을 그대로 적은 기억력이여,
너는 여기서 네 고귀함을 드러내려니.

—단테, 『신곡』 중 「지옥편」, 두번째 노래 첫 부분

차례

일러두기

1. 이 책은 Thomas Mann의 *Doktor Faustus. Das Leben des deutschen Tonsetzers Adrian Leverkühn, erzählt von einem Freunde*(Frankfurt a. M., 1974)를 우리말로 옮긴 것이다.
2. 본문의 주는 모두 옮긴이의 것이다.
3. 강조하기 위해 원서에서 이탤릭체로 표기한 것을 본문에서는 고딕체로 표기했다.
4. 원서에 라틴어, 프랑스어 등 독일어가 아닌 외국어로 쓰인 부분은 독자의 이해를 돕기 위해 한국어로 번역한 뒤 원어를 병기했다.

I

이제 고인이 된 아드리안 레버퀸의 삶을 전하기에 앞서 확실히 밝혀두고 싶은 것이 있다. 운명 때문에 너무나 끔찍한 고통을 겪은, 정신적으로 고양되고 또 무너져간 소중한 남자요 천재적인 음악가의 생애에 대해, 물론 임시적인 성격이 짙은 이 첫 전기를 기록하기 전에 나 자신에 관한 이야기를 미리 해두려는 것은 결코 나라는 사람을 전면에 내세우고 싶은 욕심 때문이 아니라고 말이다. 내가 이렇게 하고자 결정한 이유는 단지 염려되는 바가 있기 때문이다. 추측건대 독자가──아니, 미래의 독자라는 표현이 더 적절하겠다. 왜냐하면 내 책이 세상의 빛을 볼 수 있게 될지는 현재 지극히 불투명하기 때문이다. 혹시 기적이라도 일어나서 이 책이, 지금 위험에 처한 우리의 유럽 요새를 벗어나 외부 세계의 사람들에게 우리가 겪고 있는 고립 상태의 내막을 조금이나마 전해줄 수 있다면 모를까. 아무튼 내가 원래의 생각으로 돌아가서 다시 이 글을 시작할 수 있도록 양해해주기 바란다. 그러니까 오직 독자의 입장에서는, 이 글을 쓰고 있는 사람이 누구이고, 무엇을 하는 사람인지, 대략이나마 알고 싶으리라고 짐작되기 때문에 나는 이 이야기를 시작하기 전에 나 자신에 대해 몇 가지만 먼저 설명하려는 것일 뿐이다. 물론 이렇게 함으로써 오히려 독자는 자신이 확실히 믿을 만한 이야기를 듣고 있는 건지 의혹을 품게 될지도 모른다고 각오하지 않는 바는 아니다. 독자가 나라는 존재를 잘 살펴보면, 과연 내가 이런 과업을 맡기에 적절한 남자인지, 의구심이 생길 수 있다는 것이다. 어쩌면 내가 이 과업에 끌리는 까닭도 그런 자격을 인정해줄 주인공과 유사한 어떤 본질보다, 그에 대한 나의 감정 때문일지도 모르니 말이다.

지금까지 앞에 적어놓은 것들을 대략 훑어보건대 행간에 어른거리는 모종의 불안과 무거운 호흡을 느끼지 않을 수 없다. 사실 이런 불안은, 내가 오늘, 1943년 5월 23일, 레버퀸이 세상을 떠난 지 두 해가 되는 시점에, 말하자면 그가 깊은 암흑 같은 삶에서 벗어나 더없이 깊은 암흑 속으로 떠나가버린 지 2년이 지난 지금, 이자르 강변의 프라이징*에서 오랫동안 사용해온 나의 좁은 서재에 앉아 느끼는 기분을 너무나 특징적으로 말해주고 있다. 이제는 신의 품 안에서 쉬고 있는—오, 부디 그러하기를 기원하노니!—신의 품에 안겨 휴식하고 있는 내 불행한 친구의 전기를 쓸 생각에 스며드는 이 기분 말이다. 내가 '특징적'이라고 말하는 이유는, 그의 이야기를 전달하고 싶은 욕구는 가슴이 두근거릴 만큼 강한데, 사실 내게 어울리지도 않는 일로 인해 꺼림칙해지는 심정이 극도로 부담스럽게 뒤섞이고 있기 때문이다. 나는 매우 온건한, 어쩌면 합리적이고 인정이 많은 성격을 타고났다고 말할 수 있다.

---

* 바이에른 주 뮌헨 근교의 소도시로 뮌헨에 거주했던 작가 토마스 만과의 연관성을 암시한다.

조화롭고 이성적인 것을 추구하는 천성의 학자로서 이른바 '라틴어 군단'*에 속하는 인물(conjuratus)이거니와, 예술과도 무관하지 않다(나는 비올라 다모레**를 켠다). 하지만 나는 역시 전통적인 의미의 문인으로서 나 자신을 「반(反)계몽주의자들의 서한」*** 시대에 활약하던 독일 인문주의자들, 가령 로이홀린, 크로투스 폰 도른하임, 무티아누스, 에오반 헤세 같은 인물들의**** 후예라고 자부하고 있다. 악령이 인간의 삶에 영향을 끼친다는 점을 부정할 의향은 없지만, 나는 언제나 그런 것을 매우 낯설게 여겼고, 직감적으로 나의 세계상에서 제외해버렸다. 그리고 모험을 무릅쓰며 저속한 마력과 상종하고, 심지어 오만하게 그런 마력을 내 곁으로 불러올리고 싶다거나, 혹은 그런 마력이 먼저 유혹의 몸짓으로 내게 다가올 때 새끼손가락 하나라도 내밀고 싶은 마음을 느껴본 적이 결코 없었다. 이런 신조를 지키기 위해 나는 희생을 감수했다. 내적인 희생과 더불어 외적인 평안을 희생시켰다. 나의 신조가 우리 시대사의 정신 및 요구와 일치할 수 없다는 사실이 드러나자, 나는 아끼던 교직을 임기가 다하기도 전에 주저 없이 포기했던 것이다. 이 점에서 나는 나 자신에 만족한다. 그러나 지금 이렇게 시작한 과업에 과연 내가 적격이라고 생각해도 되는지 의구심이 드는 상황에서 그 정도로 단호

---

* 라틴어 지식으로 무장한 전통적인 인문학자들을 가리킨다.
** '사랑의 비올라'라는 의미로 현과 공명현이 각각 5~7개 있다. 비올라보다 더 길고 넓으며, 주로 바로크 시대에 사용되었다.
*** 1515년에 독일 인문주의자들이 당시의 편협하고 교조적인 대학 지식을 조롱하기 위해 라틴어로 위조한 서한.
**** Johann Reuchlin(1455~1522), Crotus von Dornheim(1480~1545), Mutianus Rufus(1470~1526), Helius Eoban Hesse(1488~1540)는 모두 종교개혁가 마르틴 루터(Martin Luther, 1459~1530)나 르네상스 인문주의자 에라스뮈스(Erasmus von Rotterdam, 1466?~1536)와 동시대에 활동한 독일 인문주의자들이다.

한 태도, 혹은 달리 표현하자면, 도덕적으로 편협한 내 안목은 나의 의구심을 더 키울 뿐이다.

조금 전에 내가 펜을 들고 이 글을 쓰기 시작하자마자, 단어 하나가 펜촉에서 흘러나와 벌써부터 부지불식간에 내게 일종의 당혹감을 안겨주었다. '천재적'이라는 단어가 그랬다. 나는 영면한 내 친구의 음악적 창조력을 언급하던 참이었다. 그런데 이 '천재'라는 단어는 적당한 수준을 넘어선다는 점을 말해주기도 하지만, 분명 고결하고 조화로우며 인간적이고 건강한 울림과 특성을 띠고 있다. 그리고 나 같은 사람은 원래 본질적으로 이 고상한 영역에 속한다고, 진실로 신의 은총을 입은(divinis influxibus ex alto) 적이 있다고 내세울 수는 없으나, 천재를 두려워해야 할 합리적인 이유가 있다고도 생각하지 말아야 할 것이다. 기쁜 마음으로 우러러보며 경의에 찬 친근감을 가지고 천재에 대해 이야기하며 행동하지 못할 이유란 없는 법이다. 그렇게 보인다. 하지만 부정할 수 없고, 결코 부정된 적도 없는 점이 있다. 빛나는 이 천재의 영역에는 악령이 깃든 부분과 반이성적인 부분이 걱정스러울 만큼 한 몫을 차지하고 있다는 점이 그러하다. 천재의 영역과 지하 세계 사이에는 은근히 공포를 불러일으키는 결합이 항상 존재한다는 점. 바로 그렇기 때문에, 내가 천재의 영역에 부가하려고 했던 '고결한' '인간적이고 건강한' '조화로운'처럼 단정적인 형용사들이 그리 꼭 맞지 않는다는 점. 설령,—고통에 가까운 심정으로 결단을 내리며 이 차이점을 주장하건대—순수하고 진정한 천재, 즉 신으로부터 선사되었거나 혹은 형벌로서 부여된 천재성이라 할지라도 딱히 맞지 않거니와, 또한 거래를 통해 얻어냈기에 타락하기 쉬운 천재성, 즉 천부적인 재능이 병적으로 타오르는 불길로 변해버린 천재성, 소름끼치는 매매 계약에 따라 약속을 수행하는 천재성이 아니라고 할지라도 그런 수식어들은 제대로 어울리지 않는다는 점……

　이 부분에서 나는 서술을 중단하련다. 예술가의 노련함을 제대로 발휘하지 못하고, 자제력이 부족하다는 사실에 부끄러움을 느끼며 펜을 멈춘다. 아마 아드리안 자신은, 가령 심포니 같은 곡이라면, 이 같은 주제가 이토록 빨리 나타나도록 두지 않았을 것이다. 아드리안이라면 그것을 기껏해야 아주 은밀하고, 거의 명료하지 않은 방식으로 멀리서부터 서서히 드러나게 했을 것이다. 말이 나온 김에 덧붙이건대, 내게서 무심코 새어나온 말이 독자에게도 그저 모호하고 애매한 암시처럼 여겨질 뿐인데, 나 혼자만 그것을 경망스러운 실언이요 재치 없이 불쑥 내뱉은 말처럼 느끼는지 모르겠다. 내게 무척이나 소중한 대상, 지금 이 기록의 주인공처럼 매우 절박하게 마음을 사로잡는 대상을 그야말로 작곡하는 예술가의 입장에서 바라보고, 바로 그런 입장을 예술가답게 유희적이면서 신중하게 통제하는 일이 나 같은 사람에게는 너무 어렵고 거의 주제넘게 느껴진다. 그래서 나는 순수한 천재와 순수하지 않은 천재의 차이를 너무 서둘러 구분했던 것이다. 나로서는 그런 차이가 존재한다고 인정하지만, 그 차이가 정녕 **정당하게** 존재하는지 곧바로 의문을 제기하지 않을 수 없다. 이런 경험 때문에 실제로 나는 이 문제에 대해 너무나 힘들게, 너무나 절박하게 숙고한 나머지 때로는 끔찍하게도 이런 생각을 할 수밖에 없었다. 이러다가 내가 내게 부여된, 그래서 스스로 감당할 수 있는 사고 수준을 넘어서게 됨으로써 나의 재능이 "순수하지 않은" 상승에 이르는 상황을 직접 겪는 게 아닌가라고……

　나는 다시 서술을 중단한다. 그러면서 내가 천재에 대해, **아무튼** 악마의 영향을 받은 그 천성에 대해 말하게 된 이유를 돌이켜본다. 그것은 오직 내가 나의 과업 수행에 필요한 주인공과 유사성을 지녔는지 그 의혹을 해명하기 위함이었다. 그리고 내가 양심의 가책에서 벗어나고자 어떤 해명을 해야 하더라도, 부디 이 정도로 족하기를 빌어본다. 내 인생에서 많은 세월을 천재적인 한 인간, 즉 이 기록문 주인공의 익숙한 주변에서 보내는 것이 내게 맡겨진 일이었다. 어린 시절부터 그를 알고, 그의 성장과 그의 운명의 증인이 되며, 그의 창작물에 미력이나마 보조자 역할로 관여하는 일이 내 몫이었다. 셰익스피어의 희극 「사랑의 헛수고」를 가극으로 각색한 레버퀸의 그 방자한 청소년기 작품이 내 손을 거쳤고, 또 그로테스크한 오페라 조곡 「게스타 로마노룸Gesta Romanorum」*과 오라토리오 「신학자 성 요한 묵시록」에 가사를 붙이는 일에도 나의 관여가 허용되었다. 이런 것은 내 역할의 한 가지 예이다. 아니, 그것이 이미 전부인지도 모른다. 하지만 그 밖에도 나는 여러 문서를, 어마어마하게 귀한 기록물들을 보관하고 있다. 고인이 다른 누구도 아닌 바로 나에게, 건강하던 며칠 사이에, 혹은 이런 말이 적절치 않다면, 비교적 건강하거나 실제로 건강하던 며칠 동안에 유언으로 넘겨준 기록물들이었다. 나는 그가 남긴 유물들을 바탕으로 이 전기를 기술할 것이며 더욱이 그 유물들 중에서 각별히 엄선한 몇 가지를 전기에 그대로 첨가할 생각이다. 마지막으로, 하지만 그 어떤 이유보다 가장 일차적으로, 내가 전기 집필자로서 정당한 자격을 갖추었다는 다음과 같은 자기변호가 사람들 앞에서는 아닐지라도 신 앞에서는 여전히 가장 유효했던바, 나는 그를 사랑했던 것이다. 경악에 찬 놀라움과 깊은 애정을 가지고, 연민과 헌신적인 존경의 마음으로 사랑했다. 그리고 나

---

* '로마인들의 행적'이라는 의미로, 원본은 14세기경에 출판된 라틴어 일화집이다.

는 그가 조금이라도 나와 같은 감정으로 나를 대했는지에 대해서는 별로 관심이 없었다.

그는 나를 그런 감정으로 대하지 않았다. 정말이지, 그런 일은 없었다. 그가 작곡한 유고작 초안과 일기장을 내게 양도한 데에서 친절하면서도 무덤덤한, 나로서는 거의 자비롭다고 표현하고 싶은 그의 신뢰가 드러나긴 한다. 그것은 내 성실함, 외경, 정직함에 대한 신뢰로서 나로서는 분명 명예로운 것이다. 하지만 사랑했다? 이 남자가 누군들 사랑한 적이 있었겠는가? 어쩌면 한때 어느 여인에게 마음을 주었는지 모르겠다. 그리고 마지막으로 한 어린아이를 사랑했을 수 있다. 별로 중요하지 않은, 누구의 마음이든 사로잡았던 영원한 미성년자인 한 남자를. 후에 그는 아마도 그 사내를 좋아했던 까닭에 그를 자신에게서 떠나보내야 했다. 심지어 죽음의 나라로. 아드리안이 누구에겐들 자신의 마음을 열었겠는가? 누군들 자신의 삶 속으로 들어오도록 허용한 적이 있었겠는가? 그런 일은 아드리안에게 없었다. 그는 인간적인 헌신을 받아들이기는 했다. 단언하건대, 그런 헌신을 알아차리지도 못한 채 그냥 받아들이곤 했다. 그는 매사에 너무나 무관심했기 때문에 자신의 주변에서 무슨 일이 일어나고 있는지, 자신이 어떤 사람들과 함께 있는지 따위를 알아차린 적이 거의 없었다. 그리고 대화할 때 상대방의 이름을 부른 적이 매우 드물었다는 사실로 미루어보아, 나는 그가 사람들의 이름도 몰랐다고 추측한다. 반면에 상대방은 그가 자신의 이름을 알 것이라고 생각할 근거가 충분했는데도 말이다. 나는 그의 고독을 어떤 메울 수 없는 심연과 비교하고 싶다. 그 안에서는 사람들이 그에게 보여준 감정이 소리도 없고 흔적도 없이 가라앉고 말았다. 그의 주변을 감싸고 있던 것은 **차가움**이었다—내가 이 낱말을, 언젠가 그 자신도 엄청나게 터무니없는 맥락에서 쓴 적이 있던 이 낱말을 적을 때 드는 기분은 실로 표현이 불가능하다! 삶과 체험은 각각의 낱말에 특정한 악센트를, 낱말의 일상적인 의미를 완전히 무의미하게 만들어버리는 악센트를 부여하기 마련이다. 이런 악센트는 공포감을 불러일으키는 후광을 그 낱말에 부여하게 되는데, 그런 낱말을 가장 끔찍한 의미로 알게 된 사람이 아니면 아무도 그 후광을 이해하지 못한다.

II

나는 철학박사 제레누스 차이트블롬이다. 내 소개를 이토록 기이하게 미룬 것은 나 스스로도 못마땅하게 여기는 부분이다. 하지만 내가 쓰는 이 글이 전개되는 상황 때문에 지금에서야 이름을 밝히게 되었다. 내 나이는 예순이다. 내가 1883년에 잘레 강변의 카이저스아셰른, 행정 구역상으로는 메르제부르크에서 4남매 중 장남으로 태어났으니까 말이다. 레버퀸도 학창 시절 내내 바로 그 도시에서 지냈다. 그렇기에 그 도시의 특성을 자세히 설명하는 일은 나중에 그의 학창 시절을 기술할 때까지 미루어두겠다. 내 인생 여정 자체가 이 거장의 인생 여정과 자주 겹치다 보니 섣불리 미리 말해버리는 실수를 하지 않으려면 두 인생 여정을 서로 연관시키면서 보고하는 편이 좋을 것이다. 그렇지 않아도 가슴에 담고 있는 것이 너무 많으면 미리 말해버리기가 쉬운 법이니까.

이 자리에서는 그냥 내가 적당히 학식을 쌓은 중산층의 평범한 환경에서 태어났다는 점만 밝혀두고자 한다. 나의 아버지 볼게무트 차이트블롬은 약사였다. 이왕 말이 나왔으니 덧붙이면, 아버지는 그곳에서 가장 유명한 약사였다. 카이저스아셰른에 약국이 하나 더 있었지만 차이트블롬의 약국 '천국의 전령'만큼 세간의 신뢰를 얻지 못했고, 늘 우리 약국에 뒤졌다. 우리 가족은 시의 작은 가톨릭 교구민 소속이었지만, 대다수의 주민들은 물론 루터파에 속했다. 특히 나의 어머니는 가톨릭교회의 경건한 딸로서 종교적 의무를 성실하게 이행했다. 어머니에 비해 아버지는, 아마 무엇보다 시간이 부족한 탓이었겠지만, 그런 점에서 더 안이하게 보였으나, 그렇다고 같은 종교를 믿는 사람들과 나누는 집단 연대감을 조금도 부정하지 않았다. 게다가 그런 연대감은 정치적인 영향력도 있었던 것이다. 주목할 만한 사실은, 우리 지역의 신부였던 츠빌링 성직고문관 외에도 시의 유대교 율법학자 카를레바흐 박사라는 인물이 실험실과 약국 위에 있는 우리 집 응접실에 드나들었다는 점이다. 그런 일은 신교도의 집에서는 그렇게 쉽지 않았을 것이다. 그들 중 더 나은 외관을 지닌 쪽은 로마 교회의 남자였다. 하지만 내가 줄곧 받은 인상은, 주로 아버지의 견해를 근거로 삼았을 테지만, 키가 작고 긴 수염이 났으며 조그마한 성직자 모자를 쓴 탈무드 학자가 지식에서나 종교적인 명민함으로 보아 타종교의 동료 성직자를 훨씬 능가했다. 청소년 시절의 바로 이런 체험은 내가 유대인 문제와 그 취급 방식에서 우리 총통*과 그 측근들에게 한 번도 전적으로 동의할 수 없었던 원인에 일부 작용했으며, 결국 내가 교직을 포기하게 된 일과도 무관하지 않게 되었다. 또 나의 이런 사고는 레버퀸의 창작물에 대해 유대인 사회가 보인 예리하고 개방적인 태도에서도 기인했겠지만

---

* 아돌프 히틀러를 가리킨다.

말이다. 물론 유대인의 천성을 전형적으로 드러내던 인물들이 내 삶에 나타난 적도 있다. 뮌헨의 재야 학자 브라이자허 한 사람만 생각해봐도 그렇다. 당황스러우리만큼 반감을 불러일으키는 그런 인물들의 특질에 대해서는 나중에 적당한 곳에서 몇 가지 밝힐 생각이다.

가톨릭 집안 출신이라는 사실은 물론 나의 내면세계 형성에 영향을 끼쳤다. 하지만 종교적 영향을 받았다는 것이 나의 인문주의적 세계관, 예전의 표현 방식으로 말하면, '최고의 예술들과 학문들'을 사랑하는 나의 성향과 모순을 일으킨 적은 없었다. 인품을 형성하는 이 두 가지 요소 사이에는 항상 완벽한 조화가 가능했다. 내 경우처럼 옛날 도시 분위기를 풍기는 환경에서 성장했다면, 다시 말해 그곳의 기념물과 건축 유산들이 저 옛날 교회가 분열되기 전 시대로, 즉 기독교의 단일 세계로까지 거슬러 올라가는 곳에서 자랐다면, 그런 조화는 어렵지 않게 지켜질 수 있는 법이다. 물론 카이저스아셰른이 종교개혁의 중심부, 그러니까 루터파 지역의 심장부에 위치하고 있으며, 아이스레벤, 비텐베르크, 크베들린부르크, 또 그리마, 볼펜뷔텔, 아이제나흐 같은 이름의 도시들로 둘러싸여 있기는 하다. 바로 이런 점은 루터교도인 레버퀸의 내면생활을 이해하는 데 매우 시사적이며, 그의 원래 전공인 신학 쪽과도 관련이 있다. 하지만 나는 종교개혁을 교량과 비교하고 싶다. 스콜라 신학 시대에서 출발해 우리가 살고 있는 자유사상의 세계로 나아갈 뿐만 아니라, 마찬가지로 시간을 거슬러서 중세 시대로도 연결된 교량 말이다. 더 정확히 말하면, 교회 분열이 건드리지 않고 남겨둔 초기 가톨릭의 전통, 즐거운 마음으로 교육을 사랑하던 그 전통보다 어쩌면 더 깊숙이 옛날로 되돌아가는 교량이다. 나로서는 정말 원래 나 자신이 금빛 찬연한 옛 세계에, 성모 마리아를 '주피터의 자비로운 어머니(Jovis alma parens)'라고 부르던 문화권에 정주해 있는 느낌이 든다.

그 밖에도 나의 삶에 대해 꼭 이야기할 필요가 있는 것을 기록해두자면, 부모님이 내가 김나지움에 다닐 수 있도록 기꺼이 허락했다는 점이다. 그곳은 아드리안도 나보다 두 학년 아래에서 수업을 받던 학교로, 15세기 후반에 개교해 내가 입학하기 불과 얼마 전까지도 '공동형제학교'라는 교명을 달고 있었다. 하지만 초역사적인 데다 현대적인 감각으로는 약간 우스꽝스럽게 들리는 이런 교명이 불러일으키는 일종의 당혹감 때문만으로 학교는 그 명칭을 버리고 주변에 있던 교회의 이름을 따서 '보니파티우스 김나지움'이라고 불렀다. 금세기 초에 그 학교를 졸업하면서 나는 주저 없이 고전어 공부에 열중했으며, 그 분야에서 학생으로서 이미 어느 정도 두각을 드러냈다. 나중에는 기센, 예나, 라이프치히, 그리고 1904년에서 1905년까지는 할레에서 대학을 다니며 같은 공부에 전념했다. 이 시기에 레버퀸도 그곳에서 대학을 다녔는데, 우연히 시기가 겹친 건 아니다.

자주 되풀이되는 일이지만, 이 자리에서 나는 잠시 인간의 아름다움과 이성적 품위에 대한 생생하고 깊이 있는 애정, 그리고 고대 어문학에 대한 관심 사이에 존재하는 신비에 가까운 내적 연관성을 생각하며 즐거워하지 않을 수 없다. 이런 연관성은 고대어 연구 영역을 '고전어문학(Humanioren)'이라고 칭하는 데서부터 나타난다. 어디 그뿐이랴. 언어에 대한 열정과 인간에 대한 열정의 공통적인 정신적 질서 체계가 교육 이념에 의해 완성된다는 점에서도 나타나고, 청소년을 가르치는 교육자가 될 소명이 어문학자가 될 소명에서 비롯되는 것이 거의 당연하게 받아들여진다는 점에서도 드러난다. 자연과학의 전문 지식을 가진 자가 교사는 될 수 있겠지만, 결코 훌륭한 문학과 학문(bonae litterae)의 사도가 지닌 의미와 수준을 갖춘 교육자일 수는 없는 법이다. 마찬가지로 예의 저 다른 언어, 어쩌면 더 경건할지는 모르겠으나 이상하게도 명확하게 발음이 되지 않는 언어, 즉 음향언어(음악을 이렇게 칭해도 된다면)는 내가 보기에 교육적이자 인간적인 영역에 포함되지 않는 것 같다. 그런 언어가 그리스의 교육에서, 그리고 그리스 도시국가의 공적인 생활 전반에서 유익한 역할을 했다는 점은 나도 잘 알지만 말이다. 음향언어가 아무리 논리적이고 도덕적인 엄격함을 띠고 있는 척하더라도, 내가 보기에 그 언어는 오히려 유령의 세계에 속하는 것 같다. 나는 유령의 세계가 이성과 인간의 존엄성 같은 문제에서 무조건 신뢰할 만하다는 보증은 결코 하고 싶지 않다. 그런데도 내가 음향언어를 진심으로 좋아한다는 점은, 유감스럽든 기뻐할 일이든, 인간의 천성에서 떼어놓을 수 없는 모순에 속한다.

지금까지 말한 이야기는 앞으로 내가 기록하고자 하는 대상과 별도의 것이다. 하지만 꼭 그런 것만도 아니다. 왜냐하면 고결하고 교육적인 정신세계와 위험을 감수해야만 접근 가능한 유령의 세계 사이에 과연 분명하고 확실한 경계선을 그을 수 있는가,라는 문제는 아주 명백하고도 확실하게 나의 기록 대상에 속하기 때문이다. 설사 가장 순수하고 지극히 기품 있게 호의적인 분야라 할지라도, 과연 인간과 관련된 어떤 분야가 지하 세력의 영향에서 완벽하게 떨어져 있기만 하겠는가? 그렇다, 덧붙여 말하지 않을 수 없건대, 과연 어떤 분야가 정신적으로 자극을 주는 지하 세력과의 접촉을 필요로 하지 않겠는가? 이런 생각은 개인적인 본성이 악마와는 도무지 거리가 먼 사람에게조차 부적합하지 않거니와, 나로서는 선량한 부모님이 내가 대학 졸업시험을 치른 뒤에 보내준 거의 일 년 반 동안의 이탈리아와 그리스 수학여행 중 어느 순간부터 줄곧 품어온 생각이다. 그것은 내가 아크로폴리스에서 성자의 거리 쪽을 내다보고 있을 때였는데, 그곳에는 고대 비밀 종교 의식의 전수자들이 사프란 띠를 두르고 이아쿠스*의 이름을 되뇌면서 줄지어 늘어서 있었다. 또 봉헌의 전당 현장에, 즉 바위로 뒤덮인 지저(地底)의 틈 가장자리에 있는 에우불레우스** 구역에 서 있을 때에도 그런 생각이 들었다. 그 순간 나는 삶의 감각이 충만함을 어렴풋이 깨닫게 되었던 것이다. 그렇게 강렬한 삶의 감각은 올림포스의 그리스 정신이 지하 세계의 신들 앞에서 올리는 선동적인 예배에서 표현된다. 훗날 나는 교단에 서서 고등학교 최고학년 학생들을 내려다보며 이렇게 설명하곤 했다. 문화란 원래 어둡고 괴상한 것을 신들의 제식 안으로 경건하게 정렬하며 편입시키는 일이고, 내가 쓰고 싶은 표현으로는, 적절히 달래가며 그 안으로 이끌어 들이는 일이라고 말이다.

수학여행에서 돌아온 나는 스물여섯 살의 나이로 고향 도시의 김나지움에 임용되었다. 그곳은 나를 학문적으로 키워준 학교였는데, 이제 내가 거기서 몇 년간 초보 교사로서 라틴어, 그리스어, 또 역사 과목을 가르치게 된 것이다. 더 정확히 소개하자면, 금세기에 들어서 열네 번째 해에 내가 바이에른 주의 교직으로 자리를 바꾸고, 그때부터 프라이징에서, 즉 지금까지 나의 거주지로 남은 곳에서 김나지움 교수로서, 또한 신학대학 강사로서 앞에서 언급한 과목을 20년 이상 가르치며 만족스럽게 활동하게 되기 전까지 근무했던 곳이다.

나는 일찍, 그러니까 카이저스아셰른에서 교직 발령을 받은 직후에

---

* 디오니소스를 가리킨다.
** 지하 세계, 즉 죽음의 왕 하데스의 별칭으로 '좋은 충고를 해주는 자'라는 뜻.

이미 결혼을 했다. 생활에 질서를 부여하고, 인간적인 삶에 도덕적으로 순응하고 싶은 소망이 그런 결정을 내리도록 했다. 처녀 시절의 성이 윌하펜이었던 나의 훌륭한 아내 헬레네는 노년으로 접어든 나의 일상을 아직까지 돌봐주고 있다. 그녀는 작센 왕국의 츠비카우에 있는 학부 동료이자 직장 선배의 딸이었다. 독자의 미소를 자아내게 될지도 모른다는 위험을 감수하면서 그냥 고백하건대, 그 명랑한 아가씨의 이름, '헬레네'라는 고귀한 이름이 내가 그녀를 선택할 때 적잖이 작용했다. 그런 이름은 숭고함을 의미하거니와, 모름지기 사람은 그 순수한 마력의 효과를 거절하는 게 아니다. 비록 그 이름을 가진 여자의 외모가 이름에 포함된 높은 수준의 요구를 그저 시민적으로 단순한 한도 내에서, 또 그마저도 빠르게 사라져버리는 젊음의 매력 탓에 단지 일시적으로만 채우게 될지라도 말이다. 우리는 우리 딸에게도 헬레네라는 이름을 지어주었으며, 딸은 이미 오래전에 레겐스부르크의 '바이에른 증권은행' 지점 대리인으로 일하는 성실한 남자와 결혼했다. 이 딸 외에도 내 사랑하는 아내는 내게 두 아들을 더 선사했다. 그래서 나는 덤덤한 수준으로나마, 사람 일이 그렇듯이 아버지로서의 기쁨과 근심을 겪게 되었다. 기꺼이 인정하고 싶건대, 우리 아이들 중 누구 때문에도 내 기분이 우울해지는 일이 일어난 적은 없었다. 하지만 우리 아이들은 아드리안의 조카이자 나중에 그가 보기만 해도 즐거워하던 어린 네포무크 슈나이데바인같이 아름다운 아이와 겨룰 수는 없었다. 누구보다도 나 자신부터 그런 주장은 감히 못 한다. 나의 두 아들은 지금 군복무 중인데, 한 아들은 민간 부서에서, 다른 아들은 무장한 군대에서 그들이 따르는 총통에게 힘을 보태고 있다. 그리고 조국의 권력 집단에 대해 불쾌감을 느끼는 내 입장이 전반적으로 내 주변에 모종의 적막함을 초래했듯이,

이 젊은 사내들이 적막한 부모의 집과 맺고 있는 관계 역시 그저 느슨
할 뿐이라고 할 수 있다.

III

레버퀸 일가는 꽤 알려진 수공업 장인과 농장 경영주 가문이었다. 가문의 일부는 슈말칼덴 지역에서, 또 다른 일부는 작센 지방의 잘레 강 유역에서 번성했다. 아드리안 일가는 여러 세대 전부터 오버바일러 마을 교구에 속하는 부헬 농장에서 살고 있었다. 그곳은 카이저스아셰른에서 45분간 기차를 타고 가야 하는 바이센펠스 근처였는데, 바이센펠스에서도 마중 나온 마차로만 들어갈 수 있는 곳이었다. 부헬 농장은 그 주인에게 유서 깊은 부농 계층의 지위를 부여하기에 손색이 없는 규모의 농장이었다. 그곳에는 100여 에이커의 경작지와 목초지, 협동조합 형식으로 경작되던 혼합림의 부대시설, 그리고 돌로 기초 공사를 다져 목골조로 지은 아주 훌륭한 저택이 있었다. 저택은 여러 곡물 창고와 가축우리까지 더해 사각형 모양을 띠고 있었다. 내게 잊히지 않는 것은 그 중간에 서 있던 우람하고 매우 오래된 보리수이다. 6월이면 절묘하게 향기를 풍기는 꽃들이 보리수를 뒤덮었는데, 녹색 벤치가 그 주위를 빙 둘러싸고 있었다. 뜰에서 마차가 다니는 데 이 아름다운 나무가 약간 방해가 되었던 모양이다. 내가 들은 바로, 이 집안의 장자는 젊은 시절에 늘 실용적인 이유를 들며 아버지에게 보리수를 베어버리자고 했으나, 어느 날 자신이 농가의 주인이 되고 나서는 자기 아들이 똑같은 요구를 하자 거부하며 나무를 보호하게 되었다.

어린 아드리안이 유아기의 낮잠과 놀이를 즐길 때 얼마나 자주 그 보리수가 시원한 그늘로 덮어주었겠는가. 아드리안은 1885년에 나무의 꽃이 만발할 때 부헬 집 위층에서 요나탄 레버퀸과 엘스베트 레버퀸 부부의 둘째 아들로 태어났다. 지금은 분명히 그곳 농장의 주인이 되어 있을 형 게오르크는 아드리안보다 다섯 살이 많았다. 여동생 우르젤도 역시 다섯 해 터울로 태어났다. 레버퀸 일가가 카이저스아셰른에서 잘 알고 지내던 사람들에는 나의 부모도 속했을뿐더러, 옛날부터 우리 두 집안은 서로 각별한 친분을 나누며 지냈기 때문에 날씨가 좋은 계절이면 우리는 종종 농장 외곽의 농가에서 일요일 오후를 함께 보내곤 했다. 그럴 때면 도회지에서 온 우리는 그곳에서 레버퀸 부인이 베푼 영양가 많은 경작지의 선물들을 감사하는 마음으로 맘껏 먹었다. 달콤한 버터를 바른 통호밀빵, 얇게 썬 황금색 벌집 꿀, 크림에 섞은 맛있는 딸기, 크림 제조용 우유 대접에서 응고시킨 뒤 검은 빵조각과 설탕을 첨가한 우유 등. 아드리안, 혹은 집에서 부르던 이름대로, 아드리가 아주 어렸을 때에는 그의 조부모가 여전히 같이 살고 있었다. 농장 경영은 이미 자식 세대의 손에 완전히 넘겨줬지만, 그래도 저녁 식탁에서만큼은 바깥노인이 식구들이 공손하게 경청하는 가운데 치아가 없는 입으로 꼬치꼬치 따지면서 농장 일에 참견했다. 그러다가 거의 동시에 갑자기 세상을 떠나버린 이 선조들의 모습은 내게 별로 남아 있지 않다. 그럴수록 그 아들 내외인 요나탄과 엘스베트 부부의 모습은 훨씬 더 눈앞에 선하다. 비록 그것이 나의 소년기, 학생 시절, 그리고 대학생 시절이 지나면서 세월의 독특한 작용으로 인해 눈에 별로 띄지 않게, 젊은 모습에서 조금 더 피곤해 보이는 단계로 변화하는 형상을 드러내기는 하지만 말이다.

요나탄 레버퀸은 매우 뛰어난 독일형의 남자였다. 그와 같은 유형은 이제 우리 도회지에서는 거의 찾아볼 수 없을뿐더러, 오늘날 세계를 적대시하여 종종 가슴을 짓누르는 사나움을 드러내며 우리의 인간 존재를 대변하고 있는 무리들 중에서는 확실히 없다. 그의 외관은 지난 시대의 특징을 지닌 듯이 보이는데, 말하자면 30년 전쟁* 전에 독일이 경험했던 시절의 모습이 시골에서 때 묻지 않은 채로 남겨졌다가 고스란히 내려온 듯했다. 내가 자라면서 어느 정도 판단력이 있는 시선으로 그 사람을 바라볼 때면 떠오르는 생각이 바로 그런 것이었다. 별로 정돈되지 않은 잿빛 금발은, 볼록한 데다 관자놀이 혈관이 돌출해 완연히 둘로 나뉜 이마 위로 내려왔다. 유행에 어울리지 않게 길고 굵은 다발로 목덜미에 늘어뜨린 금발은 잘생긴 작은 귓가에서 곱슬곱슬한 턱수염으로 바뀌었다. 수염은 턱뼈와 턱 그리고 입술 밑에 오목하게 들어간 곳을 금빛으로 뒤덮고 있었다. 입술은, 그러니까 아랫입술은 아래로 약간 늘어진 짧은 콧수염 밑에서 둥근 모양으로 매우 눈에 띄게 불거져 나왔다. 그 입술에 머금은 미소는 푸른 눈이 발하는 조금 피곤하지만 역시 약간 미소를 머금고 살짝 수줍음에 찬 눈빛과 아주 매력적으로 조화를 이루었다. 코는 등이 좁은 데다 섬세하게 굽었으며, 광대뼈 밑의 수염 없는 볼은 그늘지게 움푹 들어갔는가 하면, 또 어느 정도 깡말

---

* 1618년에서 1648년까지 유럽에서 로마 가톨릭교와 개신교 사이에 벌어진 종교 전쟁.

라 보이기도 했다. 그는 힘줄이 불거진 강인한 목을 보통 드러낸 채로 다녔으며, 도시에서 흔히 볼 수 있는 평범한 옷을 좋아하지 않았다. 그런 옷은 그의 외모에 도움이 되지도 않았거니와, 특히 그의 손과는 더욱 어울리지 않았다. 지역의회에 참석하기 위해 마을로 나갈 때 지팡이 손잡이를 힘차게 쥐는 구릿빛의 건조하고 살짝 주근깨가 있는 그의 손에 그런 옷이 도무지 맞지 않았던 것이다.

의사가 봤더라면, 그의 눈빛 속에 감춰진 뭔가 애쓰는 표정에서, 관자놀이에 나타나는 희미한 떨림에서 편두통 징후를 알아차렸을 것이다. 물론 요나탄은 편두통을 앓았지만, 그리 심하지 않은 정도여서 한 달에 한 번, 하루 이상은 앓지 않았고 일하는 데 거의 지장도 받지 않았다. 그는 파이프 담배를 즐겨 피웠다. 중간 길이의 파이프에는 도자기 뚜껑이 달려 있었는데, 독특한 고급 담배 향기가 여송연이나 작은 담배의 퍼짐 없는 연무보다 훨씬 더 아늑한 느낌을 자아내며 그 집의 아래층 방들에 특유의 분위기를 더해주었다. 거기다 그는 잠을 청하기 위해 메르제부르크 맥주를 한 잔 가득 마시는 것을 좋아했다. 자신이 상속받은 소유지가 눈에 덮이는 겨울 저녁이면, 책을 읽는 그의 모습도 볼 수 있었다. 주로 그는 돼지가죽을 압착해 책을 감싸고 가죽 죔쇠로 잠글 수 있는, 집안 대대로 내려오는 두툼한 성서를 읽곤 했다. 그 성서는 1700년에 브라운슈바이크 공작의 인가를 받아 인쇄된 것으로서, 마르틴 루터 박사의 "기지가 넘치는" 서문과 본문 옆 주석들뿐만 아니라 다비드 폰 슈바이니츠라는 사람이 요약한 각종 글귀, 평행 구절(locos parallelos),* 또 성경의 각 장을 해설한 역사적으로 중요하고 도덕적

---

* 마태, 마가, 누가 복음서에서 같거나 유사한 내용.

인 성가 구절도 담고 있었다. 바로 이 책에 대해 떠도는 소문, 더 정확히 말하자면, 확실한 정보가 전해지고 있었는데, 그 책이 표트르 대제의 아들과 결혼했던 브라운슈바이크-볼펜뷔텔 공주의 소유물이었다는 것이다. 하지만 결혼 후에 공주는 자신이 죽은 것처럼 위장해 장례식이 치러지는 동안 몰래 마르티니크로 도주해서는 그곳에서 프랑스 남자와 혼인을 맺었다고 한다. 워낙 우스꽝스러운 것을 즐기던 아드리안은 훗날까지도 나와 함께 그 이야기 때문에 얼마나 자주 웃었는지 모른다. 그 이야기는, 그의 아버지가 독서를 하다가 책에서 머리를 들며 부드럽고 생각에 잠긴 눈빛을 띠고 들려준 것이었다. 그렇게 이야기를 마치면 그는 약간 스캔들로 얽힌 그 성스러운 인쇄본의 유래는 전혀 아랑곳하지 않고, 폰 슈바이니츠가 덧붙인 성가 구절 주해, 혹은 '폭군들에게 보내는 솔로몬의 지혜'에 다시 몰두했다.

그런데 그의 독서에서는 종교적인 성향 외에 또 다른 성향이 드러나기도 했다. 그것은 아주 옛날 사람들이라면, 그가 "자연의 원소를 궁리할" 심산이었다고 평가했을 성격을 띠었다. 말하자면, 그는 소박한 척도와 간단한 도구로 자연과학적인, 즉 생물학적이면서도 어쩌면 화학적이고 물리학적인 연구를 했다. 그럴 때면 나의 아버지는 가끔씩 당신의 실험실에서 꺼내온 재료들을 가지고 요나탄 아저씨의 일을 돕곤 했다. 내가 그와 같은 노력을, 오늘날은 더 이상 쓰지도 않고 비난의 감이 없지 않은 예의 저 "자연의 원소를 궁리한다"는 표현으로 언급한 이유가 있다. 그 같은 연구에는 아주 옛날이라면, 아마 마법에 깊은 관심을 가졌다고 의심받았을지도 모를 모종의 신비주의의 흔적이 깃들어 있었기 때문이다. 이왕 말이 나온 김에 덧붙이자면, 종교적이요 성령체험주의의 시대에 자연의 비밀을 규명하고자 하는 열정이 고개를 드는 것에 불신 가득한 시선을 보낸 것을 나는 항상 전적으로 이해하고 있었다. 신에 대한 경외감은 그와 같은 열정 속에 금지된 것과 방탕하게 상종하는 성향이 깃들어 있음을 알아차릴 수밖에 없었던 것이다. 신의 창조물, 즉 자연과 삶을 도덕적으로 외설스러운 영역이라고 보는 시각은 모순이라고 할 수 있기는 하지만 말이다. 어쨌든 자연 자체가 마법의 양상으로 추하게 변해가는 작품들로 가득 차 있고, 애매모호한 변덕, 반쯤 숨겨지고 또 의심스러운 것을 요망하게 내비치는 암시들로 가득 차 있다. 그러니 정숙하게 자족하는 경건한 사람들이라면 당연히 자연과 상종하는 것을 무모한 위반 행위라고 볼 수밖에 없지 않았겠는가.

저녁에 아드리안의 아버지가 이국적인 나비들과 해양 동물들을 천연색으로 그려 넣은 도감을 펼칠 때면, 가끔 우리도, 즉 그의 두 아들과 나 그리고 레버퀸 부인도 그가 앉은 의자의 귀덮개가 달린 가죽 등받이 너머로 함께 들여다보곤 했다. 이때 그는 우리에게 집게손가락으로 책에 그려진 멋지고 기이한 것들을 가리켰다. 그것은 밤처럼 어둡기도 하고 광채를 발하기도 하는 등 갖가지 색깔을 띤 데다 몸을 흔들며 이리저리 날아다니는, 최고의 예술 취향으로 무늬를 짜 넣고 형태를 완성한 열대 나비 파필리오와 모르포 들이었다. 환상적으로 과장된 아름다움을 뽐내며 덧없는 하루살이 삶을 연명하는 곤충들, 그리고 그중 몇 마리는 원주민들이 말라리아를 몰아오는 악령이라고 생각하는 곤충들이다. 이런 곤충들이 과시하는 가장 호화로운 색깔은 꿈같이 아름다운 푸른 하늘색인데, 이 색깔은 결코 진짜가 아니며 날개 위에 파인 고운 주름살과 잔털의 또 다른 표면 때문에 그렇게 보이는 것이라고 요나탄이 우리에게 일러주었다. 광선을 인위적으로 굴절시키고 대부분의 광선을 제외함으로써 가장 빛나는 푸른색만 우리 눈에 들어오도록 하는 섬세한 구조 때문이라는 것이었다.

　"참, 놀랍네요." 레버퀸 부인의 말이 아직도 귀에 들린다. "그러니까, 결국 속임수라는 거잖아요?"

　"이 푸른 하늘색을 당신은 속임수라고 부르는 거요?" 그녀의 남편이 뒤로 고개를 돌려 아내를 올려다보면서 대꾸했다. "당신은 이 푸른색을 만들어내는 색소 역시 뭐라고 불러야 할지 모를 거요."

　나는 지금 이 글을 쓰면서, 정말로 내가 아직 엘스베트 부인, 게오르크, 그리고 아드리안과 함께 레버퀸 아저씨가 앉은 의자 뒤에 서 있는 느낌이 들고, 이런 환영을 통해 마치 그의 손가락을 따라 도감을 보고 있는 것 같다. 거기에는 투명한 날개를 가진 나비들이 그려져 있다. 날개는 위에 잔털이 전혀 없어서 마치 고운 유리로 만들어진 것 같고, 꽤 짙은 혈관 망으로만 줄줄이 이어진 것 같다. 투명한 벌거숭이 상태로 희미한 나뭇잎 그늘을 좋아하는 이런 나비는 헤타이라 에스메랄다Hetaera esmeralda라고 불렸다. 헤타이라는 날개 위에 보라색과 장밋빛 담홍색을 띤 짙은 점만 있을 뿐이었다. 그 밖에는 아무것도 보이는 것이 없어서 날아갈 땐 바로 그 점이 바람에 날리는 꽃잎처럼 보이게 되는 것이다. 그리고 이파리나비도 있었다. 날개 위쪽은 터질 듯이 울리는 색의 삼화음으로 휘황찬란하고, 아래쪽은 기가 막히게 정확히 잎사귀를 닮았다. 모양과 혈관만 닮은 것이 아니라 미세하게 불결한 상태, 물방울을 흉내 낸 모습, 사마귀 모양의 버섯 조직, 그 밖에 또 여러 가지들을 한 치의 차이도 없이 완벽하게 재현해낸 것이다. 이 교활한 곤충이 높이 접어올린 날개로 이파리 위에 앉으면, 주변 환경과 동화해 완전히 사라지기 때문에 아무리 탐욕으로 가득한 적이라 할지라도 그 나비를 알아볼 수 없었다.

스스로를 보호하기 위해 결함이 있는 각 부분까지 이렇게 교활하게 모방하는 현상에 대해 요나탄은 자신의 감동을 우리에게 전해주려 했고, 그 점에서 성공한 바 없지 않았다. "이 곤충은 이런 일을 어떻게 해냈지?"라고 그가 물었다. "자연이 어떻게 이런 곤충을 이용해 그런 일을 해냈을까? 왜냐하면 곤충 스스로 관찰하고 계산해서 그런 요령을 만들어낸다고 할 수는 없거든. 그래, 자연은 자기가 만든 이파리를 잘 알고 있지. 이파리가 완벽하다는 점만 알고 있는 것이 아니라, 소소하고 일상적인 결함과 기형을 띠고 있다는 점도 안다는 거야. 그리고 장난스러운 호의에서 이파리의 외형을 다른 영역에서도 반복하는 거지. 자기가 만들어낸 이 나비의 날개 아랫부분에서 말이지. 자연의 다른 피조물들을 현혹시키려고 그러는 거야. 그런데 왜 하필 이 나비가 그 교묘한 특권을 누리는 걸까? 물론 나비가 가만히 앉아 있는 동안 이파리와 정확하게 똑같아 보이는 것이 나비에게 합목적적인 것이기는 하지. 그러면 나비를 쫓는 배고픈 적들의 편에서 봤을 때 합목적성은 어디에 있을까? 나비를 양식으로 잡아먹을 수 있도록 만들어졌지만, 나비가 마음만 먹으면 아무리 날카로운 눈빛으로도 나비를 찾지 못하는 도마뱀, 새, 거미의 편에서 보면 말이야? 내가 너희들에게 이렇게 묻는 이유는, 너희들이 나도 모르는 걸 물을 것 같아서란다."

그런데 이처럼 자기 보호를 위해 남의 눈에 띄지 않도록 하는 나비가 있는 반면, 가장 눈에 띄는 가시성을 동원해, 더구나 부담스러울 만큼 확실하게 멀리까지 눈에 띄는 모습으로 같은 목적을 달성하는 나비들도 있었다. 그런 것들을 보려면 계속해서 도감을 넘겨보기만 하면 되었다. 그런 나비들은 유난히 몸집이 클 뿐만 아니라 지극히 화려한 빛깔을 띤 데다 무늬 또한 화려했다. 그리고 레버퀸 아저씨가 덧붙였듯이, 그런 나비들은 겉보기에 도전적인 차림새를 하고, 도발적으로 여유를 과시하며 날아다녔다. 하지만 이런 여유를 어느 누구도 건방지다고 하면 안 되거니와, 그 모습에는 오히려 약간 침울한 분위기가 서려 있었다. 그런 나비들은 날아갈 때 결코 몸을 숨기지 않았으며, 원숭이든 새든 도마뱀이든 어떤 동물도 그런 나비에겐 눈길조차 주지 않았을 것이다. 왜냐고? 왜냐하면 그런 나비들은 혐오스러운 존재였기 때문이다. 자신의 아름다움을 유난히 눈에 띄게 함으로써, 게다가 아주 천천히 날아다님으로써 바로 자신의 혐오스러움을 노골적으로 드러낸 것이다. 이런 것들의 체액은 맛도 지독한 데다 악취까지 풍기기 때문에, 어쩌다 오해와 실수로 그런 나비들 중에 하나를 기분 좋게 먹으려던 동물은 끔찍하게 구역질을 하며 입에 넣었던 것을 다시 토해내야만 했다. 하지만 이 나비가 먹이로 적당치 않다는 건 자연계에 널리 알려진 사실이며, 그렇기 때문에 나비는 안전하다. 슬프도록 안전하다. 적어도 요나탄의 의자 뒤에 서 있던 우리는, 그런 식으로 안전한 것은 유쾌한 일이라기보다 오히려 수치스러운 것은 아닌지 의문이 들었다. 그런데 어떤 결과가 나타났던가? 분명 먹을 수 있는 다른 종류의 나비들이 잡아먹히지 않기 위해 호화롭게 위장하고, 손도 대고 싶지 않도록 느릿느릿 날개를 저으며 우울하고 안전하게 날아다녔다는 것이다.

이런 이야기를 듣고 있던 아드리안이 크게 웃음을 터뜨리는 바람에 몸이 마구 흔들리고 눈에는 눈물까지 맺힐 지경이 되자, 나도 그의 유쾌한 기분에 휩쓸려 속 시원히 웃지 않을 수 없었다. 그러나 레버퀸 아저씨는 "쉿" 하면서 우리를 나무랐다. 그는 우리가 이 모든 것들을 조심스럽고 신중하게 바라보기를 바랐기 때문이다. 이어서 그는 역시 비밀스럽고 신중하게 어떤 조개껍질 위에 그려진 알 수 없는 기호

문자를 관찰했다. 이때 그는 크고 네모난 현미경까지 동원했는데, 우리도 그것을 사용할 수 있도록 허락했다. 이번에도 물론 그런 생물들, 그러니까 달팽이와 바닷조개를 관찰하는 일은 매우 중요했다. 적어도 요나탄의 안내에 따라 그 생물들의 사진을 쭉 살펴보게 되면 그랬다. 매우 확신에 찬 기세로, 또 형태상 대담하면서도 섬세한 취향으로 완성된 그 모든 나선형 홈과 아치 모양은 장밋빛 입구를 드러내고, 그 다양한 형태의 변화가 무지갯빛 채색 도자기의 화려함을 드러내는 모습은 고스란히 그 속에 사는 젤리 같은 생물 자체의 작품이었다. 적어도 자연이 스스로를 생성한 것이지, 창조주를 끌어들여 만들어진 것이 아니라는 생각을 고수한다면 그러했다. 하긴 창조주가 에나멜 도기를 만드는 풍부한 상상력의 공예가요 명예심에 찬 예술가라는 상상은 분명히 이상스러운 데가 있다. 그런 까닭에 바로 여기서야말로 직공장 같은 중간자 신(神), 즉 세계의 창조자 데미우르고스*를 끌어들이고 싶은 유혹을 강하게 느낄 수밖에 없다. 내가 하려던 말은, 이 근사한 껍질은 그것에 싸여 보호를 받는 연한 생물체 자체의 생산품이었다는 것이고, 바로 이 점이 가장 놀라운 생각이었다는 것이다.

"너희가 팔꿈치를, 또 갈비뼈를 짚어보면 쉽게 알아차릴 수 있듯이, 너희들은 인간으로 생성되던 때에 몸 안에 받침대, 즉 뼈대를 만들어낸 거야"라고 요나탄 아저씨가 우리에게 말했다. "그 뼈대가 너희 몸의 살과 근육에 받침대가 되고, 너희는 그런 뼈대를 몸 안에 갖고 다니는 거지. 그 뼈대가 오히려 너희를 떠받치고 다닌다고 하지 않는다면 말이지. 그런데 지금 여기 이 경우에는 반대 상황이야. 이 생물들은 자

---

* 플라톤이 『대화』에서 우주의 창조주라고 이른 신.

기가 지닌 견고성을 바깥으로 드러냈는데, 뼈대 구조물이 아닌 집 형태로 드러낸 거지. 그러니까 그 견고성이 내면이 아니고 바로 외면이라는 사실이 이런 생물의 아름다움을 설명해주는 근거일 거야."

우리 사내아이들, 즉 아드리안과 나는 가시적인 것의 허영에 대한 레버퀸 아저씨의 이와 같은 이야기를 들으면서 웃음과 놀라움이 뒤섞인 얼굴로 서로를 쳐다보았다.

그렇게 외면으로 드러내는 아름다움은 가끔씩 위험했다. 어떤 원추 달팽이들은 매력적인 비대칭성을 갖추고, 줄무늬가 섞인 연분홍 또는 흰 점이 있는 황갈색을 띠는데, 물리면 독성으로 악명이 높았기 때문이다. 그리고 부헬 농장 주인의 말에 따르면, 생명의 이 모든 기묘한 부분에서 모종의 추문이나 환상적인 모호함은 결코 떼놓을 수 없었다. 그렇게 화려한 피조물들이 매우 다양하게 활용될 때면 항상 사고의 묘한 이중성이 드러났다. 중세 때 마녀의 부엌에, 또 연금술사의 둥근 천장 밑 작업실에 늘 빠지지 않던 것이 이런 피조물이었고, 독극물과 사랑의 묘약을 담기에 적당한 그릇으로 여겨졌다. 그와 동시에 다른 한편으로는, 예배를 볼 때 성체와 성유물을 담는 조개함으로, 더구나 성찬용 잔으로 사용되기도 했다. 여기서 얼마나 많은 것들이 서로 맞닿아 있는가. 독극물과 아름다움, 독극물과 마법술, 또 마법술과 예배 의식까지. 우리는 이런 점을 미처 생각하지 못했으나, 요나탄 레버퀸의 설명을 듣고 막연하게나마 느낄 수 있었다.

레버퀸 아저씨가 정말이지 흥분을 감추지 못하던 예의 저 기호문자로 말할 것 같으면, 보통 크기의 뉴칼레도니아 조개껍데기에 나타났다. 그것은 하얀 바탕에 살짝 적갈색을 띠었다. 붓으로 그린 것 같은 문자들은 테두리를 향해 가면서 전형적인 장식 필법으로 넘어갔지만, 둥근 표면의 상당히 넓은 부분을 차지하는 바탕 위에서는 섬세하고 복잡한 모양을 이루며 그야말로 의사소통을 위한 그림의 결정적인 모습을 드러내었다. 내 기억으로는, 초기 오리엔트식 글자체, 가령 고대 아랍어 문자와 상당히 비슷해 보였다. 실제로 나의 아버지는 나름대로 장서를 꽤 잘 구비하고 있는 카이저스아셰른 도서관에서 고고학 서적들을 빌려 친구에게 가져다줌으로써 그가 이런 책들을 가지고 조사하고 비교해볼 수 있도록 도와주었다. 물론 이런 연구는 아무 성과도 내지 못하거나, 혹은 너무 혼란스럽고 모순된 결과로 이어지는 바람에 결국 어떤 수확도 거두지 못하고 말았다. 요나탄 아저씨도 우리에게 불가사의한 그림을 보여주며 약간 우울한 기색으로 그 점을 인정했다. "이 기호의 의미를 규명하는 일은 불가능한 것으로 밝혀졌단다. 유감스럽지만 어쩔 수 없구나, 애들아. 이런 기호들은 우리의 이해 범주를 벗어난단 말이지. 가슴 아프게도, 이 사실은 바뀌지 않을 것이야. 하지만 내가 '벗어난다'라고 한 것은 그냥 '접근된다'라는 말의 반대말일 뿐이란다. 우리가 접근할 방도가 없는 이런 암호를 자연이 자기가 만든 피조물의 껍데기에다 단순히 장식용으로 그렸다는 주장은 내겐 전혀 설득력이 없어. 장식과 의미는 언제나 맞물리는 법이거든. 예전의 글자들도 장식과 동시에 의미 전달을 위해 쓰였지. 그런데 하필 지금 여기서는 어떤 의미도 전달되지 않는다고 누가 말할 수 있겠나! 말하자면 쉽게 접근이 불가한 전달 사항이라는 모순에 봉착한 셈인데, 이런 모순에 빠져보는 것도 역시 즐거운 일이지."

조개껍데기 장식이 정말 어떤 암호가 적힌 문자라는 추측이 맞는다면, 요나탄은 자연이 고유의 언어를, 즉 자연 그 자체로부터 생겨나고 체계를 이룬 언어를 자유자재로 쓰는 게 분명하다고 생각했을까? 왜냐하면 자연이 스스로를 표현하고자 하는데, 인간이 만들어낸 언어들 중에서 하나의 언어를 택할 까닭이 없기에 그렇게 생각한 것일까? 그러나 이미 그 당시에 소년으로서 내가 분명하게 이해했던 것은, 인간 외적인 자연은 근본적으로 문자를 모른다는 점이었고, 내가 보기로는 그렇기 때문에 자연이 바로 섬뜩한 속성을 띤다는 점이었다.

그렇다, 레버퀸 아저씨는 이리저리 궁리하는 것을 즐기던 사색가였고 몽상가였다. 이미 말했듯이, 연구자로서 그의 성향은—사실 그저 단순히 몽상적인 명상이었지만, 그래도 '연구'라고 할 수 있다면—언제나 특정한 방향으로 치우쳤다. 말하자면 신비주의나 예감에 찬 신비주의에 가까운 쪽으로, 내가 보기엔, 자연과 관련된 것을 조사하는 인간의 생각이 거의 필연적으로 유도되는 방향으로 치우쳤다. 실험을 통해 자연 작용을 들춰내는 일, 자연이 특정한 현상으로 나타나도록 자극하는 일, 자연을 '시험하며 유혹하는' 일, 이런 모든 일이 마술과 매우 가깝다는 점, 심지어 이미 마술의 영역에 속하고 그 자체로서 '유혹하는 악마'의 작품이라는 점은 여러 세기 전에 사람들이 품었던 확신이었다. 누가 내게 묻는다면, 나는 그것이 존중받을 만한 확신이었다고 말하겠다. 우리가 요나탄 아저씨에게 들은 바대로, 100여 년 전에 가시성이 있는 음악을 실험한다는 생각을 해낸 비텐베르크 출신의 남자를 옛날 사람들이 어떤 눈으로 바라보았을지 짐작이 된다. 우리는 그런 실험을 가끔씩 보게 되었던 것이다. 아드리안의 아버지가 사용할 수 있었던 몇 안 되는 물리학 기구 중에는 둥글고 자유자재로 움직이면서 중간 부분만 회전축 위에 놓여 있는 유리판이 있었는데, 그 유리판 위에서 그 놀라운 일이 일어났다. 유리판에는 고운 모래가 뿌려져 있었고, 그가 낡은 첼로 활을 유리판의 가장자리에 대고 위에서 아래로 스치듯 지나가

자 유리판에는 진동이 일어났으며, 그 진동에 의해 모래가 건드려지면서 놀랍도록 정확하고 다양한 모양으로 아라베스크 무늬를 이루며 질서 있게 이리저리 밀렸다. 명확함과 비밀스러움, 일반적인 현상과 기괴한 현상이 기가 막히게 매혹적으로 동시에 나타나는 바로 그런 시각적 음향 효과는 우리 사내아이들의 마음을 사로잡았다. 하지만 특히 실험하는 레버퀸 아저씨를 기쁘게 해줄 생각으로 우리는 여러 번 실험을 다시 보여달라고 부탁했다.

요나탄 레버퀸은 이와 비슷한 즐거움을 얼음꽃에서도 얻었다. 겨울날 그 수정 결정체의 눈이 부헬 집의 작은 시골풍 창문을 덮게 되면, 그는 오랫동안 맨눈으로, 또 확대경을 이용해 눈의 조직을 들여다보는 일에 몰두했다. 창문에 내려앉은 눈이 자연스럽게 대칭적인 형상으로, 철저히 수학적이고 규칙적인 상태로 유지되었더라면, 나는 크게 신경 쓰지 않고 그냥 일상적인 일로 넘어갈 수 있었을 것이라고 말하고 싶다. 그러나 눈이 일종의 마술을 부리듯이 몰염치하게도 식물 모양을 흉내 냈다는 점, 즉 종자소꼬리와 초목들, 그리고 컵 모양의 잎사귀와 별같이 퍼진 꽃처럼 보이도록 지극히 예쁘장하게 꾸몄다는 점, 차가운 얼음을 이용해 그럴싸한 유기체를 구성했다는 점, 이런 점들이 바로 요나탄의 마음을 사로잡았다. 이때 그는 어느 정도 거부감을 보이면서도 감탄에 차서 끝없이 머리를 가로저었다. 그와 같은 환영들은 식물의 형태가 만들어지기에 **앞서** 형성되는지, 아니면 **나중에** 식물의 형태를 좇아서 형성되는지가 그의 의문이었다. 둘 중 어느 쪽도 아니라고 그는 자신에게 대답했을 것이다. 그런 것들은 동시에 나란히 형성되었던 것이다. 창조적으로 꿈꾸는 자연은 여기저기서 같은 꿈을 꾼 것이고, 따라서 흉내라는 단어를 쓰려면 당연히 상호 간의 흉내라고 말할 수 있을 뿐이었다. 경작지가 낳은 실제 자식들이 유기체적인 심층의 실재를 갖고 있는 것과 달리 얼음꽃은 단순한 환상이었기 때문에 그런 자식들이 얼음꽃의 본보기라고 말해야 하는가? 하지만 얼음꽃이 만들어 낸 환상은 식물보다 덜 복잡하지도 않은 물질이 모두 함께 작용해 만들어낸 복잡함의 결과였다. 우리에게 친절하게 설명해준 요나탄의 말을 내가 제대로 이해했다면, 그의 관심을 끌었던 것은 자연계의 생물과 이른바 무생물의 단일성이었다. 우리가 이 두 영역 사이에 너무 분명하게 경계선을 긋는 일은 자연에 대해 죄를 짓는 것이라는 생각이었다. 왜냐하면 자연은 실제로 융통성이 있기 때문이다. 전적으로 생물체에게만 주어진 본질적인 능력이란 원래 있지도 않거니와, 그런 능력은 생물학자가 가장 무생물적인 모델을 대상으로 연구하더라도 곧 찾아낼 수 있을 것이다.

실제로 그 두 세계가 혼란스럽게도 서로의 내부에서 얼핏얼핏 내비친다는 것을 우리는 '먹이를 잡아먹는 물방울'을 통해 알게 되었다. 레버퀸 아저씨는 여러 번 우리 눈앞에서 이런 물방울에게 먹이를 주었다. 파라핀 물방울이든 에테르를 함유한 기름 물방울이든, 그것은 성분이 무엇이었든 간에 어쨌든 물방울이었다. 나는 그 성분이 무엇이었는지 더 이상 확실하게 기억나지 않는다. 아마 클로로포름이었던 것 같다. 하여튼 어떤 물방울이라고 다시 한 번 말하건대, 그것은 동물이 아니다. 가장 원시적인 동물도 못 되고, 아메바 축에도 들지 못한다. 일반적으로 물방울이 먹이를 붙잡고, 몸에 좋은 것은 취하며 몸에 좋지 않은 것은 거절할 줄 아는 식욕을 느낀다고는 아무도 가정하지 않는다. 그러나 우리가 보았던 그 물방울은 바로 그런 식욕을 느꼈다. 물방울은 물잔 안에 분리되어 매달려 있었는데, 아마 요나탄 아저씨가 가느다란 주삿바늘을 이용해 그렇게 넣어두었던 것 같다. 그러고 나서 그가 했던 일은 다음과 같다. 그는 핀셋의 양 끝으로 아주 가는 유리 막대, 사실은 그냥 셸락*을 바른 유리실 같은 것을 집어서 물방울 근처로 가져갔다. 그가 한 일은 오로지 그것뿐이었고, 나머지는 물방울이 알아서 다 해치웠다. 물방울은 표면에 작게 융기된 모양, 말하자면 수태하여 볼록 튀어나온 모양을 만들었고, 이런 모양새를 취함으로써 가는 유리 막대를 세로 방향으로 자기 속에 품었다. 그 순간에 물방울 자체도 길게 늘어지며 길쭉한 배(梨) 모양이** 되었다. 그렇게 함으로써 먹이를 완전히 감싸고, 먹이가 끝부분에서 물방울 위로 솟아나오지 못하도록 하는 것이다. 그러고 나서 물방울은, 내가 누구에게나 이 사실을 보증하건대, 점차 다시 둥그러지다가 일단 달걀 모양을 취하면서 유리 막대의 셸락 칠을 먹어치우는가 싶더니, 그것을 자기 몸 안에 펼쳐 나누기 시작했다. 이 과정이 끝나자 공 모양으로 되돌아간 물방울은 깨끗이 핥아먹은 유리 막대를 가장자리로 옮겼다가, 주변의 물속으로 다시 밀어냈다.

내가 이런 과정을 구경하면서 즐거웠다는 말은 못 하겠다. 하지만 내가 그 모든 일에 사로잡혀 있었던 것은 인정한다. 그리고 아드리안도 아마 마찬가지였을 것이다. 이런 종류의 시범을 볼 때마다 웃고 싶은 유혹을 무척 강하게 느끼면서도 순전히 아버지의 진지함을 생각해 웃음을 참기는 했지만 말이다. 어쨌든 먹이를 먹는 물방울이 웃기는 녀석이라고 생각할 수는 있었다. 하지만 아드리안의 아버지가 매우 기이한 배양 과정을 거쳐 사육한 뒤 우리에게 보여준 놀랍고도 허깨비 같은

---

* 동물성 수지의 하나로 절연이나 접착 재료에 쓰인다.
** 독일의 배는 보통 (백열)전구 모양이다. 실제로 전구를 뜻하는 독일어 '비르네Birne'는 배를 의미하기도 한다.

예의 저 자연 제조물의 경우는 내게 전혀 우습지 않았다. 나는 그 광경을 결코 잊지 못할 것이다. 그 광경이 벌어진 결정 생성 그릇은 4분의 3 정도가 약간 끈적거리는 물, 즉 희석시킨 규산소다 용액으로 채워져 있었다. 그리고 그 안의 모랫바닥에서는 다채로운 식물이 만들어낸 작고 기괴한 풍경이 위로 솟아오르고 있는 중이었다. 그것은 푸른색에 녹색과 갈색을 띠며 제멋대로 번성해 아주 혼란스러워 보이는 식물이었다. 말하자면 해초, 버섯, 움직이지 않는 히드라를 연상시키던 그것은 이끼도 떠올리다가, 어느 순간 조개, 이삭, 작은 나무, 혹은 작은 나뭇가지를 생각나게 하는가 하면, 심지어 때때로 사지(四肢)를 연상시키기도 했다. 그 광경은 내가 눈으로 직접 본 것들 중에서 가장 기이했다. 그것이 너무나 기괴하고 혼란스러운 모습을 보이기는 했어도 꼭 그런 모습 때문이 아니라 지극히 우울한 그 특성 때문에 기이했다. 왜냐하면 그것을 무엇이라고 생각하느냐는 레버퀸 아저씨의 물음에 우리가 머뭇거리며 식물일 것 같다고 대답하면, 그는 "아니다"라고 말했다. "식물이 아니야. 식물인 척하는 것일 뿐이지. 하지만 그렇다고 얕보지 마라! 이것이 식물인 척한다는 점, 식물처럼 보이려고 최대한 노력한다는 점이 바로 충분히 주목받을 만한 거야."

그리고 드러난 사실인즉, 그 식물이 원래 비유기체에서 생겨났고, '천국의 전령' 약국에서 가져온 재료로 만들어진 것이라는 점이다. 요나탄은 규산소다 용액을 부어넣기 전에 그릇 바닥의 모래에 여러 결정체를 뿌렸는데, 내가 잘못 알고 있는 것이 아니라면, 그 결정체는 크롬산칼리와 황산동이었다. 이렇게 뿌린 씨앗에서 '삼투압'이라고 부르는 물리적 작용이 일어나 그 측은하기 짝이 없는 배양물이 자라난 것이다. 아드리안의 아버지는 우리가 이런 배양물을 단번에 좋아해주기를 채근하다시피 했다. 말하자면 그는 우수에 찬 그 모조 생명체가 빛을 매우 좋아하는, 생명학에서 말하는 '굴광성'을 지녔음을 보여주었던 것이다. 그는 우리가 볼 수 있도록 배양 수족관을 햇빛에 내다놓고, 삼면을 햇빛으로부터 가려 그늘지게 했다. 그러자 불과 몇 분 사이에 그 이상한 모든 족속, 말하자면 버섯, 음경 같은 히드라 줄기, 작은 나무, 반쯤 형성된 사지를 포함한 해초들이 빛이 들어오는 유리면 쪽으로 기울었다. 모두가 온기와 즐거움을 얼마나 동경하며 몰려들었던지, 유리면에 바짝 달라붙어 꼼짝도 하지 않았다.

"그런데 말이야, 이건 모두 죽은 거란다"라며 요나탄이 눈물을 보였다. 반면에 아드리안은 웃음을 참느라고 몸이 흔들리는 것을 나는 분명히 목격했다.

그런 일을 두고 웃어야 할지 울어야 할지는 각자의 재량에 맡길 수밖에 없다. 단지 한 가지만 말하건대, 이런 허깨비 장난은 전적으로 자연만이 할 수 있는 일이라는 것, 더 정확히 말하면, 특히 인간이 오만하게 시험하며 유혹한 자연이 할 수 있는 일이라는 것이다. 교양의 기초가 되는 고전 어문학(Humaniora)의 기품 있는 세계에서는 그와 같은 도깨비 때문에 신경 쓸 일이 없다.

IV

어차피 앞 장이 과다하게 늘어났기 때문에 내가 부헬 농장의 여주인, 즉 아드리안의 사랑스러운 어머니의 모습에 대해서도 몇 마디로 경의를 표하려면 새 장을 여는 것이 좋겠다. 자신의 어린 시절을 고맙게 여기는 심정, 그리고 그녀가 우리를 위해 식탁에 내놓았던 맛있는 간식들이 그녀의 모습을 미화시킨다고 할지 모르겠지만, 그래도 나는 내 삶에서 엘스베트 레버퀸보다 더 매력 있는 여성을 만나본 적이 없다고 말하겠다. 그녀의 꾸밈없고, 아주 소박하게 지적인 인품에 대해 경의를 표하며 말하거니와, 내게 그 인품은 아들의 천재적인 재능이 상당 부분 어머니의 생기 있고 훌륭한 기질 덕분이라는 확신을 심어준다.

그녀 남편의 잘생긴 머리 모양, 옛 독일인에게서나 볼 수 있는 그 두상을 바라보는 일이 나의 즐거움이었다면, 정말 편안한 느낌을 불러일으키며 독특하게 뚜렷하고 균형 잡힌 그녀의 모습을 바라보는 즐거움도 그에 못지않았다. 그녀는 아폴다 지역 출신으로 독일인들 사이에 가끔씩 나타나는 갈색 피부의 혈통이었는데, 그렇다고 로마 혈통이라는 짐작의 근거가 될 만한 족보가 있었던 것은 아니다. 그녀의 피부색이 짙은 것이나, 머리 가르마가 검은 것, 그리고 차분하고 다정하게 쳐다보는 눈으로 미루어서 그녀가 남쪽 나라 사람이라고 생각될 수도 있었을 테지만, 얼굴 모양에서 드러나는 모종의 게르만족다운 거친 모습이 그런 생각과 맞지 않았다. 그녀의 얼굴은 아주 짧은 타원형이었다. 턱은 뾰족한 편이고, 코는 콧등이 고르지 않아 약간 들어갔다가 코끝에서 조금 위로 솟았으며, 입술은 두껍지도 너무 가늘지도 않은 모습으로 침착한 인상을 풍겼다. 앞에서도 말한 가르마 부분은 내가 커가는 동안 점차 은색으로 바뀌고 귀를 반쯤 덮게 되었으며, 아주 팽팽하게 당겨져서 거울처럼 반들거렸고, 이마 위에서 나뉘는 선은 흰 두피를 드러냈다. 그럼에도 불구하고 몇 가닥의 머리카락이 귀 앞에서—항상 그러한 것은 아니었으므로 의도적인 것은 아니었을 것이로되—매우 우아하게 흘러내려왔다. 우리가 어린 시절에는 아직 풍성했던 많은 머리카락은 시골 아낙네들이 하듯이 뒷머리를 휘감았고, 축제일이면 색실로 수놓은 리본으로 맵시 있게 고정되었다.

그녀도 남편처럼 도시풍의 옷에는 신경을 쓰지 않았다. 숙녀 스타일의 옷이 그녀에게 어울리지 않았던 반면, 우리가 아는 그녀가 늘 입고 있었던 시골풍의 민속 의상 같은 복장은 기가 막히게 잘 어울렸다. 그것은 단단하게, 우리가 쓰던 말로는, 자기 몸에 꼭 맞춘 치마, 그리고 거기에 받쳐 입는 테를 두른 코르셋형 조끼였는데, 이 조끼에서 각지게 트인 곳이 약간 굵은 목과 가슴의 윗부분을 드러냈고, 그 위로 소박하고 단순한 금장식이 보였다. 그녀의 갈색 손은 일을 많이 했지만 거칠지 않았고, 또 지나치게 가꾸지도 않았으며, 오른손에는 결혼반지를 끼고 있었다. 그녀의 손이 뭔가 매우 인간적으로 올바르고 믿음직스럽다고 표현하고 싶은 느낌을 풍겼기에 나는 그 손을 즐겨 바라보곤 했다. 마찬가지로 확신에 찬 걸음을 내딛는, 크지도 작지도 않은 성실한 발도 그러했다. 그녀는 편안하고 굽이 낮은 신발에다 녹색 혹은 회색 양모 양말을 신고 있었는데, 양말은 잘생긴 복사뼈를 감싸고 있었다. 이 모든 것이 보기에 편안했다. 그래도 그녀가 가진 것 중에서 가장 아름다운 것은 목소리였다. 그것은 음역으로 보아 따뜻한 메조소프라노였으며, 말을 할 때 튀링엔 지방의 사투리가 약간 섞인 발음이 매우 매력적으로 들렸다. 내가 "환심을 샀다"라고 말하지 않는 이유는, 그렇게 말하면 그녀의 목소리에 모종의 의도가 배어 있다는 것처럼 느껴질 수 있기 때문이다. 그녀가 내는 목소리의 매력은 내면의 음악성에서 나왔다. 말이 나온 김에 덧붙이면, 그녀의 음악성은 잠재된 상태로 아직 채 드러나지 않았는데, 그것은 그녀가 음악에 신경을 안 썼기 때문이었다. 말하자면 음악을 그다지 신봉하지 않았던 것이다. 그냥 어쩌다 그녀가 거실 벽을 장식하고 있던 낡은 기타로 몇 가지 화음을 잡으며 어떤 노래의 이런저런 소절 몇 개를 흥얼거리는 일은 있었다. 하지만 그녀는 제대로 노래를 하려 들지 않았다. 그랬다면 그녀가 가진 매우 뛰어난 음악적 소질이 개발될 수 있었으리라고 내기라도 걸고 싶지만 말이다.

어쨌든 나는 그녀보다 더 사랑스럽게 말하는 소리를 결코 들어본 적이 없다. 그녀가 말하는 것들은 언제나 가장 단순하고, 가장 소박한 내용뿐이었는데도 사랑스럽기는 비길 데가 없었다. 내 생각으로는, 바로 이 자연스러운 소리, 무의식적인 취향에 따라 울리던 그 듣기 좋은 소리가 아드리안이 태어나는 순간부터 어머니를 통해 그의 귀를 어루만졌다는 사실은 뭔가 의미하는 바가 있다. 내가 보기에 그것은 그의 작품 속에 나타나는 말할 수 없이 뛰어난 음감을 해명하는 데 도움이 된다. 아드리안의 형도 똑같은 특전을 누렸으나 그것이 그가 삶을 살아가는 데 아무런 영향도 끼치지 않았다는 항변이 떠오를지라도 내 생각은 변함이 없다. 기왕에 말이 나왔으니 덧붙이건대, 게오르크는 아버지를 닮은 반면에 아드리안의 체질은 어머니에게서 물려받은 부분이 훨씬 더 많다. 하지만 아버지의 편두통 경향을 물려받은 아들은 아드리안이었지 게오르크가 아니었다는 사실은 다시 그 점과 잘 맞지 않는다. 그래도 이제는 고인이 된 나의 소중한 친구의 여러 개별적인 것을 포함한 전체 용모, 가령 갈색 피부, 눈 모양, 입과 턱 생김새 등 모두가 어머니 쪽에서 내려온 것들이었다. 특히 그가 말끔히 면도를 하고 지내던 동안에는, 그러니까 말년에야 나타난 모습으로서 매우 낯선 느낌을 주던 팔자 콧수염을 깎지 않고 내버려두기 전에는 더욱 분명히 그렇게 보였다. 어머니의 홍채가 띠던 까만색과 아버지 홍채의 하늘색이 그의 눈속에서 어렴풋이 청회색과 녹색으로 섞였고, 이렇게 섞인 것이 금속성의 작은 결정 모양을 보여주는가 하면, 동공 주변에는 녹색의 둥근 선을 드러냈다. 서로 대립된 부모의 눈이 그에게서 혼합되어 그의 눈 색깔을 결정했다고 나는 늘 믿어 의심치 않았다. 그런 혼합이 그의 미적 판단을 동요시켜 그로 하여금 검은 눈과 푸른 눈 중에서 어느 쪽을 더 선호할지 평생토록 결정하지 못하게 했다. 그를 매료시켰던 것은 언제나 극단의 것, 즉 속눈썹 사이에서 빛나던 타르 광택의 눈이거나, 혹은 엷은 색의 푸른 눈이었던 것이다.

일거리가 별로 없는 계절에는 부헬 농장의 일꾼이 그리 많지 않다가 추수철에만 인근의 농촌 주민들이 몰려들어 북적였는데, 그들에게 가장 큰 영향을 끼친 인물은 엘스베트 부인이었다. 내가 제대로 본 것이라면, 그 사람들에게 발휘되던 그녀의 권위는 그녀 남편의 권위보다도 더 컸다. 그들 중 몇 사람의 모습은 아직도 내 눈앞에 어른거린다. 가령 말을 부리던 토마스의 모습이 그렇다. 그는 우리를 바이센펠스 역에서 부헬 농장으로 태워가고, 또 그곳으로 데려다주곤 했던 사람으로 애꾸눈에다 뼈대가 매우 굵고 키가 컸으며, 그러면서도 등에 혹이 있는 사람이었는데, 그 곱사등 위에 어린 아드리안을 자주 태우곤 했다. 훗날의 이 거장이 내게 자주 확인해준 바에 따르면, 그 곱사등은 아주 실용적이고 편안한 좌석이었다고 한다. 그 밖에도 하네라는 이름으로 불리던 마구간 하녀가 생각난다. 그녀는 가슴을 출렁대며 맨발로 돌아다녔는데, 발에는 언제나 오물이 묻어 있었다. 어린 아드리안은 그녀와도 역시 가까운 사이였으며, 그 이유는 나중에 더 설명하겠다. 또 낙농장 관리인 루더 부인은 두건을 두른 과부로 그녀의 아주 대단히 위엄에 찬 얼굴 표정은 아마 부분적으로는 자신의 이름에 대한 항의를 나타냈을 것이다.* 또한 그것은 그녀가 정평이 날 만큼 뛰어난 카룸 씨앗 치즈를 생산할 줄 안다는 사실 때문이기도 했다. 주인마님이 직접 나서지 못할 때 마구간에서 우리를 접대하던 사람이 바로 그녀였다. 우리가 그 자비에 찬 곳에 머무는 동안, 그녀가 젖을 짤 때 쓰는 작은 의자 위에 쭈그리고 앉아 소젖을 주무르면, 미지근하고 거품이 일며 인간에게 유용한 동물 냄새가 나는 우유가 우리의 유리잔 속으로 흘러들어갔다.

　내가 들판과 숲과 연못, 언덕으로 이루어진 광경을 포함해 그런 시골의 아이들 세계를 낱낱이 회상하는 일에 괜히 빠져드는 것은 물론 아니다. 그곳은 바로 아드리안이 열 살이 될 때까지 체험한 어린 시절의

---

* 독일어로 '루더Luder'는 '비천한 여자'라는 뜻이다.

주변 환경으로 부모와 함께 살았던 유년기의 집이자 그의 삶의 출처를 보여주는 지역이었고, 나를 매우 자주 그와 함께 머물게 해주던 곳이었다. 그 시절은 우리가 서로 친근하게 "너"라고 부르기 시작하던 때였으니까 그도 나에게 이름을 부르며 말을 걸었을 것이 틀림없다. 지금은 더 이상 그렇게 부르던 순간이 떠오르지 않지만, 내가 그를 "아드리"라고 불렀듯이 여섯 살 내지 여덟 살 먹은 아이가 나를 "제레누스" 혹은 간단하게 "제렌"이라 부르지 않았으리라고는 상상할 수 없는 노릇이다. 그가 더 이상 내 이름을 부르지 않고 꼭 나를 불러야 할 때는 성만 부르게 되었던 반면, 나는 그를 성으로 부르는 것이 너무 무뚝뚝하고 있을 수 없는 일로 여겨졌을 시점은, 이제 더 이상 확인할 수 없지만 이미 우리가 학교를 다니기 시작하던 때였음이 분명하다. 그냥 사실이 그랬다는 말이다. 내가 뭔가 불평할 생각이었던 것처럼 보였다면, 그건 정말이지 맞지 않다. 단지 나는 내가 그를 "아드리안"이라고 불렀던 반면에 그는 내 이름을 부르지 않을 수 없는 상황이면 "차이트블롬"이라고 성만 불렀다는 점을 언급할 필요가 있다고 느꼈던 것뿐이다. 아무튼 희한하지만 어쩔 수 없는 사실, 나로서는 너무나 익숙했던 그런 사실은 그냥 제쳐두고 부헬 이야기로 돌아가기로 하자!

그의 친구이자 나의 친구는 주조라는 농장 개였다. 기이하게도 그 개는 이런 이름으로 불렸다. 약간 초라한 사냥개의 일종이었던 주조는 먹이를 가져다줄 때면 늘 얼굴을 활짝 펴면서 웃곤 했지만, 낯선 사람에게는 결코 위험하지 않은 녀석이 아니었다. 놈은 낮에 개집의 먹이 그릇 옆에 묶여 있는 개 특유의 삶을 살다가, 고요한 밤에만 농장의 이곳저곳을 돌아다녔다. 또 우리는 돼지 떼가 돼지우리에서 지저분한 몸으로 서로 밀치는 광경을 함께 바라보았다. 예전에 하녀가 들려주던 이야기, 즉 깨끗하지 못한 이 가축들이 금발의 속눈썹이 있는 교활한 파란 눈과 사람 피부 색깔의 기름진 몸으로 간혹 어린아이들을 잡아먹었다는 이야기를 떠올리며, 지하에서 들려오는 듯한 '눅-눅' 하는 돼지의 언어를 따라 해보았다. 또 우리는 엄마 돼지의 젖가슴에 매달린 새끼 돼지의 불그스레하고, 희희낙락하며 서로 밀쳐대는 모습을 함께 바라보기도 했다. 그리고 철망 뒤에서는 닭들이 너무나 꼼꼼하면서도 위엄 있고 온건한 소리로 '구국'거리는가 하면, 아주 간혹 히스테리에 빠지기도 하는 행태를 보며 재미있어 했고, 집 뒤에 있는 꿀벌들의 벌집을 조심스럽게 찾아가기도 했다. 그중 한 놈이 어쩌다 사람 코 위에서 길을 잃고 어리석게도 침을 쏘게 되면, 못 참을 정도는 아니지만 얼얼할 만큼 아픈 통증을 유발한다는 것을 잘 알고 있었던 것이다.

나는 우리가 텃밭에 있던 까치밥나무 열매 줄기를 입술 사이에 대고 훑던 것을 기억하고, 우리가 맛보던 초원의 승아를 기억한다. 또 우리가 꽃줄기에서 맛있는 꽃꿀을 빨아먹을 수 있었던 꽃들을 기억하고, 함께 숲에서 등을 베고 누워서 씹었던 도토리를 기억하며, 또 길가의 수풀에서 햇빛에 달궈진 보랏빛 나무딸기를 땄던 것, 그 떫은 즙이 어린 우리들의 갈증을 풀어주던 것을 기억한다. 우리는 아이들이었다. 어린 시절에 대한 회상은 나 자신의 느낌 때문이 아니라 그 친구 때문에 나를 흥분시킨다. 그의 운명을, 순수함의 계곡에서 걸어 나와 황폐한 것도 모자라 소름이 돋을 만큼 높은 정상으로 올라갈 수밖에 없도록 그에게 주어진 운명을 생각하면 말이다. 그것은 예술가의 삶이었다. 그런 삶을 그렇게 가까이에서 지켜보는 일이 나에게, 이 단순한 남자에게 주어진 것이었기에, 인간의 삶과 숙명에 대한 내 영혼의 모든 감정은 바로 이 인간 존재의 특수한 형태에 집중됐다. 아드리안과 나의 우정 덕분에 내게는 이런 특수한 형태가 모든 운명을 형상화하는 범례가 되었고, 말하자면 우리가 성장, 발전, 천명이라고 부르는 것에 의해 감동받게 되는 전형적인 계기가 되었다. 그리고 실제로 이 특수한 형태는 천명과 같을 것이다. 왜냐하면 일단 예술가는 실질적이고 현실적인 것 안에서 전문화된 사람보다 평생 자신의 어린 시절에 '더욱 충실하게'까지는 아니더라도, 더 가까이 머물러 있을지도 모른다. 다시 말해 예술가는 실용적인 분야의 사람과 달리 환상에 잠기고 순전히 인간적이며 유희적인 아이의 상태에 지속적으로 머문다고 말할 수 있을지 모른다. 그러나 자연 그대로의 유년기에서 훗날 자신의 성장 과정에서 예측하지 못했던 단계에 이르기까지 예술가가 걷는 길은 시민적인 인간의 길보다 한없이 더 넓고, 더 모험적이며, 옆에서 바라보는 사람에게는 더욱 큰 충격을 안겨준다. 일반적인 시민의 경우에는 자신도 한때 어린아이였다는 생각이 그다지 눈물을 자아낼 일은 아닌 것이다.

말이 나왔으니 독자들에게 간절히 부탁하건대, 내가 앞에서 했던 감상적인 말들은 전적으로 나의, 즉 이 글을 쓰고 있는 사람의 심정에서 한 말이니까, 혹시라도 레버퀸의 입장을 전한다고 믿지 않기를 바란다. 나는 구식 인간인 데다, 내 취향에 맞는 다소 낭만적인 견해를 유지하고 있거니와, 그런 견해에는 예술성과 시민성을 심각하게 대립하는 반대 양상으로 보는 시각도 포함되는 법이다. 아드리안이라면 앞서 말한 것과 같은 표현에 대해 냉정하게 반박했을 것이다. 그런 것에 대해 굳이 반박하는 수고를 감수할 가치가 있다고 여기기라도 했다면 말이다. 왜냐하면 그는 예술과 예술성에 대해 지극히 건조하고, 게다가 반발하듯 냉소에 찬 생각을 하고 있었기 때문이다. 그는 세상이 오랫동안 멋대로 지껄여대던 "낭만적인 허튼소리들"을 너무나 싫어해서, 심지어

'예술'이라든지 '예술가'라는 단어조차 듣기 싫어했다. 그의 이런 성향은, 그런 단어가 들릴 때 그의 얼굴에 드러나던 불쾌감에서 분명히 나타났다. '영감'이라는 말에 대해서도 마찬가지여서, 그런 말은 그가 있는 자리에서는 전혀 쓰지 못하고 기껏해야 '착상'이라는 단어를 대신 써야 했다. 그렇게 그는 '영감'이라는 표현을 혐오하고 조롱했다. 고인을 추모하면서 그 같은 혐오와 조롱을 떠올릴 수밖에 없기에 나는 저도 모르게 지금 쓰고 있는 원고 밑의 압지에서 손을 떼어 눈을 가리게 된다. 아아, 그 같은 혐오와 조롱은 작금의 정신적 또는 시대적 변화들이 단지 초개인적인 차원에서 나타난 결과라고 하기에는 너무나 고통스러운 것이었다! 물론 그런 변화들은 그 상황 속에서 효력을 발휘했다. 나는 아드리안이 대학 시절에 이미 내게 19세기는 대단히 편안한 시대였음이 틀림없다고 말했던 것이 기억난다. 왜냐하면 인류 역사상 그 어떤 세대도 지나간 세기의 견해나 습관과 작별하는 과정에서 지금 살아 있는 우리 세대보다 더 어려움을 겪지는 않았기 때문이라는 것이었다.

부헬의 집에서 단지 10분 거리에 수양버들로 둘러싸인 연못은 앞에서 이미 잠깐 회상했었다. 그 연못은 '소구유'라고 불렸는데, 아마 길쭉하게 생긴 모양 때문이기도 했고, 또 소들이 물을 먹으러 자주 물가로 들어서곤 했기 때문이기도 했다. 이유는 모르겠으나 연못의 물은 너무나 차가워서, 우리는 해가 아주 오래 떠 있던 오후에만 수영을 할 수 있었다. 언덕에서 출발해 연못까지는 반시간이나 걸리는—참고로, 우리가 즐겼던—산책길이었다. 언덕은 분명히 아주 오랜 옛날부터이긴 하지만 매우 부적절하게도 '시온 산'이라고 불렸으며, 나 개인적으로는 외출을 꺼렸던 겨울에 썰매를 타기에 딱 좋았다. 여름이면 그 언덕 '꼭대기'에는 무성한 우듬지가 그늘을 만들어주는 단풍나무와 지역 주민의 비용으로 설치된 벤치가 있어서, 바람이 잘 통하고 시계가 좋은 휴식처가 되었다. 나는 일요일 오후 저녁 식사 전에 자주 레버퀸 가족과 함께 그곳에서 즐거운 시간을 보내곤 했다.

이제 나는 다음의 내용을 언급해야 한다는 조급함에 쫓기고 있다. 아드리안이 훗날 성숙한 남자로서, 즉 오버바이에른 지방 발츠후트 근처 파이퍼링의 슈바이게슈틸 가족 집에서 하숙인으로 생활할 때 바로 그곳의 풍경이나 가정환경이, 그가 유년기에 누렸던 환경과 희한할 만큼 비슷한 모습으로 반복된다는 사실이다. 달리 표현하자면, 성인으로서 그가 보냈던 삶의 무대는 그가 유년기에 체험했던 무대를 기이하게 모방한 것이었다. 파이퍼링(혹은 페퍼링이라고도 하여, 표기 방식은 완전히 정해져 있지 않았다) 근방에, '시온 산'이 아니라 '롬뷔엘'이라고 불리기는 했지만, 지역 주민들이 벤치로 단장한 언덕이 있었다는 점만으로 두 곳의 환경이 비슷했다는 말은 아니다. 농장에서 아주 똑같은 거리에 '소구유' 연못처럼 연못이 하나 있었는데, 그곳에서는 '집게 연못'이라 불렸고, 물이 무척 차가웠던 점도 그랬다. 그것 말고도 가옥, 뜰, 가족 관계까지 부헬의 상황과 정확하게 일치했다. 뜰에는 나무가 한 그루 자라고 있었는데, 역시 통행에 약간 방해가 되었지만, 마찬가지로 정서적인 이유 때문에 베어버리지 않고 두었던 것이다. 그 나무는 보리수가 아니라 느릅나무였다. 물론 슈바이게슈틸 집의 건축양식과 아드리안 부모 집의 양식 사이에 특징적인 차이가 있었음은 인정한다. 슈바이게슈틸 집은 두꺼운 담장, 깊고 아치형으로 둥근 창문 벽감, 약간 퀴퀴하게 곰팡내가 풍기는 현관 복도가 있는 오래된 수도원 건물이었기 때문이다. 하지만 집주인이 피우던 파이프 담배 향기는 부헬 집에서처럼 이곳에서도 아래층의 분위기를 가득 채웠거니와, 그곳 집주인과 그

52

의 아내 슈바이게슈틸 부인은 아드리안에게는 '부모'와 같았다. 다시 말하면, 남편은 별 표정이 없고 말도 없는 편이었으며, 시의 경계 내에서 경작을 하던 신중하고 조용한 소도시 시민이었고, 부인은 이미 나이가 꽤 든, 어떻게 보면 보통 이상으로 약간 위풍당당한 체격이라고나 할까, 그래도 균형이 잘 잡힌 몸매로 활력 있고 힘차게 일하는 여인이었다. 그녀의 가르마는 팽팽하게 빗어서 단정했고, 손발은 잘생긴 모양을 띠었다. 덧붙이자면, 이들에게는 성장한 맏아들이 있었는데, 그의 이름은 (게오르크가 아니라) 게레온이었으며, 농장을 경영하면서 아주 진보적이고 새로운 기계를 도입해볼까 생각하는 젊은 남자였다. 또 그 밑으로는 클레멘티네라는 딸이 있었다. 그뿐이랴. 파이퍼링 농장의 개도 웃을 줄 알았다. 비록 주조라는 이름이 아니라 카슈페를이라고 불리기는 했지만, 아니 적어도 원래는 그렇게 불렸지만 말이다. 무슨 말인고 하면, 바로 이 "원래는"이라는 표현에 대해 농장의 하숙인은 자기만의 견해가 있었다. 아드리안의 영향 때문에 카슈페를이라는 이름이 점차 그저 추억이 되어버리다가, 결국 그 개도 오히려 '주조'라는 이름에 반응하게 되는 과정을 지켜본 증인이 바로 나 자신이다. 그리고 둘째 아들은 없었지만, 이런 점도 예의 저 반복 현상을 약화시키기보다는 오히려 강화했다. 왜냐하면 도대체 어떤 인간이 아드리안과 같은 둘째 아들일 수 있었겠는가?

이렇게 저절로 떠오르는 두 집안 환경의 일치하는 점에 대해 나는 한 번도 아드리안과 이야기를 나누어본 적이 없다. 처음부터 안 하다 보니 나중에도 아마 더 하고 싶지 않게 된 것 같다. 하지만 그런 반복 현상은 도무지 내 마음에 들지 않았다. 과거의 유년기를 다시 만들어내는 식으로 현재의 체류지를 선정한다는 것, 이미 오래전에 다 지나온 유년기에, 혹은 최소한 그 외적인 환경 속에 이런 방식으로 숨어버리는 것은 일종의 애착을 증명할지는 모르겠으나, 한 남자의 정신적 삶과 관련해서는 가슴을 짓누르는 뭔가를 암시한다. 레버퀸의 경우에 그것은 더욱 기이한 일이었다. 왜냐하면 나는 그가 부모와 함께 지내던 시절에 그다지 깊은 애정과 감성으로 집안과 연결된 모습을 본 적이 없거니와, 그가 일찍이 그다지 눈에 띄는 아픔도 드러내지 않으며 부모 곁을 떠나왔기 때문이다. 그렇다면 예의 저 인위적인 '귀환'은 단순히 재미 삼아 한 일이던가? 나는 그렇다고 생각할 수 없다. 오히려 그 모든 것들은 내가 알고 있는 어떤 남자를 생각나게 한다. 그는 겉으로는 건장하고 수염을 길렀지만 천성이 너무나 민감해서, 아플 땐—그는 자주 아픈 경향이 있었다—소아과 의사만 찾아가 치료를 받으려고 했다. 게다가 그가 다니던 의원의 의사는 몸집이 너무나 작은 사람이어서 성인 의료원은 그에게 일터로, 그야말로 문자 그대로 맞지 않았을 터이고, 그래서 소아과 의사밖에 될 수 없었던 인물이었다.

예의 저 여린 남자 환자든 소아과 의사든 이 기록물에서 다시는 언급되지 않을 것인 만큼, 그들의 에피소드는 내 글의 원래 주제에서 벗어나는 이야기라고 스스로 결론짓는 게 좋을 듯하다. 내가 앞질러 말해버리는 경향에 빠져 여기서 벌써 파이퍼링과 슈바이게슈틸 일가에 대해 이야기한 것이 잘못이라면, 그리고 의심할 여지 없이 분명히 잘못이었다면, 독자에게 부탁하건대, 이 전기를 쓰기 시작한 이래 내내—그러니까 집필하는 시간에만 그러한 것이 아니라—나를 사로잡고 있는 흥분된 감정을 참작해 그런 잘못을 이해해주기 바란다. 내가 벌써 여러 날째 이 글을 쓰고 있는 중이지만, 그럼에도 균형 잡힌 문장을 쓰고자 애쓰며 내 생각에 적합한 표현을 찾으려고 노력하는 나의 겉모습이 독

자들로 하여금 다음과 같은 사실을 모르고 넘어가게 하지 않기를 바란
다. 지금 내가 계속 흥분하고 있다는 사실, 보통 때에는 매우 안정적인
나의 필체마저 떨리고 있다는 점에서도 드러나는 흥분 상태가 지속되
고 있다는 사실 말이다. 덧붙이자면, 나는 내 글을 읽는 독자들이 시간
이 지나면서 나의 이 정신적인 충격을 이해하게 되리라고 믿을 뿐 아니
라, 결국 그들 자신에게도 이런 충격이 남의 이야기로만 남게 되지 않
을 것이라고 확신한다.

  진작 언급했어야 하는데 잊어버린 것은, 슈바이게슈틸 농장, 다시
말해 아드리안이 훗날 머물던 곳에, 물론 놀라운 일은 아니거니와, 가
슴을 출렁대며 늘 오물이 묻은 맨발로 돌아다니던 마구간 하녀도 있
었다는 사실이다. 마구간 하녀들이 모두 고만고만하게 생겼듯이 그녀
는 부헬의 하네와 비슷한 모습이었고, 이제 원형을 반복하는 하녀로서
는 발트푸르기스라는 이름으로 불렸다. 나는 지금 그녀의 이야기를 하
려는 것이 아니라 그녀의 원형인 하네 이야기를 하려는 것이다. 하네는
노래 부르기를 좋아했고, 우리 어린이들과 소박한 노래 연습 시간을 마
련하곤 했기 때문에 어린 아드리안은 그녀와 친하게 지냈다. 목소리가
고운 엘스베트 레버퀸이 일종의 순결을 지키고자 시도하지 않았던 것
을, 하필 짐승 냄새를 풍기는 이 하녀가 아주 거침없이 털어놓으며 우
리에게 노래해주었다는 점은 무척이나 특이하다. 비록 크게 울부짖는
것 같은 목소리이기는 했어도, 그녀는 뛰어난 음감으로 저녁에 보리수
아래 벤치에 앉아 갖가지 민요와 군가, 또 거리의 속된 유행가 등 대개
는 감정이 넘치거나 기분이 오싹해지는 노래를 불렀고, 우리도 금방 그
가사와 멜로디를 익힐 수 있었다. 어느 순간 우리도 함께 노래를 부르
게 되면, 그녀는 3도 음정으로 내려갔다가, 아래 5도 음정과 아래 6도

음정으로 돌변해서는 우리에게 가장 높은 성부를 맡겨두고, 자신은 도발적이고 귀에 잘 들리는 목소리로 두번째 성부를 꿋꿋이 지켰다. 그럴 때마다 그녀는, 아마도 우리에게 화음을 제대로 즐겨보라고 부추기기 위해, 먹이를 얻게 되는 순간의 주조처럼 펑퍼짐한 얼굴로 웃어 보이곤 했다.

　내가 "우리"라고 한 것은 아드리안과 나와 게오르크를 두고 한 말이다. 게오르크는 벌써 열세 살이었고, 그의 동생과 나는 각각 여덟 살과 열 살이었다. 꼬마 여동생 우르젤은 이런 연습에 참여하기에는 늘 너무 어렸다. 하지만 어떤 의미에서는 우리 네 명의 가수들 중에서도 이미 한 명은 일종의 성악곡을 부를 때 남아돌았다. 마구간 하네가 우리의 단순한 합창을 그런 성악 수준으로 끌어올릴 줄 알았던 것이다. 그녀는 우리에게 돌림노래를 가르쳤는데, 물론 아이들에게 가장 잘 알려진 돌림노래였다. 「아, 저녁에 나는 얼마나 마음이 편안한지」 「노랫소리가 들리누나」 그리고 뻐꾸기와 당나귀에 관한 돌림노래 같은 것들이었다. 그래서 우리가 그렇게 즐거움을 누렸던 황혼 녘이 내게는 소중한 추억으로 남아 있다. 혹은 그런 추억이 나중에 격상된 의미를 갖게 되었다고 말하는 것이 더 적절할지도 모른다. 왜냐하면 증인으로서 나의 자격이 허용하는 한에서 판단하건대, 그런 노래들은 내 친구가, 단순히 입을 모아 노래 부르는 일이 보여준 것보다 더 예술적인 활동 체계로 이루어진 '음악'과 처음으로 접촉하도록 해주었기 때문이다. 그런 노래는 시간적인 교차, 즉 앞 사람을 모방함으로써 노래를 시작하게 되어 있었다. 이미 노래가 불리는 가운데 멜로디가 끝나기 전에 특정 지점까지 진행되면, 마구간 하네가 적절한 순간에 옆구리를 쿡 찌르며 따라 부르라고 재촉하면서 시작되는 방식이었다. 이때 멜로디를 구성하는 부분이 서로 다른 상황으로 동시에 존재했지만, 이로 인해 혼란이 일어나는 것이 아니라 두번째 가수가 첫째 구절을 따라 부르는 노래가 한 점 한 점 매우 듣기 좋게 첫번째 가수가 부른 노래의 연속이 되었다. 하지만 첫번째로 노래를 부르는 사람이—「아, 저녁에 나는 얼마나 마음이 편안한지」라는 곡이라고 가정하면—"종들이 울리네" 부분을 반복한 뒤 이에 곁들여서 "빔-밤-붐"을 시작하면, 이렇게 곁들이는 소리가 두번째로 노래를 부르는 사람이 이제 막 부르고 있는 "휴식하라고"에 베이스음을 깔아줄 뿐만 아니라, 다시 옆구리를 쿡 찔려서 세번째로 노래를 부르는 사람이 음악상의 시간 순서에 맞추어 부른 "아, 저녁에 나는 얼마나"라는 첫 부분에 대해서도 그랬다. 그리고 세번째 사람이 멜로디의 둘째 단계에 다다르면, 방금 막 다시 시작하는 첫번째 사람, 즉 기본음을 내는 의성어로서 "빔-밤-붐"을 두번째 사람에게 넘겨준 사람과 교대하게 된다. 전체적으로 이런 식이었다. 우리들 중에서 네번째 부분을 맡은 사람은 어쩔 수 없이 다른 사람이 맡은 부분을 함께 노래하게 되었지만, 8도 음정으로 낮게 노래함으로써 그렇게 겹치는 부분에 활기를 넣어주고자 애쓰는 도리밖에 없었다. 혹은 그는 첫번째 부분이 시작되기 전에 이미, 말하자면 노래의 바탕을 이루는 종소리를 일찌감치 시작해, 노래가 진행되는 동안 내내 끈기 있게 멜로디의 전체 단계들을 '라-라-라'로 변주하며 혼자 곡조로만 노래를 했다.

이와 같이 우리는 시간적으로 항상 서로 떨어져 있었던 반면, 각 사람이 부르는 멜로디에 다른 사람의 멜로디가 있음을 즐기는 셈이었다. 그리고 우리가 만들어낸 것, 즉 그 우아하게 짜 맞추어진 노래는 '동시에 부르는' 노래와 달리 하나의 오케스트라를 형성했다. 우리는 그렇게 구성된 노래의 조화를 좋아했고, 그것의 본질적인 특성과 원인에 대해서는 캐묻지 않았다. 여덟 살, 혹은 아홉 살 먹은 아드리안도 그렇게 하지 않았을 것이다. 아니면 마지막으로 부른 "빔-밤"이 저녁 하늘에서 사라질 때 들려오던 아드리안의 웃음, 놀라움보다는 조롱을 담고 갑작스럽게 터져 오르던 그 짧은 웃음, 그리고 후에 내가 그의 곁에서 너무나 자주 경험해 잘 알고 있던 그의 웃음, 바로 그 웃음은 이런 노래들이 만들어진 방식을 꿰뚫어보았다는 의미였던가? 그 방식이란 사실 아주 간단하게도 두번째 성부가 첫번째 성부의 반복이 되도록 함으로써 멜로디를 시작하고, 세번째 부분은 베이스로서 앞의 두 성부를 보조할 수 있도록 하면 되니까 말이다. 우리가 마구간 하녀의 지도아래 이미 비교적 꽤 높은 수준의 음악적 문화 단계를 즐기고 있었다는 것을 우리들 중 어느 누구도 뚜렷이 의식하지 못했다. 다시 말해 15세기에 발견되어 우리에게 즐거움을 안겨다 준 모방적인 다성 음악의 영역에 가 있었던 것을 말이다. 어쨌든 짧게 터져 오르던 아드리안의 그 웃음을 돌이켜보면, 이제는 그 웃음이 뭔가 내막을 알고 나서 느긋하게 조롱하는 낌새를 담고 있었다는 생각이 든다. 그런 웃음은 그에게 변함없이 남아 있었다. 그 뒤에도 나는 자주 그가 그렇게 웃는 소리를 들었다. 내가 음악 연주회나 공연장에서 그의 옆에 앉아 있을 때, 어떤 예술의 트릭, 말하자면 대중들은 이해하지 못하는 사이에 음악의 구조 안에서 일어난 어떤 재치 발랄한 과정, 즉 극 중 대화에서 어떤 섬세한 정신적 암시가 그를 살짝 놀라게 할 때 그랬다. 어린 시절에는 아직 그의 웃음이 나이에 전혀 어울리지 않았지만, 성인이 된 뒤에 볼 수 있었던 웃음과 이미 완전히 똑같았다. 머리를 뒤로 젖힘과 동시에 입과 코로 조용히 공기를 내뿜는 그 소리는 짧고 냉담했으며, 심지어 경멸적이었고, 혹은 기껏해야 "괜찮군. 익살스러워. 특이해. 재미있어!"라고 말하고 싶은 듯했다. 그러나 이때 그의 눈은 독특하게 주의 깊은 시선으로 먼 곳을 바라보았으며, 금속성의 얼룩이 보이는 그 눈의 어스름한 빛이 더욱 어두워졌다.

V

앞에서 방금 끝난 장도 내 취향으로는 너무 많이 늘어나버렸다. 그래서 독자의 끈질긴 인내심은 어떤 상태인지 자문해보는 것이 정말 좋겠다는 생각이 든다. 내가 지금 쓰고 있는 모든 말이 나 자신에게는 대단히 흥미롭지만, 내 입장을 근거로 이런 이야기와 무관한 사람들도 관심이 크리라고 생각하지 않도록 나는 얼마나 조심해야 하는지 모른다! 하지만 내가 또 잊지 말아야 할 것은, 나는 이 순간을 위해 전기를 쓰는 것이 아니거니와, 레버퀸에 대해 아직 아무것도 모르기 때문에 그에 대한 상세한 이야기를 모두 듣고 싶어 하지 않는 독자들을 위해 쓰고 있는 것도 아니라는 점이다. 그것보다 나는 일반인의 관심을 끌기 위한 전제 조건들이 지금과는 완전히 다른, 분명히 쓸 수 있는 표현이건대, 지금보다 훨씬 더 잘 조성된 어느 시기를 생각하며 이 전기를 준비하고 있는 것이다. 이 충격적인 삶이 거쳤던 세세한 사항들이 잘 서술되었든, 혹은 그렇게 되지 못했든 간에, 그런 사항들에 대한 일반적인 관심과 질문이 너무나 커지는 바람에 이것저것 가리지 않을 만큼 절박해지는 시점을 고려하면서 말이다.

　너무나 넓으면서도 좁은, 질식할 정도로 혼탁한 공기로 가득 찬 우리의 감옥이 열릴 때, 바로 앞에서 언급한 시점이 오게 될 것이다. 다시 말해, 현재 광란하고 있는 전쟁이 어떤 결과로든 끝나게 될 때. 하지만 나는 "어떤 결과로든"이라고 말하며 나 자신에 대해, 그리고 운명이 독일의 정서를 몰아간 끔찍한 궁지에 대해 얼마나 경악하고 있는지 모른다! 왜냐하면 나는 "어떤 결과로든"이라고 하면서 오로지 한 가지 결과만 생각하고 있기 때문이다. 바로 그 한 가지 결과만을 예상하고, 국민으로서의 내 양심과 달리 그 한 가지 결과를 바탕으로 미래를 생각하고 있기 때문이다. 끊임없이 공공연하게 우리에게 전해지는 소식은 독일 패전의 파괴적인 결과, 끔찍함에서 비길 데 없는 최후의 그 결과를 우리 모두의 의식 속에 깊숙이 심어놓았고, 그래서 우리는 그것을 세상의 무엇보다 더 두려워할 수밖에 없게 되었다. 그럼에도 불구하고 우리들 중 일부가 죄를 짓는 것이라고 여기는 순간에도 더 두려워하는 것, 다른 이들은 지속적으로 아예 드러내놓고 독일의 패전보다 더 두려워하는 것이 있다. 그것은 바로 독일의 승전이다. 나는 나 자신이 두 부류 중 어느 쪽에 속하는지 감히 물어볼 엄두를 내지 못하겠다. 어쩌면 제3의 부류에 속할지도 모른다. 독일의 패전을 끊임없이 그리고 명료한 의식으로 열망하면서, 또한 끊임없는 양심의 가책으로 괴로워하며 열망하는 부류 말이다. 내가 품고 있는 소망과 희망은 독일 군대가 승리하는 결과를 거부할 수밖에 없다. 왜냐하면 그 군대가 승리하게 되면, 내 친구의 작품이 묻혀버릴 것이기 때문이다. 금지와 망각의 마력이 어쩌면 100년간 그의 작품을 덮어버려 정작 빛을 봐야 할 시대를 놓쳐버리고, 단지 훗날에 가서야 역사적인 예우만을 받게 될지 모르기 때문이다. 이것이 독일 국민으로서 내가 지은 죄의 특별한 동기이며, 나는 양손의 손가락만으로도 어렵지 않게 꼽을 수 있는 소수의 사람들과 이 동기를 공유하고 있다. 하지만 나의 심리 상태는 너무나 어리석고 진부한 관심을 가진 자들을 제외하면, 우리 민족 전체에게 숙명이 되어버린 심리가 특수하게 변화한 것일 뿐이다. 그리고 나는 이 숙명 때문에 특별한, 전대미문의 비극이 필요하다고 생각하는 경향으로부터 자유롭지 않다. 비록 자신의 나라와 모든 나라의 일반적인 미래를 위해서 자신의 나라가 패전하기를 원하는 비극적인 운명이 다른 여러 나라에게도 이미 주어진 적이 있다는 사실을 알고 있지만 그렇게 생각한다. 어쨌든 독일인의 특성이 지닌 정직함, 경건함, 신의와 충정의 심정으로 인정하고 싶은 점이 분명히 있기에 말이다. 우리가 처한 상황에서 겪는 딜레마는 유례가 없는 극단적인 양상을 띠고 있다고. 그리고 나는 그렇게도 선한 독일 민족을, 내가 확신하건대 다른 어떤 민족이 겪었던 것보다 견디기 힘든 정신적 상태, 즉 절망적일 만큼 자신과 내면적으로 소원해지도록 하는 정신 상태로 몰고 간 자들에 대해 깊은 통분을 누를 길이 없다. 지금 우리가 처한 갈등의 엄청난 규모를 그야말로 일종의 애국적인 자부심을 가지고 측정하려면, 나는 내 아들들이 불행하게도 우연히 나의 이 기록물을 알게 되고, 그래서 유약한 심정에서 나올 수 있는 이런저런 고려를 단호히 부정하며 나를 비밀경찰에 고발할 수밖에 없을지도 모르는 상황을 상상하기만 하면 된다.

원래는 더 짧게 쓰려고 마음먹었던 이번의 새 장도 앞에 쓴 내용 때문에 또다시 걱정스러울 만큼 결함이 있게 됐다는 점을 나는 전적으로 의식하고 있다. 그러면서도 내가 사실은 앞으로 다가올 것이 **두려워**

서 일부러 전기 서술을 지체하며 장광설을 늘어놓으려 하고 있다는 심리통찰적인 의심, 혹은 속으로는 기꺼운 마음으로 그렇게 지체할 수 있는 기회를 활용하고자 한다는 의혹을 애써 외면하지는 않겠다. 내가 책임과 애정 때문에 시작했던 과제에 내심 겁을 먹고 있기 때문에 이렇게 주저하고 있다는 추측을 허용함으로써, 나는 독자들에게 나의 정직성을 증명하고 있는 것이다. 하지만 아무것도, 나 자신의 무능함도 나의 과제 진행을 막아서는 안 된다. 그러니까 내가 알기로는, 아드리안이 처음으로 음악 영역과 접촉하게 된 계기가 마구간 하녀 하네와 함께 했던 우리의 돌림노래 부르기였다고 언급한 곳에서 다시 원래의 이야기를 이어가면서 나의 과제를 수행해나가겠다. 물론 아드리안이 소년 시절에도 부모와 함께 오버바일러의 마을 교회에서 주일예배에 참석했음을 나는 알고 있다. 한 젊은 음악도가 그 예배에 참석하기 위해 바이센펠스에서 건너오곤 했는데, 그는 작은 오르간으로 교회 신도들이 부를 노래의 전주곡을 연주하고 반주를 하는가 하면, 또 예배가 끝난 뒤에는 소심하게 즉흥곡을 연주함으로써 교회를 나서는 경건한 신도들의 발걸음을 거들었다. 하지만 우리는 대개 예배가 끝난 뒤에 부헬에 도착했기 때문에 나는 그 연주를 들어본 적이 거의 없었다. 그래서 내가 할 수 있는 말은, 아드리안의 어린 감각이 저 음악가의 연주에 의해 어떤 형태로든 일깨워졌다거나, 또는 그런 일이 그다지 가능하지 않았다면 음악이라는 현상 자체가 그에게 의식되기는 했을 것이라고 유추하게 만드는 말은 아드리안으로부터 한 마디도 들어본 적이 없다는 것뿐이다. 내가 아는 한, 아드리안은 당시에 아직, 또 그 이후로도 여러 해 동안 음악에 아무런 주의도 기울이지 않았다. 그는 자신이 음악의 세계와 어떻게든 관련이 있다는 사실을 스스로에게도 드러내지 않을 만큼 음악에 전혀 신경을 쓰지 않았다. 나는 그런 행동에는 심리적인 극기가 작용했다고 생각한다. 그리고 어쩌면 생리학적인 해석도 원용해볼 수 있을 것이다. 왜냐하면 그가 독자적으로 피아노를 가지고 음악을 실험해보기 시작한 것은 실제로 카이저스아셰른의 숙부 집에서 그의 나이 열네 살이 되던 무렵, 그러니까 사춘기가 시작되고 어린이다운 순수함에서 벗어나던 무렵의 일이었기 때문이다. 덧붙이건대, 당시는 그에게 괴로운 나날을 안겨다준 유전성 편두통이 시작된 시기이기도 하다.

그의 형 게오르크의 장래는 농장의 상속자라는 지위로 인해 명백하게 정해져 있었고, 그도 처음부터 자신의 소명과 완전히 조화를 이루며 살았다. 둘째로 태어난 아들이 무엇이 될지는 부모도 알 수 없으며, 아들이 보이게 될 성향과 능력에 따라 결정되어야 할 문제로 여겨졌다. 그래서 아드리안은 학자가 되어야 할 것이라는 생각이 그의 가족들이나 우리 모두의 머릿속에 얼마나 일찍부터 자리 잡았는지는 주목할 만한 일이었다. 어떤 종류의 학자일지는 오랫동안 불확실했으나, 이미 소년일 때부터 드러난 그의 전체적인 정신 자세, 자기 생각을 표현하는 방식, 외적으로 드러나는 단호한 태도, 그리고 그의 눈빛, 그의 얼굴 표정조차 가령 나의 아버지에게도 레버퀸가의 이 후예가 '뭔가 드높은 일'을 할 소명을 받았다는 확신, 그의 가문에서 처음으로 대학을 마친 인물이 될 것이라는 확신을 심어주었다.

이런 생각이 생기고 또 굳어진 데에는 아드리안이 집에서 받았던 초급 과정의 수업을 아주 쉽게 마치면서 보여준, 어쩌면 '뛰어난'이라고까지 할 수 있는 능력이 결정적이었다. 요나탄 레버퀸은 자신의 아이들을 공립 보통학교에 보내지 않았다. 내 생각으로는, 그런 결정에 가장 중요하게 작용했던 것은 사회적인 자의식뿐만 아니라, 아이들이 오버바일러의 소작농 아이들과 함께 듣는 수업에서 얻을 것보다 더 세심한 교육을 받게 해주고 싶은 진지한 바람이었다. 아직 젊고 부드러운 성격의 교사는 학교에서 공직자로서 자신의 의무를 마치면 오후에 아이들을 가르치러 부헬로 왔는데, 마지막 날까지 매번 주조를 끔찍이도 무서워했다. 겨울에는 토마스가 그를 썰매에 태워 데려왔다. 그가 여덟 살 난 아드리안의 초급 과정 수업을 시작한 것은, 열세 살 먹은 게오르크에게 다음 단계의 교육에 필요한 모든 기본 지식을 다 가르치고 난 뒤였다. 그런데 바로 이 미헬젠 선생이 큰 소리로, 또 약간 흥분까지 하면서, 아드리안을 "아이구 참, 제발" 김나지움에, 그리고 대학에 보내야 한다고 공언한 첫번째 사람이었다. 왜냐하면 자기는 이렇게 수학 능력이 뛰어나고 머리가 빠르게 돌아가는 아이는 여태 본 적이 없다는 것이었다. 그래서 이런 학생에게 학문의 높은 고지로 가는 길을 열어주기 위해 모든 방법을 이용하지 않는다면, 그것은 치욕이 될 것이라는 말도 했다. 이와 같이, 혹은 이와 비슷하게, 어쨌든 뭔가 교원 양성소 출신다운 말투로 선생은 자기 생각을 피력하고, 게다가 라틴어로 "천부의 재능(ingenium)"이라는 표현도 썼다. 물론 부분적으로는, 그렇게 초기에 나타난 학습 성과와 관련해 쓰기에는 너무 우스꽝스러운 그런 단어로 그는 자신의 유식함을 과시하며 잘난 척할 심산이었다. 하지만 그의 말이 아드리안을 보고 놀란 심정에서 나온 것만은 분명했다.

사실 나는 그 수업 시간에 한 번도 함께 참석해본 적이 없어서 그런 이야기들을 단지 들어서 알고 있을 뿐이지만, 수업 시간에 아드리안의 태도가 어떠했을지 쉽게 상상할 수 있다. 그의 태도가 아직 소년 같은 가정교사에게는, 말하자면 자기가 준비한 학습 자료를 칭찬 어린 격려와 자포자기의 꾸중을 해대며 학생들의 무기력하고 이해력 없는 머릿속에 넣어주는 일에 익숙한 선생에게는, 틀림없이 가끔씩 기분을 상하게까지 하는 뭔가를 드러냈을 것이다. "네가 이미 모든 것을 알고 있다면, 나는 그만 가도 되겠구나" 하고 젊은 선생이 이따금 말하는 소리가 귀에 들리는 듯하다. 물론 그의 학생이 '이미 모든 것을 알고 있었던' 것은 아니다. 하지만 그의 표정은 이미 모든 것을 알고 있는 것 같은 인상을 어느 정도 풍겼다. 이유는 간단했다. 그 학생은 빠르고, 기이하게 태연하며, 미리 선취하는, 또 확실하고 쉽게 이해해 습득하는 경우였기 때문이다. 이런 능력을 보게 되면, 선생은 오래가지 않아 칭찬을 못 하게 되는 법이다. 왜냐하면 아드리안 같은 머리는 겸손한 마음을 해치는 위험을 의미하고, 심지어 교만해지도록 유혹하기 쉽다는 느낌을 주었기 때문이다. 알파벳에서 문장론과 문법까지, 수열과 가감승제에서 비례법과 간단한 비례식 계산까지, 짧은 시의 암기에서(사실 암기랄 것도 없다. 그가 시행들을 곧바로 매우 정확하게 파악하고 익혔기 때문이다) 지리학과 향토 연구 분야의 테마에 대해 일련의 자기 생각을 글로 쓰는 일에 이르기까지, 매번 같은 상황이 발생했다. 아드리안은 한쪽 귀를 내밀었다가 돌아서며, "그렇군요. 그건 알았어요. 됐으니, 다음이오!"라고 말하고 싶은 것 같은 표정을 지었던 것이다. 학생을 지도하는 사람에게 그런 태도는 뭔가 반항하는 요소를 띠기 마련이다. 분명히 그 젊은 선생은 시시때때로 크게 외치고 싶은 마음이 간절했을 것이다. "무슨 생각을 하고 있는 거야! 정신 좀 차려!"라고 말이다. 하지만 보아하니 굳이 정신 차릴 필요가 없는데 어찌하겠는가?

이미 언급했듯이, 나는 그와 함께 수업을 들어본 적이 없다. 하지만 나는 내 친구가 미헬젠 선생이 그에게 넘겨준 학문적인 내용들을 근본적으로 예의 저 태도와 동일한, 뭐라고 다른 말로 설명할 수 없이 전형적인 태도로 이해했을 것이라고 생각할 수밖에 없다. 다시 말해 그가 보리수 아래에서 보였던 태도, 수평적 멜로디의 아홉 박자는 셋씩 수직으로 나란히 세움으로써 화음의 조화로 이루어진 하나의 형태를 도출할 것이라는 설명을 듣고서 응수하며 보였던 그 태도 말이다. 아드리안의 선생은 라틴어를 약간 할 줄 알았기 때문에 그에게 라틴어를 가르쳐주고는, 이 아이는—열 살이지만—김나지움 3학년*이 안 된다면, 분명히 2학년은 될 것이라며, 자기가 할 일은 끝났다고 단언했다.

이렇게 하여 아드리안은 1895년 부활절에 부모 집을 떠나 도시로 와서, 우리 보니파티우스 김나지움(원래는 '공동형제학교')에 다녔다. 그의 숙부 니콜라우스 레버퀸, 아드리안의 아버지의 동생이자 카이저스아셰른의 당당한 시민이 조카를 자기 집에 묵도록 하겠다고 말했던 것이다.

* 초등학교(4년제) 입학 후 7년째.

VI

잘레 강변의 내 고향에 대해 말할 것 같으면, 외국인은 그곳이 할
레에서 약간 남쪽에, 즉 튀링엔 방향에 있다고 알고 있을 것이다. 나는
방금 그곳에 자리하고 **있었다**라고 말할 뻔했다. 왜냐하면 고향을 떠나
온 지 너무 오래되어 그곳이 나의 과거 속으로 사라졌기 때문이다. 하
지만 그곳에 있던 교회 탑들은 지금도 여전히 같은 곳에 솟아 있는 것
이 사실이고, 나는 지금까지 그 도시의 건축물들이 공중전의 끔찍한 여
파로 어떤 피해를 입었다는 소식은 듣지 못했다. 만약 피해를 입었다면
그 역사적인 유산의 매력을 생각할 때 유감스럽기 짝이 없겠지만 말이
다. 나는 어느 정도 침착한 마음으로 이 말을 덧붙이고 있다. 왜냐하면
내가 우리 시민 중에서 적지 않은 숫자의 사람들, 또 가장 심하게 고통
을 당했고 고향을 잃어버린 사람들과도 함께 느끼고 있는 사실은, 우리
가 단지 뿌린 것을 되돌려 받았을 뿐이라는 점이다. 설혹 우리가 지은
죄보다 훨씬 더 끔찍하게 벌을 받고 있는 것이더라도, '바람을 심는 자

는 회오리바람을 거두리라'*는 말이 우리 귓가에 울려야 할 것이다.

그러니까 헨델의 도시 할레를 비롯해 토마스 교회 성가대 지휘자**의 도시 라이프치히, 또 바이마르, 게다가 데사우와 마그데부르크도 내 고향 도시에서 멀지 않다. 하지만 철도 환승역이 있는 카이저스아셰른은 2만 7천 명의 주민이 사는 도시로서 충분히 자부심을 가지고 있고, 독일의 다른 모든 도시가 그러하듯이 역사적으로 고유한 품위를 지닌 문화 중심지라고 느끼고 있다. 이 도시는 기계, 피혁, 방적, 기계장비, 화학, 제분 같은 여러 산업을 기반으로 유지되는 곳으로, 지극히 끔찍한 고문대와 고문 도구들을 전시하고 있는 문화사 박물관 외에도 2만 5천 권의 책과 5천 권의 필사본을 갖추어 아주 높이 평가받을 만한 도서관을 구비하고 있다. 필사본 중에는 두운법에 따라 만들어진 주문서(呪文書)가 두 권 있는데, 몇몇 학자들은 이것을 메르제부르크의 주문서***보다 더 오래된 것으로 여기고 있다. 덧붙이건대, 이 주문들은 의미로 보면 전혀 대단하지 않은 것으로서, 풀다 지방 사투리로 비를 내리게 하는 마술 시도에 불과하다. 카이저스아셰른은 10세기에, 그리고 다시 12세기 초부터 14세기에 이르기까지 주교구였다. 거기엔 성과 대성당이 있고, 대성당 안에는 오토 3세 황제, 즉 아델하이트****의 손자요 테

---

* 『구약성서』 「호세아서」 8장 7절.

** 바흐를 가리킨다.

*** 1841년에 메르제부르크 주교좌 성당에서 발견된 9~10세기 고대 게르만 시대 주문서.

**** 작센 왕조의 오토 3세(980~1002)는 독일 및 이탈리아 왕으로서 신성로마제국 황제에 올랐으며, 정치보다 많은 교양을 쌓은 첫번째 황제로 유명하다.
아델하이트(931/932?~999)는 오토 1세(912~973)의 황후로서 오토 3세를 섭정했으나, 신앙에 몰두해 1097년에 성녀로 인정받았다.

오파노*의 아들이 묻힌 무덤이 있다. 그는 자신을 로마 제국과 작센의
통치자(Imperator Romanorum und Saxonicus)라고 칭했는데, 그것은
그가 작센인이고자 해서가 아니라, 스키피오**가 아프리카누스라는 별명
을 썼듯이 작센인들과 싸워서 이겼다는 의미에서 붙인 별칭이었다. 사
랑하던 로마에서 쫓겨난 뒤 그가 1002년에 불행하게 죽음에 이르렀을
때, 그의 유해가 독일로 옮겨져 카이저스아셰른 대성당에 묻히게 되었
다. 말하자면 그의 취향에 전혀 맞지 않는 상황을 겪은 셈인데, 왜냐하
면 그는 독일인의 자기혐오를 보여준 전형적인 예였고, 평생 동안 자신
의 독일적인 특성 때문에 부끄러워하며 시달렸던 것이다.

이런 것들은 이 도시에 관한 일반적인 이야기이고, 이젠 이 도시
의 예전 이야기를 하는 것이 좋겠다. 왜냐하면 그곳은 내가 이 전기에
서 전하고 있는 우리 청소년기의 체험을 담은 카이저스아셰른***이기 때
문이다. 이 도시로 말할 것 같으면, 그 외적인 모습에서 이미 드러나듯
이 분위기상으로 매우 중세적인 기운을 간직하고 있었다. 오래된 교회
들, 잘 보존된 시민 계급의 주택과 창고들, 그대로 드러나는 목재 들보
와 밖으로 돌출한 층이 있는 건축물들, 담장에 뾰족 지붕이 있는 둥근
탑들, 나무로 둘러싸이고 고양이 머리 모양의 포석이 깔린 광장들, 건
축양식 면에서 고딕과 르네상스 사이를 오가는 특징을 띠면서 높은 지

---

* 오토 2세의 황후(955/960?~991)로 남편이 요절한 뒤 세 살에 즉위한 아들 오토 3세
  를 섭정해 성공을 거두었으나 비교적 일찍 사망했다.
** Publius Cornelius Scipio Africanus(기원전 235~기원전 183): 고대 로마의 지도자
  로서 아프리카 자마에서 벌어진 3차 카르타고 전쟁에서 카르타고의 한니발 장군을 물
  리쳐 유명해졌다.
*** 독일어 '카이저스아셰른 Kaisersaschern'은 'Kaiser(황제)'와 'Asche(재)' 혹은
  'Ascher(재떨이)'를 연상시키는 합성어로 주인공 아드리안 레버퀸의 내적인 성향과
  깊은 연관성을 암시한다.

봉 위에 종탑이 솟아 있는 시청, 이 뾰족탑과 또 다른 두 개의 뾰족탑 밑으로 한쪽 벽이 없이 기둥으로 이루어진 홀, 위층에서 내다보기에 좋은 돌출창을 형성하면서 정면을 1층까지 쭉 내려 잇던 저 두 개의 뾰족탑 등이 그랬다. 이와 같은 것들은 삶에 대한 감각 면에서 끊임없이 현재를 과거와 연결해준다. 더욱이 그것은 무한대 시간의 저 유명한 공식, 스콜라 신학에서 말하는 '영원한 현재(Nunc stans)'를 이마에 달고 있는 것처럼 보인다. 300년 전의 장소, 900년 전의 장소와 동일한 장소의 정체성이 시간의 흐름에 저항하고 있다. 시간의 흐름은 무심히 스쳐 가며 많은 것을 지속적으로 변화시키지만, 다른 어떤 것은—도시의 모습과 관련해 결정적인 것—경건함 때문에, 즉 시간을 거스르는 경건한 반항심 때문에, 시간에 대한 자존심 때문에, 말하자면 기억하고자, 또 품위를 유지하고자 변함없이 머물러 있는 것이다.

　　이런 이야기는 단지 도시의 외관에 관한 것이다. 하지만 도시의 공기 중에는 15세기 마지막 10여 년 동안 사람들이 품었던 정서의 뭔가가 남아 떠돌고 있었다. 중세 말기의 히스테리, 그 잠재된 정신적 돌림병에서 남은 뭔가가 말이다. 합리적이고 단순한 현대 도시 이야기로는 이상하게 들리고(하지만 그곳은 현대적이기는커녕 오랜 세월을 거친 도시였으며, 세월이란 현재로서의 과거이거니와 현재에 의해 겹쳐진 과거일 뿐이다) 무리한 주장으로 들릴지 모르지만, 그곳에서는 갑자기 아이들이 떼를 지어 행진하는 일, 말하자면 성 비투스의 춤*이 한바탕 벌어질 것 같다는 생각이 들 수 있었다. 달리 말해, 어중이떠중이 할 것 없이 온갖

---

* 무도병(舞蹈病) 춤. 중세 후기에 이른바 무도병에 걸린 환자들이 병의 치유력을 가지고 있다고 믿은 성 비투스의 예배에 참석한 데서 유래하는데, 여기서는 나치의 광란을 암시한다.

세속적인 것을 쌓아올려 화형장을 벌이고, 십자가의 기적을 장담하는가 하면, 신비주의로 민중을 오도하며 공산주의식 환상을 떠벌리는 설교 장면 같은 것 말이다. 물론 그런 일은 일어나지 않았다. 어떻게 그런 일이 일어났겠는가? 경찰이 그런 짓을 허용하지 않았을 것이다. 시대정신과 시대적 질서의 정신에 입각해서 말이다. 오, 하지만 천만에! 우리 시대에 경찰이 무슨 일인들 그냥 방관하지 않았겠는가. 역시 시대정신에 입각해, 그와 같은 짓을 정말 너무나 당연히 허락하는 이 시대의 동의를 얻어서 말이다. 이 시대 자체가 은밀하게, 아니 오히려 공공연하게, 기이한 자만에 가득 차서, 삶의 참됨과 순박함을 의심스럽게 하는, 그리고 어쩌면 아주 잘못된 불길한 역사성을 만들어내는 그런 의식에 빠진 채…… 다시 말하건대, 이 시대 자체가 예의 저 시대로 되돌아가서, 뭔가 암울하고, 근대정신의 뺨을 내리치는 상징적인 행위를 열광적으로 반복하고 있다. 책들을 불태워버린다거나, 또 차라리 입에 담고 싶지도 않은 다른 행위를.

한 도시가 그토록 지나치게 고풍스러운 데다 노이로제에 빠진 것 같은 분위기를 풍기며, 영혼의 어두운 면을 드러내는 단적인 예가 바로 수많은 '기인들'이다. 말하자면 도시의 성벽 안에 살면서 옛 건축물들처럼 그 지역의 전형적인 풍경에 속하는 별나고 해롭지 않은 반(半)정신이상자들이다. 이들과 대조되는 짝은 어린이들로서, 기인들의 뒤를 따라가며 놀려대다가도 미신 때문에 생긴 공포에 사로잡혀 도망가버리는 '사내아이들'이 그렇다. 예전에 특정 유형의 '노파'는 곧 마귀라는 의심을 받지 않았는가. 이런 의심은 단지 고약하고 전형적인 그 외모에서 연유한 것이지만, 사실 그런 외모는 오히려 의심 때문에 비로소 만들어졌고, 민중적인 환상에 맞추어 완성되었을 것이다. 작은 키에 고령으로 허리가 굽었으며, 악의에 찬 표정에 움푹 들어간 눈과 매부리코에다 얇은 입술, 거기다 위협적으로 쳐들어 올린 지팡이, 어쩌면 고양이나 부엉이나 말하는 새를 데리고 다니는 모습으로 말이다. 카이저스아셰른은 이런 유형 중에서 표본이 될 여러 사람들을 늘 성벽 안에 싸안고 있었다. 그중에서 가장 유명하고, 가장 심하게 놀림을 당했으며, 또 가장 큰 두려움의 대상이 되었던 인물은 '지하실의 리제'였다. 그녀는 '놋쇠업 소상인 골목'의 어떤 지하실 방에 묵고 있었기 때문에 그렇게 불렸다. 그 노파의 외모가 일반적인 편견과 너무나 잘 맞아떨어지는 바람에 전혀 편견이 없는 사람도 그녀와 마주치면, 특히 그녀가 자기 뒤를 쫓아다니는 아이들에게 욕설이 섞인 저주를 퍼부으며 아이들을 쫓아버리는 모습을 보면, 노파에게서 전혀 그릇된 점을 찾을 수 없음에도 불구하고 원초적인 공포가 엄습해 올 정도였다.

우리 시대의 경험에서 우러나온 말로 사람들이 거리낌 없이 내뱉는 단어 하나가 있다. 뭐든 분명하게 밝히는 것을 좋아하는 사람에게는 '민족'이라는 단어와 그 개념 자체는 항상 뭔가 원초적이고 우려할 만한 의미를 내포한다. 그는 누군가 군중들을 퇴보적이고 악한 상태로 유혹하고자 할 때 그들에게 '민족' '민중' 운운하면 통한다는 것도 잘 알고 있다. 우리 눈앞에서, 혹은 바로 우리 눈앞에서는 아니더라도 '민족'의 이름으로 얼마나 많은 일이 벌어졌는가! 신(神)의 이름으로, 혹은 인류나 정의의 이름으로는 일어날 수 없었을 일들이! 그러나 분명한 것은, 민족은 그저 민족으로 남을 뿐이라는 것이다. 최소한 그 민족 본질의 특정한, 그러니까 원형적인 심층에서는 민족으로만 남을 뿐이다. 선거 때 사회민주당에 표를 던진 사람들이나 '놋쇠업 소상인 지하 골목'의 이웃들이 지상에 집을 구할 수 없는 작은 노파의 빈곤함에서 악령의 흔적을 볼 수 있고, 그녀가 다가오면 마녀의 악한 시선으로부터 아이들을 보호하기 위해 얼른 자기 아이들을 끌어당기는 것도 사실이다. 이유만 조금 다르게 둘러대면 그런 노파를 예전처럼 다시 불 속에 던지는 것이 오늘날 전혀 상상할 수 없는 일은 아니라고 한다면, 사람들은 아마 관계 당국이 설치한 차단막 뒤에 서서 얼빠진 양 입을 벌리고 쳐다볼 뿐 반항하지도 않을 것이다. 나는 민족 이야기를 하고 있다. 하지만 낡은 민족의식의 뿌리는 우리 모두의 내면에 잠재돼 있으며, 내가 생각하는 바를 그대로 말하면, 종교가 그런 심층을 든든하게 잠그고 폐쇄해 버리기에 적합한 수단이라고 생각하지 않는다. 내 생각에 그런 일에 도움이 되는 것은 오로지 문학, 인문학적 전문 지식, 자유롭고 미적인 인간의 이상뿐이다.

앞에서 언급한 카이저스아셰른의 기인들로 다시 말을 돌리자면, 그들 중엔 나이가 확실하지 않은 한 남자가 있었다. 그는 누가 갑자기 소리치면 매번 저절로 다리를 들어 올려서 경련하듯이 일종의 춤을 추고, 소리를 질러대며 자기 뒤를 쫓아오는 아이들에게 마치 용서라도 빌듯이 슬프고 추한 얼굴 표정으로 웃음을 지어 보였다. 그 밖에도 시대와 전혀 맞지 않는 복장을 걸치고 다니던 마틸데 슈피겔이라는 여자도 있었는데, 그녀는 가장자리에 주름 장식을 하고 길게 끌리는 옷과 '플라두스'를 하고 있었다. 이 '플라두스'는 프랑스어 '플뤼트 두스flûte douce'*가 변질되어 만들어진 우스꽝스러운 단어로, 아마도 원래는 '아첨 떨기'라는 의미였을 테지만, 그녀의 경우에는 머리 장식을 포함해 기이한 곱슬머리를 나타냈다. 참고로, 그 여자는 화장을 했으나 부도

---

* '감미로운 소리의 피리'라는 뜻.

덕한 짓과는 무관했고, 그런 짓을 하기에는 너무 바보였으며, 공단 장식 덮개를 씌운 땅딸보 개 몹스들을 거느리고 요상한 자만심을 과시하며 시내를 돌아다녔다. 마지막으로 소액 연금생활자가 있었다. 보랏빛 사마귀코를 가진 그는 집게손가락에 인장 반지를 끼고 있었는데, 원래는 슈날레라는 이름이 있었으나 아이들에게 '튀델뤼트'로 불렸다. 왜냐하면 말끝마다 의미 없이 '튀델뤼트'라는 소리를 덧붙이는 기벽이 있었기 때문이다. 예컨대 그는 종종 기차역에 가서, 화물열차가 떠날 때면 마지막 차량의 지붕 위에서 뒤를 향해 자리를 잡고 앉아 있는 남자에게 반지를 낀 손가락을 들고, "떨어질라 조심해요, 떨어질라 조심해, 튀델뤼트!"라며 경고를 보내곤 했다.

이런 우스꽝스러운 이야기들에 대한 기억을 이 자리에 끼워 넣으면서 위엄이 손상되는 느낌이 들지 않는 것은 아니다. 하지만 앞에서 말한 인물들, 말하자면 늘 있는 공공시설이나 다름없는 존재들은 우리의 도시, 즉 아드리안이 대학에 가기 전까지 지냈던 도시의 생활환경이 지녔던 심리적인 형상을 매우 특징적으로 드러냈다. 그 기간은 8년간의 그의 소년기이자 나의 소년기이기도 했는데, 나는 그 시기를 그의 곁에서 보냈다. 나이에 따라 내가 그보다 2학년 앞서 있었지만, 쉬는 시간이면 우리는 대개 각자의 학급 아이들로부터 떨어져 담장으로 둘러싸인 학교 교정에서 함께 시간을 보냈던 것이다. 오후에도 우리는 각자의 작은 공부방에서 만났으며, 이럴 땐 그가 우리 '천국의 전령' 약국으로 건너오든지, 아니면 내가 파로히알 거리 15번지 그의 숙부 집으로 찾아갔다. 이 집의 중간층은 레버퀸가(家)의 그 유명한 악기 보관 창고가 차지하고 있었다.

VII

그곳은 카이저스아셰른의 상가 지역인 마르크트 거리, 즉 소상인들이 늘어선 거리에서 떨어진 조용한 곳이었다. 고옥이 들어차 모퉁이가 많고 보행자 길이 따로 없는 골목으로 대성당 근처에 있었는데, 거기서 니콜라우스 레버퀸의 집이 가장 당당하게 우뚝 솟아 있었다. 본체에서 떨어져 돌출창 모양으로 개조한 지붕 밑의 방들을 제외하고 4층으로 된 그 집은 16세기에 지은 시민계급의 주택으로, 지금 주인의 할아버지 때부터 살던 집이었다. 정문 위의 2층에는 다섯 개의 창문이 설비된 집 전면이 보이고, 3층에는 단지 네 개의 창문이 덧문과 함께 나 있었는데, 바로 그 3층에 비로소 생활공간이 자리했으며, 바깥으로는 장식이 없고 벽회를 칠하지 않은 받침대 위에 목재 설비 장식이 시작되었다. 가파르고 좁다란 나무 계단조차, 석재 복도 위로 꽤 높이 올린 반 층의 계단참이 끝나고 나서야 넓어졌다. 그래서 방문객들과 고객들은—참고로, 그런 사람들이 외지에서도, 즉 할레와 라이프치히에서까지 많이 찾아왔거니와—자신들의 목표 지점인 악기 보관소까지 편하지만은 않은 계단을 올라가야 했다. 하지만 이제 내가 곧 보여주려고 하는 그 보관소는 가파른 계단을 오르는 수고를 할 만한 가치가 있었다.

니콜라우스는 홀아비였다. 그의 아내가 젊은 나이에 사망한 것이다. 그는 아드리안이 자기 집에 들어와 살기 전까지 그 집에서 오래 일한 가정부 부체 부인, 하녀, 그리고 브레시아 출신의 이탈리아 청년 루카 치마부에와 함께(이 청년은 정말로 이탈리아의 초기 르네상스 시대에 마돈나를 그린 화가*와 같은 성이었다) 살고 있었다. 이탈리아 청년은 가게 운영을 보조하면서 바이올린 만드는 법을 배우는 제자였다. 레버퀸 숙부가 바이올린 제작자였던 것이다. 그는 정리되지 않고 흘러내린 잿빛 머리카락에 수염이 없고 호감이 가는 얼굴의 남자였는데, 광대뼈가 두드러지게 툭 튀어나왔고, 코는 구부러진 채 약간 처졌으며, 인상적인 큰 입과 따뜻한 온정과 총명함을 느끼게 하는 갈색 눈을 하고 있었다. 그는 집에서 늘 면 플란넬로 된, 주름 잡힌 수공업자 셔츠를 목까지 올려 입고 있었다. 나는 자식이 없는 그 숙부가 너무나 큰 자기 집에 어린 혈족을 들이게 된 것을 기뻐했다고 생각한다. 또한 그가 부헬에 있는 형이 학비를 대는 것은 말리지 않았지만, 숙식을 제공하는 대가는 일절 받지 않았다고 들은 적이 있다. 그는 그동안 막연히 기대에 찬 눈으로 바라보던 아드리안을 자기 아들처럼 키웠고, 이미 언급한 부체 부인, 그리고 제자 루카로만 이루어진 채 너무 오랫동안 이어진 가부장적인 식사 자리를 가족적인 자리가 되도록 어린 조카가 채워준 것을 매우 즐거워했다.

남쪽 나라 출신의 젊은 루카, 비록 서툰 독일어지만 듣기 편하게

---

* 마돈나, 즉 성모 마리아 벽화로 유명한 이탈리아 화가 조반니 치마부에(Giovanni Cimabue, 1240?~1302?)를 말한다.

말하는 그 친절한 청년이 자기 나라에서도 분명 자기 분야의 교육을 계속 받을 최고의 기회를 얻을 수 있었을 텐데 구태여 아드리안의 숙부를 찾아 카이저스아셰른까지 먼 길을 왔다는 사실은 무척 의외일 수 있다. 하지만 그런 사실은 니콜라우스 레버퀸이 여러 도시, 즉 마인츠, 브라운슈바이크, 라이프치히, 바르멘 같은 독일의 악기 제작 중심지뿐만 아니라, 런던, 리옹, 볼로냐, 게다가 뉴욕 같은 국외의 회사들과도 사업상 연결되어 있었음을 암시했다. 그는 그렇게 도처에서 교향악과 관련된 악기를 사들여 질적으로 최고일 뿐만 아니라 아무데서나 쉽게 구할 수 없는 단연 완벽한 목록을 보유한 것으로도 유명했다. 가령 나라 안 어디에선가 바흐 축제가 열릴라치면, 그리고 거기서 양식에 맞는 공연을 위해 오보에 다모레, 즉 오래전에 오케스트라에서 사라진 초저음의 오보에가 필요하게 되면, 자신의 파트를 확실히 하고자 하는 음악가가 파로히알 거리의 유서 깊은 그 집으로 직접 찾아와 즉석에서 애수에 찬 그 악기 소리를 시험해볼 수 있었다.

1층과 2층 사이의 낮은 중간층에 있던 악기 보관소에서는 종종 그런 소리가 온갖 옥타브로 시험되면서 아주 다양한 음색으로 울려 퍼졌다. 그 보관소는 당당하고 매력적이며 '문화적으로 매혹적'이라고까지 할 만한 광경을 보여주었고, 그런 광경을 보고 있노라면 마음속에서 청각적인 상상력이 벅차오를 정도로 자극을 받았다. 아드리안을 돌봐주는 양아버지인 셈인 숙부가 전문 업체에 맡긴 피아노를 제외하고, 그곳에는 소리를 울리거나 노래하거나, 비음을 내거나, 크게 울리거나, 저음으로 붕붕거리거나, 딸랑거리거나, 진동하는 모든 악기들이 널려 있었다. 참고로, 건반악기로서 부드러운 소리를 내는 '종 피아노' 첼레스타도 늘 있었다. 또 유리 진열장 안에 걸려 있거나 마치 미라의 관처럼 내용물의 형태에 맞게 만들어진 상자 안에 놓인 것은 매혹적인 바이올린이었다. 때로는 황색으로 더 밝게, 때로는 갈색으로 더 어둡게 라크칠이 된 그 바이올린의 날씬한 활은 손잡이가 은색으로 칠해진 채로 상자 뚜껑에 보관되어 있었다. 아주 매끈하게 빠진 모양으로 미루어서 전문가들은 크레모나*에서 만들어진 것임을 알아차렸을 이탈리아산 바이올린, 또 티롤산, 네덜란드산, 작센산, 미텐발트산, 그리고 레버퀸 자신의 작업장에서 만든 바이올린 등이었다. 안토니오 스트라디바리 덕분에 완벽한 형태를 갖춘 아름다운 선율의 첼로는 즐비할 정도로 많았다. 그리고 첼로의 전신으로 오래된 작품에서 여전히 첼로와 함께 사용되는 여섯 줄짜리 비올라 다 감바도 있었으며, 비올라와 바이올린의 또다른 자매인 비올라 알타는 항상 볼 수 있는 악기였다. 마찬가지로 내가 가지고 있는 비올라 다모레도 파로히알 거리의 가게에서 구입한 것이다. 내가 평생 그 일곱 줄을 켜며 시간을 보낸 그 악기는 내 부모가 나의 첫 성찬식을 축하하며 사준 선물이었다.

그곳에는 커다란 바이올린인 비올로네, 쉽게 움직이기 힘든 콘트라베이스도 여러 견본들이 진열되어 있었다. 웅장한 레시타티브**에 능한 이 악기의 피치카토***는 음이 조절된 팀파니 소리보다 더 잘 울렸는데, 이런 악기가 플래절렛**** 음을 내는 숨겨진 마력이 있다고는 보통 기대하지 않을 것이다. 마찬가지로 목관악기 중에서 콘트라베이스의 짝이 될

---

* 크레모나는 북부 이탈리아 도시로 특히 아마티Amati, 스트라디바리Stradivari, 과르네리Guarneri 등의 바이올린 명가로 유명하다.
** 서창. 오페라나 오라토리오에서 대사를 멜로디 없이 말하듯이 노래하는 것.
*** 바이올린, 비올라, 첼로 같은 현악기에서 현을 손가락으로 퉁겨 연주하는 방식.
**** 블록 플루트의 일종으로 두 옥타브와 세 개의 반음을 가졌으며 부드럽고 높은 음이 특징으로 바로크 음악에 많이 쓰인다.

만한 콘트라파고토도 여러 대 놓여 있었으며, 콘트라베이스처럼 열여섯 개의 키가 있었다. 다시 말하면, 악보가 제시하는 것보다 8음 낮게 소리를 내며 오케스트라의 최저음들의 울림을 강화하는데, 동생뻘의 장난스러운 파곳보다 크기도 두 배나 된다. 내가 파곳을 이렇게 지칭한 이유는, 이 악기가 베이스 악기이기는 하지만 소리가 제대로 울리는 베이스의 위력이 없이 특이하게 약하고, 잔소리하듯이 희화적이기 때문이다. 하지만 판막 장치와 지레 장치의 장식이 빛나고, 입을 대고 부는 관은 꼬불꼬불하게 생겨서 얼마나 귀여웠던가! 오래전부터 발전해오다 기술적으로 최고 경지에 이른 이 샬마이* 종류들, 어떤 모양으로 만들어졌든 모두 대가의 연주 욕구를 자극하는 이 악기들을 바라보는 일이 얼마나 매혹적이었는지 모른다. 목가적인 오보에로 만들어졌든, 아니면 슬프고 짧은 멜로디를 잘 연주하는 영국식 호른으로 만들어졌든, 또는 저음의 샬뤼모** 음역에서는 유령처럼 매우 어두운 소리를 내면서도 높은 음에서는 은빛으로 피어나는 화음을 맑게 울려 퍼뜨릴 수 있는, 판막이 많은 클라리넷, 나팔 모양의 개구부가 있는 옛날 클라리넷, 그리고 베이스클라리넷 등, 어떤 형태를 띠든 말이다.

이 모든 악기들은 벨벳 천에 놓인 채 레버퀸 숙부의 기본 설비 품목으로 마련되어 있었다. 그 밖에도 여러 설비 체계와 다양한 방식으로 마무리된 독일 플루트가 있었다. 가령 회양목으로 만든 것, 시계초로 만든 것, 흑단으로 만든 것이 있었는데, 머리 부분은 상아로 되었거나, 혹은 완전히 은으로만 빚어졌다. 또 그 친척뻘로 요란스러운 피콜로플

---

* 중세 이후에 사용된 목관악기. 소리가 매우 크고 날카로우며, 특히 저음에서 비음을 낸다. 바로크 음악에서 오보에에 밀려났다.
** 9음정의 목관악기. 리코더보다 한 옥타브 낮고, 클라리넷보다 더 부드러운 소리를 낸다.

루트는 오케스트라의 전체 합주에서 수많은 소리를 헤치고 들어오며 소리의 정점을 지키고, 도깨비불 윤무 속에서든 불의 마법 속에서든 맘껏 춤출 수 있는 악기이다. 그리고 또 금관악기의 은은한 합창은 어떠한가. 그것은 해맑은 신호, 과감한 노래, 감미로운 가창풍의 선율을 눈으로 보는 느낌을 갖게 하는 멋진 트럼펫에서, 낭만주의가 사랑하던 복잡한 피스톤 호른과 날씬하고 힘찬 슬라이드 트롬본과 코넷을 거쳐, 모든 기반을 잡아주는 무거운 음의 커다란 베이스 튜바에 이른다. 게다가 이 분야에서 박물관에 보관될 정도로 가치 있는 희귀한 것들, 가령 아름답게 휘감기고 황소 뿔처럼 오른쪽과 왼쪽으로 굽은 청동제 루레* 한 쌍도 대개 레버퀸의 보관소에서 찾아볼 수 있었다. 하지만 내가 오늘 밤 추억 속에 다시 보듯이 어린 소년의 눈으로 보면, 그곳에서 가장 재미있고 멋진 것은 타악기들을 모두 모아 전시해놓은 것이었다. 왜냐하면 어릴 때 크리스마스트리 아래에서 볼 수 있었던 장난감이나, 혹은 유년기에 꿈꾸던 단순한 놀이 기구로 친숙했던 악기들이 그곳에서는 어른들이 다루는 지극히 위엄 있고 희귀한 악기로 진열되었기 때문이다. 우리가 여섯 살 때 만질 수 있었던 것, 즉 알록달록한 나무와 양피지와 이음 끈으로 만들어져 쉽게 망가지던 것에 비해 그곳의 작은북은 얼마나 다르게 보였는가! 그 북은 둘러멜 수 있도록 만들어진 것이 아니었다. 아랫부분의 판은 양의 창자로 만든 줄로 묶인 상태에서, 오케스트라용으로 쓰기 편하도록 금속 삼각대 위에 비스듬히 나사로 고정되어 있었다. 또한 우리가 어렸을 때 가졌던 것보다 더 품격 있는 나무 북채들이 옆의 고리 속에 매력적인 모양으로 꽂혀 있었다. 거기에는 어린 시

---

* 청동기 시대부터 전해지는 단음의 트럼펫. '전쟁용 트럼펫'이라고도 불리며 보통 한 쌍으로 사용된다.

절 우리가 어린이용으로 「새 한 마리가 날아오네」 같은 곡을 치는 연습을 했던 종금(鍾琴)*도 있었다. 자물쇠가 달린 세련된 보관함에 한 치의 어긋남도 없이 정확히 소리가 조절된 금속판이 나란히 두 줄로, 그리고 자유롭게 진동하도록 횡목 위에 놓여 있었던 것이다. 또 이 악기를 멜로디에 맞춰 두드리는 용도로, 매우 우아하고 작은 철재 해머가 보호막을 입힌 뚜껑 안에 잘 보관되어 있었다. 그 소리를 들으면 한밤중에 공동묘지에서 해골들이 추는 춤이 연상될 것 같은 실로폰은 그곳에서는 여러 막대살이 있는 반음계법으로 만들어져 있었다. 큰북에 붙은 쇠장식의 거대한 실린더도 있었는데, 양모 펠트로 쿠션을 넣은 작은 방망이를 가지고 북의 모피를 두드리며 소리를 울릴 수 있었다. 그리고 베를리오즈**도 자신의 오케스트라에서 열여섯 대나 동원했던 구리 팀파니도 있었다. 베를리오즈는 니콜라우스 레버퀸이 취급하던 기계식 팀파니는 알지 못했는데, 기계식 팀파니는 연주하는 사람이 손으로 나사를 조절해 쉽게 조바꿈에 적응할 수 있었다. 마음 좋은 루카가 음높이를 조절하는 동안, 우리, 즉 아드리안과 나는—아니, 아마 나 혼자 그랬던 것 같다—작은 방망이로 가죽 표면을 진동시켜서 아주 진기한 글리산도,*** 그 요란한 활주를 유발하며 실험하듯이 장난을 했던 걸 아직도 기억하고 있다! 그 밖에도 희한하게 생긴 심벌즈 이야기를 덧붙일 수 있을 텐데, 이 악기는 중국인들과 터키인들만 제작할 수 있었다. 왜냐하면 그들은 달궈진 청동에 망치질을 하는 비법을 비밀에 부치고 있었기

---

* 반음계적으로 조율된 금속 음판을 발음체로 하여 나무, 고무, 금속 등의 머리가 붙은 두 개의 채를 각 손에 잡고 두들겨 연주하는 타악기로서 메트로폰의 일종. 여운은 실로폰보다 길고, 빠른 음형에서는 울림이 중복되어 독특한 효과를 낸다.
** Hector Berlioz(1803~1869): 프랑스의 작곡가.
*** 피아노나 현악기로 음역의 차이가 큰 두 음 사이를 빠르게 미끄러지듯이 연주하는 법.

때문이다. 연주자는 이 악기를 치고 나서 그 안쪽 면을 청중을 향해 의기양양하게 높이 치켜들게 된다. 진동음을 내는 징, 집시풍의 탬버린, 쇠막대기 밑에서 밝게 소리를 울리고 한쪽 각이 열려 있는 트라이앵글, 오늘날 쓰이는 심벌즈, 속이 비어 있고 손 안에서 따다닥거리는 캐스터네츠 등등. 이 모든 대단한 축연 위로 에라르 페달하프*의 그 아름답고 화려한 음향 구성이 솟아오르는 소리를 상상해보라. 그러면 숙부의 가게가, 침묵에 싸여 조용하지만 수백 가지 형태로 들려오는 화음의 그 천국이 우리들에게 발산했던 불가사의한 매력을 이해할 것이다.

우리들에게? 아니, 단지 나의 경우만을 이야기하는 것이 나을 것이다. 내가 매혹되었고, 내가 즐겼던 이야기를 말이다. 그런 느낌들을 이야기할 때 감히 내 친구까지 포함해 말하지는 못하겠다. 왜냐하면 어쩌면 그 모든 것을 익숙한 일상사로 받아들이는 그 집의 양아들로서 자신을 과시하려 했든지, 아니면 전반적으로 차가운 그의 성격이 그런 식으로 드러났든지, 어쨌든 아드리안은 그 모든 훌륭한 악기들에 대해 거의 아무렇지도 않은 표정을 지어 보였기 때문이다. 나의 감탄에 찬 외침에 대해서도 그는 대개 짤막한 웃음이나, "귀엽네" 혹은 "재미있는 물건이야" 혹은 "별걸 다 생각해내는군" 혹은 "그런 걸 팔면, 막대사탕 파는 것보다는 낫겠어" 같은 말로 반응할 뿐이었다. 가끔씩 우리가 그 시의 지붕들이며 성의 연못, 오래된 저수탑 위로 펼쳐지는 매력적인 경치가 보이는 아드리안의 망사르드 다락방**에서 나와, 내 소망대로—강조

---

* 페달로 반음을 조작할 수 있는 하프로. 특히 프랑스의 에라르(Sebastien Erard, 1752~1831)는 오늘날의 더블 페달의 시스템을 확립했다.
** 프랑스의 건축가 망사르(François Mansart, 1598~1666)가 고안한 망사르드 지붕에 채광창을 내어 만든 다락방.

하건대, 언제나 나의 소망대로—어느 정도까지는 출입이 허용되어 있던 악기 보관소를 구경하기 위해 내려갈 때면, 젊은 치마부에가 우리와 함께 있었다. 짐작건대, 한편으로는 우리를 감독할 의도가 있었고, 다른 한편으로는 편안한 그의 방식으로 치체로네, 즉 안내와 설명을 맡은 가이드 역할도 하고자 했던 것 같다. 그에게서 우리는 트럼펫 이야기를 들었다. 옛날에는 여러 개의 반듯한 금속관을 공 모양의 연결 장치를 이용해 조립할 수밖에 없었는데, 황동관을 망가뜨리지 않고 굽히는 기술을 배우기 전에는 그랬다는 것이다. 그러다가 황동관에 처음에는 수지와 바이올린 활줄에 바르는 정제수지 콜로포늄을 부어 넣고, 나중에는 납을 부어넣은 뒤 불 속에서 다시 녹였다고 했다. 또 그는 뭘 좀 잘 안다는 전문가들의 주장에 해설을 즐겨 붙였다. 금속이든 목재든, 어떤 재질로 악기가 만들어졌는지는 중요하지 않고, 악기는 그 형태 종류에 따라, 음역에 따라 소리를 내며, 플루트가 나무로 만들어졌든 상아로 만들어졌든, 또 트럼펫의 재료가 황동이든 은이든 별 차이가 없다는 주장이 있지만, 바이올린 제작자로서 소재, 나무 종류, 라크의 중요성을 잘 아는 자신의 스승, 즉 아드리안의 숙부는 그런 주장에 반대한다고 루카가 말했다. 스승은 소리만 듣고도 플루트가 무엇으로 만들어졌는지 알 수 있다고 장담했다는 것이다. 참고로, 자기도, 그러니까 루카도 얼마든지 알아낼 수 있다고 했다. 그리고 그는 작고 잘생긴 이탈리아인의 손으로 플루트, 즉 유명한 대가 크반츠* 이래로 지난 150년 동안 상당히 큰 변화를 겪으며 개선된 그 악기의 기계장치를 우리에게 보여주었다. 또 뵘** 식 실린더 플루트의 기계장치도 보여주고, 예전에 쓰

---

* Johann J. Quantz(1697~1773): 독일의 플루트 제작자.
** Theobald Böhm(1794~1881): 독일의 플루트 제작자.

던 원추형 플루트의 기계장치도 보여주었는데, 앞의 것은 더 힘차고, 뒤의 것은 더 달콤하게 울렸다. 루카는 우리에게 클라리넷의 운지법, 또 열두 개의 닫힌 판막과 네 개의 열린 판막이 있는 구멍 일곱 개짜리 파곳, 즉 호른의 소리와 아주 쉽게 융합하는 그 악기의 운지법도 가르쳐주었으며, 악기들의 음역과 그것을 다루는 법 등에 대해서도 알려주었다.

이제 와서 돌이켜보건대, 그 당시에 아드리안도 루카가 보여주었던 것들을 의식적이든 무의식적이든, 적어도 나만큼은 주의 깊게 보았을 것이라는 데에는 의심의 여지가 없다. 그리고 내가 그런 설명을 듣고 얻을 수 있었던 지식보다 훨씬 더 유용한 지식을 가질 수 있었으리라는 점에 대해서도 마찬가지이다. 그러나 그는 아무런 내색도 하지 않았다. 그 모든 이야기들이 자신과 약간이라도 상관이 있거나, 아니면 언제든 한번쯤 상관있게 되리라고 여기는 감정 같은 건 전혀 찾아볼 수가 없었다. 그는 루카에게 뭐라도 물어보는 일은 모두 내게 맡겼을 뿐 아니라, 심지어 옆으로 비켜선 채 방금 거론되는 악기가 아닌 다른 악기를 들여다보며 내가 그 조수 곁에 혼자 있도록 내버려두었다. 그가 일부러 그렇게 행동을 꾸몄다고 말하려는 것이 아니다. 나는 그 당시 우리에게 음악이란, 니콜라우스 레버퀸의 악기 보관소로 이루어진 순전히 물리적인 실제 이외에 어떤 실제도 아니었음을 잊지 않고 있다. 우리가 실내악을 잠시 접해본 적은 있다. 한 주나 두 주에 한 번씩 아드리안의 숙부 집에서 실내악 연습이 이루어졌는데, 나는 그저 가끔씩 그 자리에 참석했고 아드리안도 늘 참석했던 건 아니었다. 연주를 하기 위해 우리 대성당의 오르간 연주자 벤델 크레취마르 선생, 즉 그 이후에 곧 아드리안을 가르치게 될 말더듬이 선생이 왔고, 보니파티우스 김나지움의 성악 선생이 왔으며, 그들과 함께 숙부가 하이든과 모차르트의 곡 중에서 선곡한 4중주곡을 연주했다. 이때 숙부는 제1바이올린을 켜고, 루카 치마부에가 제2바이올린을, 크레취마르 선생은 첼로를, 그리고 성악 선생이 비올라를 맡았다. 그것은 남자들끼리 즐기는 모임으로, 참석자들은 마시던 맥주병을 자리 옆 바닥에 세워두기도 하고, 여송연을 입에 물기도 했다. 이렇게 함께 나누던 즐거운 시간은, 사이사이에 음향언어 속으로 끼어들어 너무나 건조하고 낯설게 들리는 말소리로 인해, 또 활을 두드리거나 박자를 되짚어 세는 일로 인해 빈번히 중단되기도 했는데, 이런 일은 거의 매번 성악 선생의 잘못으로 합주가 서로 어긋날 때 일어났다. 우리가 정식 콘서트로 심포니 오케스트라를 들어본 적은 한 번도 없었다. 어쩌면 바로 이런 사실이 악기의 세계에 대한 아드리안의 명백한 무관심을 충분히 말해준다고 볼 수 있을 것이다. 어쨌든 아드리안은 그렇게 생각했고, 스스로도 그렇다고 봤다. 내가 하고 싶은 말은, 그가 그런 생각 뒤에 자신을 숨겼다는 것, 음악을 피해 한사코 숨었다는 것이다. 오랫동안, 그리고 뭔가 예감한 듯 끈기 있게 그는 자신의 운명을 피해 몸을 숨겼다.

말이 나온 김에 덧붙이건대, 오랫동안 아무도 어린 시절의 아드리안을 어떤 형태로든 음악과 연결시켜볼 생각을 하지 않았다. 아드리안이 학자가 될 인물이라는 생각은 거의 모든 사람들의 머릿속에 자리 잡고 있었고, 김나지움에서 수석을 차지하는 학생으로서 그가 보여준 뛰어난 성과로 인해 그 생각은 지속적으로 뒷받침되었다. 수석을 유지하던 성적은 그가 더 높은 학년에 이르러서야, 가령 열다섯 살이 되던 김나지움 7학년 때부터 약간 흔들리게 되었다. 그 이유는 당시에 서서히 발병하기 시작한 편두통 때문이었는데, 그가 사실 크게 준비할 필요도 없던 공부를 편두통이 방해했던 것이다. 그럼에도 불구하고 그는 학

교에서 요구하는 여러 가지 것들을 가볍게 해냈다. 사실은 "해냈다"라
는 단어부터 제대로 고른 것이 아니다. 왜냐하면 그런 요구를 만족시키
는 일이 그에겐 전혀 수고랄 만한 게 아니었기 때문이다. 그리고 뛰어
난 학생으로서 그가 선생들의 자상한 애정을 받지 못했다면, ─선생들
이 그런 애정을 주지 않는 것을 나는 자주 보았거니와, 오히려 일종의
과민 반응을 드러내는가 하면, 심지어 아드리안에게 실패를 맛보게 하
려는 낌새를 느낄 수 있었다 ─어쨌든 그 이유는 선생들이 그를 거만하
다고 여겼기 때문만은 아니었다. 사실 거만하다고 여기기는 했지만, 그
가 자신의 성적을 믿고 지나치게 잘난 체한다는 인상을 주었기 때문은
아니었다. 오히려 그 반대로, 그는 자신의 성적에 대해 충분히 잘난 척
하지 않았으며, 바로 그렇게 잘난 척하지 않는다는 데에서 그의 자만심
이 드러났다. 오히려 그의 자만심은 그가 매우 쉽게 잘 처리할 수 있었
던 것들, 즉 학습 내용과 여러 전문 교과를 눈에 띄게 싫어하는 방식으
로 나타났다. 말하자면 교과 내용을 학생들에게 전달함으로써 자신들
의 위엄과 생계비를 보장받는 교사들로서는, 뛰어난 학생이 자신의 교
과 내용을 너무 아무렇지도 않게 잘 처리해버리는 것을 보고 싶어 하지
않았던 것이다.

　나 개인적으로는 선생들과 훨씬 더 우호적인 관계를 유지했다. 이
런 상황이 놀라운 일도 아닌 것이, 나는 곧 직업상 그들과 같은 편에 낄
준비를 하던 중이었고, 그들이 나의 의도를 알아차리도록 진지하게 미
리 조처까지 해두었기 때문이다. 나도 역시 우등생이었다고 할 수 있
다. 하지만 내가 그런 학생이었고, 그럴 수 있었던 유일한 이유는, 공부
에 대한, 특히 고전어와 고전 시인 및 작가에 대한 경건한 애정이 나의
힘을 일깨우고, 또 흐트러지지 않도록 긴장시켰던 데 있었다. 이와 달

리 아드리안이 걸핏하면 드러냈던 것은, — 즉 그가 내 앞에서 그런 것을 숨기지 않았고, 또 내가 그런 것이 선생들의 눈에도 띄었을 것이라고 걱정했던 데에는 그럴 만한 근거가 있었다는 말이다—그가 학교라는 제도 전체를 대수롭지 않은, 말하자면 부수적인 것으로 여겼다는 점이다. 그의 이런 태도에 나는 자주 불안했다. 워낙 뛰어난 자질 덕분에 위험에 처하지도 않은 그의 출세를 걱정해서가 아니라, 그럼 도대체 그가 대수롭지 않게 여기지 **않을** 것이 무엇이고, 부수적이지 **않은** 것은 무엇일지 자문할 수밖에 없었기 때문이다. 나는 그에게 "중요한 일"을 보지 못했으며, 그런 일은 실제로 알아볼 수도 없었다. 그 시절에는 학교생활이 삶 자체인 법이다. 학교생활이 곧 삶을 말해주는 것이다. 학교생활에서 갖는 관심은 모든 삶이 다양한 가치를 키우기 위해 필요한 정신적인 시야를 열어주고, 그런 가치들은 비록 상대적인 성격을 띤다 하더라도 품성을 키우고 능력을 입증하는 바탕이 되는 법이다. 하지만 인간 세계에서 가치란 상대성이 인식되지 않을 때만 그런 바탕이 될 수 있다. 절대적인 가치들에 대한 믿음이 아무리 망상에 불과하다 하더라도, 내게는 그 믿음이 삶의 조건으로 보였다. 이와 달리 내 친구의 재능은 그에게 상대성이 뻔히 드러나 보이는 가치들과 겨루었던 것이다. 그렇다고 그 상대성을 가치로서 과소평가할 수 있는 가능성이 눈에 띄지는 않은 채로 말이다. 불량한 학생들은 얼마든지 있는 법이다. 그러나 아드리안은 **수석 학생이라는 신분으로** 불량한 학생이라는 아주 특이한 현상을 보여주었다. 나는 그런 것이 나를 불안하게 했다고 말하고 있지만, 그것이 내게는 또 얼마나 인상 깊고, 얼마나 매력적으로 보였으며, 그를 향해 몰두하는 내 심정을 얼마나 더 키웠는지 모른다. 물론 나의 그런 몰두에는—왜 그랬는지 이해될까?—괴로움 같은 마음속 감정,

절망감 같은 것도 섞여 있었지만 말이다.

학교가 선사하는 것과 요구하는 것에 대해 그가 일반적으로 드러냈던 조소 어린 멸시에서 한 가지 예외가 있었다고는 할 수 있다. 그것은 내가 별로 잘하지 못했던 수학 과목에 대해 그가 눈에 띄게 관심을 보였다는 점이다. 내가 어문학 공부를 좋아해서 나름대로 능력을 발휘한 덕에 그나마 수학 분야의 내 약점을 어지간히 보충할 수 있었기 때문에 잘 알건대, 특정한 분야에서 거두는 우수한 성과는 원래 그 분야의 학습 대상에 대한 호감이라는 조건에 따라 결정된다는 점이다. 그렇기 때문에 적어도 이런 조건이나마 내 친구의 경우에도 충족되었음을 보고 나는 정말 기뻤다. 수학은 응용논리학이지만, 그래도 순수하고 고차원의 추상적인 성격을 유지하는 학문으로서, 인문과학과 실용적인 학문의 중간에서 독특한 위치를 차지한다. 아드리안이 나와 대화하던 중에 수학이 그에게 재미있어 보이는 이유를 설명한 내용으로 미루어 보아, 그는 그런 중간의 위치를 뭔가 고차적이고 지배적이며 포괄적인 것이라고, 혹은 그가 표현한 대로 "참된 것"이라고 느꼈다. 그가 뭔가를 "참된 것"이라고 지칭한다는 자체가 나를 진심으로 기쁘게 했다. 그의 말은 내게 일종의 지주, 일종의 든든한 발판 같은 것이었으며, 이로써 그에게 "중요한 일"은 무엇인가,라는 의문이 더 이상 전혀 소용없는 일은 아니게 된 것이다. "넌 게으른가 보군" 하고 당시 그가 내게 말했다. "그걸 좋아하지 않다니. 질서의 관계를 관찰하는 일은 그래도 가장 괜찮잖아. 질서가 전부인 거야. '하나님이 만드신 것은 질서가 있느니라', 「로마서」 13장"이라고 말하고, 얼굴을 붉혔다. 나는 놀라서 눈을 휘둥그레 뜨고 그를 쳐다보았다. 그가 종교적이었다는 사실이 밝혀졌던 것이다.

그의 경우에는 무슨 일이든지 일단 이렇게 "밝혀져야" 했다. 그가 뭔가를 하고 있는 현장을 잡아야 하고, 불시에 덮쳐야 하며, 급습해 밝혀내고, 그가 어떤 말을 무슨 의도로 하는지 알아내야 했다. 그러면 그는 얼굴을 붉혔는데, 바로 이때 상대방은 그걸 왜 진작 스스로 알아채지 못했나 하고 자신의 이마를 치고 싶었을지도 모른다. 그 밖에도 그가 자신에게 주어진 과제보다 앞서가며 대수를 다루고 있는 현장, 재미 삼아 대수표를 적용해보는 현장, 그리고 제곱 미지수를 구하라는 과제가 주어지기도 전에 벌써 2차방정식에 몰두하고 있는 현장, 바로 이런 현장들도 나는 그저 우연히 보게 되었다. 그러면 그는 일단 별것 아닌 듯이 굴다가, 마지못해 예의 저 발언을 하게 되는 것이다. 이런 일이 있기 전에 이미 다른, '폭로'라는 표현은 구태여 피하자면, 발견을 한 적이 있다. 앞에서도 언급한 적이 있는데, 나는 그가 악기 건반의 원리, 화성학, 조성(調性)의 나침반, 오도권(五度圈)*의 원리를 몰래 독학으로 탐구하며 알아내고 있는 장면을 목격했다. 또 그가 화성 법칙과 관련된 이런 발견을 이용해, 악보도 운지법도 모르면서 온갖 변조를 연습하고, 리듬 면에서 매우 막연한 멜로디 형상을 구성했다는 점도 알게 되었다. 내가 그런 일들을 알아차렸을 때 그는 열다섯 살이었다. 어느 날 오후 내가 그의 방으로 찾아갔으나 그는 방에 없었다. 그리고 나는 주거층 통로의 방에서 그다지 주의를 끌지 못하는 자리에 놓인 작은 하모늄** 앞에 그가 앉아 있는 모습을 발견했다. 나는 1분쯤 문 곁에 서서 그의 연주를 들었다. 하지만 이내 그런 상황이 못마땅해져서 방 안으로 들어서며 그에게 무엇을 하고 있는지 물었다. 그는 하모늄의 풀무를 멈추고 건반

---

* 반음계의 12개 음정과 그에 상응하는 조표로서 장조와 단조의 관계를 원 모양으로 표현한 것.
** 풍금처럼 풀무로 내보낸 바람으로 리드를 울려 소리를 내는 오르간의 하나.

에서 손을 떼며 웃으면서 얼굴을 붉혔다.

"게으름은 모든 악덕의 시작이야"라며 그가 말했다. "심심했어. 심심할 땐 가끔 여기서 손질도 하고, 그냥 이리저리 만지작거리고 그러는 거지. 이 낡은 페달 상자는 이렇게 버려진 채로 여기 있지만, 참 보잘것없는 꼴에 있을 건 다 있어. 이것 좀 봐, 묘하지. 그 말은, 물론 여기 묘한 것은 아무것도 없지만, 처음으로 직접 이렇게 찾아내면 묘하게 보인다는 거지. 이 모든 것이 어떻게 서로 연결되어 있고, 순환하는지 말이야."

그리고 그는 화음 하나를 쳤다. 전부 검은 건반이었는데, 올림 바, 올림 가, 올림 다였고, 마음(音)을 첨가했으며, 그렇게 함으로써 올림 바 장조로 보였던 화음을 사실은 나장조에 속하는 것으로, 즉 그 다섯째 혹은 제5음 딸림음 단계로 나타나도록 했다. 그는, "이런 화음은 그 자체로는 조가 없어. 모든 게 상호관계인 것이고, 상호관계가 원을 이루는 거지"라고 했다. 가음은 올림 사음으로 가는 임시기호를 취소할 수밖에 없도록 함으로써 나장조에서 마장조로 옮겨갔고 이처럼 그는 '상호관계'로 엮어진 음을 계속 짚어나갔다. 그래서 그는 가장조와 라장조와 사장조를 지나 다장조로 왔고, 내림표가 있는 조로 넘어와, 반음계의 열두 개 음 중 모든 음 위에 독자적인 장조 음계와 단조 음계를 만들 수 있음을 실연해 보였다.

"참고로 말하면, 이런 것들은 모두 오래된 이야기야"라고 그가 말했다. "내가 이걸 알아챈 건 오래전이거든. 이걸 어떻게 좀더 그럴듯하게 할 수 있는지 잘 봐!" 그리고 그는 이른바 가온음 3화음, 즉 나폴리 6화음*을 최대한 이용해 서로 멀리 떨어진 조 간에 변조하는 방법을 보

---

* 어떤 조에서 반음을 내린 위으뜸음을 으뜸음으로 하는 장3화음.

여주기 시작했다.

그가 이러한 것들에 이름을 붙일 수 있었던 것은 아니다. 하지만 그는 반복해 말했다.

"상호관계가 전부야. 그런 관계에 더 자세한 이름을 붙이고 싶다면, 그 이름은 '애매함'이지." 이 단어를 증명하기 위해 그는 유동적인 조의 화음이 나열되는 것을 들려주었고, 그렇게 나열된 것이, 사장조에서 올림 바음이 될 바음을 없애버릴 때 어떻게 다장조와 사장조 사이에서 뭐라고 확실하게 이름 붙일 수 없는 조가 만들어지는지 실연해 보였다. 그렇게 바장조에서 내림 나음으로 약해지는 나음을 쓰지 않으면, 예의 저 나열을 다장조로 이해하라는 건지, 아니면 바장조로 이해하라는 건지, 아무리 들어도 확실하게 들리지 않고 애매하다는 것이다.

"내가 뭘 생각하는지 알아?"라고 그가 물었다. "음악이란, 체계로서는 '애매함'이라는 거야. 아무 음이든 골라봐. 그 음을 이렇게 이해하거나, 저렇게 이해할 수도 있겠지. 그 음은 밑에서 높인 것이라거나, 혹은 위에서 내린 것이라고 이해할 수 있어. 그리고 네가 약삭빠르다면, 그 이중적인 의미를 얼마든지 마음대로 응용할 수 있지." 한마디로 말해, 원칙적으로 그는 이명 동음의 혼동에 대해 정통한 것으로 드러났고, 또 어떻게 하면 그것을 이용해 임의로 조를 바꾸고, 새로운 해석을 조옮김하는 데 이용할 수 있는지에 대한 모종의 트릭도 제대로 꿰뚫고 있다는 사실이 밝혀진 것이다.

왜 나는 놀라움보다 더한 것, 말하자면 흥분과 약간의 경악마저 느꼈을까? 그의 볼은 흥분으로 달아올라 있었다. 그것은 그가 숙제를 할 때는 결코 나타나지 않는 모습이고, 대수를 할 때도 나타나지 않는 모습이었다.

나는 그에게 즉흥 연주를 조금 더 해달라고 부탁했지만, 그가 "허튼소리! 그만해!"라며 거절했을 땐 안도감 같은 것을 느꼈다. 그것은 어떤 종류의 안도감이었을까? 바로 그 안도감이 내게 진작 깨달음을 줄 수 있었으련만. 내가 그동안 그의 전반적인 무관심에 대해 얼마나 자부심을 가졌었는지, 그리고 그가 "묘하다"라고 한 말에서 그런 무관심이 가면으로 드러났음을 내가 얼마나 분명하게 느꼈는지를 말이다. 나는 움트는 열정을 예감했다. 아드리안의 열정! 내가 기뻐했어야 옳은 가? 기뻐하는 대신 나는 어쩐지 부끄러웠고 불안했다.

그가 주변에 아무도 없다는 생각이 들 때 음악과 관련한 실험을 해왔다는 사실을 나는 그제야 알게 되었다. 그리고 악기가 놓인 자리가 폐쇄된 곳이 아니었기 때문에 그런 사실이 그다지 오래 비밀로 남을 수도 없었다. 어느 날 저녁, 그를 돌봐주고 있던 숙부가 그에게 말했다.

"그런데, 애야. 오늘 네가 연주하는 것을 들어보니, 오늘 처음 연습한 게 아니더구나."

"무슨 말씀이세요, 니코 숙부?"

"모르는 척하지 마라. 너 연주하잖냐."

"연주라니요!"

"너보다 훨씬 못한 경우에도 다 연주라고 하더라. 네가 바장조에서 가장조로 넘어가는 방식은 아주 노련한 솜씨던데. 그게 재미있냐?"

"에이, 숙부는."

"그래, 분명 재미있구나. 네게 할 말이 있다. 그렇지 않아도 아무도 쳐다보지 않는 저 낡은 하모늄을 네 방으로 올려다 놓자. 그러면 네가 기분이 내킬 때 항상 그걸 칠 수 있는 거지."

"숙부는 정말 친절하세요. 하지만 그렇게 수고하실 만한 일이 정말 아니에요."

"수고라고 해봤자 별것 아니고, 어쩌면 재미가 더 있을지도 몰라. 한 가지만 더 얘기하자, 얘야. 네가 피아노 교습을 받는 게 좋겠다."

"그렇게 생각하세요, 니코 숙부? 피아노 교습요? 글쎄요, 어쩐지 '양갓집 규수'를 떠올리는 소리 같네요."

"'양가'는 몰라도, 꼭 '규수'는 아니지. 크레취마르 선생에게 가면, 뭔가 될 거다. 오랜 친분이 있으니까, 그 선생이 우리 바지까지 다 벗겨 갈 만큼 교습비를 많이 요구하지는 않겠지. 그럼 넌 네가 짓고 있는 공중누각 같은 환상에 기초를 얻게 될 테고 말이야. 내가 그 사람과 얘기하마."

이 대화는 그대로 아드리안이 내게 학교 교정에서 들려준 것이다. 그때부터 그는 벤델 크레취마르 선생 집에서 일주일에 두 번씩 피아노 교습을 받게 되었다.

VIII

벤델 크레취마르는 당시 아직 젊은 사람으로 기껏해야 이십대 후반이었다. 그는 미국 펜실베이니아 주 출신으로 독일인과 미국인 부모 사이에서 태어났고, 자신의 출신국에서 음악 교육을 받았다. 그러나 일찍이 그는, 자기 조부모가 이민을 떠나기 전까지 살던 곳이자 자신의 뿌리이며 자기가 수행하는 예술의 뿌리가 있는 구세계로 돌아왔다. 그리고 한 곳에서 한 해나 두 해 이상 머물러본 적이 거의 없는 떠돌이 생활을 하다가, 카이저스아셰른에 오르간 연주자로 왔다. 이것은 여러 에피소드에 이어지는 단지 하나의 에피소드였을 뿐이고(그 전에 그는 독일 제국과 스위스의 작은 시립극장에서 연주했던 것이다) 이후에도 여러 에피소드가 따랐다. 또 그는 오케스트라 작곡가로도 두각을 드러냈으며, 오페라 「대리석상」을 공연에 올려서 여러 무대에서 호응을 얻었다.

수수한 외모의 이 땅딸막한 남자는 둥그런 두상과 짧게 다듬은 작은 콧수염, 그리고 때로는 생각에 잠긴 듯 보이고 때로는 안절부절못하는 듯 보이는 시선의 갈색 눈에 늘 웃음을 머금고 있는 인물로, 카이저스아셰른의 정신적이고 문화적인 생활에 진정한 이익이 될 수 있었을지도 모른다. 그러한 생활이란 것이 있기나 했다면 말이다. 그의 오르간 연주는 전문성이 있고 훌륭했지만, 우리 지역 주민 중에서 그 진가를 인정해줄 수 있는 사람은 다섯 손가락으로 셀 수 있을 정도였다. 그래도 그가 미하엘 프레토리우스,* 프로베르거,** 북스테후데,*** 그리고 물론 세바스티안 바흐의 오르간 음악, 또한 헨델과 하이든의 전성기 그 중간 시대에서 유래한 갖가지 기묘한 풍속화풍의 작품들을 연주하는 오후 시간의 무료 교회 콘서트는 매우 많은 사람들을 끌어들였고, 아드리안과 나도 정기적으로 그 콘서트장을 찾았다. 반면 그가 '공익활동협회' 강당에서 한 시즌 동안 끈기 있게 열었던 강연회는 최소한 외형으로 보면 완전히 실패였다. 그가 피아노 연주를 곁들여 설명을 하고, 게다가 화가(畵架) 위에 칠판까지 세워서 분필을 들고 설명했지만 말이다. 실패의 첫째 이유는 우리 주민들이 근본적으로 강연회에 대해 무관심했기 때문이고, 둘째로는 그가 다룬 주제가 대중적이라기보다 독특하고 별난 것이었기 때문이다. 또 셋째로는 고질이 된 그의 더듬는 말투가 그의 말에 귀를 기울이려고 온 사람들에게 결국 신경을 긁는 장애물 투성이의 나들이를 선사한 꼴이 되었기 때문이다. 그의 말 더듬는 습관은, 한편으로는 청중들에게 두려움을 불러일으키고, 다른 한편으로는

---

* Michael Prätorius(1571~1621): 르네상스에서 바로크로 넘어가는 시기의 독일 작곡가이자 오르가니스트.
** Johann Jakob Froberger(1616~1667): 바로크 시대의 독일 작곡가이자 오르가니스트.
*** Dieterich Buxtehude(1637~1707): 바로크 시대의 독일-덴마크 작곡가이자 오르가니스트.

웃음을 터뜨리도록 자극하는가 하면, 원래 정신적인 강연 내용에 쏟을 주의력을 완전히 딴 데로 쏠리게 하는 바람에 결국 언제 다시 경련하듯이 말이 멈춰버릴까 걱정하고 긴장하며 기다리는 데 집중하도록 하기에 딱 좋았던 것이다.

그의 말더듬증은 유난히 심각하고, 이 방면에서 대표적인 사례가 될 만한 정도였다. 그가 늘 이런저런 생각으로 가득 찬 사람이었고, 뭔가 전달하는 연설을 열정적으로 좋아했다는 측면에서 보면, 그렇게 말을 더듬는 습관은 비극적이었다. 말하자면 그가 연설의 강 위에 띄운 작은 배는 일정한 구간에서는 빠르고 춤추듯, 고통을 부정하며 잊어버리게라도 할 듯이 아주 가볍게 물 위로 미끄러져 가기도 했다. 그러나 반드시 수시로, 그리고 당연히 누구나 항상 각오하고 있던 대로, 돌풍의 순간이 다가왔다. 그는 말이 나오지 않아 애간장을 태우며, 붉게 부풀어 오르는 얼굴로 그냥 멈춰 서 있었다. 증기를 뿜어내는 기관차 소리를 내며 입을 억지로 옆으로 넓게 벌린 채 간신히 만들어낸 치찰음이 그에게 장애가 되었든, 혹은 순음과 씨름을 하는 중에 볼이 부풀어 오르고, 입술은 소리 없이 터져 오르는 짧은 폭발이 파열하며 고속 사격을 하는 것 같은 상태에 빠져들었든, 혹은 급기야 갑자기 심각하게 숨이 막히는 상태에 빠져드는 바람에 마치 뭍에 올라온 물고기처럼 입을 깔때기 모양으로 모아 헐떡거렸든, 그 모든 사태는 처절했다. 게다가 그런 상태에서 젖은 눈으로는 웃음을 띠면서 말이다. 실제로 그 자신은 그런 사태를 가볍게 여기는 것 같았지만, 그것이 누구에게나 위로가 되지는 않았다. 사실 관객들이 그의 강연을 피한다고 해서 그들을 원망할 수는 없는 노릇이었다. 그들이 강연을 꺼리는 심정이 얼마나 한결같았던지, 실제로 대략 대여섯 명의 청중들만 1층 관람석을 지키는 일이 자주 있었다. 더 정확히 말하면, 나의 부모와 아드리안의 숙부, 젊은 치마부에, 그리고 우리 둘 외에는 여자 고등학생 몇 명뿐이었고, 여학생들은 연사가 말을 잇지 못하는 동안에 연신 킥킥거렸다.

연사는 입장료로는 도저히 지불할 수 없었던 강연장 대여료와 조명 비용을 자비로 낼 용의가 있었겠지만, 나의 아버지와 니콜라우스 레버퀸이 이사회를 설득해 협회에서 부족액을 계산하거나, 혹은 차라리 임대료를 받지 않도록 했다. 그의 강연이 교육적으로 중요하고 공익에 유용하다는 것이 이유였다. 그런 조치는 크레취마르에 대한 호의적인 지지였다. 왜냐하면 그의 강연을 공익 차원에서 본다면 논란의 여지가 있었기 때문이다. 회원들이 거의 참석하지 않았다는 사실만으로도 그렇고, 그렇게 참석이 저조했던 원인도, 이미 말했듯이, 부분적으로는 강연 내용이 너무나 전문적이었기 때문이다. 우리는 벤델 크레취마르가 신봉하던 기본 원칙을, 원래 영어로 다듬어진 그의 말투로 수차례나 들었다. 중요한 것은 다른 사람들의 관심이 아니라, 자신의 관심이라는 것이었다. 말하자면 관심을 **불러일으키는 것**이 중요한데, 이것은 자신이 스스로 어떤 일에 철저히 관심을 가지는 경우에만 가능하며, 그런 경우에는 또 반드시 가능하게 되는 법이라는 것이다. 다시 말해, 그 일에 대해 이야기함으로써 다른 사람들을 그런 관심 속으로 끌어들일 수밖에 없고, 그렇게 하여 자신의 관심을 남에게 전파할 수밖에 없으며, 결국 원래는 전혀 없었고 예기치 못했던 관심을 **새로 만들어낼** 수밖에 없는 경우에만 가능한 것이라고 했다. 그리고 그런 것은 이미 존재하는 관심에 호응해주는 것보다 훨씬 더 가치 있다고도 했다.

우리 관객들이 크레취마르에게 그의 이론을 실험해볼 기회를 거의 주지 않았던 점은 매우 유감스러운 일이었다. 의자에 번호 표시가 있는 텅 빈 강연장에서 그의 발치에 앉아 있던 우리 몇몇에게는 그 이론이 완전히 입증되었다. 왜냐하면 우리의 주의를 사로잡을 수 있으리라고는 결코 생각하지 못했던 것들로 그가 우리의 마음을 사로잡았기 때문이다. 그의 지독한 말더듬증조차 결국에는 그의 열의가 청중을 자극하면서도 꼼짝 못 하게 사로잡으며 드러나는 현상에 불과한 것처럼 보였다. 예의 저 난처한 상황이 발생할 때면, 우리는 여러 번 함께 그를 위로하며 고개를 끄덕여 보였다. 그리고 신사들 중 몇몇이 그에게 안도감을 주는 말로, "그렇군요" "괜찮아요" 혹은 "상관없어요!"라고도 했다. 그러면 그는 쾌활하게 미안해하는 미소를 지었으며, 그렇게 말문이 풀리고 나면 다시금 얼마간 의심스러울 만큼 민첩하게 순풍을 탄 듯이 막히지 않고 강연을 이어갔다.

그가 어떤 주제에 대해 강연을 했느냐고 묻는다면, 글쎄 뭐, 그 남자는 "왜 베토벤이 피아노 소나타 작품 제111번에 제3악장을 쓰지 않았나"라는 문제에 한 시간 내내 집중할 수 있었다. 그것은 확실히 논할 만한 가치가 있는 문제이기는 했다. 그러나 '공익활동' 회관에 게시되고 카이저스아셰른의 『철도신문』에 게재된 광고를 생각해보라. 그리고 그 광고가 불러일으켰을 대중들의 호기심이 얼마나 컸는지 자문해보라. 요컨대 사람들은 왜 제111번 작품이 두 악장뿐인지 전혀 알고 싶어하지 않았다. 강연 장소에 나타났던 우리는 물론 내적으로 매우 풍요로운 저녁 시간을 가졌다. 문제의 소나타가 그때까지 우리에게는 완전히 낯선 것이었음에도 불구하고 말이다. 우리는 문제의 작품을 그 행사를 통해 알게 되었으며, 그것도 아주 자세히 알게 되었다. 왜냐하면 크레취마르가 자신에게 제공된 너무나 볼품없는 소형 피아노로(그랜드피아노 사용은 허락받지 못했다) 요란하게 울리는 소리이기는 했으나 매우 훌륭하게 그 곡을 연주했고, 가끔씩 그 곡이—다른 두 곡과 함께—만 들어지던 당시 작곡가의 생활 형편을 묘사하면서 작품의 정신적인 내용을 매우 호소력 있게 분석했으며, 또 신랄한 위트로 베토벤을 조소하며 그가 문제의 작품에서 제1악장과 부합하는 제3악장을 왜 쓰지 않고 포기했는지에 대해 자기 나름의 긴 해석을 늘어놓았기 때문이다. 베토벤은 자기가 **시간이 없어서** 차라리 제2악장을 약간 더 길게 늘였노라고, 자기 실습생의 질문에 대답했던 것이다. 시간이 없어서라고! 더구나 그 말을 "태연하게" 했다는 것이다. 질문하는 사람을 무시하는 뜻이 담긴 그런 대답을 상대방은 아마 눈치채지 못했겠지만, 질문 때문에 그런 무시는 정당화되었다. 다음으로 우리의 연사는 1820년에 베토벤의 상태, 즉 그즈음 돌이킬 수 없는 폐결핵이 덮치는 바람에 베토벤의 절대음감이 이미 상당히 황폐한 상태에 빠져 있었고, 이후 그가 자신의 작품을 무대에 올릴 수도 없는 형편이었음이 이미 드러났다고 상세히 설명했다. 또한 당시 떠돌던 소문, 즉 그 유명했던 작곡가가 이제는 완전히 힘이 다 빠져버렸으며, 창작력은 쇠진하여 규모가 큰 작품을 쓸 능력이 없어서 늙은 하이든처럼 겨우 스코틀랜드풍의 가곡이나 끄적거리고 있다는 풍문이 점점 더 퍼졌다는 이야기도 했다. 왜냐하면 벌써 몇 년 전부터 그의 이름이 붙은 주요 작품이 더 이상 나오지 않았기 때문이었다. 다만 베토벤이 여름을 나던 뫼들링에서 늦가을에 빈으로 돌아와 예의 저 피아노곡 세 편을, 말하자면 단 한 번도 악보에서 눈을 떼지 않고 단숨에 썼고, 또한 자신의 후견인 브룬스비크 백작에게 연락해 자신의 정신 상태에 대해 걱정하지 않도록 했다는 것이다. 그런 다음 크레취마르는 다단조 소나타에 대해 말했다. 이 작품은 물론 정신적으로 체계가 잡힌 완결된 작품이라고 보기가 쉽지 않으며, 당시의 비평가나 친구들에게도 미학적으로 상당히 어려운 과제를 안겨주었다는 것이다. 베토벤의 지인들과 그를 숭배하는 사람들은 그가 완숙기에 교향곡과 피아노 소나타, 고전주의 현악 4중주를 통해 도달했던 최고의 경지까지는 도저히 이해할 수 없었고, 말기의 작품에서 분해되고 소원해지는 과정, 더 이상 고향같이 아늑하고 편안하지 않은 낯선 곳으로 치닫는 과정, 그러니까 초월적인 과정(plus ultra)에 무거운 심정으로 직면했던 것이라고 했다. 그들이 그런 상태에서 볼 수 있었던 것이라곤 이미 늘 있었던 성향의 악화, 지나치게 골똘히 생각하고 사색하며, 지나치게 꼼꼼하고 음악적 과학성에 매달리는 경향 외에 아무것도 없었다는 것이다. 그 소나타의 둘째 부분을 이루고 있는 거대한 변주악곡의 작은 아리아 테마같이 너무나 단순한 소재에 때때로 적용된 경향 말이다. 그러니까 수많은 운명을 다루는, 즉 리듬 대비의 수많은 세계를 망라하는 그 악곡의 테마가 스스로를 넘어서서 결국엔 이성으로 파악되지 않는 피안의 차원 혹은 추상적 차원이라고 할 아찔하게 높은 차원에 쏠려 있듯이, 마찬가지로 베토벤의 예술성 역시 그 자체를 넘어서버렸다는 것이다. 그의 예술성은 전통의 편안한 영역에서 벗어나와, 깜짝 놀라 살펴보는 사람들의 눈앞에서 이젠 완전히 개인적이기만 한 영역으로 상승해버렸다고도 했다. 절대성 속에 고통스럽게 고립된 자아, 절대음감이 사라짐으로써 감각적인 것으로부터도 고립된 자아라는 것이었다. 가장 온순한 동시대인에게조차 오로지 이상한 전율만을 불러일으켰던 유령 세계의 고독한 제후, 그들이 단지 잠시 동안, 그리고 단지 예외적으로만 순응할 수 있을 만큼 경악스러운 소식을 전해주던 유령계의 외로운 제후 말이다.

여기까지는 맞는 말이라고 크레취마르가 말했다. 그러나 단지 조건부로, 그리고 불충분하게 맞는 말이라는 것이다. 왜냐하면 우리가 단순한 개성을 무절제한 주관성과 연관시키고, 또 다성(多聲)의 객관성에 대척하는 지점에 과격한 화성의 표현 의지를 두기 때문이라고 했다(그는 우리가 화음의 주관성과 다성의 객관성 같은 차이를 가슴에 새겨두기를 바랐다). 그런데 이런 등식과 이런 대립 관계는, 후기의 대작에서는 전반적으로 맞지 않듯이, 이 작품에서도 잘 맞지 않았다. 실제로 베토벤은 말기보다 중기에 훨씬 더, 구태여 "개인적"이었다는 말을 피하려면, 자기 중심적이었다는 것이다. 중기에야말로 그는 음악 속에 가득 찬 전통적인 모든 것, 공식으로 규격화하고 형식화된 모든 것을 훨씬 더 개인적인 표현을 통해 없애버릴 생각이었고, 그것을 주관적인 음의 활력론에 녹여 없앨 생각이었다. 관습적인 것에 대한 후기 베토벤의 관계, 가령 마지막 다섯 개의 피아노 소나타에서 나타나는 그런 관계는 전무후무한 특성에도 불구하고, 게다가 형식 언어의 비상함에도 불구하고 전혀 다른, 즉 훨씬 더 관대하고 호의를 지닌 것이었다. 주관적인 것에 영향을 받지 않고 변형되지 않은 채 전통적인 것이 후기 작품에서 자주 두드러지게 표현되었다. 말하자면 무미건조한 상태로, 혹은 다 꺼져버린 상태나 자아로부터 버림받은 상태라고도 할 수 있겠거니와, 이런 상태는 다시금 어떤 개인적인 대담함보다 더 끔찍하고 장엄하다는 인상을 주었다. 그리고 이와 같은 구성들 안에서는 주관적인 것과 관습이 새로운 관계를, 즉 죽음에 의해 정해지는 관계를 맺게 된다고 우리의 연사는 말했다.

바로 이 말을 하면서 크레취마르는 아주 심하게 말을 더듬었다. 첫 소리에 사로잡혀, 그의 혀는 입천장에서 일종의 기관총을 쏘아대는 식의 소리를 냈고, 이때 턱의 모든 부분이 함께 떨리다가, 마침내 그가 무슨 말을 하려는지 짐작케 하는 모음을 말하는 순간에 조용해졌다. 우리는 그 단어를 알아차리긴 했지만, 보통 때 흔히 그랬던 것처럼 그의 부담을 덜어주기 위해 그에게 호의적으로 그 말을 알려주는 것은 그리 적절하지 않은 것 같았다. 그는 스스로 그 말을 해내야만 했고, 또 그렇게 했다. 위대함과 죽음이 만나는 곳에서는, 하고 그가 설명했다. 그런 곳에서는 관습 쪽으로 기우는 객관성이 생겨나는 것이고, 이런 객관성의 확고함은 가장 교만한 주관성보다 앞선다고 했다. 왜냐하면 위대함과 죽음이 만나는 곳에서는 '단지 개인적인 것', 즉 이미 정점에 오른 전통이 스스로를 훌쩍 넘어섬으로써 완성된 그것이 다시 한 번 스스로를 벗어날 만큼 커지기 때문이라는 것이었다. 말하자면 신화적이고 공동체적인 것 안으로 유령처럼 당당하게 진입함으로써 그만큼 커진다는 것이다.

그는 우리가 자신의 말을 이해하는지 묻지 않았다. 그리고 우리도 그것을 궁금해하지 않았다. 그는 우리가 자신의 말을 듣는 것이 중요하다고 했고, 우리도 이의 없이 그의 견해를 따랐다. 그는 앞서 말한 관점에서 예의 저 작품, 자신이 지금 특별히 다루고 있는 피아노 소나타 작품 제111번을 살펴봐야 한다며 강연을 이어갔다. 그러고는 소형 피아노 앞에 앉더니 악보도 보지 않고 우리에게 전곡(全曲)을 연주해주었다. 그런데 1악장과 방대한 2악장을 연주하는 중에 끊임없이 자신의 설명을 끼워 넣는가 하면, 우리가 그의 강연에 제대로 주의를 기울이도록 하기 위해 간간이 열성을 다해 시범적으로 노래도 덧붙였다. 이런 모든 것들은 부분적으로는 매혹적이고, 부분적으로는 우스꽝스러운, 그리고 그 소규모의 청중들로부터 수차례 큰 웃음을 자아낸 구경거리가 되었다. 왜냐하면 그가 매우 힘차게 건반을 두드리는 데다 강음에서는 더 엄청난 힘으로 연주했기에 중간중간 끼워 넣는 자신의 말이 어느 정도라도 이해가 되도록 하기 위해서는 지나칠 정도로 크게 소리를 질러야 했을 뿐더러, 연주한 부분을 또 노래로 강조하기 위해 목청이 터져라 노래할 수밖에 없었기 때문이었다. 그는 손으로 연주하는 부분을 입으로 따라했다. 붐, 붐. 범, 범. 슈룸, 슈룸, 하며 1악장 서두에서 격렬하게 돌발하는 강조 부분에서 소리를 지르고, 귀여운 멜로디가 나오는 부분들은 째지는 가성으로 따라 불렀는데, 이때는 그 곡에서 폭풍에 휘날린 하늘이 이따금씩 구름 사이를 뚫고 나오는 부드러운 섬광이라도 만난 듯이 밝아졌다. 그러다 마침내 그는 두 손을 무릎 위에 얹고 잠시 쉬다가 입을 열었다. "바로 이 부분이에요." 그러고는 변주곡 악장을 치기 시작했는데 그것은 '아다지오 몰토 셈플리체 에 칸타빌레'*였다.

작은 아리아 테마, 그것은 모험과 운명을 표현하기 위한 것이었다. 목가적인 순수함을 지녔기에 모험과 운명에는 결코 어울리지 않는 것 같은 열여섯 소절의 그 테마가 이윽고 심금을 울렸다. 그 테마는 하나의 모티프로 단순화할 수 있는 것으로서, 전반부가 끝나는 부분에서 짧고 깊은 정이 넘치는 외침처럼 두드러졌다. 그것은 단지 3개의 음표, 즉 8분 음표, 16분 음표, 그리고 부점이 찍힌 4분 음표로 구성된 것으로, 운율에 따라 음절로 나누어 낭독되는 소리는 대략 "푸-른 하늘색" 혹은 "사-랑의 괴로움" 혹은 "그-대여 안녕" 혹은 "언-젠가" 혹은 "골-짜기 풀밭" 등에 불과했다. 그것이 전부였다. 이렇게 잔잔히 드러나는 소리, 이 우울하고 고요한 구성 양식과 함께 리듬과 화음의 대위법이 이어지면서, 우리의 거장이 그 곡에 축복을 내리는 동시에 저주하

---

* Adagio molto semplice e cantabile: 매우 느리게, 가볍게, 그리고 노래하듯이.

며, 또 한기와 열기, 평온과 황홀경이 서로 구별되지 않고 섞이는 칠흑 같은 밤과 한낮의 밝음, 즉 수정처럼 투명한 곳으로 곡을 추락시키면서 동시에 격상시키는 그 모든 과정이 어쩌면 타당하지 않다고, 어쩌면 이상하고 어색하며 지나치게 거창하다고 느낄지도 모르겠다. 그렇다고 그 곡에 다른 어떤 이름도 붙이지 못하고 말이다. 왜냐하면 사실 그것은 원래 어떤 이름으로도 불릴 수 없기 때문이다. 아무튼 크레취마르는 부지런히 손을 움직여서 우리에게 이 모든 대단한 변형의 과정을 연주해 보이며, 극도로 격렬한 노랫소리로 따라 불렀다. "딤-다다." 그러고는 큰 소리로 끼어들며, "연속 전음(顫音) 부분!"이라고 소리쳤다. "장식음과 카덴차!* 관습대로 그냥 둔 여기 이 부분이 들리나요? 여기서- 언어는- 더 이상- 뜻 없는 미사여구에 의해서가 아니라,- 미사여구가- 언어의 주관적인- 자제라는- 허상에 의해- 순화되고 있어요- 예술의- 허상이 버려지고 있는 거지요,- 결국- 항상 예술이- 예술의 허상을 버리는 거예요. 딤-다다! 좀 들어보세요, 여기서 멜로디가 얼마나- 화음의 푸가에 부여된 비중에 의해- 압도되는지! 멜로디가 정체적인 것이 되고 말아요, 단조롭게 되는 거지요- 레 음이 두 번, 세 번 연속으로- 화음들이 이렇게 하는 거예요- 딤-다다! 이제 주의해보세요, 여기서 무슨 일이 일어나는지-"

이와 같이 그가 질러대는 소리, 그리고 그 소리가 사이사이에 끼어드는 지극히 복잡한 음악을 동시에 듣는 일은 너무나 어려웠다. 우리는 모두 그의 손과 입을 번갈아 쳐다보면서, 몸을 앞으로 구부리고 두 손을 무릎 사이에 끼운 채 그 모든 것을 들어보려고 애를 썼다. 그 악장

---

* 악장 끝부분에 등장하는 독주 악기의 기교적인 부분. 특히 거장의 기교를 요구하는 독주 협주곡에서 화려한 클라이맥스를 이룬다.

의 특성은 최저음과 최고음이, 오른손과 왼손이 서로 매우 멀리 떨어져 있다는 점이었다. 그리고 한순간, 빈약한 모티프가 혼자 외롭게 버려진 채 현기증이 날 만큼 깊은 심연 위에 떠 있는 것처럼 보이는 극단적인 상황이 온다. 그것은 창백한 분위기의 고결함이 표현되는 과정인데, 곧 이어 조심스럽게 기가 죽는 모습, 말하자면 이런 상황이 가능하다는 점에 대해 두려워하며 경악하는 모습이 나타난다. 그리고 이런 상황이 채 끝나기도 전에 다시 많은 일이 벌어진다. 그러다가 두려움과 경악이 가라앉으면서, 지금까지 그렇게 격렬했던 분노와 아집과 집착 그리고 극단적인 감정에 이어 돌연 온화함과 너그러움이 이어지더니 전혀 기대하지 않았던 너무나 감동적인 것이 나타난다. 작별을 고하는, 그리고 정말 아주 완전히 작별을 고하는, 작별의 외침과 손짓이 되는 아주 노련한 모티프, 바로 그 레-솔-솔 모티프에 가벼운 변화가 생기는 것이다. 그 모티프는 멜로디에서 약간 확장되는 형식을 갖게 된다. 도 음으로 시작된 뒤에 레 음 앞에서 올림 도가 시작됨으로써 이제 더 이상 "푸-른 하늘색" 혹은 "골-짜기 풀밭"이 아니라 "오- 너, 푸른 하늘이여" "초록-색 골짜기 풀밭" "그대여- 영원히 안녕"을 운율에 따라 음절로 나누어 부르게 된다. 바로 이렇게 올림 도를 추가한 것은 이 세상에서 할 수 있는 가장 감동스럽고, 가장 위로가 되며, 가장 애처롭게 위안을 주는 행위이다. 이것은 머리카락 위를, 볼 위를 가슴이 아프도록 사랑스러운 마음으로 쓰다듬는 것과 같고, 이어 마지막으로 조용하게 깊은 시선을 보내는 것과 같다. 그것은 대상을, 즉 압도적인 인간화를 통해 휘몰아치듯 이어온 구성을 축복해주고, 또한 영원한 작별 인사로 그런 구성을 청중의 가슴에 너무나 부드럽게 안겨주기 때문에 그의 눈에 눈물이 맺힐 지경이다. "이제 고통을 잊-으라!"는 것이다. "우리들 마음속의 신은- 위대하였도다" "모든 것은- 단지 꿈이었을 뿐" "사랑스러운 마음으로- 내게 머물러다오." 그러고는 중단된다. 빠르고 강한 셋잇단음표가 평범한, 여러 다른 곡에서도 볼 수 있음직한 마무리 음을 울린다.

크레취마르는 이후 더 이상 소형 피아노에서 강단으로 돌아오지 않았다. 그는 우리 쪽을 향한 채로 회전식 안락의자에 그대로 앉아 있었으며, 우리와 같은 자세로 몸을 앞으로 굽히고 손을 무릎 사이에 끼우고 있었다. 그리고 왜 베토벤이 작품 제111번에 제3악장을 쓰지 않았는지에 대한 강연을 몇 마디로 끝냈다. 우리가 그 문제에 스스로 답할 수 있기 위해서는 그 곡을 들어보기만 하면 된다고 그는 말했다. 3악장? 이렇게 작별을 했는데, 새로 시작하라고? 이렇게 중단했는데, 되돌아오라고? 불가능하고말고! 그 소나타는 2악장에서, 그 엄청나게 큰 악장에서 끝이 난 것이고, 두 번 다시 귀환할 생각 없이 끝나버린 것이라고 했다. 그리고 그는 자신이 "소나타"라고 할 때, 그것은 바로 그 다단조 소나타만을 두고 하는 말이 아니라 소나타 자체를, 장르로서, 전래된 예술 형식으로서의 소나타를 말하는 것이며, 소나타 자체가 이 곡에서 마무리되었고, 끝난 것이라고도 했다. 자기 운명을 성취한 것이고, 자기 목표를 달성한 것이며, 그것을 넘어 더 할 것이 없다는 것이다. 스스로를 해체하고 소멸시켜 작별을 고했다는 것이다. 올림 다로부터 멜로디로 위로를 받은 레-솔-솔 모티프의 작별 인사, 그것은 이런 의미에서도 작별이며, 그 곡처럼 위대한 작별, 소나타로부터의 작별이었다는 것이다.

이 말과 함께 크레취마르는 떠났다. 소리는 작지만 끊이지 않는 박수를 받으며 떠났다. 그리고 우리도 떠났다. 새로 들은 이야기에 눌려서 적잖이 생각에 잠긴 채. 대부분의 사람들은 들어올 때 맡겨둔 외투와 모자를 받아들면서, 또 강연장을 떠나면서, 늘 그랬듯이 그날 저녁에 인상 깊게 들은 것을, 즉 제2악장의 주제와 직접적으로 관련된 모티프를 그 원래 형태로, 그렇게 작별하는 형태로 멍한 기분 속에 혼자 불러보았다. 그리고 그보다 더 오랫동안, 청중들이 서로 흩어지던 저 먼 골목에서, 밤이 되어 작은 소리도 울리는 그 소도시 골목에서, "그대여- 안녕" "그대여, 영원히 안녕" "우리들 마음속의 신은- 위대하였도다"라는 노래가 메아리치듯이 들려오는 듯했다.

우리가 베토벤에 대한 말더듬이 크레취마르의 연설을 들은 것은 그것이 마지막이 아니었다. 얼마 안 있어 그는 다시 베토벤에 대해 강연했는데, 이번에는 '베토벤과 푸가'라는 제목의 강연이었다. 나는 이 테마 역시 자세히 기억하고 있으며, 그 강연 공지가 아직도 눈앞에 선하다. 다른 테마와 마찬가지로 그 테마 역시 '공익' 회관에서 생명이 위태로울 만큼 붐벼대는 군중을 끌어들이기에 적합하지 않은 것은 충분히 이해하면서 말이다. 하지만 우리의 작은 그룹은 그날 저녁에도 참으로 유익하고 즐거운 시간을 보냈다. 우리가 듣건대, 예의 저 대담한 개혁가를 시기하고 반대하는 자들이 베토벤은 푸가를 작곡할 수 없다고 늘 주장했다고 한다. "그 사람은 그런 것은 작곡하지 못한다니까"라고 말하며 그들은 자신들이 하는 말의 의미를 잘 알고 있었다고 했다. 왜냐하면 당시 그 신성한 예술 형식은 여전히 매우 명예로운 위치를 차지하고 있었기에, 만약 푸가에서 완벽하게 자신의 능력을 입증하지 못하면 어떤 작곡가라도 음악적 법정에서 용서받지 못했을뿐더러 그 당시에 작곡을 주문하는 세력가나 지체 높은 사람들을 만족시킬 수가 없었기 때문이라고 했다. 가령 에스터하지* 후작은 거장의 예술을 대단히

---

* Nikolaus II. Esterhazy de Galantha(1765~1833): 헝가리의 부유한 귀족으로 수많은 예술가들을 후원한 것으로 유명하다.

좋아하는 인물이었는데, 베토벤이 그를 위해 작곡한 다장조 미사곡에서 푸가를 작곡하려다가 실패한 것은 순전히 사회적으로도 결례이거니와 예술적으로도 도저히 용서받지 못할 결함이었다는 것이다. 또 오라토리오 「감람산의 그리스도」에도 당연히 푸가가 들어 있어야 했는데 푸가라고는 찾아볼 수가 없었다고 했다. 작품 제59번의 세번째 4중주곡에서 보이는 푸가처럼 매우 미미한 시도는, 저 위대한 남성 베토벤이 형편없는 대위법 작곡가였다는 주장을 뒤집을 만한 것이 못 되었다고 했다. 「에로이카」의 장송행진곡과 가장조 심포니의 알레그레토에 들어 있는 푸가 때문에 권위 있는 음악계는 오히려 그런 주장을 더 지지할 수밖에 없었다는 것이다. 그런데 라장조 첼로 소나타, 작품 제102번의 마지막 악장이 "푸가 방식으로 작곡된 알레그로(Allegro futao)"라고 불렸다고! 그러자 사람들이 주먹을 불끈 쥐고 비판과 아우성을 쏟아냈다고 크레취마르는 이야기했다. 사람들은 그 전체 악장이 불분명하며, 푸가로 들어줄 수 없는 지경이라고 비판했다는 것이다. 최소한 스무 소절이 진행되는 동안 너무나 어처구니없는 혼란만 이어졌기 때문인데, 그것은 주로 지나치게 변조한 조옮김 때문이라 했다고. 이로써 베토벤이 엄격한 양식을 다루지 못한다는 논쟁은 종결된 문제로 볼 수 있다고까지 했다는 것이다.

나는 이런 설명을 잠시 중단하겠다. 그 이유는 오로지 강연자가, 아직 우리의 정신적인 지평에 전혀 들어오지도 않은 문제들, 말하자면 연거푸 곤경에 처하는 그의 발음 때문에 우리의 정신적인 지평의 언저리에야 비로소 그저 어렴풋이 떠올랐던 문제들 그리고 예술의 상황에 대해 말하고 있었다는 사실에 독자가 주의를 기울이도록 하기 위해서이다. 그러니까 우리는 크레취마르가 피아노를 연주하면서 설명하는 것을 듣는 방법 말고는 그의 말을 이해할 수 있는 방법이 없었고, 또 이

해도 안 되는 동화에 빠진 아이들처럼 어렴풋이 유발된 판타지를 가지고 그 모든 이야기를 듣고 있었으며, 그러면서도 우리의 부드러운 영혼은 아이들처럼 꿈꾸듯이 불길한 예감 속에서 듣고 있던 이야기 덕분에 풍요로워지는 것 같았다는 사실 말이다. "푸가" "대위법" "에로이카" "지나치게 변조된 조옮김으로 인한 혼란" "엄격한 양식", 이런 모든 것은 근본적으로 우리에게 동화 같은 소리에 불과했다. 하지만 우리는 그런 것을 아주 기꺼이, 그리고 마치 아이들이 자신에게 이해되지 않는 이야기, 사실 아이들이 듣기에는 매우 부적절한 이야기를 들을 때처럼 눈을 동그랗게 뜨고 들었다. 더 자세히 말하면, 가까이 있는 것, 적절한 것, 적당한 것이 주는 즐거움보다 훨씬 더 큰 즐거움을 만끽하며 들었다. 이렇게 배우는 것이 가장 심도 있고, 가장 당당하며, 어쩌면 가장 유익한 학습 방법이라고 믿고 싶은 사람이 있을까? 나중에 나올 내용을 미리 예측하는 학습, 무지함의 넓은 공간을 뛰어넘는 학습 방법이라고? 교육자로서 나는 그렇게 믿고 싶은 사람의 입장을 지나치게 두둔해서는 안 되겠지만, 청소년들이 그런 방식을 매우 선호한다는 사실은 알고 있다. 그리고 그렇게 건너뛴 공간은 시간이 지나면 또 저절로 채워진다고 나는 생각한다.

어쨌든 우리가 들은 바로, 그러니까 베토벤은 자신이 푸가를 작곡하지 못한다는 평판을 듣고 있었고, 이런 악의에 찬 소문이 얼마나 사실과 일치했는지가 문제였다. 보아하니 베토벤은 그 소문이 근거가 없음을 증명하려고 노력했다. 그 이후에 발표한 피아노곡에 푸가를, 더 자세히 말하면 3성부의 푸가를 삽입했던 것이다. 하머클라비어* 소나타

* 가죽이나 펠트로 묶은 목재 해머로 현을 치며 소리를 내는 옛날 건반악기. 베토벤의 피아노 소나타 제29번 내림 나장조, 작품 106에 이 악기의 이름을 곡명으로 붙였다.

와 내림 가장조 소나타에 그렇게 했다. 한번은 "약간 자유롭게"라고 부언했는데, 이것은 자신이 지키지 않았던 규칙을 그가 잘 알고 있다는 사실을 표시해두기 위해서였다. 그가 왜 규칙을 소홀히 했는지, 절대주의의 신조에 따라 그랬는지, 아니면 그것을 다룰 수 없어서였는지는 여전히 논쟁거리로 남았다. 물론 위대한 푸가 서곡, 작품 제124번, 「장엄미사곡Missa solemnis」의 글로리아와 크레도*에서 장엄한 푸가가 등장하긴 했다. 말하자면 그것은 이렇게 천사와 씨름하면서도 그 위대한 투쟁가가 승리자로 남았다는 증거를 마지막으로 남기기 위한 것이었다. 비록 그 결과, 허리가 마비될 정도로 그의 건강이 엄청나게 타격을 받았을지라도 말이다.

크레취마르는 우리에게 끔찍한 이야기를 들려주었는데, 그 이야기는 저 싸움의 신성한 무게와 시련을 겪는 창작자의 인간적인 됨됨이에 대해 참으로 잊히지 않는 인상을 남겼다. 1819년 한여름, 베토벤이 뫼들링의 하프너하우스에서 「장엄미사곡」을 쓰고 있던 시절이었다. 이때 그는 각 장이 원래 예측했던 것보다 훨씬 더 길어져서 마감 날짜, 즉 루돌프 대공이 올뮈츠 대주교로 임명될 날로 정해진 다음 해 3월까지 완성할 수 없을 것 같아 절망적인 상황이었다. 그러던 중 어느 날 오후에 친구이자 그의 음악을 좋아하는 두 명의 손님이 그를 찾아왔는데, 그들은 집에 들어서면서부터 깜짝 놀랄 일을 듣게 되었다. 그날 새벽 1시 경에 온 집안사람들이 잠에서 화들짝 놀라 깰 만큼 엄청난 소동이 벌어져 베토벤의 두 하녀가 아침에 일어나자마자 곧바로 도망가버렸다는 것이다. 전날 저녁부터 깊은 밤까지 주인 베토벤은 크레도, 즉 푸가

---

* 글로리아는 장엄미사곡의 제2악장을, 크레도는 제3악장을 말한다.

가 있는 크레도 부분을 작곡하며 불 위에 올려 있던 저녁 음식은 먹을 생각을 안 했는데, 음식 옆에서 한없이 기다리기만 하던 하녀들이 자연의 힘을 이기지 못하고 그만 잠들어버린 것이다. 그러다 베토벤이 12시와 1시 사이에 저녁을 달라고 했을 때, 그는 두 하녀가 잠들어 있고 음식은 새까맣게 타버린 것을 발견하고는, 너무나 격렬하게, 게다가 자신의 큰 소리도 듣지 못하는 만큼 한밤중이었음에도 다른 사람들은 전혀 고려하지 못하고 분노를 터뜨렸던 것이다. "도대체 너희들은 한 시간도 나와 함께 깨어 있지를 못하는 거냐?"라며 그는 연신 고함을 질러댔다. 하지만 그땐 한 시간이 아니라 이미 대여섯 시간이 지난 뒤였고, 마음이 상한 하녀들은 날이 밝자마자 너무나 우악스러운 주인을 혼자 내버려두고 집을 나가버린 것이다. 그러니까 두 친구가 찾아왔을 때 그는 그날 점심도 못 먹었을뿐더러, 그 전날 점심때 이후로는 아무것도 먹지 못했다. 그 대신 그는 자기 방에서 작업을 하는 중에 크레도, 그러니까 푸가가 있는 크레도 부분을 작곡하고 있었고, 밖에서 그의 사도들은 잠긴 문을 통해 그가 일하는 소리를 듣게 되었다. 귀먹은 베토벤은 노래를 하다가 울부짖는가 하면, 크레도에 매달리며 발을 쿵쿵 굴러댔다. 그런 것을 듣는 일은 너무나 소름끼치게 충격적이어서, 문에다 대고 귀를 기울이고 있던 사람들의 혈관 속에서는 피가 얼어붙을 지경이었다. 그들이 너무 두려워서 막 떠나려는 순간에 갑자기 문이 열리고, 문턱에 베토벤이 나타났다. 어떤 외모였냐고? 가장 끔찍한 외모였다! 완전히 엉망이 된 옷을 걸치고, 얼굴도 너무나 엉망이어서 겁이 날 지경이었으며, 아주 멍하게 귀를 기울이는 눈빛으로 사람들을 응시하면서, 마치 대위법의 모든 나쁜 유령들과 생사를 건 싸움에서 돌아온 것 같은 인상을 풍겼던 것이다. 그는 처음에는 앞뒤가 맞지도 않는 소리를 중얼거리더니, 자기 집의 형편없는 살림에 대해 하소연 조로 질책을 쏟아놓았다. 모두 도망가버리고, 자기를 굶주리게 내버려둔다는 것이었다. 손님들은 그를 진정시키려고 애를 썼다. 한 사람은 그가 옷을 제대로 차려입는 것을 도왔고, 다른 한 사람은 원기를 회복할 식사를 준비하도록 음식점에 주문하려고 뛰어나갔다…… 그로부터 3년이 지나고서야 비로소「장엄미사곡」은 완성되었다.

우리는 그 미사곡을 몰랐다. 다만 그 곡에 대해 들었을 뿐이었다. 하지만 알려져 있지 않은 위대한 작품에 대해 단지 듣기만 하는 일도 정신 발전에 도움이 된다는 것을 누가 부정하려 했으랴? 그렇지만 그런 것에 대해 어떤 방식으로 이야기하는지에 따라 많은 것이 좌우되는 법이다. 벤델 크레취마르의 강의를 듣고 집으로 돌아가면서 우리는 미사곡을 들은 것 같은 기분이 들었다. 그 미사곡에 대한 환상에는, 베토벤이 우리에게 남긴 모습, 밤새 한 끼도 못 먹고 일하느라 지친 대작곡가가 홀로 문턱에 서 있는 모습이 상당히 작용했다.

'베토벤과 푸가'에 대한 크레취마르의 강연은 이상과 같았고, 그 강연이야말로 우리가 집으로 돌아오는 길에 나눈 대화에 몇 가지 이야깃거리를 제공해주었다. 그것은 또한 서로 침묵하게도 하는 소재였으며, 그리고 때로는 재빨리 흘러가고 때로는 지독하게 걸려버리는 목소리의 연설로 우리의 영혼 속으로 파고 들었던 새로운 것, 멀리 떨어져 있는 것, 위대한 것에 대해 조용하고 막연하게 숙고할 수 있는 소재이기도 했다. 내가 '우리의 영혼 속으로'라고는 하지만, 물론 아드리안의 영혼만을 말하는 것이다. 내가 무슨 이야기를 들었든, 그리고 무엇을 수용했든, 그것은 전혀 중요하지 않다. 귀갓길에, 그리고 다음 날 학교 교정에서 드러났듯이, 아드리안에게 주로 인상을 남긴 것은 크레취마르가 제식 시대와 문화 시대를 구분한 부분이었고, 또 예술의 세속화, 즉 예술을 종교에서 분리하는 일이 단지 피상적이고 에피소드 같은 성격을 띤다는 그의 말이었다. 김나지움 11학년생이던 아드리안은, 강연자가 전혀 언급하지 않았지만 자신의 내면에 불을 붙였던 생각 때문에 충격을 받은 것으로 보였다. 그 생각인즉, 예배의식과 관련된 모든 것, 즉 종교로부터 예술을 분리한 것, 말하자면 예술을 고독하고 개인적인 것이며 문화적이고 자기목적적인 것으로 해방시키고 승격시킨 것이 결국 예술에 혼자만의 엄숙함, 절대적인 진지함, 고통의 열정이라는 부담을 지웠고, 그런 고통의 열정은 예의 저 문턱에 나타났던 베토벤의 끔찍한 모습에서 생생하게 드러났는데, 그렇다고 그런 열정이 예술의 변함없는 운명, 예술의 지속되는 영적인 상태일 필요는 없다는 것이었다. 그 어린 친구가 하는 말을 좀 들어보라! 예술의 영역에서 아직 실질적이고 실제적인 경험도 거의 없이 그는 아무것도 없는 상태에서 아이답지 않게 조숙한 말로, 당시에 임박해 있던 상황을 상상하고 있었다. 즉 오늘날의 예술이 맡을 역할을 더욱 단순하게 하고, 더 높은 차원의 연합을 구축하기 위해 더욱 행복한 역할로 다시 되돌리는 일을 생각했던 것이다. 그리고 그런 연합이 예전처럼 반드시 교회와의 합일일 필요는 없노라고 했지만, 그것이 어떤 연합이어야 할지는 그도 말할 수 없었다. 그러나 문화라는 관념은 역사적으로 일시적인 현상이고, 다른 것 속에서 다시 사라질 수도 있으며, 미래가 반드시 그런 관념의 편은 아니라는 것이었다. 바로 이런 생각을 아드리안은 크레취마르의 강연에서 단호하게 추려냈다.

"하지만" 하며 나는 이의를 제기했다. "문화가 아니면 야만이잖아."

"미안하지만" 하고 그가 다시 말했다. "야만이 문화의 반대라는 생각은, 문화를 우리 손에 넘겨주고 지키도록 하는 사상의 규칙 안에서만 그런 거야. 그런 사상의 규칙 밖에서는 반대라는 것이 아주 다른 어떤 것이거나, 전혀 반대가 아닐지도 몰라."

나는 루카 치마부에를 흉내 내어, "산타 마리아!"라고 부르짖으며 가슴에 성호를 그었다. 아드리안은 갑자기 짧게 웃음을 터뜨렸다.

그 후에 또 언젠가 그는 이렇게 말했다.

"문화 시대에 관해 말하자면, 우리 시대에 문화를 논하는 것은 약간 지나치다고 생각하지 않아? 문화를 가졌던 시대들이 문화라는 단어를 알기나 했는지, 사용을 했는지, 입에 올렸는지 모르겠단 말이야. 순진함, 무의식, 자명함 같은 것들이 우리가 문화라는 이름을 부여하는 상태를 판단하는 첫째 기준인 것 같거든. 그런데 우리에게 없는 것이 바로 그 순진함이야. 그리고 이걸 결함이라고 말해도 된다면, 이런 결함이 우리를 매우 다채로운 야만으로부터 보호해주는 것이지. 더욱이 아주 고도의 문화와 잘 화합하는 야만 말이야. 내가 말하고 싶은 것은, 우리 시대의 문화 단계는 교양의 단계라는 거야. 이 단계가 칭찬할 만한 상태인 것은 의심의 여지가 없지. 하지만 우리가 문화를 가꿀 능력을 갖기 위해서는 아주 대단히 야만스러워져야 한다는 점도 의문의 여지가 없을걸. 기술과 편리함, 이런 것으로는 문화에 대해 **말하는** 것일 뿐이지, 문화를 가진 것은 아니야. 나는 우리 음악이 단성적이고 선율이 아름다운 특성을 띠는 데에서 음악의 교양 있는 면모가 드러난다고 보는데, 넌 동의 못 하겠어? 대위법의 다성적인 옛 음악 문화와는 반대로 말이지."

아드리안이 나를 조롱하고 혼란스럽게 한 대부분의 이런 말들은 남의 말을 그냥 따라 한 것이었다. 하지만 그는 한 번 듣고 관심을 가지게 된 것은 습득해서 재생산하는 능력이 있었다. 그리고 그가 직접 재생산한 것은, 그가 들은 것을 따라 말하는 데에서 드러나는 소년 수준의 의존적인 면모를 모두 없애주지는 못하더라도, 가소롭게 보일 만한 점은 전부 없애버릴 정도였다. 또한 그는 '음악과 눈'이라는 크레취마르의 강연에 많은 해설을 붙였다―혹은 우리가 감동에 찬 대화를 나누며 해설을 붙였다고 할 수도 있다―그 강연에도 좀더 많은 관객으로 성황을 이루었어야 마땅했을 볼거리가 있었다. 제목이 말해주듯이, 강연에서 우리의 연사는 자신의 예술, 즉 음악에 대해 말했는데, 그의 예술이 시각을, 혹은 시각 **또한** 다루는 한에서 그랬다. 예술 내지 음악이 시각도 다룬다는 사실은 우리가 음악 작품을 적는다는 점에서 이미 실행되고 있다,라고 그는 설명했다. 그러니까 적어두기를 함으로써 실행되고 있다는 것이다. 악보법이 발견되기 전 중세의 단음 음악 표기에 사용되던 기호, 즉 네우마neuma를 쓰던 시대 이래로, 말하자면 소리의 움직임을 대략 암시하는 선과 점으로 이루어진 예의 저 고정 방식을 쓰게 되면서 항상, 그리고 점점 더 조심스럽게 사용됐다는 음향문자를 통해서 말이다. 그러고 나서 그가 증거로 든 것은 정말 흥미로웠으며 또한 즐거웠다. 왜냐하면 그것은 우리에게 견습공이나 화필 청소부가 음악에서 느낄 법한 일종의 친밀함을 불러일으켰기 때문이다. 가령 음악가들이 쓰는 은어가 섞인 어법들이 청각적인 것에서 파생된 것이 아니라 시각적인 것, 즉 음표의 형상에서 파생되었다는 것이 그의 주장이었다. 오키알리occhiali, 다시 말해 '안경 베이스'라는 말도 갈라진 드럼의 최저음인 반음들이 목 부분에서 선으로 한 쌍씩 결합되어 안경 비슷한 모양을 보여주기 때문이라는 것이었다. 혹은 같은 음형을 음높이만 바꾸어서 되풀이하는 '같은 꼴 반복 진행'을(그는 우리가 볼 수 있도록 칠판에 예를 그려 보였다) '구두 수선 자국'이라고 부르게 된 경우도 마찬가지라고 했다. 그는 기보된 음악에 단순하게 눈길을 주는 일에 대해 말하며, 어떤 작곡의 정신과 가치에 대해 결정적인 인상을 얻기 위해서는 전문가라면 악보의 형상을 한 번 쳐다보는 것만으로 충분하다고 확언했다. 가령 자신이 겪은 일인데, 그가 어떤 졸작의 악보를 책상 위에 펼쳐놓고 있을 때, 마침 동료 하나가 그의 방으로 들어서면서 "어이구, 뭐 그런 쓰레기를 가지고 있나?!"라고 했다는 것이다. 다른 한편, 그는 모차르트의 총보 자체가 드러내는 시각적 형상이 이미 전문적이고 숙달된 눈을 황홀하게 만들 만큼 즐겁게 해준다고 설명했다. 구성이 분명하고, 악기들이 훌륭하게 배치되었으며, 멜로디가 재기발랄하고 변화무쌍한 선율을 드러내며 이어지기 때문이라는 것이었다. 귀가 안 들리는 사람도 비록 소리는 경험할 수 없어도, 이와 같이 우아한 외적 형상을 보고 즐거워했을 것이 틀림없다고 연사는 목소리를 높였다. 셰익스피어의 소네트에서 인용해, "눈으로 듣는 능력은 사랑의 세련된 위트이다(To hear with eyes belongs to love's fine wit)"라고 말하고, 어느 시대에나 작곡가들은 귀보다는 오히려 읽을 줄 아는 눈을 생각하며 만든 것을 악곡 작법 기호 속에 비밀스럽게 끼워 넣었다고 주장했다. 예컨대 다성을 주로 사용하던 네덜란드 대가들이 성부가 교차하는 수많은 작품을 쓰며 대위법적인 상호관계를 조성할 때, 각 성부의 악보를 뒤에서부터 읽으면 한 성부가 다른 성부와 같아지곤 했는데, 그런 소리는 일반적으로 지각할 수 있는 음향과 그다지 관련이 없었다는 것이다. 불과 얼마 안 되는 사람들만 그런 재미를 청각적으로 인지했거니와, 또 내기라도 하건대, 그런 비밀은 애초부터 가까운 동료들의 눈에만 띄도록 구상됐던 것이라고 연사는 장담했다. 가령 오를란두스 라수스*는 「가나의 결혼식」에서 여섯 개의 물 항아리를 표현하기 위해 6성부를 썼으며, 이것도 듣기보다는 보았을 때 더 잘 확인되었다고 했다. 그리고 요아힘 폰 부르크**의 「요한 수난곡」에서도 견진성사를 받는 예수의 뺨을 가볍게 치던 "하인 **한 사람**"은 단지 **한 개**의 음표로 나타나지만, 그다음에 따라 나오는 악절 "그와 함께 다른 두 사람"에서 '두 사람'에는 음표 **두 개**가 달렸다는 것이다.

그밖에도 크레취마르는 그와 같은 피타고라스식의 농담, 말하자면 음악 분야가 귀보다는 눈을 염두에 두고 귀를 속이면서 간혹 숫자로 치던 장난을 몇 개 더 열거했다. 그는 자신이 철저히 분석해보건대, 음악이 모종의 타고난 비감각적인 성향, 심지어 반(反)감각적인 성향, 즉 금욕으로 기우는 은밀한 경향이 있다고 털어놓았다. 실제로 음악은 모든 예술 중에서 가장 정신적인 예술이고, 이것은 그 어느 예술에서보다 음악에서 형식과 내용이 서로 얽혀 그야말로 한 가지요 동일한 것이라는 점만으로도 증명이 된다는 것이었다. 음악이 "귀에 집중한다"라고 흔히 말하지만, 음악은 단지 어느 정도까지만 그렇다는 것이었다. 즉 다른 감각들과 마찬가지로 청각이 정신적인 것을 수용하고 전달하는 대표적인 감각이라는 한에서만 그렇다는 것이다. 어쩌면 음악의 가장 절실한 소망은 아무도 그것을 도저히 듣지도, 보지도, 또 느끼지도 못하는 것이라고도 했다. 그래서 가능하다면 감각의, 심지어는 감정의 피안

---

* Orlandus Lassus(1530/32?~1594): 플랑드르의 작곡가로 르네상스 시대의 프랑코-네덜란드 악파를 대표했다.
** Joachim von Burck(1546~1610): 종교개혁기 중부 독일 교회음악의 발전에 선구자적인 역할을 하며, 특히 수난곡의 확립과 일반 신자들을 위한 독일어 예배 음악의 기초를 다진 음악가이다.

에서, 말하자면 정신적이고 순수한 상태에서 청취되고 관조되는 것이라고 크레취마르는 말했다. 그러나 오직 감각의 세계와 연결된 음악은 또한 감각을 가장 강력하게, 더구나 매혹적으로 구체화하려고 노력하지 않을 수 없다는 게 그의 주장이었다. 원하지 않으면서도 욕망의 부드러운 팔을 바보의 목덜미에 감는 쿤드리*처럼 말이다. 음악을 가장 강하게 감각적으로 실현하는 것은 오케스트라 기악곡인데, 여기서 음악은 귀를 통해 모든 감각을 자극하는 것 같고, 소리를 향유하는 세계가 색채와 향기를 향유하는 세계와 서로 섞여들도록 하는 아편제 같다는 것이었다. 오케스트라 기악곡에서야말로 음악은 정말 마법으로 유혹하는 여인의 육체를 빌려 속죄하는 존재가 된다. 그런데 음악이 들리기는 하되, 반은 비감각적인데다 거의 추상적이어서 음악의 정신적인 속성에 특이하게 어울리는 소리로 음악을 구현하는 도구가 하나 있는데, 그것이 바로 피아노라고 했다. 즉 전문가의 특수성을 드러내는 것이 전혀 없기 때문에 다른 악기가 갖는 의미에서는 전혀 악기가 아닌 악기라는 것이었다. 물론 피아노도 다른 악기처럼 독주용으로 다루어지고 대가 수준의 능력을 표현하는 수단이 될 수는 있지만, 그것은 예외적인 경우이고, 엄밀한 의미에서는 그런 능력을 남용하는 것이라고 말이다. 잘 생각해보면, 피아노는 정신적인 특성상 음악 자체를 직접적이고 독자적으로 대표하며, 그렇기 때문에 우리가 피아노 치는 법을 배워야 하는 것이지만, 피아노 수업은 특별히 뛰어난 기술을 가르치는 것이 아니어야 하고, 혹은 근본적으로 피아노 교습의 동기와 목적이 기술을 배우는 것이 아니라, 으 으 으-

---

* 바그너의 오페라 「파르치팔」의 여성 인물.

"음악을!" 몇 안 되는 관객 중에서 누군가가 참다못해 크게 소리쳤다. 연사가 이 마지막 단어, 그리고 그 전에 그렇게 자주 사용했던 단어를 전혀 자유롭게 쓰지 못하고 첫 음에서 걸린 채 말을 더 이어나가지 못했기 때문이다.

"그렇지요!" 그가 말이 막힌 상태에서 풀려나며 발설하고는, 물을 한 모금 마신 뒤에 다시 말을 이어갔다.

그런데 내가 이 전기에서 그를 또다시 등장시킨다 해도 양해해주기 바란다. 내가 정작 중요하게 생각하는 것은 벤델 크레취마르가 우리에게 들려준 네번째 강연이기 때문이다. 실제로 나는 앞서 이야기한 이런저런 강연을 차라리 빼버리지 못한 것이 아쉬움으로 남는다. 다른 어떤 강연보다 바로 네번째 강연이, 내게 남긴 인상은 차치하고라도 아드리안에게 매우 깊은 인상을 남겼기 때문이다.

그 강연의 제목이 아주 정확하게는 기억나지 않는다. '음악에 필요한 기본 요소' 혹은 '음악과 그 기본 요소' 또는 '음악의 기본 요소', 아니면 그 비슷한 제목이었다. 어쨌든 그 강연에서는 기본 요소와 관련된 것, 원초적인 것, 최초의 것이라는 개념이 핵심어였다. 더불어 모든 예술 중에서 바로 음악이야말로 수세기가 지나면서 지극히 복잡하고 풍부하며 세련되게 발전한 역사적 창작물의 놀라운 구조로 성장했다는 생각, 또 최초의 상태를 경외심에 차서 회상하고 엄숙하게 상기하는, 한마디로 말해, 그 기본 원리를 엄숙하게 기념하는 경건한 경향에서 결코 벗어난 적이 없다는 생각도 크게 작용했다. 그럼으로써 음악은 자신의 저 무한한 비유적인 특성을 스스로 찬미하는 것이라며, 그가 말을 이어갔다. 왜냐하면 음악의 기본 요소는, 말하자면 이 세상에서 가장 일차적이고도 간단한 구성 요소라는 것이다. 그것은 어떤 유사성인데,

최근에 철학적으로 사색하는 예술가가──크레취마르는 다시 바그너 이야기를 하고 있었다──이런 유사성을 재치 있게 사용한 것이라고 했다. 즉 「니벨룽엔의 반지」에서 우주 진화론적 신화를 다루면서 음악의 가장 기본적인 요소를 세상의 기본 요소와 일치시킴으로써 사용한 것이라고 했다. 바그너의 경우, 모든 것의 시작은 그 고유의 음악을 가지고 있다고 생각했다는 것이다. 시작의 음악이 그렇고, 또 음악의 시작도 그러한데, 그 도도히 흐르는 라인 강의 깊은 곳에서 울려 나오는 내림 마장조 3화음, 그 일곱 개의 기본 화음에서 마치 원생 암석의 거대한 마름돌로 조성한 것 같은 신(神)들의 성곽이 우뚝 솟게 되는 것을 보라고 했다. 바그너는 장대한 스타일로 재치 있게 음악의 신화를 통해 세상의 신화도 동시에 보여주었으며, 사물에 음악을 부여하고, 또 그 사물이 음악을 통해 표현되도록 함으로써 함축적인 동시성의 기구를 만들어냈다는 것이다. 지극히 웅대하고 깊은 의미를 담았으되, 어쩌면 베토벤과 바흐처럼 순수한 음악가의 예술에서 기본 요소가 드러나는 방식과 비교하면 너무 지나치게 재기발랄한 데가 없지는 않지만 말이다. 예컨대──역시 내림 마장조 곡으로서 기본 3화음을 바탕으로 만들어진 곡과 비교하자면──바흐가 만든 첼로 조곡의 전주곡을 보라고 했다. 또한 크레취마르는 안톤 브루크너*를 회상했다. 이 작곡가는 오르간이나 피아노를 가지고 **3화음을 그냥 나란히 나열하면서** 즐기곤 했다고 말했다. "단순한 3화음을 이렇게 연속적으로 나열하는 것보다 더 마음에 깊이 느낄 수 있는 것, 더 장려한 것이 있는가?"라고 브루크너가 외쳤다는 것이다. "이것은 영혼을 정화해주는 목욕과 같은 것이 아니던가?" 이런

---

* Anton Bruckner(1824~1896): 바그너와 동시대에 활동한 오스트리아의 작곡가이자 오르가니스트.

말도, 음악이 기본 요소로 되돌아가서 그 속에 잠기고, 최초의 근원에서 스스로를 경탄하려는 성향을 드러내는 기억할 만한 예라고 크레취마르는 말했다.

그렇지요,라며 강연자가 소리쳤다. 예술은 언제라도 처음부터 새로 시작할 수 있다고 그는 말했다. 이미 다 거쳐 온 문화사에 대한 아무런 지식도 없고, 수세기 동안 이루어놓은 성과에 대해 아는 바 없어도 무(無)에서 출발해 스스로를 재발견하고 다시 탄생시킬 수 있다는 것이었다. 그러면서 예술은 그 역사적 초기에 겪었던 것과 같은 원시적인 단계들을 거치다가, 또 빠르게 그 발전 과정의 중심 산괴(山塊)를 벗어나, 고독하지만 세상으로부터 방해도 받지 않으며, 가장 진기한 아름다움이 펼쳐지는 기괴한 정상에 도달할 수 있다는 것이었다.

18세기 중반에 크레취마르의 고향 펜실베이니아에서는 종교 의식으로 보아 재세례파인 경건한 독일인 교구가 번성했다. 그들 중에서 종교적으로 가장 주목을 받던 지도적 위치의 신도들은 독신 생활을 했던 까닭에 '고독한 형제자매들'이라고 불리며 존경을 받았다. 그리고 대다수의 신도들도 모범적으로 순결하고 경건한, 또 일을 통해 엄격히 통제되고 섭생법에 맞는 건강한 삶의 방식과 결혼 생활을 결합시킬 줄 알았으며, 그들의 태도는 완벽한 절제와 정숙함으로 일관되었다. 그들의 거주 단지는 두 군데였는데, 하나는 랭커스터 지역의 에프라타라는 곳이었고, 다른 하나는 프랭클린 지역의 스노힐로 불리는 곳이었다. 그리고 모든 주민들이 교구장, 즉 목자이자 종교적 아버지로서 그 종파의 창시자였던 바이셀*이라는 남자를 경외하고 우러러보았다. 그의 성격에는

---

* Johann Conrad Beissel(1691~1768): 독일의 제빵업자였으나 1720년 미국으로 이주해 자신의 극단적인 경건주의 사상을 구현하기 위해 재세례파를 창시했다.

신에 완전히 귀의하는 신앙심에다 인간의 영혼을 인도하고 통치하는 인물의 특성이 더해져서, 열렬한 신앙심과 엄격하고 진지한 열정이 어우러져 있었다.

요한 콘라트 바이셀은 팔츠 지방 에버바흐 출신으로 매우 가난한 부모 밑에서 태어나 아주 일찍이 고아가 되었다. 그는 제빵 기술을 익힌 후 수공업자 신분으로 떠돌아다니던 중에 침례교단의 경건주의자들 및 신도들과 관계를 맺었는데, 이 관계가 그의 내면에 잠재해 있던 성향들, 즉 진리에 대한 유난히 큰 탐구욕과 신에 대한 자유로운 신념을 일깨워주었다. 이로써 그의 고향에서는 이교도적이라고 여겨지던 어떤 영역에 위험스러울 만큼 가까워지자, 서른 살의 그 남자는 관용에 인색한 구대륙을 떠나기로 결심하고 아메리카로 이주해, 저먼타운과 코네스토가 등 여러 곳을 돌아다니며 잠시 직조공으로 일했다. 그러던 중, 신에게 귀의해야 한다는 절박감이 새로이 그를 사로잡아, 그는 내면의 부름에 따라 황야의 은자로서 철저히 고독하고 궁핍하며 오직 신만을 생각하는 삶을 살기로 작정했다. 인간 세상을 기피하는 삶이야말로 그 도피자를 오히려 인간과 관련된 일에 엮어 넣듯이, 그는 곧 자신을 찬미하는 수많은 추종자와 그의 고립된 삶을 모방하는 사람들에게 둘러싸이게 되었다. 그래서 그는 세속으로부터 멀어지기는커녕 얼떨결에 뜻밖에도 한 교구의 장이 되었다. 이 교구는 빠르게 독자적인 종파, 즉 '제7일 재세례파'로 발전했고, 그는 자신이 아는 바 결코 종교 지도자가 되려고 애쓰지 않았을뿐더러 스스로 소망하고 의도했던 바와 달리 영도자로 소명을 받은 만큼 더욱 두말없이 교구를 맡아 다스렸다.

바이셀은 이렇다 할 만한 교육을 한 번도 받은 적이 없었다. 하지만 신의 소명에 귀를 기울였던 그는 독학으로 글을 읽고 쓸 수 있게 되었다. 그리고 그의 심기가 신비한 느낌과 관념에 따라 움직였기 때문에, 그는 주로 작가와 시인으로서 영도자의 직무를 수행하며, 자신을 따르는 사람들의 영혼을 채워주었다. 끊임없이 떠오르는 수많은 교훈적인 산문과 찬송가가 그의 붓끝에서 쏟아져 나와 한가로운 시간에 형제자매들이 정신 수양을 할 수 있도록 해주거나, 예배 시간에 그 내용을 풍부하게 해주었던 것이다. 그의 문체는 극단적으로 허황되고 난해했으며, 성서의 여러 부분에 대한 모호한 암시와 은유, 그리고 일종의 선정적인 상징체계로 가득했다. 안식일에 대한 논설 「놀랍도록 불가사의한 것(Mystyrion Anomalias)」 또 '아흔아홉 가지 신비하고 매우 은밀한 잠언들'을 모아놓은 책자가 그 시작이었다. 곧이어 유럽의 유명한 찬송가 멜로디에 따라 부를 수 있는 일련의 찬송가가 나왔는데, 『주님을 향한 사랑과 찬양의 노래』 『야곱의 싸움터와 기사 광장』 『시온주의자들이 유향을 피워 예배드리던 언덕』 같은 제목으로 출간되었다. 이런 책들은 비교적 소규모 모음집이었으며, 몇 년 후에는 더 많은 내용이 첨가되고 수정되어 에프라타 교구의 '제7일 재세례파'가 쓰는 공식 찬송가 책으로 『외롭고 쓸쓸한 잉꼬비둘기, 즉 기독교 교회의 찬송집』이라는 감미롭고 구슬픈 제목으로 통합되었다. 판을 거듭하면서 열성적인 그 종파의 교인들에 의해, 즉 독신이나 결혼한 사람들, 남자들과 그들보다 더 많은 여자들에 의해 더욱 풍성해지면서 표준 찬송가 책은 제목을 바꾸어, 한때는 『천국의 경이로운 공연』이라고 불리기도 했다. 결국 그 책은 770곡 이상의 찬송가를 담게 되었으며, 그중에는 절의 수가 엄청나게 많은 것도 있었다.

그 찬송가들은 노래로 불리는 용도로 만들어졌으나 악보가 없었다. 그것은 예전의 멜로디에 새 가사를 붙인 노래들이었으며, 그런 형태로 수년 동안 신도들이 사용했다. 그러던 중 새로운 계시와 시련이 요한 콘라트 바이셀을 엄습해왔다. 성령에 사로잡혀, 그는 시인과 예언가의 역할에 이어 작곡가의 역할까지 맡지 않을 수 없었던 것이다.

당시 얼마 전부터 에프라타에 음을 다루며 예술에 능한 젊은이가 있었는데, 그는 성악 학교를 운영하는 루트비히였다. 바이셀은 루트비히의 음악 강의에 청강생으로 참석하는 일을 즐겼다. 여기서 젊은 루트비히가 거의 생각하지 못했던 음악의 가능성을 그는 분명 알아차렸던 것 같다. 그것은 음악이 종교 세계를 확장하고 채우는 데 유용할 거라는 생각이었다. 그 별난 남자는 빠르게 결정을 내렸다. 이제 더 이상 그다지 젊지도 않고 이미 오십대 후반에 이른 나이로 그는 자신의 특별한 목적을 위해 쓸 만한 자신만의 음악 이론을 만들기 시작하며, 성악 선생 따위는 무시하고 자신이 직접 나서서 그 일을 맡았다. 그리고 그는 짧은 시간 안에 음악을 그 부락의 종교 생활에서 가장 중요한 요소로 만들어낼 만큼 성공을 거두었다.

그가 보기에, 유럽에서 전해져 내려온 찬송가 멜로디의 대부분은 너무 부자연스럽고, 지나치게 복잡하며 기교에 치중했기 때문에 자신이 인도하는 양들에게는 적합하지 않았다. 그는 그것을 새롭게, 그리고 더 잘 만들고자 했다. 신도들의 소박한 영혼에 어울리고, 그들이 각자 실제로 노래를 부르면서 쉽게 자기만의 완성도를 이룰 수 있도록 해줄 만한 작품을 만들고자 한 것이다. 이를 위해 의미 있고 쓸 만한 멜로디 이론이 대담하게 빨리 결정되었다. 그는 각 음계마다 "주인"과 "하인"이 있어야 한다고 정했다. 3화음을 모든 조성의 중심 선율로 보면서, 그 화음에 속하는 음들은 '주인', 그리고 음계의 나머지 음들은 '하인'으로 지명한 것이다. 이렇게 하여 가사의 강세가 있는 음절들은 '주인'을 이용해, 그리고 강세가 없는 음절들은 '하인'을 이용해 표현하도록 했다.

화성의 경우, 그는 개략적인 방식을 이용했다. 가능한 모든 조성(調性)의 화음 일람표를 만들어서, 누구나 그것을 이용해 자신이 원하는 단순한 멜로디의 노래를 간편하게 4성부 혹은 5성부로 만들어낼 수 있게 했다. 이로써 그는 그 지역에서 정말 대단한 작곡 열기를 불러일으켰다. 그렇게 작곡이 수월해진 터에 곧 '제7일 재세례파' 신도들은 남녀를 막론하고 모두 교주를 따라 작곡을 하게 된 것이다.

활기 넘치는 그 남자에게 아직 남아 있던 이론 부분은 리듬이었다. 그 부분도 그는 유감없이 성공적으로 해결해냈다. 단어의 쓰임을 꼼꼼하게 살피면서, 강세가 있는 음절은 다소 긴 음표로, 또 강세가 없는 음절은 비교적 짧은 음표를 붙이는 간단한 방식으로 작곡한 것이다. 음표로 표기되는 각 음가(音價) 사이의 특정한 관계를 만들어낸다는 생각은 그에게 떠오르지 않았으며, 바로 그렇기 때문에 그는 오히려 박자에 상당한 탄력성을 유지할 수 있었다. 그가 당시의 거의 모든 음악이 같은 길이의 반복적인 박자, 즉 소절로 이루어진 것을 몰랐거나, 아니면 그런 것에 신경을 쓰지 않았던 것이다. 이와 같은 무지 혹은 무신경은 그에게 다른 어떤 것보다 도움이 되었다. 왜냐하면 융통성 있게 조절이 가능했던 리듬 덕분에 그가 작곡한 작품 중 몇 작품, 특히 산문에 곡을 붙인 작품들을 매우 인상 깊은 효과를 낼 수 있었던 것이다.

자신이 세운 어떤 목표를 달성하기 위해 한결같이 드러내던 끈기를 가지고, 그 남자는 이왕 한번 들어선 음악의 영역을 끝까지 개척해냈다. 이론에 대한 자신의 생각을 모아서 『잉꼬비둘기』 찬송가 책에 서문으로 붙였다. 쉴 새 없이 일에 열중해 『유향 언덕』의 전체 시문에 음을 붙이고, 그중 몇 개는 두세 번씩이나 작곡했으며, 자신이 쓴 모든 찬가에 곡을 붙이는가 하면, 남녀 제자들이 쓴 수많은 찬가에도 곡을 붙였다. 거기에 만족하지 않고, 성서에서 직접 따온 구절을 이용해 더욱 방대한 일련의 합창곡을 썼다. 그는 마치 성서 전체를 자신의 방식에 따라 음악으로 만들려는 것처럼 보였다. 충분히 그런 생각을 품을 만한 남자였다. 그가 그 일을 해내지 못했다면, 그 이유는 오직 그가 이미 작곡한 작품을 실제로 사용하며, 신도들에게 설명하고 노래를 가르치는 데 자신의 시간 대부분을 써야 했기 때문이었다. 그리고 그런 일에서 그는 매우 뛰어난 성과를 거두었다.

에프라타의 음악은 외부 세계가 물려받기에는 너무 유별나고, 상당히 기묘하며 제멋대로여서, '제7일 재세례파' 교단이 더 이상 꽃피지 못하게 되었을 때 실질적으로 잊히고 말았노라고 크레취마르는 말했다. 하지만 그 음악에 대한 약간 전설적인 이야기가 수십 년간 기억되었으며, 그런 음악이 얼마나 특이하고 사람의 마음을 사로잡았는지는 대략 말할 수 있다고 했다. 성가대의 노래에서 들려오는 음들은 부드러운 기악곡의 소리와 거의 유사해, 듣는 사람의 마음속에 숭고한 온화함과 경건함을 불러일으키는 듯했다는 것이다. 그 모든 노래는 가성(假聲)으로 불렸는데, 이때 노래를 부르는 사람들이 입을 거의 열지도 않고, 입술을 움직이지도 않았지만 신비한 음향 효과를 냈노라고 했다. 말하자면 그렇게 함으로써 소리가 기도실의 높지 않은 천장으로 솟구치는 것 같았고, 또 음들이 인간에게 익숙한 모든 현상과 달리, 어쨌든 잘 알려진 어떤 찬송가와도 다르게 마치 천장에서 내려와 집회를 하는 사람들의 머리 위로 천사처럼 사랑스럽게 떠도는 것 같은 느낌을 불러일으킨 것이라고도 했다.

자신의 아버지는 젊은 시절에 이런 노랫소리에 더 자주 귀를 기울일 수 있었으며, 노년에도 항상 눈가를 적시며 식구들에게 그 체험담을 들려주었노라고 크레취마르는 말했다. 그 당시 아버지는 스노힐 근처에서 여름을 보내고 있었는데, 한번은 안식일이 시작되는 금요일 저녁에 경건한 신도들의 예배당 앞에서 구경을 하려고 말을 타고 건너가본 적이 있었다는 것이다. 그리고 이후 그는 끊임없이 다시 예배당을 찾게 되었고, 매주 금요일 해가 지면 억제할 수 없는 동경심에 떠밀려 말을 준비해서는 노랫소리를 듣기 위해 5킬로미터를 달려갔다는 것이다. 그것은 뭐라고 형언할 수가 없었고, 이 세상에서 어느 무엇과 비교조차 할 수 없는 소리였다고 했다. 크레취마르의 아버지는 영국과 프랑스, 또 이탈리아의 오페라 극장에 가봤지만, 그런 곳에서 들은 음악은 귀로 듣는 음악이었던 반면, 바이셀의 음악은 영혼 속으로 깊이 파고드는 음이었으며, 더도 덜도 아닌, 그야말로 천국을 미리 맛보는 체험 그 자체였다고 말했다는 것이다.

"위대한 음악이었지요"라고 말하며 발표자는 강연을 마무리했다. "말하자면 시대와 그 시대 음악의 큰 흐름과 무관하게, 이처럼 특수하고 개별적인 역사를 발전시킬 수 있었고, 아무도 가지 않던 샛길을 걸으며 매우 특이한 축복을 맛볼 수 있던 음악이었어요!"

나는 아드리안과 함께 그날의 강연장에서 나와 어떻게 집으로 갔는지, 마치 어제 있었던 일인 것처럼 잘 알고 있다. 우리는 서로 많은 이야기를 나누지 않았음에도 불구하고, 오랫동안 헤어지고 싶은 마음이 들지 않았다. 내가 그를 그의 숙부 집까지 데려다주면, 그곳에서 그가 나를 다시 우리 약국까지 따라왔고, 나는 다시 그와 함께 파로히알 거리까지 걸어가곤 했다. 게다가 우리는 그 행위를 여러 번 반복했다. 우리는 둘 다 바이셀이라는 남자에 대해, 폭소를 자아낼 만큼 정력이 넘치는 그 벽지의 독재자에 대해 재미있어 했다. 그리고 그의 음악 개혁이 테렌티우스*의 글 중 "멀쩡한 정신으로 어리석게 행동하기"라는 부분을 많이 생각나게 한다는 점에서 의견이 일치했다. 그러나 그 특이한 사람에 대한 아드리안의 태도가 나의 태도에 비해 너무나 특징적으로 차이를 드러냈기 때문에, 나는 바이셀이라는 대상 자체보다 곧 아드리안의 그런 태도에 더 신경이 쓰였다. 나와 달리 그는 바이셀을 조롱하면서도, 한편으로는 인정할 부분은 인정하고자 했던 것이다. 말하자면 어느 정도 거리를 지킬 수 있는 **특권**이라는 표현을 피하자면, 권리를 갖고자 했는데, 그런 거리란 비웃음 내지 폭소 외에도 호의적인 인정, 조건부의 찬성, 반쯤은 경탄할 수 있는 가능성도 포괄했던 것이다. 일반적으로 내게는, 반어적으로 거리를 취할 것을 요구하는 그런 태도, 말하자면 사안 자체를 존중해서라기보다 분명 자유로운 인물을 중시하고자 모종의 객관성을 요구하는 그런 태도가 항상 엄청난 오만의 표시로 보였다. 당시 아드리안 같은 청소년의 경우, 그런 태도는 뭔가 불안감을 야기할 만큼 주제넘은 요소를 지니고 있었고, 그의 영혼의 구제를 걱정하는 마음을 불러일으키기에 알맞다는 나의 생각에 아마 모두들 동의할 것이다. 물론 나같이 다소 단순한 사고를 하는 학우에게는 그의 그런 태도가 매우 인상적이기도 했다. 나는 그 친구를 사랑했기 때문에 그의 오만함도 함께 사랑했다. 어쩌면 그 오만함 때문에 그를 사랑했는지도 모른다. 그렇다, 바로 그런 교만함이 내가 평생 동안 가슴에 간직해온 그에 대한 근심 어린 사랑의 주된 동기였을 것이다.

---

* Publius Terentius Afer(기원전 195/184?~기원전 159/158?): 고대 로마의 희극 작가.

"그 별난 인물이"라며, 가스등을 둘러싸고 있는 안개 속에서 우리가 외투 주머니에 손을 넣은 채 두 사람의 집을 왔다 갔다 하는 동안에 그가 말했다. "그 별난 인물이 꼭 웃긴다고만 할 수는 없어. 난 그 사람이 밉지 않아. 그는 적어도 질서에 대한 감각은 있잖아. 설사 유치한 질서라 할지라도, 전혀 질서가 없는 것보다는 나은 거야."

　"너 설마 정말로 그렇게 허무맹랑하게 질서를 강요하는 짓을, 주인과 하인 따위를 만들어내는 그렇게 어리석은 합리주의를 옹호하려는 건 아니겠지. 상상 좀 해보라고, 강세가 있는 모든 음절에 3화음 중의 한 음이 주어질 수밖에 없었던 바이셀의 찬송가가 어떤 소리를 냈을지 말이야!"라고 내가 말을 받았다.

　"어쨌든 감상적이지는 않지." 그가 대꾸했다. "엄격하게 법칙을 준수하거든. 그런 점이 좋다는 거야. '하인 음들'을 자유롭게 사용하면, 네가 법칙보다 당연히 더 높이 평가하는 환상이 작동할 여지가 충분하다는 점으로 마음을 달래보라고."

　그는 '하인 음' 같은 용어 때문에 웃음을 터뜨릴 수밖에 없어서 걸어가면서 몸을 앞으로 숙이는가 하면, 축축한 보도블록을 내려다보며 웃기도 했다.

　"웃기기야 하지, 정말" 하고 그가 말했다. "하지만 한 가지는 너도 시인해야 할걸. 법칙이란, 그러니까 모든 법칙은 열을 식히는 작용을 한다는 점 말이야. 난 음악이 너무나 많은 고유의 열기, 마구간의 온기랄까 암소의 온기 같은 것을 지니고 있어서 여러 종류의 규칙으로 냉각될 필요가 있다고 봐. 그리고 음악 자체도 언제나 그렇게 냉각되기를 열망했었지."

　"그 말도 일리가 없진 않겠지." 나는 시인했다. "하지만 우리가 들은 바이셀의 경우가 그 말에 대한 결정적인 예는 아니지. 그가 만든 매우 불규칙적이고 감정에 내맡겨진 리듬은 최소한 그의 멜로디가 띠고 있는 엄격성과 평형을 이루고 있었다는 점을 넌 잊고 있어. 그런데 바이셀은 노래 부르는 양식을 하나 만들어냈지. 말하자면 천장으로 치솟았다가 황홀한 가성으로 드리워지는 모양새인데, 그것은 분명 매혹적이었을 테고, 물론 음악에 온통 '암소의 온기'를 되돌려주었을 거야. 그 전에 자신이 지나칠 만큼 꼼꼼하게 음악을 냉각시키면서 **빼앗았던** 그 온기 말이야."

"금욕적으로 냉각시키면서,라고 크레취마르는 말하겠지." 아드리안이 대꾸했다. "금욕적으로 냉각시키면서 말이야. 그 점에서 바이셀 노인은 아주 전형적이었어. 음악은 감각적이 되기 전에 항상 미리 정신적인 속죄를 하는 거야. 옛날 네덜란드인들은 신의 영광을 기리기 위해서 복잡하기 그지없는 음악을 만들게 했지. 듣자하니, 고생고생하며 작업해서 결국 지극히 비감각적이고 순전히 계산을 통해 끼워 맞춘 음악을 만든 거야. 하지만 그러고 나서 그 사람들은 그런 속죄의 수행을 **노래로 부르게** 했어. 생각해낼 수 있는 한 가장 따뜻한 마구간의 온기를 담고 있는 소리 도구로서 인간의 목소리가 울리며 내뿜는 숨결에 실어서……"

"그렇게 생각해?"

"그렇게 생각할 수밖에! 마구간 온기로 치면 사람의 목소리는 변칙적으로 이상한 그 어떤 악기 소리와도 결코 비교할 수 없는걸. 인간의 목소리가 추상적일지도 몰라. 추상적인 인간이라고 해도 좋아. 하지만 그건, 말하자면, 옷을 벗은 육체가 추상적이듯이 추상적인 거지. 그건 거의 여자의 외음부(pudendum) 같은 거잖아."

나는 당황해 입을 다물었다. 난 우리의 삶, 그의 삶에서 상당히 먼 옛날을 돌이켜 생각했다.

"거봐"라고 그가 말했다 "네 음악 말이야."(나는 아드리안의 표현 때문에 화가 났다. 그의 말은 음악이 마치 자신의 관심사가 아니라 나의 관심사였던 것인 양, 음악 문제를 내게 떠맡길 의도를 띠었기 때문이다). "그것 보라고, 고스란히 드러나잖아. 음악은 언제나 이랬어. 음악의 엄격함, 혹은 너라면 음악 형식의 도덕주의를 뭐라고 부를지 모르겠지만, 어쨌든 그런 엄격함은 음악의 실제 소리에 매혹된 사실에 대해 늘 변명으로써 존재해야 하거든."

한순간 나는 아드리안보다 내가 나이가 더 많은, 더 성숙한 사람이라는 느낌이 들었다.

"음악 같은 삶의 선물, 구태여 신의 선물이라고 하지 않더라도 말이야. 어쨌든 그런 선물에서 모순을 찾아 증명해 보이면서 비웃으면 안돼. 그런 모순은 음악의 본질이 풍요롭다는 것을 입증할 뿐이야. 음악을 사랑해야 해."

"넌 사랑이 가장 강렬한 감정이라고 생각해?" 그가 물었다.

"너는 그보다 더 강렬한 감정을 알고 있어?"

"알지, 그건 관심이야."

"넌 동물적 온기를 제거한 사랑을 관심이라고 생각하나 보구나?"

"그렇게 규정하기로 하자!"라며 그가 웃었다. "잘 자라!"

우리는 다시 레버퀸의 집에 도착했고, 그가 대문을 열었다.

IX

나는 되돌아보지 않는다. 방금 위에 적은 로마 숫자와 그 앞의 장 사이에 얼마나 많은 원고지를 쌓아올렸는지 세어보지 않겠다. 물론 전혀 예상하지 못했던 불상사이지만, 그렇다고 자기 비난과 변명을 늘어놓아 봐야 아무 소용이 없을 것이다. 내가 크레취마르의 모든 강연에 각각의 장을 할애했더라면 그런 불상사를 피할 수 있었을 테고, 또 피했어야 하지 않았을까,라는 양심의 질문을 나는 부정할 수밖에 없다. 한 작품의 각 부분은 별도의 비중 있는 내용, 즉 전체를 이해하기 위해 유익한 의미를 특정한 정도만큼 가져야 한다. 그리고 그런 비중, 그런 의미의 정도는 (내가 앞에서 보고한 만큼) 전체로서의 강연에서 정해지는 것이지, 개별적인 각 강연에서 정해지는 것이 아니다.

하지만 나는 왜 그 모든 강연에 그런 의미를 부여하는가? 그 강연에 대해 왜 이렇게 자세히 이야기해야 한다고 생각했던가? 그 이유를 지금 처음으로 말하는 것은 아니다. 그 이유는 간단하게도, 아드리안이 그런 강연들을 들었기 때문이다. 바로 그런 것들이 그의 지능을 자극하고, 그의 감수성에 반영되어 드러났으며, 그의 상상력에 자양분이랄지, 혹은 자극이라고 해도 될 소재를 제공했기 때문이다. 왜냐하면 상상력에는 자양분이든 자극이든 같은 작용을 하니까 말이다. 그래서 독자 역시 어쩔 수 없이 여기서 증인이 되어야 했다. 전기를 쓴다는 것, 어떤 정신적인 존재가 구축되어가는 이야기를 묘사하는 일은, 그 이야기를 듣는 사람 또한 마치 학생 같은 입장으로, 즉 남의 말에 유심히 귀를 기울이고 배우며 자세히 들여다보는가 하면, 예감에 따라 앞서가기도 하면서 삶과 예술을 시작하는 사람의 입장으로 되돌려놓지 않고는 할 수 없기 때문이다. 특히 음악에 관해서는, 영면한 내 친구가 체험했던 그대로 독자들이 음악을 알아차리도록 하는 일, 그가 겪었던 방식과 똑같은 방식으로 독자도 음악에 접촉하도록 하는 일이 내가 원하고 추구하는 바이다. 그렇게 하기 위해서 나는 그의 선생이 했던 강연들을 소홀히 다루기는커녕 반드시 이용해야 할 수단이라고 생각했던 것이다.

그렇기 때문에, 농담 삼아 말하건대, 물론 강연의 장(章)이 기괴하게 불어난 것은 인정하지만, 그 내용을 부분적으로 건너뛰거나 대충 읽은 독자들은 로렌스 스턴*이 가상의 여성 청중을 다루던 방식을 체험해 볼 필요가 있다. 다른 사람이 이야기하는 중간에 끼어들었다가, 오히려 자신이 중간중간 주의 깊게 듣지 않았던 사실이 드러나고 만 여성에게 작가가 앞의 장에서 서술한 내용을 다시 이야기함으로써 그녀가 자신이 모르고 있던 서사적 내용을 보완하도록 한다. 그렇게 하여 앞뒤 상황을 제대로 알고 나서야 그녀는 다시금 이야기 속 모임에서 좌중의 환

---

* Laurence Sterne(1713~1768): 『트리스트럼 샌디』를 쓴 영국의 소설가.

영을 받게 되는 것이다.

이런 이야기가 내게 떠오른 이유는, 아드리안이 김나지움 졸업반 학생으로서, 그러니까 내가 이미 기센 대학교에 입학하면서 고향을 떠난 뒤에, 벤델 크레취마르의 영향을 받아 당시 인문계 학교의 정규 학과목이 아니었던 영어를 사적으로 공부했기 때문이고, 또 스턴의 작품들과 함께, 특히 크레취마르가 정통하고 열렬히 존경해 마지않던 셰익스피어 작품들을 아주 즐겨 읽었기 때문이다. 셰익스피어와 베토벤은 크레취마르의 정신적인 천공에서 다른 어떤 별들보다 빛나는 쌍둥이별이었다. 그는 두 위대한 인물의 창작 원칙과 방법 사이에 닮거나 같은 점이 놀랄 만큼 많다는 사실을 자신의 학생에게 증명해 보이는 일을 매우 즐겼다. 이것은 내 친구에게 끼친 그 말더듬이 선생의 교육적 영향이 피아노 선생으로서의 역량을 넘어 어디까지 미쳤는지를 말해주는 일례이다. 피아노 선생으로서 그는 어린 제자가 받아들일 수 있는 만큼의 지식을 전달해주어야 했겠지만, 실제로 그가 했던 일은 그런 교습 수준과 기이하게 모순되었다. 그는 피아노 교습을 하는 동시에, 틈틈이 제자에게 세계 문학의 광활한 영역을 열어주어 제자로 하여금 아주 중요한 문제들을 처음 접하도록 해주었던 것이다. 우선 호기심을 불러일으키고자 조금씩 미리 알려주면서, 그를 러시아 소설과 영국 소설 그리고 프랑스 소설의 엄청나게 넓은 벌판으로 유혹했고, 셸리와 키츠 그리고 횔덜린과 노발리스*의 서정시를 다루어보도록 고무하는가 하면, 그

---

* Percy B. Shelley(1792~1822): 영국의 낭만주의 시인.
  John Keats(1795~1821): 영국의 낭만주의 시인.
  Friedrich Hölderlin(1770~1843): 독일의 낭만주의 시인.
  Novalis(1772~1801): 독일의 낭만주의 시인이자 소설가.

에게 만초니*와 괴테, 또한 쇼펜하우어와 마이스터 에크하르트**의 책을 읽게 했다. 아드리안은 편지를 통해서나, 내가 방학 때 집으로 돌아오면 내게 직접 그런 탐구의 결과를 들려주었다. 그럴 땐 가끔씩 걱정스러운 마음이 들었던 사실을 부정하지 않겠다. 뭐든 쉽고 빠르게 익히는 아드리안의 총명함을 모르고 있었던 것은 아니지만, 어쩌면 시기상조일지도 모르는 그런 독서가 아직은 어린 그의 정신 체계에 지나치게 부담을 주지 않을까, 하는 우려 때문이었다. 아드리안이 그런 서적들에 몰두하던 일이, 당시 그는 물론 별것 아니라는 말투로 언급하며 응하던 졸업시험 준비에 나름대로 도움이 된 것은 분명하다. 그는 자주 창백해 보였다. 그런 모습은 유전적인 편두통이 그를 우울하게 할 정도로 괴롭히던 낮 시간대에만 드러난 것이 아니었다. 그가 수면 부족에 시달리고 있다는 낌새가 분명히 눈에 띄었는데, 그것은 밤 시간을 이용해 독서를 했기 때문이었다. 그래서 나도 주저하지 않고 크레취마르에게 내가 걱정하는 바를 털어놓고, 내가 보았던 것처럼 그 또한 아드리안에게서 정신적인 자극을 통해 앞으로 나아가라고 재촉하기보다는 오히려 제지해야 할 필요가 있는 성격을 보지 못하겠는가,라고 물었다. 하지만 그 음악가는 나보다 훨씬 더 연장자였음에도 불구하고, 조급한 데다 지식에 굶주리며 자신을 돌볼 줄 모르는 청춘을 두둔했으며, 특히 육체와 자기 '건강'에 대해 일종의 이상주의적인 냉담함과 무관심을 보이는 남자였다. '건강'이란 그에게는 아주 속물적인, '비겁하다'고까지 할 만한 가치밖에 없는 것이었다.

"그래, 좋아"라고 그가 말했다(그의 논박을 방해하던 예의 저 심리적

* Alessandro Manzoni(1785~1873): 이탈리아의 극작가이자 소설가.
** Meister J. Eckhart(1260?~1327?): 독일의 신비주의 철학자이자 신학자.

인 압박의 돌발 상황은 여기서 언급하지 않고 그냥 넘어가겠다). "자네가 건강을 중요하게 여긴다면 말이야. 하지만 건강은 정신이나 예술과는 별로 상관이 없네. 더구나 정신이나 예술과는 확실한 대조를 이루고 있지. 어쨌든 그것들은 서로 관련되어본 적이 없어. 독서가 아드리안에게 시기상조일 수 있다며, 너무 이른 독서의 해독을 경고하는 주치의 아저씨 역할 따위는 내 몫이 아닐세. 그리고 나는 재능 있는 젊은이를 계속 '미성숙한 상태'로 묶어두려 하고, 걸핏하면 '넌 아직 이런 걸 하기에는 너무 어려'라고 말하는 것보다 더 생각이 짧고 더 잔혹한 짓은 없다고 보네. 결국 그 친구가 알아서 판단해야지! 어떻게 하면 현재 상황을 넘어서게 되는지 스스로 알도록 해줘야 하지 않는가 말이야. 그가 이런 옛날 독일식 시골의 알껍데기를 깨고 나올 수 있을 때까지 시간이 길어지는 것은 당연하지."

기가 막힐 노릇이었다. 카이저스아셰른이 기가 막힌다고 해야 할 판이었다. 나는 화가 났다. 주치의 아저씨의 입장이 물론 나의 입장도 아니었기 때문이다. 그 밖에도 크레취마르가 피아노 선생이자 어떤 특수한 기술을 훈련시키는 사람으로서 자기 역할에 만족하지 않을뿐더러, 자기가 맡은 수업의 목적인 음악 교육 자체가 양식이나 사상 그리고 교양 같은 다른 영역들과 무관하게 일방적으로 행해질 경우, 그런 음악은 그 자신에게도 인간적인 면모를 해치는 전문주의로밖에 보이지 않는다는 사실을 내가 목격했을 뿐만 아니라, 아주 잘 알아차렸기 때문이다.

내가 아드리안에게서 들은 모든 이야기로 미루어보건대, 대성당 안에 있는 크레취마르의 옛날식 관사에서 진행되던 피아노 교습 시간은 실제로 거의 절반 이상 철학과 문학에 관한 이야기로 채워지곤 했다.

그래도 내가 아드리안과 함께 아직 학교에 다니는 동안에는, 그가 발전해가는 과정을 문자 그대로 매일 주의 깊게 관찰할 수 있었다. 아드리안이 이미 혼자서 건반을 치는 법과 조성을 익혔기 때문에 그의 첫 진도는 물론 빠르게 나아갔다. 그가 음계 연습은 성실하게 했지만, 피아노 교습서는 이용하지 않은 것으로 나는 알고 있다. 그 대신 크레취마르가 단순한 찬송가와—피아노 연주로는 너무나 별난 효과를 내는—팔레스트리나*의 4성부 시편을 연주하도록 아드리안에게 시켰는데, 그 곡은 약간 불안정한 화음과 카덴차**를 포함해 순수 화음으로 이루어져 있었다. 거기다 나중에는 바흐의 여러 소품 서곡과 푸가, 또한 바흐의 2성부 인벤션,*** 모차르트의 「초보자를 위한 소나타Sonata facile」, 스카를라티****의 1악장 소나타 등을 연주하게 했다. 그밖에도 그는 아드리안을 위해 직접 여러 소곡, 행진곡과 무곡을 작곡하는 일도 마다하지 않았다. 그런 곡들 중에서 일부는 독주용이었고, 일부는 둘이서 네 손으로 치는 곡이었다. 여기서 음악적 비중은 둘째 성부에 있었으며, 제자를 염두에 두고 쓴 첫째 성부는 연주하기가 아주 간단했다. 그래서 아드리안은 전체적으로는 자신의 학습 단계보다 더 높은 단계의 기법을 요하는 작품을 연주하면서 주도적인 역할까지 맡고 있다는 만족감을 맛볼 수 있었다.

요컨대, 아드리안을 위한 교육은 왕자 교육 같은 데가 있었고, 나는 그 친구와 대화를 하던 중에 조롱하는 투로 이 단어를 썼던 기억이

---

* Giovanni Pierluigi da Palestrina(1525?~1594): 이탈리아의 작곡가로 종교 음악을 많이 남겼다.
** cadenza: 악곡을 끝내게 하는 화음들의 결합.
*** 악곡의 형식으로 다성 음악으로 된 즉흥곡을 말한다.
**** Giuseppe Domenico Scarlatti(1685~1757): 이탈리아의 작곡가.

난다. 그러자 그가 특유의 짧은 웃음을 터뜨리며 마치 아무 말도 못 들었다는 듯이 머리를 돌려버리던 모습도 기억한다. 분명히 그는 강의 방식과 관련해 자신의 선생에게 고마움을 느끼고 있었다. 그것은 선생이 학생의 일반적인 정신 발달 상태를 보고, 그가 늦게 시작한 음악 수업에서도 초보 단계를 모두 이수해야 하는 것은 아니라는 점을 적절히 고려한 방식이었다. 크레취마르는 영특함으로 번득이는 제자가 음악적으로도 앞서갈 때, 또 너무 소심한 선생이라면 쓸데없는 짓이라며 금지했을 일에 몰두할 때, 그것을 반대하기보다는 오히려 장려했다. 아드리안이 음표를 터득하자마자 바로 작곡도 하고, 종이에 화음을 적으며 실험하기 시작했던 것이다. 당시에 그가 보여준 광적인 심취, 즉 음악적인 문제를 끊임없이 생각해내고, 또 마치 체스 문제를 풀듯이 해결해버리던 그의 집중력은 걱정을 불러일으킬 수 있었다. 왜냐하면 그가 기술적으로 어려운 점들을 생각해내고 해결하는 일을 이미 작곡이라고 여길 위험이 충분히 있었기 때문이다. 가령 그는 최대한 좁은 공간에서 반음계의 모든 조를 포함하는 화음들을 서로 연결하는 데 몇 시간 동안 집중했다. 더 정확히 말하면, 화음을 반음계로 조옮김하지 않고도, 서로 연결할 때 부자연스러움이 전혀 생기지 않게 하는 것이었다. 혹은 그는 극심한 불협화음을 만들어놓고, 서로 어울리게 하는 가능한 모든 해법을 찾아내는 데 열중했다. 하지만 화음이 서로 어울리지 않는 음들을 너무 많이 포함하고 있었기 때문에 그런 해법들은 서로 아무런 관련이 없었으며, 그래서 마술 부호 같은 예의 저 듣기 괴로운 소리가 실제로 전혀 비슷하지도 않은 여러 음과 음조 사이에 내적인 연관성을 야기했다.

어느 날 단순한 화성학을 익히던 그 초보자가 독자적으로 이중 대위법을 발견해내어 크레취마르에게 보였는데, 선생은 그것을 보고 재미있어한 적이 있었다. 제자는 선생에게 동시에 구현되는 두 개의 소리를 읽어보도록 했는데, 각 소리는 최고 성부이면서 동시에 최하 성부일 수도 있어서 서로 교환이 가능했던 것이다. "자네가 삼중 대위법을 찾아내거든," 크레취마르가 말했다. "아무에게도 말하지 말고 자네 혼자만 알고 있게. 나는 자네가 그렇게 성급하게 진도를 나가는 것에 대해서는 아무것도 알고 싶지 않네."

그런 것이 아니더라도 아드리안은 많은 것들을 혼자만 알고 있었고, 기껏해야 어쩌다 약간 느긋해진 순간에 내게만 자신이 궁리하고 있는 문제를 둘러볼 기회를 허용했다. 특히 수평 상태와 수직 상태의 일치, 호환성, 동일성 문제에 몰두하는 중에 그랬다. 얼마 가지 않아 그는 멜로디의 선들을 완벽하게 만들어냈고, 그것은 내가 보기에 대단히 뛰어난 능력이었다. 그는 멜로디의 선들 안에서 음들이 아래위로 나열되어 동시에 울리고, 복잡한 융합 형태로 연결되게 할 수 있었던 것이다. 또한 반대로, 다성의 화음들을 만들어서, 그런 화음들이 서로 다른 멜로디가 되어 수평으로 나란히 흐르도록 할 수도 있었다.

그리스어 시간과 삼각법 시간 사이에 그는 학교 교정에서 니스 칠한 벽돌담의 돌출부에 기댄 채, 자기가 여가 시간에 하는 마술 놀이를 내게 이야기해주었다. 그가 어떤 것보다 관심을 기울이던 것인데, 음정이 화음으로 바뀌는 것이었다. 말하자면 수평을 수직으로 바꾸고, 순차적으로 나열하던 것을 동시적인 것으로 바꾸는 방법이었다. 사실 이때 가장 핵심은 동시성이라고 그는 주장했다. 왜냐하면 음이라는 것 자체가 그보다 더 가깝거나 먼 상음(上音)들과 함께 어울려서 하나의 화음을 이루는 것이고, 또 음계란 것도 소리를 단지 수평적인 음렬로 분석해 나열한 것일 뿐이라는 설명이었다.

"하지만 여러 음으로 이루어진 원래의 화음은 좀 달라. 하나의 화음은 계속 진행되려는 속성이 있거든. 그래서 하나의 화음을 계속 발전시켜 다른 화음으로 조옮김을 하면, 화음을 이루고 있는 각 성분이 모두 성부가 되는 거야. 내가 생각하기에, 음들을 화음에 맞춰 연결할 때는, 그것이 성부가 진행된 결과라는 점만 알면 돼. 또 화음을 만드는 음들에서는 각 소리 자체를 존중해야 하고 말이지. 화음은 존중할 것이 **아니라**, 그것이 주관적이고 자의적이라고 무시해야 하거든. 화음이 성부의 진행 과정을 통해, 다시 말하면 다성적 음악으로 드러나지 못한다면 무시해도 된다는 거야. 화음은 화성 법칙을 즐기는 수단이 아니라 그 자체로 다성 음악이고, 화음을 형성하는 음들이 성부들인 것이지. 화음이 불협화음이 될수록 각 음은 더욱 확실하게 성부가 될 수 있고, 화음의 다성적인 특성도 더 분명해진다는 것이 내 주장이야. 불협화음이란 것이 화음의 다성적인 품격을 가늠할 수 있는 척도인 거지. 어떤 화음이 심하게 조화를 이루지 못할수록, 그러니까 서로 뚜렷이 대조를 보이며 다양하게 세분된 방식으로 효과를 내는 음을 내포할수록 화음은 더욱 다성적인 것이야. 그리고 함께 울리는 동시성에서 이미 각 음은 성부의 특징을 더욱 두드러지게 갖는 것이고."

나는 장난스러우면서도 불길한 느낌으로 머리를 끄덕이며 그를 오랫동안 쳐다보았다.

"넌 잘될 거야"라고 마침내 내가 말했다.

"나?" 그는 특유의 방식대로 나를 외면하면서 대꾸했다. "나는 음악에 대해 말하고 있어, 나에 대해 얘기하는 것이 아니고. 두 얘기 사이엔 작은 차이가 있지."

그는 바로 그 차이를 매우 중시했다. 음악에 대해 말하면서, 마치 어떤 낯선 힘에 대해, 뭔가 기괴하고, 하지만 자신과는 무관한 어떤 현상에 대해 말하는 것 같았다. 음악에 대해 비판적으로 거리를 취하면서, 말하자면 무시하듯이 위에서 내려다보는 태도로 말했다. 아무튼 그는 음악에 대해 말했고, 그것에 대해 말할 자료가 점점 늘어났다. 당시여러 해 동안, 다시 말해 내가 학교에서 그와 함께 보냈던 마지막 해와 나 혼자 대학에서 보낸 몇 학기 동안에 그의 음악 체험이, 또 음악과 관련된 세계 문학에 대한 지식이 급속도로 증가할수록 말할 자료가 늘었다. 그래서 곧 그가 알고 있는 것과 할 수 있는 것 사이의 거리는 물론 그 자신이 강조했던 예의 저 구별을 뚜렷이 눈에 띄게 할수록 커졌다. 왜냐하면 그는 피아노 연주자로서 슈만의 「어린이 정경」과 베토벤의 두 개의 소품 소나타 제49번 같은 곡을 연주해보고, 또 음악학도로서 주제부가 화음의 중심에 오도록 성가의 주제들을 매우 성실히 화음으로 표현해보는 데에만 머물지 않았던 것이다. 동시에 그는 엄청나게 빨리, 더구나 너무 성급하고 큰 부담을 감수하면서까지 고전주의 이전의 작품과 고전주의 작품, 낭만주의 작품 그리고 후기 낭만주의의 현대적인 작품에 대해 비록 통일성은 없더라도 개별적으로는 집중적인 조망을 할 수 있게 되었다. 물론 크레취마르 때문에 그렇게 되었다. 선생 자신이 음으로 만들어진 모든 것에—정말이지 모든 것들에—푹 빠져 있었기 때문에 아드리안처럼 음을 들을 줄 아는 제자를 그야말로 형상으로 가득한 세계로 입문시키고자 안달이 날 지경이었던 것이다. 독특한 양식, 민족적인 특성의 인물들, 전통 가치, 개성적인 인물의 매력, 그리고 이상적인 미의 역사적 및 개인적 변화 형태가 무궁무진하게 풍부한 그 세계로 말이다. 그는 당연히 피아노를 쳐가며 제자를 그리로 이끌었다. 수업 시간 내내, 더 정확하게 말하면, 그냥 마음대로 연장해버린 수업 시간 내내 크레취마르는 제자에게 연주를 해 보이는 일로만 시간을 다 보내버렸다. 이때 그는 한 연주에서 그다음 연주로, 말하자면 밑도 끝도 없이 계속 이어가면서, 우리가 그의 "공익을 위한" 강연에서 알고 있는 바와 같이 연주 사이사이에 큰 소리로 주석을 붙이고, 특징적인 부분을 부각시키곤 했다. 사실 아무도 그보다 더 사람을 사로잡고, 더 인상적이며 교훈적으로 연주하는 경우를 볼 수는 없었다.

카이저스아셰른 주민들에게는 음악을 들을 기회가 지극히 드물었다는 점을 내가 구태여 언급할 필요는 없을 것이다. 니콜라우스 레버퀸 집에서 즐길 수 있었던 실내악 연주와 대성당의 오르간 연주를 제외하면, 사실상 그런 기회가 전혀 없었다. 왜냐하면 순회공연 중이던 명연주자나 외지의 관현악단이 지휘자와 함께 어쩌다 우리가 살던 소도시로 들어오는 일은 매우 드물었기 때문이다. 이런 상황에서 크레취마르가 대신 나서서 활력 넘치는 연주를 선보임으로써 내 친구의 한편 무의식적이고, 또 한편 숨겨진 학습 욕구를 임시적으로나마 충족해주었다. 그리고 그 성과는 너무나 컸기에, 나는 당시 그 친구의 젊은 감수성을 채우고도 넘칠 만큼 풍부한 음악 체험의 격랑이라는 표현을 쓰고 싶을 지경이다. 그 후 그가 음악에 대한 감정을 부정하고 숨기는 시기가 지속되었는데, 이때는 훨씬 더 좋은 기회가 찾아왔음에도 불구하고 예전보다 오히려 음악을 훨씬 덜 받아들였다.

처음에는 아주 자연스럽게 선생이 제자에게 클레멘티,* 모차르트, 하이든의 곡들을 예로 들며 소나타의 구성 방식을 보여주는 일로 시작됐다. 하지만 오래가지 않아 그는 소나타에서 관현악 소나타, 즉 심포

---

* Muzio Clementi(1752~1832): 이탈리아의 작곡가이자 피아니스트.

니로 옮겨갔다. 그리고 귀를 기울이고 있던 제자에게, 눈썹을 찡그리고 약간 입을 벌린 채 관찰하고 있던 제자에게 연신 피아노를 쳐 보이면서, 절대적인 음향 창조가 나타나는 형식, 말하자면 감성과 오성에 다양하게 파고드는 매우 풍부한 그 형식이 시대적으로나 개인적으로 다양하게 변화하는 것을 추상적으로 보여주었다. 그런 식으로 브람스, 브루크너, 슈베르트, 로베르트 슈만, 또 그 이후 최근에 이르기까지 여러 작곡가들의 기악곡들을 들려주면서, 그 사이사이에 차이콥스키, 보로딘, 림스키코르사코프*, 안톤 드보르자크, 베를리오즈, 세자르 프랑크와 샤브리에**의 곡들도 들려주었다. 이때 선생은 큰 소리로 설명을 붙이고, 피아노 연주로 어렴풋이 본뜬 소리를 관현악적으로 살려보라며 끊임없이 제자의 상상력을 자극했다. "가창풍의 첼로 선율!" 하며 그가 외쳐댔다. "이건 이끌려가는 소리로 생각해야 하네! 파곳 솔로! 거기다 플루트는 이 장식음을 만들어내지! 팀파니의 연타! 이건 트롬본이야! 여기 바이올린 투입! 총보를 들여다보게! 여기 트럼펫의 작은 팡파르는 빼버리지. 나는 손이 두 개뿐이니까!"

그는 그야말로 할 수 있는 것은 다 했다. 두 개뿐인 손을 가지고 말이다. 그리고 완전히 들떠서 연신 새된 소리와 목쉰 소리로 노래하며 자신의 목소리를 추가했다. 그런데 그 소리가 꽤 견딜 만했던 것은 사실이고, 더구나 내적으로 함축된 음악성과 열광적으로 적절히 구사한 표현으로 마음을 사로잡기도 했다. 그러다가 갑자기 노래가 중단되는

---

* Aleksandr Borodin(1833~1887): 러시아의 작곡가.
  Nikolay Rimsky-Korsakov(1844~1908): 러시아의 작곡가.
** César Franck(1822~1890): 벨기에 태생의 프랑스의 작곡가.
  Alexis Chabrier(1841~1894): 프랑스의 작곡가.

가 하면, 연주와 노래가 동시에 이어지는 등, 그야말로 기고만장의 연속이었다. 그것은 일단 그의 머릿속에 무궁무진한 것들이 가득해 한 가지가 떠오르는 도중에 벌써 다른 생각이 떠올랐기 때문이다. 하지만 무엇보다도 그가 비교하고 관련성을 찾아내며 영향을 증명하고, 서로 얽힌 문화의 맥락을 들추어내는 일에 열광적으로 빠져들었기 때문이다. 그는 어떻게 프랑스인들이 러시아인들에게, 이탈리아인들이 독일인들에게, 또 독일인들이 다시 프랑스인들에게 영향을 주었는지 제자에게 명백하게 보여주는 일이 말할 수 없이 즐거워서 시간이 가는 줄도 모르고 몇 시간씩이나 그 일에 집중했다. 구노는 슈만에게 무엇을 받았고, 세자르 프랑크는 리스트에게 무엇을 얻었으며, 드뷔시는 또 어떻게 무소륵스키*를 기반으로 삼았고, 댕디**와 샤브리에는 어떤 부분에서 바그너를 응용하고 있는지 제자에게 들려주었다. 그밖에 차이콥스키와 브람스처럼 너무나 다른 특성을 가진 작곡가 사이에 단순히 동시대인이라는 점만으로도 어떻게 상호관계가 생기는지를 보여주는 일도 그 오락 같은 수업에 포함됐다. 그는 어떤 한 작곡가의 작품에서 특정한 부분을 연주하며, 그것이 얼마든지 다른 작곡가의 곡에 나오는 일부분일 수 있음을 들려주었다. 그가 매우 존경하는 브람스의 곡에서는 고풍의 것, 즉 옛날 교회에서 쓰던 음계와 연관된 특징을 제자에게 들려주며, 저 종교적으로 절제된 요소가 어떻게 브람스의 경우에 그의 작품을 가득 채우고 있는 우울하고 몽롱한 분위기의 조성 수단이 되는지 보여주었다. 그는 또 바흐 곡을 대표적인 예로 들려주며, 브람스의 낭만주

---

* Modest Petrovich Musorgsky(1839~1881): 제정 러시아의 작곡가, 「전람회의 그림」으로 유명하다.
** Vincent d'Indy(1851~1931): 프랑스의 작곡가.

의적인 방식에서 성부에 충실한 원칙이 어떻게 다채로운 변조의 원칙에 진지하게 맞서며 그 효과를 제한하는지 제자가 깨닫도록 했다. 하지만 사실 그것이 성부의 진정한 독립, 진정한 의미의 다성 음악은 아니었고, 바흐의 경우에도 이미 아니었다고 강조했다. 바흐의 작품에서 성악 시대의 대위법적인 예술이 전승되어 있음을 발견할 수는 있지만, 바흐는 천성적으로 화음을 중시하는 작곡가였지, 다른 어떤 의미의 작곡가가 아니었다고 말이다. 평균율 피아노곡을 완성한 거장 바흐도 이미 화음의 작곡가였고, 그것은 후에 새롭게 등장하는 모든 화음 변조 예술의 전제 조건이었지만, 근본적으로 바흐의 화음 대위법이 예전의 성악적인 다성과 별 관련이 없기로는 헨델이 화음을 알 프레스코* 방식으로 자유롭게 확장하는 것과 다르지 않았다는 것이다.

바로 이런 견해에 아드리안은 그 특수한 방식으로 예민하게 다듬어진 귀를 기울였다. 나와 나눈 대화에서도 그는 당연히 그 이야기에 머물렀다.

"바흐의 문제는, '어떻게 하면 화음을 의미 있게 살려낼 수 있는 다성 음악이 가능한가?'라는 거였지. 그보다 나중에 등장한 작곡가들의 경우에는 문제가 약간 달라져. '다성 음악의 인상을 주는 화성학이 어떻게 가능한가?'라는 편이거든. 이런 것이 마치 양심의 가책 문제인 것처럼 보이는 게 진기하지 뭐야. 단성 음악이 다성 음악에 대해 느끼는 양심의 가책이랄까."

선생에게 그처럼 많은 내용을 듣고서 아드리안은 아예 직접 총보를 읽어볼 생각을 하게 되었고, 그 일부는 선생의 개인 소장품 중에서, 일

---

* al fresco: 석회를 먼저 벽에 바르고 마르기 전에 수용성 물감으로 벽화를 그리는 기법.

부는 시립도서관에서 빌렸노라고, 내가 굳이 말할 필요는 없을 것이다. 아무튼 나는 그가 총보를 유심히 읽고 있는 모습, 또 관현악 편곡에 관한 문헌을 들여다보고 있는 모습을 자주 보았다. 왜냐하면 개별적인 오케스트라 악기의 음역 범위에 대한 정보가(사실 악기 상인의 양아들로서 새삼 필요하지도 않던 정보가) 음악 수업에서 다루어졌기 때문이다. 또한 크레취마르는 그에게 짤막하고 고전적인 작품, 가령 슈베르트와 베토벤의 피아노곡에서 각 악장을 관현악곡으로 편곡하도록 했고, 또한 가곡의 피아노 반주를 기악곡으로 편곡하라고 시키기 시작했다. 그것은 연습 삼아 하는 일이었는데, 추후에 선생이 제자에게 취약점이나 음조가 미숙한 부분을 구체적으로 증명해 보이며 수정해주었다. 아드리안이 독일 예술가곡의 찬란한 문화를 처음으로 접하게 된 때가 바로 그 시절이었다. 그는 그저 무미건조했던 서막에 이어, 슈베르트의 곡에서 빼어난 면모로 탄생한 후에 슈만, 로버트 프란츠, 브람스, 후고 볼프, 말러*에 의해 무엇과도 비교가 안 되는 민족적인 대성공을 거둔 그 문화를 접했다. 그들과의 만남은 얼마나 대단했으랴! 나는 그 만남의 현장에 함께 있을 수 있어서, 거기에 참여할 수 있어서 행복했다. 슈만의 「달밤」처럼, 2도 음정 반주가 들려주는 사랑스러운 감수성처럼 보석이요 기적 같은 곡. 아이헨도르프**의 시에 슈만이 곡을 붙인 또 다른 작품들. 가령 영혼의 낭만주의적인 위험과 위협을 마력으로 불러내고, "조심하라! 항상 깨어 있으라!"라는 대단히 도덕적인 경고로 끝나는 그 작

---

* Robert Franz(1815~1892): 독일의 작곡가.
  Hugo Wolf(1860~1903): 오스트리아의 작곡가.
  Gustav Mahler(1860~1911): 오스트리아의 작곡가이자 지휘자.
** Joseph von Eichendorff(1788~1851): 독일의 낭만주의 시인이자 소설가.

품. 그리고 아드리안이 모든 작가들 중에서 가장 운율이 풍부하다며 내 앞에서 특히 칭송하던 멘델스존의 영감을 담은 「노래의 날개 위에」처럼 언제 들어도 즐겁고 반가운 곡. 그런 곡들은 얼마나 알찬 우리의 대화 소재였던가! 가곡 작곡가 브람스의 경우, 내 친구는 성경 구절에 곡을 붙인 「네 편의 엄숙한 노래」에서 사용된 독특하게 엄격하고 새로운 양식을 무엇보다 높이 평가했다. 특히 「오 죽음이여, 너는 너무나 혹독하도다」의 종교적인 아름다움이 매우 뛰어나다는 것이었다. 그런데 그가 슈베르트의 늘 희미하고 죽음의 기운이 감도는 천재성을 주로 찾아내곤 했던 부분은, 완전히 정의되지는 않았으나 피할 수 없는 고독이라는 모종의 숙명이 가장 뛰어나게 표현되는 곳이었다. 예컨대 슈미트 폰 뤼베크*의 엄청나게 괴짜같이 들리는 「나는 산에서 왔다네」 같은 노래라든가, 또 「겨울 나그네」 중에서 「다른 나그네들이 가는 길을 내가 왜 피하랴」라는 곡을 들 수 있었다. 이 노래는 가슴을 울리는 연으로 시작된다.

내가 사람들을 피해야 할 만큼
못된 일을 저지르지도 않았건만

나는 그가 바로 이 구절을 다음에 오는 구절과 함께 선율은 거의 무시한 채 혼자 중얼거리는 소리를 들었다.

이 무슨 어리석은 열망이
이렇게도 나를 거친 황야로 몰아가는가?

---

* Georg Philipp Schmidt von Lübeck(1766~1849): 독일의 서정시인.

그리고 내가 그 순간 그의 눈에 눈물이 고이는 것을 보면서 느꼈던 엄청난 당혹감은 지금도 잊히지 않는다.

물론 아드리안의 기악곡은 감각적인 경험에서 부족함을 드러냈다. 크레취마르는 그 점을 개선할 수 있도록 도와주려고 애썼다. 그는 성 미하엘 축일이 낀 가을 방학과 성탄절 방학에 아드리안을 데리고 (숙부의 허락을 얻어) 오페라 공연과 콘서트 공연을 관람하기 위해 그리 멀지 않은 여러 도시로 떠났다. 메르제부르크나 에어푸르트는 물론 바이마르에도 갔다. 그럼으로써 아드리안이 오케스트라 작품의 피아노 편곡에서 단순히 수용한 것, 즉 기껏해야 악보로 개관했던 것을 음향으로 직접 들을 수 있도록 했다. 그렇게 해서 아드리안이 「마술피리」*의 천진난만하면서도 엄숙한 밀교적(密敎的) 사고를 자신의 영혼에 품게 되었던 것 같다. 「피가로의 결혼」**이 풍기는 매우 위협적인 기품, 칭송이 자자한 베버***의 경가극 「마탄의 사수」에서 깊은 음의 클라리넷이 지닌 마력, 「한스 하일링」이나 「방황하는 네덜란드인」처럼 비통하고 침울하게 고립되었다는 점에서 닮은 인물들. 그리고 마지막 장면 전에 연주되는 웅대한 다장조 서곡이 있는 「피델리오」****의 고매한 인간애와 형제애. 바로 이 마지막 곡이 아드리안의 젊은 감수성을 건드렸던 것들 중에서 가

---

    * "Zauberflöte"(1791): 모차르트가 사망하기 두 달 전에 완성한 오페라.

    ** "Figaros Hochzeit"(1786): 4막으로 구성된 모차르트의 오페라.

    *** Carl Maria von Weber(1786~1826): 독일의 작곡가.

    **** "Hans Heiling"(1883): 독일의 작곡가 하인리히 마르쉬너(Heinrich Marschner, 1795~1861)의 낭만주의 오페라.
       "Der fliegende Holländer"(1843): 3막으로 된 리하르트 바그너의 낭만주의 오페라.
       "Fidelio": 2악장으로 된 베토벤의 유일한 오페라.

장 감명 깊고 관심을 끌던 곡이었다는 점이 드러났다. 그는 외부의 공연을 관람하고 돌아오면, 하루 종일 교향곡 제3번*의 총보를 지니고 다니면서, 어디에서든 그 총보를 읽었다.

"이봐 친구"라고 그가 말했다. "내가 이걸 알아차렸다고 네가 환호성까지 지를 필요는 없지만, 이건 완벽한 음악 작품이야! 그래, 의고전주의는 어느 면에서도 세련되지는 않아. 하지만 위대하지. 위대하기 **때문에** 세련되지 않다고는 못 해. 세련된 위대함도 있으니까. 그래도 위대함이란 근본적으로 훨씬 더 꾸밈이 없지. 넌 위대함이 뭐라고 생각해? 내 생각엔 위대함과 마주 보고 서 있는 건 심기가 불편해지는 일이야. 담력 시험인 거지. 누가 그 시선을 견뎌낼 수나 있겠어? 견뎌내기는커녕, 그냥 속수무책으로 내맡겨지겠지. 너희들의 음악이 꽤나 진기한 것이라고 내가 점점 더 인정하게 된다고 말해두지. 행동하는 최고의 힘을 드러내는 일이라고. 전혀 추상적이지 않은데, 또 비구상적이야. 순수함, 맑은 에테르** 속에서 행동하는 힘을 드러내는 것이랄까. 그런 게 이 우주 어디에 또 있겠어! 우리 독일인들은 철학에서 '그 자체(an sich)'라는 표현을 전수받고, 형이상학에 대한 생각은 별로 하지도 않으면서 매일 그 표현을 쓰고 있지. 그럼 이런 말은 어때, 음악은 행동하는 힘 '그 자체', 그야말로 행동하는 힘이라는 의미 그대로라고 말이야. 물론 관념으로서가 아니라 실제로 그렇다는 거지. 그것이 신에 대한 정의(定義)나 다름없다는 걸 생각해봐. 신에 대한 모방(Imitatio Dei)과 거의 같은 거지. 왜 그런 음악이 금지되지 않았는지 놀라울 따름이야. 어쩌면 이미 금지된 것인지도 모르지. 아무튼 최소한 위험스러운 데가 있어.

---

* 베토벤의 3번 교향곡 「영웅」을 말한다.
** 생명과 우주의 근원적인 원소.

내 말은 그냥 '재고해볼 필요가 있다'는 거야. 여기 이걸 봐. 뭔가 일어나고 있는 사건들, 어떤 움직임의 진행 과정들이 가장 힘차고, 가장 변화무쌍하며, 가장 흥미진진하게 이어지는 걸 보라고. 오로지 시간 속에서, 즉 시간을 배열하거나 이행하거나 조직하는 것으로만 이루어진 그런 세계 속에서, 이제 밖에서 들려오는 반복된 트럼펫 경고음을 통해 한번쯤 구체적인 행동이 있는 것처럼 암시하고 말이야. 이 모든 것은 지극히 고귀하고 대단히 함축적이지. 신중한 모습에다 풍부한 정신성은 무미건조한 편인데, '아름다운' 부분에서도 다르지 않아. 불꽃처럼 튀거나 지나치게 화려하지도 않고, 다채로운 음색은 자극적이지도 않아. 달리 뭐랄 것도 없이 한마디로 거장다운 작품이라는 거지. 이 모든 것들이 어떻게 사용되고, 뒤집어지고, 또 내버려지는지 보라고. 어떻게 하면 하나의 주제가 만들어지고, 또 어떻게 그 주제는 다시 버려지며 해체되는지, 그렇게 해체되는 가운데 또 어떻게 새로운 주제가 준비되는지, 그리고 비어 있거나 취약한 자리가 없도록 첨가되는 보충 음형이 어떻게 만들어지는지 보란 말이야. 그러면 리듬이 어떻게 깃털처럼 탄력 있게 흔들리면서 바뀌고, 또 상승효과는 어떻게 시작되다가, 여러 편에서 흘러들어오는 것들을 받아들이면서 잡아당기듯이 부풀리는 단계를 거친 후에, 마침내 승리감에 차서 돌진하며 터져 오르는지를 보라고. 승리감 자체, 승리감 '그 자체' 말이야. 나는 이런 것을 아름답다고 말하고 싶지 않아. 아름다움이라는 단어는 내게 항상 어느 정도 거부감을 줬지. 그 단어는 뭔가 멍청한 모습을 상기시켜. 그리고 사람들이 그 말을 할 때는 음탕하고 나태한 기분이겠지. 하지만 이런 건 **선한** 것이야. 극단적으로 선해. 더 이상 선할 수 없고, 어쩌면 더 이상 선하면 안 될지도 몰라……"

아드리안은 이렇게 말했다. 그것은 지적인 자제력과 가벼운 흥분이 섞여서, 내게는 말할 수 없이 감동적으로 들리는 말투였다. 감동적이라고 말한 까닭은, 그가 자신의 말 속에 흥분된 감정이 섞여 있음을 알아차렸고, 그래서 기분이 상했기 때문이다. 그는 아직 소년답게 거친 자신의 목소리가 떨리는 것을 듣고 탐탁지 않은 표정으로 얼굴을 붉히며 고개를 돌려버렸다.

당시에 그가 음악 지식을 습득하고 열성적으로 음악을 만들며 드러내던 발작에 가까운 추진력은 그의 일상적인 삶 속에서 유지되다가, 이후 오랫동안, 적어도 겉보기에는 여러 해 동안 완전히 정지된 듯이 보였다.

X

레버퀸은 김나지움 졸업반 학생으로서 마지막 한 해 동안 이수한 과목들 외에, 필수과목도 아니었고 나도 신청하지 않았던 히브리어를 공부하기 시작했고, 그럼으로써 장래 직업에 대해 그가 계획하고 있던 방향을 드러냈다. 이로써 "밝혀진" 점은, (나는 이 표현을 의도적으로 반복한다. 이것은 아드리안이 우연히 어떤 한마디를 던짐으로써 자신의 종교적인 내면생활을 털어놓던 순간에 대해 내가 이야기하면서 썼던 표현이다) 그러니까, 그렇게 해서 밝혀진 점은 그가 신학을 공부할 작정이었다는 것이다. 졸업시험이 다가오자 앞으로 대학에서 어떤 분야를 선택해 공부할 것인지 결정해야 했는데, 그는 결정했노라고 말했다. 더 자세히 말하면, 숙부의 물음에 그렇게 대답한 것인데, 그 말을 들은 숙부는 눈썹을 치켜세우더니, "잘했다!"라고 말했다. 또 그가 부헬에 있는 부모에게도 자신의 결정을 자발적으로 알리자, 그의 부모는 더욱 반색을 했다. 나에게는 이미 그 전에 그가 이야기를 했었다. 그때 그는 자신의 신학 공부가 실무적인 성직자의 일을 준비하기 위한 것이 아니라, 학자로서 갈 길을 준비하는 과정으로 이해하고 있음을 넌지시 비치기도 했다.

그것은 아마 나를 안심시키려는 말이었을 텐데, 실제로 나는 안심이 되었다. 그를 목사 후보자로, 주임목사, 아니면 교회 간부회 위원이나 관구 총감독으로 상상하는 것조차 내게는 극도로 꺼림칙했기 때문이다. 그가 우리처럼 최소한 구교도였다면 얼마나 좋았겠는가! 그가 성직자 계급의 계단을 올라가 고위 성직자가 될 것이라는 생각은 얼마든지 쉽게 해볼 수 있었거니와, 그런 생각이라면 나를 훨씬 더 만족시키고, 내게 더 적절한 희망을 품게 했을 것이다. 그러나 신학을 직업으로 삼겠다는 그의 결정 자체가 내게는 충격이나 다름없었다. 그가 내게 자신의 의도를 털어놓았을 때, 나는 내 얼굴빛이 변했으리라 생각한다. 왜 그랬을까? 그가 신학 외에 도대체 어떤 일에 손을 대야 했을지, 나로서는 거의 알 수 없었다. 사실 나는 그 어느 것도 그에게 적합하지 않다고 생각했다. 즉 모든 종류의 직업이 갖는 시민적이고 경험적인 면이 도무지 그에게 합당할 것 같지 않았다. 내 생각에 그에게 적당한 직업 분야, 그가 생업으로 운영할 만한 실용적인 분야를 오래전부터 살펴보던 참이었으나 모두 허사였다. 내가 그를 명예롭게 생각하는 심정은 절대적이었다. 그럼에도 불구하고 나는 그가 **오만함**에서 예의 저 선택을 했다는 것을 알아차리고—아주 명백하게 알아차리고—뼛속까지 밀려오는 전율을 금할 수 없었다.

이따금 우리는 철학이 학문 중에서 가장 으뜸이라는 생각에 의견을 같이하곤 했다. 더 정확히 말해, 흔히 거론되는 그런 의견에 우리가 동의했던 것이다. 철학이 학문 내에서 차지하는 위치가 대략 악기들 중에서 오르간이 차지하는 위치와 같다는 결론이었다. 철학은 학문 전체를 개관하고 정신적으로 총괄하며, 또 세계관, 가장 권위 있고 결정적이며 삶의 의미를 해명해주는 종합명제, 우주 속에서 인간이 차지하는 지위를 인지해 확정하는 문제 등에 대한 모든 학문 분야의 연구 결과를 체계화하고 정화한다는 것이었다. 나는 친구의 미래, 그의 '천직'에 대해 곰곰이 생각하다 보면 언제나 이와 비슷한 상상을 하게 되었다. 그의 건강은 나를 걱정시키기는 했지만, 다방면에 걸친 그의 노력이나 자신의 비판적인 주석을 붙여가며 깊이 사고하는 모습이 나의 상상을 뒷받침했다. 가장 보편적으로 인정되는 존재, 한 치의 빈틈없이 박학다식한 인물이자 세계의 원리를 터득한 철학자의 존재 방식이 그 무엇보다 그에게 잘 어울릴 것 같아 보였다. 그리고 나의 상상력은 그 이상의 것을 생각하지는 못했다. 그런데 그가 겉으로 드러내지도 않고, 내가 상상했던 그 이상의 생각을 하고 있었다는 사실을 나는 그제야 알게 되었던 것이다. 그가 몰래, 아무런 티를 내지 않고—그는 물론 자신의 결단을 아주 조용하고 대수롭지 않다는 투로 말했기 때문이다—그 친구에 대한 나의 공명심을 넘어서며 부끄럽게 했다는 것이었다.

하긴 학문 중에서 으뜸이라는 철학조차 보조 역할을 하게 만드는 학문 분야가 있다. 말하자면 철학도 보조 학문이랄까, 대학에서 쓰는 말로 '부전공'이 되게 하는 그것은 바로 신학이다. 철학이 의미하는바 지혜에 대한 사랑이 최고 존재, 모든 존재의 근원에 대한 명상으로, 즉 신과 신적인 것들에 대한 학설로 승격되는 곳, 바로 그곳에서야말로 학문적인 위엄의 정상, 인식의 가장 높고 고결한 영역, 사상의 최고봉에 오른 것이라고 말할 수 있을 것이다. 영적으로 충만한 지성에게는 그곳에 자신의 가장 숭고한 목표가 주어져 있다. 가장 숭고하다고 말한 까닭은, 가령 내가 속하는 어문학과 더불어 역사학이나 그 밖의 학문 같은 평범한 학문들은 그런 곳에서 성스러운 것을 인식하기 위한 단순한 도구에 불과하기 때문이다. 그리고 그곳은 지극히 겸허한 자세로 추구해야 할 목표이기도 하다. 왜냐하면 그 목표가 성서의 말씀대로 "모든 이성보다 더 높기" 때문이며, 이때 인간의 정신은 그 어떤 학문 분야에서 익힌 지식이 요구하는 것보다 더 경건하고 더 독실한 내적 결합을 이루기 때문이다.

　이런 생각은 아드리안이 내게 자신의 결단을 알렸을 때 불현듯이 떠올라서 사라지지 않았다. 그가 영적으로 스스로를 다스리고자 하여 거의 직관적으로 그런 결단을 내린 것이라면, 나는 그의 결론을 수긍할 생각이었다. 냉담하고 두루 해박하며 모든 것을 쉽게 파악하는 데다 우월함에 익숙한 나머지 까다로워진 그의 지성을 종교적인 것 안에 가두어 굴복시키고픈 욕구 때문에 그런 결론에 이르게 된 것이라면 말이다. 진정으로 그런 의도였다면, 나 혼자 속으로 항상 느꼈던 그에 대한 막연하고 깊은 걱정을 진정시켰을 뿐만 아니라 내게 큰 감동까지 안겨주었을 것이다. 왜냐하면 다른 세계에 대한 관조적인 인식을 필연적으로 초래하는 지성의 희생(Sacrificium intellectus)은 그런 인식을 초래한 지성이 강할수록 더욱 높이 평가되어야 하기 때문이다. 하지만 나는 사실 내 친구의 겸손을 믿지 않았다. 나는 그의 자부심을 믿었고, 그의 자부심에 대해 나로서도 자랑스럽게 생각하고 있었다. 그리고 그의 자부심이야말로 예의 저 결정에 이르게 된 근원이라는 것을 근본적으로 의심할 수가 없었다. 그래서 나는 그가 내게 자신의 결심을 알려주었을 때 불현듯 온몸이 오싹해지는 전율에, 기쁨과 걱정이 뒤섞인 감정에 사로잡히게 되었던 것이다.

　그는 내가 혼란스러워하는 모습을 보고, 그 원인을 제삼자, 즉 자기 음악 선생에 대한 생각 탓으로 돌리는 것 같았다.

"넌 분명 크레취마르 선생이 실망할 거라고 생각하겠지"라고 그는 말했다. "내가 폴리힘니아*에게 완전히 몰두하는 것이 크레취마르 선생이 원하는 것이라고 나도 잘 알고 있어. 이상하지, 사람들은 항상 자신이 가는 길로 다른 사람을 끌어들이려고 한단 말이야. 하지만 모든 사람이 다 만족하도록 할 수는 없는 법이야. 음악이 원래 예배의식과 그 역사를 통해 신학적인 영역에 깊이 관여했다는 점을 내가 크레취마르 선생에게 말해보도록 하지. 더구나 신학적인 영역에 관여하는 것이 수학적이고 물리학적인 영역, 그러니까 음향학에 관여하는 것보다 훨씬 더 실질적이고 예술적이라는 점을 말이야."

그가 크레취마르 선생에게 그런 말을 하겠다는 의도를 내게 밝힘으로써 사실은 내게 그 말을 하는 것이 분명했다. 그리고 나도 그 말을 혼자서 수차례 차분히 생각해보았다. 신학과 예배의 관계에서, 다른 세속적인 학문처럼 물론 예술도, 특히 음악은 봉사하고 보조하는 수단의 성격을 띤다. 이런 생각은 어떤 토론과 관련이 있었다. 그것은 우리가 한편으로는 유익하지만, 다른 한편으로는 우리를 우울하게 하는 예술의 숙명, 종교적 제식으로부터의 예술의 독립, 예술의 문화적 세속화 등에 관해 가졌던 토론이었다. 이런 배경에서 보면, 아드리안이 신학을 직업으로 선택한 계기는 분명했다. 그 자신을 위해서나 자신의 직업적인 전망을 위해, 음악이 한때, 그의 생각으로는 예전의 좋은 시절에, 예배의식과 연합하며 차지했던 위치로 그 위상을 끌어내리고픈 소망이 직업 선택에서 함께 작용했다는 것이다. 그는 세속적인 다른 연구 분야와 마

---

* Polyhymnia: '많은 노래'라는 뜻. 고대 그리스 신화의 아홉 무사(뮤즈)가운데 하나로 찬가와 무악, 웅변의 여신이다.

찬가지로 음악도 그 자신이 전수자로서 몸 바치려는 신학보다 하위에 있다고 보려 했다. 이때 내 눈앞에는 나도 모르게 일종의 바로크 그림, 거대한 제단화가 그의 생각을 구체적으로 보여주듯이 떠올랐다. 그것은 모든 예술과 학문이 신의 지위로 추대된 신학 앞에서 겸손하게 헌신하는 자세로 경의를 표하고 있는 그림이었다.

내가 아드리안에게 내 눈앞에 떠오르는 광경을 이야기하자, 그는 그런 환상에 대해 크게 웃었다. 그 당시 그는 매우 쾌활하여 농담도 꽤 잘했다. 그것은 충분히 납득이 가는 일이었다. 왜냐하면 학교에서 졸업을 하고 교문이 우리 등 뒤에서 닫히는 순간은 독립의 순간, 자유가 시작되는 순간이 아니겠는가? 우리를 양육하던 도시의 문이 활짝 열리고, 넓은 세상이 우리 앞에 열려 있는 그 순간이야말로 우리의 삶에서 가장 행복한, 혹은 적어도 한껏 고무되어 기대에 가득 차게 되는 순간이 아니랴. 그 전에도 아드리안은 벤델 크레취마르와 함께 음악 때문에 조금 더 큰 이웃 도시를 드나들면서 몇 차례 세상을 미리 조금씩 맛보곤 한 터였다. 그리고 이제 마녀와 기인들의 도시 카이저스아셰른, 악기 창고가 있고 대성당에 황제의 유해가 안치된 이 도시가 드디어 그를 완전히 놔주어야 할 때가 된 것이다. 이젠 그가 잠시 방문할 때에나 돌아와서, 다른 세상을 체험해본 사람의 여유로운 표정으로 미소를 띠며 다시 옛 도시의 골목을 걸어 다니게 될 것이다.

정말 그렇게 되었는가? 언제든 카이저스아셰른이 그를 놔준 적이 있기는 했던가? 그가 어디로 가든, 언제나 카이저스아셰른을 가슴에 간직하고 있지 않았던가? 그가 결단을 내려야 한다고 생각하던 순간마다 항상 그 도시가 결정적이지 않았는가? 자유란 무엇인가! 어떻든 상관없는 것만이 자유로운 법이다. 특색이 있는 것은 결코 자유롭지 못하다. 그것은 이미 특징적인 모습을 띠고 있고, 미리 결정되어 있으며 확실하게 매여 있다. 내 친구가 신학을 공부하겠다고 결심한 데에는 '카이저스아세른'이 작용했기 때문이 아니던가? 아드리안 레버퀸과 이 도시, 분명히 이 둘이 함께 신학 선택이라는 결과를 낳았을 것이다. 나중에서야 나는 신학이 아니면 어떤 것을 또 기대할 수 있었으랴,라고 자문하게 되었다. 그가 작곡에 전념하게 된 것도 훨씬 뒤의 일이었다. 그가 쓴 곡이 아주 대담한 음악이었다고 해서, 그것이 가령 '자유로운' 음악, 누구나 즐길 만한 음악이었는가? 그렇지 않았다. 그것은 자신에게 예정되어 있는 운명을 빠져나와본 적이 한 번도 없는 자의 음악이었다. 가장 은밀하고 천재적이며 괴상하게 얽혀 있는 모습에 이르기까지, 교회의 지하 납골당에서 울리는 소리와 그 모든 분위기에서 매우 특색 있게 드러나는 음악, 즉 카이저스아세른의 음악이었다.

이미 말했듯이 당시에 그는 매우 유쾌했다. 어찌 그렇지 않았으랴! 그가 작성했던 필기시험 답안의 수준이 매우 탁월해 구두시험을 면제받고, 그는 교사들의 모든 가르침에 대해 감사를 전하며 학교를 떠나갔다. 교사들은 그가 뭐든 별것 아니라는 듯이 쉽게 해내던 탓에 내심 항상 모욕감을 느끼고 있었지만, 그가 선택한 전공에 대한 경외감 때문에 그 모욕감을 드러내지는 않았다. 그래도 '공동형제학교'의 근엄한 교장 스토이엔틴 박사는 포메른 사람으로서 그리스어와 중세 고지 독일어 및 히브리어 담당 교수였는데, 작별을 앞두고 아드리안을 사적으로 만나는 자리에서 다음과 같은 방향의 충고를 빼놓지 않았다.

"잘 가게, 레버퀸, 신의 은총이 함께하기를 바라네! 이 축복의 말은 진심에서 나온 걸세. 자네가 어떻게 생각하든, 내가 느끼기로는 자네에게 필요한 말일 듯싶네. 자넨 재능이 많은 사람일세. 그건 자네가 알겠

파우스트 박사1 159

지. 어떻게 모를 수 있겠나? 자넨 저 위에 계신 분, 모든 것의 근원이신 신이 자네에게 그런 재능을 맡기셨다는 사실도 알걸세. 자네도 그분에게 자네 재능을 헌납하려는 게 아닌가 말이야. 자넨 제대로 생각한 거야. 선천적인 공적(功績)은 그걸 우리에게 나누어주시는 신의 공적이지, 우리 자신의 공적이 아닐세. 우리가 그것을 잊어버리게 하려고 노리는 자는 신을 거역한 존재이고, 오만함 때문에 스스로 영락하고 만 거야. 그건 고약한 불청객이자 포효하는 사자이지. 누굴 잡아먹을까, 하고 돌아다니며 노리는 사자 말일세. 자네는 그놈의 계략에 빠지지 않으려고 아주 조심해야 할 사람에 속하네. 나는 지금 자네에게 칭찬을 하고 있는 거야. 말하자면 신의 은덕을 입은 자네에게 말이야. 그런 사람으로서 겸손한 마음을 갖게. 저항하며 고집을 피우지 말라는 말일세. 자만은 배반과 다르지 않아서, 모든 자비로움을 베푸시는 분에 대한 배은망덕이라는 점을 늘 명심하게!"

그 착실한 선생은 그렇게 말했다. 나는 후에 그의 밑에서 김나지움 교사로 일하게 되었다. 아드리안은 우리가 언젠가 부활절 기간에 부헬 농장을 뒤에 두고 자주 들판과 숲을 산책하던 어느 날, 교장과 나누었던 저 대화에 대해 미소를 띠며 이야기해주었다. 아비투어*를 끝내고 그가 그곳에서 몇 주간 자유를 만끽하던 중, 그의 부모가 아들과 함께 지내라고 나도 초대했던 것이다. 당시 우리가 천천히 걸으면서 스토이엔틴 교장의 충고에 대해 나누었던 대화를 나는 잘 기억하고 있다. 특히 교장이 악수를 건네며 썼던 "선천적인 공적"이라는 표현에 대해 말을 나눈 것이 떠오른다. 아드리안은 교장 선생이 괴테에게서 그런 표현

---

* 독일의 고등학교 졸업 및 대학입학 자격시험.

을 배운 것이라고 증명해 보였다. 괴테가 그런 표현을 즐겨 사용했었
고, "타고난 공적"이라는 표현도 자주 썼다고 했다. 이와 같이 서로 모
순되는 단어를 함께 연결해 씀으로써 '공적'이라는 단어에서 도덕적인
성격을 없애려 했고, 또 역으로 선천적이고 타고난 것을 도덕과 무관한
귀족적인 공적으로 격상시키려 했다는 것이다. 그렇기 때문에 괴테는
겸손하라는 요구에 반대했고, 그런 요구는 언제나 선천적으로 불이익
을 받게 되어 있는 사람들이 하는 것이라며, "비루한 사람들만이 겸손
한 거야"라고 단언했다는 것이다. 그런데 스토이엔틴 교장은 괴테의 말
을 오히려 실러 사상의 의미로 사용했다고 아드리안은 말했다. 실러에
게는 자유가 무엇보다 중요했기 때문에 재능과 개인적인 공적을 도덕
적으로 구별했는데, 괴테가 서로 불가분의 관계로 연결되어 있다고 본
공적과 행운을 엄격하게 분리했던 것이라는 설명이었다. 교장도 자연
을 신이라고 부르고, 타고난 재능을 신이 우리에게 나누어주는 공적이
라고 하며, 우리가 겸손한 마음으로 그 공적을 지켜야 한다고 했으니까
괴테처럼 말한 셈이라는 것이었다.

　"독일인들은" 하고 갓 대학생이 된 아드리안이 풀줄기 하나를 입에
물고 말했다. "사고방식이 복선적이고, 조합하는 것을 지나치게 좋아한
단 말이야. 독일인들은 언제나 하나를 원하면서 또 다른 하나도 원하거
든. 모든 것을 가지려는 거지. 위대한 인물들에게 내재된 대조적인 사
고 원칙과 존재 원칙을 대담하게 부각시킬 줄 안단 말이야. 하지만 그
다음에는 모두 섞어서 망쳐버려. 하나가 가진 특성을 다른 것이 지닌
특성의 의미로 사용하면서, 모든 것을 뒤죽박죽으로 만들어버리는 거
지. 그리고는 자유와 고귀함, 이상주의와 자연적인 천진함을 서로 조화
시킬 수 있다고 생각하는 거야. 하지만 그건 불가능할걸."

"독일인들은 그 두 가지를 모두 자신의 내면에 가지고 있으니까"라고 내가 대답했다. "그렇지 않다면 저 두 위대한 인물들이 지닌 각 특성을 부각시킬 수 없었을 것 아닌가 말이지. 풍족한 민족이야."

"혼란스러운 민족이지"라며 그는 고집스럽게 주장했다. "다른 민족들에게는 혼란을 안겨다주고."

말이 나왔으니 덧붙이건대, 우리가 근심 없이 시골에서 보냈던 그 몇 주 동안에 그날처럼 철학적인 이야기를 많이 한 적은 드물었다. 전반적으로 당시에 아드리안은 형이상학적인 대화보다는 걸핏하면 우스꽝스럽고 터무니없는 이야기를 꺼냈다. 우스꽝스러운 것을 좋아하는 그의 성향, 마음껏 웃고 싶어 하는 그의 열망, 웃기 좋아하는, 심지어 눈에 눈물이 고일 만큼 웃으려는 경향에 대해서는 앞에서 이미 언급한 적이 있다. 혹시 독자가 그렇게 자유분방한 모습을 그의 성격과 연결시키기 어려워한다면, 내가 그의 면모를 잘못 전한 셈이 될 것이다. 유머라는 단어를 여기서 쓰고 싶지는 않다. 이런 단어가 그에게 어울리기에는 내게 너무 안일하고 평범하게 들리기 때문이다. 웃음보를 터뜨리기 좋아하는 그의 성향은 오히려 일종의 도피의 의미를 띠는 것 같았다. 말하자면 매우 뛰어난 재능이 감수해야 하는 엄격한 삶의 긴장을 거의 망아적인 방종에 휩쓸리며 해소하려는 시도, 내가 한 번도 좋아한 적이 없고 편하게 받아들여본 적도 없는 방식으로 풀어버리려는 열망 같았다. 그래서 이제 마지막 학창 시절을 되돌아보는 차에 우스꽝스러웠던 학생들과 교사들을 회고하면서 한 차례 마음껏 폭소를 터뜨릴 기회가 생겼던 것이다. 이어서 그즈음에 체험했던 교양 차원의 행사, 즉 중소도시 스타일의 오페라 공연이 생각나면서, 그는 또 한 차례 연신 웃어댔다. 작품 자체에 내재된 성스러운 엄숙함에도 불구하고, 실제의 공연에서는 익살스러운 면모들이 부가되지 않을 수 없었던 것이다. 예컨대 「로엔그린」*에서는 배가 불룩 튀어나오고 안짱다리를 드러낸 하인리히 왕이 조롱거리가 되었다. 자루 모양의 발 덮개 같은 그의 덥수룩한 수염 사이에서 거의 구멍처럼 보이는 둥글고 검은 입이 드러나며, 베이스 음의 노래를 요란스럽게 쏟아낸 것이다. 아드리안은 그런 배역의 실제 형상을 보고 폭소를 터뜨렸다. 이런 이야기는 그가 웃음을 자제하지 못하게 되는 하나의 예, 어쩌면 너무나 구체적인 예에 불과하다. 그가 웃음에 거의 도취하다시피 되는 순간은 뚜렷한 이유가 없는 경우가 훨씬 더 많았고, 별 내용도 없이 그냥 쓸데없는 농담이 대부분이었다. 솔직히 말하면, 그럴 때 나는 함께 따라 웃기에는 늘 뭔가 불편했다. 나는 그렇게 웃는 것을 그다지 좋아하지 않는다. 당시에 아드리안이 그처럼 폭소를 터뜨리는 모습을 보고 있으면, 나는 그에게 들었던 어떤 이야기가 저절로 떠올랐다. 그 이야기의 출처는 아우구스티누스**의 『신국론De civitate Dei』이었으며, 내용인즉 이러했다. 노아의 아들이자 마법사 조로아스터의 아버지였던 햄Cham은 태어날 때 웃음을 터뜨린 유일한 인간이었는데, 태어나면서 그렇게 웃는다는 것은 오로지 악마의 도움으로만 가능했다는 것이다. 그 이야기는 아드리안의 폭소를 볼 때마다 나도 모르게 떠오르는 기억이 되었다. 하지만 그런 기억은 또 다른 심리적인 부담감에 부수적으로 나타나는 현상에 불과했는지도 모르겠다. 예를 들면, 나는 마음속으로 아드리안을 너무나 진지한 시선으로 바라보고

---

 * "Lohengrin"(1850): 바그너가 북유럽 민담을 배경으로 작곡한 3막짜리 악극으로, 백조가 끄는 배를 타고 나타난 신비한 기사 로엔그린이 곤경에 빠진 귀족 처녀를 돕는 내용이다.
** Aurelius Augustinus(354~430): 로마의 주교였으며 기독교 성인으로서, 교부철학을 집대성한 사상가이기도 하다.

있었고, 또 걱정 어린 긴장감을 완전히 떨쳐버리지 못했기 때문에 그의 자유분방한 웃음에 함께 휩쓸릴 수 없었다는 것이다. 아니, 어쩌면 그런 것들보다 그냥 내 성격이 약간 무뚝뚝하고 경직된 탓에 그와 함께 웃어버리지 못하고 말았을 수도 있다.

후에 아드리안이 라이프치히에서 영문학자이자 작가였던 뤼디거 실트크납을 알게 되면서, 그에게는 함께 폭소를 터뜨리기에 마음이 더 잘 맞는 친구가 생겼다. 그래서 나는 그 사내를 늘 약간 질투하기도 했다.

XI

잘레 강변에 자리 잡은 도시 할레는 신학과 어문학, 또 교육학의 전통이 다방면에서 매우 뒤섞여 있는 곳이었다. 특히 역사적인 인물 아우구스트 헤르만 프랑케,* 즉 이 도시의 수호성자를 자세히 들여다보면 그런 전통이 금방 드러난다. 그는 경건주의 교육자로서 할레에서 17세기 말, 그러니까 내학교가 설립된 직후에 그 유명한 '프랑케 재단', 즉 여러 학교와 고아원을 세웠을뿐더러 개인적으로나 자신의 영향력 내에서 경건주의적인 관심을 인문학 내지 언어학의 관심과 결합시켰다. 또한 루터의 성서를 개정하는 일에서 최고의 권위를 자랑하던 칸슈타인 성경연구소도 종교와 텍스트 비판을 서로 결합하는 셈이 아닌가? 그밖에도 당시 할레 시에는 훌륭한 라틴어학자 하인리히 오시안더가 활동하고 있었는데, 그의 곁에서 공부하는 것이 나의 큰 소망이었다. 더

---

* August Hermann Francke(1663~1727): 독일의 신학자로 학문적인 루터교 신앙에 반대해 신앙 경험을 중시하는 독일 경건주의 운동을 벌였다.

구나 내가 아드리안에게서 들은 바로, 신교의 신학박사 한스 케겔 교수의 교회사 강의는 엄청나게 많은 양의 세속적이고 역사적인 소재까지 함께 다루고 있었다. 나는 역사학을 제1부전공으로 생각하고 있었기 때문에 그런 강의를 유용성 있게 들어보고 싶었다.

따라서 내가 예나와 기센에서 두 학기씩 공부를 하고 나서 할레의 알마 마터*의 품에서 계속 양분을 취하기로 결정한 것은 정신적인 측면에서 다분히 근거가 있었다. 덧붙이건대, 상상력을 키우는 데는 할레 대학이 비텐베르크 대학과 다르지 않다는 장점을 가지고 있었다. 할레 대학이 나폴레옹 전쟁 후에 다시 문을 열면서 비텐베르크 대학과 통합되었기 때문이다. 내가 그곳에서 레버퀸과 합류하게 되었을 때, 그는 이미 반년 전부터 대학에 다니고 있었다. 물론 나의 결단에는 그가 그곳에 있다는 개인적인 이유가 상당히, 심지어 결정적으로 작용했다는 점을 부인하지 않겠다. 더구나 그는 그곳에 입학한 직후에 아마 일종의 고독함과 쓸쓸함 때문이겠지만 나에게 자신을 따라 할레로 오라고 재촉한 적도 있었다. 내가 그의 부름에 따라 학교를 바꾸게 되기까지는 몇 달이 더 걸릴 수밖에 없었지만, 나는 곧바로 그의 요청을 받아들이기로 결정했으며, 어쩌면 그는 구태여 나를 부를 필요도 없었는지 모른다. 그와 가까이 있고 싶은 마음, 그가 무엇을 하며 지내는지, 어떻게 발전해가는지, 그의 재능이 학문의 자유가 숨 쉬는 곳에서 어떻게 펼쳐지고 있는지 보고 싶었던 것은 나 자신의 소망이었다. 매일 그와 교류하면서 생활하고, 그를 감독하며, 바로 곁에서 그를 주시하고 싶은 마음은 그 자체만으로도 충분히 나를 그의 곁으로 데려갔을 것이

---

* Alma Mater: 라틴어로 '젖을 먹이는 어머니'라는 뜻. 대학을 의미한다.

다. 거기에다 이미 말한 대로 학업과 관련된 실용적인 이유들이 추가된 것이다.

　내가 할레에서 친구와 함께 지내다가 카이저스아셰른이나 그의 아버지 소유의 농장에서 방학을 보내기도 했던 두 해 동안의 젊은 시절에 관한 이야기는 물론 이 책에서 그의 학생 시절과 마찬가지로 단지 간단하게 요약할 수 있을 뿐이다. 그 두 해 동안은 행복한 시절이었던가? 그렇다. 자유롭게 부지런히 노력하고, 신선한 생각으로 다방면에서 탐색하는가 하면, 또 찾아낸 것을 잘 쌓아두는 삶의 단계에서 가장 핵심적인 시기였기에 행복했다. 그리고 내가 어린 시절을 함께 보내고 또 너무나 아끼던 친구 곁에서 그렇게 두 해를 보낼 수 있어서 행복했고, 게다가 그의 존재, 그가 발전하는 과정, 그의 삶의 문제가 사실 나 자신의 문제보다 더 내 관심을 끌었기 때문에 행복했다. 나 자신의 문제란 단순했다. 그것은 내가 크게 신경을 쓸 필요도 없는 문제였고, 그냥 공부나 충실히 하면서 기왕에 뻔히 정해져 있는 해답을 얻을 수 있는 조건만 채우면 되었다. 아드리안의 관심사는 더 고차원의 문제였고, 어떤 의미로는 더 난해했다. 그래서 내가 그의 관심사에 집중하다 보면 나 자신의 일을 진척시켜야 한다는 생각에도 늘 많은 시간과 정신적인 힘을 쏟게 되었다. 그렇게 보낸 두 해에 내가 '행복한'이라는, 그렇지 않아도 늘 미심쩍은 이 수식어를 붙이기에 주저할 만한 이유가 있다면, 그것은 그와 함께 지내는 동안 그가 나의 전공 영역으로 이끌려온 것보다 내가 그의 전공 영역으로 훨씬 더 많이 이끌려갔기 때문이다. 신학적인 분위기는 내게 맞지도 않았을뿐더러 미심쩍은 구석이 있었기 때문인데, 그 속에서 숨을 쉰다는 것이 내게 심리적인 압박감과 내적인 당혹감을 안겨주었던 것이다. 수백 년 전부터 정신적 영역이 종교적인 논쟁으로 가득 차 있던, 다시 말해 인문주의적 교육 욕구에는 항상 해로운 종교적인 불화와 싸움으로 가득 차 있던 할레에서 나는 내 학문적인 조상 중의 한 인물, 즉 1530년에 할레에서 주교좌성당의 참사회원이었던 크로투스 루비아누스* 같은 느낌이 약간 들었다. 루터는 바로 그를 "향락주의자 크로투스"라거나 "크뢰테** 박사, 마인츠 추기경의 밥상만 즐기는 자"라고도 불렀다. 하긴 "교황 나부랭이, 악마의 암퇘지"라는 말까지 했었으니까. 루터는 대단한 위인이기는 했으나, 사실 어디에서나 늘 무지막지하고 거친 남자였다. 나는 종교개혁이 크로투스 같은 인물들의 가슴속에 불러일으킨 불안감과 초조함에 늘 공감했다. 그들은 종교개혁을 주관적이고 방종한 자의가 교회의 객관적인 규정과 규칙 속으로 침입하는 행패라고 보았다. 그러나 크로투스는 지극히 교양 있게 평화를 사랑하고, 또 합리적 판단에 따라 기꺼이 양보할 줄 아는 인물이어서 성배를 다시 내주는 데에도 반대하지 않았다. 물론 바로 그것 때문에 그가 또 매우 괴로운 상황에 빠지기도 했지만 말이다. 할레의 성찬식이 빵과 포도주를 모두 사용하며 거행된 것에 격노한 그의 군주 알브레히트 대주교가 아주 냉혹하게 벌을 내렸던 것이다.

이렇듯 광신이 뿜어내는 포화 사이에서는 관용의 정신, 문화와 평화를 사랑하는 정신이 괴로움을 당하게 되는 법이다. 루터교의 첫 교구 감독이 있던 곳이 바로 할레였다. 1541년에 할레로 온 유스투스 요나스***가 그 감독이었는데, 그는 에라스뮈스의 기대를 저버리고 멜란히톤

---

* Crotus Rubianus(1480~1545): 독일의 신학자이자 인문주의자.
** 원래 '두꺼비'라는 뜻으로 '밉살스러운 인간'을 가리킨다.
*** Justus Jonas der Ältere(1493~1555): 독일의 법률가, 인문주의자. 루터교 신학자. 찬송가 작사가.

과 후텐*처럼 인문주의 진영에서 종교개혁 진영으로 넘어간 인물들 중의 한 사람이었다. 하지만 로테르담의 현자 에라스뮈스는 루터와 그 추종자들이 고전 연구를 증오하는 데에서 더 불쾌감을 느꼈다. 루터는 개인적으로 고전 연구에서 거의 취한 것이 없었지만, 그런 연구가 성직자 반란의 원인이라고 보았던 것이다. 그러나 당시에 세계 교회의 모체에서 일어났던 일, 즉 객관적인 의무에 대항하는 주관적인 자의의 반동은 100여 년 후에 신교 자체 내에서 반복되었다. 어떤 거지라도 당연히 더 이상 빵 한 조각이라도 얻어먹을 생각을 안 했을 만큼 경직된 정통 신봉에 대항하며, 경건한 감정과 내면의 숭고한 기쁨을 추구하던 개혁적인 움직임이었다. 할레 대학이 설립될 때 신학부 전체에 팽배해 있던 경건주의가 바로 그랬다. 오랫동안 할레를 중심지로 삼았던 경건주의도 일찍이 루터주의가 그랬듯이 교회 부흥을 추구했고, 이미 일반적인 무관심 속에 몰락해가던 종교를 개혁해 재생시키려는 움직임이었다. 나 같은 사람들의 시각에서는 이미 무덤으로 가고 있는 것을 이와 같이 끊임없이 반복적으로 살려내려는 일이 문화적인 관점에서 과연 환영할 만한가, 라는 의문이 생길 것이다. 종교개혁가들을 오히려 퇴행적이고 불행을 가져다주는 인물들이라고 보아야 하는 것이 아닌가, 라는 의혹이 생길 수 있다. 마르틴 루터가 교회를 재건해내지만 않았던들, 끝없이 피를 흘리며 스스로의 몸을 찢어버리는 최악의 끔찍한 일이 인류에게 일어나지 않았으리라는 점은 분명할 테니까 말이다.

앞에서 했던 말로 미루어서 나를 전혀 신앙심이 깊지 않은 사람으로 여긴다면, 그것은 반가운 일이 아니다. 나는 그런 사람이 아니다. 그

---

* Philipp Melanchthon(1497~1560): 철학자, 인문주의자, 루터교 신학자.
  Ulrich von Hutten(1488~1523): 르네상스 인문주의자. 로마 가톨릭 교회 비판자.

점에서 나는 슐라이어마허*와 같은 입장이다. 그도 역시 할레의 신학자로서 종교란 "무한한 것에 대한 감각과 취향"이라고 정의하고, 인간 속에 내재하는 "사실의 구성 요건"이라고 했다. 따라서 종교에 대한 학문은 철학적 논제와 관련이 있는 것이 아니라, 내적으로 주어져 있는 정신적인 실재를 다룬다는 것이다. 이런 입장은 신에 대한 본체론적 증명을 상기시킨다. 본체론적 증명은 늘 그 어떤 것보다 가장 내 마음에 드는 것으로서, 최고의 존재에 대한 주관적인 관념에서 그런 존재의 객관적인 현존을 추론해낸다. 그런 식의 증명이 다른 것들과 마찬가지로 이성 앞에서는 통하지 않는다는 점은 칸트가 지극히 강력한 어조로 증명했다. 그런데 학문은 이성 없이는 존립할 수 없다. 무한한 것과 영원한 수수께끼를 소중히 여기는 생각을 학문화하려는 것은 근본적으로 서로 다른 두 개의 영역을 억지로 합치려는 것인데, 내가 보기에 이런 방법은 불행할뿐더러 지속적으로 곤경에 처하게 되어 있다. 내가 전혀 낯설다고 느끼지 않는 신앙심은 특정 종파에 매여 있는 실증적인 종교와는 분명 다르다. 무한한 것을 추구하는 인간의 심성이라는 "사실"을 경건한 감각, 미학적인 예술, 자유로운 명상, 게다가 엄밀한 연구에 맡겨두었더라면 더 낫지 않았을까? 우주론, 천문학, 이론물리학이라는 이름으로 천지창조의 비밀에 단연 종교적으로 몰두함으로써 인간의 심성에 봉사할 수 있는 연구에 맡겨두었더라면? 그것을 정신과학이라는 이름으로 따로 분류하여 교조라는 구조물로 발전시키지 말았어야 하지 않았을까? 그런 구조물을 지지하는 자들이 계사(繫辭, Copula) 하나 때문에 서로 피를 흘리며 싸우지 않도록 말이다. 물론 경건주의는 그 광신적인

* Friedrich Schleiermacher(1768~1834): 독일의 신교 신학자이자 철학자.

특성대로 경건함과 학문을 엄격하게 구분하려 했고, 학문의 영역에서 일어나는 어떤 움직임이나 변화도 신앙에 전혀 영향을 끼칠 수 없다고 주장했다. 그러나 그것은 착각이었다. 왜냐하면 어느 시대의 신학이든 자의적으로든 비자의적으로든 그 시대의 학문적 흐름에 영향을 받았기 때문이다. 비록 시대가 그렇게 되는 과정을 점점 더 어렵게 만들고, 시대에 뒤처지는 구석으로 몰아가기는 했지만 말이다. 우리가 이름만 들어도 그토록 과거로, 16세기, 12세기로 되돌아간 느낌을 받게 하는 학문 분야가 신학 말고 또 있는가? 여기서는 학문적인 비판에 적응하는 것도, 그런 비판을 인정하는 것도 아무 소용이 없다. 그런 비판을 만들어내는 것은 학문에 대한 믿음과 계시에 대한 믿음이 반반으로 섞인 것이고, 결국 자포자기의 지경에 이를 것이다. 정통 이론의 고수 자체가 신앙 교의를 이성에 맞게 증명하려고 함으로써 이성을 종교적인 영역으로 끌어들이는 실수를 저질렀다. 계몽주의의 압력에 밀린 신학은 이미 증명되고 감당하기 어려운 모순 앞에서 스스로를 방어하는 것 외에는 거의 할 일이 없었다. 그리고 그런 모순을 피하고자, 계시에 적대적인 정신을 너무나 많이 받아들이다가 결국 신앙을 포기하기에 이르렀다. 당시는 "이성적으로 신을 경외하던" 때였고, 특정한 신학자 세대의 시대였다. 대표적으로 할레의 볼프*는, "모든 것은 현자의 돌**에 견주듯이 이성에 견주어 검증되어야 한다"라고 단언했다. 그 세대는 성경에서 "도덕적인 개선"에 도움이 되지 않는 모든 것은 낡은 것이라고 선언하는가 하면, 교회와 교리의 역사가 단지 희극적인 오류의 연속에 불과하다고 했다. 이런 식의 주장은 다소 무리한 점이 있었기 때문에 중

---

* Christian Wolff(1679~1754): 독일의 법률가, 수학자, 계몽주의의 대표적 철학자.
** Stein der Weisen: '모든 수수께끼의 열쇠'라는 의미.

재하는 신학이 나타나게 되었다. 그것은 한편에는 정통 고수, 다른 한편에는 합리성을 내세우며 늘 거칠어지는 경향을 띠는 자유주의를 두고 그 사이에서 보수적인 성격에 가까운 중간 역할을 유지하려고 노력했다. 이후 '구원'이나 '단념'이라는 개념 자체가 '종교에 대한 학문'의 존재를 결정하게 되었다. 이 두 개념은 모두 뭔가 빈약한 구석이 있음을 드러내는데, 실제로 신학은 그런 개념을 가지고 겨우 명맥만 유지하게 되었다. 신학은 원래의 보수적인 형태로, 그리고 계시와 전통적인 성서 해석에 집착하면서, 성서에 입각한 신앙의 요소들 중에서 '구제'할 수 있는 것은 구제하려고 애썼다. 다른 한편, 신학은 세속적인 역사학의 역사적이고 비판적인 방법을 자유주의의 자세로 받아들였고, 가장 중요한 내용인 기적에 관한 믿음, 그리스도론, 예수의 부활 등은 학문적 비판에 '내맡겨버렸다'. 하지만 이성에 대해 그렇게 불확실한 데다 강압 때문에 관계를 맺고 있는 것이 무슨 학문이며, 이성과 타협하다가 항상 몰락할 위험에 빠지는 것이 어찌 학문이란 말인가? 내 의견으로는 '자유주의 신학'은 '목제 쇳조각'같이 형용모순(contradictio in adjecto)에 불과하다. 그런 신학은 문화를 긍정하고 기꺼이 시민사회의 이상에 적응하려는 자세를 취하면서, 종교적인 것을 인간적인 박애 정신의 기능으로 격하시킨다. 그리고 종교적 창조력의 본질을 이루는 망아(忘我)의 황홀경과 패러독스를 희석하여 도덕적으로 진보적인 특성이 되게 했다. 하지만 종교적인 것이 단순히 도덕적이기만 한 것 속에서 완전히 드러나지는 않기 때문에 학문적인 생각과 원래 신학적인 생각은 다시 나뉘게 된다. 그래서 자유주의 신학이 학문적으로 갖는 우월성은 토론의 여지없이 인정되나 그 신학적 입장은 약하다,라고 말하는 것이다. 왜냐하면 그런 신학의 도덕주의와 인본주의에는 인간 존재가 지닌 악마적인 특성에 대한 인식이 부족하기 때문이라는 것이다. 자유주의 신학은 유식하기는 하지만 깊이가 없고, 인간의 천성과 삶의 비극에 대한 진정한 이해는 보수적인 전통 신학이 사실상 훨씬 더 뛰어났으며, 그렇기 때문에 문화에 대해서도 진보적이고 시민적인 이데올로기보다 더욱 깊고 중요한 관계를 맺고 있다는 것이다.

우리는 여기서 철학의 비이성적인 경향들이 신학적 사유 속으로 흘러들어가고 있음을 분명히 관찰할 수 있다. 비이성적인 철학 내에서는 비이론적인 것, 생명력이 왕성한 것, 의지 혹은 욕망, 한마디로 말해서 역시 악마적인 것이 신학의 주테마가 된 지 이미 오래되었다. 이와 동시에 중세의 가톨릭 철학에 대한 연구, 즉 신(新)토마스 학설과 신(新)스콜라 철학에 다시 관심을 돌리는 경향도 관찰할 수 있다. 자유주의의 속성으로 인해 흐릿해져버린 신학은 물론 이런 방식으로 더 깊고, 더 강력하며, 게다가 더 빛나는 색채를 다시 띠게 될 수 있다. 그런 신학은 신학이라는 이름과 자연스럽게 연결되는 고풍의 미학적 상상에 다시 더 적합하게 될 수 있다. 그러나 교양 있는 인간 정신은, 그것을 시민적이라고 하든 아니면 그냥 교양 있는 것이라고 하든, 섬뜩한 느낌을 억누를 수 없다. 왜냐하면 생철학의 정신, 즉 비이성주의와 연결된 신학은 그 자연적인 특성에 따라 악마론이 될 위험을 안고 있기 때문이다.

내가 이 모든 것을 말하는 이유는, 내가 할레에서 아드리안의 학업에 관심을 기울이고 있을 때, 말하자면 그가 무슨 강의를 듣고 있는지 알아보기 위해 청강생으로 그의 곁에서 강의를 함께 듣고 있을 때 내게 은근히 밀려들던 불안감이 어떤 것이었는지 설명하기 위해서이다. 아드리안은 나의 이런 불안감을 전혀 이해하지 못했다. 그는 강의에서 언급되었다가 세미나에서 상세히 다루어진 신학 문제들에 대해 기꺼이 나와 함께 이야기를 나누었지만, 정작 문제의 본질을 다루게 될 토론이나 학문에서 신학이 차지하는 불확실한 위치 자체를 건드릴 수 있는 대화는 모두 피했다. 내가 약간 불안한 심정으로 바라보건대, 그는 다른 모든 것에 선행되어야 했을 바로 그 문제에 대한 접근을 꺼리고 있었다. 이런 태도는 강의 중에도 이미 그랬고, 또 동료 학생들, 기독교 학생연맹 '빈프리트'의 회원들과 교류하는 중에도 마찬가지였다. 그는 외면적인 이유 때문에 그 학생회에 가입했었는데, 나도 가끔씩 그곳을 방문했다. 하지만 이 이야기는 나중에 다시 할 수 있을 것이다. 이 자리에서 내가 언급해두고 싶은 것은, 신학도로서 이들의 태도이다. 우선 이 젊은 사람들의 일부는 창백한 졸업시험 준비생 같은 몰골이었고, 일부는 농부처럼 건강한 모습이었으며, 더러는 훌륭한 학문적 환경에서 성장한 사람답게 고상함을 풍기는 인물들도 있었다. 그러니까 이들이 바로 신학도였고, 즐겁게 신을 따르며 신학도로서 올바르게 처신했다는 것이다. 하지만 어떻게 하필 신학도일 수 있는지, 집안 전통에 그냥 자동적으로 순종하게 되는 경우라면 모르겠으나 현대가 처한 정신적 상황 속에서 어떻게 신학을 선택하게 되는지, 그런 문제에 대해 그들은 아무런 말도 하지 않았다. 그렇다고 내 쪽에서 그들을 추궁하는 것은 분명 남의 속마음을 꼬치꼬치 캐내는 부적절한 행동이 되었을 것이다. 그렇게 문제의 본질을 건드리는 예리한 질문은 기껏해야 술자리에서 술기운으로 자제력이 느슨해진 분위기에서나 할 수 있고, 또 뭔가 들을 수 있는 가망도 있었을 것이다. 그러나 당연한 이야기겠지만, '빈프리트' 회원들은 연맹 활동 내의 결투뿐만 아니라 "술을 퍼마시는 것"도 거부하는 장점이 있었고, 따라서 항상 정신이 멀쩡했다. 다시 말하면, 자신들에게 비판적으로 제기될 본질적인 문제에 맞부딪힐 준비가 전혀 되어 있지 않았다. 그들은 국가와 교회가 성직을 수행할 공직자들을 필요로 한다는 사실을 알고 있었고, 그래서 그런 직업에 필요한 이력을 쌓고 있었다. 그들에게 신학이란 이미 주어져 있는 무엇이었다. 물론 그것은 역사적으로 주어진 것이기도 하다.

아드리안 역시 신학을 그렇게 주어져 있는 것으로 받아들였음을 나로서도 인정할 수밖에 없었다. 어린 시절에 이미 시작된 우리의 우정과 무관하게, 내게는 매우 절실했던 예의 저 의문에 대해 물어보는 것이 그의 학우들의 경우와 마찬가지로 그에게도 허용되지 않는다는 사실이 마음을 아프게 했지만 말이다. 그의 그런 태도는 그가 다른 사람에게 얼마나 거리를 두고 있었는지, 비록 친근하다 해도 넘을 수 없는 한계가 그에게는 얼마나 분명히 정해져 있었는지 보여주었다. 하긴 내가 그의 직업 선택이 의미심장하다고, 그의 특성을 잘 드러내는 선택이라 여겼다고 말하지 않았던가? 내가 그런 선택을 '카이저스아셰른'이라는 이름으로 설명하지 않았는가. 아드리안의 학업 분야 문제가 나를 괴롭힐 때면 나는 자주 이 이름에서 해명을 구했다. 그리고 아드리안이나 내가, 우리를 키워주었고 독일적인 고풍스러움이 남아 있는 이 작은 지방 도시의 진정한 후예들로 입증되었다고 생각했다. 나는 인문주의자로, 또 그는 신학자로 말이다. 우리가 타지에서 접하는 새로운 삶의 주변을 둘러봐도, 활동 무대가 커지기는 했으되 근본적으로 변한 것은 없다고 나는 생각하게 된 것이다.

XII

할레는 대도시는 아니었지만, 그래도 20만 명 이상의 주민이 사는 큰 도시였다. 그러나 현대적인 대규모 업체가 많았음에도 불구하고 최소한 우리가 살던 도심에서는 오랜 세월의 위엄을 풍기는 인상이 그대로 남아 있었다. 대학생들이 쓰던 말로, 내가 살던 '골방'은 한자 거리에 있었다. 그 거리는 모리츠 교회 뒤로 난 작은 골목이었는데, 카이저스아셰른의 골목과 마찬가지로 어디로 통하는지도 모르게 좁은 옛날 골목 분위기를 풍기는 곳이었다. 아드리안은 시장 광장에 있는 합각머리 지붕의 시민 주택에서 알코브*가 있는 방 하나를 구해서, 할레에 체류하는 2년 동안 어느 관리의 나이 많은 미망인의 세입자로 지냈다. 그 방은 광장과 중세풍의 시청, 마리아 교회의 고딕식 탑 쪽을 바라보고 있었으며, 둥근 지붕이 있는 교회탑 사이에는 '탄식의 다리'**라고 불리

---

* 침대를 놓을 수 있도록 벽을 움푹하게 만든 곳.
** 원래 베네치아의 두칼레 궁과 감옥을 잇는 다리로, 궁에서 형을 선고받은 죄수들이 이

는 연결 구조물이 보였다. 그 밖에도 역시 고딕 양식의 진기한 건축물인 '붉은 탑'이 홀로 서 있었고, 롤랑*의 입상과 청동으로 만든 헨델 입상이 보였다. 아드리안의 방은 질서 있게 정돈되어 있다는 것 외에는 특별한 게 없었고, 네모난 소파 탁자 위에 놓인 붉은 플러시 덮개 정도가 시민 계급의 호화로움을 약간 암시할 뿐이었다. 책이 놓인 탁자에서 그는 아침마다 밀크커피를 마셨다. 그가 소형 피아노를 빌려오는 것으로 가구 설비는 이미 끝났으며, 피아노는 그가 직접 쓴 악보를 포함해 수많은 악보로 뒤덮여 있었다. 그 위쪽 벽에는 산술 동판화가 압핀으로 고정되어 있었다. 그것은 그가 어떤 고물잡화점에서 찾아낸, 이른바 마방진(魔方陣)**이라는 것인데, 모래시계, 나침반, 저울, 다면체 외의 다른 상징들과 함께 뒤러***의 그림 「멜랑콜리아Melencolia」에서도 볼 수 있는 것이다. 뒤러의 그림에서처럼 형상은 열여섯 개의 아라비아 숫자로 표시된 판 위에 나누어져서, 숫자 1이 오른쪽 아래 칸에, 또 숫자 16은 왼쪽 위 칸에 적혀 있었다. 그리고 마술 같다고 할까, 어쨌든 진기하게도 이런 숫자들은 어떻게 더하더라도, 즉 위에서 아래로 더하든, 가로로나 대각선으로 더하든 합이 항상 34가 되었다. 이렇듯 마술처럼 항상 결과가 같아지는 것이 어떤 배열 원칙에 의해 가능한지 나는 도저히 알아낼 수가 없었다. 하지만 동판화가 차지하고 있는 눈에 띄는 자리, 즉 아드리안이 그것을 부착해둔 피아노 위편의 위치 때문에 판화는 자꾸만 눈길을 끌었다. 나는 그의 방을 찾아갈 때마다, 가로 방향으로, 비스듬히

다리에서 잠시 세상을 내다보며 탄식했다 하여 붙여진 이름.

  * Roland: 칼을 빼들고 서 있는 기사의 입상으로 도시법의 상징.
 ** 가로, 세로, 대각선으로 헤아려서 각각의 합계가 모두 동수가 되는 배수표.
*** Albrecht Dürer(1471~1528): 독일 르네상스 시대의 대표적 화가, 수학자, 예술이론가.

위로, 혹은 아래로 재빨리 시선을 옮기며 불길하게도 그 합이 항상 일치하는 것을 확인해보지 않은 적이 한 번도 없었다고 생각된다.

예전에 우리 '천국의 전령' 약국과 아드리안이 살던 숙부의 집 사이를 오갔듯이 이제 우리는 내 숙소와 그의 숙소 사이를 오갔다. 저녁에는 연극 극장이나 콘서트에서 혹은 '빈프리트' 모임에서 집으로 돌아오는 길에, 또 아침에는 등굣길에 한 사람이 다른 사람을 데리러 가면서, 그리고 학교로 떠나기 전에 우리의 강의 노트를 비교하면서도 그랬다. 신학과의 1차 졸업시험에서 정규 시험 과목인 철학은 우리 두 사람의 수강 과목들 중에서 당연히 겹치게 되는 학과목이었다. 그리고 우리는 둘 다 콜로나트 노넨마허의 강의를 수강했는데, 당시에 그는 할레 대학의 뛰어난 인재들 중 한 명이었다. 노넨마허는 대단히 활기차고 재기발랄하게 소크라테스 이전의 철학자들, 즉 이오니아의 자연철학자들, 그리고 아낙시만드로스에 대해 강의했고, 또 피타고라스는 가장 폭넓게 다루었다. 이때 아리스토텔레스와 관련된 내용이 많이 유입되었는데, 왜냐하면 피타고라스의 세계 해석은 거의 스타기로스 출신의 아리스토텔레스를 통해서만 알려져 있기 때문이다. 우리는 강의 내용을 받아 적기도 하고, 흰 머리카락이 긴 교수의 부드럽게 웃음 짓는 얼굴을 가끔씩 올려다보며, 엄격하고 경건한 사상가가 세웠던 초기 우주론을 경청했다. 피타고라스는 그가 열정을 바쳤던 수학 내지 추상적인 비례, 즉 숫자를 세계의 발생 및 유지 원칙으로 끌어올렸고, 지자(知者) 내지 전문가로서 원초적인 대자연을 연구했으며, 처음으로 자연을 대담하게 "우주"라고, 질서와 조화라고, 초감각적인 천체의 구간 체계라고 지칭했던 인물이다. 존재와 도덕적 위엄을 형성하는 총체 개념으로서의 수와 숫자의 관계는 매우 인상 깊었다. 마찬가지로 미적인 것, 정확한 것,

도덕적인 것이 권위를 강조하는 사상으로 엄숙한 분위기에서 합류하게 되는 원리는 정말 감탄할 만했다. 그런 권위는 피타고라스학파가 종교적인 갱생을 추구하고 침묵 속에서 복종하며, "아우토스 에파"*라는 말에 엄격하게 굴복하는 밀교적인 학파가 되도록 영감을 주었다. 나는 그런 말을 들을 때면 나도 모르게 아드리안의 표정을 살펴보려고 그를 쳐다보았기 때문에 내가 무례했다고 하지 않을 수 없다. 그때 그가 불쾌한 표정으로 얼굴을 붉히며 몸을 돌려버리는 모습, 그 불편한 표정에서 내가 무례한 짓을 했음이 드러났던 것이다. 그는 뭔가를 암시하는 것 같은 시선을 좋아하지 않아서, 절대 그런 시선을 인지하고 거기에 반응하려고 하지 않았다. 내가 그의 독특한 성격을 알면서도 그렇게 쳐다보는 버릇을 늘 고치지 못했다는 점은 사실 거의 이해하기 어려운 일이다. 그렇게 경솔한 행동을 한 탓에 결국 나는 그에게 개인적인 부담을 주며, 그에게 무언의 시선을 보내도록 부추겼던 원래 문제들에 대해 나중에 그와 객관적으로 거리낌 없이 이야기를 나눌 기회를 잃어버린 것이다.

　내가 그런 행동을 하고픈 유혹을 물리치고, 그가 요구한 대로 모르는 척하고 삼가는 태도를 지킬 수 있을 때면 사정이 그만큼 더 좋아졌다. 노넨마허의 강의실에서 나와 귀가하는 길에 우리는 수천 년간이나 영향력을 발휘하고 있는 예의 저 불멸의 사상가에 대해 얼마나 재미있게 이야기를 나누었던가! 피타고라스를 중개해주는 역사적인 지식 덕분에 우리는 그의 세계 구상에 대해 알게 된 것이다. 질료와 형상에 대한 아리스토텔레스의 학설은 우리를 매혹했다. 잠재적인 것, 가능한 것

* Autòs épha: '스승님이 그렇게 말하셨다'라는 뜻으로, 피타고라스의 제자가 스승의 권위를 내세워 자신의 주장을 관철할 때 쓰던 말.

으로서의 질료, 그리고 자체의 실현을 위해 형상을 가지려고 애쓰는 그 질료에 대한 학설, 또한 움직이면서도 움직여지지 않는 것으로서의 형상, 즉 정신이자 영혼에 대한 학설, 현상 속에서 자기실현 내지 자기완성으로 이끌어가는, 존재하는 것의 영혼에 대한 사상이 그랬다. 그러니까 그것은 엔텔레케이아*에 대한 학설이었는데, 그것은 일종의 영원한 것으로, 육체에 활기를 불어넣으면서 그 안을 가득 채우고, 유기체 내에서 형상을 통해 모습을 드러내며, 유기체의 활동을 조정하고, 유기체의 목적을 알며, 그 운명을 감독한다. 노넨마허는 이런 직관에 대해 매우 훌륭하고 인상 깊게 강의했으며, 아드리안은 그 강의에서 상당히 큰 감동을 받은 것 같았다. "만약" 하고 그가 말했다. "신학이 영혼을 신이 만든 것이라고 설명한다면, 그건 철학적으로 옳은 말이지. 개별 현상의 형상을 만드는 원칙으로서의 영혼은 모든 존재 자체의 순수한 형상의 일부이니까. 그것은 영원히 스스로를 생각하는 생각으로부터 나왔고, 우리는 그런 '생각'을 '신'이라고 부르지…… 아리스토텔레스가 엔텔레케이아라는 것을 가지고 무슨 말을 하고 싶었는지 알 것 같아. 그것은 개별 존재의 천사, 그의 삶을 지켜주는 수호신이지. 그런 수호신이 모든 것을 알고 이끄는 대로 개체는 기꺼이 믿고 따르는 것이고 말이야. 우리가 기도라고 하는 것은 사실 이런 신뢰를 상기시키거나 맹세하면서 신고하는 행위잖아. 기도라는 표현이 옳은 까닭은, 우리가 기도를 통해 불러내는 것이 원칙적으로 신이니까."

이 순간에 내가 생각할 수 있었던 것은, '너의 천사가 지혜롭고 신의를 지킬 줄 아는 천사이기를 바란다!'라는 것뿐이었다.

---

* Entelecheia: 질료가 형상이 되도록 하는 원동력이자, 질료 속에서 실현되는 형상. 즉 발전과 완성을 성취시키는 유기체 내부의 힘.

나는 아드리안 곁에서 그런 강의를 얼마나 즐겨 들었던가. 규칙적으로 들은 것은 아니었지만, 그 친구 때문에 들었던 신학 강의들은 내가 기꺼이 듣기는 했어도 더욱 미심쩍은 것들이었고, 나는 오직 그가 관심을 가지고 있던 것들로부터 떨어져 있지 않기 위해서 청강했던 것일 뿐이다. 신학과 학생의 수강 계획에서 첫 몇 년간의 핵심은 해석적이고 역사적인 과목들, 그러니까 성서학, 교회사 및 교리사, 종파학이었다. 중간 과정에는 계통학, 즉 종교철학, 교리론, 윤리학, 호교론이 있었고, 마지막으로 실용과목들, 가령 전례학, 설교학, 문답 교시법, 사제학, 교회론과 교회 법규가 있었다. 하지만 대학의 자유는 개인적인 취향을 많이 허용했다. 아드리안은 수강 순서를 가끔 무시해도 된다고 허용된 점을 이용해 처음부터 계통학에 몰두했다. 물론 이 분야에서 가장 잘 충족되는 바로서 그의 전반적인 지적 관심에서 그렇게 했지만, 또한 계통학을 강의하는 교수 에렌프리트 쿰프가 대학 전체에서 가장 정곡을 찌르며 설득력 있게 강의하는 교수였던 데다, 타학과 학생들을 포함해 모든 학년의 학생들에게 가장 인기 있는 과목이었기 때문이기도 했다. 나는 우리가 케겔 교수에게서 교회사 강의를 들었다고 이야기한 적이 있지만, 그것은 상대적으로 무미건조한 강의였고, 지루한 케겔 교수는 쿰프 교수와는 전혀 경쟁 상대가 되지 못했다.

학생들은 쿰프 교수를 "묵직한 위인"이라고 불렀는데, 그는 그 별칭에 전혀 손색이 없는 인물이었다. 나 역시 그의 열정에 모종의 감탄을 금할 수는 없었지만 그를 전혀 좋아하지 않았다. 그리고 아드리안도 쿰프 교수를 노골적으로 비꼬지는 않았으나, 나는 그가 그 교수의 호방함으로 인해 자주 난처한 기분을 맛보았으리라고 단연코 확신한다. 그는 이미 신체적으로 "묵직한" 사람이었다. 키가 크고 덩치가 어마어마한 데다 포동포동한 남자로서 손은 떡두꺼비 같고 목소리는 우렁차게 진동하는가 하면, 아랫입술은 말을 워낙 많이 해서 약간 앞으로 튀어나온 데다 걸핏하면 침을 튀겨댔다. 쿰프가 대개 인쇄된, 참고로 말하건대, 자신이 저작한 교재에 따라 강의했던 것은 사실이다. 그러나 그는 이른바 "옛말 타령"으로 유명했다. 뒤로 접어 넘긴 프록코트를 입고, 수직으로 난 바지 주머니에 주먹을 찔러 넣은 채 그는 넓은 강단에서 이리저리 요란스럽게 걸어 다니면서 강의 사이사이에 옛날식 말투를 쏟아냈다. 그런 말투는 즉흥성, 거친 느낌, 건강한 유쾌함과 더불어 어떤 풍속화가 떠오를 만큼 고풍스러웠기 때문에 학생들의 마음에 쏙 들었다. 그의 말을 직접 인용해 그 말투를 소개하자면, 어떤 일을 "옛날에 독일 말로 하던 식으로 툭 까놓고" 말한다거나, 혹은 "아주 옛날 독일 말로, 적당히 싸매거나 표리부동하지 않게" 이야기한다는 것은 명확하고 솔직하게 말한다는 뜻이고, "세련된 옛날 독일어로 털어놓는다"는 뜻이다. 또 "서서히"라는 표현 대신 "드문드문하게" "바라건대" 대신 "바라 마지않거니와"라고 말했으며, 성서도 "성스러운 문자집"이라고 했다. 그는 "부당한 방법으로" 일어나는 일을 말하고 싶으면, "온갖 마법의 약초를 섞어서 일이 벌어진다"라고 말했다. 그가 보기에 학문적 오류에 빠져 있는 사람에 대해, "그는 하자투성이 산비탈에 살고 있다"라고 했고, 방탕한 사람에 대해서는, "그는 늙은 황제만 바라보며 짐승처럼 산다"라고 했다. 그가 좋아하는 속담은 "볼링을 하려는 자는 먼저 핀을 세워야 하는 법이다"라거나, "쐐기풀이 될 것은 제때에 쏜다" 등이었다. 그 밖에도 "이런, 피 볼 꼴을 봤나!" "이런, 제기랄!" "이런, 염병하고 자빠질!" 아니면 "이런, 누워서 벌어먹을!" 하고 외치는 소리는 그의 입에서 드물게 나오는 말들이 아니었다. 그리고 그중 마지막 외침에는 매번 갈채를 보내듯이 발을 구르는* 소리가 우레와 같았다.

신학적으로 봤을 때 쿰프는 이미 앞에서 말했던 비판적이자 자유주의적인 특성을 가미한 중재역의 보수주의를 대변하는 인물이었다. 그가 아리스토텔레스학파의 즉흥 연설에 관한 강의 중에 들려준 바에 따르면, 청년 시절에 그는 우리의 고전주의 문학과 철학에 매우 열광하던 학생이었고, 실러와 괴테의 "비교적 중요한" 모든 작품들을 암기할 만큼 잘 알았다고 자랑했다. 그러나 그 후, 이전 세기 중반의 신교 신앙 부흥운동과 관련이 있는 어떤 일이 그를 엄습했고, 죄와 정죄(淨罪)에 관한 성 바울의 복음이 그를 심미적 인문학에 등을 돌리도록 했던 것이다. 게다가 사도 바울의 다마스쿠스 회심 체험**의 진가를 제대로 인정할 줄 아는 것을 보면 타고난 신학자가 분명했다. 쿰프는 우리의 사상도 온전하지 못하고 죄의 정화가 필요하다고 확신했으며, 바로 이런 확신 위에 그의 자유주의가 세워져 있었다. 그 덕분에 그는 교리주의에 위선적인 바리새파의 지적인 독선주의가 들어 있음을 알아보았다. 그래서 교리 비판을 위해 그는 한때 데카르트가 그랬던 것처럼 아주 상반되는 길로 들어섰던 것이다. 다만 데카르트에게는 그와 반대로 의식 내지 사유(cogitare)의 자기 확신이 모든 스콜라 철학의 권위보다 더 정당하게 보였다. 이것이 신학적 해방과 철학적 해방 사이의 차이이다. 쿰프는 신에 대한 유쾌하고 건강한 신뢰감을 가지고 자신의 해방을 이루어냈고, 우리 청강생들 앞에서 그것을 "옛날에 독일 말로 하던 식으로 툭 까놓고" 재현해 보였던 것이다. 그는 위선적인 바리새파와 교리주

---

* 독일 대학에서는 박수 대신 책상을 두드리거나 발을 구른다.
** 다마스쿠스로 가던 바울이 기독교인들에게 증오를 품고 있었음에도 예수가 자신을 사랑한다는 것을 경험하고, 그런 은혜로 미움을 극복하며 최고의 사랑을 베풀게 된 것.

의에 반대했을 뿐만 아니라 형이상학도 거부하는 등 매우 윤리학적이고 인식론적인 관심을 가졌으며, 도덕적 기반을 가진 이상적인 인물을 예고하는 사람이었다. 그는 세속과 깊은 신앙심을 구분하는 경건주의의 사고방식을 엄청나게 싫어해 오히려 세속에 대해 경건했고, 건전한 향락을 거절하지 않는 문화 찬미자, 특히 독일 문화에 대한 찬미자였다. 그는 기회가 있을 때마다 루터파의 특징을 띤 강력한 민족주의자로서의 모습을 드러냈다. 그가 어떤 남자를 평가할 때, "허풍선이 프랑스치처럼," 즉 로만어계 사람처럼 생각하고 가르친다는 표현이 가장 악평이었다. 그리고 화가 나 얼굴이 새빨개져서 이렇게 덧붙이곤 했다. "그런 놈에게는 악마가 똥이나 싸버릴지어다, 아멘!" 그런 말은 다시 요란한 발 구르기로 답례를 받았다.

그의 자유주의는 교리에 대한 인문주의적 회의에 기초를 둔 것이 아니라, 우리의 사고가 신뢰할 만한 가치가 있는지에 대한 종교적인 의혹에 근거하고 있었다. 그렇기 때문에 그의 자유주의는 그의 독실한 계시 신앙에만 방해가 되지 않았던 것이 아니고, 악마와의 관계에서도 물론 긴장감이 없지는 않으나 아주 친근한 상태를 유지하는 데 전혀 문제가 되지 않았다. 그가 악마의 체현적인 존재를 어느 정도로 믿고 있었는지는 내가 알아낼 수도 없고, 알아내고 싶지도 않다. 그러나 나는 신학이 있는 곳이면 어디에서나, 더구나 신학이 에렌프리트 쿰프처럼 정곡을 찌르며 설득력 있게 말하는 천성과 연결되면, 악마도 관념 복합체에 속하며 신의 실재를 보완하는 자신의 실재를 주장하리라고 본다. 현대의 신학자는 악마를 "상징적으로" 본다,라고 흔히 아주 쉽게 말하곤 한다. 하지만 내 생각으로는, 신학은 도대체 현대적일 수가 없고, 이것이 신학의 큰 장점이라고 할 수 있을 것이다. 그리고 상징적인 의미로 말할 것 같으면, 나는 왜 지옥을 천상보다 더 상징적으로 봐야 한다는 것인지 이해할 수 없다. 어쨌든 민중은 결코 그렇게 본 적이 없다. 더구나 민중에게는 노골적이고 외설적이며 유머 있는 악마의 모습이 고결하고 장엄한 것보다 언제나 더 가까웠다. 그리고 쿰프는 기질로 보아 민중의 남자였다. 그가 즐겨 "지옥과 그 너저분한 주점"이라고 말할 때면, 즉 신독일어로 "지옥"이라고 말하는 것보다 "지악"이라고 함으로써 반쯤 농담으로도 들리기는 하지만 동시에 훨씬 설득력 있는 효과를 내는 고풍의 표현을 쓸 때면, 그가 상징적인 의미로 말한다는 느낌이 전혀 들지 않았다. 오히려 그것이 "아주 옛날 독일 말로, 적당히 싸매거나 표리부동하지 않게" 한 말이었다는 인상을 강하게 받았던 것이다. 악마 자체와 관련된 말에서도 다르지 않았다. 내가 이미 말했듯이, 쿰프는 학자로서, 학문을 하는 남자로서, 성서를 믿는 것에 대한 이성적 비판을 인정했고, 최소한 충동적으로, 말하자면 지적인 정직함을 드러내는 어투로 많은 것을 '희생시켰던' 것이다. 하지만 근본적으로 그는 거짓말쟁이 내지 못된 적(敵)이 비로 이성을 내세우며 활동하고 있다고 보았고, 그렇기 때문에 이성의 소리를 들어줘야 할 때에는 "악마가 마치 거짓말쟁이나 살인자가 아니기라도 한 것처럼!(Si Diabolus non esset mendax et homicida!)"이라는 말을 꼭 덧붙였다. 그는 그 해로운 존재를 지적할 때에는 직설적으로 이름을 부르지 않고 다르게 돌려서 표현했으며, 민중의 방식으로 "요괴"라거나, "요귀" 아니면 "요매(요마)"라고 하며 악마를 우스꽝스럽게 만들었다. 하지만 바로 이렇게 악마의 이름을 반쯤은 조심스럽고, 반쯤은 장난스러운 표현으로 피하며 바꿔 부른다는 것은 악마의 실체를 증오하며 결국 인정하는 셈이었다. 그 밖에도 그는 악마에 대해 뛰어나고 특이한 명칭을 많이 가지고 있었다. 예컨대 "성(聖) 벨텐"*"말라깽이 수다쟁이""행하지는 않고 입만 살아 있는 허풍선이(Dicis-et-non-facis) 양반""검둥 얼간망둥이" 등이 그런 명칭이었는데, 이런 것들도 신을 거역하는 존재에 대한 그의 매우 개인적이고 적대적인 관계를 장난스럽게 표현해냈다.

아드리안과 나는 쿰프 교수의 집을 방문한 인연으로 한두 번 저녁 초대를 받아 그의 가족들과 함께 식사를 한 적이 있다. 쿰프 교수와 부인 그리고 볼이 유난히 빨갛던 두 딸과 자리를 함께했는데, 두 딸은 물을 발라 손질한 머리카락을 너무 야무지게 단단히 땋은 탓에 머리의 쪽이 비스듬하게 떠 있었다. 그 두 딸 중 하나가 성호를 긋고 기도를 했으며, 우리는 점잖게 음식 접시 위로 고개를 기울였다. 그러고 나자 집주인인 쿰프 교수는 신과 세상, 교회, 정치, 대학, 게다가 예술과 연극 극장 등 다양한 관심사에 대해 개인적인 심정을 토로했는데, 여기서 그가 루터의 식탁 연설을 흉내 내는 것이 분명히 드러났다. 그러면서 그는 엄청난 식욕을 드러내며 부지런히 먹고 마셔댔다. 그것은 그가 세속적인 기쁨과 건전한 문화의 향락을 전혀 거부하지 않는다는 표시이자 좋은 예였다. 그는 우리도 함께 부지런히 음식을 들라고 훈계했으며, 신의 선물, 즉 양의 허벅지 고기와 모젤 포도주의 향기를 거부하지 말라고 일렀다. 그리고 단맛 나는 후식까지 다 먹어치운 뒤, 놀랍게도 벽에 걸린 기타를 집어 들었다. 그는 식탁에서 물러나 다리를 꼰 채 기타 줄이 흔들리는 소리에 맞춰 우렁차게 진동하는 목소리로 노래를 불러주려고 했다. 그것은 「방랑은 방앗간지기의 즐거움이라네」「뤼초우의 거칠고 대담한 사냥」「로렐라이」, 또 학생들의 권주가 「자, 기쁨을 즐기

* 발렌타인Valentin에서 유래된 이름. 3세기경의 가톨릭교회 순교자로, 연인들의 수호 성인이다.

자Gaudeamus igitur」 같은 노래들이었다. 그쯤 되면 「술과 여자와 노래를 좋아하지 않는 자는 평생 바보로 남는다네」 같은 노래가 빠질 리가 없었고, 정말 그 노래도 곧 울려 퍼졌다. 그는 큰 소리로 노래를 부르며, 우리 눈앞에서 자기 부인의 뚱뚱한 허리를 껴안았다. 그러고 나서 그는 퉁퉁한 집게손가락으로 식당방의 어둑한 구석을 가리켰다. 천장에서 식탁 위에 드리워진 갓 씌운 램프에서 거의 한줄기의 빛도 그쪽으로는 가닿지 않았다. "저것 보라고!" 그가 소리쳤다. "저기 구석에 그놈이 서 있어. 저 메스꺼운 놈, 치욕스러운 놈, 음울하고 짜증나는 영혼 같으니라고. 우리가 음식을 먹고 노래를 부르며 하나님의 품 안에서 기뻐하는 것을 견딜 수 없는 거지! 저 불한당이 아무리 불화살을 들고 교활하게 날뛰어도 우리에게 아무 짓도 못 할 거야! 썩 물러가거라!(Apage!)" 라며 벼락같이 소리를 지르고, 둥근 빵을 하나 집어 들더니 그 어두운 구석으로 내던졌다. 이와 같은 격렬한 싸움이 끝나자 그는 다시 기타줄을 튕기며, 이번에는 「정말 기뻐하며 방랑하려는 사람은」이라는 노래를 불렀다.

이 모든 것은 사실 전율을 불러일으키는 일들이었다. 아드리안도 그렇게 느꼈을 것이 분명했다. 비록 그가 자존심 때문에 자기 선생을 민망하게 할 아무런 내색도 하지는 않았더라도 말이다. 어쨌든 적어도 그는 바로 저 악마와 벌어진 결투가 지나가고, 다시 거리로 나왔을 때 발작하듯 웃어댔고, 그 웃음은 우리가 화제를 돌려 다른 이야기를 하게 되면서 아주 서서히 진정되었다.

XIII

음험한 이중성 때문에 다른 모든 사람들보다 더 강하게 내 기억에 남아 있는 한 교수를 회상하며 몇 마디 덧붙여야겠다. 그는 에버하르트 슐렙푸스* 교수로, 교수자격시험을 거친 후 당시 할레 대학에서 두 학기 동안 강의**를 하다가 어디로 갔는지 사라져버리고 말았다. 슐렙푸스 교수는 중간 키도 채 안 되는 작은 키에 허약해 보였으며, 목 부분을 작은 금속 줄로 맨 검은 겉옷을 외투 대용으로 입고 다녔다. 거기다가 챙이 넓고 옆에서 말아 올린 일종의 테모자를 쓰고 있었는데, 모자 모양이 예수교단의 모자와 유사했다. 학생들이 길거리에서 그 교수에게 인사를 하면, 그는 "그대의 충성스러운 심복이외다!"라며 늘 모자를 아주 깊이 당겨 보이며 인사하는 버릇이 있었다. 내 생각으로는 그가 정말 한쪽 발을 약간 끌고 다녔지만, 다른 사람들의 생각은 그렇지 않았다.

---

* '질질 끄는 발'이라는 뜻.
** venia legendi: 교수자격시험으로 취득한 대학 강의 권한.

하긴 나도 그가 걸어가는 모습을 보고 있노라면 내가 관찰한 것을 항상 명확하게 보장할 수는 없었다. 그래서 내 생각을 고집스럽게 고수할 의도는 없고, 아마도 그의 이름 때문에 내게 그런 생각이 무심코 남은 것 같다는 정도로 그치겠다. 그가 맡았던 두 시간짜리 강의의 성격이 그런 추측을 어느 정도 뒷받침했다. 그 강의가 어떤 제목으로 강의 목록에 올라 있었는지는 자세히 기억나지 않는다. 물론 그다지 뚜렷하지 않게 어른거리는 정도지만, 강의 내용으로 미루어보아 '종교심리학'이었다고 할 수 있을 것 같다. 아마도 실제로도 그랬을 것이다. 그 강의는 매우 독특한 데가 있었고, 졸업시험 필수과목도 아니었다. 그래서 열 명이나 열두 명 정도의 지적이고 다소 급진적 경향을 띤 소수의 학생들만 그 강의를 들었다. 참고로 덧붙이면, 수강생들의 숫자가 그것밖에 안 된다는 사실이 내게는 의아했다. 왜냐하면 슐렙푸스 교수의 강의 내용은 충분히 외설스럽게 자극적인 데가 있어서 조금 더 많은 학생들의 호기심을 불러일으켰을 것이기 때문이다. 하지만 약간 외설스럽게 자극적인 것도 정신과 결합되면 인기가 떨어진다는 사실만 드러낸 셈이다.

신학은 그 특성상 악마론으로 흐르기 쉽고, 특정한 상황에서는 언제나 그렇게 될 수밖에 없다고 내가 이미 앞에서 말한 바 있다. 슐렙푸스 교수가 바로 그 하나의 예이다. 매우 진보적이고 지식인다운 성향을 띠는 예가 되겠지만 말이다. 왜냐하면 악마와 관련해 그가 대변하던 세계 해석 및 신에 대한 이해가 심리학적으로 규명됨에 따라 결국 현대적이고 학문적인 감각에 수용될 가능성이 생겼을뿐더러 그 구미에 맞춰 호응까지 한 것이기 때문이다. 이 점에서 바로 젊은이들에게 깊은 인상을 주기에 적합했던 그의 강의 방식도 한몫을 했다. 그는 강의 자료를 전혀 들여다보지 않고 매우 자유롭게 말했으며, 명확하게, 힘들이거나 쉬지도 않고, 말하자면 그대로 인쇄해도 좋을 정도로 완전하게 정리된 문장에다 약간 조소를 가미한 표현을 섞어 썼다. 그것도 강단에 선 채로 말하는 것이 아니라 어디엔가 반쯤 비스듬히 앉아서 난간에 기댄 채, 그리고 엄지손가락은 펴고 다른 손가락의 끝은 무릎 위에서 깍지 낀 채로 말을 이었다. 이때 양쪽으로 갈라진 작은 턱수염이 아래위로 움직이는가 하면, 턱수염과 뾰족하게 꼬인 코밑수염 사이에는 작고 날카로운 치아가 드러나 보였다. 쿰프 교수가 세련미라고는 없이 악마를 다루던 것은, 슐렙푸스가 그 파괴의 화신에게, 즉 신으로부터 이반(離反)하여 의인화된 그 존재에게 부여한 심리학적인 현실성과 비교하면 어린아이 장난 같은 것이었다. 왜냐하면 슐렙푸스는, 내가 이런 표현을 써도 된다면, 신적인 것에다 불경스러운 비방을, 또 최고의 천상계*에다 지옥을 변증법적으로 집어넣었기 때문이다. 그는 죄악에 빠진 것이 성스러운 것과 함께 생겨난 필연적인 상관 개념이라고 말하고, 성스러운 것을 사탄의 지속적인 유혹, 거의 거부할 수 없는 신성 모독의 도발이라고 설명했다.

이와 같은 것을 그는 종교가 인간 존재를 지배하던 전통적인 시대의 영적인 삶을 가지고 증명해 보였다. 그것은 기독교적인 중세, 특히 중세 말의 세기였다. 다시 말하면 신을 배신했다는 사실, 악마와 동맹을 맺고 끔찍하게 결속했다는 사실에 대해 종교재판관과 피고인 사이에, 즉 종교재판관과 마녀 사이에 의견이 완전히 일치하던 시대였다. 그때는 신성불가침한 것에서 시작된 신성 모독의 유혹이 핵심이었고, 문제 그 자체였다. 가령 그런 유혹은 신을 배반한 이단자들이 성모 마리아를 "그 뚱보 여자"라고 부르는 명칭에서 나타났다. 혹은 지극히 상

---

* 다섯 단계의 천국 중에서 신들이 거주하는 곳.

스러운 여담 중에도 나타났으며, 악마가 그런 인간들에게 미사성제 때 몰래 지껄여보라고 가르쳐주는 너무나 야비한 험담에서도 나타났다. 슐렙푸스 박사는 두 손을 모아 손가락 끝을 깍지 낀 채 그런 험담을 있는 그대로 반복했다. 나는 취향 문제 때문에 그 험담을 차마 입에 담지는 못하지만, 슐렙푸스 박사가 그런 취향을 무시하고 학문만 존중했다는 이유로 그를 비난하지는 않는다. 다만 학생들이 그런 표현들을 착실하게 방수포 노트에 받아 적는 모습을 보고 있노라면 기이한 느낌이 들었다. 어쨌든 슐렙푸스 박사의 말에 따르면, 그 모든 것, 악한 것, 악한 자 **그 자체**가 신의 성스러운 존재의 필연적인 결과이며 피치 못할 부속품이었다. 마찬가지로 악덕은 그 자체로 이루어진 것이 아니라 도덕을 더럽히려는 욕구를 바탕으로 존재하고, 따라서 도덕이 없으면 악덕의 뿌리도 없을 터였다. 달리 말하면, 악덕은 **자유**, 즉 죄를 지을 가능성을 향유하는 가운데 존속했으며, 그런 가능성은 창조 행위 자체에 내재된 것이었다.

여기서 신의 전능함과 무한한 자비로움은 모종의 논리적인 불완전성을 띠고 있음이 드러났다. 왜냐하면 신이 피조물에게, 즉 자신으로부터 자유롭게 풀어줌으로써 신의 밖에서 존재하게 된 인간에게 줄 수 없었던 것은 죄를 짓지 않는 능력이었기 때문이다. 다시 말해, 만약 그런 능력을 주었더라면, 그것은 피조물에게 신으로부터 떠날 수 있는 자유의지를 주지 않았다는 의미가 될 테니까 말이다. 따라서 신의 창조는 불완전하고, 아니 사실상 창조도 아니었거니와 신이 스스로를 인간에게 양도해준 것도 아니었다는 얘기가 된다. 신의 논리적인 딜레마는 신이 피조물, 즉 인간과 천사에게 죄를 짓지 않을 선택의 독립성, 즉 자유의지와 재능을 동시에 줄 수 없었다는 데 있었다. 그러므로 경건함과

덕성이란, 신이 그와 같이 만들어진 피조물에게 허용할 수밖에 없었던 자유를 잘 사용하는 데, 다시 말하면 결국 사용하지 **않는** 데 있었다. 슐 렙푸스의 말을 들으면, 물론 그렇게 자유를 사용하지 않는다는 것은 신의 바깥에 있는 피조물이 실존적으로 약화되고, 그 존재의 강도가 감소함을 의미하는 것처럼 들렸다.

자유. 이 단어가 슐렙푸스의 입에서 나올 때면 얼마나 기이한 느낌을 주었던지! 물론 이때 그 단어에는 종교적인 의미가 강조되어 있긴 했다. 그는 신학자로서 말했으며, 전혀 경멸적인 투로 말하지도 않았다. 오히려 그 반대였다. 그는 신이 고려하던 여러 생각 중에서 특히 자유에 부여될 수밖에 없는 숭고한 의미를 밝혀냈다. 왜냐하면 신이 인간과 천사에게 자유를 주지 않았다기보다, 오히려 이들을 죄악에 노출시켰다는 말이기 때문이다. 그렇다고 보면, 자유란 인간이 타고난 선한 천성과 반대되는 것이었다. 그것은 자신의 의지로 신에게 신의를 지킬 수도 있고, 아니면 악령과 어울려서 미사성제 때 입에 담지 못할 험담을 중얼거릴 수도 있음을 의미했던 것이다. 이런 것이 자유에 대해 종교심리학이 전해준 정의였다. 그러나 자유가 이미 인류의 삶과 역사의 투쟁 속에서 또 다른, 어쩌면 별로 영적이지는 않으나 나름대로 사람들을 열광하게 만드는 점에서 한몫을 했던 것도 사실이다. 나는 그런 자유가 바로 지금, 내가 재야에서 이 전기를 쓰고 있는 동안, 광란의 소용돌이 속에서 벌어지고 있는 전쟁에도 작용하고 있다고 믿고 싶다. 특히 우리 독일 민족의 영혼과 사상 속에도 작용하고 있을 것인데, 너무나 무도한 폭압의 지배 아래 있는 우리 민족은 어쩌면 지금쯤 난생처음으로 자유가 어떤 가능성을 품고 있는지 어렴풋하게 인식하고 있을지 모르겠다. 우리 대학 시절에는 자유라는 문제가 그다지 절박하지 않았거나, 혹은 절박하지 않는 듯이 보였다. 그래서 슐렙푸스 박사는 자신의 강의 범위 안에서 자유라는 단어에 적합한 의미를 부여했고, 다른 의미들에는 관심이 없었을 것이다. 하지만 그가 다른 의미들에는 관심이 없이 순수하게 종교심리학적인 견해에만 몰두하면서, 다른 의미들까지는 전혀 생각하지 **않았다**는 인상을 내가 받을 수 있었더라면 얼마나 좋았으랴! 그러나 나는 그가 자유의 다른 의미들까지 생각하고 있었다는 느낌을 누를 수 없었다. 자유에 대한 슐렙푸스의 신학적 정의는 "더 현대적인" 사상들, 즉 그의 수강생들이 그런 정의에 연결하여 계속 생각했을지도 모를 더 피상적이고 흔하디흔한 생각들과 대립되는 호교적이자 반종교적인 극단성을 띠고 있었다. 제군들, 보시오, 라고 그가 말하려는 것 같았다. 우리에겐 신의 '말씀'도 있어요. 우린 그 '말씀'을 사용할 수가 있는 거요. '말씀'이라는 단어가 단지 우리 사전에만 들어 있다고 생각하지 마시오. 그리고 그 말에 대한 그대들의 생각이 오로지 이성에 따른 생각이라고 믿지 마시오. 자유란 아주 대단한 거요. 창조의 전제 조건이란 말이오. 우리가 신의 이반(離反)* 앞에서도 끄떡없게 만드는 창조 과정에 신을 방해했던 것이 바로 자유요. 자유란 죄를 지을 수 있는 자유란 말이오. 우리에게 자유를 줄 수밖에 없었던 신을 사랑하는 까닭에 결국 자유를 사용하지 않는 데 경건함이 있는 거요, 라고 말이다.

이와 같이 그의 생각이 드러났다. 내가 착각한 것이 아니라면, 그 생각은 약간은 편향적이고, 약간은 심술궂었다. 한마디로, 그것은 내 마음을 혼란시켰다. 나는 어떤 사람이 모든 것을 차지하려고 하는 것을 좋아하지 않는다. 적수가 하려는 말을 자신이 먼저 해버리고, 그러면서

---

* 악마를 가리킨다.

또 그 말을 뒤집어버리며, 결국 개념의 혼란을 불러일으키는 짓을 싫어한다. 이런 짓은 오늘날 너무나 뻔뻔스럽게 벌어지고 있고, 그것이 내가 세상에서 떨어져 지내고 있는 주된 이유이다. 어떤 종류의 사람들은 자유, 이성, 인간성에 대해 도대체 아무 말도 하면 안 된다. 신중을 기하기 위해 그런 자들은 그런 짓을 그만두어야 한다. 하지만 바로 그런 인류애에 대해 슐렙푸스도 말했던 것이다. 물론 그는 "신앙의 고전적인 몇 세기"의 의미에 기반을 두고 말했고, 그런 세기의 정신적 입장에 근거해 심리학적으로 해설했다. 분명 그가 시사하려던 것은, 인간성이 자유로운 정신의 소산도 아니고, 인간 정신이라는 그 이념에만 속하는 것도 아니며, 오히려 인간성은 어디에나 있었다는 것이다. 가령 종교재판이 가장 감동적인 인간성으로 충만했었다면서, 그는 저 "고전적인" 시대에 어떤 여자가 구금되었다가 재판을 받은 뒤에 화형대로 보내진 이야기를 들려주었다. 그 여자가 6년 내내 인쿠부스*와 관계를 맺었고, 심지어 잠자고 있는 남편 곁에서 그런 짓을 벌였으며, 매주 세 번, 특히 신성한 시간에 그랬다는 것이다. 그런데 그녀는 악마와 결탁해 7년 뒤에는 몸과 마음을 바쳐 악마에게 가겠노라고 약속을 한 터였다. 그러나 그녀는 운이 좋았다. 약정된 기간이 끝나기 직전에 신이 사랑의 힘으로 그녀를 종교재판관의 손에 넘어가도록 했던 것이다. 그리고 가벼운 심문에도 그녀는 모든 잘못을 실토하고 감동을 불러일으킬 만큼 뼈아프게 후회함으로써 신에게 용서를 받을 수 있었다. 다시 말해, 그녀는 설사 자신이 풀려날 수 있다 하더라도 악마의 세력에서 빠져나오기 위해 결단코 화형대를 택하겠노라고 밝히며 기꺼이 죽음을 받아들인 것

---

* Incubus: 중세에 마녀와 정을 통했다는 악마로 흔히 몽마(夢魔)라고 부르기도 한다.

이다. 한때 더러운 죄에 빠졌던 잘못으로 인해 그녀에게는 삶이 그토록 역겨워졌다는 것이었다. 재판관과 범법자 사이에서 일어나는 이처럼 조화로운 화합은 얼마나 아름다운 문화의 완성을 말해주고 있던가! 그런 영혼을 마침 마지막 순간에 화형시킴으로써 악마에게서 구해내고, 신의 용서를 맛볼 수 있게 해주었다는 내적 만족감에서 얼마나 따뜻한 인간성이 우러나오던가!

이런 이야기를 슐렙푸스는 우리가 마음속에 새겨두도록 했고, 인간성이 **또한** 무엇일 수 있는지뿐만 아니라 **원래는** 무엇이었는지를 알아차리도록 했다. 여기서 자유사상가들이 쓰는 어휘에서 다른 낱말을 찾아, **미신**이라며 위로도 안 될 단어를 쓰는 것은 전혀 무의미했을 것이다. 슐렙푸스는 이런 단어도 알고 있었던 것이다. "고전적인" 세기들의 이름으로 말하건대, 미신이라는 단어는 그런 세기에도 매우 잘 알려져 있던 단어였다고 했다. 불합리한 미신에 굴복했던 사람은 인쿠부스와 정을 통했던 바로 그 여자였고, 그녀 외에 어느 누구도 아니었다는 것이다. 그 여자가 신으로부터 이반했고 신앙으로부터 이반했다는 바로 그 생각이 미신이었기 때문이다. 미신이란 악마와 인쿠부스를 믿는 것이 아니라, 치명적이게도 그런 존재들과 내통하며 오로지 신에게만 기대할 수 있는 것을 그들에게 기대한다는 뜻이라고 했다. 미신이란 인류의 적이 부추기고 선동할 때 경박하게 속아 넘어가는 것을 의미했다. 미신이라는 개념은 문서나 문학 작품의 첫머리에 나오는 신에 대한 모든 기원을 포함했다. 예컨대 온갖 노래와 주문, 모든 마술적 범법, 악덕과 범죄, 『이교도 패거리의 채찍질』,* 기만적인 악령(illusiones daemonum) 같은

---

* *Flagellum haereticorum fascinariorum*: 15세기 프랑스의 종교재판관이자 마녀론자 니콜라스 야코퀴어Nicolas Jacoquier(1472년 사망)가 1458년에 쓴 문헌으로 중세 시대에 역병을

것이었다. 이런 식으로 '미신'이라는 개념을 규정할 수 있었고, 또 그렇게 규정되었다. 인간이 말을 어떻게 사용하고, 또 그렇게 사용함으로써 어떤 생각을 할 수 있는지 정말 흥미로울 따름이었다!

물론 악이 성스러운 것과 선한 것에 변증법적으로 연결되어 있음은 변신론(辯神論)에서, 즉 이 세상에 악이 있다는 사실에 직면해 신을 변호하는 이론에서 중요한 역할을 했고, 바로 그 변신론이 슐렙푸스의 강의 내용에서도 많은 범위를 차지하고 있었다. 악은 천지만물을 완벽하게 하는 데 기여했고, 만약 악이 없었으면 천지만물은 완전하지 않았을 것이라고 했다. 그렇기 때문에 신이 악을 허용한 것이다. 신은 완전했고, 따라서 완전함을 원할 수밖에 없었던 것이다. 완전한 선이라는 의미에서 원했던 것이 아니라 모든 방면을 고려한다는 의미에서, 그리고 상호 간의 존재를 강화한다는 의미에서 원했다. 악은 선이 있을 때 훨씬 더 악하고, 선은 악이 있을 때 훨씬 더 선한 것이었다. 어쩌면—이 점에서 논쟁이 벌어질 수도 있건대—악은 선이 없다면 전혀 악하지도 않고, 선은 악이 없다면 전혀 선하지 않을지도 모른다. 어쨌든 아우구스티누스는 나쁜 것의 기능이 좋은 것을 더욱 분명히 두드러지게 보이도록 하는 데 있으며, 그렇게 하여 좋은 것이 나쁜 것과 비교가 되면 좋은 것은 그만큼 더 마음에 들게 되고, 더욱 칭찬받을 만한 것이 된다고 말하기까지 했다. 물론 여기서 토마스 아퀴나스*의 학설이 경고를 하며 끼어들었다. 악이 일어나는 것을 신이 원한다는 믿음은 위험하다는 것이었

쫓고자 가죽끈 군데군데 매듭을 매고, 그 매듭에 못을 박아 자신의 맨몸을 내려치면서 십자가와 함께 거리를 돌아다닌 편타고행자들의 행태를 지적한 문헌이다.

* Thomas Aquinas(1225?~1274): 이탈리아의 신학자이자 철학자로 스콜라 철학을 대표하는 인물이다.

다. 신이 원하는 것은 악이 일어나는 것도 아니고, 악이 일어나지 **않는** 것도 아니며, 원하고 원하지 않는 것도 없이 악이 존재하는 것을 **허락할** 뿐인데, 이는 물론 완벽함을 위해서라는 것이다. 그렇다고 선을 위해서 악을 허락한다는 주장은 원론에서 벗어난다고 했다. 우연히 주어진 속성에 의해서가 아니라 그 자체로 '선하다'는 관념에 적합하지 않다면, 어느 것도 선한 것이라고 볼 수 없기 때문이라는 것이다. 아무튼 여기서 절대 선과 미의 문제, 즉 추악함과는 아무런 연관성을 갖지 않는 선과 미의 문제, 말하자면 비교와 타협이 없는 질적으로 절대적인 우수성의 문제가 생겨난다,라고 슐렙푸스는 말했다. 또 비교가 없는 곳에는 기준이 없다고 했다. 그러면 무거운 것이라거나 가벼운 것, 큰 것이라거나 작은 것이라는 등의 말은 아무 의미가 없다는 것이었다. 게다가 선과 미는 질적인 개념이 없는 존재로, 즉 무(無)와 매우 비슷하고, 어쩌면 무보다 더 낫다고 평가할 수도 없는 존재가 되어버릴지 모른다고 덧붙였다.

우리는 이런 내용들을 방수포 노트에 기록했다. 그래야 그나마 뭐라도 집으로 가져갈 수 있는 내용이 있어 다소간 위안이 되지 않았으랴. 또 창조에 대해 애석해하는 소리를 두고 신을 진실로 변호할 수 있는 근거는, 악에서 선을 만들어내는 신의 능력에 있다,라고 우리는 슐렙푸스의 구술에 기반을 두고 덧붙여 적었다. 신의 명망을 보증하기 위해 이와 같은 신의 고유 능력은 필히 실현되어야 하는데, 신이 자신의 피조물을 죄에 넘겨주지 않았더라면 그런 능력은 구현될 수가 없었으리라. 이 경우, 신이 악에서, 죄와 고통과 악덕에서 만들어낼 수 있었던 바로 그 선은 천지만물에 주어지지 않았을 터이고, 따라서 천사들은 찬미가를 부를 계기를 덜 가졌을 것이다. 물론 거꾸로, 역사가 끊임없이 가르쳐주듯이 선한 것에서도 악한 것이 많이 생기고, 그래서 신은 악을 거부하기 위해 선도 역시 방지할 수밖에 없을 것이며, 세상을 도무지 있는 그대로 두어서는 안 될 것이라고도 했다. 그러나 이런 조치는 또 창조자로서 신의 본질에 모순을 일으켰을 것이고, 그렇기 때문에 신은 결국 악을 가지고 현재 있는 그대로의 세상을 관철시키고 창조했다는 것이다. 말하자면 세상을 부분적으로 악마의 영향 아래 맡겨둘 수밖에 없었다는 것이다.

슐렙푸스가 우리에게 강의했던 내용이 원래 그 자신의 의견이었는지, 아니면 그는 단지 우리에게 신앙 문제에서 고전적 세기들의 심리학에 익숙해지도록 하는 걸 중요하게 생각했던 것뿐인지는 분명치 않았다. 다만 그가 그러한 심리학과 혼연일체가 될 만큼 그것에 호감을 가지지 않았다면, 신학자로서 자격이 없었을 것이다. 하지만 왜 더 많은 젊은이들이 그의 강의에 매력을 느끼지 않았는지 내가 의아스러워했던 이유는, 누구든 인간의 삶을 지배하는 악마의 힘에 대해 말할 때는 항상 성적인 것이 매우 두드러진 역할을 하기 마련이었기 때문이다. 어떻게 그렇지 않을 수 있었겠는가? 성적인 영역에 내재된 악마적인 특징은 '고전적 심리학'에서 빠질 수 없는 핵심 부분이었다. 그 심리학이 보기에 성적인 영역은 악마들이 가장 좋아하는 놀이터였고, 신을 거역하는 존재이자 적이며 방해꾼인 악마에게 주어진 출발점이었다. 왜냐하면 신은 인간의 다른 어떤 행위보다 성관계에 대해서 악마에게 상대적으로 더 큰 마귀의 힘을 부여했던 것이다. 그것은 이런 나쁜 짓의 외적인 불결함 때문만이 아니라, 무엇보다 인류 최초의 아버지인 아담의 타락이 원죄로서 전체 인간 종족에게 이어졌기 때문이다. 미적으로 혐오스러운 특징을 띠는 생식 행위는 원죄의 표현이자 수단이었다. 특히 이 순간에 악마가 자유롭게 손을 쓸 수 있도록 허용했던 것이 어찌 놀라우랴? 천사가 토비아스에게 "쾌락에 굴복하는 자의 위에서는 악마가 권력을 얻을 것이니라"라고 했던 것은 괜한 소리가 아니었다. 왜냐하면 악마의 권력은 인간의 요부(腰部)에 있었고, 복음서 저자들이 "제대로 무장한 자가 자신의 집을 지키면, 그의 재산은 안전하리라"*라고 한 것도 바로 그 요부를 두고 한 말이었던 것이다. 그 말은 당연히 성적인 의미로 해석될 수밖에 없었다. 뭔가 비밀스러운 말투에서는 항상 성적인 의미를 읽어낼 수 있었고, 또한 경건한 사람들이야말로 귀가 밝아서 그런 말투에서 성적인 의미를 알아차렸다.

다만 놀라웠던 것은, 적어도 "안전"이 문제 되었을 때, 다른 누구도 아니고 하필 신의 성스러운 사도들이 있는 곳에서 항상 천사의 경고가 제대로 힘을 얻지 못한 것으로 밝혀졌다는 점이다. 성자들의 책은, 그들이 모든 육체적인 쾌락에 저항했음에도 불구하고 믿을 수 없을 만큼 여자를 향한 음욕의 유혹에 빠졌었다는 보고들로 가득 차 있었다. "내 몸에는 육체의 가시가 있으니, 이 사탄의 도구가 연신 나를 찌르고 주먹질한다네"라는 「고린도서」의 구절도 그런 종류의 고백이었다. 이 구절을 쓴 사도가 이런 말로 어쩌면 다른 것을, 가령 간질병이나, 혹은 그와 비슷한 고통을 말하려 했다 하더라도, 어쨌든 경건한 자들은 그의 말을 자기 방식대로 해석했다. 그리고 어쩌면 그런 해석이 결국 옳았을 것이다. 왜냐하면 경건한 자들이 직감적으로 뇌의 유혹을 성적인 것에 내재된 악마의 음험한 유혹과 연관시켰다면, 그 직감이 빗나가지 않았기 때문이다. 저항하며 맞섰던 유혹은 물론 죄가 아니었으며, 단지

---

* 『신약성서』 「누가복음」 11장 21절.

덕성을 시험한 것에 불과했다. 하지만 유혹과 죄의 경계를 정하는 것은 어려웠다. 왜냐하면 그런 유혹은 이미 우리 핏속에 녹아 있는 죄가 날뛰는 것이 아닌가? 그리고 음탕함에 빠져 있는 상태는 이미 상당히 악에게 몸을 바치고 있는 것이 아닌가? 여기서 다시금 선과 악의 변증법적인 단일성이 두드러진다. 왜냐하면 성스러움은 유혹 없이는 생각할 수 없고, 오히려 유혹이 끔찍스러울수록, 인간의 죄지을 잠재력이 클수록 성스러움의 크기도 비례하여 책정되기 때문이다.

그런데 유혹은 누구로부터 나왔는가? 유혹 때문에 저주를 받아야 하는 자는 누구였는가? 유혹은 악마에게서 유래하노라고 쉽게 말할 수 있었다. 그런데 악마가 유혹의 원천이었지만, 저주는 그 대상에게 떠맡겨졌다. 그런 대상이란 유혹하는 악마의 도구로서 바로 여자였다. 이로써 여자는 물론 성스러움의 도구이기도 했다. 죄를 짓고 싶은 들끓는 욕망 없이는 성스러움도 없었기 때문이다. 그럼에도 그런 욕망에 대한 감사라곤 그저 쓰디쓴 고통뿐이었다. 진기하고 특징적이게도, 인간이 분명 두 형상으로 성적인 존재였을뿐더러, 또 요부(腰部)에 악마적인 것이 깃들어 있다고 그 위치까지 규명했으면, 이런 위치가 여자보다는 남자에게 더 해당된다고 봐야 함에도 불구하고 육욕과 성적 충동에 굴종하는 결과에 대한 모든 저주는 여자에게 전가되었으며, 그래서 "미인이란 암퇘지의 코에 걸린 황금 고리와 같다"라는 금언도 만들어질 수 있었던 것이다. 옛날부터 이와 같은 말들이 얼마나 많이 여자를 상대로 진지하게 발설되었던가! 그런 말은 일반적으로 육체의 탐욕에 해당되었지만, 그런 탐욕이 여자와 동일시될 수 있었기 때문에 남자의 육체적 욕구 역시 여자의 책임이 되어버린 것이다. 그래서 "나는 죽음보다 여자가 더 괴로운 존재라고 생각했으며, 선한 여자조차 육체의 탐욕에 빠져 있느니라"라는 말도 생겨났다.

그럼, 선한 남자는 안 그런가?라고 물어 볼 수 있었을 텐데 말이다. 특히 성스러운 남자는 육체의 탐욕에 더욱더 빠져 있는 게 아닌가? 물론 그렇게 빠져 있지. 하지만 그건 바로 여자의 작품이었다. 여자가 세상의 모든 육욕을 대변하는 존재였으니까. 이렇듯 성적인 것은 여자의 전문 분야였다. 그러니 페미나femina라고 불린 여자, 일부는 '신앙'이라는 의미의 피데스fides에서 유래하고, 일부는 '부족함'이라는 뜻의 미누스minus에서 유래해 **부족한 신앙**이라는 의미를 지닌 여자가 어찌 이 세상에 살고 있는 불결한 망령들과 친하지 않을 수 있었으랴? 어찌 그런 망령들과 거래를 해서 마법을 쓴다고 특히 의심을 받지 않을 수 있었겠는가? 그 한 본보기가 바로 자기 남편이 아내를 믿고 자고 있는 현장에서, 심지어 수년간이나 인쿠부스와 정을 통했던 예의 저 아내였다. 물론 인쿠부스들만 있었던 것이 아니라 수쿠부스*들도 있었다. 그리고 실제로 고전적인 시대에 어떤 타락한 청년이 우상과 함께 생활했는데, 결국 그 우상의 악마다운 질투를 겪게 되었다. 그는 몇 년 뒤에 진실한 호감 때문이라기보다 유용한 데가 있어서 어떤 예의 바른 여자와 결혼하게 되었지만, 그의 우상이 계속 그 둘 사이에 누웠기 때문에 아내를 알아볼 수 없었다는 것이다. 그래서 여자는 당연히 기분이 상해서 그를 떠나버렸고, 그는 평생 동안 속 좁은 그 우상에 제한된 채 그냥 살게 되었다.

슐렙푸스는 고전적인 시대의 또 다른 어떤 청년을 구속하고 있던 욕구의 제한이 심리학적인 측면을 훨씬 더 특징적으로 보여준다고 했

---

* Succubus: 중세 신앙에서 수면 중 남성과 정을 통하는 마녀.

다. 왜냐하면 그는 자신이 전혀 죄를 지은 일도 없이 여자의 마술 때문에 그런 제한을 받았고, 그가 다시 자유롭게 해방된 방법이 아주 비극적이었기 때문이다. 아드리안과 함께 공부했던 것을 추억하기 위해 나는 슐렙푸스 교수가 매우 풍부한 사상으로 다루었던 그 이야기를 이곳에 짤막하게 첨가하려고 한다.

15세기 말경에 콘스탄츠 부근 메르스부르크에 하인츠 클뢰프가이셀이라는 이름으로 불리던 성실한 청년이 살고 있었는데, 통메장이였던 그는 몸집이 좋고 건강했다. 그는 상처한 교회 종지기의 외동딸이였던 베르벨이라는 아가씨와 서로 진실한 마음을 주고받던 터에 그녀와 결혼하려고 마음을 먹었다. 그러나 그 젊은 남녀의 소원은 아가씨 아버지의 반대에 부딪혔다. 왜냐하면 클뢰프가이셀은 가난한 청년이었으며, 종지기가 그에게 우선 걱정 없이 살 수 있도록 번듯한 지위를 얻을 것을 요구했기 때문이다. 그가 자기 직업에서 마이스터가 되어야 자신의 딸을 맡길 수 있다는 것이었다. 하지만 두 젊은이의 사랑은 그들의 인내심보다 더 강렬해서 결국 적절한 때를 기다리지 못하고, 한 쌍의 경험 없는 젊은이에서 한 쌍의 연인이 되었다. 종지기가 밤에 종을 치러 가자 클뢰프가이셀이 베르벨의 방으로 숨어 들었고, 그렇게 서로를 안고 있으면 상대방이 이 세상에서 가장 멋진 존재로 보였던 것이다.

이런 상황에서 어느 날 그 통메장이는 쾌활한 다른 젊은 사내들과 콘스탄츠로 가게 되었다. 그곳에서 교회당 헌당 기념 축제가 열리는 가운데 사내들은 만족스러운 하루를 보냈다. 그래서 저녁에 그들은 오만불손한 호기가 발동해 여자들이 있는 곳으로 가기로 결정했다. 하지만 클뢰프가이셀은 가고 싶지 않았기에 자신은 빠지겠다고 했다. 그러자 사내들은 그를 겁쟁이 샌님이라고 놀렸으며, 결국 그에게 뭔가 문제가 있을뿐더러, 심지어 몸에 이상이 있는 것이 아니냐며 남자의 명예를 건드리는 조롱을 하면서 그를 괴롭혔다. 통매장이는 그런 조롱을 견딜 수 없었고, 또 다른 사내들처럼 독한 맥주를 많이 마신 탓에 멀쩡하지 않았기 때문에 결국 동료들의 설득에 넘어가 "하하, 천만의 말씀!" 하며 일당들과 함께 이른바 '홍등 재단'*으로 잠입해 들어갔다.

그런데 거기서 그가 자신의 몸 상태에 대해 어떤 표정을 지어야 할지 모를 만큼 지독하게 수치스러운 일이 일어났다. 왜냐하면 그는 행실이 좋지 못한 어떤 헝가리 여자와 함께 있는 동안 기대와 달리 도무지 제대로 되는 게 없었고, 전혀 건강하지 못했으며, 이런 상황에 대해 엄청나게 화가 나고 경악하기도 했기 때문이다. 그 여자가 그를 비웃는 데 그치지 않고 심각한 표정으로 머리를 좌우로 흔들며, 뭔가 이상하고 섬뜩하다고 말했던 것이다. 그 정도의 체격을 가진 사내가 갑자기 아무것도 해내지 못하는 것은 그가 악마의 순교자라는 것, 악마가 그에게 힘을 못 쓰도록 거시기에 손을 댔음을 의미하는 것이라는 등등의 말이 따랐다. 그는 그 여자가 자기 동료들에게는 아무런 이야기도 하지 못하도록 그녀에게 돈을 충분히 주고, 완전히 풀이 죽어서 집으로 돌아왔다.

그는 걱정이 되지 않았던 것은 아니지만 가능한 한 빨리 베르벨과 밀회를 가졌다. 그리고 종지기가 종을 치고 있는 동안, 그들은 서로 지극히 성공적인 시간을 가졌다. 그렇게 하여 그는 젊은이로서 자신의 명예가 회복되었다고 보았다. 그러면 그는 만족스러워야 했으나 그렇지 못했다. 왜냐하면 그가 보기에 자신의 첫번째이자 유일한 여자를 제외하면 문제될 것이 없으니 그녀 곁이 아니었다고 해서 왜 **자신**이 문제였

---

* 이른바 홍등가, 즉 사창가를 말한다.

다고 생각해야겠나 싶었다. 하지만, 예의 저 실패 이후 그의 영혼에는 불안감이 남아 있었던 것이다. 그리고 자신을 실험해보려는, 그리고 두 번 다시는 아니더라도 딱 한 번만 사랑하는 연인을 속여보려는 생각이 끊이지 않았다. 그래서 그는 스스로를, 자신과 함께 그녀 또한 시험해 볼 수 있는 기회를 몰래 엿보고 있었다. 왜냐하면 그는 자신의 능력을 불신할 때마다 은근히, 여전히 애정을 담았으나 불안한 심정으로, 자기 가 영혼을 바쳐 사랑하는 여인을 의심하게 되었기 때문이다.

그러다가 그는 병에 시달리던 어떤 뚱보 포도주 상인의 지하실에 서 포도주 통 두 개의 느슨한 굴렁쇠를 통판에 바짝 박는 일 때문에 불려갔고, 아직 생기발랄한 여자였던 주인의 아내가 지하실로 함께 내려 가 그가 일하고 있는 모습을 지켜보는 숙명적인 상황에 처하게 되었다. 그때 그녀는 그의 팔을 쓰다듬더니, 비교해보라는 듯이 그 팔에 자신의 팔을 갖다 대며 그가 도저히 거절할 수 없는 표정을 지어 보였다. 그러 나 막상 일을 제대로 벌이기에는 그의 정신이 아무리 원해도 그의 육체 가 도무지 요지부동으로 말을 듣지 않았다. 그래서 그는 자기가 제대로 기분도 내키지 않을뿐더러 바쁘기도 하다고 말하지 않을 수 없었고, 또 그녀의 남편도 분명히 금방 계단을 내려올 것이라고 말하고는 그대로 달아나버렸다. 매우 불쾌해져서 조롱 섞인 웃음을 크게 웃어대는 여자 에게 건장한 사내라면 절대 지지 않을 빚을 진 채로 말이다.

그는 마음속 깊이 상처를 입었고, 자신에 대해 종잡을 수 없는 기 분이 들었다. 더구나 자신에 대해서만 그랬던 것이 아니었다. 이미 첫 번째 실수 후에 그의 영혼에 스며든 의혹이 이제 그를 완전히 사로잡아 버렸기 때문이다. 자신이 악마의 순교자라는 말이 그에게는 더 이상 의 심의 여지가 없었다. 불쌍한 한 영혼의 무사함, 게다가 그의 육체의 명예가 걸린 상황이었기 때문에 그는 신부를 찾아가 고해실의 격자창 사이로 모든 것을 털어놓았다. 자기에게 악령이 들어 잠자리에서 제대로 일을 해내지 못하고 방해를 받는다, 유일하게 한 여자와 함께 있을 때만 그렇지 않은데, 이게 무슨 사태인지, 혹시 종교가 이런 모욕적인 상황에서 어머니처럼 보살펴주는 애정으로 자기를 구제해줄 수는 없는가, 라고 말이다.

그런데 당시 그곳에는 이와 관련된 수많은 경박스러운 짓들, 죄악, 악덕과 더불어 마녀가 퍼뜨린 페스트가 인류의 적인 악마의 책동으로 신의 존엄성을 모욕할 만큼 심각하게 퍼지고 있는 중이었다. 그래서 사람들의 영혼을 지키는 목자들에게는 엄중한 주의가 의무화되어 있었다. 남자들이 쓸 수 있는 최고의 힘이 악마에게 홀려버렸을 때 발생하는 폐해의 종류를 너무나 잘 알고 있던 신부는 클뢰프가이셀의 고백을 더 높은 자리에다 맡겼다. 종지기의 딸이 연루되어 문초를 받았으며, 그리고 정말로 실토를 했다. 자기가 애인의 정조를 너무나 염려한 나머지, 그가 신과 사람들 앞에서 정식으로 자기 남편이 되기 전에 다른 여자와 놀아나지 못하도록 하기 위해 목욕탕에서 일하는 어떤 노파로부터 특효약이라는 무슨 연고를 한 개 받았다고 했다. 그것은 세례를 받지 못하고 죽은 아이의 몸에서 짜낸 기름으로 만든 것이라는데, 그녀는 오직 하인츠를 단단히 사로잡기 위해 그와 포옹하고 있을 때 몰래, 그리고 특정한 형상을 그리며 그것을 그의 등에 발랐다는 것이다. 그러자 목욕탕의 노파도 심문을 받게 되었지만, 그녀는 완강히 부인했다. 노파는, 교회에서는 쓸 수 없는 심문 방식을 사용할 권한을 부여받은 세속의 관청에 넘겨지게 되었다. 그리고 몇 차례의 강압을 통해, 이미 처음부터 예상하고 있던 사실들이 고스란히 밝혀졌다. 노파가 악마와 계약을 맺었으며, 그 악마는 염소 발을 가진 어떤 승려의 모습으로 나타났고, 소름끼치는 비방으로 신을 향한 인물들과 기독교 신앙을 부정하라고 그녀를 구슬렸는가 하면, 그 대신 그녀에게 예의 저 사랑의 연고뿐만 아니라 터무니없는 다른 만병통치약을 만드는 설명서를 챙겨주었으며, 그중 무슨 기름을 만드는 설명서도 있었는데, 그것을 바르면 어떤 나무토막도 연고를 바른 사람과 함께 곧바로 위로 솟게 한다는 것 등등이었다. 악마가 노파와 계약을 맺던 여러 복잡한 상황들은 단지 조금씩, 그리고 반복된 고문에 따라 드러났는데, 그 내용은 끔찍한 것들이었다.

간접적으로만 유혹에 빠진 여인의 경우, 이제 모든 것은 그녀 자신의 영혼이 사악한 약품을 받아 사용함으로써 얼마나 해를 입었는지에 달려 있었다. 그런데 불행하게도, 노파는 용의 모습으로 나타난 악마가 자신에게 아주 많은 사람들을 개종자로 만들라는 과제를 부여했다고 털어놓았다. 왜냐하면 악마는 그녀가 자신에게서 받은 약을 사용해 아이를 한 명씩 유인해 올 때마다 그녀를 영원한 불꽃으로부터 조금씩 안전하게 해주어서, 그녀가 열심히 자기에게 맡겨진 일을 해내고 나면 지옥의 불꽃을 막을 수 있는 석면 갑옷으로 무장이 되어 있으리라고 말했다는 것이었다. 노파의 이 말이 베르벨의 목숨을 앗아가고 말았다. 그녀의 영혼을 영원한 불행에서 구제해야 할 필요성, 즉 그녀의 몸을 희생함으로써 그녀를 악마의 갈퀴로부터 빼낼 필요성이 분명해졌던 것이다. 그렇지 않아도 이미 만연하고 있던 타락 때문에 본보기를 보이는 것이 절박하게 필요했으므로 해당 기관은 공개된 광장에 나란히 기둥을 세우고 늙은 마녀와 젊은 마녀 둘 다 화형에 처했다. 마법에 홀린 하인츠 클뢰프가이셀은 모자를 벗어 들고 기도를 중얼거리며 관객 무리 속에 서 있었다. 연기에 질식되어 쉰 소리만 나는 애인의 이상한 외침이 그에게는 기침을 해대며 마지못해 그녀의 몸 밖으로 빠져나가는 악마의 목소리로 들렸다. 그 시간 이후, 그동안 그에게 씌워졌던 모욕적인 제한이 제거되었다. 왜냐하면 그의 애인이 재로 변하자마자, 그 전에 그가 부당하게 빼앗겨버렸던, 자신의 남성성을 자유롭게 사용할 수 있는 권한을 되돌려 받았기 때문이다.

나는 슐렙푸스 강의의 정신을 특징적으로 보여주던 이 파격적인 이야기를 결코 잊을 수 없었고, 그 내용 때문에 흥분된 마음을 한 번도 제대로 진정시킬 수가 없었다. 당시에 우리끼리, 아드리안과 나 사이에서나 '빈프리트' 모임에서 했던 토론에서도 그 이야기가 여러 차례 거론되었다. 하지만 자기가 수강하던 선생들과 그들의 강의에 대해서 항상 삼가는 태도로 말을 아끼던 아드리안에게서나 그의 학우들에게서 나는 그 일화, 특히 클뢰프가이셀에 대해 느꼈던 나 자신의 분노를 해소해줄 정도의 공감을 이끌어내지 못했다. 나는 지금도 그 일을 생각하면 화가 치밀어서 씩씩거리며 클뢰프가이셀에게 호통을 치고, 그를 문자 그대로 당나귀처럼 멍청한 살인자라고 부른다. 그 멍청한 자가 불평할 게 뭐가 있었으랴? 자기가 사랑하는 여자가 있었는데, 게다가 자기가 다른 여자들과 관계할 때는 차갑고 '불능'이 될 정도로 사랑하는 여자였던 게 분명한데, 왜 다른 여자들과 실험을 해보아야 한다는 건가? 한 여자와 사랑을 나눌 능력을 가지고 있으면서, '불능'이라니 대체 무슨 소린가? 사랑은 분명 성적인 것에서 일종의 고상하게 까다로운 버릇을 키워주는 것 같다. 사랑이 없는 곳에선 성적인 능력이 발동하지 않고, 사랑 앞에서, 사랑하는 사람을 보면 그 능력이 발동하는 것은 지극히 자연스러운 현상이다. 물론 베르벨은 사랑하는 하인츠의 능력을 고정시켰고, 일정하게 "제한했다." 하지만 악마의 묘약을 가지고 그랬던 것이 아니라 자기가 가진 매력과 상대를 사로잡으려는 의지로 그렇게 한 것이다. 그런 의지로 그녀는 하인츠를 붙잡았고, 그가 다른 유혹에는 끄떡없게 했던 것이다. 그렇게 애인을 지키려는 의지가 마술 연고 내지 그 연고를 믿는 소녀의 마음 때문에 심리적으로 강화되어 더 큰 힘을 발휘했으며, 청년에게 더 강력한 영향을 끼쳤다는 점은 내가 인정할 수 있다. 비록 이 문제를 청년의 입장에서 바라보는 것이 내게는 훨씬 더 분명해 보이지만 말이다. 그 청년이 사랑을 나눌 때 드러내던 까다로운 습성이 다른 여인과의 관계에서 성적 제동의 원인이 된 것인데, 그는 너무나 어리석게도 그런 제동을 불쾌하게만 생각한 것이다. 하지만 이런 관점도 사실 정신적인 것이 자연스러운 괴력을 지녀 유기체적이고 신체적인 것에 결정적인 변화를 초래하며 작용한다는 것을 인정하는 것이다. 물론 슐렙푸스가 클뢰프가이셀 사건에 주석을 붙이면서 의도적으로 강조한 부분이 바로 이와 같은, 마술적인 측면인 것은 두말할 필요도 없다.

그는 어느 정도까지는 인본주의적인 의미에서 그렇게 강조했다. 그것은 이른바 저 암흑의 세기들이 인간의 신체가 드러내는 뛰어난 심신 상태에 대해 품고 있었다는 높은 이상을 돋보이도록 하기 위해서였다. 그런 세기들은 인간의 몸을 다른 어떤 세속적인 물질의 결합체보다 더 고상하다고 여겼다는 것이다. 또한 몸의 서열 체계에서 차지하는 정신적인 것의 높은 위상, 그 고귀함이 바로 정신적인 것으로 인한 육체의 변화에서 표현되고 있다고 보았다는 것이다. 육체는 두려움과 분노의 힘으로 식거나 뜨거워지며, 상심 때문에 여위기도 하고, 기쁨으로 활짝 피어나는가 하면, 단순히 메스껍다고 생각하는 것만으로도 부패한 음식의 생리학적 작용이 일으키는 결과를 겪을 수 있고, 딸기가 담긴 접시만 봐도 알레르기 환자의 피부는 온통 농포(膿疱)로 뒤덮일 수 있으며, 심지어 병과 죽음이 순전히 정신적인 작용의 결과일 수도 있다는 것이었다. 하지만 영혼 자체의 능력, 영혼에 속하는 질료로서의 육체를 변화시킬 수 있는 그 능력을 인식하는 데에서 그다음 인식까지는 단지 한 걸음, 꼭 필요한 단 한 걸음밖에 안 되었다. 그러고는 다른 사람의 영혼 역시 고의적이고 의도적으로, 말하자면 마술을 이용해 다른 사람의 육체에 내재된 본질을 바꿔버릴 수 있다는 확신, 인류가 겪은 풍부한 경험이 뒷받침해주는 그 확신에 이르게 되는 것이다. 달리 말하면, 이로써 마법이나 악마의 영향, 또 마법을 거는 못된 짓이 실재한다는 사실이 증명되었다. 그리고 가령 독을 품은 시선처럼 경험적으로 수없이 일어나는 현상들, 바실리스크 도마뱀의 독살스러운 시선이라는 전설*에 압축된 그런 현상들은 이른바 미신의 범주에서 단번에 떨어져 나갔다. 순수하지 않은 영혼이 의도적이든 그렇지 않든 단순히 시선으로 다른 사람에게 육체적으로 해를 입힐 수 있다는 것을 부정하고, 특히 어린아이들은 영혼이 심약하기 때문에 그런 눈길의 독기에 더욱 심하게 해로운 영향을 받을 수 있다는 것을 부정하는 처사는 용서받을 수 없는 비인간성의 표현이 되었을 것이다.

이상이 슐렙푸스가 했던 특별한 강의의 내용이다. 여기서 특별했던 점은, 뛰어난 재기와 함께 재고의 여지도 있었다는 것이다. "재고의 여지"라는 표현은 아주 적절하다. 나는 그 표현을 어문학적으로 항상 높

---

* 바실리스크 도마뱀은 중앙아메리카 코스타리카의 습한 숲 물가에 서식하는 파충류로, 고대 로마인들이 상상한 아프리카의 괴물이 이 도마뱀과 유사하게 생겨서, 그 눈을 보면 죽거나 돌이 된다고 믿게 되었다.

이 평가했다. 이 표현은 어떤 견해에 동의할 것과 가까이하지 말 것을 동시에 요구하고, 그러니까 어쨌든 매우 조심스럽게 동의할 것을 권한다. 그리고 그것은 한 사안의, 또는 한 인간의 숙고할 만한 가치가 있는 부분과 그렇지 못한 추악한 면을 동시에 보여주는 이중성을 드러낸다.

우리는 거리에서나 학교 복도에서 슐렙푸스를 만나면, 그의 강의가 보여준 높은 지적 수준이 매시간 우리에게 불러일으키던 존경심을 담아 인사하곤 했다. 그러면 그는 우리보다 더욱 깊숙이 모자를 당겨 보이며, "그대의 충성스러운 심복이외다!"라는 말로 인사를 하는 것이었다.

XIV

숫자신비론은 나의 관심 영역이 아니다. 나는 늘 노심초사하며 아드리안이 그 신비론에 대해 티를 내지 않으면서도 제법 깊은 관심을 보이는 것을 지켜보았을 뿐이다. 그렇지만 바로 앞 장이 숫자 13을, 보통 꺼림칙한 느낌으로 읽게 되고 불길하다고 여겨지는 숫자를 달게 된 것은 나의 무의식적인 공감을 얻고 있기는 하다. 심지어 나는 그것을 꼭 우연이라고만 보고 싶지 않은 것도 어쩔 수 없다. 그러나 이성적으로 보건대, 그것은 우연이다. 말하자면 할레에서 겪은 대학 체험의 전체 이야기는 그 전에 언급한 크레취마르의 강연처럼 근본적으로는 하나의 자연스러운 통일성을 이루고 있기 때문이다. 단지 늘 쉼표나 휴지부, 그리고 새로운 시작을 찾는 독자를 고려하는 마음에서 그렇게 여러 장으로 나눈 것인데, 사실 작가로서 양심적으로 말하자면 그렇게 나눠야 할 필연성이 전혀 없는 이야기들이다. 그러니까 내 뜻대로라면 우리가 여전히 11장에 머물러 있을 터인데, 단지 남을 고려하고 양보를 잘하는 내 성향이 결국 슐렙푸스 박사에게 13이라는 숫자를 할애한 셈이다. 나는 그 숫자를 기꺼이 그에게 허용한다. 심지어 나는 할레 대학 시절에 쌓은 우리의 모든 추억을 적는 장에다 13이라는 숫자를 붙일 수도 있었다. 왜냐하면 이미 이야기했듯이, 이 도시의 공기, 그 신학적인 공기가 내 정신 건강에 좋지 않았고, 아드리안의 학업에 내가 청강생으로 참여했던 것은 여러 가지로 불쾌감을 감수하면서까지 우리의 우정에 바쳤던 희생이었기 때문이다.

우리의 우정? 아니, '나의' 우정이라고 말하는 것이 더 맞겠다. 왜냐하면 **그는** 내게 쿰프나 슐렙푸스의 강의를 같이 듣자고 요구한 적이 없거니와, 더욱이 내 수강신청서에 들어 있는 강의들은 빼먹으면서까지 그 강의들을 듣자고 한 적도 없었기 때문이다. 나는 그런 일들을 순전히 자발적으로 했으며, 오로지 그가 듣는 것을 듣고 싶고, 그가 배우는 것을 알고 싶은, 한마디로 말해, **그를 주의 깊게 돌보고 싶은** 거역하기 어려운 소망에서 그렇게 했던 것이다. 왜냐하면 내게는 그것이 항상 절대 필요하다고, 별 소용은 없을지라도 반드시 필요하다고 여겨졌기 때문이다. 지금 내가 표현하고 있는 그런 상태는 아주 특이하게도 두 가지 심정이 뒤섞여서 고통을 주는 상태였다. 즉 절박함과 무의미함이 그것이다. 내가 분명히 의식하고 있었던 점은, 지켜볼 수만 있을 뿐 변화시키고 영향을 미칠 수 없는 어떤 삶을 대하고 있었다는 점이다. 그리고 그런 인생에 시선을 고정시키고, 친구 곁을 떠나고 싶지 않았던 나의 절박한 소망에는 이미 많은 예감이 담겨 있었다. 그것은 내가 언젠가는 그의 청년기와 관련된 인상들에 대해 전기를 써서 해명하는 과제를 맡게 될 것이라는 예감이었다. 이런 말을 하는 이유는, 독자에게도 한 가지는 분명해졌을 것이기 때문이다. 즉 내가 이런 이야기를 장황하게 늘어놓은 일차적인 까닭은 내가 할레에서 별로 편한 마음으로 지내지 못했던 이유를 설명하기 위해서가 아니라, 벤델 크레취마르가 카이저스아셰른에서 행한 강연을 내가 자세히 이야기했던 것과 같은 이유에서 그리한 것이다. 말하자면 전기 기록자로서 나에게 중요하고, 또 중요할 수밖에 없는 점은, 독자를 아드리안이 겪었던 정신적 체험의 증인으로 만드는 일이라는 것이다.

역시 같은 이유에서, 이제 나는 뮤즈의 젊은 아들들인 우리 대학생들이 날씨가 화창한 계절에 할레에서 즐겼던 단체 도보 여행에 독자도 함께 떠나보도록 초대하고자 한다. 나는 아드리안의 동향인이자 가까운 친구로서, 신학도는 아니지만 신에 대한 높은 학식에 큰 관심이 있는 것처럼 보였기 때문에 기독교 학생연맹 '빈프리트'의 학생들 사이에서 환영받는 손님이었고, 그래서 주로 신의 푸른 창조물을 즐기기 위해 단체로 시골로 떠나던 소풍에 자주 참여할 수 있었다.

그런 소풍은 매우 자주 있어서 우리 둘이 참여하지 못할 때가 더 많았다. 이런 말은, 아드리안이 학생연맹의 아주 열성적인 회원은 아니었고, 회원으로서 의무를 정확히 이행하며 만족감을 느끼기보다 예의상 그냥 회원인 척하는 정도였다고 따로 언급할 필요는 없을 것이기에 하는 말이다. 동료들을 고려해, 또 대학 생활에 적응하려고 애쓴다는 것을 보여주고자 그는 '빈프리트' 회원 가입을 구태여 거절하지는 않았으나, 대개는 편두통을 비롯해 여러 구실을 들어 주점에서 열리는 모임에는 가지 않은 적이 한두 번이 아니었다. 그리고 그는 여러 해가 지난 뒤에도 70여 명의 연맹 학생들과 형제처럼 허물없이 지내는 관계(frère-et-cochon)를 만들지 못해서, 그들과 지낼 때 친근하게 '너'라고 부르는 것조차 그에게는 눈에 띄게 어색했고, 또 자주 잘못 말하기도 했다. 그럼에도 불구하고 그는 회원들 사이에서 신망을 얻었다. 그가 거의 예외적이라고 할 수 있을 만큼 드물게 뮈체 주점의 담배 연기 자욱한 별실에 들어서면, 그를 향해 울려오는 "왔어?"라는 인사는 그의 비사교성을 살짝 조롱하는 어감이 들어 있기는 해도 진심 어린 반가움을 전하는 말이었다. 왜냐하면 그들은 신학적이고 철학적인 논쟁에 그가 참여하는 것을 높이 평가했기 때문이다. 그는 논쟁을 주도하기보다 틈틈이 이의를 제기함으로써 논의 방향에 자주 흥미로운 변화를 가져다주었던 것이다. 무엇보다 음악에 대한 그의 감각이 큰 도움이 되었다. 그런 자리에서 으레 빠지지 않던 돌림노래에 그가 다른 사람들보다 더 낭랑하고 흥을 돋우는 음으로 피아노 반주를 할 수 있었기 때문이다. 또한 학우회 대표, 즉 큰 키에 갈색 머리에다 대개는 눈꺼풀로 부드럽게 덮인 눈길과 휘파람을 불듯이 오므린 입이 특징인 바보린스키의 요청에 따라 바흐의 토카타,* 베토벤이나 슈만의 곡 중에서 한 악장을 독주곡으로 연주하며 회원들을 즐겁게 했기 때문이기도 하다. 하지만 간혹 그는 자발적으로도 협회실에 있던 무딘 소리의 피아노, 즉 벤델 크레취마르가 '공익협회'의 홀에서 강연 중에 우리에게 쳐 보였던 그 형편없는 악기를 상당히 연상시키던 피아노에 앉았다. 특히 회의 시작 전에 회원들이 다 모일 때까지 기다리고 있는 동안에 그랬는데, 그럴 때면 그는 내가 결코 잊지 못할 독특한 모습을 보였다. 들어오면서 건성으로 인사를 건네고, 가끔은 외투도 벗지 않은 채 생각에 빠지고 찌푸린 표정으로 마치 자기가 그곳에 온 원래 목표가 따로 있기라도 한 것처럼 곧바로 피아노 쪽으로 걸어가는 모습도 그러하거니와, 또 건반을 한 번

---

* Toccata: 건반 악기를 위한 환상곡 풍의 음악.

세게 치고 눈썹을 치켜세우며 경과음을 강조하면서, 아마 오는 길에 생각했을 법한 음들을 결합하고 준비하는가 하면, 불협화음을 협화음으로 이행하는 시도를 했던 것이다. 그런데 피아노를 향해 그렇게 돌진해 가는 모습도 뭔가 의지하고 도피해 갈 만한 곳을 찾는다는 인상을 주었다. 마치 우리가 있던 공간과 그 안을 채운 사람들이 그에게 겁이라도 주는 듯이, 그리고 그는 자신이 빠져든 당황스럽게 낯선 곳을 피해 그곳에서, 그러니까 사실상 자신에게서 도피할 곳을 찾는다는 듯이 말이다.

그러면서 그는 어떤 특정한 음들을 지속적으로 생각하고, 그것을 변화시키거나 대강의 형태를 구성해가며 계속 연주했다. 그럴 땐 그를 둘러싸고 서 있던 학생들 중에서 수험생 스타일에다 금발과 반쯤 긴 기름진 머릿결의 키 작은 프롭스트가 물었다.

"이게 무슨 곡이야?"

"아무것도 아니야." 연주자가 짧게 머리를 흔들며 대답했는데, 그것은 오히려 파리를 쫓는 동작 같았다.

"아무것도 아닐 수가 있어?" 프롭스트가 다시 물었다. "지금 네가 그것을 연주하고 있는데?"

"이 친구는 환상의 열기에 젖어 있는 거야"라고 키가 큰 바보린스키가 사려 깊게 설명했다.

"환상의 열기에 젖어 있다고?!" 프롭스트는 정말 깜짝 놀라 소리쳤다. 그리고 그는 물처럼 투명한 파란 눈으로 옆에서 아드리안의 이마를 살폈다. 마치 그 이마가 열에 들떠 있는 걸 볼 수 있다고 기대하는 듯이.

모든 사람들이 웃음을 터뜨렸다. 아드리안도 모아 쥔 두 손을 피아노 위에 올리고 머리를 그 위로 숙이면서 웃었다.

"오, 프롭스트, 이 순진한 친구야!" 바보린스키가 말했다. "즉흥 연주를 했다니까. 이해 못 하겠어? 이 친구가 금방 생각해낸 거라고."

"어떻게 그렇게 많은 음을 갑자기 오른손에, 또 왼손에 생각해낼 수 있다는 거야?" 프롭스트가 자기변호를 했다. "그리고 어떻게 자기가 연주하고 있는 것을 아무것도 아니라고 말할 수 있어? 아무것도 아닌 것, 없는 것을 연주할 수는 없잖아?"

"오, 천만에." 바보린스키가 부드럽게 말했다. "아직 존재하지 않는 것도 연주할 수 있는 거야."

그리고 나는 도이칠린이라는 학생, 콘라트 도이칠린, 건장한 체격에 이마 위로는 머리칼을 드리우고 있던 그 학생이 덧붙인 말이 아직도 귓속에 맴돈다.

"어떤 것이든 처음엔 아무것도 아니었어, 프롭스트. 그러고 나서 뭔가가 된 것이지."

"내가 여러분들에게…… 내가 자네들에게 확실히 말할 수 있는 것은" 하고 아드리안이 말했다. "그것이 정말 아무것도 아니었다는 거야, 어떤 의미에서든."

이제 그는 웃느라고 구부렸던 자세에서 몸을 일으켜야 했다. 그 순간 그의 얼굴에는, 방금 일어난 일 때문에 마음이 불편한 데다 자신의 속마음을 들켰다고 생각하는 기색이 역력했다. 그러고 나서 창의적인 것에 대해 긴 토론이 이어졌는데, 꽤 흥미로웠던 그 토론을 주로 도이칠린이 이끌었던 것으로 기억한다. 그 토론에서 제한이라는 개념, 말하자면 미리 주어진 여러 가지 것, 가령 문화, 전승, 계승, 관습, 관습적으로 고정된 틀 같은 것 때문에 감수해야 하는 제한에 대한 논의가 이루어졌다. 하지만 인간적이고 창의적인 것은 결국 신적인 존재의 힘이 여운으로 남아 있는 것이고, '있을지어다'라는 전능한 신의 창조적 명령

216

에 반향하는 것이며, 물론 이때도 생산적인 영감은 신으로부터 오는 것이라고 신학적으로 인정되었다.

말이 나온 김에, 그리고 정말 부수적으로 덧붙이건대, 세속적인 학문을 다루는 학부에 속했으면서 모임에 참가를 허락받았던 나도 가끔씩 요청이 있으면 내 비올라 다모레를 가지고 모임에 기여할 수 있었던 것이 좋았다. 음악은 그 모임에서 꽤 주목을 받았던 것이다. 비록 원칙적이면서도 모호하게 주목을 받았다고 해야겠지만 말이다. 거기서는 음악을 신의 예술이라고 보았고, 음악과 '일종의 관계'를, 자연에 대한 관계처럼 낭만적이고 경건한 관계를 가져야 했다. 음악, 자연, 그리고 즐거운 경건함, 이런 것들이 '빈프리트'에서는 서로 밀접하게 연관되며 규정에 어긋나지 않는 관념으로 인식되었다. 내가 "뮤즈의 아들들"이라고 말하면, 이런 표현이 혹자에게는 어쩌면 신학도들에게 도무지 어울리지 않는 듯이 보이겠지만, 바로 그런 관념의 조합, 그 경건한 자유로움의 정신과 맑은 눈동자로 미를 관조하는 정신이 내 표현의 정당성을 말해준다. 내가 이제 다시 이야기할 예의 저 자연 속으로의 여행도 그런 정신에 따른 성격을 띠었다.

우리가 할레 대학에서 보낸 4학기 동안 '빈프리트' 회원은 두 번인가 세 번쯤 단체 도보 여행을 갔다. 바보린스키가 70여 명의 전체 회원들에게 자연으로 떠나보자고 요청한 것이었는데, 이렇게 많은 사람들이 몰려가는 행사에는 아드리안과 나는 한 번도 참가하지 않았다. 하지만 개별적으로 서로 친한 친구들끼리도 도보 여행을 가곤 했는데, 우리도 몇 명의 괜찮은 청년들과 함께 도보 여행을 떠난 적이 자주 있었다. 그런 그룹에는 학생회 대표를 비롯해 건장한 도이칠린, 그리고 둥에르스하임이라는 학생, 칼 폰 토이트레벤이라는 학생, 그밖에 후프마이어,

마테우스 아르츠트, 샤펠러라는 몇몇 젊은 학생들이 속했다. 나는 이들의 이름을 아직 기억하고 있고, 모습도 대략 떠오르지만, 여기서 그 모습을 자세히 이야기할 필요는 없을 것이다.

할레에서 가장 가까운 곳은 모래가 많은 평지인데, 경치는 별 매력이 없는 곳이다. 그러나 몇 시간 안 가서 기차는 잘레 강 쪽으로 달리며 아름다운 튀링엔 땅으로 들어선다. 그곳에서, 대개는 이미 나움부르크나 아폴다(아드리안의 어머니가 태어난 지역)에서 우리는 기차에서 내려 두건이 달린 우비 차림으로 배낭을 메고 정말 자유를 만끽하는 사내들이 되어 도보로 여행을 계속했다. 하루 종일 걷다가 시골 동네 식당이나 작은 숲 가장자리의 평평한 땅바닥에 앉아 식사를 했고, 농가의 창고 짚단 속에서 여러 밤을 보냈으며, 날이 밝아오면 흐르는 샘물가의 크고 긴 물통에 받아놓은 물로 세수를 하며 원기를 회복했다. 이런 임시방편 같은 생활은 도시 사람이자 정신노동에 시달리는 학생들이 시골의 원시적인 환경에서, 말하자면 어머니 같은 대지의 품에서 청강생 스타일로 누리던 휴식이었다. 물론 곧 다시 그곳을 떠나 시민적인 안락함이 있고 친숙한, 말하자면 '자연스러운' 영역으로 돌아가야 한다는, 혹은 돌아갈 수 있다는 확신 속에서 취하던 휴식이었다. 이처럼 자발적으로 생활을 축소하고 간소하게 꾸려보는 일은 쉽게, 게다가 거의 필연적으로 부자연스럽고 거만하며 어설픈 데다 우스꽝스러운 분위기를 띠기 마련이다. 우리도 그런 어설픔을 모르지 않았고, 우리가 잠잘 때 필요한 짚을 좀 달라고 부탁했을 때 여러 농부들이 우리를 훑어보면서 선량한 표정으로 조롱하듯 싱글대던 것도 아마 그런 어설픔 때문이었을 것이다. 그들의 웃음에 호의를 품은 것은 물론이고 공감하며 인정까지 할 수 있었던 것은 우리가 젊었기 때문이었다. 젊음이야말로 시민적인 것과 자연적인 것을 연결하는 데 유일하게 정당성을 인정받은 교량이라고 말할 수 있다. 게다가 대학 시기라는 게 시민적인 삶에 편입되기 전으로, 대학생 낭만주의와 청년 낭만주의 등 온갖 낭만주의를 만끽하는 시기인 것이다. 사상적인 면에서 항상 기력이 넘치는 도이칠린이 바로 이 점을 문제의 핵심으로 지적했다. 우리는 잠이 들기 전에 이른바 헛간 대화를 나누곤 했는데, 헛간 구석에 걸린 마구간 등불의 희미한 불빛 아래에서 당시 우리의 생활과 관련된 문제를 논의하는 시간이었다. 바로 그 시간에 도이칠린이 젊은이가 젊음에 대해 논하는 것은 적절치 않다고 덧붙였던 것이다. 스스로를 객관화해 평가하고 연구하는 삶의 양식은 그럼으로써 사실은 생활양식을 잃고 해체될 뿐이고, 오직 스스로를 의식하지 않고 존재하는 것만이 진정한 삶을 사는 것이라는 주장이었다.

　도이칠린의 말에 후프마이어와 샤펠러가 이의를 제기했고, 토이트레벤도 동의하지 않았다. 그렇다면 언제나 노년만이 젊음을 평가하고, 젊음은 마치 객관적인 정신에 전혀 관여하지 않는 듯이 항상 다른 사람들의 고찰 대상이어야만 하겠구나, 하고 그들이 말했다. 하지만 젊음은 그렇게 거론되고 있는 상황 자체만으로도 이미 객관적인 정신에 관여하는 것이고, 그렇기 때문에 젊은이로서 젊음에 대해 함께 논하는 것이 허용되어야 한다고 그들은 말했다. 삶의 감각이라고 불리며 자의식에 필적하는 것이 있지 않느냐면서, 그런 것이 있다고 해서 삶의 양식이 해체된다면 내적으로 충족된 삶이란 도무지 불가능할 것이라고 했다. 둔감하고 무의식적인 상태에서 단순히 존재하는 것, 어룡*같이 존재하

---

* 중생대 쥐라기와 백악기에 물속에서 살던 공룡.

는 것만으로는 충분하지 않다는 것이었다. 오늘날에는 의식적으로 열심히 노력해서 자신을 입증해야 하며, 확실한 자신감을 가지고 자신의 고유한 삶의 양식을 추구해야 한다, 젊음이 그러한 삶의 양식으로 인정받기까지 오랜 세월이 충분히 흘렀다,라는 것이었다.

"하지만 그 '인정'은 젊은 세대가 얻어낸 것이라기보다 주로 교육을 통해, 그러니까 기성세대로부터 나온 것이지"라고 아드리안이 말했다. "어린이의 세기라고도 하고, 또 여성 해방을 고안해내기도 한 시대에 어느 날 갑자기 젊음도 인정을 받게 된 거야. 자주적인 삶의 양식이라는 알맹이 없는 개념을 선사받은 젊음에게도, 물론 열심히 그런 '인정'을 동의해준 거지."

"아니야, 레버퀸" 하고 후프마이어와 샤펠러가 나서자, 다른 사람들도 그들을 지원했다. 그의 말이 틀렸다고, 적어도 대부분은 틀렸다고 말이다. 의식화에 힘입어서 세상에 대항하며 돌파해나간 것은 젊은이 스스로 가졌던 삶의 감각이라고, 설사 세상도 그것을 인정할 마음이 완전히 없지는 않았다 하더라도 젊은이들이 해낸 거라고 말이다.

"당연히 있었지"라고 아드리안 말했다. 세상이 젊음을 인정할 마음이 전혀 없지 않았다는 것이다. 이 시대에는, "난 고유한 삶의 감각을 가지고 있다"라고 말만 하면 세상이 곧바로 구십 도로 허리를 꺾으면서 '고유한 삶의 감각'을 받아들여주니까, 말하자면 젊은이는 버터 자르는 것만큼 쉬운 일을 한 거라고 말했다. 덧붙이자면, 젊음과 젊은이의 시대가 서로 이해한다면, 뭐라고 반대할 이유가 없다고도 했다.

"왜 그렇게 냉정해, 레버퀸? 오늘날 시민사회에서 젊은이들이 점점 더 권리를 인정받고, 발전해가는 시기에 그 나름의 존엄을 인정받는 게 좋다고 생각되지 않아?"

"그야, 좋은 거지." 아드리안이 대답했다. "하지만 당신들이 이야기했던……, 자네들이 이야기했던……, 우리가 이야기했던 말의 시작은……"

그는 주변에서 터져 나온 웃음소리에 말을 중단했다. 그가 말을 몇 번이나 잘못했기 때문이다. 나는 바로 마테우스 아르츠트가 다음과 같은 말을 한 것으로 기억한다.

"정말 너답다, 레버퀸. 훌륭한 점층법이야. 너는 우리에게 처음에는 '당신들'이라고 하고, 그러고는 '자네들'이라는 말을 어인 일로 해내더니, 마지막에야 '우리'가 나오잖아. 아서라, 그러다가 혀만 부러뜨릴라. 자네같이 타고난 개인주의자가 어찌 그런 걸 해내겠어."

아드리안은 자신이 그렇게 불리는 것을 받아들이려 하지 않았다. 그는 그렇지 않다고 말했다. 자기는 개인주의자가 아니라고 했다. 그러고는 자신이 공동체를 매우 긍정한다고 덧붙였다.

"아마 이론적으로는 그렇게 말하겠지." 아르츠트가 대꾸했다. "인간 아드리안 레버퀸은 싹 빼고 말이야. 거만하게 위에서 아래를 내려다보며 하는 말투로 말이지." 젊음에 대해서도 아드리안은 위에서 아래를 내려다보는 식으로 이야기한다고 그는 말했다. 마치 자기는 거기에 속하지 않는 것처럼 구는데, 그건 자신을 젊음에 포함시키고 거기에 적응할 능력이 없는 것이며, 겸손에 관해서는 당연히 크게 아는 바가 없기 때문이라는 것이었다.

지금 겸손 이야기를 하는 게 아니잖느냐고 아드리안이 방어했다. 오히려 그 반대로, 삶에 대한 자신 있는 감각 이야기를 하던 중이었다는 것이다. 그러자 도이칠린이 나서서, 레버퀸의 말을 끝까지 들어보자고 제안했다.

"별말은 아니고"라며 아드리안이 말을 이었다. "조금 전에 우리는 젊은이가 시민적으로 성숙된 사람보다 자연과 더 가까운 관계를 가진 다는 데서 이야기를 시작했지. 그러니까 가령 여자처럼 말이야. 남자에 비해 여자는 자연과 더 가까운 관계를 가진다고 하지 않는가. 하지만 나는 그 점에 대해 다르게 생각하네. 젊음이 자연과 특별히 친근한 관 계라고 생각하지 않아. 오히려 수줍어하고 가까이 가기 어려워하면서, 사실은 낯설어한단 말이야. 자신의 자연적인 부분에 대해 인간은 나이 가 들면서 비로소 익숙해지고, 서서히 마음을 안정시키지. 젊은이야말 로, 내 말은, 비교적 고상한 기질의 젊은이라면 오히려 그런 자연적인 부분에 대해 경악하고, 그것을 경멸하며 적대감을 가지고 대한다는 거 야. 자연이 뭔가? 숲과 초원? 산, 나무, 호수, 아름다운 경치? 내 생각 으로는, 이런 것에 대해 젊은이는 자기보다 나이를 더 먹고 마음이 진 정된 사람보다 훨씬 이해력이 없어. 젊은이는 그다지 자연을 보며 즐기 고 싶어 하지 않거든. 젊은이는 내면으로 관심을 돌리고, 정신적인 것 에 신경을 쓰면서 감각적인 것을 기피해. 내 생각으로는 그렇다고."

"그런데 우리가 증명하고 있잖아(Quod demonstramus)." 누군가 말했다. 아마 등에르스하임이었을 것이다. "여기 짚단 속에 누워 있는 우리 도보 여행자들 말이야. 우린 내일이면 튀링엔의 숲을 올라가고, 아이제나흐로, 바르트부르크로 갈 거잖아."

"넌 항상 '내 생각으로는'이라고 말하는데"라고 다른 사람이 이의 를 제기했다. "사실은 '내 경험으로는'이라고 말하고 싶은 거겠지."

"자네들은 나를 비난하고 있는데" 하고 아드리안이 단호하게 대답 했다. "내가 젊은이에 대해 위에서 내려다보는 식으로 무시하며 이야기 한다는 둥, 나 자신을 포함시키지 않는다는 둥, 그러더니 이제는 또 갑자기, 내가 말을 바꾼다고 하는군."

　"레버퀸은" 하고 도이칠린이 말을 이었다. "레버퀸은 젊은이에 대해 자신의 생각을 가지고 있는 거야. 하지만 젊음이 그 나름대로 존중받아야 할 하나의 고유한 삶의 양식이라고 보고 있는 것도 틀림없어. 바로 이 점이 결정적인 거야. 내가 젊은이들이 젊음에 대해 논하는 것에 반대했던 건, 그런 자기 논의가 삶의 직접성을 해치는 한에서 반대하는 거야. 하지만 자의식으로서의 젊음은 존재를 강화하기도 하지. 그리고 이런 의미에서, 그러니까 이런 정도에서 나는 젊음을 인정해. 젊음에 대한 생각은 우리 민족, 독일 민족의 특권이자 장점이야. 다른 민족들은 그런 생각을 거의 모르거든. 젊음이 자체적으로 생각하는 의미로서의 젊음은 그들에게 거의 낯선 것이나 다름없어. 그들은 독일 청년들이 스스로 정하고 기성세대들로부터도 용인 받은 특유의 본질을 강조하면서 행동하는 모습에 의아해하고, 심지어 비시민적인 옷차림을 하고 다니는 걸 보면 놀라잖아. 그러라지, 뭐. 독일 젊은이는 그야말로 젊은이로서 민족정신 자체를 대변하고 있어. 젊고 미래를 가득 품은 독일인의 정신 말이야. 미성숙한 정신이라고도 말하겠지만, 미성숙하면 어때! 독일의 업적은 항상 모종의 막강한 미성숙에서 생겨났어. 우리가 종교개혁의 민족인 것은 우연이 아니야. 그건 미성숙의 작품이기도 했거든. 성숙했던 사람들은 피렌체의 르네상스 시민이었지. 그들은 교회에 가기 전에 자기 아내에게, '그럼, 민중들을 오류로 인도하는 교회에 경의를 표하러 가볼까!'라고 말했으니까. 하지만 루터는 새롭고 정화된 신앙을 가져올 만큼 충분히 미성숙했고, 충분히 민중적이었고, 충분히 독일적으로 민중적이었지. 성숙함이 최종적으로 뭐든 결정한다면, 세상이 어디에 남아 있겠어! 우리는 미성숙 상태에서 아직 이 세상에 여러 개혁과 혁명을 선물하게 될 거야."

도이칠린이 말을 끝내자 모두들 한동안 침묵을 지켰다. 어둠 속에 누워, 개인적으로나 민족적으로나 젊다는 느낌을 생각해보는 것이 분명했고, 그런 느낌은 **단일한** 격정으로 녹아들고 있었다. "막강한 미성숙"이라는 말이 분명 대다수를 아주 흡족하게 만들었을 것이다.

"참, 모를 일이야"라고 아드리안이 침묵을 끝내며 말하는 소리가 들려왔다. "그런데 왜 우린 그렇게도 미성숙한 건지, 자네 말처럼 그렇게도 어린 건지. 내 말은, 민족으로서 말이야. 사실 우리도 다른 민족들처럼 오랜 역사를 가지고 있잖아. 어쩌면 우리가 단지 조금 늦게 결합해 공동의 자의식과 민족의식을 키운 역사 때문에 스스로 유난히 젊은 특성이 있다고 착각하고 있을 뿐인지도 몰라."

"아니, 그런 건 아니지." 도이칠린이 단호하게 대꾸했다. "최고 의미에서의 젊음이란 정치적 역사와 무관할뿐더러 역사 자체와 전혀 상관이 없어. 독일적인 생성과 이룸이라는 말을 들어본 적 없어? 독일인 특유의 방랑벽, 독일적인 특성은 끝없이 어디론가 향해서 가고 있는 도중의 상태라는 말을 들어본 적 없단 말이야? 독일인은 영원한 대학생이라고 해도 좋을 거야. 모든 민족들 사이에서 뭔가 이룩해내고자 영원히 야심차게 노력하는 인간 말이야……"

"그리고 독일인이 일으킨 혁명들은 세계사 차원에서 보면 그저 집안에서 자기들끼리만 떠들썩하게 놀았던 것에 불과했고." 아드리안이 짧게 웃음을 터뜨리며 끼어들었다.

"아주 재치 있어, 레버퀸. 너희 신교가 널 그렇게 익살스럽도록 놔두는 게 놀랍단 말이야. 필요하다면, 내가 젊음이라고 부르는 것을 조금 더 진지하게 받아들일 수도 있을 거야. 젊다는 것은 위조되지 않고 순수하다는 뜻이고, 삶의 원천에 가깝게 머물러 있다는 뜻이야. 그것은 저항한다는 말이고, 진부한 문명의 속박을 뿌리칠 수 있다는 말이지. 다른 민족들은 삶의 용기가 없어서 못 하는 일, 즉 본질적인 것 속으로 다시 침잠하는 일을 과감하게 시도한다는 거야. 젊음의 용기란, '죽으라, 그리고 존속하라'*라는 정신이야. 죽음과 부활에 대한 깨달음이라고."

"그게 그렇게 독일적인가?" 아드리안이 물었다. "부활은 사람들이 한 때 리나시멘토**라고 했고, 그건 이탈리아에서 있었던 일이야. 그리고 '자연으로의 회귀'라는 말도 가장 먼저 프랑스어로 권고되었고."

"하나는 교양의 개혁이었고, 다른 하나는 감상적인 전원극이었지." 도이칠린이 대꾸했다.

"그 전원극에서 프랑스 혁명이 생겼어." 아드리안이 고집스럽게 말했다. "그리고 루터의 종교개혁은 그저 어린 가지에 불과하고, 르네상스의 윤리적인 샛길에 불과했지. 르네상스를 종교적인 것에 응용한 것일 뿐이잖아."

"그래, 바로 '종교적인 것'에 응용한 거지. 종교적인 것이야말로 어디서나 고고학적인 재생이나 비판적인 사회 전복과는 늘 다른 것이야. 종교적 신앙은 어쩌면 젊음 그 자체일지도 몰라. 그건 사람의 삶이 지닌 직접성이고 용기이자 깊이야. 키르케고르를 통해 우리가 다시 의식하게 된 것처럼, 존재가 가진 원시적인 특성과 초자연적인 악마의 특성을 활기차게 체험하고 겪을 수 있는 의지와 능력이라고."

---

* Stirb und werde(죽음으로써 완전해지라): 「요한복음」 12장 24~25절 내용으로 괴테가 『서동시집』에서 인용한 바 있다.
** rinascimento: 르네상스를 뜻하는 이탈리아어.

"자네는 종교적 신앙이 특유의 독일적인 천성이라고 생각하나?" 아드리안이 물었다.

"내가 종교적 신앙에 부여한 의미에서는 그렇지. 정신적인 젊음으로서, 즉흥성으로서, 삶에 대한 믿음으로서, 그리고 죽음과 악마 사이에서 뒤러의 방식으로 말을 타고 다닌다는 의미로 말이야. 아무렴, 그렇고말고."

"그럼, 프랑스는? 대성당의 나라, 왕이 '가장 기독교적인 자'라고 불리는 나라, 보쉬에*와 파스칼**을 낳은 나라는?"

"그건 오래전 이야기이고. 벌써 수백 년 전부터 프랑스는 유럽 국가들 중에서 역사상 가장 반기독교적인 나라가 되고 말았어. 독일은 그 반대이고 말이지. 네가 아드리안 레버퀸만 아니었다면, 다시 말해 젊기에는 너무 냉담하고, 신앙심을 갖기에는 너무 이성적이지 않다면, 그런 것을 느끼고 알 거야, 레버퀸. 이성적인 정신을 가지고 교회에서는 성공할 수 있을지 몰라도, 종교적인 것에서는 아마 성공하기 어려울걸."

"고맙네, 도이칠린." 아드리안이 크게 웃었다. "자넨 아주 옛날 독일 말로 하자면, 그러니까 에렌프리트 쿰프 교수의 표현을 흉내 내자면, 적당히 싸매지 않고 내게 말해주었어. 난 교회에서도 성공하지 못할 것이라고 예감하고 있네. 하지만 교회가 없으면 내가 신학자가 되지도 않았으리라는 것은 분명해. 키르케고르를 읽은 사람들, 윤리적 진실을 포함해 진실을 완전히 주관적인 문제로 옮겨놓은 사람들, 모든 우민 (愚民)의 삶을 단호히 거절하는 사람들은 자네들 중에서 가장 재능 있는 사람들이라는 것을 내가 물론 알고 있으니까. 나는 자네들의 급진주의

---

* Jacques Benigne Bossuet(1627~1704): 프랑스의 주교.
** Blaise Pascal(1623~1882): 프랑스의 수학자, 물리학자, 철학자.

가 학생들이 누리는 자유라고 생각하네. 분명 그리 오래 누리게 되지도 못할 테지만. 하지만 자네들이 키르케고르 식으로 교회와 기독교를 구별하는 것은 동의할 수 없어. 물론 나도 세속화되고 시민사회에 적응해버린 오늘날의 교회가 질서를 내세우며 도시를 지키는 성곽이라고 봐. 종교적인 삶을 대상화해 길들이고, 조정하고, 제어하는 기관인 거지. 교회가 없으면 삶은 자기중심주의적으로 야만화되는 경향에 빠지겠지. 신비롭고 불가사의한 카오스에 빠져서, 엄청나게 섬뜩한 세상이 되고, 마귀의 힘이 포효하는 바다가 되어버릴지도 모르지. 교회와 종교를 분리한다는 것은 결국 종교적인 것을 광기에서 떼어내어 분리하는 일을 포기한다는 것이야······"

"아니, 무슨 말을 하는 거야!" 여러 사람이 항의했다.

그러나 마테우스 아르츠트가 "이 친구 말이 옳아!" 하고 거침없이 단언하며 거들었다. 다른 사람들은 그를 '사회복지 의사'*라고 불렀는데, 사회적인 문제에 그가 열정적인 관심을 보였기 때문이다. 기독교 사회주의자였던 그는 기독교가 원래 정치적 혁명이었는데 실패하는 바람에 도덕적이 되어버린 것이라는 괴테의 말을 자주 인용했다. 지금도 기독교가 다시 정치적, 더 정확히 말하면, 사회적이 되어야 한다고 말하고 있었다. 이것이 종교적인 것을 훈련시켜서 길들이는 유일하게 진정한 방법이라는 것이었다. 그리고 종교적인 것이 변질될 위험에 대한 레버퀸의 설명은 전혀 잘못된 데가 없으며, 종교적 사회주의, 사회적으로 결속된 종교적 신앙이란 바로 올바른 결속을 찾는 것인데, 그것이 가장 중요하기 때문이라는 것이었다. 신학적 결속은 사회적 결속과 하

---

* 독일어 '아르츠트Arzt'는 '의사'라는 뜻.

나가 되고, 신이 명령한 사회 완성의 과제에 대한 결속과 통일되어야 한다는 것이 그의 설명이었다. "내 말을 믿으라니까. 우리가 책임 의식이 있는 산업민족으로, 국제적인 산업국가로 성장하는 것이 가장 중요한 문제인 거야. 언젠가는 진짜 제대로 된 유럽의 경제 사회를 이루어낼 수 있는 산업국가 말이야. 바로 이런 산업국가에서야말로 뭔가 이루어내려는 모든 열정적인 자극이 생기게 될 거야. 지금 벌써 그런 열정과 충동의 징조가 나타나고 있어. 새로운 경제 기구를 단순히 기술적으로 운영하는 데에만 나타나는 게 아니야. 일상생활의 현물 지급 같은 후진적 방식을 철저히 깨끗하게 정리하는 데에만 나타나는 게 아니라고. 그런 열정은 새로운 정치 질서를 만들려는 움직임에도 나타난단 말이야."

나는 지금 이 젊은 사람들의 말을 그들이 표현했던 그대로 전달하고 있다. 학자들끼리 쓰는 용어에 속했던 그런 표현에 얼마나 허세와 과시가 묻어 있는지, 그들 자신은 조금도 의식하지 못했다. 의식은커녕 오히려 별것 아니라는 듯이 아주 만족스럽고 편안하게, 지극히 자연스럽게 그런 표현을 입에 올렸다. 거드름을 피우는 모습을 부정할 수 없을뿐더러 소박함과는 정말 거리가 먼 표현들을 오히려 지극히 소박하게 툭툭 던져댔던 것이다. "일상생활의 현물 지급"이니 "신학적 결속"이니 하는 표현들이 그렇게 거드름을 피우며 잘난 체하는 태도를 말해주었다. 그런 것을 조금 더 간단하게 말할 수도 있었을 테지만, 그런 말은 그들의 정신과학적인 언어가 되지 못했을 것이다. 그들은 "본질 문제"를 즐겨 제기했고, "성스러운 영역"이니 "정치적 영역" 혹은 "학문적 영역" "구조 원칙" "변증법적 긴장 관계" "존재론적 부합" 등등의 표현들을 썼다. 이제 도이칠린은 손을 머리 뒤에 포갠 채, 아르츠트가 말한 경제 사회의 발생사적 근원에 대한 본질 문제를 제기했다. 그 근원은 다름 아닌 바로 경제적 이성이고, 또 경제적 이성만이 항상 경제 사회에서 대표적으로 나타날 수 있는 것이라는 주장이었다. "마테우스, 우리가 분명히 인식해야 하는 것은 말이야"라며 그가 말했다 "경제적 사회 기구의 사회적 이상은 계몽적이고 자율적인 사고, 간단히 말해, 합리주의에서 유래한다는 것이야. 그런 합리주의는 지금까지 초이성적이거나 비이성적인 어떤 강력한 힘으로도 전혀 파악되지 않았지. 너는 인간의 단순한 인식과 이성에서 올바른 질서를 발전시킬 수 있다고 믿으면서, '올바른'이라는 말과 '사회적으로 유용한'이라는 말을 같은 의미로 쓰고 있어. 그리고 넌 그런 것에서 새로운 정치적 질서가 생길 것이라고 말하지. 하지만 경제 영역은 정치 영역과는 아주 달라. 그리고 경제적 유용성을 주장하는 사상에서 역사와 관련된 정치적 의식으로 곧바로 통하는 건널목은 결코 없어. 네가 어떻게 그런 것을 오해할 수 있는지, 나는 이해할 수가 없어. 정치적 질서란 국가를 염두에 두고 하는 말인데, 국가란 유용성의 원칙에 의해 결정되는 권력과 지배 형태가 아니란 말이야. 그런 지배 형태에서는 기업 대표들이나 노동조합 서기들이 아는 것하고는 다른 자질들이 대변되는 법이거든. 예컨대 명예와 위엄 같은 것 말이지. 그런데 경제 영역의 사람들은 그런 자질을 보장하기 위해 필수적인, 존재론적으로 부합하는 뭔가를 제시하지 못한단 말이야. 알겠나, 이 친구야."

"아니, 무슨 소리야, 도이칠린." 아르츠트가 말했다. "현대 사회학을 공부한 자로서 우린 국가도 유용한 기능들에 의해 결정된다는 것을 아주 잘 알고 있잖아. 재판권과 치안 유지 같은 거 말이야. 그리고 우리는 바로 경제적인 시대에 살고 있잖아. 그러니 경제적인 것이 바로 이 시대의 역사적 특징인 거야. 명예와 위엄은 국가에 전혀 도움이 안 돼.

국가가 경제적인 형편을 자체적으로 잘 알아차리고 끌어갈 수 없다면 말이야."

　도이칠린이 그 말은 인정했다. 하지만 유용성의 기능이 국가의 **본질적인** 토대라는 주장은 부정했다. 그는 국가 존립의 정당성은 주권, 즉 자주독립에 있으며, 주권이란—사회 계약론(Contrat Social)의 허튼 소리와는 전혀 다르게—개체 **이전에** 이미 존재하는 것이기 때문에 개개인의 가치 평가와는 무관하게 존속하는 것이라고 말했다. 말하자면 그런 초개인적인 맥락은 개별적인 인간과 마찬가지로 존재의 원천성을 갖는다는 것이다. 그래서 경제 활동을 벌이는 개개인은 국가의 선험적인 기초를 전혀 이해하지 못하기 때문에 국가를 도무지 이해하지 못한다는 설명이었다.

　폰 토이트레벤이 그 말을 받아 말했다.

　"나는 아르츠트가 찬성하는 사회종교적 결속에 물론 호감이 없는 것은 아니야. 아무것도 없는 것보다는 그런 결속이라도 있는 게 어쨌든 좋지. 그리고 결국 가장 중요한 점은 올바른 결속을 찾아내는 것이라는 마테우스의 말도 맞아. 하지만 올바르기 위해서는, 그리고 동시에 종교적이며 정치적이기 위해서는 그 결속이 민족적이어야 해. 내가 의문스럽게 생각하는 점은, 경제 사회에서 새로운 민족의식이 생겨날 수 있는가, 라는 점이야. 루르 지역을 보자고. 그곳은 사람들이 특히 많이 모여 사는 대표적인 곳이지만, 새로운 민족의식을 키우는 어떤 조그마한 단체도 없거든. 로이나에서 할레까지 가는 기차를 타봐! 거기선 노동자들이 끼리끼리 앉아서 임금 문제에 관해서라면 할 말이 많은 것을 볼 수 있을 거야. 하지만 그들이 자신들의 단체 활동에서 어떤 종류의 것이든 민족의식의 역량을 키워냈을 것 같은 점은 그 대화에서 나타나지 않거든. 경제 분야에서 민족의식의 역량을 키우는 데에는 한계가 있다는 게 점점 더 적나라하게 드러나고 있는 거지……"

"하지만 민족의식도 한계가 있잖아." 다른 한 사람이 지적했다. 후 프마이어였거나 샤펠러였을 텐데, 확실하게는 모르겠다. "신학자로서 우리는 민족이 영원한 것이라고 말하도록 내버려둬서는 안 돼. 열광할 수 있는 능력은 매우 좋은 것이고, 경건함에 대한 욕구는 젊음에 매우 유용하지만, 그것은 유혹이기도 하단 말이야. 자유사상이 없어져가는 오늘날 어디서나 제공되는 새로운 결속들의 본질을 아주 자세히 들여 다봐야 해. 그 본질이란 것이 진짜인지 가짜인지, 그리고 그런 결속을 부추기는 그 대상이 실제의 것인지, 아니면 단순히, '가설적'이라는 표 현을 피하자면, 명목론을 통해 만들어낸 이데올로기의 대상, 말하자면 낭만적으로 짜 맞춘 생산물에 불과한 게 아닌지 말이야. 내가 생각하기 로는, 혹은 내가 염려하기로는, 우상화된 민족의식과 유토피아적으로 이해된 국가가 바로 그런 명목론적인 결속들이야. 그런데 그런 결속들 에 대해 열렬히 지지하는 것은, 그러니까 독일에 대한 신앙 고백은 전 혀 구속력이 없어. 왜냐하면 그런 고백은 인격적 실체 문제, 그리고 사 람의 자질이나 우수성 문제와는 아무런 상관이 없기 때문이야. 그런 것 을 가지고 있는지에 대해서는 도대체 묻지도 않지. 누군가 '독일'이라 고 말하면서 그것이 자신의 결속을 의미한다고 단언한다 해도, 사실 그 가 독일적인 특성을 얼마나 인격적으로, 즉 질적으로 실현하고, 또 이 세상에서 독일적인 삶의 양식을 주장하는 데 얼마나 도움이 될지 증거 를 댈 필요가 전혀 없잖아. 자신을 포함해서 어느 누구한테서도 그런 요청을 받아본 적도 없을 테고 말이지. 이게 바로 내가 명목론이라고 하는 것이야. 아니면 뭐든 명칭을 정하는 데 유난히 집착하는 물신숭배라고 하는 편이 더 정확하겠군. 그리고 내 생각으로는, 그건 이데올로기적인 우상숭배야."

"훌륭해, 후프마이어." 도이칠린이 말했다. "네가 한 말은 모두 정말 옳아. 어쨌든 너의 비판으로 우리가 문제의 핵심에 더 가까이 다가가게 되었다는 점을 인정해. 나는 마테우스 아르츠트의 말에 반대 의사를 밝혔지. 경제적 영역에서 말하는 유용성의 원칙에 우선권을 인정해야 한다는 주장은 내 가치관에 맞지 않기 때문이야. 하지만 신학적 결속 그 자체, 그러니까 일반적인 의미로 종교적인 것은 형식을 중시할 뿐 물적(物的) 대상은 없다고 보는 점에서는 나도 아르츠트와 완전히 같은 생각이야. 종교적인 것은 세속적이고 경험적인 차원에서 채워지고 이용되거나, 확증될 필요가 있다는 점에서도 그렇고, 또 실제로 신에게 복종하는 것을 통해 실현될 필요가 있다는 점에서도 같은 생각이지. 바로 이 부분에서 아르츠트는 사회주의를 선택했고, 칼 토이트레벤은 민족주의를 선택한 거지. 그런데 이런 것들은 오늘날 우리가 선택할 수 있는 두 가지 결속인 거야. 자유 운운하는 상투어들로는 강아지 한 마리도 난롯가에서 꾀어낼 수 없게 된 이래 너무나 많은 이데올로기가 난무하고 있다는 말을 나는 인정하지 않아. 실제로는 종교적 순종과 종교적 실현이라는 두 가지 가능성만이 있을 뿐이야. 사회적인 가능성과 민족적인 가능성 말이야. 하지만 불행하게도 이 두 가지 모두 각각 재고의 여지가 있고, 위험성을 내포하고 있는 것도 사실이지. 그것도 아주 심각할 정도로 말이야. 알맹이 없이 너무나 자주 나타나는 일종의 명목론적인 공허함, 그리고 민족주의에 대한 열렬한 신앙 고백에 인격적 실체가 없다는 문제에 대해서 후프마이어가 아주 적절히 표현했어. 좀더 일반화하자면 이렇게 덧붙여야 할 거야. 삶의 품위를 높여주는 대상화를 지지한다는 것은, 그렇게 하는 것이 개인적인 삶을 만들어가는 데에는 아무런 의미도 없고 그저 엄숙한 행사용으로만 쓰이게 된다면, 결국 아무것도 아니라고 말이지. 나는 신앙에 도취한 맹목적인 순교조차도 그런 용도로 쓰이는 것에 포함시키겠어. 진정한 희생이 되려면 가치로나 질적으로 두 가지를 갖추어야 해. 왜 희생하고 무엇을 희생하는지, 이 두 가지가 가치로나 질적으로 타당해야 한다는 거야…… 그런데 우리는 이런 경우들도 볼 수 있어. 개인적인 본질이, 말하자면 독일정신을 매우 뛰어나게 갖추고 있지만, 전혀 본의 아니게 희생자로 객체화되어 나타나는 경우들 말이야. 하지만 또 민족주의적인 결속에 대한 신앙고백은 전혀 없을 뿐 아니라, 오히려 그런 결속을 열렬히 부정했기 때문에 그 비극적인 희생이 바로 존재와 고백이 상충되는 부분에서 기인하는 경우들을 말이지…… 민족적 결속에 대해서는 오늘 저녁에는 이 정도로 하지. 그리고 사회적 결속으로 말할 것 같으면, 경제 영역에서 모든 것이 최상으로 정리되어 있다 해도, 여전히 어려움이 없지 않아. 존재의 의미를 충족시키는 문제와 품위 있는 삶을 사는 문제는 오늘날 보다시피 여전히 해결하지 못한 과제로 남아 있다는 거야. 언젠가는 우리가 세계 경제를 포괄하여 관리하게 되는 날이 올거야. 그러면 집단주의의 완전한 승리를 달성하게 되는 거지. 좋아, 그렇게 되면 자본주의 체제에 잠재된 사회적 파국의 성격이 해결하지 못하는 인간의 상대적인 불안도 마침내 사라질 거야. 다시 말해, 인간의 삶을 위태롭게 하는 것에 대한 마지막 기억의 잔재가 사라지고, 이로써 정신과 관련된 문제성 자체가 사라져버리는 거지. 그렇다면 도대체 무엇을 추구하며 살 것인가, 라는 의문은 생기겠지만……"

"그럼, 넌 자본주의 체제를 유지하고 싶은데, 그 이유는 자본주의 체제가 사람들에게 인간의 삶이 얼마나 위태로운지를 계속 환기시키기 때문이라는 거야, 도이칠린?" 아르츠트가 물었다.

"아니야, 이 친구야, 내가 그렇게 하고 싶다는 게 아니지." 도이칠린이 화를 내며 대답했다. "어디를 가나 비일비재한 비극적인 모순들을 좀 보라는 말도 못 하나."

"굳이 보라고 할 필요도 없어." 둥에르스하임이 한숨을 쉬었다. "그런 모순 때문에 지금 세상 돌아가는 꼴이 정말 말이 아니잖아. 오죽하면 신앙이 있는 사람으로서 이런 의문까지 생긴다니까. 이 세상은 정말 자비로운 신이 혼자 만든 작품인지, 아니면 그렇다기보다는 오히려 합작한 것인지 말이야. 누구와 함께 합작했는지는 말하고 싶지 않지만."

"내가 알고 싶은 것은" 하고 토이트레벤이 말을 꺼냈다. "다른 민족 출신의 청년들도 우리처럼 이렇게 짚단 위에 누워서 세상의 온갖 문제와 모순을 두고 골머리를 앓고 있는가 하는 거야."

"거의 안 하지." 도이칠린이 경시하는 말투로 대답했다. "그 청년들은 모두 정신적으로 훨씬 더 단순하고 편안하게 살아가니까."

"하지만 러시아의 혁명적인 청년들은 예외라고 봐야 해"라며 아르츠트가 자기 생각을 말했다. "내가 잘못 알고 있는 게 아니라면, 거긴 지칠 줄 모르고 논증을 이어가는 활기가 있고, 변증법적인 긴장도 지독하게 팽배하니까."

"러시아인들은," 도이칠린이 간결하게 격언조로 말했다. "깊이는 있지만 양식이 없어. 서방 사람들*은 양식은 있는데 깊이가 없고 말이

---

* 특히 프랑스인들을 두고 하는 말.

234

야. 두 가지를 함께 가지고 있는 사람들은 우리 독일인뿐이야."

"글쎄, 그런 생각이 바로 민족주의적인 결속이 아니겠느냐고!" 후프마이어가 웃었다.

"하나의 관념에 대한 결속일 뿐이야." 도이칠린이 확신하듯 말했다. "내가 말하는 것은 '요구'에 관한 문제야. 독일인의 의무는 참으로 예외적일 만큼 구속력이 있어. 우리가 나름대로 충족시켜온 의무 정도로는 아직 멀었으니까. 우리의 경우 당위와 존재는 다른 민족들의 경우보다 훨씬 덜 일치하지. 왜냐하면 바로 당위성이 너무 높게 책정되어 있기 때문이야."

"어쨌든 우린 이 모든 문제에서 민족적인 요소는 배제해야 해." 둥에르스하임이 주의를 주었다. "그리고 현대인 일반의 실존과 연결된 문제로 봐야 한다고. 존재에 대한 직접적인 신뢰가 사라진 지 오랜데, 사실 예전의 그런 신뢰라는 것은 이미 주어져 있던 통일된 질서에 따르다 보니 결과적으로 생겨난 거였잖아. 말하자면 성스럽게 안전 조처를 한 질서, 즉 신의 계시로 나타난 진리를 잘못 받아들이지 않도록 내포적(內包的)인 것을 일정하게 정해놓은 질서 말이야…… 바로 그 질서가 무너지며 현대 사회가 생기고 난 뒤부터가 문제인 거지. 인간과 사물에 대한 우리의 관계가 끝없는 심사숙고의 대상이 되고 정말 복잡해졌으니까. 이제는 문제성과 불확실성밖에 남은 게 없으니, 결국 진리에 대한 구상은 체념과 절망으로 끝나버릴 위기에 처해버렸잖아. 사분오열된 상태에서 벗어나 새로운 질서의 힘을 찾아볼 수 있는 단초를 학수고대하는 것이 일반적인 현상인 것도 같은 맥락이고 말이지. 그런 기대가 우리 독일인의 경우에 특히 진지하며 간절하다는 생각, 또 다른 민족들은 우리보다 더 강하거나 아니면 더 무디기 때문에 역사적인 숙명에 그다지 괴로워하지 않는다는 생각을 인정할 수 있더라도 말이지……"

"더 무딘 거야." 폰 토이트레벤이 단언하듯이 말했다.

"그건 네 생각이고, 토이트레벤. 하지만 그래, 우리가 역사적이고 심리학적인 문제를 예민하게 의식하고 있으며 그것을 민족의 영광이라고 평가하고, 또 새롭게 통일된 질서를 얻고자 노력하는 것을 독일적인 특성과 동일시한다면, 우린 이미 진실성이 의심스럽고 의심의 여지없이 명백한 자만이 낳은 어떤 신화에 몰두하고 있는 거야. 다시 말하면, 전사(戰士)의 이미지를 낭만적으로 짜 맞춘 민족 신화에 몰두하는 거지. 그런 낭만주의는 기독교적인 모습으로 위장되어 있지만 원래는 이교도적인 특성에 불과하고, 그리스도를 '천사들의 주인'이라고 낙인찍는 셈이야. 하지만 그런 짓은 분명히 악마의 유혹에 빠질 위험이 있는 입장이라고……"

"그래서, 어떻다는 거야?" 도이칠린이 물었다. "질서의 질적인 속성에는 물론이고 모든 생기 넘치는 움직임 속에도 악마의 힘이 들어 있는 거야."

"우리 툭 까놓고 얘기해보자." 샤펠러가 나섰다. 후프마이어였을 수도 있다. "악마적인 것은, 옛날 독일 말로 하자면, '본능적인 욕구'라는 거잖아. 심지어 오늘날에는 이미 그렇게 본능적이고 충동적인 욕구를 이용해 온갖 결속을 유도하기 위한 선전이 벌어지고 있는 실정이고 말이야. 말하자면 그런 본능을 끌어들여서 예전의 이상주의를 충동심리학으로 치장하고 있잖아. 그렇게 해서 어떤 결속이 현실과 대단히 가까운 무엇이나 되는 양 매혹적인 인상을 풍기도록 말이지. 하지만 그렇기 때문에 그런 식으로 결속을 유도하는 것은 속임수일 수 있는 거야……"

이쯤에서 나는 그냥 "이하 등등"이라고 말할 수밖에 없다. 왜냐하면 내가 이런 대화의—혹은 또 다른 대화의—인용을 끝내야 할 시간이 되었기 때문이다. 실제로는 그 대화에 끝이 없었다고 할까, 대화가 이후 더 오래 계속되었다 할까, 어쨌든 깊은 밤까지 이어졌다. "양극성을 띤 자세"에 대해, "역사의식이 있는 분석"을 하며, "초시간적인 특색" "존재의 자연에 가까운 속성" "논리적 변증법" "현실 변증법"에 대해 치열하고 박식한 대화를 끝없이 이어가다가, 마침내 모랫바닥으로 새어 들어가듯이, 다시 말하면, 잠 속으로 빠져들었다. 내일—그때 시간은 이미 '내일'이 되었지만—일찌감치 도보 여행을 떠날 계획이었기 때문에 학우회 대표인 바보린스키가 잠을 자자고 재촉했던 것이다. 자비로운 자연이 잠을 준비해놓고, 그 속에 대화를 담아 잠자는 사람을 다독이며 대화를 잊어버리도록 했던 것은 고마워할 만한 상황이었다. 그리고 오랫동안 아무런 말도 하지 않고 있던 아드리안이 잠자기 편하게 몸을 바로잡으며 몇 마디로 그런 상황을 표현했다.

"그래, 잘 자게. 이 말을 할 수 있어서 다행이다. 토론은 항상 잠들기 전에 할 일이야. 그러고 나서 잠을 잘 수 있다는 엄호를 받으면서 말이지. 지적인 대화를 하고 난 뒤에 아직 정신이 멀쩡한 채로 돌아다녀야 한다면 얼마나 괴롭겠어!"

"하지만 그건 도피적인 사고방식이야." 누군가가 중얼거렸다. 그러고 나서 우리가 누운 헛간에 첫번째로 코 고는 소리가 울렸고, 누가 업어 가도 모를 만큼 곯아떨어졌음을 알리는 평온한 소리들이 들렸다. 그렇게 몇 시간이 지나면, 사랑스러운 젊은이들은 고마운 마음으로 숨 쉬며 자연을 바라보고 즐기는 일과 의례적인 신학적 내지 철학적 논쟁을 결합시킬 수 있는 활력을 충분히 되찾았다. 결코 끊어지는 법이 없고,

서로 논박하고 깊은 감명을 주는가 하면, 서로 가르치고 키워주는 그 논쟁들 말이다. 가령 6월경에, 튀링엔 분지를 가로지르는 언덕의 나무들이 울창한 좁은 골짜기에서 짙은 재스민 향기와 서양갈매나무 냄새가 솟아오를 때면, 그곳에서는 매우 유쾌하게 도보 여행을 즐길 수 있었다. 산업시설이 거의 없고 온화한 기후의 혜택을 받은 풍요로운 지역, 목골조로 지은 집들이 오붓하게 모여 있는 집단 군락의 지역을 돌아다니면서 말이다. 그러고 나서 경작 지역에서 주로 목축을 하는 지역으로 넘어오게 되는데, 가문비나무와 너도밤나무가 우거진 길고 험준한 산맥의 전설이 깃든 능선을 따라가다 보면, 즉 베라 계곡을 내려다보며 프랑켄 숲에서 회르젤 골짜기의 도시 아이제나흐 쪽으로 펼쳐져 있는 '렌슈타이크'*를 걸어가다 보면, 경관은 점점 더 아름다워지고 낭만적인 분위기를 자아내게 된다. 그리고 자연 앞에서 젊은이가 거리감을 느낀다거나, 또 지적 논쟁을 펼치다 곧 잠자리에 들 기대를 할 수 있어서 좋다던 아드리안의 말은 아무런 효력을 미치지 못하는 것 같았다. 그런 것은 아드리안 자신에게조차 거의 의미가 없었다. 왜냐하면 편두통 때문에 말을 할 수 없는 경우를 제외하면, 그는 그날의 대화에 활기차게 참여했기 때문이다. 그리고 비록 자연이 그에게서 열광적인 감탄의 소리를 유도해내지 못했고, 또 그가 약간 생각에 잠긴 채 조심스럽게 자연을 바라보기는 했지만, 나는 자연의 광경들, 리듬, 매료시키는 멜로디들이 다른 동료들보다 그의 영혼에 훨씬 더 깊숙이 밀려왔다고 믿어 의심치 않는다. 훗날 정신적인 긴장에 찬 그의 작품에서 순수하고 느긋한 아름다움이 잠깐씩 드러나는 소리를 들을 때면, 나는 함께

---

* 이 지역의 유명한 능선 길의 이름.

체험했던 바로 저 인상을 생각하지 않을 수 없었다.

　우리는 이와 같이 정신을 북돋워주던 많은 시간들, 여러 날, 몇 주를 함께 즐겼다. 야외에서 생활하면서 상쾌한 공기로 회복된 원기, 그리고 경치와 대화에서 얻은 인상은 이 젊은이들을 열광시켰고 기분을 고양시켜서, 대학 시절의 지극히 풍요롭고 자유로운 실험정신으로 번득이는 생각들을 자극했다. 그런 생각들은 그들이 후에 직장생활을 할 때, 말하자면 평범한 사회생활을 할 때—정신적인 노동을 하게 될지라도—전혀 쓸모가 없을 것이었다. 나는 그들이 신학 내지 철학과 관련된 논쟁을 하는 장면을 자주 관찰하면서, 그들 중 다수가 나중에 '빈프리트' 시절이 자기 인생에서 가장 대단한 시절이었다고 말하리라는 상상을 해봤다. 내가 그 시절을 관찰했고, 아드리안을 관찰했는데, 그에게는 그 시절이 다른 사람들의 기억과 같지는 않을 것이라고 나는 아주 확실하게 예감했다. 내가 비신학도로서 그들 속에 끼어 있는 청강생이었다면, 그는 신학도였음에도 불구하고 오히려 나보다 더 청강생 같았다. 왜 그랬을까? 나는 불안감을 떨쳐버리지 못한 채, 야심에 차서 한껏 고양된 그 젊은이들과 아드리안의 존재 사이의 숙명적인 균열을 느꼈다. 선량하고 모범적인 평균 수준의 사람들이 방랑하며 성공을 위해 야심차게 노력하던 젊은 시절의 삶에서 벗어나 시민적 삶으로 들어서게 되는 반면, 아무도 모르게 낙인이 찍힌 어떤 인물은 정신의 세계와 문제로 점철된 길을 결코 떠나지 않고, 아직 어디로 가는지도 모를 길을 나아가야 했다. 그의 눈길, 결코 형제같이 친근한 모습으로 완전히 풀어지는 법이 없는 그의 자세, '너'라거나 '너희들'이라거나 '우리'라고 말할 때 드러나는 그의 심리적인 부담감에서 나를 비롯해 아마 다른 사람들도 느꼈던 것은, 아드리안 역시 저 차이를 어렴풋이 느끼고 있었다는 점이다.

　내 친구 아드리안이 1차 졸업시험을 보기도 전에 신학 공부를 중단
할 생각을 하고 있었다는 기색을, 나는 그의 네번째 학기가 시작될 즈
음에 이미 알아차릴 수 있었다.

XV

아드리안과 벤델 크레춰마르의 관계는 한 번도 끊어지거나 소원해진 적이 없었다. 신학에 몰두하던 젊은 아드리안은 방학 때 카이저스아셰른에 오면 항상 김나지움 시절의 음악 선생을 만났다. 아드리안은 선생을 방문해, 그 파이프오르간 연주자가 대성당에서 쓰고 있던 숙소에서 그와 상의했으며, 자신의 숙부 집에서도 선생을 만났고, 한 번인가 두 번은 부모에게 주말에 음악 선생을 부헬 농장으로 초대하라고 종용하기도 했다. 그곳에서 두 사람은 오랫동안 산책을 하는가 하면, 아드리안이 아버지 요나탄 레버퀸을 설득해 손님에게 클라드니 도형*과 먹이를 먹어치우는 물방울을 보여주도록 했다. 크레춰마르가 늙어가는 부헬 농장 주인과 아주 잘 어울렸던 것과는 달리, 엘스베트 부인과는 아주 어색한 사이도, 그렇다고 격의 없는 사이도 아니었다. 어쩌면 그

---

* 금속판 혹은 유리판에 뿌린 고운 모래를 바이올린 현으로 진동시켜 만든 특수한 도형.

가 심하게 말을 더듬었기 때문에 부인이 그를 조금 어려워했던 것이 아닌가 싶다. 그가 부인이 있는 자리에서, 주로 그녀와 대화를 나눌 때 더 심하게 말을 더듬었던 것도 그 때문이었을 것이다. 참 기이한 일이었다. 독일에서는 프랑스에서 문학이 누리는 인기를 음악이 누리고 있었기에 어느 누구도 상대가 음악가라는 사실 때문에 서먹해하고 위축되며, 불쾌한 느낌을 갖거나 무시하며 조롱할 마음을 먹지 않았기 때문이다. 게다가 교회 봉사를 위해 임명된, 아드리안의 연상 친구를 엘스베트 레버퀸이 매우 정중하게 대했다고 나는 확신한다. 그럼에도 불구하고 내가 언젠가 크레취마르, 그리고 아드리안과 함께 부헬에서 지내게 되었던 이틀 반 동안, 그녀가 그 오르간 연주자를 대하는 태도에서 친절로도 완전히 가리지 못하는 모종의 부자연스러움과 신중함, 그리고 거부감이 느껴지는 분위기를 관찰할 수 있었다. 크레취마르는 그런 거부감에 대해, 이미 말했듯이 몇 번이나 곤경에 빠질 정도로 심하게 말을 더듬으며 반응했다. 그가 그녀의 불편한 심기, 불신, 혹은 그것을 뭐라고 부르든지 간에, 그런 분위기를 느꼈기 때문에 그랬는지, 아니면 제풀에 먼저 그 여인의 타고난 분위기에 눌려 부끄러움과 당혹감을 느꼈기 때문에 그랬는지는 말하기 어렵다.

나로서는 크레취마르와 아드리안의 어머니 사이에 감돌던 특이한 긴장감이 아드리안과 관련이 있었다고 믿어 의심치 않았다. 아드리안을 사이에 두고 두 사람이 신경전을 벌였던 셈이다. 그런 느낌을 받았던 이유는, 내가 그곳에서 조용한 싸움이 벌어지는 동안 나 자신의 느낌으로 양편의 중간을 유지하며 어느 한편으로 마음을 기울이는가 하면, 또 다른 편으로도 마음을 주고 있었기 때문이다. 크레취마르가 무엇을 원했는지, 그리고 그가 아드리안과 오랫동안 산책을 하면서 무슨 이야기를 했는지, 나는 잘 알고 있었고, 내 소망 또한 다르지 않아 나는 은근히 크레취마르를 지지했다. 그가 나와 대화를 나눌 때도 그랬거니와, 자신이 가르쳤던 학생이 음악가, 즉 작곡가가 될 소명을 타고났음을 단호하다 못해 절박하게 대변할 때면, 나는 그가 옳다고 생각했다. 그는 이렇게 말했다. "아드리안은 말이야, 음악에 대해 특별한 기법을 터득한 작곡가로서의 안목을 지니고 있네. 그건 문외한, 어설프게 음악을 즐기는 사람의 시각이 아니란 말이지. 그런 사람은 보지 못하는 모티프 사이의 관련을 그가 알아차리는 방식이나, 또 짤막한 악절의 편성을, 말하자면 문답식 문제를 해결하듯이 빠르게 인지하는 방식은 내 판단이 옳다는 것을 확인해주고 있어. 그뿐인가, 그런 것이 어떻게 만들어져 있는지 알아차린다는 것, 내적 구조에서 알아차린다는 것 자체가 대단한 거지. 아드리안이 아직 작품을 쓰지 않는 건 괜찮아. 창작력으로 가득한 충동을 드러내지 않고, 흔히 젊은이들이 그러듯이 단순하고 성급하게 작곡하려고 덤비지 않는 것은 그에게 오히려 명예로운 일이 될 뿐이지. 그건 모방해서 만든 음악을 세상에 내놓지 않으려는 그의 자부심의 문제니까."

나는 그 모든 말에 전적으로 동의할 따름이었다. 하지만 아들을 보호하려는 어머니의 심려도 그런 이유에서 이해할 수 있었고, 그래서 자주 그녀와 같은 마음으로 구애자 크레취마르에게 적대감까지 느끼기도 했다. 부헬 집 거실에서 있었던 한 장면, 그 현장을 나는 결코 잊지 않고 있다. 언젠가 그곳에서 우연히 우리 네 사람, 그러니까 아드리안과 그의 어머니, 그리고 크레취마르와 내가 함께 앉아 있었다. 그런데 그 음악가가 답답한 듯이 중얼거리다가 헐떡이는 등 발음에 애를 먹으며 말하던 중에—아드리안과 전혀 무관하게 단순한 이야기를 하던 중에—엘스베트가 옆에 앉아 있던 아들의 머리를 특이하게 자신 쪽으로 끌어당겼던 것이다. 그녀는 아들을 마치 팔로 껴안듯이 하고 있었는데, 어깨가 아니라 머리를 감쌌고, 아들의 이마에 손을 얹은 채 검은 눈으로 크레취마르를 바라보며 아름다운 목소리로 말을 건네면서 아드리안의 머리를 자기 가슴에다 기대어놓았다.

말이 나왔으니 덧붙이면, 이와 같이 직접 다시 만나는 것만이 마이스터와 제자 사이의 관계를 유지시켰던 것이 아니라, 할레와 카이저스아셰른 간에 상당히 자주, 내가 보기에 대략 2주일에 한 번씩 오가던 편지 왕래도 한몫을 했다. 아드리안은 간혹 내게 그 편지 왕래에 대해 말했고, 나는 그중 몇 장은 읽어볼 수도 있었다. 나는 크레취마르가 피아노 반과 오르간 반을 맡는 일 때문에 라이프치히의 하제 사립 음악학교와 교섭 중이었다는 사실을 이미 1904년 미하엘 축일 때 들었다. 그음악학교는 당시 라이프치히의 유명한 국립음악학교와 더불어 점점 더명성을 쌓기 시작했고, 이후 10년 동안, 뛰어난 교육자 클레멘스 하제가 사망할 때까지 계속 평판을 높여갔다(학교가 아직 그곳에 있다 해도, 이제 아무 소용이 없게 된 지 오래됐지만). 그리고 다음 해 초에 크레취마르는 새로 얻은 자리에 부임하기 위해 카이저스아셰른을 떠났고, 그래서 그 후로는 할레와 라이프치히 사이에서 편지가 오가게 된 것이다. 크레취마르는 커다랗고 뻣뻣한 데다 할퀸 듯이 날카로운 철자들로 편지 한 면을 채웠고, 아드리안은 거칠고 누르스름한 종이에 균형이 잘잡히고 약간 고풍스럽게 써서 장식이 조금 많은 필체로 소식을 전했다. 그리고 아드리안은 끝부분이 둥근 장식문자용 펜을 사용했음을 알 수있었다. 그중 한 편지의 초안은 아주 급하게 암호처럼 썼고, 매우 작은 글씨로 가필과 수정을 붙였지만, 나는 아주 일찍부터 그의 필체에 매우 익숙해져 있어서 그가 쓴 것이라면 늘 아무런 어려움 없이 모두 읽을 수 있었다. 그는 내가 편지 초고를 한번 죽 읽어볼 수 있도록 해주더니, 크레취마르의 답장도 함께 보여주었다. 그가 그렇게 한 의도는 분명했다. 자신이 정말 크레취마르에게 갈 마음을 먹게 되면, 그런 계획에 내가 너무 놀라지 않도록 하기 위해서였다. 왜냐하면 그때까지 그는 아직 결정을 못 내렸을뿐더러 상당히 망설이고 있었고, 그의 편지에서 드러나듯이 확신을 하지 못한 채 자신을 시험하던 중이었다. 보아하니 그는 내 의견도 들어보고 싶었던 것인데, 내가 경고하며 말리기를 기대했는지, 아니면 격려하기를 기대했는지는 확실하게 알 수 없었다.

아드리안의 고민에 내가 놀랐다는 말은 맞지 않다. 이것은 설사 내가 어느 날 이미 다 결정된 사실에 직면하게 되었다 하더라도 마찬가지였을 것이다. 나는 무슨 일이 준비되고 있는 중이었는지 알고 있었던 것이다. 그것이 마무리될 것인지는 물론 다른 문제였다. 하지만 크레취마르가 라이프치히로 주거지를 옮기고 난 뒤부터 그가 아드리안을 설득할 수 있는 기회가 확실하게 커졌다는 점도 내겐 분명했다.

한 편지에는 발신자의 뛰어난 자기비판 능력과 함께 조소와 회한에 찬 고백이 담겨 있어서 내게 큰 충격을 주었다. 여기서 아드리안은 예전의 후원자, 이제 더욱 확고하게 다시 후원자가 되고 싶어 하는 크레취마르에게 자기가 직업을 바꿔 완전히 음악에 몰두할 결심을 하지 못하고 주저하는 심정을 털어놓았다. 그는 신학 공부가 경험적 학문으로서 자신을 실망시켰다고 거의 인정했다. 그 이유는 물론 그 신성한 학문에 있는 것이 아니고, 자기가 다니는 대학의 교수들에게 있는 것도 아니며, 바로 자신에게 있다고 했다. 자신이 다른 어떤, 더 낫고 더 올바른 선택을 했어야 했는지 전혀 답을 얻지 못하고 있다는 데에서 그 점이 이미 입증된다는 것이었다. 한동안 전공을 바꿀 가능성을 두고 가끔 혼자 고민하다 보면, 김나지움에서 늘 즐거움을 얻을 수 있었던 수학으로 바꾸는 것이 어떨까 하는 생각도 들었다고 했다("즐거움"이라는 표현은 그의 편지에서 그대로 따온 것이다). 하지만 그는 자신에 대해 일종의 두려움을 느끼며 앞으로 다가올 일을 예견했다는 것이다. 말하자면 수학을 선택해 전력을 다하고 그 학문과 자신을 동일시하게 되면, 또 금방 그 분야도 재미가 없어져서 지루하게 되어, 마치 조리용 쇠숟가락으로 음식을 퍼먹은 것처럼 너무 질리고 피곤할 것이라고(이런 과장된 표현도 문자 그대로 그의 편지에서 본 기억이 난다). "저는 스승님께 숨길 수가 없습니다"라고 그는 편지에 썼다(그는 수신자를 대개 '선생님'이라고 불렀음에도, 간혹 '스승님'이라는 고풍스러운 표현을 쓰기도 했다). "스승님께나 저 자신에게나 숨길 수 없는 사실은, 스승님의 견습생(apprendista)인 저로서는 신에게 버림받은 것처럼 딱한 사정이 있다는 것입니다. 평범한 사정이 아니지요. 저는 그런 정도의 일로 이러지 않습니다. 어쨌든 머릿속의 눈이 번쩍하도록 반갑기보다는 오히려 연민의 정을 느끼게 할 사정이지요." 그리고 사실 자신은 신에게 빠른 이해력을 선사 받아서, 어린 시절부터 교육이 제공하는 모든 것을 특별한 노력 없이 깨쳤다는 것이다. 너무 쉽게 깨쳐서 그 대상을 이해하기 위해 최선을 다하고 열의를 보일 필요도 없었고, 따라서 좋아할 수도 없었다는 것이다. "친구이자 선생님, 저는 나쁜 녀석인 것 같아서 걱정입니다. 따뜻함이 없기 때문입니다. 신에게 버림을 받은 자는 차갑지도 따뜻하지도 않게 미적지근한 자라는 말이 있기는 한데, 저는 제가 미적지근한 인간이라고 말하고 싶지는 않습니다. 저는 너무나 확실하게 차가우니까요. 하지만 자신에 대한 판단에서 저는 은총과 저주의 권한을 손에 쥐고 있는 신의 취향과 기준으로부터 자유롭기를 바랍니다."

그는 계속해서 썼다.

"이렇게 말하는 것이 우스꽝스럽기는 하지만, 김나지움에 다닐 때가 가장 좋았지요. 그때는 저한테 맞는 곳에 있었던 시절이었죠. 대학에 가기 전에 다니던 학교는 꽤 다양한 것을 차례로 맛보게 하면서 45분간의 수업 시간이 바뀔 때마다 여러 관점을 교대로 보여주었으니까요. 한마디로, 아직 천직이라는 것이 없었던 까닭이지요. 그러나 45분간의 학과 시간이 이미 제게는 너무 길었고, 저를 지루하게 했습니다. 지루함이란 이 세상에서 사람을 가장 냉정하게 만드는 것이에요. 사람 좋은 교사가 아이들과 30분이나 곱씹고 있는 문제를 저는 늦어도 15분 안에 다 이해하곤 했습니다. 작가들의 작품을 읽는 시간이면 저는 벌써 앞서나가며 읽었고, 아예 집에서 다 읽어오기도 했습니다. 그리고 제가 어떤 시간에 대답을 못 한 적이 있다면, 그것은 단지 제가 진도를 앞서가면서, 다음 수업 시간에 다룰 내용을 혼자 공부하고 있었기 때문이었습니다. 「아나바시스」*를 45분간이나 붙들고 있는 것은 제 참을성으로는 견딜 수 없었습니다. 그런 상태가 나타나는 징조로 머리 통증이 생겼지요."(그것은 그가 앓던 편두통을 두고 한 말이었다.) "공부를 하느라고 피곤해져서 머리 통증이 생긴 적은 결코 없습니다. 그건 권태감 때문에, 나를 차갑게 만드는 따분함 때문에 생긴 것이에요. 선생님이며 친구여, 내가 더 이상 이 과목에서 저 과목으로 자유롭게 옮겨 다니는 독신자가 아니라, 하나의 직업, 즉 학업과 결혼한 듯이 얽매인 뒤부터는 자주 머리 통증이 지루함과 더불어 정말 견디기 힘들 만큼 심해졌습니다.

---

* "Anabasis": '내륙 원정기'라는 뜻으로서 고대 그리스 작가 크세노폰(기원전 430?~기원전 350?)의 산문 작품.

오, 선생님은 제가 어떤 직업을 갖더라도 스스로를 너무 아까운 존재로 여긴다고 생각하시지 않겠죠. 그 반대니까요. 저는 제가 선택하는 그 어떤 직업도 참으로 아깝다고 생각해요. 이 말에서 선생님은 음악에 대한 경의, 음악에 대한 애정 고백을 보시게 될지도 모르겠네요. 음악에 대한 예외적인 입장 말입니다. 그러면 저로서는 음악이 다른 것보다 더 특별히 아깝겠지요.

선생님은 물으실 겁니다. '그럼, 신학은 아깝다고 생각하지 않았는가?'라고 말이지요. 전 신학 앞에서 몸을 낮췄습니다. 신학이 최고 학문이라고 여겼기 때문이 아니라, 그런 이유도 없지는 않았지만, 제 자신을 폄하하고 낮추며 자제심을 키우려고, 저의 냉정한 오만을 벌하려고, 한마디로 말하면, 참회(contritio)하고자 그렇게 했던 겁니다. 저는 털로 짠 옷을 걸치고, 그 아래에는 가시 혁대를 차기를 원했어요. 예전 사람들이 엄격한 규율의 세계였던 수도원의 문을 두드릴 때 하던 일을 한 겁니다. 불합리하고 우스꽝스러운 면이 있지요. 그 학문적인 수도원 생활 말입니다. 하지만 그 생활을 그만두지 말라며, 성서를 학생 의자 밑에 내려놓고 예술 속으로 달아나버리지 말라며, 알지 못할 전율이 제게 경고하는 상황을 이해하시겠습니까? 선생님이 저를 입문시켰던 그 예술, 그리고 제게는 저의 직업으로 참으로 너무나 아깝다는 생각이 드는 그 예술 말입니다.

선생님은 제가 바로 그 예술에 집중하도록 소명을 받았다고 여기시고, 지금의 길에서 그 예술로 건너가는 '걸음'이 전혀 크지 않을 거라고 일러주십니다. 제가 믿는 개신교도 그 말씀에 동의하지요. 개신교는 신학과 음악이 서로 인접한 근친 영역들이라고 보니까요. 게다가 저 개인적으로는 항상 신학과 흥미로운 수학이 마력으로 결합된 것이 음악이라고 보았습니다. 요컨대 음악은 옛날의 연금술사와 마술사가 했던 대로 실험을 하고, 집요하게 작업을 해야 하는 면이 많다는 것인데, 그런 일은 역시 신학적인 의미로 행해졌을뿐더러, 동시에 해방과 배교의 의미로도 일어났던 겁니다. 음악은 **원래** 배교였지요. 그렇다고 신앙을 배반하고, 신앙으로부터 멀어졌던 것은 아니지만요. 그런 배반은 전혀 불가능했고, 오히려 신앙 속에서 일어난 것이었습니다. 배교란 하나의 신앙 행위이니까요. 모든 것은 신 안에 존재하고, 신 안에서 일어납니다. 특히 신에게 등을 돌리는 배반 역시 그렇습니다."

내가 이렇게 언급하는 말들은 불완전하나마 그가 했던 말을 거의 그대로 옮긴 것이다. 내 기억력을 확실히 믿을 수 있는 데다, 그 밖에도 아드리안의 편지 초안을 읽고 나서 곧바로 몇 가지, 특히 배교 부분을 따로 적어두었던 것이다.

그러고 나서 아드리안은 이야기가 딴 길로 샌 것에 대해 사과를 했으나, 사실 딴 길로 샌 것도 아니었다. 그는 실질적인 문제로 넘어가서, 자기가 크레취마르의 촉구를 따른다면 어떤 음악 활동을 해야 할 것인지 물었다. 그리고 솔로 연주의 대가로 활동하는 것은 인정된 바와 같이 아예 가망이 없다고 선생에게 직설적으로 말했다. 왜냐하면 "쐐기풀이 될 것은 제때에 쏜다"라는 말이 있는데, 자신은 너무 늦게 악기를 만지게 되었고, 게다가 악기를 배울 생각도 아주 늦게야 하게 되었으며, 그런 점에서 자신에겐 연주 쪽으로 진출해볼 타고난 동인이 부족하다는 것이었다. 자기가 어쩌다 건반을 치게 된 것은 주제넘게 피아노 대가 행세를 하고 싶은 욕구 때문이 아니라, 음악 자체에 대한 남모르는 호기심 때문이었다는 것이다. 그리고 음악을 통해, 음악을 계기로 관객 앞에서 자신의 재주를 보여주는 연주자 특유의 집시 기질이 자기에게는 전혀 없노라고 했다. 그런 식의 연주회를 열기 위해서는 영적인 조건들을 갖추어야 하는데, 자신의 경우는 그 조건들이 충족되어 있지 않다는 것이었다. 즉 대중들과 애정을 나누고 싶고, 화환을 받고 싶으며, 박수가 터지는 가운데 고양이처럼 등을 굽혀 보이는가 하면, 손바닥으로 입맞춤을 날려 보내고 싶은 욕구 같은 것들 말이다. 그는 지나치게 솔직한 고백이 될 만한 표현들은 피했다. 말하자면, 설사 그가 너무 늦게 연주를 시작한 것이 아니라 할지라도, 대가다운 재능을 발휘하기에는 자신이 지나치게 내성적이고, 너무 자존심이 강하며, 과도하게 수줍음을 타는 데다 세상과 접촉이 없이 홀로만 지내고 있다는 표현은 하지 않았다.

이와 똑같은 문제점이 지휘자로서의 이력에도 걸림돌이 될 것이라며, 그는 계속 써 내려갔다. 자신이 악기를 다루는 곡예사가 될 재능이 뛰어나다고 느낄 수 없는 것처럼, 오케스트라 앞에서 연미복 차림의 프리마돈나처럼 지휘봉을 흔들어대며 우쭐거릴 재능도, 이 지상에 음악 해석을 전해주는 대사(大使)나 되듯이 예복을 빼입고 축하 공연을 대변하는 인물이 될 재능도 유난히 뛰어나게 가졌다고는 느끼지 못한다는 것이었다. 하지만 내가 방금 위에서 언급했던바, 그는 자신의 진심을 솔직하게 털어놓는 말을 무심결에 내뱉고 말았다. 자신이 세상을 꺼리는 성격이라고 언급한 것이다. 자신이 "세상을 꺼린다"라고 하며, 이것은 자신에 대한 찬사가 아니라고 했다. 그는 이런 특성이 따뜻함과 호의와 애정의 결핍을 드러내는 것이라고 평가했다. 그런 성격으로 자신이 도대체 예술가, 즉 결국은 세상을 향한 구애자요 세상의 연인이 될 자격이 있기는 한가라는 의문이 너무나 절실하게 든다는 것이었다. 그러니 솔로 연주가나 지휘자가 될 목표가 제외된다면, 어떤 일이 더 남아 있겠는가? 글쎄, 하긴, 원래의 음악이라는 것, 음악과의 약속이자 혼약 같은 것, 비술(秘術)의 실험실, 황금을 제조하는 부엌이라고 할 작곡이 있기는 하지만요. 그럼, 답이 나왔네요!라고 그가 적었다. "친구여, 알베르투스 마그누스*여, 선생님은 저를 비밀교의 이론에 입문시켜 줄 것입니다. 그리고 제가 느끼건대, 그간의 경험으로 알고 있건대, 저는 분명 아주 멍청한 비술 전문가 같은 모습을 보이지는 않을 것입니다. 저는 온갖 비결과 마력을 파악하겠거니와, 더욱이 쉽게 파악할 것입니다. 제 정신이 그런 비결과 마력에 잘 어울리기 때문이지요. 그런 것들을 받아들이기 위한 근본 바탕이 준비되어 있고, 벌써 씨앗도 꽤 많이 품고 있기 때문이지요. 저는 프리마 마테리아**를 섬세하게 가공할 겁니다. 교도권(敎導權, magisterium)을 첨부한 후, 정신과 불을 이용해 제가 가진 소재를 수많은 좁은 관과 증류 시험관을 통과시켜 정화하면서 말입니다. 굉장한 작업이지요! 저는 이런 일보다 더 흥미진진하고, 더 비밀스럽고, 더 고상하며, 더 깊이 있고, 더 나은 것은 알지 못하며, 이런 일보다 더 쉽게 저의 호감을 불러일으킬 수 있는 일은 알지 못합니다.

그럼에도 불구하고, 왜 제 안에서는 경고의 목소리가 울리는 겁니까? '오, 인간이여, 달아나거라(O homo fuge)'***라면서요? 저는 이 의문에 대해 조리 있게 대답할 수가 없습니다. 단지 제가 할 수 있는 말은, 예술에 분명한 말로 대답하는 것이 겁난다는 것입니다. 제 천성

---

* Albertus Magnus(1200?~1280): 중세 독일의 신학자이자 자연과학자로 연금술에 정통했다.
** prima materia: 세상을 형성하는 원소재로 연금술의 소재.
*** 전설 속 파우스트가 악마와 피의 계약을 맺는 순간에 흐르는 피가 만들어낸 경고문.

이—재능 문제와는 전혀 무관하게—음악에 적합하도록 만들어졌는지 의심스럽기 때문이에요. 제가 아는 바로, 특히 예술가의 기질에 속하는 변함없는 단순함이 제게는 없다고 말해야 하기 때문입니다. 그런 단순함 대신 가진 저의 몫은 너무 빨리 싫증을 내는 지적인 능력입니다. 하늘에 맹세컨대, 제가 그런 능력을 자랑이라고 생각하지 않기 때문에 이렇게 말할 수도 있는 겁니다. 그리고 그 능력이, 이와 연관된 피로 증세와 (머리 통증을 동반한) 쉽게 싫증내는 성향과 더불어 제가 세상을 꺼리고 근심에 싸이도록 만드는 겁니다. 저의 지적인 능력은 제게 금욕을 촉구할 것이고, 또 촉구할 수밖에 없을 겁니다. 보십시오, 스승님. 제가 비록 젊기는 하나, 예술에 관해 알아야 할 만큼은 충분히 알고 있습니다. 그것을 모르고서야 스승님의 제자일 리가 없겠지요. 음악이란 특정한 도식과 정리된 체계, 즉 전래된 전통을 넘어서, 말하자면 가르치고 배우며 전수된 것, 작품을 만드는 요령과 '어떻게 만들어지는지'에 대해 아는 것 이상의 무엇일 테지요. 어쨌거나 부정할 수 없이 분명한 것은, 특히 그 모든 것 중에서 많은 부분이 항상 음악과 관련되어 있다는 사실일 겁니다. 그리고 나는 앞으로 어떤 사태가 벌어지게 될지 알고 있습니다(나중의 것을 선취하는 능력은 불행이든 다행이든 역시 내 천성에 포함되니까요). 천재적인 예술작품도 가지고 있는 음악적 기본 구조, 즉 작품을 예술적으로 견고하게 뒷받침해주는 그 실체가 이젠 그저 김빠지고 재미없는 형식이 되어버린 상황 말입니다. 그래서 그런 실체에 내포된 공동의 정신적 자산이자 문화, 미를 구성해낼 때 통용되던 관례 등, 제가 이런 것들에 대해 그만 난처하기 짝이 없게 되어 얼굴을 붉히게 되고, 싫증이 나서 피로해지다가 결국 머리 통증에 시달리게 되는 사태가 벌어질 텐데, 그것도 매우 빠른 시일 내에 벌어지겠지요.

'선생님은 이런 사태를 이해하시나요?'라고 묻는다면 너무나 바보 같고 주제넘은 짓을 하는 셈이겠지요. 선생님이 모르실 리가 없잖아요! 가령 아름다운 곡이라면, 이런 식으로 진행되겠지요. 첼로들이 혼자 소리를 내고 있는 가운데 우울하게 생각에 잠긴 분위기의 테마는 세상의 무의미함, 분망하게 쫓고 몰아가며 추격하다가 서로를 괴롭히는 이유에 대해 정직하게 철학적으로, 지극히 의미심장하게 묻습니다. 이런 삶의 수수께끼에 대해 현명한 생각으로 머리를 가로젓고 유감스러워하며 첼로 소리가 잠시 퍼져나가지요. 그러다가 특정한 부분, 숙고 끝에 선택된 부분에서 취주악단이 울리기 시작하는데, 그것은 찬미가에 맞춰 한 음 한 음마다 어깨를 들어 올렸다가 다시 내리도록 깊이 숨을 들이마시고 내쉬면서 아주 섬세하게 만들어내는 소리입니다. 그래서 아주 감동적으로 장엄하게 들리고, 금관악기부의 소리 구멍을 완전히 막아서 높인 품격 있는 소리, 또 부드럽게 억제된 힘으로 만들어낸 소리와 멋지게 조화를 이루게 되지요. 이렇게 하여 낭랑한 멜로디가 거의 정점에 가깝게 확산되기에 이르지만, 조금씩 아껴가며 진행되는 원리에 따라 일단 정점에 이르지는 않습니다. 이와 같이 절정에 이르는 순간을 피해 나중을 위해 아껴두고 남겨두며 가라앉았다가, 그렇게 아주 아름다운 소리로 머무는가 하면, 다시 서서히 멈추면서 다른 테마에게 자리를 비켜줍니다. 가요풍의 단순한, 익살스럽고도 엄숙하며 대중적인, 얼핏 듣기에는 세련되지 못한 분위기의 테마에 말이지요. 하지만 그것은 의외로 기지에 찬 테마이고, 오케스트라가 그것을 재치 있게 분석하고 음색을 변환하는 가운데 드러나는 세련미에서 놀라울 만큼 다양한 해석과 깊이 있는 순화를 허용한다고 인정되는 테마입니다. 그리고 이제 짧은 가곡은 잠시 동안 능숙하고 사랑스럽게 이어지지요. 그 노래는 작은 단위로 분해되고, 개별적으로 다루어지며 변화되기도 합니다. 이렇게 하여 생겨난 매혹적인 음형이 중간 부위의 음향을 벗어나 바이올린과 플루트 영역의 가장 환상적인 높이로 올라가게 되지요. 그리고 그 높이에서 잠시 울리며 유지되는가 싶으면, 지극히 만족스러운 상태에서 이제 다시 부드러운 금관악기부, 앞서 들렸던 찬미가가 소리를 이어받아 전면으로 나섭니다. 그런데 먼젓번처럼 상세하게 한 음 한 음을 울리며 처음부터 시작하는 것이 아니라, 멜로디가 이미 잠시 동안 울리고 있었다는 듯이 소리를 내면서, 아까 일단 신중히 삼갔던 그 정점을 향해 계속 나아가는 거지요. 그렇게 함으로써 '아!' 하는 감탄사를 불러일으키는 효과, 감정의 팽창이 더욱 커지도록 말이지요. 그리고 베이스 튜바의 조화로운 중간 음색을 묵직하게 깔고서 부단히 음을 높여 당당하게 그 정점을 넘어가고, 말하자면 그때까지 이룩한 것을 기품 있게 만족스러워하고 되돌아보면서 마지막에 이르기까지 성실하게 노래합니다.

경애하는 친구여, 그런데 저는 왜 이 순간에 웃음이 터져 나오는 걸까요? 전래된 것을 이보다 더 천재적으로 이용하고, 각종 요령에 경의를 표할 수 있을까요? 이보다 더 노련한 감정으로 아름다움을 이루어낼 수 있을까요? 그런데도 이 비난받아 마땅한 인간은 웃음을 참을 수가 없단 말입니다. 특히 봉바르동*이 투덜대듯이 붐붐거리며 받쳐주는 소리를 들으면 그렇습니다. 붐, 붐, 붐, 팡! 어쩌면 너무나 우스워서 곧 눈물이 나올지도 모르지만, 도저히 웃음을 참을 수가 없네요. 저는 무슨 저주를 받았는지, 예전부터 신비스럽고 지극히 인상 깊은 현상을 보면 웃음이 터져 나옵니다. 그래서 우스꽝스러운 것을 지나치게 즐

* 튜바와 비슷한 저음의 대형 금관 악기.

254

기는 감각을 벗어나고자 신학으로 도망갔던 것입니다. 신학이라면 이렇게 웃고 싶은 욕구를 진정시킬 수 있으리라는 희망을 품고서 말이지요. 하지만 그 신학 속에서 오히려 엄청나게 우스꽝스러운 수많은 점들을 발견하게 되었던 것입니다. 왜 제게는 거의 모든 것들이 그 자체의 패러디로 보일까요? 제게는 왜 거의 모든 것들, 아니 예술의 모든 수단과 편리한 방법들이 **오늘날에는 오직 패러디에만 쓸모가 있다**는 생각이 드는 것일까요? 이 질문은 정말 그냥 의미 없이 던지는 겁니다. 제가 그 질문에 어찌 대답까지 기대한다고 할 수 있겠어요. 이렇게 절망에 찬 심정을, 이런 냉담함을 선생님께서는 음악에 '재능이 있다'고 보시고, 저더러 음악을 하라고, 선생님께로 오라고 부르시나요? 차라리 겸손한 자세로 신학 공부를 참고 견뎌내도록 두시지 않고 말입니다?"

이상은 아드리안이 상대방의 뜻을 거부하는 태도로 털어놓은 고백이다. 크레취마르의 답장도 내게 문헌으로 남아 있지는 않다. 그것이 아드리안의 유고 중에 들어 있지 않았던 것이다. 그는 그 답장을 얼마간 보관하다가, 거처를 바꾸면서, 다시 말해 뮌헨, 이탈리아, 파이퍼링 등으로 이사를 다니면서 잃어버렸을 것이다. 이왕 말이 나왔으니 언급하건대, 나는 아드리안의 편지 내용을 기억하는 만큼 크레취마르의 답장도 거의 정확하게 기억하고 있다. 그 당시 내가 그의 답장은 따로 기록해두지 않았음에도 말이다. 그 말더듬이 선생은 포기하지 않고 아드리안을 불러내면서 독촉과 유혹을 멈추지 않았다. 그는 아드리안의 편지 속에 적힌 어떤 말도 자신의 확신을 단 한 순간도 흔들 수 없었노라고 썼다. 원래 운명이 아드리안에게 정해준 것은 음악이라고, 아드리안이 원하고, 아드리안을 원하는 것은 음악이라고, 그런 음악 앞에서 아드리안은 반은 비겁하고 반은 장난삼아, 그리고 자신의 성격과 체질을 그럴듯하게 분석해 보이며 숨는 것이라고 썼다. 이미 한 차례 신학 뒤에 숨어서, 처음에 감행했던 말도 안 되는 그 직업의 선택 뒤에 숨으며 음악을 피했던 것처럼 말이다. "자넨 점잔을 떨고 있는 걸세, 아드리. 그리고 자네 머리 통증이 심해지는 것은 그 벌이야." 우스꽝스러운 것을 즐긴다고 스스로를 칭찬하거나 혹은 비난하는데, 우스꽝스러운 것을 즐기는 정신은 현재 아드리안이 억지로 하고 있는 인위적인 일보다 예술과 훨씬 더 잘 어울릴 것이라고 했다. 왜냐하면 예술은 그런 인위적인 일과 다르게 아드리안을 필요로 할 것이기 때문이라는 것이었다. 음악은 그가 가졌다고 주장하는 못된 성격 자체를 그가 믿는 것보다, 혹은 변명 삼아 믿는다고 꾸며대는 것보다 훨씬 더 잘 사용할 수 있다고도 했다. 크레취마르 자신은, 그렇게 믿는다는 아드리안의 말이 정말 어디까지 자기 비하인가라는 문제는 더 이상 거론하지 않겠다고 했다. 그것은 자기 비하와 맞물려 있는 예술에 대한 비하를 변명하기 위한 행위일 뿐인데, 왜냐하면 예술을 대중과의 야합이라거나 손으로 던져대는 키스, 예복을 빼입고 나서는 축하 공연, 부풀어 오르는 감정에다 더 부채질하는 수단이라고 주장하는 것이야말로 단순한 오해일뿐더러 스스로도 뻔히 알면서 하는 거짓 오해이기 때문이라는 것이었다. 아드리안은 예술을 하기에 부족한 자신의 특성을 변명하면서 오히려 예술이 요구하는 바로 그 특성들을 줄줄이 꼽고 있다고 크레취마르는 지적했다. 오늘날 예술은 아드리안과 같은 인물, 바로 그런 사람들을 필요로 한다는 것이었다. 그리고 모르는 체하며 마치 숨바꼭질하는 식이기에 정작 우스운 점은, 바로 아드리안이 그 모든 사실을 잘 알고 있다는 것이라고 했다. 냉정함, "너무 빨리 싫증을 내는 지적인 능력", 김빠지고 재미없는 것에 웃음으로 반응하는 감각, 피로함, 싫증내는 성향, 권태감을 느끼는 능력 등, 그 모든 것은 그런 것과 연관된 재능을 타고난 소명으로까지 끌어올리는 데 아주 적합하다는 것이었다. 왜냐고? 왜냐하면 그것은 단지 부분적으로만 사적인 개성에 속할 뿐, 다른 한편으로는 초개인적인 기질로, 말하자면 역사적으로 완전히 소모되고 남김없이 이용되어버린 예술 수단에 대한 집단적인 감각의 표현이기 때문이라는 것이었다. 그것은 예술적 수단에 대한 지루함의 표현이요, 새로운 방법을 얻으려는 노력의 표현이니까. "예술은 진보하게 되어 있네"라고 크레취마르는 써내려갔다. "시대의 산물이자 도구인 뛰어난 인물을 통해 앞으로 나아가기 마련이지. 그런 인물의 내부에서는 객관적이면서도 주관적인 모티프들이 서로 구별되지 않고, 한 편의 모티프는 다른 한 편의 모티프가 드러내는 형태를 취할 만큼 서로 결합되어 있어. 혁명적인 발전과 새로운 것의 탄생을 원하는 예술의 생기 왕성한 요구는, 이제는 더 이상 신선하지 않은 것, 즉 더 이상 할 말이 없는 상태와 아직 일반적으로 쓰이는 수단이 더 이상은 불가능하게 될 상태를 가장 강렬하게 주관적으로 느낄 줄 아는 인물에 의해 좌지우지될 것일세. 그리고 그런 예술의 요구는 겉보기에 그다지 생기가 왕성하지 않은 인물을 이용하게 되어 있네. 개인적으로 쉽게 피로해지는 특성과 지적으로 느끼는 지루함, '어떻게 만들어지는지'에 대해 정해진 공식을 꿰뚫어봄으로써 느끼는 권태감, 모든 대상을 그 자체의 패러디의 관점에서만 보는 저주같이 냉정한 성향, '우스꽝스러운 것을 알아보는 감각'을 이용한단 말이야. 내가 말하건대, 삶과 진보를 추구하는 예술은 이렇게 무덤덤한 마음을 가진 개인의 특성이라는 가면을 쓰는 법일세. 그런 특성 속에서 나타나고, 객관화되며, 실현되려고 말이야. 자네에겐 이런 것이 너무 형이상학적인가? 하지만 이제 형이상학적인 얘기는 그만두게, 이건 바로 진실이야. 사실은 자네도 잘 알고 있는 진실 말일세. 서두르게, 아드리안, 그리고 얼른 결정을 내리라고! 나는 기다리고 있겠네. 자네는 벌써 스무 살이고, 다루기가 까다로운 작곡 기법을 아직 많이 익혀야 하네. 자네를 자극할 만큼 충분히 어려운 것들이지. 신의 존재 증명에 대한 칸트의 반박을 다시 반박하는 것보다 카논,* 푸가, 대위법 연습으로 머리 통증을 앓는 게 더 낫지. 신학적으로 그만큼 정조를 지켰으면 충분하네!

　　처녀성은 가치가 있으나, 마침내 어머니가 되어야 하느니,

　　그렇지 않으면 열매를 맺지 못하는 땅덩어리에 불과하리라."

「천사 케루빔의 방랑자」**에서 따온 이런 인용문으로 편지는 끝났다. 그리고 내가 편지에서 눈을 떼고 올려다보았을 땐, 아드리안이 영리하게 미소를 짓고 있는 모습이 눈에 들어왔다.

"그럴듯하게 막아낸 것 같지 않아?" 그가 물었다.

"그럴듯하고말고." 내가 대답했다.

"자신의 일은 확실하게 알고 있는 사람이지." 그가 말을 이었다. "그런데 나는 어떻게 해야 할지 아직 모르고 있다는 점이 아주 부끄러운 노릇이고."

"내가 생각하기로는, 너도 알고 있어"라고 내가 말했다. 왜냐하면

---

　* 두 개 이상의 성부에서 주제가 되는 한쪽의 가락을 그다음에 오는 쪽이 반복하는 곡.
　** "Cherubinischer Wandersmann"(1657): 독일 바로크 시대의 서정시인이자 신학자인 안겔루스 질레시우르Angelus Silesius(본명 Johannes Scheffler, 1624~1677)의 2행으로 된 격언시 모음.

나는 실제로 그 자신의 편지에서 진심으로 거절하는 말을 본 적이 없었기 때문이다. 물론, 그 편지가 "점잔 떠느라" 쓴 것이라고 믿지도 않았다. 그런 말은, 가슴에 품고 있는 결정을 어렵게 하려는, 주저하는 심정으로 그 결정을 심화하려는 의지를 표현하는 말로는 분명히 적절하지 않았다. 나는 결정이 내려지리라는 것을 불안한 마음으로 예견했다. 그리고 곧바로 이어진 우리 두 사람 모두의 가까운 미래에 대한 대화에서는 그의 결정이 이미 거의 내려진 것과 다름없는 상태로 대화의 바탕을 이루고 있었다. 어차피 우리의 길은 서로 달랐다. 나는 심한 근시에도 불구하고 징병 검사에 합격했고, 이제 군복무를 시작할 참이었다. 나움부르크에 있는 제3전선 포병연대에서 복무하고 싶었다. 한편, 너무 말라서 그런지, 아니면 습관성 두통 때문인지, 어쨌든 무슨 이유 때문인지 병역을 무기한 면제받은 아드리안은 부헬 농장에서 몇 주간 지낼 생각을 하고 있었다. 그의 말로는, 자신의 직업을 바꾸는 문제에 대해 부모와 의논을 하기 위해서였다. 그러나 그는 부모에게 단지 대학만 바꾸는 문제일 뿐이라고 말하려는 의도를 드러냈다. 말하자면 그는 자신에게도 그런 식으로 말했던 것이다. 자기는 음악에 신경 쓰는 일을 그냥 "조금 더 부각시켜"볼 생각이라고, 그래서 학창 시절의 음악 선생이 활동하고 있는 도시로 찾아갈 생각이라고, 부모에게 말할 것이다. 다만, 그는 신학을 포기할 것이라는 말은 언급하지 않았다. 실제로 그는 대학에 다시 등록도 하고, 철학으로 박사학위를 취득하기 위해 철학 강의를 들을 계획이었다.

1905년 겨울 학기 초에 레버퀸은 라이프치히로 옮겨갔다.

XVI

우리가 작별하는 장면이 무덤덤하고 조심스러운 모양새를 띠었다
는 말은 아마 할 필요도 없을 것이다. 서로 눈을 마주 보고 악수를 하는
상황은 거의 일어나지 않았다. 우리는 젊은 시절에 너무나 자주 헤어졌
다가 다시 만나곤 했기 때문에 보통 악수를 나누지 않았다. 그는 나보
다 하루 먼저 할레를 떠났는데, 그 전날 저녁에 우리는 '빈프리트' 회
원들 없이 둘이서만 연극 공연장에서 시간을 보냈다. 다음 날 아침이면
그는 떠나기로 되어 있었고, 우리는 이미 숱하게 헤어졌던 방식대로 길
에서 작별을 했다. 각자 서로 다른 방향으로 몸을 돌렸던 것이다. 나는
작별할 때 그의 이름, 나로서는 당연하게 그의 성이 아닌 이름을 부르
면서 정성껏 인사를 하지 않을 수 없었다. 그러나 그는 그렇게 하지 않
았다. 단지 "또 보자(so long)"라는 말뿐이었다. 그는 크레취마르의 어
투를, 그것도 조롱하듯이 인용하는 투로만 흉내 냈다. 원래 그는 남의
말의 인용, 즉 뭔가 혹은 누군가를 상기시키는 말을 그대로 반복하며

넌지시 암시하는 것을 유별나게 즐기는 습관이 있었다. 그는 내가 앞두고 있던 전투적인 군대 생활의 에피소드에 농담을 하나 더 보태고는 자신의 길을 가버렸다.

하긴 그가 이별을 너무 어렵지 않게 받아들이는 것은 옳은 태도였다. 늦어도 일 년 뒤에 나의 군복무가 끝나면, 우리는 어디에선가 다시 만나게 될 사람들이었다. 하지만 그 이별은, 말하자면 삶의 한 단계를 표시했던바, 한 시대의 끝이요 새로운 시대의 시작이 되었다. 그는 그런 점에 주의를 기울이지 않은 것처럼 보였지만, 나는 약간 흥분에 찬 비애감을 느끼며 그 점을 의식했다. 내가 할레에서 그와 합류함으로써, 말하자면 나는 우리의 김나지움 학생 시절을 연장시켰던 것이다. 그곳에서 우리는 카이저스아셰른에서 살았던 것과 별로 다르게 살지 않았다. 내가 이미 대학생이었고, 그는 아직 김나지움에 다니고 있던 시절도 앞으로 시작될 변화와 비교될 수는 없었다. 당시에는 내가 고향과 김나지움의 낯익은 환경에 그를 두고 떠나갔고, 또 번번이 그곳에 있던 그에게로 돌아갔었다. 하지만 이제는 우리의 삶이 독자적인 형태로 나뉘고 있고, 우리 중 누구에게나 자신의 두 다리로 버티어 서야 할 삶이 시작되었다는 생각이 들었다. 이로써 (그다지 도움이 되지는 않았지만) 내게는 너무나 필연적이라고 보였던바, 그의 옆에서 보내던 생활이 끝나게 되었고, 저 앞에서 이미 말했던 것과 같은 말로 표현할 수밖에 없는 상황이 끝났다. 나는 그가 무엇을 하며, 또 무엇을 체험하게 되었는지 더 이상 알 수 없게 되었고, 그의 곁에 머물면서 그를 살펴보거나 주의를 기울일 수 없게 된 것이다. 그의 삶을 살펴본다고 해서 물론 그 운명을 조금이라도 바꾸지는 못했을 테지만, 그런 주의가 가장 필요했던 것으로 보이는 바로 그 순간에 나는 그의 곁을 떠나야만 했다. 그것은 그가 학자의 길을 버리고 떠나던 순간, 그의 표현을 쓰자면, "성서를 학교 의자 밑에 내려두고" 완전히 음악의 품으로 몸을 던지던 순간이었다.

아드리안의 결정은 의미심장하고, 내게는 특이하게 숙명적인 데가 있는 것 같은 느낌을 자아냈다. 그의 결정이 우리가 함께 보냈던 삶에서, 말하자면 그 중간 시기는 빼고 내 가슴 속에 추억으로 남은 아주 오래된 순간들과 다시 연결되었기 때문이다. 우선 숙부의 하모늄을 치며 이것저것을 실험하고 있는 그를 보던 순간, 또 그보다 훨씬 더 예전으로 거슬러 올라가 보리수 밑에서 마구간 하녀 하네와 함께 돌림노래를 부르던 순간과 연결되었다. 그래서 그의 결정이 내 가슴을 기쁨으로 벅차오르게 했고, 동시에 왠지 걱정스럽게 짓눌렀다. 그런 느낌은 어린 시절에 매우 높이 솟구치는 그네를 타고 날아오르면서 환성과 함께 불안감에 휩싸여 몸이 움츠러드는 것을 느꼈을 때의 기분과 비교될 수 있을 따름이다. 그의 결정이 정당하고 필연적이며, 잘못된 선택을 바로잡는 성격을 띤다는 것, 신학 공부는 그런 결정을 피하고 자신의 원래 성향을 묻어두려는 심리에서 선택했던 것에 불과하다는 것, 이 모든 것이 내게 분명해졌고, 내 친구가 더 이상 머뭇거리지 않고 진실을 인정한 것이 뿌듯했다. 물론 그가 그것을 인정하게 되기까지 설득이 필요했다. 그런데 내가 아무리 그런 결정이 가져올 특별한 결과를 확신했다 하더라도, 기쁘지만 뭔가 불안해지는 기분은 어쩔 수 없었다. 그래서 내가 그런 설득에 관여하지 않았다고 말할 수 있어서 사실 다행스럽기도 했다. 나는 기껏해야 모종의 운명론적인 태도와 어투, 말하자면 "내가 생각하기로는, 너도 알고 있어"라는 말로써 그런 설득에 지원을 한 정도였던 것이다.

이 자리에서 편지 한 통을 소개하겠다. 내가 나움부르크에서 군복무를 시작하고 나서 두 달 뒤에 아드리안으로부터 받은 편지인데, 나는 자신의 아이가 그런 소식을 전할 때 어머니가 느낄 감정으로 그 편지를 읽었다. 다만 어머니에게라면 그런 편지는 물론 쓰지 않는 것이 적절하겠지만 말이다. 나는 그 편지를 받기 약 3주일 전에 아직 아드리안의 주소는 모른 채 하제 음악 학교에 있는 벤델 크레춰마르 선생의 주소를 통해 그에게 편지를 보낸 적이 있었다. 그에게 나의 거친 새 생활이야기를 쓰고, 대도시에서 그가 어떻게 잘 지내고 있는지, 그리고 그의 학업 계획이 어떻게 짜여 있는지, 내게도 부디 좀 알려달라고 부탁을 했던 것이다. 내가 그의 답장을 여기에 기록하기 전에 미리 해두고 싶은 말은, 그가 답장에 쓴 고풍스러운 표현법은 물론 패러디의 의미로 쓴 것이었고, 우스꽝스러운 할레 체험, 즉 에렌프리트 쿰프 교수의 유별난 언어 구사 방식을 암시했다는 것이다. 동시에 그것은 개성의 표현이자 자기 특성의 부각, 자신의 내적 양식과 경향의 표명이기도 했다. 그 특유의 경향이 패러디적인 것을 매우 특징적인 방식으로 사용하고, 패러디 뒤에 자신을 숨기는가 하면, 또 스스로의 속성을 구현하고 있었던 것이다.

그가 쓴 내용은 이렇다.

"1905년 정결례 축일 후 금요일,
라이프치히, 페터 가(街) 27번지.
존경하고 친애하며, 학식이 높고 아량이 넓은 선생님이신 탄도 전문가님께!

우리는 그대가 걱정하며 보내주신 편지에 대해 대단히 기쁜 마음으로 감사하는 바일세. 그대가 처한 지금의 멋지고 언짢으며 어려운 사정에 대해, 훈련 중 그렇게 열심히 뛰어다니고, 가끔 옆 사람을 괴롭혀주는가 하면, 또 깨끗이 단장도 하다가 총도 쏴대는 생활에 대해 상세하고 우스꽝스럽기 그지없는 소식을 전해준 것 말일세. 그 모든 이야기가 우리를 진심으로 웃겼네. 특히 하사관께서 그러셨는데, 그대를 시도 때도 없이 닦달하며 철저히 교육시키는 만큼, 또 그대의 그 높은 교육과 교양을 끔찍이 존경하는 분 말이지. 그래서 그대가 병영 식당에 앉아 그에게 온갖 운율을 운각과 음량(音量)에 따라 적어줄 수밖에 없었다고. 그런 지식이 그에게는 정신적인 고상함의 절정이라고 생각되기 때문에 말이지. 나도 사정이 허락하는 대로, 내가 여기서 겪은 매우 창피스럽고 어처구니없이 익살스러운 이야기로 그대의 편지에 보답하려 하네. 그냥 그대도 한번 기이하게 생각하며 웃어보라는 걸세. 우선 나의 친근한 마음과 호의를 전하는 바이며, 그대가 그런 군대식 매질을 그래도 기쁘고 기꺼운 심정으로 받아들이기를 바라네. 그렇게 하는 것이 언젠가 때가 되면 그대가 결국 빛나는 제복에 여러 단추와 장식테를 단 멋진 예비역 상사가 되는 데 도움이 될 것일세.

이곳의 분위기는, '하나님을 믿고 나라와 백성들을 살피며, 아무도 무서움에 떨게 하지 말라'라는 정도로 전할 수 있네. 이곳 플라이세 강, 파르테 강, 엘스터 강변에는 분명 지금까지와는 다른 삶이 있고, 잘레 강변에서와는 다른 삶의 맥박이 뛰고 있다네. 왜냐하면 매우 많은, 70여만 명이 넘는 민중들이 이곳에 모여 살기 때문인데, 애초부터 확실하게 서로 이해하고 너그러운 마음으로 지내라는 것이지. 예언자가 니네베*의 죄를 변명하며 '10만이 넘는 사람들이 사는 그렇게 큰 도시'라고

---

* Nineve: 고대 아시리아 왕국의 수도.

말했을 때는, 모든 것을 알고 해학으로 이해하는 가슴이 있었던 것처럼 말일세. 그러니까 70만이 넘는 사람들의 관용이 있는 곳에서 무슨 일이, 어떤 요구로, 어떻게 돌아갈지는, 그대도 생각해볼 수 있겠지. 나도 이곳에 처음 온 몸으로서 가을 박람회를 맛보았는데, 박람회 철이 되면 이곳에는 유럽의 곳곳에서, 거기다가 페르시아, 아르메니아, 또 그 밖의 아시아 나라에서까지 사람들이 물밀듯이 몰려온다네.

그렇다고 이곳 니네베가 특별히 내 마음에 든다는 것은 아니고, 이곳은 분명 나의 조국 땅에서 가장 아름다운 도시인 것도 아니지. 아름답기야 카이저스아셰른이 더 아름답지. 하긴 뭐, 아름답고 품위 있기가 더 쉽기야 하지만. 그냥 오랜 세월을 견딘 데다, 그저 조용하기만 하면 되고, 생기나 맥박 같은 것은 없어도 되니까 말이지. 이곳 라이프치히는 값비싼 석조 건물들로 짜 맞추어 꽤 찬란하게 지어진 곳이라네. 거기다가 사람들은 정말 무슨 악마처럼 상스러운 말들을 떠벌리지. 그래서 어떤 가게를 들어가도 흥정 같은 건 엄두도 못 낼 형국일세. 부드럽게 잠에 취한 것 같은 우리 튀링엔 말은 아직 잠도 깨지 못한 채, 70만 대군이 아래턱을 치켜들고 떠벌려대는 뻔뻔함 그리고 포악함과 마주 선 것 같은 느낌을 받는단 말이지. 끔찍하고, 또 끔찍할 따름이야. 하지만 천만에, 그건 분명 악의가 있는 것은 아니고 자조까지 섞인 말투이지. 이 사람들은 예의 저 대도시적인 세상의 역동적인 맥박 덕분에 그런 말투도 누릴 수 있는 것이야. 음악의 중심지(Centrum musicae)이자 인쇄와 서적 출판의 중심지이며 고고하게 빛나는 대학이 있는 곳. 참고로, 대학 건물은 여기저기 다 흩어져 있군. 본관은 아우구스투스 광장에 있고, 도서관은 게반트하우스 옆에 있지. 그리고 각 단과대학에는 별도의 강의동이 나뉘어 있는데, 가령 철학대학에는 산책로의 로테하우스, 법학대학에는 내가 살고 있는 페터 거리의 거룩한 동정녀관 (Collegium Beatae Virginis)이 있지. 이곳에서 나는 처음에 중앙역에 도착하자마자 곧바로 시내로 들어가는 도중에 적당한 거처를 구했다 네. 정오가 조금 지나 이곳 기차역에 도착해 보관소에 짐을 맡긴 후 마치 누군가에게 끌린 듯이 이곳으로 와서 빗물 홈통에 붙은 광고를 읽었 는데, 초인종이 울리자마자 즉시 악마처럼 상스러운 말을 뱉어내는 뚱 뚱한 여주인과 1층의 방 두 개에 대한 방세 거래가 끝나버렸던 거지. 그리고 아직 시간이 많이 남아 있어서, 도착 첫날의 기분으로 그날 거의 도시 전체를 다 둘러봤지. 그런데 이번에는 정말 누가 안내를 해준 것인데, 내 짐을 역에서부터 날라준 짐꾼이 그 인물이었지. 그래서 결국 내가 아까 언급했던 우스꽝스럽게 장난질 같은 이야기가 생긴 것인데, 어쩌면 그대에게 그 이야기를 하게 될 수도 있겠지.

풍만한 여주인은 클라비쳄발로* 때문에 한바탕 잔소리를 늘어놓지는 않았다네. 이곳 사람들은 큰 소리에 익숙해 있으니까. 나 역시 너무 지나치게 소리를 내어 그녀를 성가시게 하지는 않지. 왜냐하면 내가 최근에는 무엇보다 이론적인 부분에 조금 치중하고 있는 중이니까. 책과 필기도구, 화성학(Harmoniam)과 대위법(punctum contra punctum) 등에 완전히 독학으로 매진하고 있다네. 내 말은, 친구(amici) 크레취마르 선생의 감독과 문책 아래 그렇게 한다는 걸세. 나 혼자 연습하고 만든 것을 며칠마다 한 번씩 잘됐는지 어떤지 검사받기 위해 선생에게 가져가거든. 내가 이곳으로 오니까 이 양반이 대단히 기뻐하면서 나를 두 팔로 껴안으시더군. 자신이 확신하고 있는 것을 내가 저버리지 않았다

---

* Klavizimbel: 깃털로 만든 채가 현을 뜯어서 소리를 내는 구조의 건반 악기로 바로크 음악에서 많이 쓰인다.

나. 또 음악 학교 따위는 큰 학교든 자기가 가르치고 있는 하제 학교든 내겐 추천할 생각조차 않고 말이지. 그런 학교 분위기는 나한테는 맞지 않으니, 차라리 음악의 아버지 하이든처럼 하라고 하더군. 하이든은 어디에서든 선생(praeceptor)이 없이 푹스*가 쓴 대위법 이론서 『작곡법 입문Gradus ad Parnassum』과 당대의 음악, 특히 함부르크의 바흐** 음악을 구해서 당당하게 혼자 음악을 연습하고 배웠으니까. 우리끼리 하는 말이지만, 화성 이론은 정말 연신 하품이 날 만큼 지루하기 짝이 없어. 대위법을 보면 금방 생기가 나는데 말이지. 이 마법의 영역에서는 재미있는 장난을 아무리 해도 싫증이 안 나니까. 끝없이 이어지는 문제에 기분 좋게 푹 빠져서 풀어대다가, 이젠 우스꽝스럽고 기이한 돌림노래와 푸가 습작이 벌써 한 무더기나 쌓였는데, 마이스터에게 칭찬도 꽤 받았지. 환상을 불러일으키면서 새로운 창작을 부추기는 생산적인 작업인데, 내 생각으로는 일정한 주제가 없이 화음을 가지고 노는 도미노 게임이 세상살이에 뭘 끓여 내보이거나 구워 내보이느라고 써먹는 게 아니니까 그런 거겠지. 이 모든 걸림음, 경과음, 조옮김, 준비와 이행에 관한 것을 책으로 배우기보다 실습을 통해(in praxi), 즉 듣고 체험하고 스스로 찾으면서 배우는 것이 더 낫지 않겠어? 하지만 근본적으로 일괄해 보면(per aversionem), 대위법과 화성을 기계적으로 무조건 분리시키는 것 자체가 어리석은 짓이야. 특히 이 두 개는 서로 떨어질 수 없을 만큼 아주 얽혀 있기 때문에, 그것을 각각 따로 가르칠 수도 없고, 오로지 전체를, 즉 음악을 가르칠 수 있는 것이야. 물론 가르칠 수 있는

---

* Johann Joseph Fux(1660~1741); 오스트리아의 작곡가, 음악이론가.

** 요한 제바스티안 바흐의 (생존했던) 둘째 아들이자 이름난 작곡가였던 칼 필립 에마누엘 바흐(Carl Philipp Emanuel Bach, 1714~1788)를 가리킨다.

능력이 있는 한에서 말이지.

보시다시피 나는 이렇게 부지런하고 씩씩하게(zelo virtutis) 공부에 매진하고 있고, 더구나 엄청난 양의 일에 거의 눌려 지내다시피 하네. 그 밖에도 대학에서 라우텐자크 교수에게서 철학사를 듣고 있으며, 그 유명하신 베르메터 교수에게서는 철학의 전반적인 지식과 논리학을 듣고 있으니까 말일세. 그럼, 잘 있으시게. 난, 이 정도면 충분하네(Vale. Iam satis est). 그대와 더불어 모든 죄 없는 자들에게 신의 가호가 충만하기를 비노니. 할레 식으로 말하자면, '그대의 충성스러운 심복이외다!'라고 하지. 앞에서 언급했던 익살과 장난, 그리고 나와 사탄 사이에 일어나는 일을 가지고 내가 그대에게 너무 호기심을 자극했던 것 같은데, 뭐 별것은 아니고, 예의 저 짐꾼이 나를 첫날밤에 엉뚱한 곳으로 데려갔다는 것뿐일세. 몸에는 밧줄을 휘감고, 빨간 모자를 눌러 쓴 데다 놋쇠 모표를 달고 망토를 두른 작자였는데, 이곳 사람이면 누구나 다 그렇듯이 아래턱을 곤두세우고 악마처럼 상스럽게 지껄여대더군. 내 생각으로는 작은 수염 때문에 우리의 슐렙푸스 교수와 비슷하게 보였는데, 곰곰이 생각해보니 정말 닮았더라니까. 혹은 그때 이후 내가 기억을 되살리다가 비슷해졌을 수도 있고. 어쨌든 이 자는 고제*를 애용해서 그런지 슐렙푸스 교수보다 더 건장하고 몸도 더 풍만하긴 했어. 이 자는 자기가 관광 안내원으로도 일을 한다고 소개하면서 놋쇠 모표를 가리키며 확인시켜주더군. 그리고 엉터리 영어와 프랑스어 두세 마디를 악마처럼 상스럽게 지껄여댔는데, 아름다운 건물을 퓨디풀 필딩 peaudiful puilding**이라 하고, 매우 흥미로운 골동품을 앙티키데 엑스드

---

* 고제 강 이름을 딴 라이프치히 맥주.
** beautiful building을 잘못 발음한 것.

레메망 엥데레상antiquidé exdrèmement indéressant이라나 뭐라나.

각설하고(item), 우리가 흥정을 끝내자 그 작자는 두 시간 동안 내게 모든 것을 보여주면서 나를 이리저리 끌고 다니더군. 희한하게 홈이 파인 회랑의 파울루스 교회에 갔고, 요한 제바스티안* 때문에 그가 일하던 토마스 교회에도 갔으며, 또 그의 무덤이 있는 요하니스 교회에도 갔는데, 이곳에는 종교개혁의 기념물이 있지만, 새로 지은 콘서트 공연장 게반트하우스도 있지. 거리 풍경이 흥미롭더군. 아까도 말했듯이 마침 가을 박람회가 열리고 있어서 가게 창문마다 모피나 기타 상품을 광고하는 온갖 깃발과 천이 내걸려 있었고, 골목마다 사람들로 꽉 찼어. 특히 시내 한복판, 그러니까 옛 시청 근처가 가장 붐볐는데, 이곳에서 그 작자가 쾨니히스하우스**와 아우어바흐스 호프,*** 그리고 플라이센부르크의 남아 있는 탑을 보여주더라고. 이곳에서 루터가 에크****와 논쟁을 벌였지. 이런 것들을 보고 나서 비로소 시장 광장 뒤의 좁은 거리에서 사람들 속에 끼어 밀리고 밀면서 걸었지. 고풍스러운 분위기가 풍기는 그곳에는 경사진 지붕들이 늘어섰고, 건물 사이사이에는 빛바랜 안뜰과 골목들이 있더군. 그런 곳엔 다락방 창고와 지하실이 붙어 있는데, 주변의 온갖 것들이 또 그 안뜰과 골목들로 미로처럼 연결되어 있더라고. 그리고 가게마다 온통 물건으로 가득하고, 그곳에 몰려든 사람들은 자네에겐 아마 이국적이라고 느껴질 눈빛으로 쳐다보는가 하면, 자네

---

* 독일 바로크 음악의 대가 바흐(Johann Sebastian Bach, 1685~1750)의 성을 빼고 이름만 부름으로써 주인공 자신의 장난스러운 심리를 과장한다.
** Königshaus: 16세기 중반에 바로크 양식으로 건축된 화려한 시민 계급 주택.
*** Auerbachs Hof: 16세기 중반에 건설된 대형 상가 단지. 아우어바흐 지하 주점은 괴테의 『파우스트』에 나오는 장면으로도 유명하다.
**** Johannes Eck(1486~1543): 가톨릭 신학자로 루터와 논쟁을 벌인 인물.

는 한 번도 들어본 적이 없는 말투로 끊임없이 지껄여대지. 참 흥미진 진하더군. 자네라도 몸 안에서 세상의 역동적인 맥박이 뛰는 것을 느낄 만한 분위기였다니까.

점차 날이 어두워지고, 여기저기 불이 켜지기 시작하면서 골목마다 한산해지기 시작하니, 난 피곤하고 시장해졌지. 그래서 안내원에게 마지막으로 식사할 수 있는 식당을 소개해주면 좋겠다고 했더니, "좋은 곳이요?"라며 그 작자가 눈을 껌뻑해 보이는 거야. 뭐, 너무 비싸지만 않으면 좋은 곳으로 가자고 하니까, 그 작자가 중앙로 뒷골목에 있는 어느 집 앞으로 데리고 가지 않겠나. 출입구로 향하는 계단의 놋쇠 난간이 바로 그자의 모표처럼 번쩍이고, 출입구 위에 켜진 등 하나는 바로 그자의 모자처럼 붉은색이더군. 내가 그 작자에게 수고비를 지불하자, 맛있게 드시라고 말하곤 사라져버리지 뭔가. 초인종을 누르자 문이 저절로 열리고, 치장을 한 어떤 마담이 복도에서 나를 맞이하러 나오는 거야. 볼은 건포도색이고, 살찐 목에는 밀랍색 진주로 된 묵주를 걸치고 있는데, 거의 정숙하다고 할 만한 태도로 너무나 반가워하며 간살스러운 목소리로 은밀한 애정 표현을 하듯이 말을 건네더니, 마치 오랫동안 기다린 사람에게 하듯이 나를 정중히 안내해 문간 커튼을 지나 은은한 불빛이 비치는 방으로 데리고 가더군. 천으로 쿠션을 넣은 벽, 크리스털 샹들리에, 여러 거울 앞의 벽에 달린 등불, 비단으로 씌운 흔들의자가 있는 방인데, 흔들의자 위에는 황야의 요정과 딸들이 여섯인지 일곱인지가 앉아서 널 바라보고 있다고 생각해봐. 뭐라고 해야 하나, 모르포 나비, 유리 날개 나비, 에스메랄다 나비라고나 할까, 옷은 조금밖에 안 걸친 데다 튈 망사나 거즈같이 비치고 번쩍이는 것을 입어서 속이 훤히 들여다보이고, 또 머리는 길게 늘어뜨리거나 짧은 파마머리이

270

고, 분칠한 가슴팍과 팔찌를 두른 팔을 드러낸 채, 기대로 넘치고 샹들리에의 불타는 빛을 받아 번쩍이는 눈빛으로 널 쳐다보고 있는 거지.

나를 쳐다본다는 게지, 자네를 보는 게 아니라. 그 작자가, 그 '고제 슐렙푸스'가 나를 슬쩍 잠적할 만한 곳으로 데려갔던 것이야! 나는 그냥 그 자리에 서서 흥분을 숨기고 있었지. 그러다 건너편에 덮개가 열린 피아노, 말하자면 친구가 있는 것을 발견하고 양탄자를 밟으며 그곳으로 건너가서 선 채로 화음을 두 개, 세 개 눌렀다네. 그 음들이 막 머리에 떠올랐기 때문에 그것이 무엇이었는지 아직도 알고 있어. 나장조에서 다장조로 조옮김을 한 것인데, 「마탄의 사수」 마지막 장면에서 「은자의 기도」에 나오는 것과 같은 밝은 분위기의 반음들이었지. 다장조의 4·6도 음정에서 팀파니, 트럼펫, 오보에가 도입되는 그 부분 말이야. 이건 이제야 아는 것이고, 그 당시엔 뭔지도 모르면서 그냥 건반을 누른 거야. 그때 스페인 식의 작은 재킷을 입은 갈색 머리의 아가씨, 말하자면 큰 입과 끝이 납작한 코와 가늘게 찢어진 눈의 에스메랄다가 내 옆에 다가와 서더니, 자기 팔로 내 뺨을 쓰다듬는 게 아닌가. 나는 몸을 돌리면서 옆에 있던 벤치를 무릎으로 밀치고는, 양탄자를 되밟아 그 음욕의 지옥을 뚫고 나오는데, 뭐라고 떠들어대는 포주 곁을 지나 복도를 뒤에 둔 채 황동 난간은 건드리지도 않고 계단을 내려와서 거리에 서게 된 거지.

이게 내가 겪은 바보 같은 이야기일세. 장황하게 되어버렸지만, 자네가 시작법(詩作法, artem metrificandi)을 가르쳐주던 그 우악스러운 우두머리 이야기에 대한 보답이네. 이것으로 아멘, 나를 위해 기도하라! 지금까지 한 번 게반트하우스에서 연주회를 들었는데, 주된 프로그램(pièce de résistance)은 슈만의 교향곡 제3번이었지. 당시에 어떤 비평가는 이 곡이 '포괄적인 세계관'을 담고 있다고 칭찬을 해댔지만, 그건 전혀 객관성도 없는 허튼소리이고, 의고주의 진영에서도 이런 평을 두고 맘껏 조롱을 쏟아내더군. 그래도 낭만주의 음악과 음악가들의 지위를 격상해 표현하는 것이니까 나름대로 긍정적인 의미가 있었지. 낭만주의는 고루한 전문가 정신, 그리고 시(市) 행사에 등장하는 피리 연주로부터 음악을 해방시키고, 또 정신의 더 넓은 세계, 즉 그 시대의 보편적인 예술운동 및 지식운동과 접속시켰지. 낭만주의의 이런 공로를 잊으면 안 돼. 베토벤의 말년 작품과 그의 다성 음악에서 모든 것이 시작된 것이지. 그래서 낭만주의를, 즉 단순히 음악적인 것을 벗어나 보편적인 정신세계로 들어서는 예술을 반대하는 사람들이 항상 베토벤의 후기 작품 경향에 반대하고 개탄했다는 사실은 아주 많은 것을 말해준다고 나는 생각하네. 그의 최고 걸작들에서 성부의 개성을 강조한 것이 그 이전의 음악에서보다 얼마나 다르게, 얼마나 더 고뇌에 찬 소리로 탁월하게 효과를 내는지, 자네는 생각해본 적이 있나? 소위 **훨씬 더 노련했던** 이전의 음악에서보다 말일세. 평가할 사람을 제대로 웃음거리로 만드는 적나라한 진실을 말하기 때문에 재미있는 평가들이 있지. 가령 헨델이 글루크*에 대해 이렇게 말했어. '그 사람보다 우리 집 요리사가 대위법을 더 잘 이해한다'라고. 내겐 참 값진 동료의 말이지 뭔가.

요즘은 쇼팽의 곡을 많이 연주하며 그에 관한 글을 읽고 있네. 나는 천사와도 같은 그의 모습이 좋아. 그 모습은 셸리**를 연상시키지. 뭔가 매우 신비롭게 베일에 싸인 모습, 범접할 수 없고, 접근을 거부하고,

---

 * Christoph Willibald Gluck(1714~1787): 독일의 작곡가. 특히 오페라 작곡으로 유명하다.
** Percy Bysshe Shelley(1792~1822): 영국의 낭만주의 작가.

모험을 모르는 데다 아무것도 알고 싶어 하지 않으며, 구체적인 경험을 거부하는 그의 모습. 그의 환상적으로 정제되고 매혹적인 예술은 섬세한 근친혼의 산물이라고 할 수 있을 것일세. 들라크루아*가 쇼팽에게 보낸 편지에서, '나는 오늘 저녁에 당신을 보았으면 하오. 이 순간이 날 미쳐버리게 할지라도(J'espère vous voir ce soir, mais ce moment est capable de me faire devenir fou)'라고 표현한 매우 주의력이 깊은 우정은 얼마나 그를 돋보이게 하는지 몰라. 미술계의 바그너라 할 그에게는 얼마든지 가능하지 않겠나! 하지만 쇼팽에게는 화성에서뿐만 아니라 보편적이고 정신적인 면에서도 바그너를 예측하는 그 이상의 것, 즉 그를 곧바로 능가하며 앞질러 가는 것이 적지 않잖은가. 「야상곡」 올림 다단조 작품 제27의 1악장, 그리고 올림 다장조를 내림 라장조와 이명동음 방식으로 바꾼 뒤에 시작되는 이중창을 들어보라고. 그것은 절망적인 분위기를 연출하는 화음에서 「트리스탄」**의 모든 망아적인 축제 장면을 능가하고 있어. 말하자면, 피아노로 표현하는 내밀한 분위기 속에서 그렇게 하는 거지. 쾌락의 아수라장으로서도 아니고, 타락 속에서 혈기 왕성한 바그너 식 극장 신비주의의 투우 같은 분위기도 없이 말이야. 특히 조성(調聲)에 대한 쇼팽의 반어적인 태도를 보라고. 뭔가 고통스럽게 주저하고, 스스로를 드러내지 않으며, 부인하고, 불확실하게 떠도는 태도, 즉 조표를 조롱하듯이 자신의 음색에 충실한 태도를 말이야. 이런 것은 포괄적으로 나타나고 있어. 재미와 감동을 줄 만큼 포괄적으로……"

---

* Eugene Delacroix(1798~1863): 인상주의 화풍에 영향을 준 프랑스 화가.
** 리하르트 바그너(1813~1883)의 오페라 「트리스탄과 이졸데Tristan und Isolde」(1865).

아드리안의 편지는 "이 편지를 보라!(Ecce epistola!)"*라는 외침으로 끝났다. 그리고 다음과 같은 말이 덧붙여 있었다. "자네가 이 편지를 **즉시 없애버려야 한다**는 말은 안 해도 당연히 알겠지." 서명은 약자로 적혀 있었는데, A가 아니라 성의 약자 L이었다.

---

* 가시면류관을 쓴 그리스도 수난상의 묘사 내지 니체의 저서 『이 사람을 보라!*Ecce Homo!*』를 이용한 표현. 참고로, 주인공의 사창가 체험은 니체의 실제 체험을 바탕으로 구성한 것이다.

XVII

그 편지를 없애라는 아드리안의 강력한 지시를 나는 따르지 않았
다. 쇼팽에 대한 들라크루아의 우정을 빗댄 표현, 즉 "매우 주의력이
깊은"이라는 그 말을 아드리안에 대한 내 우정에도 적용할 수 있을 정
도인데, 누가 내 결정을 나쁘다고 하겠는가? 내가 처음에 저 부당한 지
시를 따르지 않은 이유는, 일단 대충 훑어보았던 편지글을 여러 번 반
복해서 읽어볼 뿐 아니라 문체로나 심리 상태를 상세히 분석해보고 싶
은 마음이 생겼기 때문이었고, 그러다가 나중에는 시간이 지나면서 편
지를 없애버릴 기회를 놓쳐버린 것으로 보았다. 나는 그 편지를 문서라
고 여기게 되었기 때문에 폐기하라는 지시 역시 그 문서의 일부로 보았
고, 따라서 그런 지시는, 말하자면 문서적인 성격으로 인해 저절로 효
력을 잃어버린 셈이었다.
　처음부터 내게 확실했던 점은 다음과 같다. 편지 끝에 지시문을
붙이게 된 것은 편지 전체 내용 때문이 아니라 단지 그 일부분, 이른

바 창피스럽고 어처구니없이 익살스러운 이야기, 즉 고약한 안내인과 함께했던 체험 때문이었다는 것이다. 하지만 다른 한편으로는, 이 '일부분'이라는 것이 편지의 전체이기도 했다. 바로 그 부분 때문에 아드리안이 편지를 썼다는 것이다. 나로서는 그것이 유쾌할 리가 없었다. 편지 발신자도 그 "익살"이 내게 유쾌한 일이 되지 않을 것을 알고 있었던 것이 분명했다. 그는 어떤 충격적인 인상을 덜기 위해 편지를 쓴 것이었는데, 그 수신자가 물론 어린 시절의 친구인 나밖에 없었다. 다른 모든 이야기는 그냥 첨가된 것, 원래의 의도를 숨기기 위한 것, 원래 하고 싶은 말을 하기 위한 핑계, 그러면서도 그 말을 지체하기 위한 것이었다. 또 얘기를 다 하고 나서도 마치 아무 일도 아니었다는 듯이 음악과 관련된 재치 있는 비판을 수다스럽게 덧붙임으로써 다시 원래 의도를 은폐하고 있다. 엄밀하게 말하자면, 그 **일화**를 말하기 위해 다른 모든 것을 언급한 것이다. 처음부터 그 일화가 편지의 배경이 되어 첫 부분에서 잠시 나타났다가 일단 뒤로 미뤄진다. 아직 무슨 일인지 이야기되지는 않은 채로 그것은 대도시 니네베에 대한 농담과 예언자의 회의적이고 변명이 섞인 말에 대한 조롱 속에 섞인다. 안내인에 대한 언급이 처음으로 나타나는 곳에서 거의 상세히 이야기되기 직전에 이르다가, 또다시 사라져버린다. 이야기가 미처 소개되기 전에 편지는 끝날 것 같이 보인다. "난, 이 정도면 충분하네(Iam satis est)"라며. 마치 발신자의 기억에서 거의 사라져버렸다는 듯이, 그리고 슐레푸스를 인용해 쓴 인사말이 마치 자신에게 그 이야기를 생각나게 했다는 듯이, 그리고 기이하게도 하필 아버지가 들려주던 나비에 관한 정보를 언급하면서, 말하자면 '그냥 덧붙여서 빨리 간단하게' 전달된다. 하지만 그것이 편지의 끝을 장식해서는 안 되겠기에 슈만, 낭만주의,

쇼팽에 대한 고찰이 추가된다. 이 고찰은 분명 저 '일화'의 비중을 줄이기 위한 의도, 그 이야기를 다시 잊어버리게 할 목적으로 첨가된 것이다. 혹은 자존심 때문에 그런 목적을 추구하는 듯이 보이기 위한 것이라는 말이 어쩌면 더 맞을 것이다. 왜냐하면 나로서는 믿어지지 않는 것이 있기 때문이다. 아드리안이 정말 편지를 읽는 내가 그 서신의 핵심을 알아차리지 못하도록 할 생각으로 그렇게 썼다고는 믿기지 않는다는 것이다.

나는 편지를 두번째로 읽었을 때 이미 아주 이상하다는 생각이 들었다. 문제의 모험담을 언급하기 전까지는 쿰프 식 옛날 독일어를 희화화하거나 개인적으로 변형해서 모방한 문체를 유지하다가, 그 뒤로는 별 주의도 없이 버려지더니 마지막 장에서는 그런 문체의 흔적은 전혀 없고 순전히 현대적인 언어 표현 방식만 보이고 있지 않은가. 이는 수신자의 관심을 오도해가던 이야기가 드디어 편지에 모두 적히게 되자, 그 전의 고풍스러운 표현들은 목적을 달성했다는 듯 모두 폐기되었기 때문이 아닌가? 수신자의 주의를 딴 데로 돌리려는 마지막 부분의 고찰에 그런 표현이 맞지 않기 때문이 아니라, 그것이 쓰이던 시점부터 오로지 바로 **저 이야기**를 하기 위해서, 그런 문체로 그 이야기에 맞는 분위기를 조성하고자 도입된 것이기 때문이 아닌가? 그럼 도대체 어떤 분위기였는가? 나는 이제 그것을 말하려고 한다. 내 머릿속에 들어 있는 그것이 소위 익살극을 설명하기에 도무지 적절치 않을 것처럼 보일지라도 말이다. 그것은 종교적인 분위기이다. 내게 분명했던 점은, 나에게 저 이야기를 전달할 의도로 쓰인 편지에 그가 종교개혁 당시의 독일어를 선택해 쓴 이유는 종교적인 것에 대한 그 역사적인 친화력 때문이었다. "나를 위해 기도하라!"라는 말을 쓰려고 했던 것인데, 그 옛날 언어를 유희적으로 사용하는 게 아니라면 어떻게 그 말을 쓸 수 있었겠는가? 은닉으로서의 인용, 핑계로서의 패러디를 그 말보다 더 잘 보여주는 예는 없었다. 그리고 바로 그 말을 하기 직전에 또 다른 단어 하나가 적혀 있는데, 처음 읽었을 때부터 온몸에 소름을 돋게 했고, 유머와도 전혀 무관하며, 매우 신비주의적이고, 따라서 역시 종교적인 특징을 지닌 단어이다. 그것은 "음욕의 지옥"이라는 단어이다.

예전이나 지금이나 내가 아드리안의 편지를 분석할 때 냉정한 모습을 보인다고 해서, 편지를 다시 읽을 때마다 실제로는 어떤 감정에 사로잡히는지 짐작 못 할 독자는 많지 않을 것이다. 분석이란 어쩔 수 없이 냉정한 모습을 띠기 마련이고, 설사 깊은 충격 상태에서 이루어진 분석이라 하더라도 그렇다. 나는 실로 충격에 빠져 있었고, 아니 그보다 더 심각한 상태였다. 얼마나 놀랐는지 제정신이 아니었다. '고제 슐렙푸스'의 음란한 짓거리 때문에 끓어오른 분노가 도무지 가라앉지 않았다. 그렇지만 독자는 그런 나의 모습에서 나 자신의 성격, 점잖은 체하는 성향이 드러난다고 생각하지 말아야 한다. 나는 결코 점잖은 사람이 아니었고, 라이프치히에서 있었던 예의 저 못된 짓거리가 내게 일어났더라도 사람 좋은 표정을 짓고 그냥 넘어갈 수 있었을 것이다. 요컨대 독자는 나의 분노가 아드리안의 존재와 성격을 잘 보여준다고 파악해야 한다는 것이다. 물론 그의 특성을 표현하고자 "점잖음"이라는 단어를 쓰는 것도 역시 지극히 어리석고 부적절했을 테지만, 그런 단어가 그저 무뚝뚝한 사람들에게조차 조심스러운 고려, 보호 욕구와 관용의 정신을 불러일으킬 수 있기를 바랐던 것이다.

내가 그렇게 흥분한 데에는, 그가 내게 예의 저 모험담을 몇 주 뒤이기는 하지만 어쨌든 전달했다는 사실 자체가 적지 않게 작용했다. 그런 전달은 평소라면 아드리안이 예외 없이 유지했고, 나도 언제나 존중했던 그의 내향적인 성격을 거스르는 일이었다. 우리 둘의 오래된 친분으로 보아 이상하게 들릴지 모르겠지만, 애정, 성, 육신의 영역은 우리의 대화에서 개인적인 방식이든 은밀한 방식이든 일절 거론된 적이 없었다. 정신의 영역에서 드러나는 열정이 계기가 되어 예술과 문학이라는 매체를 통해 언급했던 경우 외의 방식으로는 단 한 차례라도 그런 이야기를 우리 두 사람 간의 대화에 섞은 적이 없었던 것이다. 언급이 되었던 경우에도 그의 편에서는 객관적으로 알고 있는 내용을 말하는 정도였고, 이때 그 자신은 전혀 연관시키지 않았다. 하지만 그가 지닌 것과 같은 종류의 영혼이 어떻게 육체적인 요소를 포함하지 않을 수 있었겠는가! 그런 요소를 포함하고 있었다는 사실에 대한 증거는, 예술에서는 물론이고 그 밖의 것들에서 관능적인 것을 무시하지 못한다고 했던 크레취마르의 모종의 이론을 그가 물려받아 반복했다는 것으로 충분했다. 그리고 바그너에 대해 그가 했던 몇 가지 말들도 그런 증거였거니와, 또 인간의 음성에 깃들어 있는 적나라한 나체의 속성에 대해서나, 예전의 성악에서 온갖 발상으로 만들어낸 예술 형식을 이용해 그런 음성을 정신적으로 상쇄했던 점에 대해 그가 즉흥적으로 언급했던 말도 마찬가지이다. 이때 그가 한 말들은 전혀 처녀다운 순결성을 띠지 않았다. 그것은 탐욕의 세계를 자유분방하고 태연하게 직시하는 그의 태도를 증명해주었다. 우리가 대화 중에 그런 말들을 할 때마다 매번 내가 체험했던 충격 같은 것, 경악, 내 몸 속에서 조용하게 뭔가 오그라드는 것 같은 느낌도 **나의** 성격을 말해주는 것이 아니라, **그의** 특성을 보여주는 것이었다. 강조해서 표현하자면, 그것은 천사가 죄악에 빠지는 소리를 듣는 것 같았다. 아무리 천사라도 외설스럽고 경박한 언행을 한다면, 그런 대상을 진부하게 즐긴다면, 우리가 그냥 넘어갈 수는 없는 일이다. 그런 대상에 대한 그의 정신적인 권리를 충분히 인정한다고 하더라도, 마음이 상해서 이렇게 부탁하고 싶을 것이다. "입 다물어, 이 친구야! 이런 것들을 언급하기에는 네 입이 너무 깨끗하고 엄격하니까"라고 말이다.

음란하고 거친 언행에 대한 아드리안의 혐오감은 실제로 거스를 수 없는 단호함을 띠고 있었고, 그런 것들이 가까이 다가오기만 해도 역겨움과 거부감 때문에 그의 얼굴이 일그러지는 것을 나는 잘 알고 있었다. 할레에서, 빈프리트 모임에서 그는 자신의 예민한 감수성이 그런 언행으로 공격당하지 않으리라는 확신이 있었다. 또 성직을 추구하는 사람들의—최소한 언어적인—건전함이 그런 공격을 억제했다. 학우들 사이에서 여자, 계집, 아가씨, 애정 행각에 대한 이야기는 없었다. 그 신학도들이 각자 실제로 어떻게 그런 문제들을 해결해냈는지, 기독교적인 결혼 생활을 위해 행실을 바르게 하며 몸을 아껴두었는지, 그런 것은 내가 알 수 없다. 나 자신으로 말할 것 같으면, 이미 금단의 열매를 맛본 터였고, 당시에 통메장이의 딸이었던 평민 출신 아가씨와 7, 8개월간 사귀고 있었다는 것만 고백하려 한다. 나는 그것을 아드리안 앞에서 숨기려고 무척 어려움을 겪은 데다(그가 그 관계에 관심이 있었다고는 정말 생각하지 않지만), 7, 8개월이 지나고는 적절하게 그 관계를 끝냈다. 그 여자의 낮은 교육 수준이 나를 지루하게 했고, 항상 똑같은 한 가지 외에는 그녀와 아무것도 더 나눌 말이 없다고 생각했기 때문이었다. 젊은이의 혈기왕성함, 호기심, 자만심, 그리고 내가 이론적으로 확신했던 성적인 것에 대한 고대풍의 솔직담백함을 실천에 옮기려던 소망도 결국 내가 그녀와의 결혼을 무릅쓰도록 할 수는 없었다.

하지만 바로 이런 요소, 즉 약간 규범적인 방식일지 몰라도 적어도 내가 자부하던 재기발랄한 즐거움조차 예의 저 문제에 대한 아드리안의 입장에서는 전혀 찾아볼 수 없었다. 나는 이것을 기독교식 훈련이 낳은 부자연스러움이라고 말하고 싶지는 않다. 마찬가지로 부분적으로는 소시민적이고 도덕적이며, 또 부분적으로는 중세의 정신을 이어받아 죄를 꺼리는 상징어로서의 '카이저스아셰른'의 분위기를 여기서 언급하고 싶지도 않다. 그렇게 하는 것은 진실과 부합하기에 전혀 충분하지 않거니와, 그의 태도가 내게 안겨준 모든 상처에 대한 애정 어린 고려, 미움을 불러일으키기에 부족했을 것이다. 그 어떤 '정사(情事)'와 뒤얽힌 그의 모습은 도무지 상상할 수 없었을뿐더러, 상상하려고도 하지 않았던 이유는 분명했다. 평소에 그를 둘러싸고 있던 기운, 내가 신성하게 여겼던 바로 그 기운, 즉 순결, 정결, 지적인 자부심, 냉정한 아이러니가 뭉쳐져서 풍기는 단단한 갑옷 같은 그 기운 때문이었다. 그것은 내가 모종의 고통과 남모를 부끄러움을 느끼면서도 신성하게 여겼던 것이다. 왜냐하면 가령 악의와 무관하게, 고통스럽고도 부끄러운 기분을 불러일으키는 생각이 있기 때문이다. 즉 순수함이 육체적인 삶에는 주어지지 않았다는 생각, 그리고 본능적인 충동은 정신의 자부심 따위를 아랑곳하지 않는다는 생각, 또 지극히 콧대 높은 자만도 자연 앞에서는 대가를 치를 수밖에 없다는 생각이 그렇다. 그래서 결국 인간적인 것, 동물적인 것에 몸을 맡겨야 하는 굴욕적인 상황을 신의 뜻에 맡겨보는 도리밖에 없게 되는 것이다. 부디 조심스럽게 한껏 미화되고, 정신적으로 가장 고상한 형태로, 애정 어린 헌신과 우리를 정화시켜주는 감정으로 그 상황이 진행되었으면, 하는 희망을 품고서 말이다.

내 친구의 경우는 바로 이런 문제에 대해서 누구보다도 희망이 없다,라는 말을 내가 굳이 덧붙여야 하겠는가? 앞에서 말한 미화, 은폐, 고상하게 다듬어주기는 바로 영혼이 해내는 일이다. 그런데 영혼이란 중간 단계의 심급으로서 뭐든 중개하고 시적인 요소도 다분하다. 따라서 그런 특성을 띤 영혼 속에서는 정신과 본능적 욕망이 서로 스며들어 일종의 착각에 사로잡힌 채 화해하는 법이다. 말하자면 영혼은 사실 매우 감상적인 삶의 층위인 셈인데, 그런 층위 내에서는 나 자신의 인간적인 특성이 아주 편안하게 자리 잡고 있기는 하지만, 가장 엄격한 취향에 따라 있는 것은 아니라고 고백하고 싶다. 아드리안 같은 천성을 가진 사람들은 '영혼'이라는 것이 그리 크지 않다. 심도 있게 관찰하는 우정을 통해 내가 배운 사실은, 가장 정신적인 것이 동물적인 것, 즉 적나라한 욕망과 가장 직접적으로 마주하고 있다는 점, 가장 발칙하게 그런 욕망에 내맡겨져 있다는 점이다. 바로 이런 사실 때문에 나 같은 사람은 아드리안의 천성을 우려하고 걱정하는 나날을 견뎌내야 하는 것이다. 또한 그런 사실은, 그가 나에게 알려준 저 역겨운 모험담을 내가 왜 그렇게도 경악할 만큼 상징적인 것으로 느꼈는지를 설명해주기도 한다.

　나는 아드리안이 그 환락의 살롱으로 들어가는 문턱에 선 채 늦게서야 겨우 자신이 처한 상황을 알아차리기 시작하며, 앞에서 기다리고 있는 황야의 딸들을 바라보고 있는 모습을 상상해보았다. 그가 할레에 있던 뮈체 주점의 낯선 여인들 사이를 지나—나는 그 그림이 너무나 똑똑하게 눈앞에 떠올랐다—무조건 피아노를 향해 다가가는 것을 보았고, 그러고는 일단 무심코, 즉 나중에야 비로소 해명하게 될 화음을 치는 모습을 보았다. 나는 그의 곁에 있는 끝이 납작한 코를 가진 여인—헤타이라 에스메랄다—에 이어 스페인 코르셋을 입은 그녀의 분칠한 반구(半球)의 가슴을 보았으며, 그녀가 맨살을 드러낸 팔로 그의 볼을 쓰다듬는 것을 보았다. 순간 나는 공간을 뛰어넘고 시간을 거슬러 올라가 그곳으로 달려가고 싶은 격렬한 충동에 사로잡혔다. 그가 바깥으로 나가는 길을 만들고자 의자를 옆으로 밀쳐내듯이, 나는 그 마녀를 무릎으로 떠밀어내어 그로부터 떨어지게 하고 싶었다. 며칠 동안 나는 그 마녀가 행한 육신의 접촉을 나 자신의 볼에서 느꼈고, 그때 나도 모르는 사이에 전율을 느끼며 알아차렸다. 바로 그 접촉이 아드리안의 볼 위에서 그때 이후로 줄곧 불타고 있었다는 것을 말이다. 여기서 독자에게 재차 부탁할 수밖에 없건대, 내가 그 사건을 유쾌한 쪽으로 받아들일 수 없었다는 사실은 나의 성격을 말해주는 것이 아니라 그의 특성을 드러내는 것이라고 생각해주기 바란다. 그 사건에서 유쾌한 점이라고는 단연코 없었다. 내가 지금까지 독자에게 내 친구가 어떤 천성을 가진 인물이었는지를 미약하게나마 보여줄 수 있었다면, 독자는 나와 함께 예의 저 접촉에 내포된 이루 말할 수 없이 치욕적이고 뻔뻔스럽도록 굴욕감을 주며 위험스러운 요소를 느껴야만 한다.

아드리안이 그때까지 어떤 여자도 '건드린' 적이 없다는 점은 뒤엎을 수 없이 확실했고, 지금도 확실하다. 그런데 이제 여자가 그를 건드렸던 것이다. 그리고 그는 도주했다. 이 도주에서도 우스꽝스러운 점이라고는 흔적조차 찾을 수 없었다고, 나는 독자에게 확언할 수 있다. 독자가 혹시 그런 점을 찾을 의향이 있다면 말이다. 그렇게 달아났던 것에서 꼭 우습다고 할 만한 점이 있었다면, 도주가 아무런 소용이 없었다는 기가 막히고 비극적인 의미에서 우스웠다. 내가 보기에 아드리안은 끝내 도망가지 못했다. 물론 아주 잠시 동안 그는 자신이 도주했다고 느꼈지만 말이다. 정신의 자만심이 영혼도 없는 본능적 충동과 만나면서 트라우마를 겪었던 것이다. 후에 그는 사기꾼이 한때 그를 데리고 갔던 바로 그 장소로 되돌아갈 수밖에 없었다.

XVIII

나의 이런 서술과 보고를 읽고 있는 독자는, 내가 항상 직접 체험하지 않았으면서, 가령 고인이 된 이 전기의 주인공 곁에 항상 있었던 것도 아닌데, 어떻게 세부적인 내용을 그렇게 잘 알고 있는지 묻지 말기 바란다. 내가 여러 차례 오랫동안 그와 떨어져 살았던 것은 사실이다. 가령 내가 군복무를 하고 있는 동안에 그러했는데, 물론 나는 군복무를 끝낸 뒤 라이프치히 대학에서 학업을 계속했고, 그곳에서 그가 생활하던 영역을 잘 알게 되었다. 또 내가 1908년과 1909년에 실행에 옮겼던 전통적인 견문 여행 동안에도 그러했다. 내가 여행에서 돌아왔을 때 우리의 재회는 단지 일시적으로 스쳐가는 정도였는데, 그때 이미 그는 라이프치히를 떠나 남부 독일로 갈 생각을 하고 있었다. 더욱이 우리가 가장 오랫동안 떨어져 있게 된 기간은 그다음부터였다. 그가 뮌헨에 잠시 머문 뒤, 자기 친구였던 슐레지엔 출신의 실트크납과 함께 이탈리아에서 지내는 동안, 나는 카이저스아셰른의 보니파티우스 김나지움에서 먼저 수습 교사 기간을 마치고 이어 정식으로 임용되어 교직에 있었는데, 그 여러 해 동안이 바로 그 기간이었다. 아드리안이 오버바이에른의 파이퍼링에 주거지를 정하고, 내가 프라이징으로 옮겨가게 된 1913년에야 비로소 나는 다시 그의 근처에 머물게 되었다. 물론 그러고는 이미 오래전부터 숙명처럼 정해진 듯한 그의 삶, 즉 점점 더 흥분에 찬 그의 창작 활동이 1930년 파멸에 이르기까지 17년 동안이나 중단 없이—혹은 거의 중단 없이—내 눈앞에서 일어나는 것을 나는 지켜보았다.

아드리안이 라이프치히에서 다시 벤델 크레취마르의 감독과 지시를 받게 되었을 때, 그는 이미 더 이상 음악 초보자가 아니었다. 그는 묘하게 신비스러우면서도 동시에 유희적이고 엄격하며 독창적이고 심오한 음악 작업을 계속 해나가고 있었다. 전승이 가능한 분야, 즉 악곡 작법 기술, 악곡 형식론, 또 관현악곡 편곡 등에서 그는 빠른 진전을 보이고, 모든 것을 금방 이해하는 뛰어난 지능 덕분에 더욱 고무되었다. 기껏해야 앞질러 가려는 성급함 때문에 조금 방해를 받았을 뿐 빠르게 펼쳐지는 그의 능력은, 할레에서 두 해 동안 신학을 공부하던 에피소드 같은 생활이 음악에 대한 그의 관계를 느슨하게 만들어버리지 않았다는 것, 그 기간이 음악을 다루는 일의 실질적인 중단을 의미하지 않았다는 사실을 증명해주었다. 그는 자신이 열심히, 그리고 자주 대위법을 연습한다는 소식을 편지로 어느 정도 전한 바 있다. 크레취마르는 기악 편성 기법을 전보다 더 중요하게 여겼고, 카이저스아셰른에서 이미 그랬듯이 아드리안으로 하여금 피아노곡과 소나타 악절, 더구나 현악 4중주를 관현악곡으로 편곡하도록 했다. 그리고 그 결과물에 대해 오랫동안 아드리안과 이야기를 나누며 설명하고, 단점을 짚어내는가 하면 수정하기도 했다. 그뿐만 아니라 그는 아드리안이 모르는 오페라의 각 장에 나오는 피아노곡을 관현악곡으로 마음대로 편곡해보도록 시키기까지 했다. 베를리오즈, 드뷔시, 그리고 독일과 오스트리아의 후기낭만주의 작품을 듣고 또 읽은 제자가 스스로 시험 삼아 만들어본 것을 그레트리* 혹은 체루비니**가 작곡했던 것과 비교해보면서 선생과 제자가 크게 웃기도 했다. 당시에 크레취마르는 자신의 창작 오페라 「대리석상」을 만들고 있었는데, 그 작품에서 몇 장면을 기악으로 편곡하라고 약식 총보 상태로 제자에게 맡겼다. 그리고 자기라면 그 부분을 어떻게 하고 싶었는지, 혹은 어떻게 할 생각인지 보여주었다. 그런 것들은 많은 토론을 할 수 있는 기회가 되었고, 이때 물론 대개는 경험이 많은 선생이 우세한 위치를 차지했으나, 적어도 한 번쯤은 신참의 직관이 승리하기도 했다. 왜냐하면 크레취마르가 처음에는 신통찮게 여기고 안 좋게 보았던 음의 결합이 결국 자신이 의도했던 것보다 더 특징적이라는 것이 분명해져, 다음에 다시 만났을 때 그는 아드리안의 아이디어를 받아들이겠다고 말했던 것이다.

아드리안은 그런 일에 대해 보통 생각할 수 있는 만큼 자긍심을 갖지는 않았다. 그 선생과 제자는 사실 음악적 직관과 의지에 따른 견해가 매우 달랐다. 예술에서는 거의 필연적이겠거니와, 이제 야심 차게 자신의 뜻을 이루려고 노력하는 젊은이가 세대 때문에 이미 반쯤은 낯설어진 대가의 입장에 따라 작곡법을 지도받을 수밖에 없다고 보듯이 말이다. 이렇게 되면 대가가 오히려 젊은이의 은밀한 성향을 추측해 이해하고, 기껏해야 어쩌다 조롱을 할지언정 젊은이의 발전에 방해가 되

---

* André Grétry(1741~1813): 오페라 「코미크」로 명성을 얻은 프랑스 작곡가.
** Luigi Cherubini(1760~1842): 이탈리아의 작곡가.

지 않으려고 하는 것이 바람직한 법이다. 가령 크레취마르는 구태여 언급은 하지 않았으나 너무나 당연히 음악의 가장 결정적인 현상 및 작용 양식이 오케스트라 곡이라고 믿었는데, 아드리안은 더 이상 그렇게 생각하지 않았다. 나이가 더 많은 선생과 달리 이제 스무 살인 그에게는, 지극히 발전된 기악 기술이 화음에 바탕을 둔 음악적 구상에 매여 있다는 사실은 역사적인 인식 이상의 것을 의미했다. 그의 경우 그런 인식은 일종의 신조로 발전했는데, 거기에는 과거와 미래가 하나로 녹아서 합쳐져 있었다. 후기낭만주의적인 대형 오케스트라에서 과도하게 사용된 음향 기기를 바라보는 그의 냉담한 눈빛, 그런 오케스트라를 딱 필요한 만큼 축소해 그것이 화음 이전의 다성적 성악곡 시대에 맡았던 보조 역할로 되돌려놓고자 하는 욕구, 그리고 다성 성악곡에 대한, 따라서 오라토리오에 대한 애착, 즉 훗날 「요한 묵시록」과 「파우스트 박사의 탄식」의 창작자가 만들어낼 가장 숭고하고 가장 비범한 것이 속하게될 그 장르에 대한 애착 등, 이 모든 것들은 매우 일찍이 그의 말과 태도에서 두드러졌다.

그렇다고 크레취마르의 지도를 받아 관현악으로 편곡하는 공부에 아드리안이 열의를 덜 보인 것도 아니었다. 왜냐하면 그는 이미 전통이 이루어놓은 것을 잘 구사해야 한다는, 더 이상 그런 것을 중요하다고 생각하지 않더라도 잘해야 한다는 스승의 견해에 동의했기 때문이다. 언젠가 그는 내게 이런 말을 한 적이 있었다. 인상주의적인 오케스트라 곡에 싫증이 나서 더 이상 관현악곡을 공부하지 않는 작곡가는, 죽은 치아로 인해 관절 류머티즘에 걸릴 수 있다는 것이 최근에 밝혀졌기 때문에 더 이상 치근 치료법을 공부하지 않고 옛날처럼 목욕탕에서 의술과 미용술을 함께 맡아보던 역할로 되돌아가는 치과 의사와 같다는 생각이 든다고 말이다. 이와 같이 기묘하면서도 시대의 정신적인 상태를 특징적으로 잘 나타낸 비교 방식은 그 후 우리 둘 사이에서 비판적인 의미로 자주 인용되곤 했다. 이때 정교한 기술로 치근에 향유를 발라줌으로써 지켜낸 '죽은 치아'는 쇠퇴기의 오케스트라 곡이 띠는 다채롭고 세련된 면모를 상징하는 용어가 되었다. 여기에는 아드리안 자신의 관현악 판타지인 「해양 인광」이 포함되었다. 이 곡은 그가 아직 라이프치히에 있을 때 크레취마르가 보는 가운데, 그리고 뤼디거 실트크납과 함께 북해로 갔던 방학 여행 후에 쓴 것으로, 크레취마르는 그 곡을 가끔씩 반(半)공식적인 공연에 올렸다. 그 곡은 선별된 음으로 그려낸 회화였으며, 매혹적이고 처음 들으면 거의 알아낼 수 없는 음의 혼합에 대한 놀라운 감각을 증명해주었다. 잘 훈련된 청중은 그 젊은 작곡가를 드뷔시-라벨계의 매우 뛰어난 계승자로 보았다. 하지만 그는 그런 유의 인물은 아니었고, 평생 동안 이렇게 다채롭고 관현악적인 능력을 보여준 생산품을 자신이 원래 추구하는 창작품으로 여기지도 않았다. 그것은 이전에 크레취마르의 감독 아래 열중했던 손목 관절 풀기나 악보 정리 수준의 연습곡 같은 것을 자신의 진짜 창작품으로 보지 않았던 것과 같았다. 예컨대 6성부에서 8성부의 합창곡, 피아노 반주가 있는 현악 5중주를 위해 세 개의 주선율로 만든 푸가, 그가 교향곡의 약식 총보를 부분적으로 선생에게 가져가서 관현악 편곡에 대해 논의하며 만든 심포니, 또 매우 아름답고 느린 악장이 포함된 가단조 첼로 소나타가 그런 곡들인데, 이 마지막 곡의 테마는 후에 브렌타노*의 시에 곡을 붙인 가곡에도 쓰게 된다. 내가 보기로는, 음으로 번쩍이는 바로 저 「해양 인광」이

---

* Clemens Brentano(1778~1842): 독일의 낭만주의 서정시인.

야말로 예술가가 어떻게 자신이 더 이상 신뢰하지도 않는 기법을 최선을 다해 구현해낼 수 있는지, 그리고 자신의 판단으로는 이미 다 낡아버린 예술 수단을 어떻게 탁월하게 구사해보려고 애쓰는지에 대한 진기한 예이다. "이런 건 배워두었던 치근 치료 같은 것이야"라고 아드리안이 내게 말했다. "연쇄상구균이 넘쳐나도 나는 책임 못 져." 그의 말한 마디 한 마디는, 그가 '음의 회화', 즉 음악적인 '자연의 분위기'라는 장르를 완전히 사라진 것으로 본다는 것을 입증했다.

하지만 남김없이 말하자면, 작곡자가 기법이나 예술 수단에 대한 신뢰도 없이 다채로운 오케스트라 곡으로 완성한 이 대작품은 이미 은밀하게 패러디의 특징을 띠고 있었다. 말하자면 레버퀸의 후기 작품에서 너무나 자주 섬뜩하게 천재적으로 드러나게 되는 현상으로, 예술 자체를 지적으로 비꼬는 양상을 띠고 있었던 것이다. 많은 사람들은 그런 작품 경향이 가슴을 냉랭하게 만든다고 여겼고, 심지어 혐오감과 불쾌감을 준다고 생각했다. 그런데 그렇게 평가하는 사람들은 최고는 아니라 할지라고 여전히 뛰어난 인물들이었다. 아주 피상적으로 생각하는 사람들은 레버퀸의 패러디 경향을 익살스럽고 재미있다고 평했다. 하지만 실제로는 그의 곡에서 패러디의 요소는 예술적인 생식 불능 상태로부터 당당하게 벗어나는 방법이었다. 예술에 대한 회의와 정신의 수줍음으로 인해, 즉 예술에서 진부한 부분이 치명적으로 늘어나는 것을 알아챈 예민한 감각으로 인해, 위대하고 천부적인 소질이 생산 불능 상태가 될 위험에 처했기 때문이다. 나는 지금 이런 문제를 제대로 말하고 있기를 바란다. 지금 내가 불안감과 함께 책임감도 똑같이 크게 느끼는 이유는, 원래 내 말이 아니라 단지 아드리안과의 우정을 통해 내게 떠오른 말로 여러 생각들을 표현해보려고 하기 때문이다. 소박함이 부족하다고 말하고 싶지는 않다. 왜냐하면 소박함이란 결국 존재 자체에, 즉 모든 존재 내지 가장 의식적이고 복잡한 존재에게도 본질적으로 주어져 있기 때문이다. 망설임과 생산적인 추진력 사이에서, 순결과 열정 사이에서 태어난 천재가 겪는 거의 중재되지 않을 갈등, 이것이 바로 소박함이다. 바로 이런 소박함에 힘입어 그와 같은 예술성이 사는 것이며, 또 바로 그런 소박함은 천재가 만든 작품이 힘겹지만 결국 개성을 얻게 해준다. 그리고 무의식적인 예술 활동, 즉 조롱과 자만심과 지적인 수줍음의 심리적인 압박을 극복하고 '재능' 내지 창작의 충동에 꼭 필요한 약간의 우위를 부여하려는 그 직감적인 예술적 노력은 물론 이미 일어나고 있으며, 때가 되면 결정적으로 작용하게 될 것이다. 예술을 실현하기 위해 순전히 기술적으로만 미리 해보는 연습이 아직은 매우 임시적으로 준비 단계에 있지만, 그런 연습이 스스로 시도한 최초의 형상화 작업과 연결되기 시작하는 순간이 바로 그런 때이다.

XIX

이제 나는 바로 앞 장에서 언급한 그 순간에 대해 이야기하려고 하는데, 벌써부터 몸에 전율이 일고 가슴이 오그라드는 느낌이 든다. 그 숙명적인 사건은 내가 앞에서 소개한 아드리안의 편지를 나움부르크에서 받고 나서 약 1년이 지난 뒤, 즉 그가 라이프치히에 도착해 내게 편지로 전한대로 그 도시를 처음으로 둘러본 뒤 1년 남짓 후에 일어났다. 그때는 내가 제대를 하고 아드리안과 재회하기 얼마 전이었는데, 그는 외적으로는 변함없는 모습이었지만 실제로는 이미 징표를 단 인물, 숙명의 화살을 맞은 인물이었다. 그런데 나는 지금 아폴론과 뮤즈의 여신들을 불러 도움을 간청해야 할 것 같은 느낌이 든다. 예의 저 사건을 전달하려는 나에게 가장 순수하고, 모두를 가장 잘 보호해줄 수 있는 표현들을 불어넣어달라고 말이다. 감수성이 깊은 독자를 보호해주고, 고인이 된 친구의 추억을 보호해주며, 마지막으로는 이 이야기를 후세에 전달하는 일이 너무나 어려운 개인적인 고백처럼 생각되는 나 자신을 보호해주는 표현들 말이다. 그러나 아폴론과 뮤즈의 여신들을 향한 이런 간청은 나 자신의 정신적인 상태와 이제 진술될 이야기 자체의 색조 사이에서 두드러진 모순을 내게 더욱 뚜렷이 드러내줄 뿐이다. 후자는 완전히 다른 세계, 고전적인 교양의 명쾌한 분위기에는 너무 낯선 전설의 층위에서 유래한 색조였던 것이다. 나는 이 기록을 시작할 때, 내가 과연 이런 과제를 수행하기에 적절한 남자일까,라는 의혹을 표명한 바 있다. 그런 의혹을 잠재우기 위한 논거를 여기서 반복하지는 않겠다. 내가 그런 논거에 기반을 두고, 그런 논거에 힘입어서 의도한 대로 나의 과제에 충실하고자 생각하는 것으로 충분하기를 바란다.

　나는 아드리안이 어떤 건방진 안내인 혹은 사자(使者)에게 이끌려 간 적이 있던 그 장소로 다시 돌아갔다고 언급한 바 있다. 그런데 이제 그 일이 그다지 빨리 일어나지는 않았음이 드러나게 될 것이다. 지성의 자부심은 한번 수태한 모종의 상처에 1년 동안 저항했다. 비록 너무나 음흉하게 자신을 건드린 적나라한 욕망 앞에 그가 굴복하긴 했지만, 그때 그에게 영혼을 감싸주고 인간을 고결하게 하는 요소가 전혀 없지는 않았다는 점은 내게 늘 일종의 위안이 되었다. 말하자면 나는 그런 요소가, 거칠기는 하더라도 분명하게 욕망을 하나의 특정하고 개별적인 목표에 확정하고 **고정하려는** 모든 노력에 있다고 본다. 왜냐하면 그런 노력은 **선택**의 순간에 있다고 보기 때문이다. 비록 이 선택이 자유의지에 따른 것이 아니라 그 대상에 의해 염치없이 도발적으로 초래되었더라도 말이다. 본능적인 욕구가 인간의 모습을 띠는 한, 그 모습이 설사 가장 익명성을 띠고 가장 수상스럽다고 하더라도, 거기에 사랑의 순화가 가미되어 있다는 점은 인정되어야 한다. 그리고 다음과 같은 사실을 말할 수 있다. 아드리안은 어떤 특정한 사람 때문에 문제의 장소로 돌아간 것이다. 그의 볼을 건드려서 화끈거리게 했던 손길의 주인공, 피아노 앞에 앉아 있던 그에게로 다가왔던 인물, 귀여운 재킷을 걸치고 큰 입을 보이던 "갈색의 여인," 그가 에스메랄다라고 불렀던 여자, 그는 바로 그녀를 찾아 그곳으로 갔다. 하지만 그녀를 더 이상 찾아내지 못했다.

위험스럽기는 했지만 예의 저 확정적으로 '고정하려는' 노력이 초래한 효과가 있었다. 그가 두번째로, 그러니까 자발적으로 그곳을 방문하고 나서, 그곳을 처음으로, 즉 비자발적으로 방문했던 때와 같은 상태로 다시 나올 수밖에 없기는 했으나, 자신을 건드렸던 여자가 머물고 있는 곳을 확인할 수는 있었다. 참고로, 저 '고정하려는' 노력은 그가 욕망의 대상을 얻기 위해 음악을 핑계로 매우 먼 여행을 감수하도록 했다. 더 자세히 말하자면, 당시 1906년 5월에 작곡가 자신의 감독 아래 슈타이어마르크 주의 수도인 그라츠에서 「살로메」의 오스트리아 초연이 열릴 예정이었는데, 아드리안은 그보다 몇 달 전에 크레취마르와 함께 그 작품의 초연을 보러 드레스덴으로 간 적이 있었다. 바로 거기서 그가 선생에게, 또 그사이에 라이프치히에서 사귄 친구들에게 자기는 그 요행스럽고 혁명적인 작품을 오스트리아 초연이라는 기회에 다시 들어보고 싶다고 말했던 것이다. 그 작품의 미학적 영역은 자신의 마음을 끌지 못하지만, 물론 음악적이고 기술적인 부분에서, 특히 산문체 대화 텍스트에 음을 붙인 작품으로서 흥미를 준다는 것이었다. 이렇게 하여 그는 혼자서 여행길에 올랐다. 그리고 그가 명목상의 계획을 실행에 옮기고 그라츠에서 프레스부르크로 갔는지, 아니면 그라츠 체류는 그저 위장이었을 뿐이고 프레스부르크, 즉 헝가리어로는 포조니라고 불리는 그곳만 방문했는지는 확실한 근거를 가지고 말할 수 없다.

그를 건드렸던 여자가 그곳의 어떤 집에 와서 머물고 있었던 것인데, 그녀는 요양 치료를 받기 위해 그 전에 있었던 영업소를 떠나야만 했다. 그리고 욕망에 사로잡힌 그는 그녀가 새로 머무는 곳에서 그녀를 찾아냈다.

지금 글을 쓰고 있는 나의 손은 당연히 떨리고 있지만, 내가 알고 있는 내용을 차분하고 침착하게 말하도록 하겠다. 앞에서 이미 내가 말하기로 마음먹었던 생각, '선택'이라는 생각으로 어느 정도까지는 계속 위안을 받으면서 말이다. 사랑의 결합과 비슷한 것이 그 당시에 작용하고 있었고, 그것은 이 귀한 젊은이가 그 불행한 인간과 결합하는 데 한 가닥의 영적인 기운을 부여했다는 생각이다. 그나마 위안이 되어야 할 이런 생각은 물론 그만큼 더 소름끼치는 다른 생각과 떨어지려야 떨어질 수가 없이 얽혀 있다. 두 사람의 결합에서 사랑과 독(毒)이 이제 영원토록 끔찍한 경험의 통합체가 되었다는, 즉 숙명의 **화살**이 스스로 체화하며 보여주는 신화적인 단일성이 되었다는 생각 말이다.

청년이 그 창녀에게 보여준 감정에 대해 그녀의 불쌍한 마음속에서 분명히 무엇인가 반응을 한 것으로 보인다. 그녀는 예전에 사창가에서 도망가버린 방문객을 아직 기억하고 있는 게 틀림없었다. 당시에 그녀가 그에게 접근해서 아무것도 걸치지 않은 팔로 그의 볼을 쓰다듬었던 것은, 그에게서 다른 고객들과 구별되는 여러 점들을 알아보고, 자신의 호감을 천박하지만 나름대로 다정스럽게 표현하는 방법이었을 것이다. 또 이제 그녀는 그가 자기 때문에 그곳까지 찾아왔다는 말을 그의 입을 통해 듣게 되었다. 그래서 **그에게 자신의 육체가 지닌 병의 위험성을 경고함으로써** 고마움을 표시했다. 나는 이 일을 아드리안에게서 들어서 알고 있다. 그녀는 그에게 분명히 경고했다. 그녀의 이런 행동은, 신이 만든 피조물의 고귀한 인간성과 구렁텅이에 빠져서 비참한 일용품으로 전락한 육체 부분이 충분히 구별되도록 해주는 것 아니겠는가? 그 불행한 여인은 자신을 원하는 그에게 바로 '자신의' 위험성을 알렸고, 그것은 그녀의 가련한 육체적 삶을 넘어서는 자유로운 영혼의 행위, 그런 육체적인 삶으로부터 인간적으로 거리를 취하는 행위, 감동스러운 행위,—이런 단어도 내게 허락되기를 바라노니—사랑의 행위라는 의미를 띠었다. 그리고 오, 하늘이시여, 죄를 지으면서 그 벌을 감수할 생각을 미리 하는 것도 사랑이 아닐까요? 아니면 무엇이란 말인가? 이 얼마나 큰 탐닉이고, 얼마나 엄청난 의지로 신을 시험하려는 모험인가! 벌조차 미리 감수할 만큼 이 얼마나 본능적인 충동인가! 그리고 마지막으로 한마디 더 하면, 얼마나 지독히 은밀하게 악마적인 수태를 원했으면, 얼마나 간절히 그의 천성을 치명적일 만큼 폭발적으로 드러낼 화학적 변화를 원했으면, 경고를 받은 자가 경고를 무시하고 그 병든 육체를 차지하겠다는 고집을 버리지 않았으랴!

나는 그 포옹의 순간을 생각할 때마다 종교적인 전율로 몸을 떨지 않을 수 없다. 한 사람은 자신의 구원을 희생할 각오로 내걸었고, 다른 한 사람은 구원을 얻은 그 포옹의 순간을 말이다. 멀리서 찾아와 모든 위험을 무릅쓰고 그녀를 포기하지 않은 그의 행동은, 그 가련한 여인을 정화하고, 정당화해주었을 뿐만 아니라, 누군가 자신을 높이 떠받드는 것처럼 여기게 함으로써 행복을 느끼게 해주었을 것이다. 그리고 그가 그녀를 위해 감수한 것을 보상해주기 위해서 그녀는 여자로서 자신이 가진 모든 달콤한 요소를 제공한 것 같다. 그가 그녀를 잊지 못하게 만들 정도의 헌신이었던 것이다. 하지만 그녀 자신을 위해서도 두 번 다시 보지 못한 그녀를 그는 결코 잊지 않았다. 그래서 그녀의 이름이—

그가 그녀에게 처음부터 붙여준 그 이름—나 말고는 누구의 눈에도 띄지 않은 채 룬 문자*처럼 비밀스럽게 그의 전 작품에서 어른거렸던 것이다. 나의 자만심이라고 독자가 해석한대도 어쩔 수 없지만, 내가 발견한 것, 그리고 그가 나중에 침묵으로 입증해준 것을 이 자리에서 벌써 회상하지 않을 수가 없다. 레버퀸이 자기 작품 속에 무슨 공식 같고 봉인되어 드러나지 않는 형태의 비밀들을 감추기 좋아하는 첫 작곡가도 아니고, 마지막 작곡가도 아닐 것이다. 미신을 행하고 따르는 음악의 성향, 숫자 신비주의와 문자 상징에 취하는 음악의 태생적인 경향을 드러내는 비밀들 말이다. 가령 내 친구의 악보 내지 음향 조직에는 다섯 내지 여섯 개의 연속된 음표가 자주 눈에 띄는데, 시음(h)으로 시작해 내림 미음(es)으로 끝나며, 그 사이에 미음(e)과 라음(a)이 바뀌며 나타난다. 그것은 여러 화음과 리듬이 비유적으로 표현되는 가운데 어떨 때는 이런 소리에, 또 어떨 때는 저런 소리에 적용되어 아주 독특하게 우울한 특색을 띠게 되는 기본 동기 형태였다. 흔히 그것은 뒤바뀐 순서로도 나타나서, 말하자면 음이 나열되는 순서의 축을 돌려버렸기 때문에 음정은 동일하지만 소리의 순서가 바뀐 채 여기저기서 나타났다. 우선 아직 라이프치히에 있을 때 작곡한 열세 편의 브렌타노의 시에 곡을 붙인 노래 중에서 아마도 가장 아름다운 노래, 즉 그런 기본 동기가 잘 구사되어 가슴을 파고드는 가곡 「오 사랑스러운 아가씨여, 당신은 얼마나 가혹한지」에 나타난다. 그다음으로는 대담함과 절망이 매우 독특하게 섞이는 후기 작품에서도 나타나는데, 파이퍼링에서 작곡한 「파우스트 박사의 탄식」이 그 작품이다. 이 작품에서는 멜로디의 음

---

* Rune: 고대 게르만인의 문자.

정을 화음과 관련해 동시에 울리게 하려는 경향이 더욱 두드러진다.

시-미-라-미-내림 미(h-e-a-e-es)라는 이 음의 암호가 의미하는 것은 헤타이라 에스메랄다Hetaera esmeralda인 것이다.

라이프치히로 돌아와서 아드리안은, 그가 다시 들었다고 한, 어쩌면 정말로 다시 들은, 힘찬 오페라 작품에 대해 즐겁고 감탄 어린 목소리로 이야기했다. 지금도 나는 그가 그 작품의 작곡가에 대해 말하는 소리가 여전히 들린다. "볼링 게임을 잘할 재능 있는 친구더군! 일요일에 태어난 행운아 같은 혁명가이지 뭔가. 대담하면서도 상냥하단 말이야. 전위주의와 성공에 대한 확신이 그렇게 친하게 함께 있은 적은 없지. 조롱과 불협화음이 충분하면서도 친절하게 양보할 줄도 알거든. 속물과 화해하고, 그다지 나쁜 의도를 가졌던 것은 아니라고 암시하면서…… 재치 있게 던진 공 같은 작품이지…… 괜찮은 곡이야……" 그는 음악과 철학 공부를 다시 시작하고 다섯 주가 지난 뒤에 국부적으로 불편한 증세가 나타나서 의사의 치료를 받게 되었다. 그가 찾아간 전문의의 이름은 에라스미 박사였는데, 아드리안은 집에서 주소록을 펼쳐 그의 주소를 찾아냈다. 의사는 붉은 얼굴에다 검고 뾰족한 턱수염을 기른 뚱뚱한 남자였다. 그는 몸을 굽히는 것을 눈에 띄게 힘들어했을 뿐만 아니라, 몸을 똑바로 하고 있을 때에도 앞으로 내민 입술 사이로 숨을 헐떡이며 공기를 내뿜는 버릇이 있었다. 이런 버릇은 분명히 어딘가 불편한 데가 있음을 말해주는 것이었지만, 또한 어떤 일을 무시하거나 최소한 무시하려고 시도할 때처럼 "파아!" 하며 불어버릴 만큼 관심이 없음을 표시하기도 했다. 그렇게 의사는 진찰을 하는 동안 끊임없이 숨을 불어댔고, 자신의 거친 숨소리의 의미와는 어느 정도 모순되게도, 매우 오랫동안 반드시 적극적인 치료를 해야 한다는 입장을 밝히면서 곧바로 치료에 들어갔다. 그래서 아드리안은 치료를 받기 위해 사흘 내내 의사에게 갔다. 그러자 에라스미는 사흘간 치료를 중단한다고 처방하더니, 나흘째에 다시 오라고 했다. 참고로 말하건대, 환자는 통증을 느끼지 않았으며, 전반적으로 몸에 아무런 증세가 없었다. 아드리안이 약속된 시간에 맞추어 오후 4시에 다시 의원에 나타났을 때, 전혀 기대하지 않았던 무서운 일이 그를 기다리고 있었다.

그가 구시가지에서 약간 우중충한 건물의 3층에 있는 의원 집에 도착하면, 보통 때 같으면 문 앞에서 늘 초인종을 울려야 했고, 그러면 하녀가 나와 문을 열어주었는데, 이번에는 문이 활짝 열려 있었을뿐더러 집 안의 모든 문들도 열려 있었다. 대기실로 향하는 문, 그리고 그 안에서 진찰실로 향하는 문도 열려 있었고, 똑바로 가면 있는 거실, 두 개의 창문이 있는 그 '별실'로 들어가는 문도 열려 있었다. 심지어 '별실'은 창문까지도 활짝 열려 있어서, 네 개의 커튼이 모두 강한 외풍에 부풀리고 들춰지며 차례로 방 안으로 날아들다가 다시 창문 벽감으로 물러갔다. 그런데 방 한가운데에 에라스미 박사가 위로 솟구친 뾰족 수염에다 푹 들어간 눈꺼풀을 드러낸 채, 소맷부리 장식이 달린 하얀 셔츠 차림으로 술이 달린 베개를 베고, 두 개의 받침대 위에 뚜껑이 열린 채 놓인 관 속에 누워 있었다.

그 상황이 어떻게 된 것이었는지, 죽은 자가 왜 그렇게 혼자서 열린 관 속에서 바람을 맞으며 누워 있었는지, 하녀는 어디에 있었고, 에라스미 부인은 또 어디에 있었는지, 혹시 장의사 사람들이 관 뚜껑에 나사못을 고정하기 위해 집 안 어디엔가 있었던 것인지, 아니면 잠시 집을 떠났던 것인지, 도대체 어떤 기이한 순간이 방문객을 그 장소로 이끌었던 것인지, 그런 것들은 그 이후 분명하게 밝혀진 적이 없었다. 내가 다시 라이프치히로 왔을 때, 아드리안은 자기가 본 그 장면을 뒤로하고 3층 계단을 다시 내려왔던 혼란스러운 상황을 이야기해주었을 뿐이다. 그는 의사의 갑작스러운 죽음에 대해 더 이상 조사해보지도 않았으며, 관심을 갖지도 않았던 것으로 보인다. 그 남자가 항상 "파아!"라는 소리를 내던 것이 오랫동안 그의 몸 상태가 좋지 않았다는 분명한 표시였다고만 말할 뿐이었다.

　나 혼자만 알고 있는 불쾌감에다 계속되는 전율을 억누르면서 이제 보고할 수밖에 없건대, 그가 결정한 두번째 선택이 첫번째와 비슷하게 불행을 가져다주는 별자리의 영향을 받고 있었다는 것이다. 그가 첫번째 의사의 죽음으로 받은 충격에서 회복하기까지 이틀이 걸렸다. 그러고 나서 그는 또다시 라이프치히의 주소록만 보고 침발리스트라는 의사에게 진료를 받으러 갔다. 의사는 시장 광장과 통하는 여러 상가 거리의 한 곳에 살고 있었다. 집의 아래층에는 레스토랑이 있었고, 그 위에는 피아노 보관소가 있었으며, 3층에 의사가 사는 집이 있었는데, 도자기로 만든 그의 문패가 건물 출입구에서부터 눈에 확 들어왔다. 그 피부과 의사의 대기실은 두 개로 그중 한쪽은 여자 환자용이었는데, 화분식물과 스파르마니아와 종려나무로 꾸며져 있었다. 아드리안이 이미 한 차례 다녀가고, 이제 두번째로 자기 차례를 기다리고 있던 대기실에는 대기자들이 뒤적여볼 수 있도록 의학 잡지와 책들, 가령 삽화가 담긴 풍속사 책 같은 것이 비치되어 있었다.

　작은 체구에 뿔테 안경을 낀 침발리스트는, 붉은빛을 띤 머리카락 사이로 이마에서 머리 뒤까지 갸름하게 벗어진 대머리인 데다, 콧구멍 아래에만 약간 콧수염을 기른 사람이었다. 그런 콧수염은 당시 상류층에서 유행이었는데, 후에 세계사적으로 남을 어떤 얼굴*의 상징이 될 것이었다. 의사의 말투는 아주 격의가 없었고 남자 티를 내는 익살을 담고 있었으며, 시시한 말장난을 하는 경향을 보였다. 가령 그는 "샤프하우젠의 라인 강 폭포(Rheinfall)"라는 말을 강 이름에서 h를 뺐을 때 생기는 의미, 즉 조야한 실수(Reinfall)** 혹은 속아 넘어감의 의미로 쓰면서 은근히 재간을 과시했다. 그런데 정작 자신은 그런 순간에 그리 마음이 편한 것 같지 않은 인상을 주었다. 눈을 깜박거리는 동시에 한쪽 볼이 입 언저리와 함께 변덕스럽게 위로 당겨지는 모습은 오히려 뭔가 불편해하고 불만스러워하는 인상을 풍겼으며, 아무것에도 관심이 없는 듯한 데다 어색하고 뭔가 불길한 느낌을 자아냈다. 아드리안은 그 사람에 대해 내게 그렇게 묘사했고, 나도 그렇게 그를 기억하고 있다.

그리고 다음과 같은 일이 일어났다. 아드리안은 두번째 의사에게 두 차례 진료를 받고, 세번째로 진료를 받으러 갔다. 그런데 2층과 3층 사이의 계단을 올라가는 도중에 그는 자기가 만나러 가던 사람을 만났다. 의사는 건장한 체구의 두 남자 사이에 서서 아드리안 쪽으로 내려오는 중이었는데, 그 남자들은 뻣뻣한 모자를 목덜미까지 젖혀 쓰고 있었다. 침발리스트 박사의 눈은 계단을 밟으며 자신의 발걸음을 보는 사람처럼 아래로 향해 있었다. 그의 한쪽 손목은 그를 동행하는 사람 중 한 사람의 손목과 수갑 그리고 작은 사슬로 묶여 있었다. 눈을 치떠서 자신의 환자를 알아본 그가 언짢게 볼을 움직이더니, 그에게 고개를 끄덕이며 말했다. "다음에 한번 봅시다!" 등을 벽에 대고 놀란 채로 세 사람을 마주 볼 수밖에 없었던 아드리안은 그들이 지나가도록 비켜주고, 잠

---

* 히틀러를 암시한다.
** h를 뺐지만 발음은 Rheinfall과 동일하다.

시 그들의 뒷모습을 바라보다가 그들을 따라 계단을 다시 내려왔다. 그는 그들이 집 앞에 세워져 있던 자동차에 오르는 것을 바라보았고, 차는 빠른 속도로 떠나버렸다.

첫번째 치료가 중단된 뒤 아드리안의 치료는 그렇게 하여 침발리스트 박사에서 끝났다. 내가 여기서 부언할 수밖에 없는 말은, 아드리안이 첫번째의 경험에 얽혀 있던 기이한 점들에 관심을 두지 않았던 것처럼 두번째 실패의 배경에 대해서도 전혀 알아보려 하지 않았다는 것이다. 침발리스트 박사가 왜 잡혀 갔는지, 그것도 하필 왜 그에게 오라고 한 시간에 그렇게 된 것인지 말이다. 그는 그 일을 그냥 덮어두었다. 하지만 마치 놀라기라도 한 것처럼 그는 다시 치료를 받지 않았다. 세번째 의사를 찾아가지 않았던 것이다. 치료에 대한 생각을 더욱 하지 않았던 이유는, 예의 저 국부적인 자극이 더 이상 치료를 받지 않고도 얼마 가지 않아 완치되어 사라졌으며, 내가 확실히 말할 수 있고 또 어떤 전문가의 의심에도 굴하지 않고 내 말을 고수할 것이지만, 어떤 종류든 두드러진 2차 증상이 전혀 나타나지 않았던 것이다. 그러다가 아드리안이 벤델 크레취마르의 집에서 작곡 연습 때문에 머물던 중에 심한 현기증 발작이 일어나서 비틀거리다가 그만 드러누운 적이 있었다. 발작은 이틀간의 편두통으로 바뀌었고, 편두통은 기껏해야 불편한 정도가 좀 더하다는 점에서 예전의 발작과 차이가 있을 뿐이었다. 내가 민간인 생활로 복귀한 후 라이프치히로 돌아왔을 때, 나는 모든 면에서 변함이 없는 모습의 내 친구를 다시 만났다.

XX

아니면, 혹시 변함이 있었던가? 우리가 헤어져 있는 동안 그는 다른 사람이 되었다기보다 더욱 철저히 그 자신이 되어 있었다. 그리고 그것은 나에게 깊은 인상을 주기에 충분했다. 특히 내가 그의 예전 모습을 약간 잊어버리고 있었기 때문에 그러했다. 할레에서 우리가 헤어질 때 그가 보였던 냉정하고 무덤덤한 태도에 대해서는 이미 이야기한 바 있다. 내가 정말 기뻐하며 고대했던 우리의 재회에서도 그 냉정함이 덜 하지 않았다. 그래서 나는 어리둥절하고, 한편 기분이 좋으면서도 동시에 우울해진 채, 내 성격으로는 조금 감당하기 어려운 모든 감정을 삼키고 억눌러야만 했다. 그가 기차역에서 나를 기다리고 있으리라고는 애당초 기대하지 않았고, 내가 도착하는 정확한 시간을 그에게 알리지도 않았었다. 나는 내가 묵을 숙소를 정하기도 전에 곧장 그의 집으로 찾아갔다. 그의 하숙집 여주인이 그에게 내가 왔음을 알렸고, 나는 기쁨에 찬 목소리로 그의 이름을 부르며 방으로 들어갔다.

아드리안은 그의 책상에, 즉 뚜껑을 내려 닿을 수 있고, 위로는 수납장이 놓인 그 고풍의 책상에 앉아서 악보를 쓰고 있었다.

"어서 오게." 그는 쳐다보지도 않고 말했다. "곧 이야기를 나눌 수 있어." 그러고는 몇 분 동안 더 일을 계속했고, 내가 그대로 그냥 서 있을지, 아니면 편하게 앉을지는 알아서 하도록 내버려두었다. 내가 그 상황을 오해하지 않았듯이, 아무도 오해하면 안 된다. 그것은 오랜 기간 동안 형성된 친밀감, 1년간의 이별 따위로 결코 흔들릴 리 없는 일종의 공동생활의 증거였다. 그것은 한마디로, 우리가 마치 어제 헤어졌던 것 같은 분위기였다. 그럼에도 불구하고 나는 약간 실망하고 썰렁함을 느꼈다. 그래도 원래 독특한 것이 우리를 유쾌하게 해주듯, 금방 기분이 풀리기는 했지만 말이다. 그가 만년필을 닫고 나를 제대로 쳐다보지도 않으면서 내게로 다가올 때, 이미 나는 양탄자 천으로 덮인 팔걸이 없는 두 개의 안락의자 중 한 곳에 앉아 있었는데, 그 의자들은 책이 놓인 책상을 둘러싸고 있었다.

"마침 잘 왔네"라고 말하며 그가 책상 반대편에 앉았다. "샤프고시 4중주단이 오늘 저녁에 작품 제132번을 연주해. 같이 갈 거지?"

나는 그가 베토벤의 후기 작품 「현악 4중주 가단조」 이야기를 하고 있다고 이해했다.

"물론이지"라고 나는 대답했다. "같이 가야지. 리디아 악장, 「회복기 환자의 감사의 노래」를 오랜만에 다시 들으면 좋을 거야."

"성찬 때마다 잔을 몽땅 비우게 되지. 눈물은 넘치고!" 그가 다시 말했다. 그러고는 그는 교회 음악의 종류와 프톨레마이오스의 음 체계, 말하자면 '자연적인 음 체계'에 대해 이야기했다. 원래 자연스러운 여섯 개의 서로 다른 음조가 평균율에 의해, 다시 말해 잘못 조율되는 바람에 장조와 단조라는 두 개의 체계로 축소되어버렸다는 것이다. 또 제대로 된 음계는 평균율보다 조옮김에서 다루기 수월하다는 말도 했다. 그는 평균율을 가정에서 편안히 쓰는 용도를 위한 타협이라고 불렀다. 평균율 피아노도 역시 편리한 사용을 위한, 말하자면 일시적인 평화조약을 위한 것이듯이 말이다. 그런데 150년도 안 된 그런 조약은 여러 가지 적지 않은 것들을 성사시켰다고. 오, 그럼, 적지 않은 것들이지, 하지만 그렇다고 그 조약이 영원히 체결된 것이라는 환상에 빠지면 안 된다고 그는 말했다. 그는 알려진 모든 음계 중에서 가장 훌륭한 음계, 자연적이고 제대로 된 음계를 만들어낸 사람이 천문학자이면서 수학자였다는 점을 매우 마음에 들어 하며 이야기했다. 그는 이집트 남부 출신으로 알렉산드리아에 살던 클라디우스 프톨레마이오스였다. 그런 사실은, 피타고라스의 우주조화론이 이미 한 차례 증명한 바와 같이, 음악과 천문학이 얼마나 가까운 관계인지를 다시 한 번 증명한다는 것이었다. 이런 이야기들 사이에 틈틈이 그는 4중주에 대해, 그리고 3악장에 대해, 그 낯선 공기와 달밤의 경치에 대해 다시 언급하고, 그것이 연주하기에 얼마나 어려운지에 대해서도 이야기했다.

"사실은" 하고 그가 말을 이었다. "네 명 모두 파가니니* 같은 연주가여야 하고, 자기 파트뿐만 아니라 다른 세 사람의 파트도 다룰 줄 알아야 하지. 그렇지 않으면 제대로 된 연주는 기대 못 해. 다행히 샤프고시 멤버들은 믿을 만하지. 오늘날에는 그나마 연주가 가능해진 거야. 그것도 가능한 범위의 경계를 아슬아슬하게 넘나드는 정도지만, 예전에는 아예 연주가 불가능했어. 내가 보기에는, 전통적인 사고를 떠난

---

* Niccolò Paganini(1782~1840): 이탈리아의 바이올린 연주자이자 작곡가.

인물이 현실적이고 기술적인 부분에 대해 철저히 무관심한 게 정말 재미있는 거지. 예전엔 연주가 어렵다고 불평을 해대는 사람에게 작곡자가, '당신의 그 빌어먹을 바이올린이 나하고 무슨 상관이야!'라고 했으니까."

우리는 크게 웃었다. 그런데 특이한 것은, 우리가 그때까지 서로 인사도 나누지 않고 있었다는 점이었다.

그런데, 라며 그가 계속 말을 이었다. 4악장도 있지, 라고 말이다. 행진곡풍의 짧은 도입부와 제1바이올린이 멋들어지게 해치운 예의 저 서창(敍唱)이 들어 있는 장, 가능한 한 최대로 적절하게 주제가 준비되고, 비길 데 없이 끝나는 피날레도 있다고 말했다. "자네가 굳이 기쁜 일이라고 하지 않는다면, 내가 성가신 일이라고 하고 싶은 게 있어. 음악에서, 그러니까 적어도 이런 음악에서는, 언어의 모든 영역을 아무리 뒤져봐도 정말 정확하게 특징을 짚어주는 수식어를 찾을 수 없고, 단어를 조합해봐도 적당한 수식어가 없는 경우가 있다는 거야. 나는 며칠 동안 그 문제로 골머리를 앓았지. 이런 테마의 정신, 그 태도, 그 표정을 적절히 표현할 수 있는 단어를 찾을 수가 없단 말이야. 왜냐하면 그 속에는 표정이 많이 들어 있거든. 비극적이고 대담한? 반항적인, 강한 어세로 힘을 준, 활력에 찬 무엇을 고상한 분위기로 옮기는? 모두 안 좋아. 그리고 '훌륭한!'이라는 말은 물론 멍청하게 모든 걸 포기한다는 표현일 뿐이고. 결국 객관적인 규칙을 따를 수밖에. 알레그로 아파시오나토,* 이게 최선이네."

나는 그의 말에 동의했다. 그리고 어쩌면 저녁에 우리에게 적당한

---

* '빠르고 경쾌하게 열정적으로' 연주하라는 의미.

생각이 떠오를지도 모른다고 말했다.

"자넨 곧 크레취마르를 만나봐야 하네." 그가 생각났다는 듯이 말했다. "어디서 묵고 있나?"

나는 그에게 오늘은 일단 아무 호텔방에라도 묵다가 내일 적당한 곳을 찾아볼 참이라고 말했다.

"나에게 자네 숙소를 찾아봐달라고 부탁하지 않은 것을 이해하네. 그런 건 다른 사람에게 맡길 수 없는 일이지." 그가 말하고는 덧붙였다. "'센트럴 카페'에 모인 사람들에게 자네 얘기를 하고, 자네가 온다는 말도 했네. 자넬 곧 그곳으로 한번 데려가야 해."

'사람들'이란 그가 크레취마르를 통해서 알게 된 젊은 지식인들 그룹을 말했다. 나는 그와 그곳 사람들의 관계가 대략 그가 할레의 '빈프리트' 사람들과 가졌던 관계와 같다고 확신했다. 그가 라이프치히에서 사람들과 빨리 적절한 친분을 쌓을 수 있었던 것은 다행이라고 내가 말하자, 그가 대꾸를 했다.

"글쎄, 친분이라……"

작가이자 번역가인 실트크납이 그중에서는 가장 유쾌하다고 그가 덧붙였다. 하지만 그 사람은 다른 사람들이 자기에게 뭔가를 원하고, 자기를 필요로 하며, 자기가 어떻게든 신경을 쓰게 하려고 한다는 것을 알아차리게 되면 곧장, 꼭 탁월하다고는 할 수 없는 일종의 자의식 때문에 항상 거부하는 태도를 보인다는 설명이 따랐다. 그는 독립에 대한 매우 강한, 혹은 어쩌면 허약한 의식을 가진 인간이라고, 아드리안은 말했다. 하지만 호감이 가고 유쾌하며, 덧붙이건대, 재정적으로는 너무 빠듯해서 어떻게 살아갈지 스스로 챙길 수밖에 없는 형편이라고 했다.

번역가로서 영어에 대해 친밀한 관계를 유지하며 살아갈뿐더러 영어와 관련된 것이라면 무엇이든 열렬히 숭배하던 실트크납에게서 아드리안이 무엇을 원했는지는 그날 저녁에 계속된 대화에서 드러났다. 나는 아드리안이 어떤 오페라 제재를 찾고 있었다는 사실, 그가 그 과제에 진지하게 접근하기 몇 년 전인 그 당시에 이미 「사랑의 헛수고」를 눈여겨보고 있었다는 얘기를 들었다. 그가 음악에도 조예가 깊은 실트크납에게 기대했던 것은 저 작품을 텍스트로 각색해주는 일이었다. 그러나 실트크납은 그렇게 해줄 생각이 전혀 없었다. 한편으로는 자신의 일 때문이었고, 다른 한편으로는 아드리안이 아마도 당분간은 그 대가 (對價)를 거의 보상해줄 수 없었기 때문이다. 그래서 후에 내가 친구에게 그 일을 해주었는데, 나는 지금도 그날 저녁에 이미 그 작업 대상인 원작에 대해 우리가 처음으로 그리고 조심스럽게 짚어나가며 나누었던 대화를 즐겁게 기억한다. 나는 그가 음악과 언어를 결합하려는 경향, 노래로 표현하는 것을 선호하는 경향에 점점 더 사로잡혀 있음을 알아챘다. 이제 그는 거의 전적으로 가곡, 짧거나 긴 노래, 게다가 단편적인 서사시들을 곡으로 만드는 시험을 했으며, 이때 지중해 지역의 명시선에서 소재를 취했다. 그 명시선은 독일어로 아주 잘 번역된 것으로, 12세기와 13세기의 프로방스와 카탈루냐의 서정시, 이탈리아 시, 『신곡Divina Commedia』의 환상적인 최고의 시, 그리고 스페인과 포르투갈의 시 들을 포괄하고 있었다. 그런데 음악적 시기로 보나 이제 제대로 음악에 발을 들여놓은 아드리안의 나이로 보아, 가끔씩 구스타프 말러의 영향이 느껴지는 것은 어쩔 수 없었다. 그러나 어떤 소리, 어떤 침착성, 어떤 시선, 독자적으로 흐르는 어떤 방식이 분명히 느껴졌고, 이런 것들은 생소하고 엄격하게 그 자체의 특성을 강하게 드러냈으며, 이런 점들에서 오늘날 우리는 훗날 「묵시록」의 기괴한 환영을 창작한 거장을 미리 보게 되는 것이다.

그런 거장의 면모가 가장 분명하게 드러나는 곳은, 『신곡』의 「연옥편Purgatorio」과 「천국편Paradiso」에서 음악과 친화력이 있는 부분을 감각으로 알아보고 선택해 만든 노래들이다. 가령 내게 특히 호감을 주고 크레취마르도 아주 기꺼이 인정했던 곡에서 그랬다. 『신곡』에서 시인은 비너스성좌의 빛을 받고 있는 상대적으로 작은 광원들—이것은 구원받은 망자들의 영혼이다—중에서 어떤 것들은 조금 더 빠르고, 또 어떤 것들은 조금 더 천천히, 말하자면 "신에 대한 각각의 고찰 방식에 따라" 꾸준히 움직이고 있는 것을 보고, 이것을 섬광에 비유했다. 그 섬광은 불꽃 속에서, 즉 **음성들** 속에서, 말하자면 "하나의 음성이 다른 음성을 껴안을 때면" 노래 속에서 구별되었다. 나는 불 속의 섬광, 서로 껴안는 음성들을 재연한 방식에 놀라고 매료되었다. 하지만 나는 빛 속에 있는 빛을 노래하는 이런 환상곡을 더 뛰어나다고 해야 할지, 혹은 아주 골똘히 생각해 만든, 즉 직관을 통해서라기보다는 사유를 통해 만든 작품들을 더 우수하다고 해야 할지 모르겠다는 생각이 들었다. 후자의 작품들에서 모든 것은 거부되고 반박된 문제이고, 설명할 수 없는 것에 대한 깊은 고심이다. 그런 작품들에서는 "진리의 받침에 대한 의혹이 싹트는"가 하면, 신의 깊은 의중을 들여다보는 케루빔*조차 신의 영원한 결단의 끝이 어디인지 측량할 수 없다. 가령 아드리안이 선택한 지독히 엄격한 성가 구절에서는 깨우침을 거치지 않은 순수함이 영겁의 벌을 받는 이야기가 거론되고 있다. 또한 이해할 수 없는 정의, 즉 신앙을 모르기에 세례도 받지 않았지만 분명 올바르고 순수한 존재

---

* Cherubim: 동물의 발과 날개가 있는 성서 속의 천사.

를 지옥에 넘겨버린 정의에 대한 의문이 제기되고 있다. 아드리안은 호통에 찬 응수를 음으로 표현해냈는데, 그 응수는 신에 의해 창조된 선한 존재가 선 자체 앞에서 느끼는 무기력을 예고했다. 선 자체는 정의의 원천이다. 따라서 선 자체는 우리의 판단력이 정의롭지 못하다고 말하고 싶은 그 어떤 것에 의해서도 그 자체 앞에서 물러날 수 없는 것이다. 인간으로서는 어찌할 수 없는 절대적인 예정 때문에 인간적인 것을 이렇게 부정하는 사태에 나는 분노했다. 내가 특히 단테의 문학적 위대함을 인정하지만, 잔인함과 고문 장면에 집착하는 그의 성향에 대해서는 항상 반발심도 느끼듯이 말이다. 그리고 참기 힘든 에피소드를 아드리안이 작곡하려고 마음먹은 사실 때문에 내가 그를 나무랐던 것이 기억난다. 바로 이런 기회에 나는 그에게서 예전에는 알지 못했던 눈빛을 보게 되었다. 그리고 내가 1년간의 이별 뒤에 그와 다시 만나면서 그가 변하지 않았다고 주장했던 말이 정말 옳았던가, 하는 의문이 들었을 때 나는 그 눈빛을 떠올렸다. 자주는 아니고 그저 가끔씩 그리고 때로는 그다지 특별한 계기도 없이 체험하게 되던 눈빛이었지만, 그의 독특한 모습으로 남게 된 그 눈빛은 실제로 새로운 것이었다. 그것은 말이 없고 베일에 가려졌으며 모욕감을 줄 만큼 거리를 취하면서, 또 명상에 잠기고 냉정한 슬픔을 지닌 눈빛이었다. 거기다 불친절하지는 않으나 조롱에 찬 미소를 띤 입을 꼭 다물고, 아드리안은 마침내 고개를 돌려버렸는데, 바로 이 마지막 동작은 그 전부터 내게 너무나 익숙한 동작들 중 하나였다.

그렇게 새로운 인상은 내게 아픔을 안겨주었고, 의도했든 아니든 마음을 상하게 했다. 하지만 나는 음악을 계속 듣는 동안 감동을 주는 음악적 어법에 귀를 기울이면서 그런 인상을 빨리 잊어버렸다. 그 곡은

「연옥편」에 나오는 남자의 비유에 붙여진 것이다. 남자는 밤에 등불을 짊어지고 다니는데, 등불이 그의 앞길을 비춰주는 것이 아니라 자기 뒤에 오는 사람의 길을 밝혀준다. 이 곡을 듣는 동안 내 눈에는 눈물이 고여 있었다. 하지만 나를 더욱 행복하게 했던 부분은, 시인이 단지 아홉 줄로 자신의 우의적인 노래에게 말을 거는 장면을 아드리안이 매우 훌륭하게 음악으로 바꾸어놓은 곳이었다. 그 노래가 너무나 우울하고 힘들게 말하노라고, 그리고 세상은 노래의 숨겨진 의미를 제대로 이해할 수 없노라고. 그러므로 노래의 창작자가 그 노래에 주문하건대, 사람들에게 노래의 깊이까지는 아니더라도 그 아름다움은 인지해주기를 부탁해보라고. "그러면 최소한 이것만은 주의하라. 내가 얼마나 아름다운지를!" 아드리안의 작곡이 첫 시구들에서 겪은 어려움, 인위적인 혼란스러움, 이상하게 힘이 드는 상태를 벗어나 바로 그런 외침이 발산하는 부드러운 빛을 향해 나아가려고 얼마나 애쓰는지, 그리고 얼마나 감동적으로 그 속에서 구원을 받게 되는지 모른다. 나는 그 당시에 곧바로 그것이 경탄할 만큼 구현되었다고 생각했고, 내가 기꺼이 공감한다는 사실을 숨기지 않았다.

"작곡 연습을 한 게 그 정도로 벌써 뭔가 쓸모가 있다면 더 좋지." 아드리안이 말했다. 그리고 이어지는 대화에서 분명해진 것은, 그가 이 "벌써"라는 말을 그의 젊은 나이에만 연관시킨 것이 아니라는 점이다. 그가 개별 과제에 아무리 많은 노력을 기울였다 하더라도, 전체적으로는 자신의 노래 작곡을 어떤 완결된 언어와 소리의 작품을 만들기 위한 예비 작업으로 여겼다는 것이다. 즉 그가 당시에 구상하고 있었고, 셰익스피어 희극에서 그 소재를 구하게 될 작품이었다. 그는 자신이 수행하고 있던 음악과 언어와의 결합을 이론적으로 예찬했다. 음악과 언어는 서로에게 속하는 것이라고 그는 주장했다. 음악과 언어는 근본적으로 동일한 것이라고, 언어는 음악이고, 음악은 하나의 언어라고 말했다. 그리고 분리되어 있을 때 둘 중 하나는 항상 다른 하나를 기반으로 존재하게 되고, 다른 하나를 모방하며, 다른 하나의 방식을 이용하는가 하면, 항상 하나는 다른 하나의 대체물이라는 것을 암시한다고도 했다. 그는 나에게 음악이 어떻게 일차적으로 말이 될 수 있고, 언어적으로 미리 생각되며 계획될 수 있는지를 구체적으로 입증하려 했다. 가령 베토벤은 작곡할 때 말을 하고 있는 것이 관찰되었다고 했다. "저 사람이 메모 수첩에다 뭘 적고 있는 거지?"라고 누군가 묻자, "작곡을 하고 있는 거야"라고 다른 누군가가 대답했다는 것이다. "하지만 음표가 아니라 단어를 적고 있는데?" 그랬다, 그게 베토벤의 방식이었다. 그는 보통 어떤 작곡을 위한 구상을 글로 적었고, 이때 음표는 기껏해야 문장 사이사이에 몇 개씩 끼워 넣었을 뿐이었다. 아드리안은 얼마간 이런 내용을 다루었으며, 그것에 매우 매료되어 있는 것이 분명했다. 그는 예술적인 사고가 전반적으로 고유한 범주이자 정신적으로 유일한 범주를 형성한다고 말했다. 하지만 어떤 그림이나 입상(立像)의 경우, 그런 것을 만들기 위한 첫 구상을 언어로 나타내기는 어렵고, 결국 그런 어려움은 다시금 음악과 언어의 특별한 동질성을 증명해준다고 했다. 음악이 언어에서 촉발되어 나오고, 언어가 음악에서 솟구치는 것은 너무나 당연하며, 이런 일이 바로 베토벤의 제9번 교향곡 끝부분에서 일어나고 있다는 것이다. 결국 독일의 음악도 전체적으로 바그너의 언어-소리-극의 결합을 향해 발전하고 있고, 그 속에서 목표를 찾고 있는 것이 사실이 아니냐고도 했다.

"**하나의** 목표이지"라고 내가 대답했다. 그러면서 나는 브람스를 보라고 했고, 또 「등불을 등에 짊어지고」에서도 절대음악에 접근했던 것이 무엇이었는지를 말했다. 아드리안은 내가 이렇게 '하나의' 목표라고 한정하는 말에 쉽게 동의했다. 그가 오래전부터 구상하고 있던 음악이 바그너와는 가능한 한 완전히 다르고, 바그너 식으로 자연과 마력이 신화적 격정에 뒤엉키는 장면 따위에서 최대한 멀리 떨어져 있었던 만큼 그는 쉽게 동의했다. 그가 구상하는 것은, 가장 예술적인 풍자 정신과 인위성에 대한 풍자 정신으로 희가극(opera buffa)을 개혁하는 일이었다. 또 거드름을 피우는 듯이 보일 만큼 지극히 유희적으로 기존의 것을 비꼬는 일이었으며, 고전 연구가 사회적으로 퍼져나가 결실로 나타난 미사여구의 과장된 문체와 허세에 찬 금욕 생활을 조롱하는 일이었다. 그는 야생 그대로의 우직한 것을 그와 반대로 우스울 정도로 세련된 것 곁에 나란히 세울 수 있는 기회, 그래서 그 하나를 다른 것 안에서 우스꽝스럽게 보이도록 만들어버릴 수 있는 기회를 제공하는 화젯거리에 열광하며 내게 말했다. 고대의 영웅 기질 혹은 과장스러운 예의범절이 이미 오래전에 사라진 시대에 속하게 되었으나, 이것이 돈 아르마도*라는 인물을 통해 다시 나타나고 있다는 것이었다. 아드리안이 이 인물을 완벽한 오페라 인물이라고 설명한 것은 적절했다. 그리고 그는 자신이 가슴 깊이 좋아하는 구절을 내게 영어로 인용해 들려주었다. 그것은 익살스러운 비론이 얼굴에 눈이라기보다 이른바 '역청같이 새까만 구슬'을 가진 여인에게 왕과의 서약을 저버리고 사랑을 바치는 상황을 절망적으로 보여주는 부분이었다. 즉, "아, 백 개의 눈을 가진 거인 아르고스가 그녀의 파수꾼이며 환관이라 할지라도 반드시 그 짓을 저

---

* 셰익스피어의 「사랑의 헛수고」에 등장하는 인물.

지르고 말려는" 여인에 대한 어쩔 도리 없는 탄식과 기도 부분이었다. 그다음으로는 비론에게 내린 벌로, 신음하며 누워 있는 환자들의 병상에서 일 년 동안 우스갯소리를 해 그들을 웃겨주도록 명하는 부분에 이어, 그런 벌에 항의하는 비론의 외침이었다. "그건 불가능하오! 아무리 농담을 잘해도 빈사 상태에 빠져 있는 영혼을 움직일 수는 없소!" "아무리 우스운 이야기라 할지라도 깊은 병에 신음하고 있는 사람의 영혼을 감동시키지는 못하오(Mirth cannot move a soul in agony)"라고 아드리안이 반복하며, 언젠가는 반드시 이것을 작곡하리라고 말했다. 그리고 제5막에 나오는 현자의 바보 같은 짓에 관한 비교할 데 없이 뛰어난 대화, 사랑에 현혹되어 허둥대며 품위 없이 정신을 악용하는 짓에 대한 대화, 열정에 빠져 저지르는 어릿광대짓에 관한 대화를 언젠가 음악으로 꾸며내리라는 것이었다. 진지한 인간이 한번 어리석음에 빠지면, "열정에 대항하는 진지한 인간의 반항처럼(as gravity's revolt to wantonness)" 어떤 젊은이보다 더 열정에 빠질 수 있음을 말해주는 시구 같은 두 개의 명언들은 오로지 천재적인 경지에 도달한 문학에서만 빛을 발한다고 그가 말했다.

　　나는 아드리안의 그런 경탄 혹은 애정을 다행스럽게 생각했다. 비록 그의 소재 선택이 내 마음에 도무지 들지도 않았거니와, 지나친 인문주의를 냉정하게 야유할 때는 늘 약간 마음이 편치 않았지만 말이다. 그런 야유는 결국 인문주의 자체도 우스꽝스럽게 만들어버리는 것이 아니겠는가. 그렇다고 이런 것이 내가 나중에 그를 위해 오페라 각본을 정리해주는 일을 방해하지는 못했다. 하지만 내가 곧바로 온 힘을 다해 아드리안을 말리고자 애쓸 수밖에 없었던 부분이 있다. 그것은 저 희가극을 영어로 작곡하려는 그의 이상하고 전혀 실용성이 없는 계획이었다. 그는 그런 계획이 유일하게 옳고 적절하며, 원전의 분위기를 따른 것이라고 생각했고, 또한 언어유희와 영국의 옛 민중 시행, 즉 광시(狂詩, Doggerel)*의 운율을 살리기에 적절하다고 보았던 것이다. 하지만 외국어로 된 가사 때문에 그 작품을 독일의 오페라 무대에서 공연할 수 없게 되리라는 가장 핵심적인 항변도 통하지 않았다. 왜냐하면 그는 자신이 꿈꾸는 아주 특별하고 독특하며 기이한 작품을 보고 듣게 될 동시대 관객들에 대한 상상 자체를 거부했던 것이다. 그런 사고방식은 기이한 데가 있어서 쉽게 이해되지 않겠지만, 교만한 정신으로 세상을 꺼리는, 즉 카이저스아셰른 풍의 옛 독일의 지방색에다 또 뚜렷하게 세계시민주의적인 성향이 복합된 그의 본질에 깊이 뿌리내린 것이었다. 그가 오토 3세의 무덤이 있는 도시에서 태어난 아들이라는 사실이 헛되진 않은 셈이다. 자신이 체현하고 있는 독일인의 성향에 대한 그의 혐오가(덧붙이자면, 그 자신을 영문학자이자 친영국주의자였던 실트크납과 연결시키게 된 혐오) 세상에 대한 기이한 경계심과 더 넓은 세상을 향한 내적 욕구의 두 형태로 갈라선 것이었다. 그런 내적 욕구는 그로 하여금 독일의 연주회장에서 외국어로 된 노래가 울려 퍼지게 하라는, 혹은 더 정확히 표현하자면, 외국어를 씀으로써 독일 관객들에게는 노래를 알려주지 말라고 고집하도록 했다. 실제로 그는 내가 아직 라이프치히에서 지내고 있던 시기에 베를렌,** 또한 그가 특히 좋아했던 윌리엄 블레이크***의 원시들에 곡을 붙인 노래를 내보였는데, 그런 것들은 수십 년간 불리지 않았다. 나는 베를렌의 시로 만든 곡들을 나중에 스위스

---

* 기존 시학의 모든 규칙을 무시하고 익살스럽게 쓰는 작시법.
** Paul Verlaine(1844~1896): 프랑스의 상징주의 시인.
*** William Blake(1757~1827): 영국의 시인, 자연신비주의자, 화가.

에서 들었다. 그중 하나는 마지막 행이 "멋진 시간이로다(C'est l'heure exquise)"로 끝나는 대단히 훌륭한 시다. 또 다른 하나도 매혹적인 「가을의 노래Chanson d'Automne」이고, 세번째로는 "어둡고 깊은 잠이-내 삶을 덮치누나(Un grand sommeil noir-Tombe sur ma vie)"로 시작되는 우울하고 엄청나게 멜로디가 풍부한 3연시이다. 그 밖에도 「연인들의 향연Fêtes galantes」에서 따온 몇몇 매우 익살스러운 작품들도 끼어 있었다. 「어이! 안녕, 달님!Hé! bonsoir, la Lune!」, 또 특히 음산하고 킥킥대는 웃음으로 대답하는 주문으로서 「함께 죽을까요?Mourons ensemble, voulez-vous?」가 그런 것들이다. 블레이크의 기이한 시작품과 관련해 말할 것 같으면, 아드리안은 장미에 대한 여러 연의 시를 음악으로 옮겼다. 그것은 장미의 삶이 그 진홍빛 침대로 길을 뚫고 기어들어오는 벌레의 음침한 사랑으로 인해 파괴되는 내용이다. 그 밖에도 「독나무 Poison Tree」라는 열여섯 행의 섬뜩한 시에도 곡을 붙였다. 그 내용은, 시인이 자신의 분노를 눈물로 적시고, 미소와 음험한 책략으로 빛을 쬐어주니, 마침내 나무에는 유혹의 사과가 자라나고, 원수는 사과를 훔쳐먹고 스스로를 독살하므로, 결국 그를 미워하는 사람이 기뻐할 일인즉, 원수가 아침에 죽은 채 나무 밑에 놓여 있다는 것이다. 이 시가 지닌 분노의 간결함은 작곡에서 완전히 재현되었다. 하지만 그보다 더 깊은 인상은 내가 블레이크의 다른 시에 곡을 붙인 어떤 노래를 처음 듣는 순간 즉시 생겨났다. 이 시는 황금빛의 작은 예배당을 노래하는데, 그 앞에는 눈물을 흘리고 슬퍼하며 기도하는 사람들이 있지만 차마 안으로 들어서지는 못하고 있다. 이제 어떤 뱀의 형상이 나타난다. 뱀은 끈질긴 노력 끝에 성전으로 파고들어가서, 끈적끈적하고 기다란 몸뚱이를 끌며 신성한 성전 바닥 위를 지나 제단에 이르고, 그곳에 있는 빵과 포도주를 독으로 더럽힌다. "자, 그렇기 때문에" "그 후에"라며 시인은 절망에 찬 귀결의 말에 이어, "나는 돼지우리로 가서 돼지들 사이에 누웠다네"라는 말로 마무리한다. 이런 공상의 환상적인 불안, 고조되는 공포, 모독에 대한 혐오, 그리고 마지막으로 모든 상황을 바라봄으로써 천박해진 인간 존재에 대한 격렬한 포기 등이 아드리안의 음악 속에 놀랄 만큼 강렬한 인상을 남기며 재현되어 있었다.

그런데 이런 것들은 레버퀸이 라이프치히에 머물던 시기를 다루는 장에 속하기는 하지만, 모두 훗날의 작품들이었다. 아무튼 내가 도착한 뒤 우리는 그날 저녁에 샤프고시 4중주단의 연주를 함께 들었고, 다음 날 벤델 크레취마르를 방문했다. 크레취마르는 나와 둘만 있는 자리에서 아드리안이 얼마나 발전했는지 들려주었고, 나는 그의 말을 들으며 무척 자랑스럽고 행복했다. 그는 아드리안을 음악으로 이끈 것을 결코 후회하지 않으리라고 자신했다. 그 정도로 자기 통제를 할 수 있고, 몰취미한 것과 관객의 구미에 맞추는 모든 것을 거부할 만큼 까다로운 사람은 외적으로나 내적으로 어려움을 겪기 마련이겠지만, 아드리안의 경우에는 이런 것이 오히려 적절하다는 것이었다. 왜냐하면 어떤 유의 삶에는 예술만이 무게를 부여할 수 있고, 그렇지 않으면 그 삶은 모든 것이 너무나 쉬워서 죽도록 지루함만 느낄 것이라고 했다. 나는 라우텐자크 교수와 그 유명한 베르메터 교수의 강의를 수강하기로 했으며, 아드리안 때문에 신학 강의를 들을 필요가 없어져서 기뻤다. 그리고 나는 그를 따라 '센트럴 카페'의 모임에 가게 되었다. 이 모임은 일종의 보헤미안 분위기를 띤 클럽으로, 주점에서 연기로 가득 찬 특실을 독점하고 있었는데, 그곳에서 회원들이 오후에는 신문을 읽거나 체스를 두고, 또 문화적 사건들에 대해 이야기를 나누었다. 이들은 음악 학교 학생, 화가, 작가, 젊은 출판업자, 또 음악에 관심이 있는 신진 변호사, 그 외에도 몇몇 배우, 매우 문학적인 분위기의 '라이프치히 소극장' 회원들이었다. 우리들보다 나이가 꽤 많아서 아마 삼십대 초반이었을 번역가 뤼디거 실트크납도 이미 언급한 대로 이 모임에 속했다. 그가 아드리안이 가깝게 지내는 유일한 인물이었기 때문에 나도 그에게 더 가까이 다가갔으며, 그 둘과 함께 여러 시간을 함께 보냈다. 그때 내가 아드리안이 우정을 나누던 그 남자에 대해 비판적인 시각을 가졌던 것이 이제 그 인물을 한차례 그려낼 초안에서 드러나게 될까 염려스럽다. 내가 그에게 공정하려고 항상 노력했고, 앞으로도 역시 노력할 것이기는 하지만 말이다.

실트크납은 슐레지안 지방의 어느 중소도시에서 우체국 공무원의 아들로 태어났다. 그의 아버지는 말단 공무원의 지위를 벗어나기는 했지만, 제대로 높은 자리, 대학 졸업 이상의 학력을 가진 사람들에게만 주어지는 행정직, 즉 참사관의 영역으로는 진급하지 못했다. 그의 아버지가 가졌던 직위에는 아비투어 합격증이나 사법 예비지식 같은 것이 필요 없었다. 그것은 몇 년간 수습 공무원으로 근무한 뒤에 고등서기 시험을 치르고 나면 얻을 수 있는 자리였다. 바로 이런 경로를 실트크납의 아버지가 밟았던 것이다. 그리고 그는 소년 시절에 배워서 익힌 예절과 법도를 아는 남자였고 사회적으로도 공명심이 있었지만, 위계질서가 뚜렷한 프로이센의 신분 제도 속에서 도시의 상류사회에 낄 수가 없었으며, 설사 예외적으로 상류사회에 발을 들여놓았더라도 굴욕감만 맛보았기 때문에 결국 자신의 팔자를 원망하며 늘 기분이 언짢았다. 그래서 자신이 펼치지 못한 삶에 대한 불만을 식구들에게로 전이해 늘 기분 나쁜 표정으로 불평만 늘어놓았다. 아들 뤼디거는 사회적 상황으로 인한 아버지의 불쾌한 심정 때문에 그 자신과 어머니 그리고 다른 형제자매들이 얼마나 심각하게 살맛을 잃어버렸는지, 우리에게 매우 생생하게, 경건하기보다는 익살을 부리면서 들려주었다. 그의 아버지는 자신의 씁쓸한 심정을 교양 수준에 걸맞게 거친 시비로 드러내는 것이 아니라 미묘한 불쾌감 내지 강한 자기 연민으로 나타냈는데, 그게 더욱 견디기 힘들었다. 예를 들면, 그의 아버지가 식사 중에 버찌가 떠 있는 과일 수프를 먹자마자 곧바로 버찌씨를 깨물어버리는 바람에 치관을 다친 적이 있었다. "이거 봐라, 이거." 그는 떨리는 목소리로 두 팔을 벌리며 말했다. "이렇다니까. 나는 항상 이 모양이야. 이게 내겐 보통이지, 뭐. 나는 늘 이런 꼴을 당하게 돼 있어. 꼭 이렇게 되고 만다니까! 내가 밥 먹을 생각을 하며 얼마나 기분이 좋고 입맛도 좋았는데, 날이 따뜻하니 시원한 수프 한 그릇을 먹으면 참 기운이 나겠다고 생각했는데 말이야. 그런데 꼭 이런 일이 벌어진다니까. 그래 좋아, 너희들도 분명히 보다시피 난 기분 좋아하며 살 팔자가 아니다. 어쩌겠냐, 내가 먹는 걸 포기해야지. 난 내 방으로 가겠다. 모두들 맛있게 먹어라!" 그는 울분 때문에 제대로 나오지도 않는 목소리로 말을 맺고는 식탁을 떠났다. 물론 자기가 식구들을 매우 의기소침한 분위기 속에 남겨두었기 때문에 분명히 그들이 맛있게 먹을 수 없으리라는 것을 잘 알고 있었다.

실트크납이 청소년답게 강한 집중력으로 체험한 그런 장면을 음울하고 우스꽝스럽게 묘사하는 이야기를 들으면서 아드리안이 얼마나 유쾌해졌는지 쉽게 상상할 수 있으리라. 그것이 이야기하는 사람의 아버지에 관한 이야기였기 때문에 우리는 내내 웃음을 조금씩 누르고 조심스럽게 이해심에 찬 태도를 지켰는데도 말이다. 뤼디거는 자기 집안의 가장이 사회적 열등함으로 인해 겪었던 고통이 다소 모든 식구들에게로 옮겨졌고, 그 자신도 부모로부터 받은 일종의 정신적 결함으로 그런 고통을 겪고 있다고 확신했다. 그런데 바로 그 점에 대한 불만이, 그가 아들을 통해 보상을 받으려던 아버지의 기대를 저버린 이유 중 하나였던 것 같다. 그는 최소한 아들을 통해서라도 참사관이 되었으면 하는 아버지의 희망을 깨뜨려버렸던 것이다. 아버지는 아들이 김나지움을 졸업하고 대학에 입학하도록 했지만, 아들은 배석판사 시험조차 볼 능력이 안 되었다. 그런 것보다 문학에 몰입하던 그는 아버지의 열렬한, 그러나 자신의 마음에는 들지 않는 소망을 충족시키기보다 차라리 아버지의 모든 재정 지원을 포기하는 쪽을 택했다. 그리고 자유 리듬 시, 비판적 에세이, 매우 명확한 산문 형태의 짧은 소설을 썼다. 그러나 부분적으로는 경제적 압박 때문에, 또 부분적으로는 작품이 그다지 엄청나게 쏟아지지 않았기 때문에 그는 자신의 활동을 주로 번역의 영역, 특히 그가 가장 좋아하는 언어인 영어를 번역하는 일로 옮겼다. 영국과 미국의 대중문학을 독일어로 옮기면서 여러 출판사와 거래를 했을 뿐만 아니라, 사치스럽고 진기한 책을 만드는 뮌헨의 어떤 출판사로부터 영국의 고전, 스켈턴*의 권선징악극, 플레처와 웹스터**의 몇몇 희곡 작품, 포프***의 교훈시 몇 작품을 번역하는 일을 위임받았고, 스위프트와 리처드슨**** 작품의 훌륭한 독일어 판을 만들어냈다. 그런 작품들에다 그는 아주 조리 있는 서문을 썼고, 매우 양심적으로, 또 두드러진 문체 감

---

    * John Skelton(1460~1529): 영국의 시인.
   ** John Fletcher(1579~1625): 영국의 극작가.
      John Webster(1579~1634): 영국의 극작가.
  *** Alexander Pope(1688~1744): 영국의 시인.
**** Jonathan Swift(1667~1745): 영국의 작가.
      Samuel Richardson(1689~1761): 영국의 작가.

각과 미적 감각을 가지고 번역을 했다. 정확한 번역과 분명한 언어 표현을 위해 온 신경을 집중하고 고심하면서 그는 번역이라는 지적 작업에 매력을 느껴 더욱 매진하게 되었던 것이다. 그러나 이런 일은 또 다른 차원에서 아버지의 경우와 비슷한 심리 상태를 초래했다. 그는 자신도 창작하는 작가로 태어났다고 느꼈는데, 다른 사람의 작품을 위해 육체적으로나 정신적으로 자신을 소모시키면서도 어쩔 수 없이 해야 하는 봉사에 대해 씁쓸한 심정으로 말했다. 자존심 상하게도 그런 봉사가 결국 자신의 존재 의미를 부정적으로 낙인찍고 있다고 본 것이다. 그는 작가이고 싶었고, 그 자신의 확신으로는 작가이기도 했다. 유쾌하지 않은 밥벌이 때문에 남의 작품을 번역으로 중개해주는 문인 역할을 해야 한다는 사실은 그가 다른 사람의 글들을 혹평하게 되는 이유였고, 또 그의 일상적인 불평거리가 되었다. "내가 시간만 있다면" 하고 그는 말하곤 했다. "그리고 이렇게 뼈 빠지게 일해야 하는 게 아니라 나 자신의 글을 쓸 형편만 된다면, 그들에게 뭔가 제대로 보여줄 텐데 말이에요!" 아드리안은 그의 말을 믿는 편이었다. 하지만 내가 어쩌면 너무 엄격하게 판단하는지는 몰라도, 늘 방해를 받는다는 그의 말에는 사실 오히려 기꺼운 핑계가 항상 들어 있다고 나는 추측했다. 그런 핑곗거리를 이용해 그는 자신이 창작을 하기에는 결정적으로 추진력이 부족하다는 사실을 생각하지 않게 되는 것이다.

그렇다고 그를 언짢은 표정에 침울한 사람이라고 생각해서는 안 된다. 그 반대로 그는 매우 재미있을뿐더러 유치한 농담도 잘했다. 그는 유머에 대한 앵글로색슨족의 감각이 매우 뚜렷했고, 영국인들이 '소년 같은(boyish)'이라고 표현하는 바로 그런 성격을 지녔다. 그는 관광을 위해서나 대륙에서 그냥 여기저기 돌아다니기 위해서나, 혹은 음악에 빠져서 라이프치히로 오는 모든 영국의 젊은이들과 스스럼없이 사귀고, 완벽하고 친화력이 있는 적응력을 발휘하며 그들과 그들의 언어로 대화를 나누었다. 또 그들과 어이없는 농담을(talking nonsense) 기분 내키는 대로 주고받는가 하면, 그들이 독일어로 말하려고 시도하는 것을 매우 우스꽝스럽게 흉내 낼 줄도 알았다. 가령 영국식 악센트, 그리고 일상적인 구어 표현에서 늘 틀리게 말하는 것, 또 "그 사람, 그것"처럼 거의 문어체로나 쓰는 대명사에 대해 외국인으로서 갖는 취약성이 그 대상이었다. 예컨대 그냥 "저거 좀 보세요!"라고 말하려는데, "그것을 관람하시오!"라고 하는 것처럼 말이다. 그리고 그는 꼭 영국인처럼 보였다. 내가 지금까지 그의 외모에 대해서는 말한 적이 없는데, 그의 외모는 아주 훌륭했다. 형편상 어쩔 도리 없이 늘 똑같이 걸치는 초라한 옷에도 불구하고 그는 운동으로 단련된 신사같이 세련된 모습이었다. 그는 눈에 확 들어오는 얼굴 윤곽을 지녔는데, 다만 그 뛰어나게 고상한 특색이 약간 우울하면서 유약하게 생긴 입 모양 때문에, 즉 내가 슐레지엔 사람들에게서 자주 볼 수 있었던 그 입 모양 때문에 조금 매력을 잃었다. 또 키가 크고 어깨가 넓으며 좁은 엉덩이에 긴 다리를 갖춘 그는 날이면 날마다 똑같은, 그리고 이미 상당히 낡은 바둑판무늬의 승마 바지를 입고 다녔다. 그리고 긴 양모 양말과 세련미라고는 없는 노란색 구두를 신고, 옷깃이 열려 있는 거친 아마포 셔츠에다 색깔이 바래고 너무나 짧은 팔소매가 달린 무슨 재킷 같은 것을 걸치고 있었다. 하지만 손가락은 품위 있게 긴 데다, 손톱은 타원형의 고운 모양이었다. 그리고 그가 드러내는 전체적인 모습은 도저히 부정할 수 없을 만큼 이른바 젠틀맨 같았기(gentlemanlike) 때문에 그는 사교 모임에는 어울리지 않는 평상복을 걸치고 감히 야회복 차림의 모임에도 나타날 수 있었다. 그래도 실트크납은 나무랄 데 없이 정장을 차려 입은 연적들보다 여자들에게 항상 더 인기가 있었고, 리셉션에서 그에게 아예 드러내놓고 호감을 보이는 여성들에게 둘러싸여 있는 모습을 종종 볼 수 있었다.

하지만! 다른 한편으로 생각해볼 것도 있었다! 일상적으로 돈에 쪼들리다 보니 그의 옷차림은 비록 보잘것없었으나 그가 여성들에게 타고난 기사도 정신을 완벽하게 발휘하는 데에는 전혀 방해가 되지 못했다. 하지만 다른 한편으로 바로 그런 정신이 부분적으로는 속임수였다는 것도 드러났다. 이처럼 복잡한 의미에서 실트크납은 사람들을 현혹하는 인물이었다. 운동하는 사람같이 탄탄하고 날씬한 그의 외모 또한 사람을 미혹하는 모습이었다. 왜냐하면 그는 전혀 운동을 하지 않았기 때문이다. 그가 영국인 친구들과 겨울철에 이른바 '작센 지방의 스위스'라는 산지에서 스키를 조금 타는 것을 제외하면 말이다. 이때도 그는 금방 장염을 앓게 되었는데, 내 생각에 그것은 그냥 무시하고 말 정도로 가벼운 것이 아니었다. 왜냐하면 갈색 얼굴과 넓은 어깨에도 불구하고 그의 건강은 그다지 좋은 편이 아니었기 때문이다. 그는 젊은 시절에 이미 폐출혈을 앓았을 만큼 폐결핵에 취약한 상태였다. 내가 관찰한 바로, 그가 여자들 사이에서 누리는 행복감과 여자들이 그와 함께 있으면서 느끼는 행복감이 완전히 일치하지도 않았다. 최소한 개인별로는 일치하지 않았다는 것이다. 왜냐하면 여자들은 개별적이 아니라 단체로만 그의 남김 없는 숭배를, 말하자면 여기저기 다니면서 모든 여자들에게 포괄적으로 바쳐진 숭배를 누렸던 것이다. 그런 숭배는 순전히 여성이라는 종 자체에, 즉 온 세상이 행복감을 누릴 수 있는 가능성에 바쳐진 것이어서 개별 여성은 그가 능동적이지 못하고 인색하며 조심스럽다고 생각했다. 그는 자신이 원하기만 하면 상당히 많은 연애 행각을 할 수도 있다는 사실 자체로 만족했던 것 같고, 또 실제 상황에 어떤 방식으로든 매이는 것을 꺼리는 것 같았다. 그렇게 매이는 상황은 자신이 가진 잠재적인 것들을 앗아간다고 보았기 때문이다. 잠재적인 것이 그의 전문 분야였고, 가능한 것의 끝없는 공간이 그만의 왕국이었다. 그런 점에서, 그리고 그렇게 생각하는 만큼 그는 정말 시인이었다. 자신의 이름으로 미루어 보아,* 그는 자기 조상들이 말을 타고 용감하게 귀족과 제후들을 호위하던 기사였다고 추론했다. 본인은 비록 한 번도 말을 타본 적이 없고, 그럴 기회를 바란 적도 없지만 스스로 기사로 태어났다고 느꼈다. 자신이 매우 자주 말 타는 꿈을 꾸는 것은 격세유전적 기억, 즉 혈통 유전 때문이라고 여겼으며, 그래서 자기가 왼손으로는 고삐를 잡고 오른손으로는 말의 목을 다독거리는 모습이 얼마나 자연스러운지 우리에게 아주 설득력 있게 보여주었다. 그리고 그가 입에 가장 자주 올리는 상투어는 "모름지기…… 해야 하는 건데"라는 말이었다. 그것은 가능성에 대해 그가 비애를 금치 못하며 숙고한 것을 표현하는 공식이었으나, 그 가능성을 충족시키기에는 결단력이 없었다. 모름지기 이런 것과 저런 것을 해야 하는 건데, 모름지기 이것과 저것이어야 하는 건데, 혹은 이것과 저것을 가져야 하는 건데,라는 말뿐이었다. 또 모름지기 라이프치히의 사회소설을 한 편 써야 하는 건데, 모름지기 접시닦이 신분이더라도 세계여행은 해야 하는 건데, 모름지기 물리학, 천문학을 공부해야 하는 건데, 모름지기 조그마한 소유지를 사서 그저 얼굴에 땀을 흘리며 땅을 경작해야 하는 건데 등등. 그래

---

* 그의 이름의 앞부분인 Schild는 '방패'라는 뜻.

서 우리가 수입 식료품점에서 커피를 약간 갈아 올 때, 그는 가게를 나오면서 생각에 젖어 머리를 끄덕이며 이렇게 말할 수 있었다. "모름지기 수입 식품점 하나쯤은 가지고 있어야 하는 건데 말이에요!"

나는 앞에서 실트크납의 독립의식을 언급한 바 있다. 그런 의식은 공무원직을 싫어하는 데서, 자기 마음대로 직업을 선택한 데서 이미 드러났다. 그러나 다른 한편으로, 그는 여러 주인들을 모시는 공복이었고, 구유의 기사* 같은 데가 있었다. 말이 나왔으니 말인데, 넉넉하지 못한 형편에 자신의 괜찮은 외모, 사회적인 인기를 유용하게 쓰지 말란 법은 없지 않겠는가? 그는 숱하게 초대를 받았고, 매번 기꺼이 응했다. 라이프치히의 여러 집안에서 점심을 먹었고, 반유대주의적인 발언을 했으면서도 부유한 유대인의 집에도 갔다. 자기가 무시당하고 있어서 적절한 대접을 못 받고 있다고 느끼는 사람들, 그러면서 뛰어난 신체 조건을 지닌 사람들은 흔히 인종적인 자의식에서 내적 만족을 얻고자 한다. 실트크납의 경우에 특별한 점이란 단지 그가 유대인뿐만 아니라 독일인들도 좋아하지 않는다는 것이었고, 국제사회적으로 독일인들이 열등한 위치에 있다는 생각에 젖어 있었다는 것이며, 그러면서 이런 경향들을 자신이 유대인들과 잘 지낸다는, 혹은 오히려 유대인들과 더 잘 지낸다는 말로 해명했다는 것이다. 그리고 유대인들 쪽에서는, 유대계 출판업자 부인들이나 은행가 부인들이 독일인의 '주인다운' 혈통과 긴 다리에 대해 유대 종족이 품어온 깊은 경탄을 금치 못하며 실트크납을 우러러보았고, 그에게 너무나 즐거이 선물을 바쳤다. 그가 걸치고 있던 운동용 양말, 허리띠, 스웨터, 목도리 등은 대부분 선물로 받은 것

---

* 17세기의 30년 전쟁 때 몰락해 (구유가 있는) 각 성을 옮겨 다니며 구걸했던 기사.

들이었고, 그런 선물은 아무런 자극도 없는데 늘 그냥 바쳐진 것들만은 아니었다. 왜냐하면 실트크납은 어떤 부인이 쇼핑 가는 길에 따라나섰다가 어떤 물건을 가리키며 이렇게 말할 수 있는 인물이었기 때문이다. "글쎄, 나는 저런 물건은 돈을 주고 사지는 않을 거예요. 뭐, 부득이하게 선물로 들어오는 경우라면 받기야 하겠지만 말이에요"라고 말이다. 그리고 그는 그 물건을 선물로 받았다. 그런 물건은 돈을 주고 사지는 않겠다고 이미 말했던 사람의 표정을 지으면서 말이다. 덧붙여 말하자면, 그는 남의 부탁을 들어주는 일은 원칙적으로 거부함으로써 자신의 독립성을 스스로에게나 다른 사람들에게 증명해 보였다. 예컨대 누군가 그의 도움을 필요로 할 때는 어김없이 일절 도와주지 않았다. 만약 만찬회에서 부인의 상대역이 되어줄 신사 한 사람이 없어서 그에게 그 자리를 채워달라고 부탁하면 그는 어김없이 거절했다. 또 누군가 여행을 가거나, 혹은 의사가 지시한 요양 휴가를 떠나면서 그가 편안하게 동반해주리라는 것을 확인하고 싶어 할 때, 상대방이 자신의 동행을 중요하게 생각하는 것이 분명하면 할수록 그의 거부하는 태도는 더 확실했다. 그래서 그는 아드리안이 「사랑의 헛수고」를 대본으로 각색해달라고 제안했을 때도 거절했다. 그러면서도 그는 아드리안을 매우 사랑했고, 그를 정말 잘 따랐다. 아드리안도 그의 거절을 나쁘게 생각하지 않았으며, 실트크납 자신도 우습다고 여겼던 그의 약점에 대해 근본적으로 매우 관대했다. 그리고 아드리안은 실트크납에게 뭐든 섭섭하게 생각하기보다는 그의 호감 가는 대화, 그의 아버지 이야기, 그가 영국식으로 드러내 보이는 어리석은 행동에 대해 정말 너무나 고맙게 생각했다. 나는 아드리안이 뤼디거 실트크납과 함께 있을 때처럼 많이 웃는, 그것도 눈물이 날 정도로 웃는 것을 다른 곳에서는 본 적이 없었다. 실트크납은 아주 사소한 것들에서 순간적으로 엄청나게 우스꽝스러운 상황을 만들어낼 수 있는 진짜 익살꾼이었다. 예컨대 부서지기 쉬운 비스킷 빵을 먹을 때는 자기가 씹는 소리 때문에 다른 사람의 소리를 잘 못 듣는 일이 허다하다. 그런데 차를 마시던 어느 자리에서 실트크납은, 비스킷 빵을 먹고 있는 모임에서 사람들이 서로 전혀 알아듣지 못하는 바람에 "뭐라고요?" "뭐라고 말씀하셨나요?" "잠깐만요!"라는 말에 대화가 한정될 수밖에 없는 상황을 상세하게 흉내 내어 실연해 보여주었다. 아드리안은 실트크납이 거울에 비친 자신의 모습과 실랑이하는 것을 보고도 얼마나 크게 웃었는지 모른다! 이렇듯 실트크납은 우쭐대기를 즐겼다. 유치하게 우쭐대기만 하는 것이 아니라, 이 세상에는 자신의 결단력을 한참 넘어갈 만큼 무한한 행복의 가능성이 있음을 시인의 관점에서 바라보고 승화하며 우쭐댄 것이다. 그런 가능성을 위해 그는 자신이 젊고 아름다운 모습으로 남기를 원했고, 자신의 얼굴에 생각보다 일찍 주름이 생기며 일찌감치 비바람에 시달린 것 같은 모습이 점점 더 드러나는 것을 한탄했다. 그렇지 않아도 약간 노인네 같은 모습을 띤 입에다, 바로 그 입 위로 내려오면서 약간 늘어진 코, 말하자면 고전적이라고 불러도 전혀 무리가 없을 코는 그가 노년이 되었을 때의 용모를 미리 상상해볼 수 있게 했다. 거기다가 이마에는 주름살이 잡혀 있었고, 코에서 입까지 난 좁고 긴 주름 외에도 눈가에는 잡다한 잔주름이 있었다. 그래서 그는 불신에 찬 시선으로 자신의 얼굴을 거울에 가까이 가져다 대면서 불쾌하게 얼굴을 찡그렸고, 엄지손가락과 집게손가락으로 턱을 받치는가 하면, 혐오의 표정으로 뺨을 쓰다듬어 내리다가, 오른손으로는 거울에 비친 자신의 모습을 향해 너무나 인상적으로 내치는 시늉을 하는 바람에 우리, 즉 아드리안과 나는 모두 폭소를 터뜨릴 수밖에 없었다.

내가 아직 언급하지 않은 이야기는, 실트크납의 눈 색깔이 아드리안의 눈 색깔과 똑같았다는 사실이다. 게다가 두 사람의 눈에는 이상할 만큼의 동질성도 있었다. 둘 다 아주 똑같이 회색과 푸른색 그리고 녹색이 혼합된 색을 띠었으며, 더구나 동공 주위를 둘러싼 녹색의 원까지 두 사람 모두에게서 확인할 수 있었다. 이상하게 들릴지 모르겠지만, 나에게는 항상 아드리안이 실트크납에게 잘 웃으며 우정을 나누어주었던 것이 그들의 눈 색깔이 이렇게 똑같은 것과 연관이 있는 것처럼 보였고, 말하자면 그래서 내 마음이 조금 놓이기도 했다. 이런 생각은 실트크납에 대한 그의 우정이 깊고도 가벼운 **공평무사함**에 근거를 두고 있다는 생각과 같은 것이었다. 그들이 줄곧 서로 성(姓)만 부르며 존칭으로 말을 주고받았다고 내가 덧붙일 필요는 거의 없을 것이다. 나는 아드리안을 실트크납처럼 그렇게 재미있게 해줄 수는 없었지만, 어린 시절부터 그와 나 사이에 오가던 친근한 호칭은 그 슐레지엔 사람보다 훨씬 먼저 쓰고 있었다.

XXI

오늘 아침에 나의 선한 아내 헬레네가 마실 것을 준비하고 있는 동안, 그리고 오버바이에른의 신선한 가을날이 일상적인 새벽안개를 뚫고 드러나기 시작하는 동안, 나는 신문에서 우리 잠수함 함대가 담당한 전투가 요행스럽게도 다시 활기를 띠고 있다는 기사를 읽고 있었다. 스물네 시간 동안에 열두어 척의 선박을 희생시켰는데, 그중에는 영국과 브라질의 거대한 여객선도 한 척씩 포함되었으며, 두 척 모두 500명의 여행객을 태우고 있었다. 아군이 이런 성과를 거둘 수 있었던 것은 기가 막히게 뛰어난 성능을 자랑하는 어뢰 덕분으로, 독일의 기술이 그런 어뢰를 개발하고 조립하는 데 성공했던 것이다. 나는 쉬지 않고 활발하게 이어지는 우리의 발명 정신에 대해, 그리고 너무나 많은 타격을 입었음에도 굴복하지 않는 우리 민족의 유능함에 대해 모종의 내적 만족감을 억누를 길이 없다. 그런데 우리의 이런 유능함은 여전히 현 정권의 지휘권 아래 전적으로 내맡겨져 있다. 이 정권은 우리를 이 전쟁 속으로 이끌었고, 실제로 유럽 대륙을 우리가 차지하도록 해주었다. 또한 유럽적인 독일 건설이라는 지식인의 꿈을 아예 독일적인 유럽이라는 현실로 대체하면서 물론 약간은 불안감을 불러일으키고, 또 약간은 불안정한, 그리고 보아하니 다른 나라들로서는 견디기 힘든 현실을 초래했다. 그러기에 무의식적으로 드는 저 만족감은, 최근에 있었던 선박 침몰이라든가, 혹은 실각한 이탈리아 독재자를 구출하는 실로 대단하고 과감한 기습 공격*같이 예의 저 돌발적인 승리가 어쩌면 단지 무의미한 희망만 불러일으키며 전쟁을 더 길게 끌고 가는 데 이용될지 모른다는 생각도 자주 떠오르게 한다. 분별력이 있는 인물들의 판단에 따르면 더 이상 이길 가망도 없는 전쟁 말이다. 이런 생각은 프라이징에 있는 우리 신학대학 학장인 힌터푀르트너 사제의 의견이기도 하다. 그는 저녁에 나와 단둘이 포도주를 마시는 자리에서 그런 생각을 거침없이 털어놓았다. 그는 지난여름에 잔혹하게 진압된 뮌헨 대학교 학생 시위의 중심에 서 있던 열정적인 학자**와는 비슷한 점이 전혀 없는 남자였다. 하지만 세계정세에 대한 그의 판단력은 그에게 어떠한 허황된 상상도 허용하지 않았다. 그래서 그는 전쟁을 승리로 끝내지 못하는 것과 패전하는 것 사이의 차이에 집착하는 태도는 그저 허황될 뿐이라고 생각했다. 우리가 모든 것을 걸고(va banque) 도박을 시작했다는 사실, 그리고 그렇게 세계를 정복하려던 우리의 시도가 실패한다는 것은 국

---

* 1943년 7월 연합군이 시칠리아에 상륙한 뒤 체포된 이탈리아 독재자 무솔리니를 9월에 독일군이 구출해 북이탈리아에 나치스 괴뢰정권을 수립하게 했다.
** 반나치 비밀 학생 단체 '백장미(Weiße Rose)'를 지도하다 1943년 7월에 나치 정권에 희생된 쿠르트 후버Kurt Huber 교수를 말한다. 같은 해 2월에는 뮌헨 대학교 학생 한스 숄Hans Scholl과 조피 숄Sophie Scholl 남매와 함께 크리스토프 프롭스트Christof Probst가 처형되었다.

가적인 대참사를 의미할 수밖에 없다는 사실을 사람들에게 숨기는 것
도 불가능하다는 것이었다.

　내가 이 모든 것을 이야기하는 이유는, 어떤 시대사적인 상황에서
레버퀸의 전기 집필이 진척되는지를 독자들이 기억하도록 하기 위해서
이다. 또한 집필과 연관된 나의 흥분이 전쟁 중의 일상적인 충격으로
인해 발생되는 흥분과 구별되지도 않을 만큼 끊임없이 하나로 합쳐지
고 있다는 점을 독자들이 알아차리도록 하기 위해서이기도 하다. 그렇
다고 내가 정신 집중을 하지 못하고 멍한 상태에 빠져 있다는 말은 아
니다. 사실 저 여러 사건들이 전기를 쓰려는 내 정신을 딴 데로 돌릴 힘
이 없는 것 같기 때문이다. 그러나 나 개인이 안전하다 하더라도, 이 시
대는 내가 안고 있는 과제 같은 일을 계속 추진시키는 데 별 도움이 되
지 않는다고 말해도 좋을 것이다. 이뿐만이 아니었다. 나는 바로 저 뮌
헨의 학생 시위와 사형 집행이 벌어지고 있는 동안에 오한으로 시작
된 독감에 걸려서 열흘간이나 침대에서 움직이지 못했고, 그 때문에 나
중에도 육십 먹은 사람으로서 정신적으로나 육체적으로 오랫동안 편
치 못했다. 사정이 이러하니, 내가 이 글을 쓰기 시작한 이래로 봄이 지
나고 여름이 지나 벌써 꽤 늦은 가을이 되어버린 것은 놀랄 일도 아니
다. 그사이에 우리는 이 나라의 품위 있는 여러 도시가 공중 폭격으로
파괴되는 일을 겪었다. 그것은 너무나 무자비한 파괴 행위였기 때문에,
우리가 죄를 지은 쪽이 아니었더라면 하늘에다 대고 절규를 할 일이었
다. 하지만 죄를 지은 우리가 바로 그런 고통을 당했기에 절규의 소리
는 공중에서 막혀버리고, 왕이 된 클로디어스*가 기도하듯이 "신이 계

---

* Claudius: 셰익스피어의 「햄릿」에서 주인공 햄릿의 아버지를 살해하고 왕위와 왕비를
　빼앗은 햄릿의 숙부.

신 하늘까지 뚫고 올라갈" 수가 없다. 그런데 우리가 야기했던 이런 범행에 대항하며 강행한 폭격을 문화 파괴라고 탄식하는 소리가 그런 말을 할 자격이 없는 자들의 입에서 나올 때는 얼마나 기괴하게 들릴 뿐인가! 세계를 갱신한다며 극악무도함에 도취해 야만적인 행위를 선포하고, 끝내 지금 이 지경에 이르게 한 장본인들로서 역사의 무대에 들어섰던 자들 말이다. 내가 은거하고 있는 이 방을 요동치게 하는 사건은 이미 여러 차례 숨 가쁘게 가까이 다가왔다. 뒤러와 빌리발트 피르크하이머*의 도시**에 가해진 끔찍한 폭격은 더 이상 멀리 떨어진 사건이 아니었다. 그리고 마침내 뮌헨에서도 최후의 심판이 일어났을 때, 나는 창백한 모습으로, 그리고 우리 집의 모든 벽과 출입문과 창문처럼 떨면서, 내 작업실에 앉아 떨리는 손으로 이 전기를 쓰던 중이었다. 왜냐하면 그렇지 않아도 나의 이 손은 서술 대상과 관련된 이유들 때문에 연신 떨리고 있었기 때문이다. 그래서 나는 이미 익숙한 몸의 현상이 외부의 끔찍한 사건에 의해 조금 더 심해지는 상태에 신경을 쓰지 않게 되었다.

독일의 힘이 펼쳐지면서 우리에게 불러일으킨 희망과 자긍심을 느끼며, 나는 우리 국방군(Wehrmacht)이 러시아의 무리들을 향해 다시 돌격하는 상황을 지켜보았다. 러시아 군대는 황폐했지만 자신들이 매우 사랑하는 나라를 지키기 위해 사력을 다하는 것 같았다. 결국 전황은 몇 주 만에 러시아의 공세로 급변했고, 그 이후 나아가지도 못하고 끝낼 수도 없는 전투 상황이 이어지면서 우리는 계속 주둔지를 잃어갔다. 주둔지만 두고 보자면 그렇다는 말이다. 그리고 지극히 놀라운 마

---

* Willibald Pirkheimer(1470~1530): 독일의 르네상스 인문주의자.
** 뉘른베르크를 말한다.

음을 금치 못하며 우리는 미국과 캐나다 군대가 시칠리아의 남동 해안에 상륙했다는 소식, 또 시라쿠사, 카타니아, 메시나, 타오르미나가 함락되었다는 소식을 접했다. 역시 공포와 질투가 뒤섞인 심정으로, 온몸에 뼈저리게 파고드는 느낌으로 체험한 것이 있었다. 한 나라가 전대미문의 참패와 손실을 입은 상황에서 그나마 아직은 객관적으로 일반적인 책임을 지려는 정신을 가다듬으며 마침내 국가 지도자를 떨쳐버리고, 그다음에 세계가 우리에게 요구할 것을 감당할 수 있는 능력이 우리에겐 없다는 사실이었다. 부정적인 의미에서든 긍정적인 의미에서든 없었다. 그런 요구를 따른다는 것은 무조건적인 항복을 의미하는데, 그것을 받아들이기에는 우리의 고충이 너무나 성스럽고 소중한 것이다. 그렇다, 우리는 아주 다른 민족이다. 평범하고 일반적인 것을 거부하는 민족, 강하고 비극적인 영혼을 지닌 민족이다. 우리는 숙명을 사랑한다. 어떤 종류의 숙명이든 사랑한다. 설사 신들의 황혼 빛으로* 하늘에 불을 붙이며 파멸하는 숙명이라 할지라도!

모스크바 사람들이 앞으로 우리의 곡창 지대가 될 우크라이나로 전진하는 상황, 그리고 우리 군대가 드네프르 전선으로 융통성 있게 후퇴하는 상황이 나의 집필 과정과 동행하듯이 같은 시기에 나란히 일어났다. 혹은 오히려 나의 집필 과정이 이런 상황들과 동행하듯이 진행됐다고도 할 수 있다. 며칠 전부터는 드네프르 방어선도 지탱할 수 없음이 드러난 듯했다. 비록 우리 총통이 서둘러 달려와서 후퇴를 중단하라고 강력하게 명령하고, "스탈린그라드에서 겪은 정신 장해"라는 정확한 표현으로 질책하며, 어떤 대가를 치르더라도 드네프르 전선을 지키라

---

* 새 시대의 시작 전에 신들과 세계의 멸망을 나타내는 빛. 바그너의 악극 「니벨룽엔의 반지」 중 마지막 4막의 제목 및 내용을 암시한다.

고 지시했지만 말이다. 대가라면, 치를 수 있는 모든 대가를 치렀다. 그러나 아무런 소용이 없었다. 그리고 신문에서 말하는 붉은 피의 물결이 어디로 어떻게 퍼져갈지는 어차피 모험적인 무절제로 치닫는 경향이 있는 우리의 상상력에 맡겨졌다. 왜냐하면 독일 자체도 우리가 이끄는 전쟁의 한 현장이 될지도 모른다는 생각은 환상의 영역에 속하고, 모든 질서와 예견을 깨뜨리는 영역에 속하기 때문이다. 25년 전* 우리는 마지막 순간에 그런 상황을 막을 수 있었다. 그러나 점점 더 늘어나는 비극적이고 영웅적인 속성을 지닌 우리의 영혼은, 우리가 이미 실패한 일을 더 이상 그만두지 못하도록 하는 것 같다. 생각조차 할 수 없는 상황이 현실이 되기 전에 말이다. 다행히도 동쪽에서 밀어닥치고 있는 불행과 우리의 고향이 있는 지역 사이는 매우 멀다. 그리고 우리는 동부전선에서 당분간 모욕적인 희생을 감수하고 나면, 그만큼 더 끈질긴 힘으로, 독일적 질서를 파괴하려는 서부의 불구대천의 원수에 대항해 유럽에서 우리가 살게 될 삶의 터전을 지켜야 할 것이다. 우리가 차지하고 있던 아름다운 시칠리아가 습격을 받는다고 해서, 그것이 이탈리아의 본토에서도 적군이 자리 잡는 일이 가능함을 증명해준 것은 아니었다. 그러나 불행하게도 그런 궁리가 가능하게 되었고, 지난주에는 나폴리에서 친연합군 성향의 공산주의자들이 반란을 일으켰다. 반란으로 인해 나폴리 시는 더 이상 독일 군대의 위엄에 어울리는 체류지로 보이지 않았고, 그래서 우리는 주저 없이 도서관을 파괴하고 중앙우체국에 시한폭탄을 장치한 뒤 의기양양하게 나폴리를 내주었다. 그러는 사이에 또 배가 가득 들어차 있다는 운하 속에서 침입을 위한 연습이 진행되고

* 제1차 세계대전이 끝난 1918년.

있다는 소문이 나돌았고, 국민들은, 물론 이런 의문이 허용된 것은 아니지만, 스스로 자문하게 되었다. 이탈리아에서 이미 일어났고, 또 앞으로 계속 이탈리아 반도를 따라 올라가며 일어날 수 있는 일이, 유럽 요새의 불가침성에 대해 공식적으로 허용된 모든 믿음과 달리 프랑스에서나 혹은 다른 어느 곳에서도 일어날 수 있지 않을까, 하고 말이다.

그렇다. 힌터푀르트너 사제의 의견이 옳았다. 우리는 패배한 것이다. 전쟁에서 졌다는 말이다. 그러나 그것은 단순한 패전 이상의 것을 의미한다. 그것은 실제로 **우리가** 패배했다는 것, 즉 우리의 사상과 정신, 우리의 믿음과 우리의 역사가 실패했다는 것을 의미한다. 독일은 끝장이 났다. 파멸을 겪을 것이다. 뭐라고 형언할 수 없는 파탄, 경제적으로, 정치적으로, 도의적으로, 정신적으로, 한마디로 말해, 모든 것을 포괄한 의미에서 파탄이 두드러지고 있다. 지금 임박해 있는 위험은 내가 원한 것이 아니라고 말하고 싶다. 왜냐하면 그것은 절망이고, 미친 짓이기 때문이다. 나는 그런 것을 원하지 않았다고 말하고 싶다. 이 불행한 민족에 대한 나의 동정심, 나의 고통스러운 연민이 너무나 깊은 까닭이다. 내가 이 민족의 정신적인 고양, 맹목적인 열정, 반란, 궐기, 분출, 대개혁, 이른바 모든 혼돈을 정화하는 새 출발을 생각하면, 10년 전에 시작된 민족주의의 재탄생*을 생각하면 내 심장이 경련을 일으킨다. 겉보기에 성스럽던 그 도취, 하지만 이미 옳지 않다는 징후로서 매우 난잡한 야만성과 뭐든 때려눕히자는 식의 야비함에다 모독과 학대와 굴욕을 꺼리지 않는 추잡한 욕구가 잔뜩 뒤엉켜 있던 그 도취, 그리고 알 만한 사람에게는 분명히 보이던 전쟁을, 지금 이 전쟁의 모든 비

---

* 1933년 나치의 집권을 가리킨다.

극을 품고 있던 그 도취를 떠올리면 말이다. 그 당시에 이행되었고 이제는 유례없는 파산 상태에서 무기력하게 꺼져버릴 그 역사적인 흥분, 그 열광, 그 믿음에 대한 엄청난 투자 때문에 말이다. 아니, 나는 그런 것을 원하지 않았다고 말하고 싶다. 하지만 그것을 원할 수밖에 없었다. 그리고 나는 내가 그것을 원했고, 지금도 그것을 원하며 환영할 것임도 알고 있다. 왜냐하면 이성을 방자하게 경멸하는 입장을 증오하기 때문이다. 진리에 대한 그 잘못된 반항, 얄팍한 믿음으로 부풀린 민족 신화를 천박하게 탐닉하며 떠받드는 경향, 전래되었으나 이미 끝나버린 것과 예전의 것을 무책임하게 혼동하는 짓, 오랫동안 지켜지던 것과 진정한 것, 충실하고 친밀한 것, 원초적으로 독일적인 것을 저질적으로 악용하고 야비하게 매각해버리는 짓 말이다. 그런 짓으로 풋내기들과 거짓된 자들이 우리의 감각을 마비시키는 싸구려 브랜디를 만들어주고 있다. 늘 열광을 탐하는 우리들이 습관적으로 도취했던 그 엄청난 열광, 그리고 허위에 불과했던 부귀영화를 누리면서 지난 수년간 우리가 엄청나게 비열한 짓을 저지르며 빠져들었던 그 열광은 이제 대가를 지불해야만 한다. 무엇을 가지고? 나는 이미 그 단어를 말했다. '절망'이라는 단어와 함께 말이다. 나는 그 단어를 다시 되풀이 말하지 않을 것이다. 저 앞에서 유감스럽게도 그 철자가 튀어나오는 중에 느꼈던 전율을 두 번씩이나 경험할 수는 없다.

*

작은 별 표시도 독자의 눈과 감각을 상쾌하게 해준다. 언제나 한결같이 로마 숫자를 가지고 엄격하게 장을 나누면서 새로 시작할 필요는 없다. 그리고 나는 현재 일어나고 있는 일들을 잠시 거론하면서, 그러니까 아드리안은 더 이상 체험하지 못한 이야기를 한 셈인데, 이런 부분을 독자적이고 중요한 장으로 인정할 수 없었다. 그래서 오히려 흔히 애용되는 별 표시를 이용해 인쇄용 편집을 해결하고 나서, 이제 아드리안의 라이프치히 시절 이야기를 몇 가지 덧붙인 뒤 이 장을 완성하려고 한다. 이로써 이번 장이 하나의 장으로서는 매우 통일성이 없는 모양새를 띠게 되고, 이질적인 구성 요소로 이루어지게 된다는 점은 그냥 감수하려 한다. 이미 앞 장에서도 충분히 어려움을 겪었기 때문이다. 앞에서 무슨 이야기를 했는지 다시 읽어보면, 아드리안의 극에 관한 소망과 계획들, 그의 초기 가곡들, 우리가 헤어져 있는 동안 그에게 생겨난 고통스러운 눈빛, 정신적으로 매혹적인 셰익스피어 희극의 아름다움, 외국어로 쓴 시에 붙인 레버퀸의 곡과 그의 조심스러운 세계시민주의적 사고, '센트럴 카페'의 보헤미안 분위기를 풍기는 클럽, 이어 반론의 여지가 있을 만큼 상세히 덧붙인 뤼디거 실트크납의 인물평 등등이다. 이런 것들을 읽노라니, 사실 이렇게 뒤죽박죽인 요소들이 하나의 통일된 장을 형성할 수 있기나 한지 당연히 자문하게 된다. 하지만 이 전기를 쓰기 시작할 때부터 침착하고 균형 잡힌 구성이 부족하다고 스스로를 나무랄 수밖에 없었던 사실을 내가 기억 못 할 리가 있겠는가? 그리고 나의 변명도 항상 같다. 내가 서술하고 있는 대상이 내게는 너무나 친근하다. 이 경우 반대되는 상황, 즉 소재와 그것을 다루는 사람 사이의 거리가 근본적으로 아쉬워진다는 것이다. 내가 서술하고 있는 삶이 나 자신의 삶보다 더 가깝고, 더 소중하며, 더 흥분시켰다고 내가 한두 번 말했던가. 가장 친근하고 자극적이며 특징적인 것은 단순히 '소재'가 아니다. 그것은 **인물**인 것이다. 그러므로 그로부터 예술적인 구성을 얻어내기에는 적절치 않다. 나는 예술의 진지함을 부정하려는 것이 결코 아니다. 하지만 상황이 심각해지면 예술을 거부하게 되고, 예술에 대한 능력이 없어지게 되는 법이다. 나는 이 책에 나오는 항목과 별 표시가 순전히 독자의 눈을 위한 것이라고 그저 반복해서 말할 수 있을 뿐이다. 내 마음 같아서는 어떤 장으로도 나누지 않고, 문단 앞에 몇 칸을 띄우거나 문단으로 나누지도 않고 단숨에 모든 이야기를 써 내려가고 싶다고 말이다. 나는 다만 이와 같이 아무것도 고려하지 않은 인쇄물을 독자의 눈앞에 내놓을 용기가 없을 뿐이다.

*

라이프치히에서 아드리안과 1년간 함께 지내면서 나는 자연스럽게 그가 그곳에서 나머지 4년 동안 어떻게 지냈는지 알게 되었다. 자주 고집스러운 인상을 풍기는, 그리고 나에게는 뭔가 압박감을 줄 수도 있었던 그의 보수주의적인 생활 방식이 나에게 그것을 가르쳐주었던 것이다. 그가 예의 저 편지에서 "어떤 것에도 관심이 없었던", 모험과는 전혀 무관한 쇼팽의 삶에 호감을 표시했던 것도 괜한 일이 아니었다. 아드리안 역시 어떤 것에도 관심이 없었고, 어떤 것도 보려고 하지 않았으며, 뭔가 체험해볼 생각이 아예 없었다. 최소한 체험이라는 단어가 지닌 명백하고 외적인 의미로는 그랬다. 말하자면 기분 전환, 새로운 감각적 인상, 기분 풀이, 원기 회복 같은 것에 관심이 없었던 것이다. 특히 원기 회복에 관해 말하자면, 끊임없이 원기를 회복하며 얼굴을 갈색으로 태우고 기운을 돋우는 사람들을 그는 가차 없이 놀려댔다. 도대체 무엇을 위해 그렇게 하는지 아무도 알지 못한다고 말이다. "원기를 회복해도 아무짝에도 쓸 데가 없는 사람들이 원기 회복을 하는 거지"
라고 그는 말했다. 그는 무엇을 구경하거나, 받아들이거나, '교양과 견
문'을 쌓기 위해 여행하는 데에는 거의 관심이 없었다. 아드리안은 눈
으로 보고 즐기는 일을 경멸하는 인물이었다. 그의 음감은 대단히 민감
했던 반면, 미술 작품을 보며 시각적 안목을 훈련시키는 일은 이미 오
래전부터 완전히 그의 관심 밖이었다. 그러면서 시각적인 인간 유형과
청각적인 인간 유형이 있는 것은 부인할 수 없는 사실이고, 그렇게 구
별하는 것이 옳다고 하며 자신을 단연코 후자의 유형으로 분류했다. 나
로 말할 것 같으면, 나는 그런 것이 정확하게 구분될 수 있다고 생각해
본 적이 없거니와, 아드리안이 실제로 시각적인 대상을 파악하기 싫어
하는 성향이 있다고는 거의 믿어본 적이 없다. 하긴 괴테도 음악이 인
간에게 순전히 타고난 것, 내적인 것이라고 말한 적은 있다. 음악을 만
드는 데 무슨 대단한 자양분을 외부로부터 취해야 할 필요도 없고, 삶
에서 유추한 체험이 있어야 하는 것도 아니라는 것이다. 하지만 내적인
환영이란 것이 있지 않은가. 단순히 본다는 것과 달리 더 많은 것을 포
괄하는 환상 말이다. 게다가 레버퀸이 그러했듯이, 시각적인 기관을 통
해 세상을 인지하는 것 자체를 진심으로 거부하면서, 그런 기관에 단순
히 반영될 뿐인 사람의 눈에 관심을 갖는다는 건 큰 모순이다. 아드리
안이 눈의 마법, 검은 눈과 푸른 눈의 마법을 얼마나 잘 받아들였는지,
아니 얼마나 그런 것에 약했는지를 명백하게 확인하려면, 나는 그저 **마
리 고도, 루디 슈베르트페거, 네포무크 슈나이데바인** 같은 이름을 대기만
하면 된다. 물론 마치 폭탄을 퍼붓듯이 내가 지금 이런 이름들을 독자
들에게 마구 쏟아내는 것은 잘못인 줄 안다. 독자들은 아직 전혀 알지
도 못하고, 그 이름의 당사자들은 한참 뒤에야 등장하게 될지 모르니

말이다. 잘못이 너무나 명백하다는 것은 역시 그 잘못의 고의성 때문이라고 추론할 수 있을 것이다. 하지만 물론 고의적이라는 말은 또 무엇이랴! 아무튼 내가 분명히 인식하고 있는 것은, 아직 의미도 없고 언급하기엔 시기상조인 이런 이름들을 나도 어쩔 도리 없는 충동에 휩쓸려 이 자리에서 언급해버렸다는 사실이다.

아드리안이 그라츠로 떠났던 여행은 여행 그 자체가 목적이 아니었거니와 그의 규칙적인 삶의 방식을 깨는 일이었다. 또 다른 여행은 실트크납과 함께 바닷가로 떠났던 것인데, 이로써 탄생한 것이 1악장짜리 교향곡이었다. 또 이렇듯 예외적인 여행의 세번째 경우도 바로 그 음악과 연관이 있었다. 그것은 바젤로 갔던 여행이었는데, 그가 자신의 선생이었던 크레취마르와 함께 바로크 종교음악 연주회에 갔던 것이다. 바젤 실내합창단이 마르틴 교회에서 개최했던 그 연주회에서 크레취마르가 오르간 연주를 맡았다. 여기서 몬테베르디*의 「성모 마리아 찬송 합창곡」, 프레스코발디**의 오르간 연주곡들, 카리시미***의 오라토리오와 북스테후데의 칸타타가 각각 한 곡씩 연주되었다. 이런 '섬세하게 유보적인 음악(Musica riservata)', **** 그 격정에 찬 음악이 아드리안에게 준 인상은 네덜란드인들의 구성주의에 대한 반격이었다. 그것은 성경 말씀을 놀랍도록 인간적으로 자유롭게 다루는 음악이었다. 대사 이해 중심의 대담한 표현력을 발휘하면서, 기악을 통해 서술에 집중하는 방식

* Claudio Monteverdi(1567~1643): 이탈리아의 작곡가이자 가톨릭 신부. 르네상스에서 바로크로 넘어가는 음악으로 유명하다.
** Girolamo Frescobaldi(1583~1643): 이탈리아의 초기 바로크 작곡가이자 오르가니스트.
*** Giacomo Carissimi(1605~1674): 이탈리아의 작곡가.
**** 형식보다 한층 더 감각이 풍부한 내용에 충실한 음악.

으로 성경 말씀을 다루는 곡이었다. 이런 인상은 매우 강하고 지속적이었다. 당시에 아드리안은 몬테베르디의 음악에서 표출되기 시작하는 음악적 수단의 현대성에 관해 내게 편지를 통해서나 구두로 많은 이야기를 전해주었다. 그 이후에도 그는 자주 라이프치히 도서관에 앉아서 카리시미의 「입다Jephta」*와 쉬츠**의 「다윗 시편」을 초록했다. 그가 말년에 썼던 「묵시록」과 「파우스투스 박사」 같은 유사 종교적인 음악에서 예의 저 마드리갈주의*** 양식의 영향이 드러나지 않는다고 누가 말할 수 있으랴? 표현하고자 하는 극단의 의지력이 항상 그의 마음을 사로잡았고, 준엄한 질서를 추구하는, 혹은 네덜란드 식으로 화성에서 각 성부를 동시에 울리게 하려는 지적인 열정과 함께 두드러졌다. 다르게 표현하자면, 그의 작품 속에는 격정과 냉정함이 나란히 지배적이었고, 가끔씩 악상이 지극히 천재적으로 구현되는 순간에 서로 섞여들었다. 에스프레시보****가 엄격한 대위법을 장악하며, 객관적인 것이 감정적인 표현에 의해 무색해짐으로써 결국 열렬히 불타오르는 감정으로 구성된 음악이라는 인상이 남았다. 그런 인상은 내게 그 어떤 것보다 악마에 대한 생각을 불러일으켰으며, 전설에 따르면 누군가가 쾰른 성당의 겁먹은 건축사에게 모래 위에 그려 보여주었다는 균열하는 불의 형상을 항상 떠올리게 했다.

아드리안의 첫 스위스 여행과 그 전에 췰트로 갔던 여행은 다음과 같은 점에서 연관성이 있었다. 문화적으로 매우 활기차고 제약이 없

---

    * 『구약성서』 「사사기」에 나오는 인물.
   ** Heinrich Schütz(1585~1672): 독일의 초기 바로크 작곡가.
  *** Madrigal: 르네상스 및 초기 바로크 시대를 풍미하던 세속적인 내용의 다성 성악곡.
**** 표현이 풍부한 절.

는 그 작은 나라에는 지금처럼 예전에도 작곡가협회가 있었는데, 이곳의 행사에 속하는 것으로서 이른바 관현악단 시연회가 있었다. 다시 말하면, 심사위원회를 구성한 회장단이, 스위스의 한 관현악단과 함께 일하는 젊은 작곡가들과 그 지휘자에게 전문가들만 참석하는 비공개 시범 연주에서 자신들의 작품을 연주하도록 했다. 그렇게 함으로써 신진 작곡가들이 자신의 창작품을 들어보고, 경험을 쌓으며, 음향이 실제로 어떻게 들릴지에 대한 상상력을 더 키워갈 수 있도록 기회를 마련했던 것이다. 바로 그와 같은 시연회가 바젤 콘서트와 거의 동시에 제네바에서 스위스 로망드 관현악단에 의해 거행되었던 것이고, 벤델 크레취마르는 자신의 친분을 이용해 아드리안이 만든 「해양 인광」을—즉 예외적으로 독일 청년의 작품을—프로그램에 오르게 할 수 있었던 것이다. 아드리안에게 그 일은 전혀 생각하지 못했던 것이었다. 크레취마르가 일부러 그에게 알리지 않았기 때문이다. 게다가 아드리안은 선생과 함께 시범 연주회에 참석하기 위해 바젤에서 제네바로 떠날 때조차도 전혀 아무런 짐작을 하지 못했다. 그런데 앙세르메*의 지휘봉 아래에서 그의 이른바 "치근 치료" 같은 음악이 울려 나왔다. 그 곡은 아드리안 자신이 대수롭지 않게 여기고 있었고, 이미 작곡을 할 때부터 진지하게 생각하지 않았던 작품이었다. 어두운 밤에 빛을 발하는 그 인상주의 작품이 비판적인 분석을 통해 연주되자 그는 불편하기 짝이 없었다. 자신은 내적으로 이미 넘어선 작품, 그로서는 결코 신뢰하지 않는 음악에 대한 유희에 불과했던 것을 청중들이 그의 예술작품으로 생각하고 있다는 것은 예술가에게 어이없고 기가 막힐 노릇이었다. 다행히 그 시

---

* Ernest Ansermet(1983~1969): 스위스의 지휘자.

연회에서는 박수를 치거나 비판하는 일이 금지되어 있었다. 사적인 자리에서 그는 찬사나 비판적인 지적, 잘못된 곳에 대한 증거 제시나 제안 등을 프랑스어와 독일어로 들었는데, 이때 그는 불만족스러움을 표시한 사람들에게는 물론 감동에 찬 사람들에게도 거부하는 반응을 보이지 않았다. 근본적으로 그는 아무에게도 동의하지 않았던 것이다. 그는 크레취마르와 함께 대략 일주일이나 열흘 동안 제네바와 바젤 그리고 취리히에 머물렀고, 그곳의 예술가 모임에 속한 인물들과 피상적인 만남을 가졌다. 사람들은 그를 만나서 그다지 기뻐하지는 않았을 것이다. 말하자면, 그와 무엇을 해야 할지 잘 알지 못했을 것이다. 적어도 겸허한 자세로 자신을 벗어나서 동료애를 발휘하는 모습을 기대했을 때는 그러했으리라는 말이다. 가끔씩 어떤 사람은 개인적으로 그의 붙임성 없는 태도, 그를 감싸고 있는 고독, 그의 존재가 풍기는 큰 거리감에 대해 이해심을 보였을지도 모르겠다. 아니 오히려 그런 경우가 있었다는 것을 나는 알고 있고, 납득할 만한 일이라고 생각한다. 내 경험으로는 스위스는 고통에 대한 감각, 고통에 대한 이해심이 많은 곳이다. 그런 이해심은 지적인 도시 파리처럼 문화를 유별나게 내세우는 곳에서보다 구(舊)도시 양식의 시민적인 전통과 훨씬 더 연결되어 있기도 하다. 바로 여기에 숨겨진 공통점이 있었던 것이다. 다른 한편, 독일 제국을 불신하는 내향적인 스위스인의 입장이 '세계'를 불신하는 독일인 중에서도 특별한 경우와 만나게 된 셈이었다. 물론 거대한 도시들이 있는 넓고 막강한 독일 제국과 반대로 스위스처럼 비좁고 작은 이웃 나라를 '세계'라고 부르는 것이 진기하게 들릴지 모르겠지만 말이다. 하지만 그것은 이론의 여지없이 맞는 말이다. 중립적이고 여러 언어를 쓰며, 프랑스의 영향을 받았고 서유럽의 분위기로 가득 찬 스위스는 그 작은 크기와 상관없이 실제로 북쪽의 정치적 거인인 독일보다 훨씬 더 '세계'에 해당하고, 말하자면 연주장에서 훨씬 더 유럽적인 1층 관람석과 같다. 반면 독일에서는 이미 오래전부터 '국제적'이라는 말은 욕이 되어버렸고, 오만하고 지방색이 짙은 편협함이 국내 분위기를 흐리며 곰팡내가 나도록 만들어버린 것이다. 물론 내가 아드리안이 지닌 내면의 세계시민주의 사고방식을 언급한 적이 있기는 하다. 하지만 독일인의 세계시민 정신은 항상 세속성과는 분명 다른 것이었다. 그리고 내 친구야말로 세속적인 것이라면 숨이 막힐뿐더러, 또 자신이 세속적인 것으로부터 거부당하고 있음을 아는 인물임이 확실했다. 아드리안은 이미 크레취마르보다 며칠 더 일찍 라이프치히로, 말하자면 분명 '세계'를 내포하고 있으나 세계적인 것의 본고장이라기보다 그것이 잠시 머물러 있는 그 도시로 돌아왔다. 우스꽝스럽게 지껄여대는 그 도시, 본능적인 욕망이 처음으로 그의 자부심을 건드렸던 그곳으로 다시 돌아온 것이다. 그에겐 깊은 충격이었고, 그가 이 세상에 그런 것이 있으리라고는 기대하지 않았던 깊이의 경험이었으며, 하지만 내가 보기엔 그가 세상을 향해 붙임성 있게 다가가지 못하게 된 데에 적잖이 작용했던 경험이 있는 곳으로 말이다.

아드리안은 라이프치히에서 보낸 4년 반 동안 한 번도 이사를 하지 않고 페터 거리의 방 두 칸짜리 집에서 살았다. 그 집은 동정녀(Beatae Virginis) 마리아관 근처에 있었는데, 그는 이곳에서도 작은 피아노 위에다 '마방진'을 부착해두었다. 그리고 철학 강의와 음악사 강의를 들었고, 도서관에서 책을 읽으며 초록하는가 하면, 자신이 습작한 곡들을 평가받기 위해 크레취마르 선생에게 가져갔다. 그것은 피아노곡들, 현악합주단을 위한 '콘서트', 플루트와 클라리넷 그리고 알토 클라리넷과 파곳을 위한 4중주곡 등이었다. 지금 내가 언급하고 있는 곡들은 단지 내게 알려진 것들, 그리고 발표된 적은 없지만 현재 남아 있는 것들이다. 크레취마르가 했던 일은, 취약한 부분을 지적해주고, 템포를 수정하거나 부드럽지 못한 리듬을 살려내며, 또 주제를 조금 더 부각시켜보라고 권하는 정도였다. 그는 고음부과 저음부 사이에서 별 효과를 내지 못하는 성음을 지적하고, 계속 발전되기보다 방치되어 있는 베이스를 지적했다. 또 외적으로만 서로 붙어 있어서 유기적으로 드러나지 않고 작곡의 자연스러운 흐름을 방해하는 변화 부분을 지적했다. 사실 그런 지적은 제자가 예술에 대해 자신이 이해하는 대로 스스로 말했을 수도 있는 것, 스스로 이미 말했던 것의 반복일 뿐이었다. 선생이란 제자의 양심이 체화되어 나타난 존재로서, 제자가 망설이고 있을 때 지지해주고, 불만족스러울 때 해명해주며, 조금 더 나은 것을 추구하도록 의욕을 북돋워주는 인물이다. 하지만 아드리안 같은 학생은 근본적으로 뭔가를 수정해주는 선생이나 마이스터가 전혀 필요하지 않았다. 그는 완성되지 않은 작품을 스스로 의식하며 선생에게 가져가서, 자신이 이미 알고 있는 것을 선생이 말하도록 했다. 그러고는 예술에 대한 이해 자체, 즉 예술에 대한 자신의 이해와 선생의 이해가 완전히 일치한다는 사실이 우스꽝스러운 현상이라고 조롱했다. 예술에 대한 **이해**라고,— 이 표현에서는 이처럼 뒷부분을 강조해야 한다—작품의 아이디어를 사실상 대변해주는 그런 이해 말이다. **어떤 하나의** 작품이 드러내는 아이디어가 아니라 예술작품 자체의 아이디어, 정신적으로 안정되고 객관적이며 조화로운 구성물 그 자체의 아이디어 말이다. 말하자면 그런 구성물의 완결성 내지 통일성, 유기적인 조직을 관리하는 아이디어이다. 즉 균열된 틈은 붙이고 구멍은 메우면서, 원래는 없었던 것이기에 전혀 자연스러운 것이 아니라 그야말로 창조된 예술작품의 특성에 해당하는 바로 그 '자연스러운 흐름'을 가능하게 하는 아이디어를 제자는 조롱했던 것이다. 한마디로, 그와 같은 관리 기능이 작품이 만들어지고 난 뒤에야 비로소 예술작품의 직접적이고 유기적인 인상을 간접적으로 만들어낸다는 것이다. 하나의 작품에는 허상이 많은 법이다. 그뿐이랴, 작품은 그 자체에서, 그야말로 만들어진 '작품'으로서 허상과 같은 속성을 띤다고 말할 수도 있을 것이다. 작품에는 그것이 만들어진 것이 아니라 저절로 발생하고 생겨난 것이라고 믿게 하려는 공명심이 숨어 있다. 마치 팔라스 아테네 여신이 금속 세공된 무기로 완전 무장을 하고 제우스의 머리에서 태어났듯이 말이다. 하지만 그런 것은 위장이다. 어떤 작품이 그런 방식으로 돌출되어 나온 적은 없다. 그것은 작업에 의한 것이고, 허상을 만들어낼 목적으로 행해진 예술품인 것이다. 그래서 이런 의문이 제기된다. 오늘날 우리의 의식, 우리의 인식, 진실에 대한 우리의 감각이 도달한 현재 상태에서도 이러한 예술적 유희가 여전히 허락되고, 여전히 정신적으로 가능하며, 아직도 진지하게 받아들여질 수 있는가? 그렇게 자족하며 조화롭게 그 자체로 완결된 구성체로서의 작품이 오늘날 우리 사회가 처한 상황의 절대적인 불확실함, 문제점, 부조화와 어떤 방식으로든 적절한 관계를 맺고 있는가? 오늘날 모든 허상이, 즉 가장 아름다운 허상조차, 아니 바로 가장 아름다운 허상이야말로 **거짓**이 되어버린 것은 아닌가?

나는 이와 같은 의문이 생긴다고 말하고 있다. 다시 말하면, 내가 아드리안과 함께 지내면서 그렇게 자문하게 되었다. 이런 문제들에서 그의 예리한 통찰력, 혹은 이렇게 표현해도 된다면, 그의 예리한 감각은 확고했다. 그가 대화 중에 그냥 재치 있는 말로 던진 그 문제들은 나 자신의 단순하고 선량한 성격과는 원래 태생적으로 어울리지 않았기 때문에 내 마음을 아프게 했다. 내 선량함이 다쳐서가 아니라, 그 자신을 생각해서 그랬다. 그것은 내 마음을 억누르며 우울하게 했고 걱정스럽게 만들었다. 나는 그의 말 속에서 그의 존재를 위태로울 만큼 힘들게 하는, 말하자면 그의 재능이 펼쳐지기도 전에 그것을 마비시키고 방해하는 요소를 파악했기 때문이다. 예컨대 그가 다음과 같이 말하는 것을 들은 적이 있다.

"예술작품! 그것은 기만일세. 그런 것이 이 시대에도 여전히 있었으면, 하고 시민이 원하는 무엇인 거지. 진실에 위배되고, 진지함에 위배되는 것이란 말일세. 오직 아주 짧은 것, 지극히 일관성 있고 모순을 드러내지 않는 음악적인 순간만이 참되고 진지한 거야……"

이런 말이 어찌 나를 걱정에 빠뜨리지 않았겠는가! 그 자신이 바로 예술작품을 얻고자 노력하고 있다는 사실, 오페라 작곡을 계획하고 있다는 사실을 내가 알고 있었는데!

나는 그가 다음과 같이 말하는 것도 들었다.

"허상과 유희는 오늘날 이미 예술의 양심과 부딪히고 있어. 예술은 이제 허상과 유희로 남아 있기를 거부하고, 인식이라는 의미가 되려는 것이지."

하지만 예술이 예술의 정의와 일치하기를 중단한다면, 사실 예술 자체가 중단되는 것이 아닌가? 그리고 예술이 어떻게 인식이라는 의미로 존재할 수 있는가? 나는 그가 할레에서 크레취마르에게 보낸 편지에서, 진부한 세계가 점점 더 확장되는 상황에 대해 썼던 것이 떠올랐다. 그래도 크레취마르는 흔들림 없이 예술을 위한 제자의 소명을 믿었다. 하지만 이와 같이 허상과 유희를 거부하는, 즉 형식 자체를 거부하는 새로운 생각은, 진부하고 더 이상 허용되지 않는 것으로 이루어진 세계의 확장을 말해주는 것 같았다. 그것은 결국 진부한 것이 자칫 예술 자체를 지배할 위험이 있다는 말이었다. 그래서 정말 진지하게 나는 이런 걱정이 들었다. 그렇다면 예술을 구해내기 위해, 예술을 다시 정복해 하나의 작품을 만들어내기 위해 얼마나 큰 노력과 지적인 술책, 얼마나 많은 우회적인 방식과 아이러니가 필요하게 될 것인가? 그래봤자 결국 그 작품은 순수함을 희화화한 것에 불과하거니와, 인위적인 인식의 상태에서 억지로 얻어낸 것임을 자인하고 말 텐데!

나의 가련한 친구는 어느 날, 아니 어느 날 밤, 지금 여기서 암시된 예술의 운명에 대한 더 정확한 말을 실로 경악할 만한 어떤 보조자의 끔찍스러운 입을 통해 듣게 되었다. 그 사건에 대한 기록이 남아 있으므로 나는 적당한 기회에 그 내용을 독자에게 전할 것이다. 이 기록이야말로 당시에 아드리안이 했던 말들이 내게 불러일으켰던 직감적인 경악의 의미를 정말 확실하고 분명하게 해주었다. 그런데 내가 앞에서 '순수함의 희화화'라고 불렀던 것, 그것이 일찍부터 그의 작품 속에서 얼마나 자주 독특한 양상으로 두드러졌던가! 지극히 발전된 음악의 단계에서 만들어진 그 작품 속에는 극도의 긴장을 배경으로 한 '진부함'이 들어 있었다. 물론 감상에 빠지거나, 혹은 무작정 활기차게 흥을 돋우는 진부함이 아니라 기교적인 원초주의에 의해 인위적으로 만들어진 순진함, 혹은 순진함의 허상이라는 의미에서의 진부함을 말한다. 크레취마르 선생이 비범한 제자에게 미소 지으며 그것을 허용했던 것이다. 물론 선생은 진부함을, 나로서는 최고의 순진함이라고 말하고 싶은 그런 진부함으로 이해하지 않고, 새롭다거나 몰취미하다는 개념과 전혀 무관하게 처음으로 시도되는 작품 속에 감춰진 비범함이라는 의미로 이해했기 때문이었다.

열세 편의 브렌타노 시에 붙인 노래도 이런 맥락으로만 이해가 된다. 이 장을 마치기 전에 반드시 이 노래들에 대해 몇 마디 적을 필요가 있다. 대개 그것은 근본적인 것을 야유하면서 동시에 예찬하는 특색을 띠는 노래들이었다. 조성, 조율 체계, 전통 음악 자체를 고통스러우리만치 생생하게 재현해냄으로써 오히려 조롱하는 방식이었던 것이다.

아드리안이 라이프치히에서 생활했던 몇 년 동안 그렇게 열심히 여러 가곡을 작곡했던 이유는, 그가 음악과 언어의 서정적인 결합을 분명 자신이 계획하고 있던 극음악에 대한 준비 과정으로 여겼기 때문이었다. 또한 그것은 아마 그가 운명, 예술 자체의 역사적 상황, 자율적인 작품이라는 문제에 대해 품고 있었던 지적인 회의와 연관되어 있기도 했다. 그는 허상과 유희로서의 형식에 의구심을 품었다. 그래서 그에게는 작고 서정적인 가곡 형식이 가장 받아들일 만하고 진지하며 진정한 형식일 수 있었다. 매우 간결한 형식을 요구하는 그의 이론을 가곡이 가장 잘 충족시키는 것으로 나타났기 때문이다. 하지만 가령 철자 상징이 들어 있는 노래로 특히 「오, 사랑스러운 아가씨」나, 또 「송가」 「유쾌한 악사들」 「사냥꾼이 목자에게」 등이 그랬듯이 다수의 노래들은 규모만 아주 방대한 것이 아니었다. 레버퀸은 항상 그런 노래들이 모두 함께 하나의 전체로서, 그러니까 하나의 작품으로 다루어진 것이라고 이해되기를 요구했다. 그것이 특정한 양식의 구상과 하나의 기본음에서 만들어졌고, 또 몽상적인 시인의 신기할 만큼 높고 깊은 특정한 정신세계와 충실하게 어우러져서 생겨난 작품이라는 것이다. 그래서 그는 그 가곡들이 개별적으로 서로 분리된 채 공연되는 것을 일절 금했고, 항상 오직 완결된 연작 가곡으로만 발표되는 공연을 허락했다. 그것은 말할 수 없이 정신이 헷갈리고 혼란스러운 「서곡」에서 시작되는데, 이 첫 곡의 마지막 행은 허깨비가 어른거리는 분위기를 자아낸다.

오, 별과 꽃이여, 영혼과 옷이여,
사랑과 고통과 시간과 영원함이여!

그리고 마침내 "나는 한 가지를 알고 있네…… 그것은 죽음이라는 이름을 가졌다네"라는 음울한 분위기의 격렬하고 힘 있는 마지막 곡에 이른다. 이와 같이 고정된 공연 순서는 엄격한 제한을 의미했기 때문에 그의 가곡이 공연되는 데 평생 매우 큰 걸림돌이 되었다. 특히 그 가곡들 중에서 「유쾌한 악사들」은 어머니와 딸과 두 형제 그리고 "일찍이 다리가 부러진" 사내아이로 이루어진 하나의 완결된 5중창을 위해, 즉 알토와 소프라노 그리고 바리톤과 테너 및 아이 목소리를 위해 만들어진 것이었다. 이런 소리들은 부분적으로는 앙상블로, 부분적으로는 개별적으로, 또 부분적으로는 (말하자면 두 형제간의) 듀엣으로도 연작의 네번째 곡을 불러야 했다. 이 곡은 아드리안이 관현악곡으로 편곡한, 더 정확히 말하자면, 현악기와 목관악기 및 타악기로 이루어진 소규모 관현악단을 위한 곡으로 정해놓고 만든 첫번째 작품이었다. 왜냐하면 그 진기한 시 속에 피리와 탬버린, 종과 심벌즈 그리고 유쾌한 바이올린의 떨리는 소리에 대한 언급이 많이 나오기 때문이다. 이런 전음(顫音)을 내며 환상적이고 우수에 잠기는 소규모 악단은 밤에, 말하자면 "어떤 인간의 눈도 우리를 보고 있지 않을 때", 작은 침실의 사랑하는 두 연인, 술 취한 손님들, 외로운 소녀를 짧고 단순한 멜로디의 마력 속으로 이끈다. 그 작품의 정신과 분위기, 즉 그 음악이 지닌 섬뜩하고 수상하면서도 사랑스럽고 고뇌에 찬 속성은 참으로 희귀한 현상이다. 그러나 나는 열세 편의 작품 중에서 바로 이 작품이 가장 훌륭하다고 말하기를 망설이게 된다. 그중 여러 편의 가곡은 언어로 음악을 다루는 이 작품보다 조금 더 내면적인 의미로 음악에 도전하고, 음악 속에서 더 깊이 있게 실현되고 있기 때문이다.

「뱀을 끓여준 노파」는 그 가곡들 중에서 또 다른 작품이다. "마리아, 너는 누구 집에 있었더냐?"라는 구절과, 일곱 번이나 "아, 괴로워요! 어머니, 너무나 괴로워요!"라는 하소연이 나오는 이 곡은 엄청난 감정이입의 기법을 통해 독일 민요의 가장 은밀하고 불안하며 으스스한 영역을 마력으로 불러낸다. 왜냐하면 이와 같이 뭔가를 알고 있는, 진실하고 지나치게 똑똑한 척하는 음악이 이 가곡에서 민요의 곡조를 만들어내려고 부단히 애를 쓰기 때문이다. 하지만 민요의 곡조는 계속 구현되지 않은 채로 남는다. 간혹 구현되는 기미가 드러나다가 또 없어져버린다. 갑자기 단편적으로 짧게 울리면서 소리가 들려오는가 하면, 그 자체의 정신과 다른 음악적 양식으로 다시 사라졌다가, 그 양식에서 스스로 태어나려고 끊임없이 안간힘을 쓴다. 그것은 너무나 감동스럽고 예술적인 모습이며, 그야말로 문화적인 모순을 보여준다. 자연 그대로의 본질적인 것에서 섬세하게 정제된 것, 즉 정신적인 것이 자라나게 되는 자연스러운 발전 과정이 여기서는 뒤집어지고 있기 때문이다. 정신적인 것이 오히려 원초적인 것의 역할을 맡아서 단순하고 자연적인 것을 힘겹게 만들어내려고 하는 모순이 벌어지고 있는 것이다.

별들의
성스러운 정신이

고요히 먼 곳을 거쳐
나에게까지 불어오네.

이것은 거의 우주 속에서 떠도는 소리로, 또 다른 작품이 풍기는 무한하고 신선한 공기를 말해준다. 이 가곡에서는 망령들이 금빛 조각배를 타고 천상의 바다를 달리는데, 찬란한 가곡이 울려 퍼지는 소리가 선회하며 내려오다가 다시 솟아오른다.

모든 것이 친절하고 호의에 차서 결속되어 있고,
서로 위로하고 애도하며 손을 내미네.
밤새 내내 빛들이 굽이치면,
모든 것이 본질에서는 영원히 유사하다네.

물론 어떤 문학에서도 언어와 음악이 여기서처럼 서로 어울리고, 서로 뒷받침해주기는 매우 힘들었다. 여기서는 음악이 스스로에게 눈길을 돌리고, 그 자체의 본질을 들여다보고 있는 셈이다. 여러 소리가 서로 위로하고 애도하며 손을 내미는 분위기, 모든 것들이 서로 변화시키면서도 닮은 채로 한데 엮이고 얽힌 상태, 바로 이것이 음악이고, 아드리안 레버퀸은 바로 그런 음악을 만드는 젊은 마이스터이다.

크레취마르는 뤼베크 시립극장의 수석 관현악 지휘자 자리로 옮겨가기 위해 라이프치히를 떠나기 전에 브렌타노 가곡이 출판되도록 힘을 썼다. 마인츠에 있는 쇼트 사가 출판을 위탁받았다. 더 자세히 말하면, 아드리안은 크레취마르와 나의 도움으로(우리 둘이 함께 출판에 관여했다) 인쇄비를 부담하고 출판권을 소유하는 대신 수탁인에게 실수익의 20퍼센트를 주기로 했다. 아드리안은 피아노 편곡의 출판을 매우 꼼꼼하게 감독했다. 거칠고 윤이 나지 않는 4절판 종이를 쓰라고 요구하는가 하면, 가장자리는 넓게, 또 악보는 너무 밀집해 나열되지 않도록 해달라고 했다. 그 밖에도 콘서트나 악단에서 그 음악을 연주할 때는 반드시 사전에 작가의 허락을 받을 것과 열세 작품을 모두 함께 연주해야 한다는 내용의 메모도 첨부해 인쇄하라고 강력하게 주문했다. 이런 요구는 그가 너무 거만을 떤다는 평을 불러일으켰을뿐더러, 그의 음악이 갖는 여러 대담한 특성까지 겹치면서 그의 작품들이 실제로 공연되는 것을 어렵게 만들었다. 그 작품들은 1922년에 아드리안이 불참하기는 했지만 내가 참석한 자리에서, 즉 취리히 콘서트홀에서 뛰어난 지휘자 폴크마르 안드레아* 박사의 지휘로 연주되었다. 이때 「유쾌한 악사들」에서 "일찍이 다리가 부러진" 소년 역은 안타깝게도 정말 불구가 되어 목발을 짚고 다니던 야콥 네글리가 종소리같이 맑고, 이루 말할 수 없이 가슴에 와 닿는 목소리로 부르게 되었다.

참고로 덧붙이자면, 아드리안이 작곡에 사용한 클레멘스 브렌타노의 시들이 담긴 훌륭한 원본은 내가 선물한 책이다. 나는 그 작은 단행본을 나움부르크에서 라이프치히로 오면서 그에게 가져다주었다. 물론 그중에서 열세 편의 시를 선별하는 일은 전적으로 그의 몫이었고, 나는 그 일에 전혀 아무런 영향력도 행사하지 않았다. 하지만 그가 선별한 시는 거의 모두 내가 원했던 것, 내가 기대했던 것과 일치했다고 말할 수 있다. 아무튼 독자는 그것이 모순을 띤 선물이었다고 생각할 것이다. 왜냐하면 내가, 그러니까 나의 도덕성과 교양이 낭만주의자가 쓴

---

* Volkmar Andreae(1879~1962): 스위스의 지휘자이자 작곡가.

시, 즉 어린애들에게나 어울릴 민요조에서 흘러나와 유령 같은 분위기로 흘러가는, 심지어 타락했다고 할 수 있을지도 모를 언어적인 몽상과 도대체 무슨 관계가 있었겠는가? 이런 물음에 대한 나의 대답은 간단하다. 내가 그런 선물을 하도록 자극할 수 있었던 것은 바로 음악이었다. 낭만주의 시 속에서, 천부적인 손길이 살짝 가볍게 건드리기만 해도 일깨워질 수 있을 만큼 아주 가볍게 잠자고 있던 음악 말이다.

XXII

1910년 9월, 그러니까 내가 카이저스아셰른 김나지움에서 근무하기 시작할 무렵, 라이프치히를 떠나게 되었을 때 레버퀸 역시 일단 고향 부헬로 돌아왔다. 그는 고향에서 열린 여동생의 결혼식에 참석할 생각이었는데, 나도 우리 부모님과 함께 결혼식에 초대받았다. 당시에 스무 살이었던 우르줄라는 랑엔잘차 출신의 안경업자 요하네스 슈나이데바인과 결혼했다. 그는 아주 훌륭한 남자로, 우르줄라가 에어푸르트 근처에 있는 매력적이고 작은 도시 잘차에 친구를 보러 갔다가 알게 되었다. 슈나이데바인은 자기 신부보다 열 살이나 열두 살 정도 많았고, 스위스 태생으로서 베른 지방의 농부 집안 출신이었다. 그는 원래 고향에서 자신의 생업이었던 안경 연마 기술을 배웠지만, 무슨 섭리에 따른 것인지 독일 제국으로 오게 되었으며, 바로 저 작은 도시에서 안경과 여러 종류의 광학 기구들을 취급하는 가게를 마련해 성공적으로 운영하고 있었다. 그는 썩 잘생긴 외모에다, 편안하고 신중하며 기품이 있는 말투, 말하자면 독특하게 엄숙한 울림의 구식 독일어 표현들이 섞인 스위스 말투를 유지하고 있었다. 우르줄라 레버퀸은 당시에 이미 그의 그런 말투를 따라서 쓰기 시작했다. 그녀는 미인은 아니었지만 역시 매력 있는 외모를 갖추었는데, 얼굴 모양은 아버지, 그리고 몸가짐은 어머니를 닮아서, 갈색 눈동자에다 날씬하고, 친절함이 몸에 밴 성격이었다. 이렇게 두 사람은 한 쌍이 되었고, 사람들은 박수와 함께 이들에게 축복의 시선을 보냈다. 1911년에서 1923년까지 그들은 네 명의 아이들을 낳았다. 로자, 에체힐, 라이문트 그리고 네포무크는 모두 말쑥한 아이들이었다. 그중에서도 막내 네포무크는 그야말로 천사였다. 하지만 이 이야기는 나중에 내 이야기의 마지막 부분에서 하게 될 것이다.

결혼식에 초대된 손님들은 그다지 많지 않았다. 교회 사제, 부인을 동반한 교사와 오버바일러 지방단체장, 그리고 카이저스아셰른에서는 우리 차이트블롬 가족 외에는 단지 아드리안의 숙부 니콜라우스가 왔고, 아폴다에서 온 엘스베트 부인의 친척들, 레버퀸 가족과 친하게 지내던 바이센펠스의 부부와 그 딸, 또 농장을 경영하던 형 게오르크, 관리인이었던 루더 부인이 전부였다. 벤델 크레취마르는 뤼베크에서 축하 전보를 보내왔는데, 전보는 부헬 집에서 모두들 정오경 식사를 하는 중에 도착했다. 저녁 만찬회 대신, 하객들은 약간 일찍 오전에 모이게 되었다. 그리고 마을 교회에서 결혼식이 끝나고, 모두들 신부 집의 아름다운 구리 집기로 장식된 식당에서 아주 잘 차려진 아침 식사를 하며 함께 어울렸다. 그리고 그 이후 곧바로 신혼부부가 늙은 토마스와 바이센펠스 역으로 떠났고, 그곳에서 벌써 드레스덴을 향해 여행길에 올랐다. 그러는 동안 결혼식 하객들은 루더 부인이 준비한 좋은 과실주를 마시며 몇 시간을 함께 더 보냈다.

356

아드리안과 나는 그날 오후에 소구유 연못가를 돌아서 시온 산을 향해 걸었다. 우리는 「사랑의 헛수고」를 위해 내가 맡은 대본 정리에 관해 이야기를 나눌 것이 있었는데, 그 일에 대해서는 이미 우리 둘 사이에 많은 대화와 서신이 오갔었다. 나는 시라쿠사와 아테네에서 그에게 대본과 독일어 운문으로 옮긴 내용의 일부를 보내주었다. 작업 과정에서 나는 티크*와 헤르츠베르크**의 작품을 참고했으며, 가끔씩 축약이 필요하게 되면 내가 직접 가능한 한 세련된 문체로 첨가해 넣었다. 아드리안은 자신의 오페라에 영어 대본을 이용할 계획을 여전히 고수했지만, 나는 그에게 독일어로 된 가극 각본을 최소한 제시라도 할 요량이었다.

아드리안은 결혼식에 참석한 사람들을 피해 바깥으로 빠져나오게 되어 기뻐하는 기색이 역력했다. 흐려지는 그의 눈빛으로 보아 두통이 그를 괴롭히는 기미도 엿보였다. 덧붙이건대, 교회에서나 식탁에서 그의 아버지에게서도 똑같은 기미를 알아챌 수 있었다는 점이 참 특이했다. 신경과민으로 인한 고통이 잔치가 열리는 가운데 감동과 흥분 상태의 영향을 받고 나타난다는 점은 이해가 된다. 그의 아버지의 경우가 바로 그랬다. 그러나 아들의 경우에는 심리적인 원인이 아버지와 조금 달랐다. 아드리안은 처녀성을 희생시키는 잔치에, 더구나 자기 여동생이 희생양이 되는 자리에 내키지 않는 심정으로 어쩔 수 없이 참여할 수밖에 없었던 것이다. 하지만 그는 우리가 마련한 결혼식에서는 모든 과정이 간소한 데다 품위 있고 점잖게 진행된 점, 그의 표현대로 '춤과 풍습들'이 그나마 생략되어 다행이라는 말로 자신의 불편한 심정을 어

---

* Ludwig Tieck(1773~1853): 독일의 낭만주의 시인. 셰익스피어 번역가로도 유명하다.
** Wilhelm Adolf B. Hertzberg(1813~1879): 독일의 학자, 작가, 번역가.

느 정도는 달랐다. 그는 모든 일정이 대낮에 진행된 데다 늙은 주임신부의 혼례 설교도 짧고 간단했으며, 식사 때에는 음탕한 이야기들도 오가지 않았고, 다행히 이야기 자체가 별로 없었다고 칭찬하는 투로 말했다. 면사포, 처녀성을 끝내는 흰 수의(壽衣), 공단으로 된 망자(亡者)의 신발까지 방지할 수만 있었더라면 더욱 좋았겠지만, 하고 말하기도 했다. 그리고 특히 우르젤의 약혼자였다가 이제는 남편이 된 사람이 그에게 남긴 인상에 대해 그는 호의를 가지고 이야기했다.

"선량한 눈에다"라고 그는 말했다. "훌륭한 인종이군. 수수하고, 건전하고, 단정한 남자야. 저 사람 정도면 우르젤에게 청혼할 만했어. 그녀를 바라보고, 탐낼 만한 자격이 있지. 우리 신학자들이 말하듯이, 그녀를 기독교인의 아내로 삼을 만했다는 거지. 우리가 성사(聖事), 기독교적인 결혼 성사를 이루어냄으로써 악마에게서는 육체적인 결합의 기회를 빼앗아버린 것에 대해 당연한 자긍심을 가지고 말하듯이 말이지. 사실 정말 우스꽝스럽지 뭔가. 자연적이고 죄 많은 것을 단지 '기독교적'이라는 수식어를 붙이고 신성불가침한 것을 내세워 차지하는 방식 말이야. 그렇게 했다고 근본적으로 달라지는 것은 전혀 없는데. 어쨌든 기독교적인 결혼을 통해 자연의 악함, 즉 성을 길들이는 조치는 꽤 재치 있는 궁여지책이었다는 점은 인정해야 해."

"자연을 악한 것이라고 단정해버리는 자네 말투는 듣기가 거북하군." 내가 대꾸했다. "인문주의의 입장에서는, 예전의 인문주의든 요즘의 인문주의든, 그런 식의 말은 삶의 근원에 대한 험담이라고 한다네."

"이 친구야, 헐뜯을 것이 뭐 있기나 한가."

"그런 말을 하면 창조주의 작품을 부정하는 거라고." 나는 동요하지 않고 계속 말했다. "그건 무(無)를 변호하는 일이란 말일세. 악마를 믿는 사람은 이미 악마에게 예속된 거야."

그가 짤막한 웃음을 터뜨렸다.

"자넨 농담을 이해하지 못하는군. 난 신학자로서, 말하자면 불가피하게 마치 신학자인 것처럼 말한 것뿐이야."

"그렇다고 하지!" 나도 함께 웃으면서 대꾸했다. "자넨 농담을 진담보다 더 진지하게 말하는 버릇이 있단 말이야."

우리는 시온 산 꼭대기의 단풍나무 아래에 놓인 교구 벤치에 앉아 가을 오후의 햇살을 받으며 대화를 이어갔다. 사실 당시에 나 또한 결혼을 준비하던 중이었다. 비록 결혼식과 공식적인 약혼식마저 내가 정식으로 임용될 때까지 미루고 있었지만 말이다. 그리고 사실 나는 헬레네와 내가 계획한 결혼 이야기를 아드리안에게 들려줄 수 있기를 바라고 있었다. 그러던 차에 결혼에 관한 그의 진지한 성찰은 내가 그런 이야기를 쉽사리 끼내지 못하게 한 셈이었다.

"그리고 하나의 육신이어라." 그가 다시 시작했다. "이건 참 기이한 축복이잖은가? 슈뢰더 목사는 다행히 그런 문장을 인용하는 것으로 적당히 넘어가긴 했는데, 신혼부부 앞에서는 오히려 듣기가 민망스럽지 뭔가. 물론 좋은 의미로 한 말이고, 내가 '길들이기'라고 표현한 것과 똑같은 말이긴 하지. 저런 축복을 해줌으로써 죄의 요소, 즉 감각적 욕망, 사악한 음욕 자체가 결혼에서 놀라울 정도로 깨끗이 사라지리라고 여기는 것이 분명해. 왜냐하면 음욕이란 오직 두 개의 육체에 있는 것이지, 하나의 육체에 있지 않거든. 그렇게 보면 '둘이 하나의 육신이어라'라는 말은 적당한 타협점을 찾다가 드러낸 난센스지 뭔가. 다른 한편으로는, 하나의 육체가 다른 육체를 향해 음욕을 품는다는 것은 아무리 생각해도 의아한 일이야. 그건 특이한 현상이잖은가. 글쎄 뭐, 사랑의 아주 예외적인 현상이지. 물론 육욕과 사랑을 구분하는 건 절대 불가능해. 그래서 사랑이 곧 육욕이라고 비난받지 않도록 하기 위해서는 거꾸로 육욕 속에서 사랑의 요소를 증명해 보이는 것이 최선일 뿐이지. 다른 사람의 육체에 대한 음욕이란 보통 존재하는 거부감, 즉 나와 너, 자신의 것과 남의 것 사이에서의 낯섦 때문에 생기는 반항 심리를 극복한다는 의미이지. 기독교적인 용어를 계속 쓰자면, 육신은 일반적으로 자신의 육체에게만 거부감이 없는 법이거든. 그래서 원래 다른 육신과는 아무런 관계도 맺지 않으려고 한다는 거지. 따라서 갑자기 다른 육신이 욕망과 음욕의 대상이 된다면, 그것은 나와 너의 관계가 변화했음을 말해주는 것이야. '육욕'이라는 말이 그저 공허한 말에 불과할 정도로 변한 것이지. 여기서 사랑이라는 개념을 쓰지 않고는 더 이상 설명이 안 돼. 이때 소위 영적인 것이 관련되어 있지 않다고 하더라도 말이지. 모든 관능적인 행위는 상냥함을 의미하고, 육욕을 받아들이는 가운데 또 주는 것이며, 행복하게 해줌으로써, 사랑을 증명해 보임으로써 행복을 얻는 것이잖아. 사랑하는 두 사람이 '하나의 육신'인 적은 결코 없었어. 그렇게 되라고 명령한다는 것은 육욕과 더불어 사랑을 결혼 생활에서 추방하려는 것이야."

나는 그의 말에서 아주 묘한 충격을 받고 혼란스러워져서 그를 옆에서 쳐다보고 싶은 마음이 간절했으나, 그렇게 하지 않으려고 조심했다. 그가 육욕적인 문제에 대해 이야기할 때마다 내게 어떤 느낌이 드는지는 저 앞에서 이미 암시했다. 하지만 그가 이렇게 거리낌 없이 말한 적이 예전에는 없었다. 나는 그의 말투에서 분명 낯설지만 뭔가 노골적인 것이 느껴졌다. 말하자면 그 자신은 물론이고 듣는 사람도 고려하지 않는 무례한 언동 같은 것인데, 그것이 나를 불안하게 했다. 그리고 그가 그 모든 말을 편두통 때문에 흐릿해진 눈빛으로 털어놓았다고 상상하니 불안이 가시지 않았다. 하지만 그가 한 말의 의미는 내게 전적으로 호감을 주었다.

"그래, 멋진 말이다!" 나는 할 수 있는 한 최대한으로 쾌활하게 말했다. "무슨 일이든 피하지 않는다는 말이라고 해두지! 그래, 자넨 악마와 아무런 관련이 없어. 자네가 신학자로서보다는 훨씬 더 인문주의자로서 말했다는 점을 스스로 잘 알고 있을 것 아닌가?"

"심리학자로서 말했다고 해두지." 그가 대답했다. "중립적인 입장 말일세. 하지만 난 심리학자들이야말로 진리를 가장 사랑하는 사람들이라고 생각하네."

"그럼, 우리가 그냥 아주 단순하게 개인적이고 시민적인 입장에서 이야기를 나누는 것은 어떨까?" 내가 제안했다. "사실 내가 자네에게 알리고 싶은 얘기가 있었는데, 내가 요즘……"

나는 그에게 내가 그즈음 무슨 계획을 하고 있는지 말했다. 일단 헬레네 이야기를 하며, 내가 그녀를 어떻게 알게 되었고, 우리가 어떻게 만나게 되었는지 들려주었다. 그리고 그의 축하가 더욱 진심 어린 축하가 되도록 내가 해줄 수 있는 일이라면, 내 결혼식의 '춤과 풍습들'에는 그가 참여하지 않아도 됨을 미리 보장해주겠노라고 덧붙였다.

그는 기분이 매우 유쾌해졌다.

"대단하군!" 그가 소리쳤다. "훌륭한 청년이야. 자네가 결혼을 하겠다고. 얼마나 올바른 생각인가! 그런 소식은 항상 깜짝 놀랄 의외의 사건으로 알려진단 말이야. 놀랄 만한 점이라곤 전혀 없는데 말이지. 축하하네! '하지만 그대가 결혼하면, 그리고 그해 안에 머리에 뿔이 돋은 자가 생기지 않는다면 내 목을 매달아도 좋아!(But, if thou marry hang me by the neck, if horns that year miscarry!)'"*

"그대는 어찌 그렇게 상스러운 말을 하는가(Come, come, you talk greasily.)"라고 내가 같은 장면의 대사를 인용했다. "자네가 내 약혼녀와 우리의 결합 의도를 알 수 있다면, 자네도 내 평안을 위해서는 아무런 걱정도 할 게 없다는 것을 알게 되련만. 걱정이 아니라 그 반대로, 모든 것이 평안과 평화, 침착하고 방해받지 않은 행복을 쌓기 위한 것임을 말이야."

"난 그것을 의심하지 않네." 그가 대답했다. "그리고 그게 성공적으로 이루어지리라는 것도 의심하지 않아."

그는 일순간 내 손을 잡으려는 유혹을 느끼는 눈치였지만, 결국 단념했다. 대화는 잠시 끊겼다가, 우리가 집으로 돌아가려고 일어났을 때는 원래 대화 주제였던 오페라 작곡 계획으로 되돌아갔다. 그것은 우리가 방금 전에 농담으로 주고받은 대사들이 들어 있고, 내가 반드시 빼자고 주장했던 장면 중의 하나인 제4막의 장면에 관한 대화였다. 그 장면에서 벌어지는 사소한 언쟁은 매우 불쾌감을 불러일으키는 데다 희곡 작법상 필요하지도 않았다. 어쨌거나 원작의 축약은 피할 수 없었다. 희극이 네 시간 동안이나 계속되어서는 안 되는 것이다. 이것은 「뉘른베르크의 명가수」**를 비판하는 핵심 내용이었고, 지금까지도 마찬가지였다. 그러나 아드리안은 로절라인과 보이엣***의 바로 그 "예스러운 표현들(Old sayings)"과 "그대는 맞힐 수 없소, 없소 없소(Thou can'st not hit it, hit it, hit it)" 등등을 서곡의 대위법 기술에다 쓰려고 계획해

---

　　* 셰익스피어의 「사랑의 헛수고」 4막 1장에 나오는 대사.
　　** 4시간 이상 공연되는 바그너의 희극 오페라.
　　*** 셰익스피어의 「사랑의 헛수고」의 등장인물들.

놓은 듯했고, 더구나 모든 에피소드를 어떻게든 이용해볼 요량이었다. 그런 그를 보고 있자니 크레취마르가 이야기했던 바이셀과 온 세상의 반을 음악의 영향 아래 두려던 그의 순진한 열성이 생각난다고 내가 말하자, 아드리안은 크게 웃으면서도 생각을 바꾸지 않았다. 덧붙여 말하건대, 그는 자신이 바이셀과 비교되어도 전혀 난처한 느낌이 들지 않는다고 했다. 음악의 신기원을 기록했던 인물이자 규칙을 부여했던 바이셀에 대한 이야기를 처음 듣게 된 순간부터 이미 자신이 느꼈던 유머 어린 경외감이 여전히 마음에 약간 남아 있다는 것이었다. 허무맹랑한 소리가 되겠지만, 자신은 바이셀에 대한 생각을 완전히 멈춘 적이 없고, 또 최근에는 그 어느 때보다 더 자주 그를 생각하노라고 말했다.

"생각해보게"라고 그가 말했다. "'주인 음'이니 '하인 음'이니 하던 바이셀의 전제주의적인 유치함을 예전에 자네가 어리석은 합리주의라고 했던 반면에, 나는 그의 생각을 방어했던 사실을 말이야. 그의 생각 중에서 직감적으로 내 마음에 들었던 것은, 그 자체로 직감적인 무엇인가였네. 음악의 정신과 순진하게 일치하는 것이었지. 말하자면, 엄격한 원칙 같은 것을 만들어내려고 노력하는 중에 우스꽝스러운 방식으로 나타나는 의지였지. 예전에 그의 신도들이 그를 필요로 했던 것처럼 오늘날 우리에게도 그런 인물이 필요해. 다른, 조금 덜 유치한 차원에서 말이지. 우린 체계를 만들어내는 인물, 객관적인 것을 가르치고 조직화하는 것을 보여주는 선생이 필요해. 예전의 것을 복구하는 것, 그래, 아주 고풍스러운 것을 혁명적인 것과 결합할 수 있을 만큼 충분히 천재적인 인물 말이야. 모름지기……"

아드리안은 웃지 않을 수 없었다.

"내가 벌써 실트크납처럼 말하고 있군. '모름지기 뭘 어째야 하는 건데'라고! 모름지기 어째야 하지 않은 일이 어디 있겠나!"

"자네가 고풍스러우면서도 혁명적인 선생에 대해 하는 말은" 하고 내가 이의를 제기했다. "그 말은 아주 독일적인 뭔가를 내포하고 있단 말이야."

"보아하니" 하고 그가 대꾸했다. "자넨 독일적이라는 단어를 칭찬하는 말로 쓰는 것이 아니라 오직 비판적인 시각에서 어떤 특성을 평가하는 식으로만 사용하는 것 같군. 마땅히 그래야 하니까 말이지. 하지만 그 단어는 그 밖에도 뭔가 시대적으로 불가피한 것을 표현하는지도 몰라. 전통이 파괴된 시대, 그리고 모든 객관적인 구속력이 해체된 시대, 한마디로 말해, 자유의 시대에 마침내 구원을 약속하는 무엇인가를 말해주는지도 모른단 말일세. 이제 자유가 끈끈하고 단맛만 나는 작품들을 만들어내면서 진정한 재능을 무력하게 만들고, 생식 불능 상태를 초래하기 시작하니까 말이지."

나는 그 말을 듣는 순간 깜짝 놀랐다. 왜 그랬는지 표현하기는 어렵지만, 아드리안의 입에서 나온 그런 말은, 도대체 그와 관련된 맥락에서는 내게 왠지 걱정을 불러일으켰다. 그것은 두려움과 경건함이 묘하게 섞인 느낌이었다. 왜냐하면 생식 불능과 위협적인 육체적 마비, 생산 능력에 대한 방해라는 개념은 그의 주변에서는 거의 긍정적이고 자부심에 찬 것, 오직 높고 순수하게 정신적인 것과 연관된 속성으로만 생각될 수 있었기 때문이다.

"생식 불능 상태가 자유의 결과가 되는 때가 언제라도 있게 된다면, 그것은 비극적일 거야"라고 내가 말했다. "우리가 자유를 획득하는 까닭은, 자유가 항상 생산적인 힘을 풀어놔주기를 기대하기 때문이 아닌가!"

"맞는 말이지"라고 그가 대꾸했다. "자유는 어느 일정 기간 동안에는 우리가 기대하는 것을 할 수 있도록 해주지. 하지만 자유란 또 주관성을 다르게 표현한 말이잖은가. 그런데 언젠가는 자유가 더 이상 주관성을 견디지 못하게 되는 거지. 어느 순간 스스로 창조적일 수 있다는 가능성을 의심하기 시작하며, 객관적인 것에서 보호받고 안전하게 되기를 추구하는 걸세. 자유는 항상 변증법적으로 역전되는 경향이 있단 말이야. 매우 빨리 구속되어 있는 자신을 알아채고, 법과 규칙, 강요, 체계의 하위 상태에서 실현되는 거지. 그런 상태에서 실현된다고 해서 자유의 속성이 없는 것은 아니라는 말이야."

"자유의 입장에서 생각하자면 그렇겠지." 나는 웃었다. "스스로 자유롭다고 생각하는 한에서는 자유롭다는 말 아닌가! 하지만 실제로는, 그렇게 되면 더 이상 자유가 아니지. 혁명을 통해 태어난 독재가 자유가 아니듯이 말일세."

"자넨 정말로 그렇게 생각하나?" 그가 물었다. "더욱이 그건 정치적으로 떠벌리는 소리들이야. 어쨌든 예술에서는 주관적인 것과 객관적인 것이 구별이 되지 않을 만큼 서로 얽혀 있어. 그 하나는 다른 하나에서 생겨나고, 다른 하나의 특성을 띠게 되지. 주관적인 것이 객관적인 것으로 표현되고, 천재적인 능력에 의해 다시 자발적인 속성을 띠고 드러나는 거라고. '다시 활력을 띠도록 촉진된다'라고 우리가 표현하는 상황인 거지. 말하자면 갑자기 주관적인 것의 언어로 말을 하는 거야. 오늘날 파괴된 음악적 관습이라는 것은 예전에도 그다지 객관적인 적이 없었고, 외적으로 뭔가 정해진 것이 아니었어. 음악적 관습이라는 것도 생생한 체험을 견고하게 다지는 것이었고, 그런 것으로서 오랫동안 아주 의미 있는 일의 과제를 해결해낸 거야. 조직화라는 과제 말일세. 조직화가 가장 핵심이니까. 조직화된 것이 없이는 전혀 아무것도 존재할 수 없는 거야. 특히 예술이 존재할 수 없게 돼. 그런데 그런 과제를 돌보고 있었던 힘은 미학적 주관성이었어. 그런 주관성이 그 자체로부터 출발해, 자유 속에서, 말하자면 자청해서 작품의 체계화를 떠맡은 거였지."

"자넨 베토벤 이야기를 하고 있는 거로군."

"베토벤과 기술적인 원칙을 말하고 있는 걸세. 당당한 주관성이 기술적인 원칙을 수립하면서 혼자 음악을 조직화했던 거야. 전개부 말이지. 전개부는 원래 소나타의 작은 일부분으로, 주관적인 표현과 역동성을 소박하게나마 발휘할 수 있던 예외적인 부분이었어. 그런데 베토벤과 함께 전개부가 일반화되면서 모든 형식의 중심이 된 거지. 관습적인 형식이라고 말하는 곳에서도 역시 주관적인 것에 의해 흡수되고, 자유를 누리는 가운데 새롭게 만들어지는 형식 말이야. 그렇게 해서 변주곡, 즉 뭔가 고풍스러운 음악 내지 기존의 것에서 남은 음악은 형식을 자발적으로 새롭게 만들어내는 수단이 되는 거지. 변주된 전개부가 소나타 전체로 확산되지 않는가. 브람스의 경우, 그것은 주제와 관계된 작업으로서 좀더 획기적이고 광범위하게 확산되지. 주관성이 어떻게 객관성으로 변화하는지에 대한 예로 브람스를 보라고! 브람스의 작품에서는 음악이 모든 관례적인 미사여구, 상투어, 잔재 들을 포기하고, 말하자면 작품의 통일성을 매 순간 새롭게 만들어내고 있지. 자유롭게 말이야. 하지만 바로 그렇기 때문에 자유는 다방면에서 절제의 원칙이 되는 거지. 음악에 어떤 우연한 것도 용인하지 않는 원칙, 또 동일하게 확정된 재료에서 지극히 다양한 것을 만들어내고 발전시키는 원칙. 주제와 무관한 것이라곤 더 이상 없는 경우, 항상 같은 것에서 파생되어 만들어진 음이라고 증명할 수 없는 경우에는 자유로운 악곡 작법이라는 말을 거의 할 수 없지……"

"하지만 예전의 의미에서 엄격한 악곡 작법이라고 할 수도 없지."

"예전의 의미로든 새로운 의미로든, 내가 이해하는 엄격한 악곡 작법이 어떤 건지 말해주겠네. 내가 말하는 건, 모든 음악적 차원의 완전한 통합, 즉 완벽한 체계화 덕분에 보장되는 모든 음악적 차원의 공평 무사함을 의미하네."

"자넨 그것을 실현하는 방법을 알고 있나?"

"내가 엄격한 악곡 작법에 가장 근접해 있었던 때가 언제인지 아는가?" 그가 되물었다.

나는 기다렸다. 그는 머리가 아플 때면 하는 습관대로 알아듣기 힘들 만큼 낮게, 그리고 치아 사이로 말을 했다.

"브렌타노 연작에서 한 번 있었지. 「오, 사랑스러운 아가씨」에서 그랬지. 이 곡은 한 개의 기본 형상, 즉 매우 가변적인 일련의 음정들인 시-미-라-미-내림 미(h-e-a-e-es)라는 다섯 음에서 파생되었지. 수평적인 것과 수직적인 것이 그 음정들에 의해 결정되고 조정되었거든. 그렇게 제한된 숫자의 음으로 이루어진 기본 모티프에서 조정이 가능한 만큼 말일세. 그것은 한 개의 단어, 하나의 핵심어와 같아. 그 핵심어를 나타내는 표시들은 노래의 어디에서나 찾아볼 수 있고, 노래 전체의 특성을 완전히 규정하고 있거든. 하지만 그것은 너무나 짧은 단어이고, 그 자체 내에서 너무 움직임이 없어. 그 단어가 제공하는 소리의 공간이 너무 제한적이 되고 마는 거야. 그래서 바로 여기서부터 계속 더 나아가야 해. 반음으로 조율된 12음계에서 더 큰 단어를 만들어내야 하는 것이지. 열두 개의 철자로 된 단어들, 열두 개 반음의 특정한 결합과 상호 관련들 내지 계열들을 만들고, 그런 계열들로부터 악곡, 즉 개별적인 악장이나 여러 악장으로 된 전체 작품을 엄밀하게 이끌어내야 해. 전체 작곡에서 각각의 음은 멜로디에서든 화음에서든 바로 이렇게 미리 정해진 기본 계열에 대해 어떤 관계에 있는지를 보일 수 있어야 할 것이야. 다른 음들이 모두 나타나기 전에는 어떤 음도 다시 반복되지 않도록 해야 한다고. 전체 구조 내에서 모든 음은 각기 모티프로서의 기능을 충족해야만 등장할 수 있지. 이렇게 되면 자유로운 음이 더 이상 없게 될 것이고, 바로 이런 것을 나는 엄격한 악곡 작법이라고 하는 것일세."

"참 놀라운 생각이군." 내가 말했다. "그것은 이성적으로 이루어낸 총체적인 체계화라고 할 만하겠어. 그렇게 하면 매우 철저한 완결성과 통일성, 일종의 천문학적인 법칙과 질서를 얻을 테니까. 하지만 내 상상으로는, 그렇게 일련의 음정을 변함없이 끝까지 돌아가게 하면서 아무리 음을 많이 교체하고 리듬을 자주 바꾼다 해도, 음악이 지나치게 결핍되고 침체되는 결과를 피할 수는 없을 것 같은데."

"아마 그럴 거야." 그가 미소를 띠며 대답했다. 그 표정은 그가 이미 그런 우려를 생각하고 있음을 보여주었다. 그것은 그가 어머니와 닮은 데를 눈에 띄게 드러내는 미소였지만, 나는 그가 편두통에 시달릴 때 그렇게 힘겹게 미소 짓는 것을 자주 봐왔다.

"그렇게 간단하지도 않은 일이지. 인위적이라고 비판받는 기술을 포함해 변주곡의 모든 기술을 시스템 속에 수용해야 해. 그러니까 주제의 지속적인 발전이 소나타를 지배하도록 도왔던 그 수단도 수용해야 하는 것이지. 내가 왜 그렇게 오랫동안 크레취마르 밑에서 예전의 대위법으로 실습했는지, 그리고 그렇게 많은 악보를 전회 형식의 푸가, 역행, 또 역행의 전회 음정으로 가득 채웠는지 자문하게 된다네. 그래, 그 모든 실습은 열두 개 음의 단어를 합목적적으로 변경하는 데 유용하게 쓰일 수 있겠지. 기본 배열로 쓰이는 것 외에도, 그 단어의 음정들 중 모든 음정이 반대 방향에서 울리는 음정에 의해 대체되기도 할 거야. 그리고 마지막 음으로 형상을 만들기 시작해서 첫번째 음으로 끝나게 할 수도 있을 것이고, 그런 후 이런 형식도 다시 그대로 뒤집을 수 있겠지. 자네가 네 개의 멜로디를 가지고 있다고 생각해보게. 그 네 개는 반음계의 전체 열두 개의 다양한 시작 음으로 변조될 수 있기 때문에 하나의 작곡을 위해 마흔여덟 개의 배열을 다양한 형태로 쓸 수 있고, 그밖에도 기분이 내키는 대로 해보는 변주에 이용할 수 있는 것이 얼마나 많겠나. 작곡을 하기 위해서는 또 두 개나 그 이상의 음열을 시작 재료로 이용할 수도 있지. 이중 푸가와 삼중 푸가 방식으로 말이지. 결정적인 것은, 그 안에 있는 모든 음이 전혀 예외 없이 음열 혹은 파생된 음열에서 자체적인 자릿값을 갖는다는 점이지. 그것은 내가 화성학과 선율학의 공평무사함이라고 부르는 것을 보장해줄 거야."

"마방진 이야기로군." 내가 말했다. "하지만 자넨 다른 사람들도 그런 음악을 듣게 되리라고 기대하나?"

"듣는다?" 그가 대꾸했다. "자넨 언젠가 우리가 들었던 그 '공익을 위한' 강연을 기억하는가? 음악에서 모든 것을 들어야 하는 것은 아니라고 했던 강연 말일세. 자네가 '듣는다'는 말을 각 도구의 정확한 실현으로 이해한다면, 가장 높고 엄격한 질서, 별들의 체계 같은 질서, 우주의 질서와 법칙을 만들어내는 도구의 실현으로 이해한다면, 아니, 그 음악을 못 듣게 될걸. 하지만 바로 그 질서는 듣게 되거나, 혹은 듣게 될지도 모르지. 그리고 그런 질서를 인지하면 여태 경험하지 못했던 미학적 만족감을 얻을 걸세."

"자네가 그렇게 음악을 묘사하는 걸 듣다 보면, 참 희한하게도 작곡을 하기 전에 작곡이 이루어지는 이야기로 들린단 말이야." 내가 말했다. "원래의 주된 작업이 시작될 수 있으려면 전체 재료의 구성과 체계화가 이미 끝나 있어야 한다는 것이잖은가. 그래서 궁금해지는 건, 어떤 작업이 원래 주된 작업이냐는 거지. 왜냐하면 이런 식으로 재료를 음악으로 만든다는 것은 변주를 이용해야 한다는 말인데, 원래의 주된 작곡이라고 할 수 있을 변주 생산 능력은 다시 재료의 범주로 되돌아가서 봐야 하지 않는가. 작곡가의 자유와 함께 말이지. 그래서 작곡가가 일을 시작하려고 할 때면, 더 이상 자유롭지 못할 것이 아닌가 말이야."

"질서를 위해 스스로 만들어놓은 강요에 의해 구속되었으니 자유로운 것이지."

"글쎄 뭐, 자유의 변증법이야 설명할 수 없는 것이고. 하지만 화성학을 만드는 사람으로서 작곡가가 자유롭다고는 말하기 어려울 것 같군. 화음의 형성이란 그저 되어가는 대로, 무조건적인 숙명에 내맡겨진 것이 아닌가?"

"차라리 별자리에 따른 상황에 맡겨졌다고 말하지. 화음을 형성하는 모든 음의 다성적인 위엄은 상황에 따라 보장되었을 거야. 불협화음이 해체되지 않고 해방되었던 역사적인 성과, 후기 바그너의 여러 악곡 작법 중에 이미 나타나는 불협화음의 절대화를 보게. 그런 경우처럼, 구속력이 있는 체계 앞에서도 스스로를 합법화할 수 있는 모든 화음이라면 결국 정당성을 가지게 될 거야."

"상황이 평범한 것을 만들어낸다면? 협화음, 3화음 화성론, 낡아빠진 것, 반음을 낮춘 7도 화음 같은 것 말이야."

"그러면 다 써버린 것을 상황에 의해 다시 새롭게 만든 셈이 되겠지."

"나는 자네의 그 유토피아적인 공상에서 뭔가 옛것을 복구하는 어떤 요소를 보게 돼. 자네 공상은 아주 극단적이지만, 그런 공상이 협화음에 사실 이미 선고되어 있던 금지를 느슨하게 만들어버리기는 하지. 변주의 예전 형식들을 다시 쓰는 것도 그와 비슷한 상황을 드러내는 징후겠지."

"정말 흥미로운 삶의 현상은" 하고 그가 대꾸했다. "항상 과거와 미래의 그 이중적인 면모를 모두 가졌을 거야. 항상 진보적이면서 동시에 반동적일 거라는 말이지. 그것은 삶의 이중성 자체를 보여주고 있으니까."

"그렇게 말하면 일반화하는 게 아닌가?"

"무엇을?"

"우리 독일 민족 특유의 경험들을 말일세."

"오, 그런 말은 함부로 하는 게 아니지. 자축할 일도 아니고! 내가 말하고 싶은 것은, 음을 내는 것이라면 어떤 음이든 정리하면서 이해하고 싶은 오래된 욕구, 그리고 음악의 마성적인 본질을 인간의 이성으로 바꾸고 싶은 매우 오래된 갈망의 충족에 대해 자네가 항변했던 말이— 그것이 항변의 의미를 지녔다면 말이지—모두 효력이 없을 것이라는 사실뿐이야."

"자넨 인문주의자로서의 내 명예를 건드리는군." 내가 말했다. "인간적인 이성이라고! 그러면서 자넨, 미안하지만, '별자리에 따른 상황'이라는 말을 연신 해대잖나. 그런 단어는 오히려 점성술에 더 가깝지 않은가 말이지. 자네가 그렇게 불러대는 합리성은 많은 점에서 미신과 닮았어. 구체적이지 않고 애매하게 악마적인 특성에 대한 믿음 말이지. 도박에서, 카드로 치는 점에서, 운명을 뽑는 점에서나 별자리 읽기에서 이리저리 마구 돌아다니는 악마적인 것 말이야. 자네가 말하는 것과는 반대로, 내가 보기에 자네의 체계는 오히려 인간의 이성을 마법 속에서 해체해버리는 데에 적합할 것 같다니까."

그는 주먹 쥔 손을 관자놀이로 가져갔다.

"이성과 마법은," 그가 말했다. "원래 서로 잘 만나게 되어 있고, 지혜라거나 비결 전수라고 부르는 것 속에서 하나가 되는 법이네. 별들이나 숫자들에 대한 믿음 속에서 말이지······"

나는 더 이상 대꾸하지 않았다. 그가 두통을 앓고 있음을 보았기 때문이다. 그리고 그가 말했던 모든 것들이 사상적인 깊이와 풍부한 독창성을 띤 데다 한 번 더 생각해볼 필요가 있는 것이더라도, 내게는 뭔가 고통의 특질을 띠고, 고통의 영향을 받고 있는 것처럼 보였다. 그 자신도 우리 대화 내용에 계속 몰두해 있는 것 같지 않았다. 그가 계속 느릿느릿 걸어가면서 무관심하게 내쉬는 한숨과 흥얼거리는 소리가 그것을 암시했다. 하지만 나는 물론 계속 우리가 나누었던 대화를 생각했다. 당황스러워서 속으로 머리를 가로저으면서, 그리고 그가 어쩌면 두통이 심하다 보니 조금 유별난 생각을 했다 하더라도 그것이 대수롭지 않은 생각이라고 평가절하될 수는 없다고 혼자 생각했다.

우리는 집에 도착하기까지 남아 있는 거리를 걷는 동안 별말을 하지 않았다. 나는 우리가 소구유 연못에 잠시 멈춰 섰던 것을 기억한다. 우리는 들판 길에서 옆으로 몇 발자국 나와 이미 기울어져가는 햇살을 얼굴에 담고 물위를 바라보았다. 물은 맑았다. 물가 가까운 곳만 바닥이 얕다는 것이 보일 정도였다. 그 자리에서 얼마 떨어지지 않은 곳에서는 벌써 바닥이 컴컴한 곳으로 기울고 있었다. 알려진 바와 같이 연못 한복판의 수심은 매우 깊었다.

"추위." 아드리안이 머리로 물을 가리키면서 말했다. "지금 수영을 하기에는 너무 춥군." 그는 잠시 뒤에 다시 한 번 반복해서 말했다. "추위." 이번에는 눈에 띄게 몸을 움츠리고 떨면서 말하고는 다시 걷기 위해 몸을 돌렸다.

나는 직무상의 책임 때문에 그날 저녁에 바로 카이저스아셰른으로 돌아가야 했다. 아드리안 자신은 자기가 거주지로 선택한 뮌헨으로 떠나는 순간을 며칠 더 늦추고 있었다. 나는 그가 아버지에게—그는 모르고 있었지만, 마지막으로—작별 인사를 하며 손을 잡는 것을 보았고, 그의 어머니가 아들에게 입맞춤하는 것을 보았다. 예전에 거실에서 크레취마르와 대화를 나눌 때와 어쩌면 같은 방식으로 아들의 머리를 자신의 어깨에 기대게 하고서 말이다. 그는 훗날 어머니에게로 다시 돌아오지 못하게 되었고, 돌아오려 하지도 않았다. 어머니가 아들에게로 갔다.

XXIII

"무엇을 시작하려고 하지 않는 자는, 그것을 미룰 수도 없도다." 아드리안이 몇 주 후에 바이에른 주의 수도에서 쿰프 교수를 패러디하면서 내게 보낸 편지에 쓴 말이다. 그것은 그가 「사랑의 헛수고」를 작곡하기 시작했다는 것을 알리고, 텍스트 정리의 남은 부분을 빨리 보내라고 재촉하기 위해서였다. 그는 개관이 필요하다고 썼다. 그리고 여러 음악적인 연결과 관련성을 만들어내기 위해서 가끔씩 뒷부분의 내용을 미리 쓰고 싶다는 것이었다.

아드리안은 아카데미 근처의 람베르크 가에서 로데라는 이름의 브레멘 출신 시정부위원 부인의 집에서 세들어 살고 있었다. 그녀는 아직 새집인 주택 1층에서 두 딸과 함께 거주했다. 그에게 내준 방은 출입문 바로 오른편에, 조용한 거리 쪽으로 나 있었는데, 깨끗하고 소박하며 가정적인 가구 때문에 그의 마음에 들었다. 그는 곧 책과 악보 같은 개인적인 물건들을 들여놓고 자신이 원하는 대로 방을 완전히 정리했다. 어쩌면 약간 터무니없는 장식품으로는 왼쪽 벽에 걸린 거대한 호두나무 틀 속의 판화가 있었다. 그것은 한참 유행하다가 이제는 사라져 버린 열광적인 정신의 유물로, 자코모 마이어베어*가 피아노 앞에 앉아 있는 모습을 묘사한 것이었다. 그는 영감이 가득 담긴 눈길을 위로 향하며 손은 건반을 누르고 있는데, 그의 오페라에 등장하는 인물들이 그 주위를 둘러싸고 있었다. 하지만 그렇게 피아니스트를 추앙한 그림이 젊은 세입자에게 그다지 유치해 보이지는 않았다. 또 어차피 그가 일하는 책상, 수수하게 연두색 천을 씌운 그 인출식 책상 앞에서 등나무 의자에 앉아 있을 때에는 그 판화를 등지고 앉게 되어 있었다. 그래서 그는 그 그림을 제자리에 그냥 걸어두었던 것이다.

그에게 예전의 날들을 상기시킬지도 모를 작은 하모늄이 그의 방에 놓여 있어서 유용하게 쓰였다. 그리고 집주인인 시정부위원 부인이 대개는 집 뒤편의 작은 정원 쪽으로 놓인 방에 머물고, 딸들 또한 오전에는 눈에 띄지 않았기 때문에 살롱에 있는 조금 낡기는 했지만 부드러운 소리가 나는 베히슈타인 피아노**도 그가 마음대로 쓸 수 있었다. 그런데 살롱은 털누비 천을 씌운 안락의자들, 팔이 여러 개 달린 청동 도금 촛대, 도금된 작은 격자 의자들, 수놓은 비단 덮개가 있는 소파 테이블, 또 갈라타 쪽을 바라보는 '황금 뿔' 만(灣)***을 묘사하며 화려한 틀 속에서 꽤 색이 바랜 1850년의 유화 등, 한마디로 말해 한때 부유한 시민 계급 집안 살림의 유물임을 알려주는 물건들로 꾸며져 있었다. 그 살롱

---

* Giacomo Meyerbeer(1791~1864): 독일의 작곡가. 특히 오페라에서 극적인 성악 구성 양식과 관현악법에 대한 뛰어난 감각이 돋보였다.
** 카를 베히슈타인(Carl Bechstein, 1826~1900)은 1853년에 최초로 베를린에 피아노 회사를 세웠는데, 특히 연주회용 그랜드 피아노로 유명했다.
*** 터키의 할르치 만.

은 저녁이면 자주 작은 사교 모임이 열리는 곳이었으며, 아드리안도 처음에는 내키지 않는 심정으로, 하지만 나중에는 습관적으로 모임에 참석하게 되었다. 여러 상황이 그렇게 되도록 하였듯이, 결국은 어느 정도 그 집안의 아들 노릇을 하기 위해서였다. 그곳에 모인 사람들은 예술적인, 혹은 반쯤은 예술적인 세상을 이루고 있었다. 말하자면 그것은 도덕적으로 깨끗한 보헤미안 환경으로서, 시정부위원 부인이 브레멘에서 남부 독일의 수도로 이사하며 품었던 기대를 충족시키기에 충분히 품위 있으면서도 자유롭고, 까다롭지 않으며 재미있는 모임이었다.

그녀의 형편은 쉽게 파악되었다. 검은 눈동자에, 귀염성 있게 살짝 곱슬곱슬하며 아주 조금 희끗한 갈색 머리카락, 숙녀다운 몸가짐, 상앗빛 안색, 보기 좋고 여전히 아주 잘 보존된 얼굴 모습의 그녀는 평생 명문가의 모임에서 환영받는 일원으로서 신분에 맞게 체면을 지켜왔으며, 많은 하인들과 책임이 따르는 살림을 이끌었다. 그러다가 남편이 사망한 뒤(관직 예복을 차려입은 진지한 모습의 그의 초상화도 살롱을 장식하고 있었다) 집안 살림의 규모가 급격히 축소되자, 그때까지 익숙하던 생활 속의 지위를 더 이상 제대로 유지할 수 없게 되었다. 그런데 오히려 그녀의 내면에서는 그동안 약해지지 않은, 그리고 아마도 결코 제대로 충족된 적이 없던 삶의 욕구와 소망이 마침내 억압에서 풀려나게 되었다. 그래서 그녀는 인간적으로 더 따뜻한 남쪽의 환경에서 조금 더 흥미로운 삶을 추구하게 된 것이다. 그녀는 사교 모임 자리를 마련하면서 그것이 딸들을 위한 것이라고 주장했지만, 매우 분명하게 드러났듯이 무엇보다 그녀 자신이 즐기고 싶고, 또 모인 사람들로 하여금 자신에게 비위를 맞추도록 하기 위해서였다. 그리고 그녀를 즐겁게 해주기 위해서는 너무 지나치지 않은 외설적인 이야기, 그 예술 도시의 부담스럽지 않고 위험하지 않은 관습과 관련된 이야기, 식당이나 주점에서 일하는 여인들 혹은 모델, 화가들에 대한 여러 일화를 들려주는 것이 가장 적절했다. 이런 것들이 그녀가 다물고 있던 입에서 높고 우아하며 관능적인 웃음을 자아냈던 것이다.

그녀의 두 딸인 이네스와 클라리사는 분명히 어머니의 그런 웃음을 좋아하지 않았다. 딸들은 어머니가 그렇게 웃을 때면 비난하는 표정으로 냉랭한 시선을 서로 주고받았다. 두 딸의 시선은 어머니의 본성에서 완전히 해소되지 않은 인간적인 욕구에 대한 장성한 자녀의 민감함을 모든 이들에게 드러낸 셈이었다. 하지만 적어도 그중 동생 클라리사의 경우는 사회적으로나 정신적으로 시민 계급의 뿌리를 박탈당한 것을 의식하고 있었다. 게다가 그녀는 그런 시민성으로부터의 이탈을 원했으며, 의식적으로 강조했다. 희게 화장을 한 큰 얼굴, 둥근 아랫입술, 약하게 발달한 턱을 가진 그 키 큰 금발의 아가씨는 연극계에서 경력을 쌓기 위해 준비 중이었고, 궁정극장과 국립극장의 거물급 인물에게서 강습을 받고 있었다. 그녀는 과감한 스타일의 금발에 바퀴처럼 유난히 큰 모자를 쓰고 있었으며, 기이하기 짝이 없는 긴 깃털 목도리를 좋아했다. 덧붙여 말하면, 그녀의 인상적인 자태는 이런 물건들을 매우 잘 소화해냈고, 남의 이목을 끄는 모습을 적절히 완화시켰다. 또 기이하고 섬뜩한 것을 즐기는 성향은 그녀에게 친절을 다하는 신사들을 즐겁게 했다. 그녀는 이삭이라는 이름을 가진 황산처럼 누런 수고양이를 키우고 있었는데, 교황이 서거했을 때 고양이 꼬리에 검은 공단 리본을 묶어 애도를 표하기도 했다. 그리고 그녀의 방에는 여러 개의 해골 표식이 있었다. 실제로 이빨을 드러내 보이는 해골 표본도 있었고, 청동으로 된 문진(文鎮) 형태의 해골도 있었는데, 이 문진 해골은 움푹 들어간 눈으로 무상함과 '치유'를 상징하며 옛날 2절판의 대형 서적 위에 누운 채로 놓여 있었다. 그 책에는 그리스 글자로 히포크라테스의 이름이 쓰여 있었다. 책은 텅 비어 있었으며, 매끈한 아래쪽은 매우 신중하게 섬세한 기구를 이용해야만 열 수 있는 네 개의 작은 나사로 고정되어 있었다. 후에 클라리사가 그 움푹 들어간 자리에 넣고 뚜껑을 덮어 잠가 놓았던 독약으로 자살을 했을 때, 시정부위원 부인 로데는 그 물건을 나에게 유품으로 주었는데, 나는 그것을 아직도 보관하고 있다.

언니였던 이네스도 역시 비극적인 행동에 빠질 운명을 지니고 있었다. 그녀가 옹호했던 것은——그러나,라고 해야 할까?——작은 가족 내에서 지켜주고 보존해주는 요소들이었다. 그녀는 시민 계급에서 사회적으로나 정신적인 뿌리를 박탈당한 것, 남독일적인 것, 예술의 도시, 보헤미안 예술가의 환경, 어머니의 저녁 모임을 모두 거부했다. 그 대신 옛것, 아버지와 관련된 것, 시민적이고 엄격한 것, 기품이 있는 것을 강조하며 지나간 시절에 대한 그리움 속에서 지냈다. 하지만 그런 보수주의는 그녀의 본성이 긴장되고 위태로워진 상태에 대한 방어 장치라는 인상을 풍겼는데, 다른 한편 그녀는 그런 심리 상태도 지적으로 강조하며 중시했다. 그녀는 클라리사보다 더 우아한 자태를 지녔고, 동생과는 매우 잘 지냈으나 어머니에게는 말없이, 하지만 분명하게 거부하는 태도를 보였다. 무겁고 잿빛이 나는 머리카락은 그녀의 머리에 부담스러워 보였는데, 그녀는 목을 길게 늘이고 입에는 긴장한 채로 미소를 머금으며 머리를 비스듬히 앞으로 내밀고 있었다. 코는 약간 울퉁불퉁한데다, 창백한 눈의 시선은 거의 눈꺼풀로 덮여서 힘이 없고 부드러우면서 붙임성이 없어 보였다. 그것은 비록 약간 장난기를 드러내기는 했지만, 지성과 비애를 드러내는 시선이었다. 그녀가 받은 교육은 지극히 적절한 수준 이상은 아니었다. 그녀는 궁정에서 후원해주던 품위 있는 카를스루에 여자 기숙학교에서 2년을 지냈다. 그리고 예술이나 학문에 열중하기보다 점잖은 집안의 딸로서 가정에 충실한 삶을 더 가치 있게 생각했다. 하지만 독서를 많이 했고, 매우 뛰어나게 양식에 맞춘 편지를 '집으로', 말하자면 예전 시절로, 가령 기숙여학교 여교장이나 예전의 여자 친구들에게 보냈으며, 남몰래 시를 쓰기도 했다. 그녀의 여동생이 어느 날 내게 언니가 쓴 시 한 편을 보여주었는데, 「광부」라는 제목의 그 시에서 첫 연이 내 기억에 남아 있다. 그 내용은 다음과 같다.

나는 영혼의 갱도 안에 있는 광부라네.
조용하고 겁도 없이 어둠 속으로 들어간다네.
그리고 고통의 값진 보석 원광이
밤의 어둠을 뚫고 조심스럽게 깜박이는 것을 본다네.

나는 그 뒤의 내용은 잊어버렸다. 다만 마지막 행이 여전히 기억에 남아 있을 뿐이다.

이제 더 이상 나는 행복을 바라며 올라가지 않으려네.

아드리안이 한집에서 우애 있게 지내던 딸들에 대해 일단 이 정도로 쓰겠다. 말하자면 그 딸들은 그를 높이 평가했고, 그를 별로 예술적이라고 생각하지 않던 어머니에게도 영향을 끼쳐 그를 존경하게 했다. 그리고 그 집에 드나들던 손님으로 말할 것 같으면, 그들 중에서 아드리안, 혹은 그가 불리던 대로 "우리 집에 함께 사는 분, 레버퀸 박사님"

을 포함해 번갈아가며 선택된 사람들이 저녁 식사를 함께 하기 위해 로데 집의 식당으로 초대되었다. 그곳은 공간에 비해 너무 웅장하고 지나치게 화려하게 조각된 떡갈나무 찬장으로 꾸며져 있었다. 다른 손님들은 9시나 조금 더 늦게, 즉 음악을 연주하고 차를 마시며 가볍게 이야기를 나누는 자리에 나타났다. 그중에는 클라리사의 남녀 동료들이 있었는데, 에르R를 혀로 유난히 굴려서 발음하는 정열적인 젊은이, 또 목구멍에서 나오는 낮은 소리로 말하는 아가씨였다. 이들 외에도 크뇌터리히 부부가 있었다. 남편 콘라트 크뇌터리히는 뮌헨 토박이로 외모로 보아서는 고대 게르만 사람, 즉 수감비어족이나 우비어족처럼 생겼는데, 단지 위로 감아 올린 머리 다발만 없었을 뿐이었다. 그는 일정하지 않게 두루 예술적인 일을 하는 사람이었다. 원래는 화가였다고 해야겠지만, 악기 제작에 손을 조금 대보기도 했고, 또 매부리코를 요란스럽게 쿵쿵거리며 정확하지도 않은 음으로 첼로를 튕겨대기도 했다. 부인 나탈리아는 갈색 피부에다 갈색 머리, 또 귀걸이와 양볼에서 돌돌 말린 곱슬머리를 드러낸 스페인계의 이국적인 혈통으로 역시 그림을 그렸다. 또 크라니히라는 학자가 있었는데, 그는 옛날 동전 전문가이자 주화 진열실의 보존위원으로 말투로 보면 분명하고 확고하며 쾌활하고 사려 깊은 인물이었지만, 천식으로 말미암아 약간 쉰 목소리를 냈다. 그 밖에 서로 친분이 있는 화가이자 예술협회에서 탈퇴한 분리파 두 명으로 레오 칭크와 밥티스트 슈펭글러가 있었다. 칭크는 오스트리아인으로 보첸 지역 출신이었는데, 사교적인 기술로 보면 농담을 잘하는 인물로 아첨으로 호감을 사는 어릿광대였다. 그는 부드럽게 질질 끄는 말투로 끊임없이 자신이나 자신의 지나치게 긴 코를 비꼬는 약간 관능적인 유형이었다. 서로 바짝 모여 있는 둥근 눈 때문에 정말 우스꽝스러워 보이는 시선으로 그는 여성들이 크게 웃도록 자극했는데, 이런 것은 그가 여성들에게 호감을 사기에 항상 유리한 출발점이 되었다. 다른 사람, 즉 슈펭글러는 중부 독일 출신으로 매우 진한 금빛 콧수염을 달고 있었으며, 회의적이고 처세에 능한 사교가였다. 부유했던 그는 일을 별로 하지 않는 데다 우울증이 있었으나 다독으로 박식했으며, 대화를 할 때는 늘 미소를 띠고 눈을 빠르게 계속 깜박거리는 버릇이 있었다. 이네스 로데는 그를 지극히 불신했으나, 어째서 그런지는 말하지 않았다. 하지만 그녀는 아드리안에게 슈펭글러가 뭔가 숨기고 비밀스러운 데가 있는 음흉한 사람이라고 했다. 이와 달리 아드리안은 자신에게는 밥티스트 슈펭글러가 오히려 뭔가 지적으로 마음을 안정시키는 면이 있다고 밝히고, 그와 계속 즐겨 이야기를 나누었다. 반면, 아드리안은 냉담한 그의 마음을 열어보려고 붙임성 있게 다가왔던 또 다른 손님에게는 호응하지 않았다. 그는 루돌프 슈베르트페거였다. 재능 있는 젊은 바이올리니스트였던 그는 그 도시의 음악 생활에서 궁전 악단과 함께 중요한 역할을 하고 있던 '차펜슈퇴서' 관현악단의 일원으로 제1바이올린 그룹에서 일했다. 그는 드레스덴에서 태어났으나 집안 내력으로는 오히려 북부 저지 독일인이었으며, 금발에다 중간 키의 호감 가는 체격을 가졌다. 그에게는 세련미, 말하자면 작센 지방의 세련미에서 풍기는 매혹적인 노련함이 있었다. 그는 친절하기도 하거니와 인기에 욕심이 많아서 살롱 모임에 열심히 참석했다. 그래서 일이 없는 저녁이면 매일 최소한 한 군데의 모임에서, 대개는 두 곳 혹은 세 곳의 모임을 오가며 사람들과 어울렸다. 그런 곳에서 이른바 아름다운 성(性), 즉 젊은 아가씨나 더 성숙한 부인들과 시시덕거리는 일에 푹 빠졌던 것이다. 레오 칭크와 그는 냉랭한, 때로는 함께 지내기 어려운 관계였다.

나는 사랑스러운 사람들끼리는 서로 그다지 좋아하지 않는다는 점, 그리고 이것이 여성을 정복하려는 남성들에게나 아름다운 여인들에게나 모두 해당된다는 점을 자주 알아차릴 수 있었다. 나로 말하면, 슈베르트페거에 대해 전혀 거부감을 갖지 않았을뿐더러, 그를 정말 좋아했다. 훗날 그가 그렇게 일찍 비극적인 죽음을 맞아야 했던 돌발 사건은 내겐 특히 섬뜩하게 소름을 불러일으키며 영혼 깊숙이 충격을 안겨주었다. 나는 아직도 그 젊은 청년이 내 앞에 서 있는 모습을 너무나 선명하게 보게 된다. 옷 속에서 한쪽 어깨를 바르게 추스르듯 움직이며, 그리고 이때 한쪽 입 언저리를 짧게 찡그리며 밑으로 내리는 소년 같은 태도로 말이다. 또 대화를 할 때 그는 다른 사람을 호기심에 가득 차서, 말하자면 화가 난 듯이 빤히 쳐다보는 자신의 또 다른 순진한 습관을 드러내곤 했다. 그의 강철같이 푸른 두 눈은 다른 사람의 얼굴을 뚫어지게 들여다보았는데, 일단 상대방의 한쪽 눈에 시선을 보냈다가 금방 또 다른 한쪽 눈으로 시선을 옮기는가 하면, 그러는 동안 그의 입술은 앞으로 삐죽 나와 있었다. 그 밖에도 그의 빼어난 특징은 정말 많았다. 그의 사랑스러운 면모에 포함시킬 만한 재능은 상세히 언급하지 않고서도 충분했다. 그는 솔직하고, 예의 바르며, 편견이 없을뿐더러 예술가답게 돈과 재물 따위에는 도무지 무관심했다. 한마디로 말해, 일종의 순수함이 그의 특성이었다. 그런 순수함은 기껏해야 약간 불도그 같거나, 혹은 몹스같이 작은, 하지만 청소년처럼 매력적인 그의 얼굴에서—다시 한 번 반복하건대—강철같이 푸르고 아름다운 눈빛에서도 마냥 환하게 뿜어져 나왔다. 그는 피아노를 꽤 잘 치던 시정부위원 부인과 자주 협주를 했다. 하지만 그가 이렇게 함으로써 첼로를 좀 만져보고 싶어 하던 크뇌터리히를 방해하는 셈이 되었다. 모임에 참석한 사람들은 루돌프의 연주를 훨씬 더 바라고 있었기 때문이다. 그의 연주는 흠잡을 데 없었고 세련됐으며, 힘찬 소리는 아니었지만 달콤하고 듣기 좋은 소리를 낸 데다 기술적으로 적잖이 뛰어났다. 비발디, 비외탕, 슈포르*의 어떤 곡들, 그리그**의 다단조 소나타, 게다가 「크로이처 소나타」***와 세자르 프랑크****의 작품들도 그보다 더 나무랄 데 없이 연주하는 것을 듣기란 드물었다. 그런데 그는 단순한 사고방식에다 문학과는 거리가 멀었으나, 정신적으로 수준이 높은 인물의 좋은 견해에 신경을 많이 썼다. 그것은 허영심 때문만이 아니라, 그가 그런 인물들과 사귀는 일에 진심으로 가치를 부여했고, 그런 교제를 통해 스스로를 고양시키고 완성시킬 수 있게 되기를 바랐기 때문이다. 그는 곧 아드리안의 마음을 얻으려고 점을 찍어둔 이후로 그의 비위를 맞추려고 애쓰다가, 심지어 그사이에 숙녀들을 소홀히 하기까지 했다. 그렇게 아드리안의 평을 듣고 싶다고 하거나 그에게 반주를 요청하기도 했지만, 아드리안은 그 당시에 계속 거절만 했다. 그래도 슈베르트페거는 아드리안과 음악이나 음악 외의 문제에 대해 대화를 나눌 기회를 마련하고자 무척 애쓰는 모습을 보였고,—너무나 천진난만하지만 또 단순한 이해력과 천성적인 세련미가 드러나는 것이겠으되—어떤 냉정함, 신중함, 낯섦으로도 그를 진정시키거나 위축시키거나 물리칠 수가 없었다. 한번은 아드

　＊ Antonio Vivaldi(1678~1741): 바로크 시대 이탈리아의 작곡가, 바이올리니스트.
　　 Henri Vieuxtemps(1820~1881): 벨기에의 작곡가, 바이올리니스트.
　　 Louis Sphor(1784~1859): 독일의 작곡가, 지휘자.
　＊＊ Edvard Grieg(1843~1907): 노르웨이의 작곡가, 피아니스트.
＊＊＊ "Kreuzer-Sonate": 베토벤의 바이올린 소나타 A-장조 op. 47. 프랑스 바이올리니스트 로돌프 크로이처(Rodolphe Kreutzer, 1766~1831)에게 헌정되었다.
＊＊＊＊ César Franck(1822~1890): 독일-벨기에계 프랑스 작곡가, 오르가니스트.

리안이 두통이 생긴 데다 사교 모임에 참여할 기분이 전혀 나지 않아서 시정부위원 부인에게 불참을 통보하고 자신의 방에 남아 있게 되었을 때, 갑자기 슈베르트페거가 예복 정장에다 넓고 검은 비단 넥타이를 매고 그의 방에 나타났다. 명목상으로는 여러 손님 혹은 모든 사람들의 부탁을 받고 아드리안을 설득해 모임에 데려가기 위해서였다. 그가 없으니까 너무 지루하고 재미가 없다고…… 그 말은 약간 어이없는 데가 있었다. 왜냐하면 아드리안은 사교 모임에서 전혀 활력을 불러일으키는 인물이 아니었기 때문이다. 그가 당시에 슈베르트페거의 청을 들어주었는지 나로서도 알지 못한다. 마음을 끌고자 행동하는 사람의 매우 일반적인 욕구에 단지 그 대상 역할만 했을 뿐이라는 추측에도 불구하고, 그는 그렇게 끈질긴 다정스러움에 대해 놀라면서도 은근히 기쁜 마음이 드는 것은 어쩔 수 없었다.

이로써 나는 로데 집 살롱에 고정적으로 모이는 인물들을 꽤 완전하게 소개한 셈이다. 그들은 모두, 내가 나중에 프라이징 김나지움의 교수로서 뮌헨 사교 모임의 여러 다른 회원들과 교류를 하면서 직접 알게 된 인물들이다. 곧이어 추가로 나타난 사람은 뤼디거 실트크납이었다. 그는 아드리안이 하는 것을 보고 라이프치히보다는 뮌헨에 사는 것이 좋겠다고 생각했는데, 권장할 만한 일이라면 또 실행에 옮기는 결단력을 가진 인물이었다. 중세 영국 문학 작품을 번역한 그의 책의 출판인이 바로 이곳에 본거지를 두고 있었으므로, 그 점이 뤼디거에게는 실무적인 가치가 있었던 것이다. 그 밖에도 그는 아마 아드리안과의 교류를 그리워했을 것이다. 결국 그는 자신의 조상 이야기와 "그것을 관람하시오!"라는 말로 다시 아드리안을 웃게 할 수 있었다. 그는 친구의 집에서 그리 멀지 않은 곳, 아말리아 거리에 있는 어떤 집의 4층에

방 한 칸을 얻었다. 그렇게 그곳에 자리를 잡고, 천성적으로 공기가 매우 많이 필요한 체질이기 때문에 겨울 내내 창문을 열어놓은 채 외투와 대형 모포를 휘감고 책상에 앉아, 반은 증오에 차서, 반은 열정적으로 몰두하며, 그리고 수많은 난관에 둘러싸여 담배를 연신 피워대면서 영어 단어와 관용구, 리듬에 정확하게 맞는 독일어를 찾아내려고 무진 애를 썼다. 그는 아드리안과 함께 궁정극장 레스토랑에서나 시내 중심가 지하 식당들 중 한 곳에서 점심을 먹곤 했지만, 곧 라이프치히에서 쌓은 친분을 통해 여러 개인 주택에 드나들 수 있게 되었다. 그래서 그는 저녁 초대는 물론이고, 때때로 점심 정식에도 초대 받기에 이르렀다. 예컨대 가난하지만 신사다운 그의 모습에 매혹된 주부와 함께 그가 쇼핑을 다녀온 뒤에 그런 초대가 이어졌다. 또 그의 책을 출판하는 퓌르스트 거리의 라트브루흐 & Co 출판사 사장 집에서도 점심 식사 초대를 받았고, 부유하며 자식이 없는 노부부 슐라긴하우펜의 집에서도 마찬가지였다. 남편은 슈바벤 출신의 재야 학자이고, 부인은 뮌헨 출신인 그 부부는 브리에네 거리에 약간 어둡지만 화려한 집을 소유하고 있었다. 기둥으로 장식된 그들의 살롱은 예술적인 것과 귀족적인 것을 포괄하는 사교 모임이 열리는 장소였다. 결혼 전의 이름이 폰* 플라우지히였던 여주인은 그곳에 드나들던 왕립극장의 총감독인 폰 리데젤 각하처럼 이 두 가지 요소가 한 인물 속에서 결합되는 경우를 가장 환영했다. 그 밖에도 실트크납은 공장을 경영하는 불링어의 집에 초대를 받아 점심을 얻어먹었는데, 불링어는 부유한 제지 공장 주인으로 강변의 비덴마이어 가(街)에서 자신이 건축한 임대주택의 2층에 살고 있었다. 그

---

* von은 귀족의 성 앞에 붙여 쓰인다.

는 또 프쇼르브로이 맥주 주식회사 사장의 집, 그리고 또 다른 집안을 드나들며 점심을 얻어먹곤 했다.

실트크납은 슐라긴하우펜 부부의 집에서 열리는 모임에 아드리안을 소개했다. 그곳에서 별로 말이 없는 이방인이었던 아드리안은 귀족 신분이 부여된 거물 화가들, 바그너극의 여주인공 타냐 오를란다, 또 펠릭스 모틀,* 바이에른의 궁정 귀부인들, 문화사적인 서적을 집필하던 '실러의 증손자' 폰 글라이헨 루스부름, 그리고 전혀 아무것도 쓰지 않으면서 사교계에서 흥미롭게 보이려고 입으로만 떠드는 자칭 작가들과의 피상적이고 의미도 없는 교제도 경험하게 되었다. 하지만 그가 자네트 쇼이를과 처음으로 만나게 된 곳도 그곳이었다. 그녀는 독특한 매력이 있고 신뢰할 만한 인물이었는데, 아드리안보다 나이가 열 살 남짓 많았으며, 작고한 바이에른 행정 관리와 파리 여인의 딸이었다. 그녀의 어머니는 마비된 몸으로 내내 의자에 앉아 있었지만, 정신적으로는 기력이 넘치는 노령의 숙녀로서 한 번도 독일어를 배우려고 애써본 적이 없었다. 그 점에서 그녀의 생각은 틀린 것이 아니었다. 왜냐하면 관용어를 쓰는 관례가 통하는 다행스러운 상황에서는 유창한 프랑스어가 그녀에게 곧바로 돈과 신분을 보장해주었기 때문이다. 마담 쇼이를은 식물원 근처에서 세 딸과 함께—그중에서 자네트가 첫째 딸이었다—아주 좁은 아파트에서 살고 있었는데, 완전히 파리풍의 분위기가 느껴지는 작은 살롱에서 음악을 들으며 차를 마시기에 매우 인기 있는 모임을 마련했다. 그곳에서 남녀 궁정가수들이 각 성부의 표준이 될 만한 목소리로 노래를 부르면, 그 소리가 좁은 공간을 꽉 채우고도 남았다.

---

* Felix Mottl(1856~1911): 오스트리아의 지휘자, 작곡가.

그렇다 보니 그 검소한 집 앞에는 자주 파란 궁정 마차가 서 있곤 했다.

자네트로 말할 것 같으면, 그녀는 작가, 다시 말해 소설가였다. 두 언어 사이에서 성장한 그녀는 매력 있고 부정확한 특유의 어법으로 상류사회의 이야기를 숙녀답고 독창적으로 분석하며 썼다. 그녀의 글은 심리학적이고 음악적인 매력이 부족하지 않았으며, 누가 뭐래도 수준 높은 문학에 속한다고 말할 수 있었다. 그녀는 곧바로 아드리안에게 주의를 기울이게 되었고, 곧 그와 친하게 되었다. 아드리안도 그녀의 곁에 있거나 대화를 나눌 때 마음이 편해지는 것을 느꼈다. 세련된 양처럼 생긴 그녀의 얼굴에는 촌부와 귀족의 분위기가 섞여 있었으며, 이것은 그녀의 말투에 바이에른 방언투의 말과 프랑스어가 섞인 상태와 아주 비슷했다. 그렇게 사교계에 속하면서 뛰어나지도 않은 모습으로 그녀는 상당히 지적이면서도, 동시에 나이 들기 시작하는 처녀가 그러하듯이 뭐든 생각 없이 몇 번씩 다시 묻기를 좋아하는 단순함을 풍겼다. 그녀의 정신은 뭔가 오락가락하며, 특이하게 우습고 혼란스러운 면을 띠었기 때문에 그녀 스스로 자신의 그런 면에 대해 진심으로 웃음을 터뜨렸다. 그것은 레오 칭크가 스스로를 조롱함으로써 남의 환심을 사려는 방식과 달리 매우 순수하고 즐거움에 찬 심정으로 웃는 웃음이었다. 거기다가 그녀는 매우 음악적이었으며 피아노를 쳤다. 가령 쇼팽에 대한 연정을 불태우고, 슈베르트에 대해서는 문학적인 차원에서 관심을 기울이는가 하면, 음악계에서 동시대의 저명한 인사 중 한 명 이상과 친분이 있었다. 그리고 아드리안과는 모차르트의 다성 음악, 또 바흐와 모차르트의 관계에 대해 만족스럽게 의견을 주고받으면서 교제를 시작하게 되었다. 그는 여러 해 동안 그녀를 신뢰하며 좋아했다.

덧붙이건대, 아드리안이 체류하기 위해 선택한 도시가 정말로 그를 받아들여 그 분위기 속에 젖게 했다고, 한 번이라도 그가 도시의 일원이 되도록 한 적이 있다고는 아무도 기대하지 않을 것이다. 그 도시의 아름다움, 즉 푄이 불고 푸른 알프스 지방의 하늘 아래에 있는 도시 경관의 웅대하면서도 산속 시냇물 소리로 가득 찬 시골 분위기가 그의 눈 건강에 좋았을지도 모른다. 그리고 가면을 쓰고 누릴 수 있는 지속적인 자유의 속성을 띤 그곳의 관습은 편안함을 풍기기 때문에 그에게도 삶을 더 편하게 만들어주었을 것이다. 하지만 그 도시의 정신,─실례를 무릅쓰고 말하자면!(sit venia verbo!)─그 어리석게 순진한 삶의 분위기는 아드리안처럼 심오하고 엄격한 인물의 영혼 속에는 내내 낯설 수밖에 없었다. 그것은 스스로에게서 즐거움을 얻는 카푸아*의 육감적이고 장식적이며 카니발풍의 예술 성향이었던 것이다. 바로 그런 도시의 속성은 내가 오래전부터 잘 알고 있는 그의 시선에는 한낱 관찰 대상에 불과했다. 베일에 가려지고, 냉정하며, 명상에 잠겨서 거리감을 풍기는 시선, 그러고는 그가 미소를 머금고 고개를 돌려버릴 때 함께 사라지고 말던 그 시선 말이다.

내가 여기서 이야기하고 있는 것은, 섭정** 말기, 즉 전쟁이 발발하기까지 단지 네 해밖에 남지 않은 뮌헨에 관한 것이다. 후에 전쟁이 일어났다가 끝날 때에는 그 도시의 느긋한 정서적 분위기가 정서불안증으로 바뀌어 있을 것이고, 그런 증세 속에서 불쾌하고 기괴한 일들이 연달아 일어나게 될 것이다. 그런 때가 오기 전까지 조망 좋은 이 수도의 정치적인 문제는 어느 정도 바이에른 분리주의를 신봉하는 민중 가

---

* Capua: 남부 이탈리아의 도시로서 고대에 방탕한 삶이 넘치던 곳.
** 1886~1912년간 바이에른 왕국의 왕자 루이트폴트(Luitpold, 1821~1912)는 정신질환을 앓던 조카 루트비히 2세 및 오토 1세를 대신해 섭정을 했다.

톨릭파와 독일 제국에 충성을 바치던 활기찬 자유주의 사이의 익살스러운 대립에 제한되어 있었다. 총사령관 홀에서 보초병 사열식 연주회가 열리고, 예술품 상점과 장식품을 파는 호화 저택이 있으며, 계절별 특별 전시회가 개최되는가 하면, 사육제 때에는 농부들의 무도회가 열리고, 메르첸비어*로 거나하게 취한 분위기는 물론, 10월의 초원에서 몇 주간이나 벌어지는 초대형 성당 축성식 축제가 열리는 뮌헨. 고집이 세고 쾌활하며 민중적인 성향이 이미 오래전부터 현대적인 대규모 기업체에 의해 훼손된 채, 자유분방한 옥토버페스트**가 열리는 그 초원. 또 바그너에 대한 열광이 여전히 남아 있고, 개선문 뒤에는 탐미적인 축제의 밤을 벌이는 밀교도들이 모여 있으며, 일반적인 호의 속에서 너무나 안락한 보헤미안 분위기가 넘치는 뮌헨. 아드리안은 이 모든 것을 보았다. 그해에는 오버바이에른에서 보낸 아홉 달 동안, 가을과 겨울, 그리고 봄 내내 그 분위기 속을 오가며 그 도시 특유의 맛을 보았다. 그가 실트크납과 함께 찾아갔던 예술가들의 축제에서는 우아하게 장식된 홀의 어렴풋하고 환상적인 분위기 속에서 로데 집에 모이는 회원들을 다시 만났다. 그것은 젊은 배우, 크뇌터리히 부부, 크라니히 박사, 칭크와 슈펭글러, 그리고 로데 집의 두 딸들이었다. 그리고 클라리사와 이네스, 거기다 뤼디거, 슈펭글러와 크라니히, 그리고 자네트 쇼이를과는 한 테이블에 앉았다. 그러면 또 슈베르트페거는 젊은 농부 차림으로, 혹은 그의 '상냥하게' 생긴 다리에 잘 어울리는 데다 보티첼리***가 그린 붉은 모자의 젊은이 초상과 제법 비슷하게 보이도록 해주는 15세기 플로렌스의 전통 복장을 입고서, 축제 기분에 심취해 정신적으로 고양되고 싶은 욕구를 잠시 완전히 잊어버린 채 로데 집의 딸들에게 춤을 추자고 "상냥하게" 권했다. "상냥하게"라는 말은 그가 즐겨 쓰는 표현이었다. 그에게는 모든 일이 상냥함이 우러나오는 가운데 일어나며, 상냥스럽지 못한 태만함은 거부되어야 한다는 점이 중요했다. 그래서 홀 안에서 수많은 의무를 자청해 맡았고, 연애 행각에 대해 열렬한 관심을 가졌다. 하지만 자신이 누이처럼 생각하고 지내던 람베르크 가의 숙녀들을 소홀히 하며 그냥 내버려둔다는 것은 또 그다지 '상냥하지' 않게 여겨졌던 것 같다. 그래서 그가 바쁘게 다가오는 와중에도 바로 그 넘치는 상냥함이 너무나 명백하게 드러났기 때문에 클라리사가 거만스럽게 말했다.

"맙소사, 루돌프, 당신은 나타나자마자 그렇게 구세주처럼 환한 표정을 지으려고 애쓰지 않았으면 좋겠네요! 분명히 말하지만, 우린 충분히 춤을 췄고 당신이 전혀 필요하지 않다고요."

"필요하지 않다고요?" 약간 연구개음이 울리는 목소리로 그가 마치 분개하듯이, 하지만 쾌활하게 대꾸했다. "그럼, **저의** 가슴이 원하는 것은 전혀 소용이 없단 말씀인가요?"

"전혀 소용 없어요." 그녀가 말했다. "그뿐만 아니라 나는 당신에게 너무 크단 말이에요."

그러면서도 그녀는 그와 함께 춤을 추러 나갔다. 둥근 아랫입술 밑에 파인 곳이 없어서 자그마한 턱을 자신만만하게 쳐들고 말이다. 또 그는 이네스에게 춤을 추자고 청하기도 했다. 그녀는 약간 눈길을 내리깔고 입을 뾰족하게 내밀며 그를 따라 춤을 추러 나갔다. 말이 나온 김에 덧붙이자면, 그는 그들 두 자매에게만 상냥했던 것이 아니다. 그는 자신이 뭔가 잊어버린 것이 없는지 늘 잘 챙겼다. 그래서 갑자기, 특히 두 자매가 춤추기를 거절하면, 잠시 생각에 빠지기도 했다. 그러고는 탁자에 자리를 잡으며 아드리안과, 늘 도미노 게임을 하며 적포도주를 마시던 밥티스트 슈펭글러 곁에 앉았다. 슈펭글러는 눈을 깜박대고 볼에는 풍성한 콧수염 위로 작은 보조개를 드러내며, 공쿠르 형제*의 일기장이나 아베 갈리아니**의 서한을 인용하는 중이었다. 슈베르트페거는 주의를 집중하느라 거의 분개하는 것처럼 보이는 특유의 표정을 지으면서, 연신 떠들어대는 상대방의 얼굴을 뚫어져라 쳐다보았다. 그리고 아드리안과는 다음번 차펜슈퇴서 연주회의 프로그램에 대해 이야기를 나누었다. 또한 그는 마치 이보다 더 절박하게 흥미롭거나 의무에 찬 일은 전혀 없다는 듯이 진지한 표정을 지으며, 아드리안이 얼마 전에 로데의 집에서 음악에 대해, 그러니까 오페라나 그와 비슷한 것들의 상황에 대해 말했던 것을 더 이야기해주고 설명해달라고 간절히 부탁하며 그에게 온통 관심을 쏟았다. 그는 아드리안의 팔을 잡고, 축제에 참석한 사람들로 붐비는 곳을 조금 벗어나 홀 주변을 천천히 돌았다. 이때 그가 아드리안에게 사육제 분위기에 휩쓸려 '너'라는 표현을 썼고, 그런 친근함에 상대방이 동일한 반응을 보이지 않는다는 사실에 대해서는 신경을 쓰지 않았다. 그렇게 걷다가 아드리안이 한번은 테이블로 돌아오자, 이네스 로데가 그에게 했던 말을 나중에 자네트 쇼이를이 내게 들려주었다.

---

* Edmund de Gongourt(1822~1896)와 Jules de Gongourt(1830~1870): 둘 다 프랑스 작가.
** Abbé Galiani(1728~1787): 이탈리아의 계몽주의 외교관, 작가, 경제학자.

"선생님은 저 사람에게 그런 호의를 베풀지 않는 게 좋아요. 저 사람은 모든 것을 가지려고 한다니까요."

"어쩌면 레버퀸 선생님도 모든 것을 가지려고 하는 거겠지." 클라리사가 손으로 턱을 괴고 덧붙였다.

아드리안은 어깨를 들썩해 보였다.

"그가 원하는 것은, 내가 자기에게 바이올린 협주곡을 하나 써줬으면 하는 것이오. 그 곡을 가지고 지방에서 연주를 할 수 있기를 바라는 거요." 아드리안이 대꾸했다.

"써주지 마세요!" 클라리사가 다시 말했다. "선생님이 그를 생각하면서 곡을 쓰게 되면, 상냥한 음악 외에는 떠오르는 게 없을 거예요."

"당신은 나의 고분고분함을 너무 높게 생각하시는군요"라고 그가 대꾸하자, 밥티스트 슈펭글러가 크게 투덜대는 웃음으로 그의 편을 들었다.

뮌헨 식으로 펼쳐지는 삶의 향유에 아드리안이 참여한 이야기는 이 정도로 해두자! 아드리안은 겨울부터 실트크납의 성화에 못 이겨 그와 함께 주변의 멋진 지역으로 소풍을 나갔다. 비록 관광업계 탓에 주변의 모습이 약간 우스꽝스럽게 되어버리기는 했지만 말이다. 그렇게 해서 얼음이 반짝이고 눈이 내리는 날들을 실트크납과 함께 에탈과 오버아머가우, 미텐발트에서 보내기도 했다. 게다가 봄이 오고 나서 그런 소풍은 더욱 잦아졌다. 소풍의 목적지는 유명한 호수들, 대중적으로 인기가 많던 광인*의 극장용 성 같은 곳들이었다. 그리고 푸르러지기 시작하는 시골로 자주 자전거를 타고(아드리안이 독립적인 여행 수단으로서

---

* 바그너 음악에 심취하던 바이에른의 왕 루트비히 2세(1845~1886)를 가리킨다. 후에 광인으로 진단받고 호수에서 익사했다.

자전거를 좋아했기 때문이다) 마음 내키는 대로 달리다가, 그냥 상황에 따라 꽤 괜찮은 곳에서나, 혹은 누추한 곳에서 밤을 보냈다. 내가 이런 일을 회상하는 이유는, 아드리안이 나중에 자신의 삶의 영역으로 선택하게 될 장소를 그때 벌써 바로 그런 방식으로 알게 되었기 때문이다. 그곳은 바로 발츠후트 근교의 파이퍼링과 슈바이게슈틸 가족의 농장이었다.

작은 도시였던 데다 별 매력도 없고 구경거리도 없는 발츠후트는 가르미쉬-파르텐키르헨의 철도 구간에 놓여 있고, 뮌헨에서는 한 시간 거리이다. 그리고 그곳에서 단지 10분만 더 가면 나타나는 다음 정거장이 파이퍼링 혹은 페퍼링이라고 불리는 곳이다. 하지만 이곳에는 급행 열차가 서지 않고, 여전히 소박한 시골 마을에 솟아 있는 그곳 교회의 양파 모양으로 둥근 종탑을 그냥 지나쳐버린다. 아드리안과 뤼디거가 그곳을 방문한 것은 순전히 즉흥적인 일이었으며, 그때 단지 잠깐 머물렀을 뿐이었다. 그들은 슈바이게슈틸 집에서 하룻밤을 묵지도 않았다. 두 사람은 다음 날 아침에 작업을 해야 했기 때문에 저녁이 되기 전에 발츠후트에서 기차를 타고 뮌헨으로 돌아갈 작정이었다. 그래서 그 소도시의 중앙 광장에 있는 음식점에서 점심 식사를 하고, 기차가 올 때까지는 아직 여러 시간이 남아 있었으므로 나무가 늘어선 국도를 타고 파이퍼링으로 갔던 것이다. 그곳에서 그들은 자전거를 타고 동네를 돌다가, 어떤 아이에게 물어서 근처에 있는 연못이 '집게 연못'이라고 불린다는 것을 알아냈으며, 나무로 덮인 '롬뷔엘'이라는 언덕을 한번 바라보기도 했다. 그리고 농장 주택에서 종교적인 문장으로 장식된 대문 아래에 서서 과일주스를 좀 달라고 부탁했는데, 이때 목에 줄을 맨 개가 계속 짖어대자 어떤 맨발의 여인네가 "카쉬페를"이라고 부르며 꾸

짖었다. 그들이 과일주스를 부탁했던 것은 갈증이 나서라기보다 그 농가 건물의 중후하고 매우 특색 있는 바로크 양식이 즉시 눈에 들어왔기 때문이다.

그 당시에 아드리안이 어디까지 뭔가 '알아차렸는지', 말하자면 전체적인 분위기가 다르기는 해도 마치 별로 동떨어지지 않은 조(調)로 옮겨지기라도 한 듯 거의 비슷한 환경을 곧바로 알아차렸는지, 아니면 서서히, 나중에야 비로소, 그리고 기억을 떠올리는 가운데 알아차리게 되었는지 나는 알지 못한다. 나는 그가 그런 깨달음을 처음에는 의식하지 못하고 있다가, 나중에야 비로소, 어쩌면 꿈속에서 뜻밖에 그것을 알아차렸다고 믿는 편이다. 어쨌든 그는 실트크납에게 한마디도 언급하지 않았고, 내게도 그 희한한 유사성을 한 번도 털어놓지 않았다. 물론 내가 착각을 하는 건지도 모른다. 연못과 언덕, 마당에 있는 거대한 나무—느릅나무이기는 했지만—그 밑에 녹색으로 칠해놓은 둥근 벤치, 그 밖에 여러 개별적인 것들은 첫눈에 놀라운 기분을 들게 했을지도 모른다. 우연히 꾼 어떤 꿈이 꼭 그가 그런 것을 알아보도록 하지는 않았을 것이다. 그는 아무런 말을 하지 않았지만, 그것이 그가 예의 유사성을 알아차리지 못했음을 증명하지는 않는다.

농가 출입구에 서 있던 방문객들을 위풍당당한 모습으로 맞이해 친절하게 그들의 말을 듣고, 손잡이가 긴 숟가락으로 길쭉한 유리잔에다 과일주스를 타준 사람은 엘제 슈바이게슈틸 부인이었다. 그녀는 현관 왼편에 거의 홀같이 생기고 반원형의 천장이 있는 훌륭한 방에서 그들에게 주스를 권했다. 그곳은 일종의 농가식 응접실 같은 곳이었는데, 어마어마하게 큰 탁자가 있었고, 벽의 두께를 알아볼 수 있는 창문 벽감, 그리고 알록달록하게 칠을 한 좁다란 옷장 위에는 사모트라케 섬의 날개 달린 니케 여신*의 석고상이 있었다. 홀에는 갈색 피아노도 있었다. 그것은 식구들이 쓰는 피아노가 아니라고, 슈바이게슈틸 부인이 방문객들과 자리를 함께 하며 설명했다. 그곳에서 비스듬하게 건너가면 바로 현관문 쪽에 조금 더 작은 방이 있는데, 피아노는 그곳에서 저녁 모임을 할 때 쓴다는 것이었다. 그 집에는 남아도는 공간이 많다고 그녀는 말했다. 가령 지금 앉아 있는 쪽으로 꽤 괜찮은 좁다란 방이 더 있는데, 이른바 수도원장 방으로 아마도 예전에 이곳에서 살림을 하던 아우구스티누스회 대표 수도사가 사용하던 방이기 때문에 그렇게 불렸을 거라고 했다. 이로써 그 농가가 한때 수도원의 소유지였다는 사실을 그녀가 확인해준 셈이었다. 3세대 전부터 슈바이게슈틸가(家)는 그곳에 살고 있었다.

아드리안은 자신도 시골 출신이지만, 이미 오래전부터 도시에서 살고 있다고 했다. 그리고 그 농가 소유의 토지가 얼마나 되는지 묻자, 산림을 제외하고 40타크베르크** 정도의 경작지와 초지가 있다는 대답을 들을 수 있었다. 농가 건너편의 빈터에 밤나무들과 함께 서 있는 낮은 건물도 그들 소유라고 했다. 예전에는 일하는 수도사들이 그곳에 살았는데, 이제는 거의 비어 있을뿐더러 거처로 쓸 만큼 제대로 꾸며놓지도 않았다는 말도 했다. 재작년 여름까지는 뮌헨에서 화가 한 사람이 와서 그곳을 빌려 썼는데, 발츠후트의 습지 같은 인근 지역에서 풍경화를 비롯해 멋진 그림을 여러 개 그리려고 했지만, 결국 애석하게도 온통 회색으로 뒤덮인 어두운 작품을 만들어냈다고 했다. 그래도 그중 세 작품

---

 * 그리스 신화에 나오는 승리의 여신.
 ** 1타크베르크Tagwerk는 농부 한 사람이 하룻동안 경작할 수 있는 면적으로 약 2,500~3,600제곱미터쯤 된다.

은 유리성*에서 전시가 되어, 그녀 자신도 그 작품들을 다시 볼 수 있었으며, 바이에른 할인은행의 슈티글마이어 은행장이 그 가운데 한 작품을 구매했다고도 일러주었다. 그러다가 그녀는 손님들이 혹시 화가들이냐고 물었다.

그녀는 방문객들이 무엇을 하는 사람들인지 스스로 짐작했던 것을 말하려고, 또 실제로 그들이 어떤 사람들인지 알아내려고 예전에 세 들어 살던 화가 이야기를 꺼냈던 것 같았다. 손님들이 작가와 음악가라는 말을 듣자 그녀는 존경스럽다는 듯 눈썹을 치켜세우면서, 그런 경우는 드물뿐더러 더 흥미롭다고 말했다. 사실 화가란 들판에 널린 데이지꽃만큼이나 흔하다는 것이었다. 그림을 그리는 사람들은 보통 경솔하고 태평한 족속이라서 삶의 진지함에 대한 감각이 없는데, 두 손님은 자기가 보기에 단번에 정말 심상찮은 사람들로 보였다고 했다. 삶의 진지함이란 돈을 번다거나 하는 종류의 현실적인 진지함을 말하는 것이 아니라, 삶의 무게, 말하자면 삶의 어두운 면들을 말하는 것이라고 그녀는 덧붙였다. 그렇다고 해서 화가들에 대해 부당한 말을 하려는 건 아니라면서 그녀는 가령 전에 방을 빌려 쓰던 그 화가도 처음부터 유쾌한 모습과는 거리가 멀었고, 아주 조용하고 내향적인 남자로 조금 우울해 보이는 사람이었다고 했다. 그러니 그가 그린 그림들, 가령 습지 분위기도 그렇고, 안개 속에 쓸쓸히 펼쳐진 숲의 초지 같은 것들도 모두 그 사람의 기질을 드러냈다는 것이다. 슈티글마이어 은행장이 그중 한 편을, 더구나 가장 우울한 분위기를 풍기는 그림을 골라서 구입했다는 건 놀라운데, 아마도 그가 금융계에 있는 양반이지만 스스로도 약간 우울한

---

* 뮌헨 시내의 '주류' 예술가들의 전시관.

경향이 있어서인 것 같다고도 했다.

내내 바른 자세로 앉아 있던 그녀는 약간 희끗희끗한 갈색머리를 가르마로 나누어 반질반질하고 흐트러짐 없이 바짝 당겨 묶어서 흰 머릿살이 드러났다. 그리고 격자무늬 앞치마를 입고, 둥글게 파인 목 부분에는 타원형 브로치를 꽂은 차림으로 그들과 함께 앉아 있었다. 그녀는 작고 예쁘게 생긴 데다 일도 잘하게 생긴 두 손을 탁자 위에서 모으고 있었는데, 오른손에는 매끈한 결혼반지가 보였다.

그녀는 자기가 예술가들을 좋아한다며, '크냥'이나 '고저' '그라지 않아요?'처럼 사투리가 섞이기는 했지만 순화된 말투로 이야기를 해 나갔다. 왜냐하면 예술가들은 이해심이 있는 사람들이고, 이해심은 살아가는 데 가장 좋은 것이며 중요한 것이기 때문이라고 했다. 화가들의 유쾌한 특성도 어쩌면 근본적으로는 그런 바탕에서 비롯된 것이라면서, 이해심에도 원래 유쾌한 이해심이 있고 진지한 이해심이 있는데, 어떤 것이 더 나은지는 아직 밝혀진 바가 없고, 어쩌면 가장 적절한 건 제3의 어떤 것, 말하자면 침착한 이해심일지도 모른다고 했다. 그리고 예술가들이야 관련 문화가 도회지에서 일어나기 때문에 당연히 그곳에서 살아야 하지만, 오히려 도회지 사람들보다 농부들과 더 잘 어울린다고도 했다. 왜냐하면 농부들은 자연 속에서 살다 보니 이해심을 보이는 게 그리 어렵지 않기 때문이라는 것이었다. 도회지 사람들의 이해심은 위축되었거나, 아니면 시민적인 질서를 지켜나가야 하다 보니 억눌려 있는 게 분명한데, 이 경우도 결국 위축되는 쪽으로 흘러가기 마련이라고도 했다. 하지만 자신은 도회지 사람들에 대해서도 부당한 말은 하고 싶지 않다고 그녀는 덧붙였다. 그녀가 보기에 예외라는 건 항상 있는 법이고, 어쩌면 남이 모르는 예외도 있을 수 있기 때문이었다. 슈티글마이어 은행장 얘기를 다시 하자면, 그 양반은 그 우울한 그림을 구입하면서 많은 이해심을, 그러니까 예술적인 이해심만이 아니라 그 이상의 이해심을 증명해 보였다는 것이다.

그런 말에 이어 그녀는 손님들에게 커피와 먹음직한 파운드케이크를 내놓았다. 그러나 실트크납과 아드리안은 이제 남은 시간에 집과 마당을 한번 둘러보았으면 좋겠다고 말하며, 여주인이 그 같은 친절을 베풀어줄 수 있는지 물었다.

"아무렴요"라고 그녀가 말했다. "그런데 우리 막스가"(그것은 슈바이게슈틸 씨였다)라며 계속 말을 이었다. "저기 게레온, 그러니까 우리 아들하고 들에 나가 있어서 유감이네요. 지금 게레온이 새로 사온 거름 뿌리는 기계를 둘이서 실험해보고 있는 중이에요. 손님들은 그냥 저하고 둘러보시는 것으로 만족하셔야겠네요."

'만족'이라니 당치도 않은 말씀이라고 대답하고 두 사람은 여주인과 함께 그 특이한 집을 둘러보았다. 일단 바로 앞에 있던 가족용 거실을 들여다보았는데, 그곳에는 집 안 어디에서나 맡을 수 있던 고급 파이프 담배 냄새가 가장 진하게 배어 있었다. 그리고 계속해서 구경한 수도원장 방은 호감이 가는 곳이었다. 방이 그다지 크지 않은 데다, 그 집의 외부 건축양식보다 조금 더 옛날로 거슬러 올라가서 1700년대보다는 1600년대의 특색을 띠었다. 벽에 널빤지를 대었는가 하면, 대들보가 있는 천장 아래에는 카펫이 없이 마루가 드러나 있고, 무늬를 압착해 넣은 가죽 벽지가 보였다. 그리고 얕은 아치형 벽감과 납 창틀에 끼워진 유리창이 있는 벽에는 성화(聖畵)가 걸려 있었으며, 그 유리창에도 사각형의 알록달록한 스테인드글라스 그림이 박혀 있었다. 또 다른 벽감이 더 있었는데, 그곳에는 구리로 만든 물주전자가 역시 구리로 된

물통 위에 걸려 있었으며, 그 밖에도 벽에 붙여 세워둔 장롱에는 철로 된 쇠침과 자물쇠가 박혀 있었다. 그리고 벽 귀퉁이에 맞춘 긴 벤치에는 가죽 방석이 깔려 있었고, 창문에서 멀리 떨어지지 않은 곳에는 무거운 떡갈나무 탁자가 놓여 있었다. 상자 모양의 그 탁자에는 매끈하게 윤을 낸 목재판 아래쪽에 깊은 서랍들이 붙어 있었다. 그리고 목재판 중심부는 움푹 파였고, 가장자리는 약간 높았으며, 조각된 서대(書臺)가 그 위에 놓여 있었다. 그 위로는 천장 대들보에서 내려온 거대한 샹들리에가 매달려 있었는데, 타다 남은 밀랍초가 아직 꽂혀 있었다. 그것은 불규칙적으로 뻗은, 말하자면 여러 짐승의 뿔 모양, 양쪽으로 멋지게 펼쳐진 사슴 뿔 모양이나 그 밖의 환상적인 모양이 모든 방향으로 뻗어나가는 르네상스 장식품이었다.

방문객들은 수도원장 방이 정말 훌륭하다는 칭찬을 아끼지 않았다. 게다가 실트크납은 생각에 잠긴 채 고개를 끄덕이며, 모름지기 이런 곳에 자리를 잡고 살아야 하는 건데, 라는 말까지 했다. 하지만 슈바이게슈틸 부인은 그곳이 작가에게는 너무 외진 곳이 아닐까, 삶과 문화가 있는 도회지에서 너무 떨어져 있는 것은 아닐까, 라는 생각이 든다고 했다. 또 그녀는 계단을 올라 손님들을 위층으로 안내해서는, 곰팡이 냄새가 나는 흰 칠이 된 복도를 따라 나란히 놓인 많은 침실을 보여주었다. 그곳에는 아까 홀에 있던 알록달록하고 좁다란 옷장과 같은 취향으로 만든 침대와 궤가 마련되어 있었는데, 잠자리가 갖춰진 방은 단지 몇 개뿐이었다. 그리고 침대는 농가에서 흔히 볼 수 있듯이 매우 높았고, 그 위에는 공기에 부풀린 깃털 이불이 펼쳐져 있었다. "침실이 많군요!"라고, 두 사람이 말했다. 예, 하지만 대개는 거의 모두 비어 있어요, 라며 여주인이 대답했다. 그저 임시로 한두 개가 사용되기만 하는

데, 지난해 가을까지는 한트슈흐스하임 남작 부인이 2년 동안 이곳에 살면서 집 안을 돌아다녔다고 했다. 슈바이게슈틸 부인의 표현으로, 남작 부인이 생각하는 것들은 보통 세상의 생각들과 도무지 일치하지 않았고, 결국 그렇게 일치하지 않은 생각 때문에 그곳에서 피난처를 구하게 되었다는 것이다. 그런데 자기는 남작 부인과 아주 잘 지냈으며, 그녀와 매우 즐겁게 이야기를 나누었을 뿐만 아니라, 때로는 상식에서 벗어나기도 하는 남작 부인의 생각들에 대해 그녀 스스로 깨닫고 웃도록 한 적도 있다고 말했다. 하지만 그런 생각들은 유감스럽게도 원래 완전히 없앨 수 있는 것도 아니었고, 점점 커지는 것을 막을 수도 없었기 때문에 결국 그 사랑스러운 남작 부인을 전문적인 보살핌의 손길에 맡길 수밖에 없었다는 얘기였다.

우리가 계단을 다시 내려오고, 마구간들까지 마저 둘러보려고 마당으로 발을 내딛는 동안에 슈바이게슈틸 부인은 그런 이야기를 들려주었다. 그리고 그보다 훨씬 더 옛날에, 한번은 상류층의 어떤 아가씨가 방 하나를 썼는데, 그곳에서 아이를 출산했다는 이야기도 했다. 자신이 예술가들과 이야기를 나누고 있는 중이니까, 여기 살던 사람들의 이름은 대지 않더라도 사건은 있는 그대로 이야기할 수 있다고 그녀는 덧붙였다. 그 아가씨의 아버지는 저 위 바이로이트에 살던 고위급 판사였는데, 전동식 자동차를 구입하면서 모든 불행이 시작되었다고 했다. 자동차를 샀으니 운전기사도 고용해 자신을 법원으로 태우고 가도록 했던 것인데, 바로 이 별 특별한 데도 없는 기사가, 말쑥한 끈 장식의 제복 차림밖에 없는 그 청년이 그 집 아가씨의 마음을 완전히 빼앗아버렸다는 것이다. 그래서 아가씨는 청년과 아이를 갖게 되었고, 그 일이 드러나게 되자 부모들은 상상할 수도 없을 만큼 분노와 절망에 빠져 자신의 양손을 움켜잡다가 또 머리를 쥐어뜯으며 저주와 탄식과 비방을 쏟아 놓았다고 했다. 그러니까 이해심이라고는 도무지 없었던 것이라고 여주인은 말했다. 시골 사람들이나 예술가들이 가진 이해심은 찾아볼 수 없었고 단지 사회적 명예에 대한 도회지 사람들의 지나친 걱정만 가득했다는 것이다. 그래서 아가씨는 부모 앞에서 바닥에 쓰러져서 몸을 비틀고, 부모가 저주를 퍼붓다 휘두르는 주먹에 맞으며 애원하고 흐느끼다가 결국 어머니와 함께 기절해버리고 말았다고 했다. 그러다가 그녀의 아버지인 법관이 어느 날 그곳으로 와서 그녀, 즉 슈바이게슈틸 부인과 이야기를 나누게 되었는데, 뾰족한 회색 수염을 기르고, 금테 안경을 쓴 키가 작은 그는 너무나 상심한 나머지 완전히 기력이 다한 것 같았다고 했다. 두 사람은 아가씨가 그곳에서 조용히 출산을 하고, 그 후에도 항상 빈혈을 핑계 삼아 얼마간 더 머물러 있게 하기로 합의를 했다는 것이다. 그리고 지위가 높은 그 키 작은 신사는 가려고 몸을 돌렸다가 다시 한 번 돌아서서, 금테 안경 뒤로 눈물을 머금은 채 그녀의 손을 재차 잡으며 말했다고 한다. "깊은 이해심으로 위로를 해주셔서 정말 감사합니다, 아주머니!" 하지만 그 양반은 완전히 얼굴을 못 들고 다니게 된 부모에 대한 이해심을 말한 것이지, 아가씨에 대한 이해심을 말한 것은 아니었다는 게 여주인의 설명이었다.

그러고 나서 아가씨가 도착했는데, 그 불쌍한 것은 눈썹을 위로 치켜뜬 채 입을 못 다물어서 항상 벌리고 있었다고 여주인이 계속 애기했다. 그리고 출산을 기다리는 동안 그녀, 즉 슈바이게슈틸 부인에게 많은 이야기를 털어놓으며 자신의 잘못을 인정했다고 한다. 자기가 무슨 꼬임에 빠졌던 것이라며 꾸며대지 않았고, 그렇게 꼬이기는커녕 오히려 운전기사 카를이 "이런 짓은 좋지 않아요, 아가씨. 우리 이런 건 그만두는 게 낫겠어요!"라고 말했었다는 것이다. 하지만 욕망이 그녀보다 더 강렬했고, 그녀는 늘 그것을 죽음으로써 속죄할 준비가 되어 있었으며, 또 그렇게 할 것이라 말했다고 한다. 아가씨가 보기에 죽을 준비가 됐다는 것은 모든 것을 감당할 수 있다는 것이고, 실제로 아가씨는 출산 때가 되었을 때 매우 용감했으며, 사람 좋은 퀴르비스 박사의 도움을 받아 아이, 즉 딸을 낳았다고 했다. 지역 보건소 의사로서 그에게는, 의학적인 면에서 문제가 없고 태아가 가로로 놓여 있는 상황만 아니라면, 아기가 어떻게 만들어지게 되었는지 따위는 전혀 관심 밖이었다는 말도 따랐다. 하지만 시골 공기와 좋은 보살핌에도 불구하고 아가씨는 출산 후에 '크냥' 건강이 무척 약해졌고, 입을 벌린 채 눈썹을 치켜세우는 것도 도무지 멈추지 않았으며, 그래서 양볼이 더 홀쭉해 보였다는 언급도 따랐다. 그리고 얼마 후 키가 작고 신분이 높은 산모의 아버지가 딸을 데리러 왔을 때, 딸을 보는 그의 금테 안경 뒤에서는 다시 눈물이 반짝였다고 여주인은 얘기를 이어갔다. 아기는 밤베르크의 '회색빛 처녀단' 수녀원으로 보내졌으며, 산모 역시 그때부터 회색빛의 우울한 아가씨에 불과하게 되었다는 것이다. 그녀는 부모가 그나마 자비를 베풀어 선물했던 카나리아 새 한 마리와 거북이 한 마리를 벗 삼아 자기 방 안에서 폐결핵을 앓으며 겨우 연명했는데, 아마도 병인은 이미 오래전부터 그녀 몸속에 들어 있었던 것 같았다는 것이다. 결국 그녀는 다보스 요양원으로 보내졌지만, 그곳으로 옮겨 간 것이 그녀에게 마지막 일격을 가했던 것 같다고 여주인은 전했다. 왜냐하면 아가씨가 그곳에 가자마자 사망하고 말았다는 것이다. 하기야 그녀가 소원하고 의도했던 대로 된 것이고, 죽을 준비로써 모든 것을 미리 속죄했다는 그녀의 생각이 옳았다면, 그녀는 책임을 끝낸 것이고 자신의 의무를 마친 것이 아니겠느냐는 말로 여주인은 이야기를 마쳤다.

　여주인이 숙소를 제공했던 아가씨에 대해 이야기를 하고 있는 동안에도, 그들은 함께 암소 우리를 둘러보고, 또 말들이 있는 곳에도 머물다가, 돼지우리도 잠시 들여다보았다. 그 밖에도 집 뒤쪽에 있는 닭들과 벌들이 있는 곳까지 구경한 뒤 손님들은 사례비를 얼마나 주면 되겠느냐고 물었지만, 돈을 지불할 필요가 없다는 대답을 들었다. 그들은 모든 친절에 대해 고맙다는 인사를 하고, 기차를 타기 위해 자전거를 타고 발츠후트로 돌아갔다. 그날이 아무 의미 없이 보낸 날이 아니었으며, 또 파이퍼링이 주목할 만한 곳이라는 점에서 그 둘의 의견이 일치했다.

　아드리안은 자신이 방문했던 집의 여러 장면을 마음속에 간직하고 있었지만, 그것이 그에게 당장 어떤 결심을 하도록 하지는 않았다. 그는 떠날 생각을 했지만, 산 쪽으로 기차를 타고 단지 한 시간 동안 가는 거리보다 더 멀리 떠날 생각이었다. 그 당시 「사랑의 헛수고」 작업은 제시부의 피아노 소곡이 만들어진 상태였다. 그러나 작업은 더 이상 진척되지 않았다. 패러디풍의 양식이 드러내는 부자연스러움을 유지하기란 어려웠다. 그것은 기이한 기분이 끊임없이 되풀이되는 상황을 야기했고, 먼 곳으로 떠나고 싶은, 더욱더 낯선 주변에 묻혀버리고 싶은 욕구를 불러일으켰다. 그의 마음은 온통 불안정해졌다. 그는 자신이 완전히 혼자 있을 수 없고, 갑자기 누군가 들이닥쳐서 그를 사람들이 모여 있는 곳으로 불러낼지도 모르는 람베르크 거리의 가족적인 방이 싫어졌다. 그는 내게 편지를 보내왔다. "나는 찾고 있는 중일세. 나 혼자 속으로 온 세상에다 물어보며, 내가 정말 세상을 피해 숨어서 아무런 방해도 받지 않고 내 삶, 내 운명과 대화를 나눌 수 있는 장소가 어디라고 말해줄 소리에 귀를 기울이고 있어……" 희한하고 예사롭지 않은 말이었다! 그는 어떤 대화를 나누고자, 누군가를 만나 어떤 협정을 맺고자, 의식적이든 무의식적이든, 사건의 무대를 찾고 있었다. 이런 생각을 하면, 지금도 내 명치가 서늘해지고 이 글을 쓰고 있는 내 손이 떨리지 않겠는가?

그가 찾아가기로 결정한 곳은 이탈리아였다. 아드리안은 관광하기에는 이례적인 계절, 즉 여름이 오는 6월 말에 이탈리아로 떠났다. 뤼디거 실트크납에게는 그가 함께 가자고 설득을 해놓은 터였다.

XXIV

1912년에 긴 방학을 맞아 내가 젊은 아내와 함께 카이저스아셰른에서 출발해 아드리안과 실트크납이 체류지로 선택한 사비나 산속의 은둔처로 그들을 방문했을 때, 그들은 이미 그곳에서 두번째 여름을 보내고 있었다. 그들은 로마에서 이미 겨울을 보냈고, 따뜻한 날이 늘어나는 5월이 되자 그 전해에 석 달 동안 친근한 느낌으로 머물렀던 산속에, 또 그때와 같은 친절한 숙박업소에 와 있었던 것이다.

그곳은 팔레스트리나로, 즉 작곡가 팔레스트리나의 탄생지였다. 고대의 이름은 프라에네스테였는데, 콜로나 제후들의 성곽인 페네스트리노로서 단테가 『신곡』 「지옥편」의 스물일곱번째 시에서 언급했던 곳이다. 그림처럼 아름답게 산에 기대어 있는 거주지는 집들의 그림자로 덮여 있었다. 그다지 말쑥하지 않은 계단으로 이어지는 골목이 저 밑에 있는 교회 광장에서 출발해 그 거주지로 통했다. 작고 검은 돼지 한 마리가 골목에서 이리저리 뛰어다니는가 하면, 마찬가지로 그곳에서 많은 짐을 지고 오르내리는 당나귀가 등 위에서 사방으로 뻗치는 짐으로, 조심성 없이 걸어가던 보행자를 집 벽으로 밀어붙이기 십상이었다. 그 동네를 넘어가는 길은 좁은 산길이었으며, 카푸친 교단의 수도원을 지나 언덕 꼭대기로 올라가면서 잔해만 조금 남아 있는 아크로폴리스로 통해 있었다. 그 언덕 위의 성에는 고대 극장의 잔해도 남아 있었다. 헬레네와 나는 그곳에 머물러 있던 짧은 기간 동안 여러 번이나 기품 있는 잔해가 남아 있는 그곳으로 올라가보았다. 반면에 "아무것도 보지 않으려던" 아드리안은 여러 달 동안 카푸친 교단 수도사들의 그늘진 정원, 그가 가장 머물기 좋아하던 그곳을 벗어나본 적이 없었다.

아드리안과 뤼디거가 묵었던 마나르디 가족의 집은 그곳에서 가장 근사해 보였으며, 가족이 여섯이나 되었음에도 불구하고 우리 같은 손님들에게도 어려움 없이 숙소를 제공했다. 계단이 있는 골목에 접한 그 집은 육중하고 튼튼해서 거의 궁전이나 성채처럼 보였는데, 나는 그 건물이 17세기 중반에 지어진 것으로 짐작했다. 그 집에서 평평하고 약간 앞으로 튀어나온 널판 지붕 아래로는 벽에 둘러친 검소한 주름 장식이 보였다. 그리고 작은 창문들과 초기 바로크 양식으로 단장된 대문이 있었는데, 그 문의 나무판에 작은 종이 달린 실제 출입 통로가 뚫려 있었다. 우리 친구들에게는 1층의 아주 넓은 구역이 배정되어 있었다. 그곳은 두 개의 창문이 있는 홀처럼 큰 거실이었다. 또 바닥은 그 집의 다른 모든 방들처럼 돌로 되어 있고, 그늘이 졌으며 서늘한데다 약간 어두웠다. 그리고 가구라고는 아주 소박하게 밀짚 의자와 말총 소파뿐이었다. 그러나 그곳은 상당히 넓기 때문에 두 사람이 꽤 넓은 공간을 가운데 두고 떨어져 서로 방해하지 않고 각자 자신의 일을 할 수 있었다. 바로 그 옆에는 매우 소박하게 꾸며지기는 했지만 넓은 침실들이 붙어 있었는데, 그중 같은 구조의 세번째 방이 우리 부부에게 제공되었다.

가족이 쓰는 식당은 바로 옆에 붙은 부엌과 함께 위층에 있었다. 부엌은 식당보다 훨씬 컸고, 그곳에서 주변의 작은 도시에서 찾아오는 친지들이 접대를 받았다. 화덕 위에는 답답할 만큼 엄청나게 큰 연통이 있었는데, 동화 속에서 사람을 잡아먹는 귀신이 썼을 법한 거대한 국자, 구운 고기용 대형 포크와 칼이 가득 걸려 있었다. 또 벽을 따라 둘러진 선반은 구리로 만든 기구, 도가니, 주발, 받침대, 질항아리, 절구 등으로 가득 차 있었다. 그 위층에서는 마나르디 부인이 주인이었으며, 식구들은 그녀를 넬라라고 불렀다—내가 알기로는 그녀 이름이 페로넬라였다—그녀는 고대 로마인처럼 위엄 있고 윗입술이 둥글며 위풍당당한 여인이었다. 그녀의 선하게 생긴 눈과 살짝 희끗하고 바짝 당겨 빗은 가르마 머리는 그다지 짙지 않은 밤색을 띠었는데, 전체적으로 풍만한 외모는 시골풍으로 수수한 살림꾼에 어울렸다. 그녀가 오른손에 두 술짜리 비망인 빈지를 끼고, 앞치마 끈이 단단히 매여 있는 튼실한 허리에 작지만 일에 익숙한 손을 받치고 서 있는 모습은 자주 볼 수 있는 장면이었다.

그녀의 결혼 생활에서 남은 것은 딸 하나였다. 아멜리아라고 불리는 그 딸은 열서너 살쯤 되었는데 약간 모자라는 데가 있어 보이는 아이였다. 아멜리아는 식사를 할 때 숟가락이나 포크를 눈앞에 대고 이리저리 흔들어대며, 마음속에 남아 있는 알 수 없는 말을 묻는 말투로 반복해서 혼자 중얼거리는 버릇이 있었다. 예전에 언젠가 러시아의 어떤 상류층 가족이 마나르디 집에서 숙박하게 되었는데, 백작인지 제후인지 알 수 없는 그 가족의 가장은 유령을 본다는 인물이었다. 그래서 그는 자기 침실에 귀신이 출몰해 나다닌다며 권총을 쏘아대는 바람에 가끔씩 집 안의 다른 사람들이 불안한 밤을 지내게 만든 적이 있었다. 아멜리아가 자주 숟가락에다 대고 끈질기게 "귀신? 귀신?(Spiriti? Spiriti?)"이라고 묻는 것은 당연히 생생하게 남아 있는 그 같은 기억 때문이라고 설명할 수 있다. 그녀는 하찮은 일도 잊어버리지 않고 마치 중요한 일인 것처럼 기억하곤 했다. 한번은 독일 관광객이 이탈리아어로는 남성명사인 '멜로네'라는 단어를 독일어 방식에 따라 여성명사로 말한 적이 있었다. 그 후 아멜리아는 머리를 달랑거리며 앉아서, 희미한 눈동자로 숟가락의 움직임을 따라가며 "라 멜로나? 라 멜로나?La melona? La melona?"*라고 중얼거렸다. 페로넬라 부인과 그녀의 형제들은 이런 행동을 늘 있는 일로 여기기 때문에 대수롭지 않게 보고 들었다. 다만 손님이 의아해하는 모습을 보게 되면, 미안하다기보다 오히려 아이에게 감동한 듯이, 되레 행복한 표정으로 손님에게 미소를 지어 보였다. 그것은 마치 딸이 뭔가 사랑스러운 일이라도 해서 흐뭇한 것 같은 표정이었다. 헬레네와 나도 곧 아멜리아가 식사 중에 떠올리는 어렴풋한 생각들에 익숙해졌다. 아드리안과 실트크납은 이미 그녀에게 더 이상 신경을 쓰지 않았다.

앞에서 언급한 페로넬라 부인의 형제들 사이에서 부인은 나이로 미루어 보아 대략 그 중간에 있었다. 그녀의 형제들 중 에르콜라노 마나르디 변호사는 보통 다른 식구들이 흐뭇한 심정으로 짧게 라보카토 l'avvocato**라고 불렀다. 그는 시골풍으로 소박하고 교육 수준이 낮은 그 집 가족의 자랑거리였다. 예순 살의 그는 더부룩한 회색 콧수염을 기르고, 마치 당나귀처럼 힘들게 쉰 소리로 우는 듯한 목소리를 가

---

  * 이탈리아어에서 'la'는 여성명사 앞에 붙이는 관사이다.
  ** 이탈리아어로 '변호사'라는 의미.

졌다. 또 남동생 소르 알폰소는 대략 사십대 중반으로, 식구들이 허물없이 '알포'라고 부르는 농민이었다. 우리는 오후에 평원으로 나가 산책을 하고 돌아오는 길에, 그가 발이 거의 땅에 닿을 만큼 작은 당나귀를 탄 데다, 양산을 쓰고 코 위에는 파란 보안경을 걸친 채 밭에서 집으로 돌아오는 것을 보았다. 변호사는 여러모로 보아 더 이상 활동은 하지 않는 것 같았고 신문만 읽었다. 하지만 신문 하나만은 끊임없이 읽어댔는데, 무더운 날에는 자신의 방에서 문을 열어놓은 채 팬티만 걸치고 신문을 보았다. 그런 행동 때문에 그는 소르 알포의 빈축을 샀다. 동생은 이럴 때 "이 인간(quest' uomo)"이라고 하며, 법학을 공부한 인간이 너무 제멋대로 군다고 불평했다. 형의 등 뒤에서 하는 소리이기는 했지만, 형이 그렇게 남의 신경을 건드리며 자기만 자유를 누린다고 큰 소리로 나무랐고, 누나가 달래며 하는 말을 듣고도 기분을 풀지 않았다. 그녀는 형이 원래 혈기가 왕성하고, 또 무더위 탓에 늘 뇌졸중에 걸릴 위험이 있기 때문에 가벼운 옷을 입을 수밖에 없다고 했다. 그래도 그렇지, '이 인간'은 최소한 문은 닫고 있어야지, 그렇게 마구 편한 복장으로 식구들과 외국인들의(distinti forestieri) 시선에 몸을 내맡겨서 되겠느냐고 알포가 포기하지 않고 말대꾸를 했다. 공부 좀 했다고 혼자 잘난 척하며 제멋대로 행동하면 안 된다는 것이었다. 보아하니 대학 공부를 마친 식구에 대해 불만이 많던 농부(Contadino)가 평소에 은근히 품었던 적대감을 적절히 포착한 기회에 맘껏 터뜨리고 있는 것이 분명했다. 비록 소르 알포도 마나르디 집안의 모든 사람들이 그 변호사를 일종의 고위 정치인쯤으로 여기며 존경하는 마음을 진심으로 함께 나누기는 했지만 말이다. 혹은 바로 그렇기 때문에 오히려 형을 나무라기도 했다. 하지만 두 형제가 세상을 바라보는 시각도 여러 면에서 아주 달랐다. 왜냐하면 변호사 형은 보수적이고 점잖으며 권위 앞에서 몸을 숙이는 편이었지만, 동생 알폰소는 자유로운 사고를 하는 자유사상가(libero pensatore)이자 비판적인 인물이었다. 그는 교회, 왕정, 정부(governo)에 대해 고분고분하지 않은 사고방식을 가져서, 그런 것들은 모두 파렴치한 부패로 다 썩어빠졌다고 말했다. "Ha capito, che sacco di birbaccione?" 그 의미인즉, "거봐, 이제 알겠어? 나쁜 놈들이 얼마나 많은지?"라며 비난하곤 했다. 그는 변호사 형보다 훨씬 더 입심이 좋았다. 형은 목쉰 소리로 항의의 말을 몇 마디 시작하다가 곧 화가 난 채, 읽고 있던 신문 뒤로 물러나버렸다.

삼남매의 또 다른 친척, 즉 넬라 부인의 사망한 남편에게 남아 있던 형제 다리오 마나르디도 온순하고 회색 수염을 길렀으며, 지팡이를 짚고 다니는 시골풍의 남자로 수수하고 병약한 아내와 온 식구가 모여 사는 이 집에서 함께 살고 있었다. 하지만 이들은 자기들끼리 식탁을 따로 차렸다. 반면 페로넬라 부인은 우리 일곱 사람, 즉 두 형제, 아멜리아, 그리고 두 명의 장기 투숙객에다 두 명의 방문객에게까지 저렴한 숙식비에 비해 터무니없이 넉넉한 인심으로 환상적인 요리를 내놓았다. 끊임없이 다양한 음식들이 식탁 위에 올랐던 것이다. 우리가 이미 영양가가 풍부한 미네스트라,* 옥수수죽과 작은 새 요리, 마르살라 포도주 소스 송아지고기 요리, 달콤한 반찬이 곁들여진 양고기 요리나 멧돼지 요리, 또 여러 샐러드와 치즈와 과일 등을 만끽하고, 우리 친구들이 블랙커피를 마시며 전매청 담배에 불을 붙이고 나면, 그녀는 기분을 돋우는 제안거리와 좋은 생각이 떠올랐다는 말투로 좌중에 질문을 던

---

* 쌀과 치즈가 든 야채수프.

졌다. "신사 여러분, 자 그럼, 이제 생선 요리를 좀 드릴까요?"라고 말이다. 이어서 심홍색 지역 특산 포도주가 우리의 갈증 해소를 위해 제공되었다. 변호사는 쉰 목소리를 섞어가며 그 포도주를 마치 물 마시듯이 들이켰지만, 특종 재배 식물로 만든 포도주는 사실 매일 두 번씩 반주로 즐기기에는 너무 독했고, 그렇다고 물을 타서 마시기에는 또 너무 아까운 것이었다. 여주인은 우리에게 그 포도주를 마셔보라고 재촉했다. "마셔요! 마셔! 포도주는 피를 만들어요(Fa sangue il vino)." 하지만 알폰소는 그런 교훈이 미신이라며 그녀에게 핀잔을 주었다.

오후 시간은 우리가 기분 좋게 산책하기에 좋았다. 도중에 우리는 뤼디거 실트크납이 앵글로색슨 방식으로 농담한 말에 여러 번 아주 유쾌하게 웃었다. 그리고 계곡을 향해 오디나무 덤불로 둘러싸인 길을 따라 걸으며 잘 경작된 들판으로 조금 나가보았다. 들판에는 올리브나무와 포도덩굴이 우거져 있었고, 작은 토지로 분할된 과수원들이 담으로 둘러싸여 있었는데, 담에는 거의 기념비처럼 위풍당당한 출입문이 있었다. 그렇지 않아도 아드리안과 함께 있다는 감동에 젖어 있었던 데다, 우리가 그곳에서 머무는 여러 주 동안 구름 한 점 없는 그 전형적인 하늘 덕분에 내가 얼마나 행복했는지 모른다고 굳이 말할 필요가 있을까? 그 지역의 하늘에서 떠돌다가 간혹 우물가에서 그림 같은 목동의 모습으로, 즉 숫염소의 몸을 한 마신 판*의 머리 형상으로 나타나던 구름의 분위기가 나를 얼마나 매료시켰는지 말이다. 아드리안은 그저 미소를 머금고 고개를 끄덕이거나 가벼운 조롱을 숨기지 않았지만, 인문주의자로서의 내 심정을 물론 함께 나누었다. 예술가들은 자신들이 빠

---

* Pan: 그리스 신화에 나오는 목동의 신. 상체는 인간이고 하체는 숫양 혹은 숫염소이다.

져 사는 작업 세계와 직접 관련이 없는 현실의 주변 세계에 주의를 잘 기울이지 않는다. 따라서 그들에게 현재 세계는 별 관심을 불러일으키지도 않고, 그저 작품 생산에 다소간 유리한 생활환경 이상의 의미밖에 없다. 우리는 작은 도시로 돌아올 때 기울어가는 저녁 해를 마주 바라보았다. 나는 저녁 하늘의 찬란함과 비교할 만한 장관은 본 적이 없다. 기름처럼 걸쭉하고 두껍게 칠해진 금색 층이 진홍색에 둘러싸여 서쪽 지평선 위에 떠 있었다. 그 모습은 정말 놀랍고 너무나 아름다워서 그냥 바라보고 있기만 해도 기분이 묘하게 들뜨고 영혼이 충만해졌다. 그렇지만 실트크납이 그 아름다운 광경을 가리키며 "저것을 관람하시오!"라고 소리치고, 또 그의 익살을 들을 때마다 아드리안이 매번 만족스럽게 폭소를 터뜨리는 모습은 은근히 내 기분을 상하게 했다. 왜냐하면 내가 보기에 아드리안은 나와 헬레네가 감동에 사로잡혀 있는 모습을 비웃으면서, 또 자연 현상의 장엄함 자체에 폭소를 터뜨릴 수 있는 기회를 적극 이용하는 것 같았기 때문이다.

우리의 친구들이 서로 분리된 장소에서 작업을 하기 위해 매일 아침마다 서류철을 들고 올라가는 수도원 정원에 대해서는 내가 이미 앞에서 언급한 바 있다. 그들은 그곳에 머무를 수 있도록 수도승들에게 허락을 청했고, 그 요청이 너그럽게 받아들여졌다. 우리 내외도 자주 그들과 함께 그곳으로 올라갔다. 그리고 정원 관리라고는 별로 받아본 적 없이 부서져 내리는 담으로 둘러싸인 지역의 풍성한 향기를 맡으며 그늘에서 쉬는 동안, 그들이 현장에서 각자 자신의 일을 할 수 있도록 조심했다. 자기들끼리도 서로 눈에 띄지 않게 지냈던 그들의 시야에 들어가지 않도록 협죽도와 월계수 그리고 금잔화 덤불을 사이에 두고, 점차 더워지기 시작하는 오전 시간을 우리끼리 보냈던 것이다. 헬레네는 코바늘 뜨개질을 했고, 나는 아드리안이 가까운 곳에서 오페라 곡을 만들고 있다는 생각으로 만족하고 긴장하며 독서를 했다.

우리 친구들의 거실 홀에는 음정이 틀리는 타펠클라비어*가 있었는데, 우리가 있는 동안 아드리안이 우리에게 한 번—유감스럽게도 단지 한 번—연주를 해보였다. 그것은 1598년에 「유쾌하고 변덕스러운 희극, '사랑의 헛수고'」라는 제목으로 발표된 셰익스피어의 원작을 토대로 특별 오케스트라를 위해 이미 관현악용으로 편곡된 부분들 중 특징적인 부분, 그리고 이와 더불어 서로 통일성을 이루며 연계된 몇몇 장면들이었다. 즉, 아르마도의 집에서 일어나는 장면을 포함한 제1악장, 또 그가 한 개씩 선취했던 나중의 여러 장면들이었는데, 특히 그가 예전부터 무엇보다 관심을 기울이던 비론의 독백들이었다. 제3막의 마지막 부분에서 운율로 이루어진 독백과 제4막에서 자유 리듬으로 구성된 독백이 그런 것들이다. "그들이 덫을 놓았는데, 내가 그 덫에 걸려든 거지. 더러운 역청에 걸려든 게야(they have pitch'd a toil, I am toiling in a pitch, pitch, that defiles)." 이 독백 부분은 계속 우스꽝스럽고 그로테스크하게 유지되는데, 다음과 같은 부분에서 첫번째 독백보다 음악적으로 더 잘 만들어졌다. 수상쩍은 검은 미녀(black beauty)에게 마음을 완전히 빼앗겨버린 기사가 실제로 겪는 깊은 절망 부분, 그가 지극히 거리낌 없이 자신을 조롱하는 부분에서 말이다. "이런 원, 사랑은 에이젝스** 같은 미치광이 짓이야. 사랑은 순한 양을 죽이고, 사랑은

---

* Tafelklavier: '탁상 클라비어'라는 뜻으로 탁상에서 연주할 수 있는 소형 건반 악기를 말한다. 현이 건반과 수평 내지 대각선으로 있기 때문에 탁상 형태를 이루고 있다.
** 그리스 신화에서 트로이 전쟁에 참여한 그리스의 용사 아이아스(라틴어 아약스). 용맹스러웠지만 미쳐서 양을 죽이고 자살했다.

나를 죽이네. 나는 한 마리의 순한 양일세(By the Lord, this love is as mad as Ajax: it kills sheep, it kills me, I a sheep)." 이런 부분의 작곡이 잘된 이유는 일단 빠르고 서로 관련이 없이 각각 존재하며 유머 있는 말투로 짤막하게 내뱉은 산문이 작곡가에게 매우 기이한 특성의 악센트를 찾을 수 있도록 영감을 주었기 때문이다. 또 한편, 음악에서는 현저하게 반복되어 이미 익숙해진 것, 즉 기지가 넘치고 의미심장하게 경고하는 것이 항상 가장 뚜렷이 인상에 남기 때문이기도 했다. 다시 말해 두번째 독백에서 첫번째 독백의 요소가 아주 훌륭하게 다시 환기되었기 때문이다. 특히 그것은 "우단처럼 매끄러운 눈썹이 있고, 얼굴에는 두 눈 대신 역청같이 새까만 구슬 두 개가 있는 창백한 요정"에 탐닉한다며, 격렬한 감정으로 자기 비난을 하는 부분에 해당됐다. 또한 무엇보다 그 사랑받는 몹쓸 역청 같은 두 눈의 음악적 형상을 말하는 곳에서 다시 두드러진다. 첼로와 플루트 소리로 섞여 어두우면서도 번쩍이는, 반쯤은 서정적이고 열정적이며, 반쯤은 기괴한 장식음 부분이 그곳이다. 산문 속에서는 "오, 하지만 그녀의 눈, 그래, 그녀의 눈만 아니었으면 그녀를 사랑하지 않았으리(O, but her eye, – by this light, but for her eye I would not love her)"라는 부분에서 장식음이 마구 희화화하면서 되풀이되었다. 그리고 이때 눈의 어두운 색조는 소리의 높이에 의해 더욱 깊어지고, 그 안의 섬광이 이번에는 심지어 **작은** 플루트에 맡겨져 있다.

　셰익스피어 원작에서 로절라인이라는 인물은 여기저기서 사랑놀음이나 하고 신의가 없으며 위험스러운 계집이라고 규정되어 있다. 이런 규정은 이상하게 고집스럽고 불필요한 데다 희곡적으로 그다지 적절하지도 않다. 그 규정은 단지 비론의 말을 통해 그녀에게 부여된 성격 묘사인데, 이와 달리 원작 희극에서 그녀는 사실 대담하고 익살스러운 인물에 불과하다. 로절라인에 대한 저 규정은 분명히 강박관념에 사로잡힌 작가의 충동에서 유래한다. 예술적인 오류 따위는 안중에 없이 개인적인 체험을 문학에 이용하고, 또 그런 체험을 안겨다준 여인에 대해 문학적으로라도 무조건 복수하려는 충동 말이다. 그녀를 사랑하게 된 인물이 지칠 줄 모르고 끈질기게 묘사하는 바와 같이, 로절라인은 두번째 소네트 시리즈에 나오는 모호한 숙녀이다. 현실 속의 그녀는 엘리자베스 여왕의 시녀, 즉 셰익스피어의 연인인데, 그를 속이면서 젊고 잘생긴 그의 친구와 바람을 피웠다. 그리고 비론이 예의 저 산문 방식의 독백에 대해 무대 위에 나타나며 보여주는 "엉터리 압운과 우수에 찬 작품"은,―"그녀는 이미 나의 소네트 한 편을 가지고 있으리(Well, she has one o' my sonnets already)"―셰익스피어가 어두우면서도 창백한 그 미녀를 염두에 두고 쓴 작품 중 하나이다. 또한 로절라인은, 독설적인 데다 매우 쾌활한 작중의 비론에게 자신의 지혜를 어떻게 발휘하고 있는가?

> 젊은이의 피가 아무리 작열하며 타오른다 해도,
> 진지한 노년의 걷잡을 수 없이 끓어오르는 열정보다는 못하리.

그런데 비론은 분명 젊고, 전혀 '진지'하지 않은 것이 **사실**이다. 또 그는 현자가 바보가 되는 상황이나, 어리석은 행동이 가치 있는 것처럼 보이도록 모든 정신력을 다해서 애쓰는 일이 얼마나 한심한지 생각해볼 계기를 마련해줄 만한 인물이 전혀 못 된다. 로절라인과 그녀의 여자 친구들이 하는 말로 미루어보면, 비론은 자기 본분과 어울리는 인물이 전혀 아니다. 그는 더 이상 비론이 아니라, 예의 저 모호한 숙녀와 비운의 관계를 맺고 있던 셰익스피어인 것이다. 그리고 그 소네트를, 즉 시인이자 친구요 연인이라는 지극히 이상한 트리오를 이루는 바로 그 소네트를 영어 문고판으로 늘 지니고 있던 아드리안은 처음부터 자신의 작품에서 비론의 특성을 자기가 매우 소중히 여겼던 대화 부분에 맞추려고 애썼다. 그리고 자신이 만들어낸 비론을—전체 작품의 풍자 양식에 맞게—'진지하고' 정신적으로 중요한 인물로, 모욕감을 주는 열정의 희생자 자체로 돋보이게 하는 음악을 만들고자 했다.

그의 음악은 훌륭했고, 나는 칭찬을 많이 했다. 말이 나온 김에 덧붙이건대, 그가 우리에게 연주해주었던 것에서, 그 밖에도 칭찬할 이유와 기분 좋게 놀랄 이유가 얼마나 더 많았겠는가! 진정 그것은 문자를 꼬치꼬치 따지는 시인 홀로퍼니스가 자신에 대해 말하는 것에 적용될 수 있을 것이다.

"이것이 나의 재능이지요. 뭐, 별것은 아니에요! 일종의 바보스럽게 유별난 생각이에요. 여러 형식, 형상, 형태, 대상, 표상, 현상, 자극, 변형 등으로 가득 차서 말이지요. 이런 것들이 기억의 자궁 속에서 수태되고, 뇌연질막(pia mater)의 모태에서 길러지며, 때가 무르익으면 태어나는 겁니다." 때가 무르익으면 태어난다(Delivered upon the mellowing of occasion). 대단해! 아주 부차적이고 해학적인 기회를 이용해 시인은 여기서 예술가의 정신에 대해 탁월하게 완벽한 묘사를 하고 있다. 그리고 그런 묘사를, 여기 셰익스피어의 풍자적인 청년 작품을 음악의 영역으로 옮기고 있는 정신과 무의식적으로 연관시켰던 것이다.

내가 여기서 은근히 개인적으로 느낀 모욕감 혹은 걱정을 그냥 숨기고 말하지 말아야 할까? 아드리안의 작품에서 고전어 연구를 금욕적으로 잘난 척하는 태도라고 조롱하는 부분은 내게 그런 기분을 안겨주었다. 하긴 인문주의를 풍자한 것은 아드리안의 책임이 아니라 셰익스피어의 책임이었다. 또 '교양'과 '야만'이라는 개념이 너무나 기이하게 왜곡되는 이상한 사고 체계도 셰익스피어가 내놓은 것이었다. 그런 사고 체계는 정신적으로 승려의 속성 같은 것으로서, 삶과 자연을 지극히 경멸하고 학식을 내세우며 지나치게 섬세한 경향을 추구한다. 그런 경향은 바로 삶과 자연을, 즉 직접성과 인간성 그리고 감정을 야만적이라고 보는 것이다. 심지어 이른바 상아탑에서 매우 잘난 척하는 학자들에게 자연스러운 것을 옹호했던 비론조차 자신이 "진리라는 천사보다 야만성을 더 두둔했다"고 시인하고 있는 실정이다. 이런 천사는 우스꽝스럽게 되기는 했지만, 그 상황을 초래한 것 또한 우스꽝스러운 상황 때문이었다. 왜냐하면 연합을 맺은 인물들이 다시 빠져버린 '야만성', 다시 말해 자신들의 부적절한 연합에 부과한 벌로서 소네트에 취하는 열애 역시 재기발랄하게 희화된 사랑, 즉 사랑에 대한 조롱이기 때문이다. 그리고 아드리안이 만들어낸 음들은, 감정이라는 속성이 결국 그 감정을 주제넘게도 부정하려고 했던 인물들의 맹세보다 더 나은 것도 아님을 너무나 잘 표현해냈다. 음악의 가장 내적인 특성으로 보면, 나는 음악이야말로 불합리한 인위성의 영역을 벗어나 자유로운 곳으로, 자연과 인간성의 세계로 이끄는 사명을 타고났을 것이라고 생각했다. 그러나 아드리안의 음악은 그런 역할을 스스로 억제했다. 그래서 기사 비론이 '야만성'이라고 불렀던 것, 즉 즉흥적이고 자연스러운 속성은 그의 음악 속에서 전혀 지지를 받지 못했다.

　내 친구가 만들어내고 있던 음악은 예술적인 기교 면에서 보면 매우 경탄할 만한 것이었다. 그는 온갖 악기를 사용할 생각은 전혀 없이 원래는 베토벤의 음악 같은 고전적인 오케스트라를 위한 총보만을 쓰고자 했었는데, 익살스럽고 과장되게 부각되는 등장인물인 스페인인 아르마도 때문에 두번째의 호른 한 쌍, 트롬본 세 개, 베이스튜바 한 개를 관현악단에 추가하게 된 것이다. 그래도 곡은 전체적으로 엄격하게 실내악풍이 유지되었고, 마치 금세공 같은 작품으로 음악적으로 뛰어나게 그로테스크한 곡이 되었다. 각 부분이 서로 잘 결합되면서 유머가 있는 데다, 섬세하고 원기 발랄한 기지가 풍부했던 것이다. 낭만적인 민주주의와 도덕적인 민중의 장광설에 지친 나머지 결국 예술을 위한 예술을 찾는 사람, 명예욕이 없거나 매우 특정하게 독점적인 의미에서 공명심에 찬 예술, 즉 예술가와 전문가를 위한 예술을 요구하는 사람들이라면 아드리안의 이 작품처럼 자기중심적이고 철저히 냉정한 밀교 음악에 매혹되지 않을 수 없을 것이다. 하지만 이런 밀교는 밀교로서, 즉 밀교의 속성을 띤 채 작품에서 스스로를 조롱했고 과도하게 패러디했으며, 이로써 예의 저 매혹된 심정에 한 줄기의 슬픔, 미세한 절망감이 섞여들게 하고 말았다.

그렇다, 이 음악을 들어보면 경탄과 함께 슬픔이 아주 독특하게 서로 섞여든다. "얼마나 아름다운가!"라는 심정이 드는가 하면,—적어도 나의 심정은 그랬다—"그러면서 또 얼마나 슬픈지!"라는 느낌도 들었다. 왜냐하면 익살스러우면서도 우울한 예술작품, 영웅적이라고 부를 수 있는 지적인 업적, 원작을 오만방자하게 희화하여 모방까지 하며 애를 쓴 입장은 감탄할 만한 것이었다. 거의 불가능에 가까운 상황에서 예술이 결코 긴장을 늦추지 않고 흥미진진하며 대담하게 유희를 한 것이라고 특징지을 수밖에 없는 그 엄청난 노력은 감탄스럽지 않을 수 없었다. 그리고 바로 이런 점이 또한 슬픈 느낌을 자아냈다. 하지만 경탄과 슬픔, 경탄과 근심, 이런 것들은 거의 사랑의 정의나 다름없지 않은가? 내가 아드리안의 연주에 귀를 기울이면서 느꼈던 것은, 그 자신과 또 그의 작품에 대한 안타깝도록 가슴 졸이는 사랑이었다. 나는 그다지 많은 말을 할 수가 없었다. 항상 아주 훌륭한, 감수성이 뛰어난 청중의 역할을 다 하는 실트크납은 아드리안의 연주에 대해 나보다 훨씬 더 재치 있고 지적인 주석을 붙였다. 나는 나중에 프란초* 때에 멍한 표정으로 혼자 생각에 빠진 채 마나르디 집의 식탁에 앉아 있었는데, 우리가 함께 들었던 음악에 더 이상 전혀 접근할 수 없다는 느낌만 남아 있었다. "마셔요! 마셔!"라고 여주인이 말했다. "포도주는 피를 만들어요!(Fa sague il vino!)" 또 아멜리아는 숟가락을 자기 눈앞에서 이리저리 흔들어대며 "귀신?…… 귀신?……(Spiriti?...Spiriti?...)"이라고 중얼거렸다.

이날 저녁은 벌써 우리, 그러니까 나의 선한 아내와 내가 우리 친구들의 특이한 생활환경에서 보낸 마지막 며칠 저녁 중 한때였다. 며칠 뒤에 우리는 3주일간의 체류를 마치고 다시 독일로 향하는 귀향길에 오르기 위해 그곳을 떠나야 했다. 반면에 우리 친구들은 수도원 뜰과 가족 식탁, 황금빛으로 둘러진 기름진 평원, 그리고 그들이 램프 불빛에 책을 읽으며 저녁 시간을 보내던 석조 거실을 오가며 소박하고 단조로운 생활을 몇 달 더, 다시 말해 가을이 시작될 때까지 이어갔다. 이미 그 전해에도 여름 내내 그들은 그렇게 지냈고, 또한 겨울 내내 도시에서 이어졌던 삶의 방식도 그 전의 방식과 크게 다르지 않았다. 그들

---

* Pranzo: 이탈리아어로 '점심 식사'.

은 토레 아르젠티나 거리의 코스탄치 극장과 판테온 근처에 살고 있었는데, 아침 식사와 가벼운 저녁 식사를 만들어주던 주인집의 3층에 거주했다. 점심에는 근처 간이 음식점에서 매달 정액을 주고 식사를 했다. 로마에서는 도리아 판필리 별장이 팔레스트리나의 수도원 뜰의 역할을 했다. 거기서 그들은 따뜻한 봄날과 가을날에 가끔씩 암소 한 마리, 혹은 자유로이 풀을 뜯는 말 한 마리가 물을 마시려고 다가오는 예쁜 샘터에 앉아 일을 했다. 아드리안은 콜로나 광장의 시립예배당에서 열리던 오후 연주회에는 거의 빠지는 법이 없이 참석했다. 이따금 저녁 시간에 오페라를 감상하기도 했다. 하지만 대개 저녁 시간은 조용한 커피집 구석에서 뜨거운 오렌지 펀치 한 잔을 마시며 도미노 게임을 하면서 보냈다.

그 밖에 어디로든 다니면서 하는 일은 전혀 없었다. 혹은 거의 없는 것이나 다름없었다. 로마에서 그들이 누렸던 고립은 시골에서와 마찬가지로 거의 완벽했다. 그리고 독일 사람들을 철저히 피했다. 특히 실트크납은 독일어가 한 마디라도 귀에 들어오면 여지없이 달아났다. 그는 버스든 열차든 그 안에서 "독일 사람들(Germans)"이 발견되면 되돌아서 내려버릴 정도였다. 그들은 오로지 혼자 혹은 둘이서만 은둔 생활을 했기 때문에 지역 사람들을 사귈 수 있는 기회도 거의 생기지 않았다. 겨울 동안에 그들은 예술 및 예술가를 후원해주는 출신 불명의 어떤 여인으로부터 자택으로 초대를 받은 적이 두 번 있었다. 그녀는 드 코니아르 부인으로 뤼디거 실트크납이 뮌헨에서 그녀 앞으로 된 추천장을 받았던 것이다. 환상(環狀) 도로변에 있던 그녀의 집은 플러시 천과 은제 사진틀 속에 보관된 헌정용 사진들로 장식되어 있었는데, 그곳에서 그들은 여러 국적의 예술가들을 보게 되었다. 그러나 극예술가,

화가, 음악가, 폴란드인, 헝가리인, 프랑스인, 이탈리아인으로 뒤섞인 예술가들 중에서 개별적으로 두 번 다시 본 인물은 없었다. 실트크납은 가끔 아드리안 곁을 떠나, 그가 한없이 호감을 갖게 된 영국 청년들과 말바시아 포도주를 마시러 가기도 하고, 티볼리로 소풍을 가기도 했으며, 혹은 콰트로 폰타네의 트라피스트 수도회에서 유칼리주(酒)를 마시거나, 심신을 기진맥진하게 만드는 이른바 번역 예술의 어려움에서 벗어나 휴식을 취하기 위해 그들과 영국식 '난센스'를 주고받기도 했다.

요약하면, 도시에서든 산속 작은 도시의 한적한 곳에서든 그들은 세속과 사람들을 피하면서 지냈고, 전적으로 자신의 일에만 신경을 쓸 수밖에 없는 삶을 살았다. 적어도 그런 삶이었다고는 말할 수 있다. 그러므로 내가 마나르디 집을 떠나는 것이 나 개인적으로는 언제나 그랬듯이 기꺼운 일은 아니었지만, 다른 한편 일종의 안도감도 함께 주었다고 해야 할까? 이렇게 말하면 그런 안도감의 원인도 규명해야 할 책임을 지는 거겠지만, 그것을 규명하는 일은 그다지 쉽지 않을 것이다. 내가 그런 걸 규명하려고 할 때 나 자신에게나 다른 사람들에게 다소 우스꽝스러운 모습으로 비치리라는 것을 감수하지 않으면 말이다. 나는 어떤 특정한 점에서, 혹은 젊은 사람들이 즐겨 쓰는 표현으로, 딱 결정적인 점에서(in puncto puncti) 그 집에 있는 사람들 중 약간 우스운 예외 인물이었던 것이 사실이다. 나는 그곳의 여러 일반적인 상황에 맞지 않는 사람이었던 것이다. 말하자면 아내가 있는 남자라는 내 신분이나 삶의 방식 면에서 예외였는데, 그런 남자란 우리가 반쯤은 변명 삼아 또 반쯤은 예찬하며 '자연의 본능'이라고 부르는 것에 응당 치를 값을 치르는 존재였다. 나 말고는 계단 골목에 있는 그 성곽 같은 집에 아무도 그런 사람이 없었다. 우리의 훌륭한 여주인인 페로넬라 부인은 이미 오래전부터 과부였고, 그녀의 딸 아멜리아는 조금 모자라는 아이였다. 마나르디 집안의 두 형제는, 변호사나 농부나 모두 아주 이골이 난 독신 남자로 보였다. 게다가 그들이 한 번도 여자를 건드려본 적이 없다는 상상은 누구나 해볼 수 있었을 것이다. 그들 외에도 친척 다리오가 있었지만, 그는 회색 머리에 온화한 표정의 사내로 작은 체구에 자주 병치레를 하는 아내가 있었다. 이들은 분명 오로지 박애라는 의미에서만 서로를 위해주던 부부가 틀림없었다. 마지막으로 아드리안과 실트크납은 우리가 익숙하게 된 그 평화롭고도 엄격하게 유지되던 공동체 내에서의 생활을 다달이 견뎌냈는데, 그것은 마을 위의 수도원에서 수도승들이 생활하는 방식과 다르지 않았다. 이런 상황이 나처럼 평범한 남자에게 뭔가 창피스럽고 걱정스러운 심정을 불러일으키지 않을 수 있었겠는가?

이미 언급했듯이, 결혼이라는 행복을 가능하게 해줄 넓은 세상과 실트크납의 관계는 유난스러웠다. 그는 자신에 대해 인색한 성향을 드러냄으로써 자신이 가진 소중한 행복의 가능성에 대해서도 인색해지고 마는 경향이 있었다. 나는 그런 그의 경향에서 그가 살아가는 방식을 볼 수 있는 열쇠가 있다고 생각했다. 그런 경향이 나로서는 쉽게 이해할 수 없는 사실, 즉 그가 그런 방식을 만들어냈다는 사실에 대한 해명이 되었기 때문이다. 하지만 아드리안의 경우는 사정이 달랐다. 비록 금욕과 정결의 공동체가 그들의 우정이 지닌, 혹은 우정이라는 단어가 너무 포괄적이라면, 그들의 공동생활의 근본을 이루고 있었다는 점을 내가 의식하고 있었지만 말이다. 나는 아드리안과 이 슐레지엔 친구의 관계에 대해 내가 모종의 질투심을 느끼고 있었다는 점을 독자들에게 숨기지 못한 것 같다. 그래서 나의 질투심은 결국 두 친구가 가진 이런 공동의 것, 즉 금욕적인 성향을 서로 맺어주는 것 때문이라는 점도 이해해주기 바란다.

실트크납은, 내가 이런 표현을 써도 좋은지 모르겠으나, 잠재적인 난봉꾼(Roué)으로 살아갔다. 반면 아드리안은 예의 저 그라츠 내지 프레스부르크를 다녀온 이후로 성자처럼 금욕적인 삶을 살았다는 점은 내게 의심의 여지가 없었다. 그가 그곳을 다녀오기 이전까지도 그랬듯이 말이다. 하지만 **그날 이래로**, 즉 예의 저 여인과 포옹한 날 이후부터, 또 달리 말해 그가 일시적으로 병이 들고 또 그런 와중에 그를 돌봐주었던 의사들을 잃어버리게 된 후부터 그의 정결함은 더 이상 순수함의 에토스에서 생겨난 것이 아니라 불순함의 파토스에서 유래했다. 이런 생각을 하다 보면 나는 충격 때문에 몸이 떨렸다.

그의 본성에는 '내 몸에 손을 대지 말라(Noli me tangere)'*라는 식의 어떤 속성이 늘 있었다. 나는 그것을 잘 알고 있었다. 다른 사람들이 신체적으로 너무 가까이 다가오는 것, 어떤 분위기로 함께 빠져드는 것, 육체적 접촉 같은 것을 혐오하는 그의 성격은 내게 너무나 익숙했다. 그는 문자 그대로 '혐오', 회피, 자제, 거리 취하기에 익숙한 사람이었다. 신체적으로 다정함을 표시하는 일은 그의 천성과는 결코 어울릴 수 없는 듯했다. 악수를 하는 일조차 드물었을뿐더러, 악수를 한다 해도 빠르게 대충 하는 식이었다. 그의 이 모든 특성은 그 어느 때보다 우리가 다시 함께 지내던 동안에 더 두드러졌다. 그런데 '내 몸에 손을 대지 말라!' '내 몸에서 세 발자국 떨어져라!'라는 태도의 의미가 약간 바뀐 것 같다는 생각이 왠지 모르게 들었다. 말하자면 그런 태도를 취함

---

* 부활한 예수가 마리아에게 한 말.

으로써 상대방의 무리한 기대를 거부할 뿐만 아니라, 자신 쪽에서 기대를 품게 될까 봐 지레 두려워하고 기피하는 것처럼 말이다. 그가 여자를 멀리한 것도 분명 이런 의미와 연관이 있었다.

이와 같은 의미 변화는 나처럼 아주 절실하게 친구를 살펴보는 우정 깊은 사람에게만 느껴지거나 예감되는 것이었다. 물론 그런 변화를 감지한다고 해서 아드리안의 곁에 있다는 나의 기쁨이 약화되는 것은 절대 아니다! 그에게 일어나고 있는 일들은 내게 충격을 줄 수 있었을지언정 결코 나를 그로부터 멀어지게 할 수는 없었다. 함께 잘 지내기는 어렵지만, 그래도 그냥 내버려둘 수가 없는 사람들이 있기 마련이다.

XXV

이 기록문에서 여러 차례 언급된 문서, 즉 아드리안이 남몰래 기록해두었고, 그의 사후에 내가 보관하면서 소중하고도 섬뜩한 보물로 지키고 있는 바로 그 문서가 여기에 있다. 나는 이제 그것을 이곳에 옮기고자 한다. 이 전기에 그 문서를 삽입해야 할 순간이 온 것이다. 나는 그가 직접 선택해 슐레지엔 친구와 함께 지내던 피난처로 그를 방문한 뒤에 마음속으로는 그곳에 다시 등을 돌렸기 때문에 내가 하던 이야기는 중단하겠다. 그래서 독자는 이 25장에서 아드리안의 말을 직접 듣게 될 것이다.

그런데 그것이 단지 아드리안의 말일 뿐일까? 여기 남아 있는 것은 대화이니까 말이다. 심지어 다른 누군가, 아주 다른, 끔찍스러울 정도로 다른 누군가가 주로 말을 이끌어가고, 돌로 만들어진 방에서 글을 쓰고 있는 인물은 그저 다른 누군가로부터 들은 것을 적고 있을 뿐이다. 대화? 이것이 정말 대화일까? 이것이 대화라고 내가 믿는다면, 나는 정신이 나간 사람이리라. 그렇기 때문에 나는 그가 자신이 보고 들은 것을 진정 실제의 일로 생각했다고 믿을 수도 없다. 그가 그것을 보고 들었으며, 또 나중에 그것을 종이에 적는 동안에 생각한 일로서 말이다. 그의 대화 상대자가, 자신이 실제로 존재하고 있음을 그로 하여금 믿게 하려고 애쓰며 드러냈던 신랄한 냉소는 고려하지 않고 말이다. 하지만 그 방문객이 실제로 없었던 것이라면—단지 조건부만으로라도, 또 가능성만으로라도 그의 실재를 용인한다고 인정하는 것은 내게 너무 경악스럽다!—예의 저 신랄한 냉소와 비웃음과 속임수의 궤변도 결국 시련을 겪던 친구 자신의 영혼에서 유래했다는 생각을 하면 끔찍하기 짝이 없다……

나는 아드리안의 친필을 인쇄소에 넘겨줄 생각은 당연히 하지 않는다. 그리고 그가 적은 단어 하나하나를 나 자신의 깃펜으로 악보 용지에서 나의 원고로 옮겨 적는다. 악보는 이미 일찍부터 그의 특성을 드러내던, 예의 저 작고 고풍스러운 장식이 많으며 짙은 흑색의 둥근 그의 글씨체, 말하자면 수도승이나 쓸 법한 글씨체로 가득 차 있다. 보아하니 그가 악보 용지를 이용했던 까닭은 그 순간 악보 외에는 아무것도 없었거나, 혹은 아랫동네 성 아가피투스의 교회 광장에 있는 소매점에서 적절한 용지를 팔지 않았기 때문이었던 것 같다. 어쨌든 항상 두 행은 위의 오선 체계에, 또 두 행은 아래의 베이스 체계에 적혀 있다. 그리고 그 사이에 있는 흰색 공간도 각각 두 행으로 채워져 있다.

이런 것들을 기록한 시점이 정확히 언제였는지는 알 수 없다. 왜냐하면 문서에 날짜가 적혀 있지 않기 때문이다. 나의 확신이 어느 정도 근거가 있다면, 그 문서는 우리가 그 산속 소도시를 방문하고 난 뒤에, 혹은 우리가 그곳에 머물러 있는 동안에 기록된 것은 절대 아니다. 오히려 우리가 3주일 동안 친구들과 시간을 보냈던 여름의 초반부에 쓰였거나, 아니면 그 이전 여름에 그들이 마나르디 가족의 손님으로 지냈던 첫 여름에 작성되기 시작했던 것이다. 그의 원고에 근간을 이루고 있는 체험이 이미 우리가 들렀던 그즈음에 속한다는 사실을, 즉 이미 그 당시에 아드리안이 이제 공개될 문제의 대화를 나누었다는 사실을 나는 확신한다. 그가 대화를 글로 기록한 것은 환영이 나타난 날에 곧이어, 아마도 그다음 날이었다는 점 또한 확실하다.

이제 나는 그 글을 옮겨 적으련다. 멀리서 터지는 폭발음이 은자의 암자 같은 이곳을 흔들어대지 않아도, 내 손이 떨리고 글자가 제대로 안 써지게 될까 걱정스럽다……

절대 침묵하라.* 난 침묵할 거다. 그냥 부끄러워서, 또 사람들을 보호하기 위해서이기도 하지만. 그래, 사회적인 배려이지. 나는 정신의 분별력을 조정하는 일이 마지막까지 느슨해지지 않으리라는 생각이 확고해. 하지만 '그자'를 보았어. 드디어, 드디어. '그자'가 여기 이 홀에 있었어. 날 방문한 거지. 예기치 않게 갑자기 찾아오긴 했지만, 사실 이미 오래전부터 고대하고 있었지. 난 '그자'와 함께 정말 많은 이야기를 나누었어. 다만 나중에 화나는 일이 하나 있었는데, 내가 무엇 때문에 내내 떨고 있었는지 확신이 없어서 말이야. 그냥 추워서 떨었는지, 아니면 '그자'가 두려워서 떨었는지. 날씨가 춥다고, 내가 스스로를 속였나? '그자'가 나를 속인 건가? 나를 떨게 하려고, '그자'가 왔다고 내가 확신하게 하려고? 진정으로 '그' 자신이 왔다고? 왜냐하면 어떤 멍청이

---

* 『파우스트』 중세 민중본에 나오는 말로 위험한 비밀의 발설을 금하는 말.

도 자신의 환영이 무서워서 떨지는 않는다는 건, 그런 환영을 재미있게 생각한다는 건 누구나 아는 사실 아닌가. 당황하지도 않고 전율하지도 않으며, 그냥 그런 환영과 어울리지 않는가 말이야. '그자'는 어쩌면 나를 바보로 취급했나? 지독하게 추운 날씨를 이용해서? 나는 바보가 아니고, '그자'는 환영이 아니라고 속이지 않는가? 내가 공포에 싸여 벌벌 떨며 '그자'를 두려워했기 때문에? '그자'는 교활한 놈이야.

절대 침묵하라. 그냥 혼자 침묵하라고. 이 모든 것을 여기 악보에다 적으며 침묵해. 은둔지에서(in eremo) 내가 함께 웃고 지내는 내 파트너가 이 홀에 있는 내게서 멀리 떨어져서, 자기가 좋아하는 외국어를 익숙하고 혐오스러운 모국어로 번역하느라 고생하고 있는 동안 말이야. 그 친구는 내가 작곡을 하고 있다고 생각하지. 내가 글을 적고 있는 것을 본다면, 베토벤도 아마 글을 적으며 작곡했으리라고 생각할 거야.

하루 종일 이 고통스럽고 가련한 인간은 불쾌한 머리 통증 때문에 어둠 속에 누워 있었고, 심하게 발작이 일어날 때처럼 여러 번 속이 메슥거리고 토해야 했지. 하지만 저녁 즈음에는 뜻밖에, 또 거의 갑자기 증세가 호전되었고 말이야. 어머니가 가져다준 ['아이고, 가여운 사람! ('Poveretto!')] 수프를 다시 내보내지 않을 수 있었고, 식사 후에 적포도주 한 잔도 [마셔요! 마셔!('Bevi, bevi!')] 기분 좋게 마셨지. 그리고 갑자기 자신감이 생겨서 담배까지 한 대 피울 정도였고. 낮에 미리 약속했듯이 외출을 할 수도 있었을 테지만. 다리오 M.은 우리를 저 아래 프라에네스테의 상류층 시민들이 오가는 클럽으로 데리고 갈 생각이었지. 우리를 다른 사람들 앞에 내보이고, 우리에게 당구대와 독서실 같은 여러 곳을 보여줄 생각이었어. 우리는 그 선량한 사람의 마음을 상하게 하고 싶지 않아서 그에게 그러자고 했지. 내가 발작 때문에 약속을 못 지키자 그 일은 결국 Sch.*이 혼자 하는 일로 끝이 났고. 프란초가 막 끝나고 그는 입을 삐죽이며 나 없이 다리오와 함께 골목길을 걸어, 농사 짓는 소도시 시민들, 성 밖의 거주민들에게로 내려갔고, 나는 혼자 남았지.

여기 홀에, 차양이 내려진 창문 가까이에 혼자 앉아 있었어. 내 앞으로는 방의 긴 쪽 면이 놓여 있었고, 램프 빛을 받으며 난 키르케고르가 모차르트의 「돈 후안」에 대해 쓴 글을 읽고 있었지.

이때 난 갑자기 살을 에는 한기를 느끼게 되는 거야. 마치 겨울에 따뜻한 방 안에 앉아 있는데, 갑자기 창문이 바깥의 엄청난 추위를 끌어들이며 열리는 것 같아. 그런데 한기가 창문이 있는 내 뒤에서 몰려온 것이 아니라, 내 정면에서 엄습해온다. 책에서 몸을 들어 올리고 홀을 둘러본다. 아마도 Sch.이 벌써 돌아온 모양이다. 내가 더 이상 혼자 있는 게 아니니까. 우리가 아침이면 식사를 하는 방 안의 중간쯤, 출입구 가까이에 있는 탁자와 의자 옆의 말총 소파 위에 누군가가 어둠에 휩싸인 채 앉아 있다. 소파 구석에 다리를 꼰 채 앉아 있다. 하지만 그건 Sch.이 아니고 다른 사람이다. Sch.보다 더 작고, 전혀 위풍당당한 구석이 없으며, 도대체 제대로 생긴 신사도 아니다. 그런데 끊임없이 한기가 밀려오네.

"거기 누구요!(Chi è costà!)" 내가 약간 목멘 소리로 외친 말이다. 의자의 팔걸이를 양손으로 받힌 탓에 책이 무릎에서 바닥으로 떨어져 버린다. 누군가의 조용하고 느린 목소리, 말하자면 훈련된 목소리가 듣기 편한 콧소리와 섞여 대답한다.

---

* 실트크납을 가리킨다.

"그냥 독일어로 말해. 아주 옛날 독일 말로, 적당히 싸매거나 표리 부동하지 않게. 난 그런 말을 알아들으니까. 옛날 독일어야말로 정말 내가 가장 좋아하는 말이거든. 가끔씩 난 독일 말밖에 알아듣지 못한다니까. 그런데 참, 반코트를 가져와서 걸치지그래. 모자와 모포도 잊지 말고. 추워지잖아. 넌 추워서 떨게 될 거야. 감기가 걸릴 정도는 아니더라도 말이지."

"누가 내게 '너'라고 하는 거요?" 내가 격분해 말한다.

"내가"라고 그가 말한다. "내가 그런다, 그 정도는 받아들이시지. 아, 넌 아무에게도 '너'라고 하지 않는다는 거지? 널 따르는 그 익살꾼, 그 젠틀맨에게조차 말이야. 유일하게 어린 시절의 친구만 예외이고 말이지. 네게 이름을 부르지만, 넌 그 친구의 이름을 안 부르지, 그 성실한 친구 말이야. 그냥 받아들여. 우리 사이는 '너'라고 말하는 사이야. 이제 됐어? 뭐 좀 따뜻한 걸 가져오겠어?"

나는 희미한 빛 속을 응시하며 화가 나서 그를 노려본다. 어떤 사내가 앉아 있다. 체격은 왜소한 편이고, 결코 Sch.만큼 크지 않으며 나보다도 작다. 스포츠용 모자는 귀 바로 위까지 덮여 있고, 다른 쪽에는 그 밑으로 불그스레한 머리카락이 관자놀이에서 삐져나왔다. 역시 붉게 충혈된 눈에는 붉은빛이 도는 속눈썹이 보이고, 얼굴은 누렇게 뜬 것처럼 혈기가 없으며, 코끝은 약간 비스듬히 굽었다. 가로줄이 있는 운동복 셔츠 위로는 소매가 너무 짧은 격자무늬 상의를 걸쳤는데, 소매 바깥으로 볼품없이 통통한 손가락과 함께 손이 드러난다. 꼴사납게 바짝 조이는 바지와 누렇고 낡은 신발은 더 이상 닦을 수도 없을 지경이다. 뜨내기 사내, 뚜쟁이 같은 작자인데, 목소리와 발음은 무슨 배우 같다.

"가져오겠냐고?" 그가 반복해 말한다.

"내가 특히 알고 싶은 것은" 하고 나는 근심스럽게 떨리는 자제력을 가지고 말한다. "누가 주제넘게 여기 이렇게 함부로 들어와서 내 곁에 자리를 잡고 앉은 것인가,라는 거요."

"'특히'라고." 그가 내 말을 받아서 반복한다. "'특히'라는 말은 과히 나쁘지 않군. 하지만 넌 기대하지 않았다거나 원하지 않았다고 생각하는 방문에 대해서는 그게 어떤 것이더라도 너무 예민하게 반응한단 말이야. 나는 널 무슨 모임에 데려가려고 온 게 아니야. 너를 살살 구슬려서, 음악이 있는 사교 모임에나 가려는 게 아니라고. 난 너하고 거래 이야기를 하려고 왔거든. 너, 덮을 것을 가져오지그래? 이빨을 덜덜 떨면서 나눌 얘기는 아니니까."

그자에게서 눈을 떼지 않고 잠시 더 앉아 있었다. 그로부터 밀려오는 한기가 나를 엄습한다. 지독하게 살을 에는 추위라서, 가볍게 차려입은 나로서는 무방비 상태이고 벌거벗은 느낌까지 든다. 그래서 나는 갔다. 실제로 일어나서, 옆의 문을 지나서 내 침실이 있는 왼쪽으로 간다(다른 침실은 계속 같은 쪽에 있다). 좁다란 장에서 겨울 외투를 꺼낸다. 알프스에서 내려오는 차가운 북풍이 부는 날이면 내가 로마에서 입는 외투다. 나는 그것을 이곳으로 가지고 올 수밖에 없었다. 안 그러면 그것을 어디다 두어야 할지 모르니까. 모자도 쓴다. 여행용 모포를 집어 들고, 그렇게 무장을 한 채 내 자리로 돌아온다.

그자는 아까 앉아 있던 자리에 그대로 있다.

"아직 안 가고 있소이까." 내가 말한다. 이 말과 함께 외투 깃을 높이 끌어올리고, 모포로 무릎을 싼다. "내가 자리를 떠났다가 다시 돌아오는 동안에도? 놀랍구려. 나의 확실한 추측으로는 이미 떠나고 없는

데 말이오."

"없다고?" 그는 훈련된 말투로, 콧소리를 내며 묻는다. "왜 없어?"

나: "왜냐하면 저녁에 누군가 여기 내 곁에 와 앉는다는 것은 절대 있을 수 없는 일이니까 말이오. 독일 말을 하면서 한기를 풍기는 데다, 나는 알지도 못하고 알고 싶지도 않은 무슨 거래에 관해 나하고 논의하 겠다면서. 그런 것보다 훨씬 더 확실한 것은, 지금 내 몸 안에서 갑작스 럽게 병이 발생하고 있다는 것이고, 온몸을 감싸야 할 만큼 지독한 오 한을 정신이 몽롱한 상태에서는 그대의 존재와 연관시키게 된다는 것 이며, 그대를 보건대 분명 그 한기가 그대에게서 흘러나온다는 사실을 알아차리게 된다는 점이오."

그자(마치 배우처럼 조용하고 확신에 찬 채, 웃음을 터뜨리며): "쓸데 없는 소리! 네 말은 이지적인 헛소리야! 바로 그런 것을 두고 옛날 독 일 말로 쉽게 말하면, 어처구니없이 지껄여대는 소리라고 하는 거지. 너무 꾸민 듯이 부자연스러운 그 말투라니! 영리한 부자연스러움이야. 네 오페라에서 훔쳐온 말 같단 말이지! 하지만 우린 지금 음악을 만들 고 있는 게 아니야. 지금 당장은 아니라고. 그리고 이건 순전히 우울증 일 뿐이야. 제발 무기력하다는 착각은 집어치워! 자긍심을 좀 갖고, 네 오감을 그렇게 쉽게 내다버리지 말라고! 네 몸에 무슨 병이 생기고 있 는 게 아니라, 그냥 조금 발작이 일어난 뒤로 넌 젊은이다운 최상의 건 강을 누리고 있는 거야. 말이 나왔으니 하는 말인데, 내 말이 무례하게 들리지 않기를 바라지만, 도대체 건강이 뭔가. 이봐, 그런 식으로 네 병 이 터져 나오지는 않아. 넌 열이라고는 흔적도 없고, 언제가 됐든 열이 날 이유도 없단 말이지."

나: "그리고 그대가 걸핏하면 하는 말로 그대 자신의 하찮음을 드

432

러내니까 하는 말이오만, 그대는 순전히 내 마음속에 담겨 있고 내가 할 수 있는 말을 하고 있는 것이지, 그대가 생각해낸 말을 하는 것이 아니잖소. 그대의 어투는 쿰프를 우스꽝스럽게 모방하고 있지만, 그대가 대학 같은 최고 학부에 다녀본 적이 있다거나, 내 곁에서 공부한답시고 멍청이 학생용 의자에 앉아 있었던 것처럼 보이지는 않는단 말이오. 그대는 불쌍한 젠틀맨을 언급하고, 내가 '너'라고 부르는 친구도 언급하며, 심지어 허락도 없이 내게 '너' '자네'라고 부르던 사람들에 대해서까지 이야기하고 있잖소. 그리고 오페라 이야기까지 하는데, 도대체 이 모든 것을 그대가 어떻게 안단 말이오?"

그자(다시 숙련된 말투로, 또 너무나 재미있고 유치한 짓을 본다는 듯이 머리를 가로저으며 웃는다): "내가 어떻게 아느냐고? 하지만 내가 알고 있다는 사실을 지금 네가 보고 있잖아! 내가 안다는 사실에서 네가 제대로 볼 줄 모른다는 불명예스러운 결론을 내릴 거야? 그건 정말 대학에서 공부하는 모든 논리적인 설득력을 왜곡하는 짓이지. 내가 모든 정보에 정통해 있는 것을 보면서, 내가 생생하게 존재하지 않는다는 결론을 내리기보다, 나는 존재할 뿐만 아니라 네가 아까부터 벌써 생각하고 있는 바로 그 인물이라는 결론을 내리는 게 나을걸."

나: "내가 그대를 누구라고 생각한단 말이오?"

그자(정중하게 나무라듯이): "글쎄, 알면서 뭘 그래! 이미 오래전부터 나를 기다리고 있지 않았던 것처럼 그렇게 꾸며대지 말라고. 우리 둘의 관계상 이제 한번쯤 털어놓고 대담을 벌일 때가 됐다는 것을 너도 나만큼 알지 않는가 말이야. 난 너도 이제 인정하리라고 보는데, 내가 존재한다면, 나는 오직 하나의 유일한 존재일 수밖에 없지. 넌 '내가 누구인지' 운운하면서, '내 이름이 무엇인지'를 묻는 거야? 하지만 넌 별

별 괴상한 별명들을 대학 시절부터 기억하고 있잖아. 네가 아직 성서를 집이나 학교에서 치워버리지 않던 때, 처음으로 대학 공부를 하던 때부터 말이야. 그 온갖 별명들을 줄줄이 꿰면서, 그 가운데에서 골라도 좋아. 나는 거의 그런 유의 이름들, 별명들밖에 없는 셈이니까. 말하자면 사람들이 손가락 두 개로 턱 밑을 어루만지며 난처한 표정으로 내게 붙인 별명들 말이야. 그런 건 내가 독일 토박이들한테 인기가 많아서 그래. 대중적인 인기라는 건 감수하는 거 아니겠어? 구태여 얻으려고 한 것도 아닐뿐더러, 사실 그런 건 오해에서 비롯된 것이라고 확신을 하면서도 말이지. 대중적인 인기는 늘 허영심을 만족시키고, 기분을 좋게 해주거든. 그러니까 내 이름을 꼭 부르고 싶으면,—사실 넌 무관심 때문에 다른 사람들의 이름을 알지 못하니까 보통 누구 이름을 도무지 부르지도 않지만 말이야—어쨌거나 조잡하게 정겨운 이름들 중에서 마음에 드는 것을 하나 골라봐! 다만, 딱 한 가지 이름만은 듣고 싶지 않아. 그건 분명히 악의에 찬 비방이고, 내게는 전혀 어울리지 않는 이름이니까. 나를 '행하지는 않고 입만 살아 있는 허풍선이(Dicis et non facis) 양반'이라고 부르는 사람은 엉뚱한 데를 쑤시며 다니는 거란 말이지. 그것도 턱 밑에서 손을 놀리며 겨우 생각해낸 말일지 모르지만, 그건 모략이야. 난 내가 말한 것은 행동으로 옮기니까. 내가 한 약속은 철저히 지킨단 말이지. 그건 바로 나의 사업 원칙이야. 유대인들이 가장 신뢰할 만한 상인이라는 점과 거의 비슷하게 말이야. 그러다 속임수가 발생했다 하면, 글쎄, 흔히 말하잖아, 항상 속임을 당한 쪽은 신의와 정직성을 믿는 나였다고……"

나: "허풍선이도 못 되는 자(Dicis et non es)로다. 그대는 정말 거기 내 앞에 있는 소파에 앉아, 그렇게 나의 내적인 자발성에서가 아니

라 외부의 자극을 받아 존재하는 듯이 나에게 쿰프 식으로 옛날 독일어 단어를 섞어가며 말하고자 하는 것이오? 그런데 하필 여기 이탈리아로 날 찾아와야겠소? 그대의 관할 구역 밖의 장소이자 전혀 민중적이지도 않은 이곳에서? 이런 허무맹랑하게 양식 없는 행동이 어디 있단 말이오! 카이저스아셰른에서라면 그대를 봐줄 수 있었을 거요. 비템베르크나 바르트부르크, 심지어 라이프치히에서라고 해도 그대를 믿었을 거요. 하지만 여기서는 아니지요. 이렇게 이교도적인 가톨릭 지역에서 말이오!"

그자(머리를 가로젓고, 걱정스럽다는 듯이 혀를 차며): "쯧쯧쯧, 또 그놈의 의심증이군! 늘 똑같은 그놈의 자신감 부족 말이지! '내가 있는 곳이 카이저스아셰른이다'라고 네가 생각할 수 있는 용기를 가졌다면, 그러면 말이야, 갑자기 모든 게 다 맞아떨어질 거라고. 그러면 우리 미학자 양반께서도 허무맹랑하게 양식 없는 행동에 대해 그렇게 한탄스럽게 한숨을 푹푹 쉴 필요가 없을걸. 제기랄! 넌 그렇게 말할 수 있는 권한이 있을 테지. 다만 그렇게 할 용기가 없는 거야. 아니면 용기가 없는 척하는 것이거나. 이봐, 친구, 그건 자신을 과소평가하는 짓이야. 그리고 넌 나도 과소평가하고 있어. 내 존재를 그렇게까지 독일 땅에만 한정하려 들고, 날 완전히 독일 촌놈으로 만들려고 든다면 말이야. 나는 독일적이기는 하지만, 뭐 독일 토박이라고 해도 좋아, 그래도 예전 방식으로, 더 나은 방식으로 독일적인 거야. 말하자면 충심으로 세계 시민적이지. 넌 내가 이곳에 있다는 사실을 부정하려 하고 있어. 예전의 독일적인 동경과 낭만적인 방랑벽을 아름다운 나라 이탈리아와 전혀 연관시키려 들지 않는단 말이야! 나더러 독일적이라고 할 땐 언제고, 또 내가 갑자기 뒤러 식으로 너무 추워서 햇볕이 그리워지는 것은 우리 나리님께서 내게 허용하지 않으려 하신단 말이지. 게다가 햇볕은 둘째 치고, 어떤 고상하게 창조된 피조물 때문에 내가 여기서 긴급히 다룰 좋은 사업거리가 있는데도 안 된다니⋯⋯"

이 부분에서 이루 말할 수 없이 역겨운 느낌이 나를 엄습했고, 그 바람에 나는 엄청난 전율에 휩싸였다. 그런데 내가 전율하는 진짜 이유들을 구별할 수 없었다. 일단 그것은 추위 때문이었을 수 있고, 또 냉기가 그의 존재로부터 갑자기 더 심하게 밀려와서 내 외투 자락을 뚫고 뼛속 깊숙이 에었기 때문일 수도 있다. 나는 언짢은 기분으로 묻는다.

"그 행패를 당장 그만두지 못하겠소? 이 지독한 외풍 말이오!?"

그자(그 질문에 대해): "유감스럽게도 그건 안 되겠어. 미안해. 여기서 네 마음에 드는 일을 못 해줘서 말이야. 하지만 난 원래 그렇게 춥게 만들어진 몸이야. 안 그러면 내가 어떻게 견디겠으며, 내가 사는 곳이 어찌 살 만하다고 생각하겠어?"

나(나도 모르게): "지옥과 더러운 술집 말이오?"

그자(누가 간질이기라도 한 것처럼 웃어대며): "훌륭해! 거칠고 독일적인 데다 장난스럽게 잘 말했어! 그 밖에도 꽤 괜찮은 명칭들이 많이 있지. 전직 신학자께서 알고 있는 그 모든 박학다식하고 엄숙한 명칭들. 지하감옥(Carcer), 파멸(Exitium), 반박(Confutatio), 파괴(Pernicies), 단죄(Condemnatio) 등등. 하지만 내겐 친근하게 독일적이고 유머가 있는 것들이 항상 가장 마음에 드는 것은 어쩔 수가 없어. 그건 그렇고, 장소와 그 특성의 문제는 일단 접어두자! 네 얼굴을 보아하니, 내게 그것에 관해 막 질문을 하려는 참이군. 하지만 그런 문제는 아직 불확실하고, 전혀 불이 난 듯이 긴급하지도 않아. '불이 난 듯이 긴급하지 않다'는 농담을 해서 미안하군! 어쨌든 그 문제는 시간이 있어,

충분한 시간, 예견할 수 없을 만큼 먼 시간 뒤의 이야기라고. 시간이야 말로 우리가 제공하는 최상의 것, 핵심적인 것이고, 우리의 하사품은 모래시계니까. 기가 막히게 멋지지. 붉은 모래가 흐르며 통과하는 좁은 곳 말이야. 머리카락처럼 가는 모래의 흐름은 유리관 위쪽 공간에서는 시각적으로 전혀 줄어들지 않아. 단지 최후의 순간이 되면, 그때는 아주 빨리 진행되는 듯하고, 아주 빨리 진행되어버린 듯이 보이거든. 하지만 이미 많은 시간이 지나가버렸지. 그 좁은 통로로 말이야. 언급하거나 생각할 필요도 없을 만큼 말이지. 이봐 친구, 난 단지 모래시계가 이미 세워졌다는 사실, 아무튼 모래가 흘러내리기 시작했다는 사실에 대해 너와 이야기하고 싶었을 뿐이야."

나(정말 비웃는 조로): "그대는 지극히 뒤러의 방식을 좋아하는군. 처음에는 '난 너무 추워서 햇볕이 그리워지게 되노라'고 하더니, 이젠 「멜랑콜리아」*의 모래시계 운운하질 않나. 이제 모든 것이 맞아떨어지도록 숫자 마방진 얘기도 할 참이오? 난 무슨 일이든 감당할 각오가 되어 있고, 어떤 일에든 익숙해질 거요. 날 '너'라거나 '친구'라고 부르는 그대의 파렴치함에도 익숙해질 거요. 그것이 내게는 특히 불쾌한 일이기는 하지만 말이오. '너'라는 말은 내가 나 자신을 부르는 말이기도 하니까. 아마도 그래서 그대도 나를 그렇게 부르겠지만. 그대의 주장대로라면, 나는 지금 검은 광대와 대화를 나누고 있는 것이겠군. 그런 광대는 어릿광대요. 그래서 어릿광대와 사미엘은 하나이고 같은 존재란 말이오."

그자: "너 또 시작이냐?"

---

* 뒤러의 유명한 판화로, 모래시계, 마방진 등이 묘사되어 있다. 177쪽 참조.

나: "사미엘. 웃기는군! 현악 트레몰로와 목관악기, 트롬본으로 구성된 너의 다단조 포르티시모는 어디 있나? 낭만적인 관중을 위한 그 창조적인 도깨비 같은 곡, 네가 심연의 절벽에서 튀어나오듯이 심연의 올림 바단조에서 흘러나오는 그 곡 말이야. 지금 아무 소리도 안 들리는 게 놀랍군!"

그자: "그런 건 그냥 둬. 그것보다 훨씬 더 칭찬할 만한 악기가 있어. 넌 그것을 들어보는 게 좋을 거야. 네가 그것을 들을 수 있을 만큼 성숙하게 되면, 그때 우리가 연주를 해보이게 될 거야. 모든 게 충분히 성숙해지고, 제때가 되는 것이 중요해. 바로 그 점에 대해 너와 이야기를 나누고 싶은 거야. 그런데 '사미엘'이라니. 그런 형태의 이름은 적절치가 않아. 난 정말 민속적인 것을 좋아하지만, '사미엘'은 너무 머저리 같다고. 그건 뤼베크 출신의 요한 발호른*이 수정했지. '사마엘'이라고 말이야. 그럼 '사마엘'은 무슨 뜻인가?"

나(고집스럽게 침묵을 지킨다).

그자: "절대 침묵하라. 그래, 난 그렇게 비밀을 엄수하는 태도를 좋아해. 독일 말로 무슨 뜻인지 설명하는 건 내게 맡겨두고, 침묵을 지키는 그 태도 말이야. 사마엘은 '독의 천사'라는 뜻이지."

나(떨려서 제대로 맞물리지 않는 치아 사이로): "그래, 그대가 분명 그렇게 보인단 말이오! 아주 천사처럼, 그래요! 그대가 어떻게 보이는지 알고 있소? '상스럽다'는 말로는 어림도 없지. 건방지기 짝이 없는 인간쓰레기, 요물 같은 사내, 피에 목마른 뚜쟁이같이 보인단 말이오. 그게 그대의 꼴이오. 그런 꼴로 뻔뻔스럽게 날 찾아올 생각을 한 것이

---

* Johann Balhorn(1550~1604): 북독일 뤼베크 시의 인쇄업자.

오. 천사의 모습은커녕!"

그자(팔을 벌리고 자신을 내려다보며): "어째서? 아니, 왜? 내가 어떻게 보인다고 그래? 그래, 내가 어떤 모습을 하고 있는지를 내가 아는지 모르는지, 그걸 묻는 건 잘한 일이야. 왜냐하면 난 사실 모르니까. 아니, 몰랐다고 해야겠군. 네가 처음으로 내게 평을 해주었으니까 말이야. 내가 내 외모에 전혀 신경을 쓰지 않는다는 건 틀림없어. 말하자면 외모 자체에 맡기고 그냥 내버려두는 거지. 내 외모가 어떤 모습을 띠는지는 순전히 우연이야. 혹은 그때그때 달라 보인다고 하는 편이 더 낫겠네. 하지만 나는 그런 것에 전혀 주의를 기울이지 않아. 순응, 위장술, 그런 건 너도 잘 알잖아. 혀를 항상 입가에 빼어 물고 있는 '어머니 자연'의 가장무도회이자 익살스러운 장난이지. 하지만 이봐 친구, 난 순응이 무엇인지는 이파리나비가 뭔지를 알 만큼 알지만, 설마 넌 그 순응이라는 것을 자신과 관련시키지는 않겠지! 그래서 내가 나쁘다고 비난하지는 않겠지! 그런 순응이 다른 쪽으로는 좋은 면을 가지고 있다는 점을 인정해야 해. 네가 그렇게 잘 이용했던 그쪽으로 말이야. 경고까지 받아가며 만든 철자 상징이 있는 너의 그 매력적인 노래 말이야. 오, 정말 의미심장하고, 거의 영감을 받고 만들어진 노래 같아.

> 그대가 언젠가 밤에 내게
> 서늘한 음료수를 주었을 때,
> 그대는 나의 삶에 독을 탄 것이라네……

훌륭해.

상처가 난 곳에

뱀이 피를 빨며 달라붙도다……

정말 재능이 있단 말이야. 우리가 제때에 알아차린 것도 바로 이것이지, 우리가 일찍부터 네게 눈독을 들인 이유이지. 너의 경우는 참으로 애를 써볼 가치가 있다는 것을 우린 알았던 거야. 네 경우가 지극히 유리한 상황이라는 점을 말이지. 우리가 가진 불을 그냥 조금만 그 밑에다 갖다 대기만 하면, 그저 약간만 가열하고 활기를 불어넣으며 열광하도록 하기만 하면, 뭔가 감탄을 자아낼 만큼 대단한 것을 만들어낼 수 있다는 것을 말이야. 독일인이 자연스러운 절정에 도달하려면 샴페인 반병은 필요하다고 비스마르크가 말하지 않았나? 비스마르크가 그런 말을 한 것 같은 생각이 드는데, 어쨌든 맞는 말이지 뭐야. 재능은 있지만, 무기력한 게 독일인이거든. 그렇게 무기력한 자신의 모습을 참지 못하고, 악마와 손을 잡는 한이 있더라도 순간적으로 번쩍 빛나는 영혼의 섬광을 체험함으로써 그런 모습을 극복할 만큼의 재능이 있는 거지. 아마 넌 자신에게 무엇이 부족한지 알았을 거야. 그리고 여행까지 해가면서, 실례하네만(salva venia), 상냥한 프랑스인들이라고 불리는 매독에 걸리게 되었을 때는 정말 제대로 해낸 것이지."

"침묵하라!"

"침묵하라? 이것 좀 보게, 이건 네 편에서 해낸 발전인걸. 네가 이제 활기를 얻기 시작하는구먼. 드디어 너도 옛날식 존칭을 버리고, 내게 '너'라고 하니까 말이지. 서로 계약을 맺고 영원히 협정을 하는 사람들 사이에 적절한 방식으로 말이야."

"침묵하라 하지 않소!"

"침묵하라? 우리가 이미 대략 다섯 해 동안이나 침묵하고 있었는데 뭔 소리야. 언젠가는 한번 서로 이야기를 나누면서 전체적인 일에 대해 상담을 하고, 네가 지금 처한 흥미로운 상황에 대해 상의를 해야 하지 않겠느냐 말이지. 물론 이런 일은 침묵을 지켜야 할 일이기는 해. 하지만 우리끼리라면 결국 그렇지도 않아. 어차피 모래시계가 세워지고, 그 미세하고 미세한 좁은 통로로 붉은 모래가 흐르기 시작했잖아. 오, 물론 그냥 시작한 정도이기는 하지만! 아래에 내려와 있는 모래는 아직 거의 아무것도 아닌 셈이지. 위에 남아 있는 모래와 비교한다면 말이야. 우린 시간을 제공해. 충분한 시간, 그것의 끝 따위는 생각해볼 필요도 없이 많은 시간을 말이지. 전혀 생각할 필요가 없고말고. 어쩌면 서서히 끝을 생각하기 시작할지도 모를 시점(時點), '최후의 순간을 생각하라(Respice finem)'라고 말할 때의 그 시점조차 당분간 신경 쓸 필요가 없다고. 더구나 그것은 얼마든지 유동적인 시점이니까. 각자의 기분과 기질에 따라 얼마든지 바뀔 수 있어. 어디쯤에서 시작하고, 어디까지 끝을 미뤄둬야 할지 아무도 모른다고. 이거야말로 기가 막히게 재미있는 발상인데다 대단한 장치까지 갖춘 것 아니겠어. 말하자면 도대체 언제쯤 끝을 생각해야 할 때가 되는 건지 불확실하고 임의적이라는 말은, 미리 정해져 있는 끝을 전망해야 할 순간을 결국 보지 못하도록 숨기며 장난치고 있다는 말이니까."

"허튼소리!"

"글쎄 뭐, 넌 좀 까다롭긴 해. 심지어 내가 펼치는 심리학에 대해서도 넌 거칠게 나온다니까. 한때 고향의 시온 산에서는 너 스스로 심리학을 꽤 괜찮고 중립적인 위치의 학문이라 하고, 심리학자들은 가장 진리를 사랑하는 사람들이라고 했으면서 말이지. 내가 주어진 시간과 정해진 끝에 대해 말할 땐 결코 허튼소리를 하고 있는 게 아니라 아주 정확히 문제의 핵심을 짚는 거야. 모래시계가 세워지고 시간이 주어진 곳이면 어디에서나 우리는 계획대로 잘해나가고 있는 중이고, 우리가 뿌린 씨앗도 잘 커가고 있는 거라고. 어떤 시간이 될지 미리 생각해볼 수도 없지만, 기한이 있는 시간과 확실하게 정해진 끝이 주어진 곳이면 말이지. 시간을 파는 게 우리 일이야. 뭐, 24년이라고 해보지. 이 정도면 예상이 되는 세월인가? 이거면 적절한 분량의 시간이야? 그 세월이면 어떤 이는 옛날 황제의 방식으로 오로지 본능에만 충실하면서, 위대한 마법사로서 숱한 악마의 힘을 빌려 세상을 놀라게 할지도 모르지. 그 세월이면 어떤 자는 시간이 길어질수록 더욱 완전하게 무기력감을 잊어버리고, 섬광처럼 터져 오르는 영혼의 대각(大覺) 상태에 이르며 자신을 넘어서버릴지도 몰라. 그렇다고 스스로에게 낯설어지는 것이 아니라 그 자신으로 남아 있으면서 말이지. 비록 샴페인 반병을 마시고서야 비로소 자신이 원래 누릴 수 있었던 자연스러운 절정에 이른 것이겠지만. 그리고 몽롱한 기분으로 스스로를 향유하는 가운데 거의 견딜 수 없을 만큼의 희열을 느끼며 쏟아내는 희열을 맛보는 거지. 그러면서 수천 년 이래로 이런 희열은 없었노라, 하며 나름대로 다소간의 근거를 바탕으로 확신하겠지. 또 그러면서 모종의 자유분방해지는 순간에 어떻게든 스스로를 신이라고 생각할 수도 있고 말이지. 그런데 어찌 그런 자가 언제쯤 종말을 생각해야 하는지, 그 시점 따위에 시시콜콜하게 신경을 쓰는가 말이야! 물론 종말은 우리의 것이고, 그때가 되면 결국 그런 자도 우리 손에 넘어오게 되어 있어. 이거 하나만은 확실하게 해두자고. 그러니 평소에 침묵하며 지내든지 말든지 하더라도, 이 문제는 그냥 암묵적으로 어물쩍 넘어갈 일이 아니라, 남자 대 남자로서 분명하게 털어놔야 한다는 말씀이야."

　　나: "그래서 그대는 내게 시간을 팔겠다는 거요?"

　　그자: "시간이라고? 그냥 시간만? 아니지, 이 친구야. 그것뿐이라면 악마가 다루는 상품이라고 할 수 없지. 우리가 그 정도의 것을 취급해가지고는 종말이 우리에게 보상으로 주어지지 않고말고. 요컨대 어떤 종류의 시간인가,라는 것이 중요해! 위대한 시간, 끝내주는 시간 말이야. 소망하는 것이 기가 막히게, 감당도 못 할 만큼 잘 이루어지는 시간, 철저히 악마의 힘으로 이끌어지기 때문에 대담하기 짝이 없는 시간이야. 물론 또 약간 비참한, 심지어 매우 비참한 시간이기도 하고. 이건 내가 단순히 인정하는 부분일 뿐만 아니라 정말 자랑스럽게 강조하는 점이지. 왜냐하면 그게 정당하니까. 그렇게 하는 게 바로 예술가의 방식이고 천성이잖냐고. 알다시피 예술가의 천성이란 언제나 양쪽 방향으로 갈 때까지 가보는 경향이 있거든. 그러면서 어느 쪽으로든 약간 탈선까지 하는 게 지극히 통상적이잖아. 쾌활함과 멜랑콜리 사이에서 추가 늘 폭넓게 왔다 갔다 왕복하는 식이지. 그런데 이건 보통 수준이야. 우리가 가져다주는 것에 비하면 아직도 시민적이고 지나치지 않은 뉘른베르크 양식*이지. 왜냐하면 우리는 바로 이 방향에서 최고로 강력하게 힘을 발휘하는 것을 가져다주거든. 정신적인 비약과 큰 깨달음을 가져다주니까 말이지. 해방을 체험하게 하고, 억제된 것을 폭발시키는 체험이 가능하게 해준다고. 자유와 확신과 뭐든 쉽게 해내는 힘, 또 권력 의식과 승리감의 체험 말이야. 그래서 우리와 계약을 맺은 남자가 자신의 감각을 스스로도 못 믿게 될 정도로 말이지. 더구나 그렇게 만

―――――――――

* 뒤러처럼 '기존의' 뉘른베르크 출신의 천재적인 예술가를 암시한다.

들어낸 예술품에 대해 느끼는 엄청난 경탄까지 포함해서 말이야. 다른 사람들이 드러내는 경탄 따위에는 전혀 신경도 쓰지 않게 될 정도의 자기 경탄 말이지. 자기 숭배, 그래, 자신을 향한 기가 막히게 달콤한 전율! 그 전율 속에서 그는 천부적인 재능을 타고난 달변가처럼, 신적인 괴물처럼 보이고 말이지. 그래서 간혹 그런 수준에 걸맞을 만큼 또 깊게, 명예스러울 만큼 밑바닥까지 떨어져보기도 하는 것이고 말이야. 단순히 공허함과 황량함, 무기력한 슬픔으로만 빠져드는 것이 아니라, 메스꺼울 만큼의 고통 속으로도 떨어지는 거야. 말이 나온 김에, 그런 건 이미 늘 있던, 원래 예술가 기질에 속하는 친숙한 고통과 메스꺼움이지 뭐야. 그런 것이 이제 일순간에 번쩍 빛나는 영혼의 섬광과 의식적으로 고상하게 유지한 머리통 덕분에 지극히 명예롭게 강화된 것일 뿐이지. 그건 엄청나게 누린 것에 대한 대가로 만족스러움과 자긍심을 가지고 받아들이는 고통인 거야. 우리가 동화를 통해 알고 있는 고통이지. 작은 인어가 꼬리 대신 얻은 사람 다리에서 느꼈던, 칼로 베인 것 같은 그런 고통. 넌 안데르센의 「인어 아가씨」를 알잖아. 그건 너에게 사랑스러운 아가씨일 것 같은데! 넌 한 마디만 하면 돼. 그러면 내가 그 아가씨를 네 잠자리로 데려다주지."

　나: "네가 침묵할 줄 안다면 좋겠다, 이 어리석은 작자 같으니!"

　그자: "아, 이봐, 늘 그렇게 거칠게만 굴지 마라. 넌 늘 침묵만 요구한단 말이야. 하지만 난 슈바이게슈틸* 가족 출신이 아니야. 그리고 말이 나왔으니 말인데, 어머니 엘제도 나름대로 아주 이해심이 많고 자제력을 발휘하긴 했지만, 자기 집에 일시적으로 머물렀던 손님들에 대

＊ Schweige still: 띄어쓰면 '조용히 침묵하라'는 의미가 된다.

444

해 네게 이런저런 이야기들을 떠벌리곤 했잖아. 하물며 내가 침묵을 지키려고 이교도적인 외국까지 와서 너를 찾아온 건 절대 아니거든. 너하고 둘이서 분명히 다시 한 번 확인하려고 온 거라고. 성과와 지불에 대해 확실하게 협정을 하러 온 거란 말이지. 우린 이미 4년 넘게 침묵을 지키고 있었다고 내가 말하지 않았나. 그사이에 모든 것이 지극히 훌륭하고 더 바랄 것이 없는 데다, 최상의 기대를 해도 좋을 만큼 만족스럽게 진행되고 있으니까, 종(鐘)은 이미 반은 만들어진 것이나 다름없어. 지금 상황이 어떤지, 그리고 어떤 일인지 네게 말해야 해?"

    나: "나는 들을 수밖에 없는 것 같군."

    그자: "넌 기꺼이 듣고 싶기도 한 거야. 그리고 들을 수 있어서 아마 만족하고 있을걸. 심지어 듣고 싶은 마음이 꽤나 요동치겠지. 내가 혹시라도 제대로 말을 안 해주면, 넌 아마 징징거리면서 나를 붙들고 난리를 칠거야. 그럴 법도 하지. 우리가, 그러니까 너와 내가 함께 존재하는 세계는 그렇게 친밀하고 내밀한 곳이니까. 그런 곳에서야말로 우리가 고향 집에 있는 셈이지. 카이저스아셰른 그 자체니까. 1500년경의 독일적이고 좋은 분위기 말이야. 나하고는 아주 격의 없이 다정한 관계를 나누었고, 내게 빵 조각을, 아니 잉크병을 집어던지던 마르티누스* 박사가 나타나기 직전에, 그러니까 30년간의 축연**이 벌어지기 훨씬 전에 말이지. 그 당시 너의 나라 독일의 중앙에서, 라인강 주변뿐만 아니라 곳곳에서 얼마나 활기차게 민중들이 몰려다녔는지 기억해봐. 깊은 정에 넘쳐 쾌활하면서도 바짝 얼어서, 수많은 불행에 쫓기며 불안해하고 있었잖아. 타우버 계곡의 니클라스하우젠으로 몰려가서

---

    * 마르틴 루터를 말한다.
    ** 1618년에서 1648년까지 30년간 이어진 유럽 최대의 종교전쟁을 말한다.

성스러운 혈전을 보려는 성지 순례자의 갈망, 아이들의 행렬과 피 흘리는 성체, 식량난, 농민 봉기, 전쟁, 그리고 쾰른의 페스트, 운석들, 혜성들과 의미심장한 징조들, 성흔이 생긴 수녀들, 사람들의 옷 위로 나타나는 십자가들 말이야. 그리고 신비하게 십자가가 그어진 소녀의 셔츠를 깃발이라고 내세우며 그들은 터키인들과 싸움을 벌이려고 달려들었지. 참 좋은 시절이었어. 악마와 함께 날뛰던 지독하게 독일적인 시절이었지! 돌이켜보면, 정말 기분이 유쾌해지지 않아? 바로 그때 적절한 별들이 전갈자리에 모였던 거야. 명장 뒤러가 그것을 의학 연구용 종이에다 아주 능숙하게 그려놨듯이 말이지. 바로 그때 부드럽고 귀여운 것들, 끈질기게 기생하는 무리들, 서인도 출신의 애틋한 손님들이 우리 독일 땅으로 왔던 거야. 재앙에 열광하는 무리들 말이지. 거봐, 이제 너도 귀를 기울이는구나? 마치 내가 떠돌이 참회 수행자 무리들, 그러니까 자신의 죄와 더불어 모든 죄를 사한답시고 등을 무두질하던 편타고행자들(Flagellanten)의 이야기를 하고 있기나 한 것처럼 말이지. 하지만 난 재앙을 띤 족속들 중에서 눈에 보이지도 않게 작은 편모충들(Flagellaten) 이야기를 하고 있는 거야. 가령 우리의 창백한 비너스, 스피로헤타 팔리다(spirochaeta pallida)* 같은 것들 말이지. 이렇게 제대로 쓸 만한 놈들이 독일에 들어오게 된 것이야. 그래도 네 생각이 맞긴 해. 내가 지금 소개하는 것들이 모두 너무나 친밀하게 중세 중기의 분위기, 말하자면 『이교도 패거리의 채찍질』 분위기를 풍기기야 하지. 오, 그렇고말고, 이들이 바로 현혹하는 자들(fascinarii)이라고 드러날지도 몰라. 우리가 가지고 있는 열광하는 무리들 말이야. 너처럼 사정이

---

* 매독의 병원체로서 주로 성교를 통해 감염된다.

좋은 경우에 말이지. 말이 나온 김에, 이놈들은 행실이 좋고, 이미 오래 전부터 길이 잘 들여져 있어. 벌써 수백 년간 뿌리를 내리고 살았던 땅인데, 이젠 더 이상 예전같이 무작정 어리석게 익살을 떨며 보기 흉한 종기와 페스트나 퍼뜨려대고, 또 코를 일그러뜨리고 그러지는 않아. 화가 밥티스트 슈펭글러도 어디를 가든 시체나 덮어줄 털을 뒤집어쓰고 다니지만, 경고의 방울을 울려대야 할 정도로 보이지는 않잖아."

나: "슈펭글러가 그 정도라고?"

그자: "그 정도가 안 될 건 뭐야? 너 혼자만 그렇게 되어야 한다는 거로군? 네가 가지고 있는 것이 세상에 오직 하나밖에 없어서 너 혼자만 지니고 싶고, 어떤 종류의 비교도 끔찍이 싫어한다는 것을 나는 다 알고 있어. 하지만 이 친구야, 동료란 늘 수없이 많은 법이야! 슈펭글러는 당연히 남자들 사이의 에스메랄다지. 그자가 괜히 그렇게 부끄러워하며 당황스러운 표정으로, 그리고 교활하게 눈을 껌벅거리는 게 아니야. 이네스 로데가 그자를 은밀하게 살금살금 다니는 음흉한 인물이라고 부르는 것도 괜한 소리가 아니라고. 운이란 것이 그렇지 뭐, 호색한(faunus ficarius)인 레오 칭크는 여전히 멀쩡한데, 오히려 말끔하고 똑똑한 슈펭글러가 일찌감치 붙잡혀버린 거야. 참고로, 넌 그냥 조용히 있으면서 그자를 질투하지 않는 게 좋아. 그자는 그냥 지루하고 진부한 경우라서, 결국 아무것도 나올 게 없어. 우리가 대단한 업적을 완성시킬 수 있는 피톤*이 아니란 말이야. 그자는 우리가 뿌려놓은 것들을 품은 후에 아마 의식이 조금 더 밝아지고, 정신적인 세계에 약간 더 가까이 있게 되었을지 모르지. 그자가 더 높은 것과 관계를 맺지 않았

---

* 그리스 신화에서 델포이의 신탁을 지배하던 거대한 뱀으로 아폴론에게 죽임을 당한다.

다면, 그러니까 기억에 남는 비밀스러운 징벌이 없었다면, 공쿠르 형제의 일기와 아베 갈리아니의 글을 그다지 즐겨 읽고 싶어 하지 않을지도 모르니까 말이지. 이게 심리학이라는 거야, 알겠어? 병은 말이야, 게다가 불쾌감을 유발하고 은밀하며 비밀스러운 병은 세상을, 평균적인 삶을 비판하는 확실한 반대 극을 만들어내는 법이거든. 그런 병이 시민적 질서에 반대해 반항적이고 반어적인 소리를 내는 것이고, 그래서 또 감염된 남자는 자유로운 정신이나 숱한 서적과 상념에 몰두하면서 자신의 피난처를 찾으려고 한단 말이야. 하지만 슈펭글러는 그 이상은 아무것도 못 해. 아직은 책이나 읽으면서 뭔가 인용하고, 적포도주를 마시며 게으름을 피우도록 주어진 시간은 우리가 그에게 팔았던 시간이 아니야. 그것은 전혀 특별한 시간이 아니지. 그자는 쓸모도 없고 시원찮아서 대충 흥미로운 사교가에 불과하고, 그 이상은 아무것도 아닌 거야. 간, 신장, 위, 심장, 장에 장기적으로 이상이 생겨서 몸이 망가져 가는데, 언젠가는 완전히 목이 쉬거나 귀가 멀게 될 것이고, 몇 년 뒤에는 회의적인 농담을 내뱉으며 무명으로 죽어버릴걸. 그리고 뭐가 더 있겠어? 원래 더 있을 게 전혀 없지. 그자가 체험하며 누렸던 것은 결코 순간적으로 번쩍 빛나는 영혼의 섬광이 아니었고, 천재적인 고양이나 열광이 아니었어. 그자의 경우는 뇌와 관련된 것이 아니었거든. 뇌수 문제가 아니었으니까, 알겠어? 우리의 귀여운 심부름꾼들이 그자의 경우에는 고상한 것, 수준이 높은 것을 제공하려고 신경 쓰지 않았단 말이지. 그렇게 신경 쓸 필요도 없었던 것이 분명해. 그래서 그건 단순한 매독과 전염병의 수준을 넘어서 형이상학적인 것으로 전이되지 않았던 게야……"

나(증오에 차서): "얼마나 더 오래 이렇게 떨고 앉아서 그대의 이지긋지긋하게 끝없는 헛소리를 듣고 있어야 한단 말인가?"

그자: "끝없는 헛소리? 듣고 있어야 한다? 넌 참으로 재미있는 길거리 유행가를 불러대는군. 내 생각엔 넌 아주 주의 깊게 내 말을 들으면서, 모든 것을 더 많이 알려고 안달하고 있단 말이야. 방금도 뮌헨의 네 친구 슈펭글러에 대해 지칠 줄 모르고 물었잖아. 그리고 내가 네 말을 가로막지 않았다면, 지옥과 더러운 술집에 대해 나한테 내내 탐욕스럽게 캐물었을걸. 제발 성가신 척하지 마라! 나도 자의식이라는 것이 있고, 내가 불청객이 아니라는 것도 잘 알고 있다고. 간단히 말하면, 매독균의 수준을 넘어선다는 것은 뇌막염이 진행된다는 거지. 네게 확실히 말해두건대, 마치 우리 심부름꾼들 중에서 어떤 놈들은 꼭 위쪽에 있는 것에 열광하는 것 같아. 머리 부분, 뇌 부분, 뇌척수 경막(dura mater), 뇌 위의 둥근 부분, 내부의 부드러운 실질 조직을 보호하고 있는 뇌연질막(Pia)을 각별히 좋아하고, 처음으로 전반적인 감염이 나타나는 순간에 열광적으로 그곳으로 몰려가버리는 것 같단 말이지."

나: "그대의 말투는 그대에게 꼭 어울리는군. 뚜쟁이 주제에 의술(medicinam) 같은 것을 공부했나 보군."

그자: "네가 신학(theologiam) 같은 것을 공부한 것 이상은 아니지. 불완전하고, 특정 분야에만 전문화해 공부한 정도지. 네가 여러 예술과 학문 중에서 최상의 학문을 단지 특수 전문가이자 애호가로서만 공부했다는 사실을 부정할 텐가? 네가 관심이 있었던 것은 바로 나잖아. 그래서 난 너에게 정말 고맙게 생각하고 있어. 그런데 어떻게 내가, 그러니까 네가 지금 눈앞에 보면서 생각하는 그대로 에스메랄다의 친구이자 뚜쟁이인 내가 어떻게 아까 말한 의학의 외설적인 분야, 가장 일차적으로 떠오르는 분야에 특별한 관심을 가지지 않을 수 있고, 의학

에 전문적이지 않을 수 있겠어? 실제로 난 이 분야에 지속적으로 지극히 큰 관심을 가지고 최근의 연구 결과를 보고 있지. 각설하고, 몇몇 의사들이 하늘에 두고 맹세하며 철석같이 믿고 있는 게 있지. 우리 심부름꾼들 중에 뇌 전문가가 있다고 말이야. 뇌수 분야 애호가, 간단히 말하면, 신경 바이러스(virus nerveux)라고 불리는 거지. 하지만 그런 의사들도 새로운 것을 짚어낸 것은 아니야. 문제는 핵심을 거꾸로 짚었다는 거지. 우리 애들이 방문해주기를 열망하고, 잔뜩 기대하며 그런 방문을 고대하고 있는 쪽은 바로 뇌란 말이야. 나의 뇌를 네가 고대하듯이 말이지. 우리 애들을 불러들이고, 마치 그냥 기다리고만 있을 수 없을 것처럼 자기 쪽으로 끌어들이는 나의 뇌 말이야. 넌 아직 알고 있지? 그 철학자가 『영혼론De anima』*에서 쓴 구절 말이야. '행동하는 자들의 행위는 타고난 성향에 따라 병으로 고통 받는 자들에게서 일어난다.' 그것 봐. 모든 건 이처럼 성향에 따라 처한 상황, 준비된 상태, 받아들일 태세에 달린 거야. 어떤 사람들은 마녀의 일을 수행하는 데 다른 사람들보다 더 소질이 있고, 우리는 또 그런 사람들을 열망할 줄 안다는 사실을 『말레우스』**의 기품 있는 작가들이 이미 생각하고 있지 않냐고."

나: "이런 중상모략꾼 같으니라고. 난 너와 아무런 관계도 없어. 난 널 초대하지 않았단 말이야."

그자: "아이고, 그래요, 결백하시다고! 멀리서 내 귀여운 심부름꾼

---

* 아리스토텔레스가 쓴 서구 최초의 영혼 이론서.

** 『말레우스 말레피카룸Malleus Maleficarum』 혹은 『마녀의 망치Hexenhammer』는 1486년에 로마 가톨릭교회 도미니쿠스 수도회의 수사 하인리히 크라머Heinrich Kramer(라틴어 Henricus Institoris)가 쓰고 교황 인노첸시오 8세가 인증해준 마녀 색출과 근절 방법을 담은 교본.

을 찾아온 손님은 미리 경고를 받지 않으셨나 보지? 그래도 넌 너를 진찰해줄 의사들도 확실한 직관으로 골랐겠지."

　나: "주소록을 펴보고 찾은 거요. 안 그러면 누구에게 물어볼 수 있었겠소? 그리고 그들이 나를 돌봐주지도 않고 그냥 내버려두리라고 누가 내게 말해줄 수 있었겠는가 말이오! 그대는 나를 치료하던 의사 두 분을 어떻게 한 거요?"

　그자: "없애버렸지, 깨끗하게. 오, 우린 물론 널 위해 그 무능한 작자들을 해치워버린 거야. 그것도 아주 적절한 순간에. 그들이 이런저런 처방을 가지고 너의 건을 제대로 진행시켰을 때는, 그게 너무 이르지도 늦지도 않았어. 하지만 우리가 그 작자들을 그냥 두었더라면, 이 귀한 사건을 그냥 망쳐버렸을지도 몰라. 우린 그자들이 증상을 유발시키는 데까지는 허용했지. 하지만 그것으로 끝이 났고, 그들은 사라져야 했어. 그자들이 전문적인 치료 과정에서 피부 중심으로 일어나는 일반적인 1차 침윤 증세를 적절히 제한하고, 그럼으로써 병이 머리 쪽으로 전이되는 과정을 한 차례 제대로 자극하자마자, 그들의 맡은 바 임무는 완수된 것이고, 그들은 제거되어야 했던 거야. 그 멍청이들은 상황을 모르니까. 설사 안다 하더라도, 일반 치료로 인해 윗부분에서 성병으로 변화하는 과정이 매우 빨라진다는 사실을 바꿀 수는 없어. 그런 과정은 갓 생겨난 질병 단계의 상태를 치료하지 않고 두기만 해도 흔히 잘 진행되기는 해. 요컨대 어떻게 하든 잘못하는 셈이지. 어쨌든 어떤 경우에도 수은이니 뭐니 따위로 처방을 한답시고 증상이 나타나도록 계속 자극하는 짓은 우리가 그냥 내버려둘 수 없었어. 일반적인 침투가 줄어드는 것은 저절로 그렇게 되도록 두어야 했고, 그럼으로써 저 위 머릿속에 자리 잡은 질병이 아주 서서히 진척되도록, 잘 나가는 영매술의

세월이 네게 수년, 수십 년 주어지도록 해야 했단 말이야. 천재적인 악마의 시간으로 가득 찬 모래시계 전체 말이지. 지금은 좁고 작게, 그리고 미세한 부위에 제한되어 있지. 네가 그것을, 네 머리의 그 작은 부위를 만들어낸 지 4년이 지난 지금은 말이야. 하지만 그건 존재하고 있어. 병소(病巢) 말이야. 체액의 길, 말하자면 수로를 통해 그곳에 도달하는 내 심부름꾼의 작은 작업실, 처음으로 영혼의 섬광이 번쩍 빛나며 솟구치는 것을 체험한 장소 말이지."

나: "딱 잡았어, 이 머저리 같은 친구야! 너 스스로를 폭로하며, 내 머릿속에 있는 자리를 직접 말하잖아! 내게 네가 보이도록 속여대는 열의 발생지 말이야! 그것이 없으면 너도 없을 거야! 내가 흥분 상태에서 널 보고 듣기는 하지만, 넌 내 눈 앞에 있는 요설에 불과하다고 스스로 폭로하고 있지 않나 말이야!"

그자: "맙소사, 추리력 하고는! 이 어리석은 친구야, 넌 거꾸로 생각하는 거야. 난 네 머릿속 뇌연질막에 있는 병소(病巢)의 결과물이 아니라, 그 병소가 너에게 나를 인지할 수 있는 **능력을 주는** 거라고, 알아듣겠어? 물론 그것 없이는 네가 날 보지 못하겠지만 말이야. 그렇다고 나의 존재가 너의 초기 명정(酩酊) 상태에 좌우되나? 그래서 나는 너의 주체에 속하고? 이봐, 그런 소리 말아! 성급하게 굴지 말라고. 지금 일어나고 있고 악화되고 있는 증상은 네게 아주 다른 일을 할 수 있는 능력을 줄 거야. 아주 다른 종류의 장애를 없애주고, 무기력 상태와 심리적인 압박을 날려버릴 거라고. 그리스도 수난일까지 기다리면, 곧 부활절이 되는 거지! 1년, 10년, 12년만 기다리라고. 엄청나게 번쩍 빛나며 솟구치는 영혼의 섬광이 나타나는 순간까지만. 온갖 무기력한 의심과 의혹이 밝게 소실되는 순간이 정점에 이를 때까지만 말이야. 그럼

넌 알게 될 거야. 네가 무엇을 위해 대가를 치르는지, 왜 네가 우리에게 몸과 영혼을 맡기는 것인지 말이야. 그러면 약국에서 가져온 씨앗에서 삼투성 식물이 부끄러움 없이(sine pudore) 네 몸에서 싹터오를 거야……"

나(버럭 화를 내며): "그 더러운 입 닥치라! **네 입으로** 내 아버지 이야기를 하지 마라!"

그자: "오, 네 아버지가 내 입에 오르내리는 것은 전혀 부적절하지 않아. 너의 아버지는 보기하고는 딴판으로 기지가 있었지. 그 양반은 자연의 원소를 궁리하는 걸 늘 즐겼잖아. 머리 통증, 즉 칼에 베이는 것 같은 작은 인어 아가씨의 아픔의 출발점도 넌 아버지로부터 물려받은 거잖아…… 기왕 말이 나왔으니 덧붙이면, 난 아주 바르게 말한 거야. 그 마술 같은 전체 과정에서는 삼투압, 용액 분산, 병적인 세포 증식 과정이 핵심 문제니까. 너나 너의 아버지 같은 인물들은 약동하는 액체 기둥이 든 요추 자루를 가지고 있어. 바로 그 자루가 뇌수 속까지 이르고 뇌막까지 이르는데, 뇌막 조직 안에는 몰래 생겨난 매독성 뇌막염이 조용히 소리 없이 진행되고 있지. 하지만 내부에까지, 유연(柔軟) 조직까지는 우리 심부름꾼들도 도저히 도달할 수 없을 거야. 아무리 그런 조직이 그 친구들을 내부까지 들어오라고 끌어들여도, 그 친구들이 아무리 간절히 그곳으로 끌리더라도 말이지. 그래서 용액 분산이 없으면 안 되고, 뇌연질막의 세포액이 삼투압 과정을 거치지 않으면 안 되는 거라고. 삼투압 과정에서 세포액이 묽어지고, 조직이 해체되면서 편모충들이 내부로 들어갈 수 있는 길이 열리게 되거든. 그러니까 모든 것이 바로 이 삼투성에서 온다는 말씀이야, 친구. 삼투성의 짓궂은 산물을 보고 넌 그렇게 일찍부터 기뻐했던 거지."

나: "그대의 몹쓸 속성이 나를 웃게 했던 거요. 난 실트크납이 돌아오기를 바랐소. 그와 함께 웃을 수 있었으면 하고. 그에게 내 아버지 이야기를 해줄 참이었소. '그런데 이건 모두 죽은 거란다'라고 아버지가 말씀하실 때 아버지의 눈에 고인 눈물에 대한 이야기를 해주려고 했소."

그자: "이런, 제기랄! 아버지의 자비심에 찬 그 눈물 때문에 네가 웃었던 것은 정당했어. 천성적으로 악마의 유혹과 관계를 맺는 자는 항상 사람들의 감정과는 반대 입장에 있기 때문에 그들이 눈물을 흘리면 웃고, 웃으면 또 울고 싶은 유혹을 느낀다는 사실은 고려하지 않고도 말이야. '죽었다'는 게 뭔 소린가? 식물이 그렇게 다채롭고 다양한 형태로 번성하고 싹이 트며, 게다가 굴광성을 띠는데? 그 액체가 그렇게 건강한 식욕을 드러내는데, '죽었다'는 게 무슨 말인가? 이봐, 무엇이 병들었고, 무엇이 건강한가,라는 문제는 고루한 속물의 생각에 맡겨둘 일이 아니야. 속물이 삶을 제대로 이해할 줄 아는지는 의문이거든. 죽음의 길과 병의 생성 과정에서 생겨난 것을 삶은 이미 여러 번 즐거운 마음으로 손에 넣으려고 시도했고, 그런 과정을 통해 더 멀리 그리고 더 높이 이끌릴 수 있었지. 넌 최고 학부에서 배운 것을 잊어버렸어? 신은 악에서 선을 만들어낼 수 있다는 사실, 신이 그렇게 만들어낼 수 있는 기회가 감소되어서는 안 된다는 사실을? 각설하고, 누구 한 사람은 항상 병이 나고 미쳐 있어야만 다른 사람들이 더 이상 그렇게 될 필요가 없게 되는 법이야. 어느 지점에서 광기가 병이 되기 시작하는지는 누구도 쉽게 알아내지 못해. 누군가 발작 상태에서 어느 한구석에 이렇게 쓴다고 해보자. '난 황홀해! 내 정신이 아니야! 난 이런 상태를 새롭고 대단하다고 하겠어! 기발한 착상의 끓어오르는 기쁨! 내 뺨은 열에

454

녹아버린 강철처럼 작열하고 있어! 난 열광하고 있어! 그리고 이것이 너희들에게로 옮겨지면 너희들도 열광하게 될 거야! 그럼 신이 너희의 불쌍한 영혼을 돌봐주시기를!' 하고 말이야. 이건 어리석은 건강인가, 건강한 어리석음인가, 아니면 그렇게 쓰는 자는 뇌막에 이상이 있어서 그런가? 시민이란 그런 이상을 알아낼 수 있는 능력이 가장 부족한 존재들이지. 어쨌든 이 점에서 시민에게는 오랫동안 더 이상 눈에 띄는 것이 없을 거야. 왜냐하면 예술가란 원래 이상한 생각을 한다고 여기니까. 누가 다음 날 악화된 상태에서 이렇게 소리친다고 해보자. '오, 빌어먹을 적막함! 아무것도 할 수 없다면, 이 무슨 빌어먹을 삶이란 말인가! 저기 밖에서 전쟁이라도 터졌으면! 도대체 무슨 일이든 벌어지게 말이야! 그럼 난 멋진 몸짓으로 죽어버릴 수도 있겠다! 지옥이여, 나를 불쌍히 여기라. 난 지옥의 아들이니까!'라고. 이런 말이 진지하게 받아들여지겠어? 여기서 지옥에 대해 얘기하는 것이 단어 그대로의 진실인가 말이야? 아니면 그것은 단지 뒤러 풍의 조금 평범한 「멜랑콜리아」에 대한 은유에 불과한가? 요약해서 말하면, 우린 너 같은 인간들을 조달할 뿐이야. 그러면 고전주의의 시인,* 그 지극히 위엄 있는 인물은 자신이 숭배하는 신들에게 아주 멋지게 고마움을 표현하게 되는 것이고.

> 신들은 모든 것을 준다네, 그 무한한 존재들은,
> 신들이 가장 사랑하는 자들에게 완전히.
> 모든 기쁨을, 그 무한한 존재들은,
> 모든 고통을, 그 무한한 존재들은, 완전히."

---

* 괴테를 말한다.

나: "조소밖에 할 줄 모르는 이 거짓말쟁이 같으니! 악마가 마치 거짓말쟁이나 살인자가 아니기라도 한 것처럼!(Si Diabolus non esset mendax et homicida!) 내가 너의 말을 듣고 있을 수밖에 없다면, 최소한 훼손되지 않은 숭고함이니, 희귀한 황금이니 하는 따위의 말은 입에 올리지 마라! 햇빛 대신 불을 가지고 만든 금은 진짜가 아니라는 것을 난 알고 있단 말이다."

그자: "누가 그런 소리를 해? 햇빛이 아궁이 불보다 더 나은 불을 가졌나? 그리고 '훼손되지 않은 숭고함'은 또 뭐야! 정말 못 들어주겠구먼! 넌 지옥과 전혀 아무런 관련이 없는 천부적 재능이 있다고 믿어? 그런 건 없어!(Non datur!) 예술가라는 존재는 범죄자와 미치광이의 형제인 거야. 그럴듯한 작품을 만든 인물이 범죄자와 미치광이를 이해하지 못하고도 그런 작품을 만들 수 있다고 생각해? 병적인 것은 뭐고, 건강한 것은 뭐냐 말이야! 병적인 것이 없이는 인생은 절대 가능할 수 없는 거야. 진짜는 뭐고, 가짜는 뭐야! 우린 조국을 물 먹이고 배신하는 자들인가? 우리가 아무것도 없는 곳에서 좋은 것들을 억지로 끄집어내고 있어? 아무것도 없는 곳에서는 악마도 권한을 잃어버린 것이고, 그러니 어떤 요상한 비너스도 무슨 신기한 짓을 못 벌이는 법이지. 우린 새로운 것이라곤 아무것도 만들어내지 않아. 그런 일은 다른 사람들의 몫이야. 우린 그저 풀어주고 해방시킬 뿐이라고. 무기력과 조심스러움, 순결한 양심의 가책과 회의 따위는 악마에게 보내버리는 거야. 그리고 약간의 충혈(充血) 자극을 통해 피로한 상태에 원기를 불어넣고, 피로를 없애주는 거야. 작은 피로와 큰 피로, 즉 사적인 피곤함과 시대적인 피곤함 말이지. 바로 그거야. 넌 시국을 생각 못 하는 거야. 이런 혹은 저

런 인물은 그것을 **온전히** 가질 수 있었다고, 모래시계가 앞에 놓여 있지 않았는데도, 결국 아무런 대가도 치르지 않았는데도 기쁨과 고통을 무한정 가질 수 있었다고, 네가 불평을 해댄다면 그건 역사적으로 생각하는 것이 아니야. 그런 인물이 고전주의 시기에 우리의 개입 없이도 가질 수 있었던 것을 오늘날에는 오직 우리만 제공할 수 있지. 게다가 우린 더 나은 것을 제공하고, 우리야말로 제대로 된, 진정한 것을 제공하지. 그리고 이미 이건 더 이상 고전주의의 것이 아니야, 이 친구야. 우리가 체험을 위해 제공하는 것은 태고의 것, 원초적인 시대의 것, 오래전부터 더 이상 전해지지 않는 것이란 말이야. 영감이 대체 무엇인지, 태고 시절에 있던 진짜 본연의 열광이 무엇인지, 비판과 무기력한 신중함 그리고 치명적인 이성의 조종에 의해 전혀 손상되지 않은 열광, 성스러운 열광이 무엇인지를 오늘날 대체 누가 여전히 알고 있으며, 설사 고전적인 시대엔들 누가 알았겠어? 심지어 내가 악마는 규범을 불온하게 파헤치고 비판하는 자와 통하는 게 있다고 생각한다니? 이건 중상모략이야. 이봐, 또다시 중상모략하는 거라고! 빌어먹을! 악마가 증오하는 것이 있다면, 악마가 보기에 이 세상에서 뭔가 거꾸로 된 것이 있다면, 그건 불온한 비판이란 말이야. 악마가 정말 원하고 베푸는 것은 바로 의기양양하게 '비판을 넘어서는 것', 당당하게 의구심이 없는 상태라고!"

나: "이 떠버리 같으니!"

그자: "아, 물론이지! 자신에 대한 최악의 오해를 자기애 때문이라기보다 진리를 사랑하는 마음에서 바로잡고자 하는 자는 목청을 높이는 법이야. 너의 그 무자비한 수줍음이 내 입을 막아버리도록 내가 그냥 놔둘 수 없지. 네가 자신의 욕정을 혼자 억눌러버리고, 교회에서 유

혹의 말을 속삭이는 존재에게 귀를 쫑긋하는 아가씨처럼 아주 즐거운 마음으로 내 말에 귀를 기울이고 있다는 것도 아는데…… 기발한 착상이란 것을 한번 생각해봐. 너희들이 착상이라고 부르는 것, 너희들이 100년 혹은 200년 전부터 착상이라고 부르는 것. 왜냐하면 그 전에는 그런 범주가 아직 없었으니까. 음악적 소유권이나 뭐 그런 것이 없었던 것처럼 말이지. 그러니까 그 착상이라는 것은 3박자냐 4박자냐의 문제이지, 안 그래? 그 이상은 없잖아. 그 밖의 것은 모두 마냥 갈고 닦는 일, 끈질기게 눌어붙어 음을 이리저리 밀고 당기고 하는 일에 불과하잖아? 좋아, 그런데 우린 문학에 숙달된 전문가라서, 착상이 뭐 새로운 것도 아니라는 사실을 알고 있지. 게다가 착상이라면서 림스키코르사코프나 브람스의 곡에서 이미 나타나는 것을 너무나 뻔하게 연상시킨다는 사실을 안단 말이야. 그럼 어떻게 해? 그럼 착상을 바꾸는 거지. 하지만 바뀌어버린 착상이 여전히 착상이기는 한가? 베토벤의 소품집을 봐! 거기엔 어떤 주제적 착상도 신이 내려준 대로 남아 있지 않아. 베토벤은 그것을 변형시켜놓고, 거기다가 '최고품(Meilleur)'이라고 적어 넣었지. 신의 계시에 대한 신뢰도 없고, 존경심이라고 할 것도 없는 미온적인 마음이 또 전혀 열광적이지 않은 '최고품'이라는 단어 속에 드러나고 있단 말이야! 진정한 기쁨을 선사하는, 황홀하고 한 점의 의혹 없이 신앙심에 찬 영감, 즉 선택의 여지도 없고 개선할 것도 없으며, 이리저리 꾸며서 만들 것도 없는 영감은 따로 있지. 그런 영감 속에서는 모든 것이 황홀한 명령으로 받아들여지고, 걸음은 멈춰서 넘어지며, 승화된 섬세한 전율은 고통 속에 있는 자의 머리끝에서 발끝까지 퍼져 흐르는가 하면, 행복의 눈물이 끊임없이 그의 눈에서 터져 나오게 되는 거야. 바로 이런 영감은 이성에 너무 많은 일을 맡겨두는 신에 의해 가능한 것이 아니야. 그런 건 오로지 악마, 즉 열광의 진짜 주인에 의해서 만 가능해지는 것이라고."

내 앞에 앉은 놈이 마지막 말을 하고 있는 동안에 드문드문하게 녀석에게 뭔가 변화가 있었다. 제대로 자세히 살펴보니, 그 작자가 조금 전과 다르게 보였다. 놈은 뚱쟁이나 저급한 호색한의 모습이 아니라, 뭔가 더 나은 인물로 그곳에 앉아 있었다. 흰 옷깃에 나비넥타이를 매고, 구부러진 코 위에는 뿔테 안경을 썼으며, 안경 너머로는 축축하고 어두운 데다 약간 충혈된 눈이 희미하게 내비쳤다. 얼굴은 날카로움과 유약함이 섞인 모습에다, 코는 날카롭고, 입술도 날카롭지만 턱은 부드러웠다. 거기에 보조개가 하나 있었는데, 게다가 볼에 생긴 보조개였다. 또 이마는 창백하고 둥글었으며, 이마에서부터 머리카락을 보기 좋게 빗어올려 뒤로 넘겼고, 이마 옆쪽으로는 숱이 많고 검으며 곱슬곱슬한 머리카락을 역시 빗질해 정리했다. 일반 신문에 예술이나 음악에 대해 글을 기고하며 식자연하는 작자라고 할까, 사고력이 허락하는 한에서 직접 작곡도 하는 이론가이면서 비평가라고 할까. 부드럽고 비쩍 마른 두 손은 섬세한 감각의 서투름을 드러내는 제스처로 그의 말에 따라 움직이고, 가끔씩 관자놀이와 목덜미의 굵은 머리카락을 신중하게 쓰다듬기도 했다. 말하자면 이런 것들이 소파 구석에 앉아 있는 방문객의 모습이었다. 그의 키는 더 커지지 않았다. 특히 목소리는 비음에다 분명하고, 듣기 편한 음을 내도록 잘 연습되어 있는 그대로였다. 바로 그 목소리가 불분명한 모습에도 불구하고 그의 정체성을 말해주고 있었다. 마침내 나는 그가 말하는 소리를 듣고, 그의 널따랗고 언저리가 일그러진 입이 대충 면도된 윗입술 아래에서 앞쪽을 향해 소리를 내며 움직이는 것을 본다.

"오늘날 예술이란 무엇인가? 마치 신발 속에 넣은 완두콩을 밟으며 순례 여행을 하는* 격이지. 엉거주춤 걸어야 하다 보니 한 켤레의 분홍신보다 오히려 춤과 더 잘 어울릴 테고. 그리고 악마가 달라붙어 마음을 무겁게 하는 인물이 너 혼자만은 아니야. 예술가들, 네 동료들을 살펴봐. 물론 난 네가 그들을 살펴보지 않는다는 것을 알아. 넌 그들을 똑바로 쳐다보지 않지. 혼자만 예술가라는 환상을 키우며, 자신을 위해 모든 것을 원하고, 자신을 위해서라면 이 시대의 모든 재앙까지 불러오겠지. 하지만 위안 삼아 그들을 자세히 들여다봐. 신(新)음악의 동료 창조자들이라고 할까. 그러니까 현 상황에서 결론을 내리는 정직하고 진지한 창조자들 말이야! 민속 음악이나 신고전주의에서 피난처를 찾는 사람들 얘기가 아니야. 그런 자들의 현대성은, 음악적으로 분출하는 열정을 스스로에게 금지하고 다소 위엄을 떨며 개인주의 전 시대에 입던 양식의 옷을 걸치고 있다는 데 있지. 그들은 이제 지루한 것이 흥미롭게 되었다는 말로 스스로나 다른 사람을 설득하고 있어. 왜냐하면 흥미로운 것이 지루해지기 시작했다는 거지……"

나는 웃지 않을 수 없었다. 비록 추위가 나를 계속 괴롭히기는 했지만, 그자가 변모한 이후로 그자와 함께 있는 것이 내게 더 편안해졌다는 점을 고백하지 않을 수 없기 때문이다. 그자는 나를 따라 미소를 지었지만, 그의 닫힌 입언저리가 더욱 바짝 죄어질 뿐이었고, 이때 눈은 약간 감겨 있었다.

"이들도 무기력하기는 마찬가지야." 그자가 계속해서 말했다. "하

---

* 독일 작가 그리멜스하우젠(Hans Jakob Christoffel von Grimmelshausen, 1622~1676)의 민중소설 『모험심이 강한 짐플리치시무스 토이치*Der abenteuerliche Simplicissimus Teutsch*』(1668/69)에서 인용한 표현으로, 지극히 어려운 모험을 뜻한다.

지만 너와 나는 다른 사람들의 존경을 받을 만한 무기력을 더 선호한다고 난 생각해. 말하자면 이 시대에 전반적으로 퍼져 있는 질병을 점잖게 꾸며놓은 가장무도회 중에 슬쩍 숨겨버리는 짓에 등을 돌려버리는 사람들의 무기력 말이야. 병이 광범위하게 퍼져 있는 것은 사실이고, 정직한 사람들은 자신에게서든 옛것에 매달리려는 자들에게서든 병의 징후를 확인하게 되니까. 창작이 불가능해져가고 있지 않아? 진지하게 봐줄 만한 것이 간신히 종이에 옮겨진 것을 보면, 작가가 그것을 별 의욕도 없이 억지로 만들었다는 게 금방 드러나지. 외적이고 사회적인 이유들 때문이라고? 수요 부족? 자유주의 전 시대처럼 창작의 가능성은 계속해서 후원자의 총애와 관련된 우연에 달렸다고? 그렇긴 해. 하지만 그건 해명으로는 충분하지가 않아. 무엇보다 작곡 자체가 너무 어려워졌다는 거야. 절망스러울 만큼 어려워진 거지. 작품이 예술의 참된 속성과 멀어졌는데, 어떻게 창작에 매진하겠어? 하지만 이봐, 지금 사정이 그런 걸 어떻게 하겠나. 대작이라는 것, 그 자체로 완성된 균형을 갖춘 형상물이란 것은 전통적인 예술에나 속하고, 전통을 벗어난 예술은 그런 작품을 거부하거든. 문제의 시작은, 지금까지 사용된 적이 있는 모든 음의 결합 방식을 사용할 수 있는 권한이 너희들에게 전혀 없다는 데 있지. 반음 낮춘 7도 화음이 불가능하고, 반음의 경과음 같은 것들이 불가능해. 그나마 조금 더 잘 만들었다는 작품도 어느 것이나 그 자체 내에 금지된 것이나 금지하는 것의 규범을 내포하고 있어. 그런 규범도 들여다보면, 조성, 즉 모든 전통적인 음악에서 쓰던 수단을 포괄하고 있다니까. 무엇이 틀렸고, 무엇이 다 닳아빠지고 졸렬한 모방에 불과한 것이 되어버렸는지는 카논이 정하는 거잖아. 오늘날의 기술적 지평을 충족하는 작곡에서 화성 내지 화음은 모든 불협화음의 특성을 띠고 있어. 기껏해야 그런 특성으로만 오늘날 화성이 쓰일 수 있는 거야. 하지만 그것도 신중하게 그리고 어쩔 수 없는 순간에만 써야 해. 왜냐하면 자칫하면 그렇게 충격적인 화성은 예전보다 더 지독하게 최악의 불협화음밖에 안 되고 말 테니까. 결국 기술적 지평이 가장 중요한 것이지. 감7도 화음은 베토벤의 작품 111번 시작 부분에서 제대로 풍부하게 표현되고 있어. 그런 화음은 베토벤의 전반적인 기술 수준과 일치하지 않겠어? 그가 만들어낼 수 있었던 최대한의 불협화음이 협화음과 부딪히며 발생시키는 긴장과 일치하는 것이지. 조성의 원칙과 그 역동성은 화음에 특수한 음악적 비중을 부여해. 그런데 화음은 그런 무게감을 잃어버린 거야. 아무도 되돌리지 않는 역사적인 과정을 거치면서 그렇게 된 거지. 사라져버린 화음을 들어보라고. 그렇게 산산이 흩어져버린 상태에서조차 화음은 실제 상황과 다른 기술의 전체 상황만을 대변하고 있잖아. 어떤 음이든 전체 상황을 포함하고 있고, 따라서 역사 전체도 내포하고 있는 법이야. 하지만 바로 그렇기 때문에 무엇이 옳고 무엇은 그르다고 인식하는 우리의 청각적 판단은 피할 수 없는 것이면서, 또 그 판단은 그런 화음에, 즉 그 자체로서는 틀린 것이 아닌 화음에 직접적으로 매여 있는 거지. 말하자면 기술적으로 발전한 전체 수준과는 전혀 추상적인 관계를 갖지 않는 데도 그렇게 매이는 거야. 바로 여기서 우리는, 예술가가 그런 화음을 만들어내도 되는지 문제를 제기하고 요구할 권한을 갖게 되지. 조금 엄격한 요구이겠지만 말이야. 넌 어떻게 생각해? 이렇게 보면 예술가가 하는 일이란 결국 객관적인 창작 조건들 속에 내포된 것을 단순히 집행하는 것으로 모두 끝나버리고 말지 않겠나? 예술가가 행여 색다른 시도를 해봐도, 매 소절 전체적인 기술 수준이 그의 눈에 문젯거리로 나타나게 되어 있어. 매 순간 전체로서의 기술이 그에게 그 기술에 따르라고 요구하고, 또 그 기술에서 매 순간 유일하게 허용된 정답만을 요구하니까 말이지. 그러니 예술가가 작곡한 작품들은 그런 식의 정답 이상은 아무것도 아닌, 그냥 같은 그림을 교묘하게 서로 반대 방향으로 나열한 그림 퍼즐을 풀 듯이 불협화음을 협화음으로 이행한 것에 불과하게 되는 거야. 예술은 비평이 되는 거지. 예술의 이런 모습도 뭔가 아주 명예롭다는 점을 누가 부정하겠어! 그런 모습엔 전통에 엄격하게 복종하면서 드러내는 불복종, 강한 독립성, 많은 용기가 필요한 것은 사실이지. 하지만 비창조적이 되어버린다는 위험은 어떻다고 넌 생각해? 그것은 아직 그저 위험한 수준일 뿐인가, 아니면 이미 어쩔 수 없는 기정사실이 되어버렸나?"

그는 말을 쉬었다. 그러고는 축축하고 충혈된 눈으로 안경 너머에서 나를 빤히 쳐다보고, 부드러운 동작으로 손을 들어 올리더니 가운데 두 손가락으로 머리카락을 쓰다듬었다. 내가 말했다.

"그래서, 어떤 대답을 기대하는 거요? 내가 그대의 조롱을 경탄이라도 해야 한다는 거요? 난 그대가 나 자신이 이미 알고 있는 것을 내게 말해줄 수 있다는 걸 의심해본 적이 없소. 하지만 이런 식으로 다 드러내는 건 정말 의도적이랄 수밖에 없군. 그 모든 말로 그대가 내게 암시하고 싶은 말은, 내가 절실히 원하는 것과 작품을 얻기 위해서는 악마 말고는 그 누구도 필요하지도 않고, 또 그런 악마를 갖고 있지도 못하다는 거 아니오. 하지만 그대가 부정할 수 없는 것이 있소. 창작자 자신의 독자적인 창작 욕구와 이에 알맞은 시점, 즉 그 '적절함' 사이에 즉흥적으로 조화가 이루어질 수 있다는 이론적인 가능성 말이오. 자연스럽게 일치하는 조화의 가능성, 자유롭게 아무런 거침없이 창조할 수 있도록 해주는 조화 말이오."

그자(크게 웃음을 터뜨리며): "말 그대로 아주 이론적인 가능성인 거지! 그런데 이 친구야, 실상을 생각하지 않고 이론을 그냥 받아들이기에는 상황이 너무 심각해! 그리고 내가 문제를 편파적으로 해석한다는 비난은 거부하겠어. 우린 더 이상 너 때문에 궤변을 늘어놓을 필요도 없지. 내가 부정하지 않는 점은, '예술작품'이 처한 어려운 상황이 내게는 전체적인 차원에서 분명히 반갑고 만족스럽다는 것이야. 사실 난 기본적으로 창의적인 작품들을 반대하는 입장이거든. 그러니 음악 작품에 대한 이념이 위기에 처해 있다는 사실에 내가 어찌 만족하지 않겠어! 그런 위기가 사회적 상황 때문이라고 핑계 대지 마! 난 네가 그런 핑계를 대는 경향이 있는 줄 알고 있어. 넌 걸핏하면, 오늘날의 사회적 상황이 자족적인 예술작품의 조화를 확실하게 보장해줄 만한 그 어느 것도 제공해주지 않는다고 말하잖아. 맞는 말이지만, 중요한 얘기는 아니야. 예술작품의 존재를 어렵게 하는 상황은 작품 자체에 깊이 내재해 있어. 음악적 소재를 사용하는 이 시대의 역사적인 변화가 이제는 완결된 작품을 거부하는 쪽으로 돌아선 거야. 작품은 시대 차원에서 펼쳐질 가능성이 줄어들고 있어. 음악 작품의 공간에 해당하는 시대에 확장되기를 거부하고, 결국 그런 시대를 그냥 비워두고 있단 말이지. 무기력 때문에 그런 건 아니야. 형식을 만들 능력이 없어서가 아니지. 그보다는 쓸데없는 것을 경멸하고, 상투적인 악구를 부정하며, 장식을 타파하고 밀도 있게 꽉 짜인 형식을 요구하는 냉엄한 입장이 시대적인 확산, 즉 작품의 존재 형식 자체에 반대하고 마는 거지. 작품, 시대, 가상, 이런 것들은 모두 같은 것으로서 한꺼번에 비판에 내맡겨져버린 거야. 비판은 이제 허상과 유희를 더 이상 용납하지 않아. 허구성 내지 형식의 자화자찬을 이젠 그냥 두고 보려 하지 않는 거지. 열정 내지 인간의 고뇌가 얼마나 잘 표현됐는지 평가하며 그런 열정과 고뇌를 각 음악적인 역할로 분류하고, 또 여러 음형으로 옮겨놓는 형식 말이야. 여전히 허락된 것은 오직 하나뿐이지. 실제 순간에 일어나는 인간의 고뇌를 허구적으로 바꾸지 않고 있는 그대로 표현하는 것, 거기에 몰두하지도, 그것을 꾸미지도, 미화시키지도 말고 그냥 표현하는 것이야. 그런 인간의 고뇌에 내재된 무기력과 위기가 너무나 커지는 바람에 이젠 어떤 가상적인 유희도 더 이상 허락되지 않는단 말이지."

나(매우 반어적으로): "감동적이군, 감동적이야. 악마가 엄숙해지시는군. 성가신 악마가 도덕에 관한 설교까지 하고 있질 않나. 인간의 고뇌가 악마의 가슴을 그렇게 아프게 하다니. 뭐, 그리 대단한 존재인 양 그럴듯한 소리로 예술 문제에 끼어들어보는 거겠지. 차라리 작품 자체에 대한 그대의 반감을 털어놓지 않았더라면 더 나았을 거요. 그대의 그런 추론들이 결국 작품에는 욕이 되고 해가 되는 건방진 악마의 헛소리에 불과하다는 것을 내가 알아차리는 걸 바라지 않는다면 말이오."

그자(예민한 반응은 전혀 안 보이며): "여기까지는 그래도 좋아. 사실 넌 나와 마찬가지로 이 지상의 시대와 관련된 사실들을 인정하는 일은 감상적이라고 할 수도 없고 악의에 찼다고 할 수도 없다고 생각할 거야. 어떤 것들은 더 이상 가능하지가 않으니까. 작곡된 예술작품으로서의 감정의 허상, 음악 자체의 자족적 허상이 불가능하게 되어버렸고, 더 이상 유지될 수 없게 되었어. 옛날부터 그런 예술적 허상의 본질은, 전통적으로 미리 주어지고 상투적으로 쓰인 요소들을 마치 절대 범할 수 없는 필연성이기라도 한 듯이 그대로 쓴다는 데 있지. 혹은 반대의 경우를 한번 보자고. 특별한 경우인데도 마치 전통적으로 주어진 친숙한 공식과 동일한 것처럼 구는 경우 말이야. 400년 전부터 모든 위대한 음악은, 이와 같은 단일성이 마치 중단 없이 지켜져 내려온 것인 양 그럴싸하게 속이면서 만족스러워했어. 결국 음악은 소위 음악의 전통적인 일반 법칙을 음악적으로 가장 중요한 문제와 혼동하면서 우쭐댔던 거지. 이봐, 그런데 그런 사고방식은 이제 더 이상 안 통해. 장식적 기교, 관습, 추상적일 뿐인 일반성에 대한 비판은 같은 거야. 바로 시민사회의 예술작품의 허구적인 특성이 비판의 대상이 된 거지. 그런 예술작품에 음악이 사실상 아무런 상(像)도 드러내지 않으면서 관여하고 있어. 물론 음악은 다른 예술보다 상을 드러내지 않아도 된다는 장점을 갖고 있지만, 음악이 관습의 지배에 대해 특수한 관심을 가지고 끊임없이 관습과 화해해오면서 결국 더 고도의 속임수에 열심히 참여해왔지. 음악적인 표현을 유화적인 보편적 관습에 맞추어왔던 것은 음악의 예술적 허상이 따랐던 가장 내적인 원칙이야. 하지만 이제 이런 식의 음악은 끝장이 나버렸어. 보편적인 것이 특수한 것 안에 조화롭게 내재되어 있다고 보려는 사고는 스스로를 부정하는 게 되어버린 거야. 유희의 자유를 보장해주던 관습, 무엇보다 먼저 지켜지며 효력을 발휘했던 관습은 이제 끝장이 난 거라고."

나: "그런 건 예술가들이 알 수 있을 것이고, 모든 비판을 떠나 관습을 다시 인정할 수 있을지도 모르지요. 알다시피 음악 형식들이 생생한 삶과 멀어져버렸지만, 그런 형식들을 유희적으로 다룸으로써 오히려 유희를 보강하는 방법도 있을 거 아니오."

그자: "나도 알지, 알아. 패러디 말이지. 패러디가 귀족주의적인 허무주의 속에서 그렇게 우울하지만 않다면 재미있을 텐데 말이야. 넌 그런 술책으로 큰 행복과 숭고함을 얻어내리라고 장담할 수 있겠어?"

나(그에게 화를 내며 대답한다): "아니."

그자: "짤막하고 언짢은 말투로군. 그런데 왜 언짢은데? 내가 너에게 친구끼리만 하는 말로 양심의 문제를 은밀히 묻기 때문인가? 내가 절망에 찬 너의 마음을 너 자신에게 보여주고, 오늘날 작곡이 처한 도저히 극복할 수 없는 어려움을 전문가의 통찰로 네 눈앞에 드러내 보여주기 때문이야? 나를 전문가로 인정은 했나 보군. 악마라면 음악에 대해 뭘 좀 알아야 하지. 내가 잘못 알고 있는 게 아니라면, 넌 아까 미학에 빠져버린 기독교인*의 책을 읽고 있었지? 그래, 그 사람은 모두 알고 있었어. 이 아름다운 예술과 나의 특별한 관계도 잘 알고 있었고 말이야. 그의 생각으로는, 음악이 가장 기독교적인 예술인데, 물론 부정적인 징후를 띠고 그렇다는 거지. 기독교에 의해 시작되고 발전되었지만, 악마의 영역이라며 거부되고 배척되었다는 거잖아. 그것 보라고. 음악은 지극히 신학적인 문제라니까. 죄악이 신학적인 문제이고, 내가 신학적인 문제이듯이 말이야. 음악에 대한 기독교인의 열정은 진정한 열광이야. 말하자면 열광으로서 인식이자 동시에 탐닉인 셈이지. 그리고 진정한 열정은 이중적인 의미로만 있고, 아이러니로만 존재하는 법이야. 절대적으로 의심스러운 것에 가장 열광하게 되어 있는 거지…… 그래, 난 음악적이야. 그렇다고 해두자. 그리고 오늘날 모든 것이 그렇듯이 음악이 처한 어려움 때문에 내가 너한테 불쌍한 유다 역을 맡아 노래한 것이고. 내가 그렇게 하지 말았어야 했나? 하지만 내가 그렇게 했던 이유는, 음악이 처한 어려움을 뚫고 나가야 한다고 너에게 알리려고 했던 것뿐이었어. 너 자신에게 지극히 감탄해 마지않도록 그런 어려움을 극복하고 예술작품을 만들어야 한다고, 그러기 위해 네가 신성한

---

* 덴마크의 실존주의 철학자 키르케고르(Søren Kierkegaard, 1813~1855)를 말한다.

전율을 경험해야 한다고 말이야."

나: "아예 통고하는 것이기도 하겠지. 내가 삼투성 식물을 키우게 된다는 거 아닌가."

그자: "무엇이 됐건, 그게 대수인가! 유리창에 낀 성에든, 혹은 전분과 설탕과 섬유소로 된 성에든, 둘 다 자연이야. 다만 자연의 어떤 점을 가장 높이 기릴 것인지의 문제가 제기될 수 있겠지. 이봐, 객관적인 것, 소위 진실을 찾는답시고 주관적인 것 내지 순수한 체험을 가치가 없다며 믿지 않는 네 경향은 정말 속물스럽고 극복해야 할 문제야. 넌 나를 보고 있고, 따라서 나는 네게 존재하는 거야. 내가 정말로 존재하는지 물을 필요가 있어? 무엇이 작용하고 있는데도, 존재하지 않는다는 게 말이 돼? 진실이란 결국 체험이자 느낌 아니겠어? 너를 위대하게 떠받들어주는 것, 힘과 권력과 지배와 관련해서 갖는 네 느낌을 증대시키는 것, 빌어먹을, 그것이 바로 진실이야. 고상하게 보면 열 번이나 거짓이라 하더라도 말이야. 내 말은, 힘을 북돋을 수 있는 비진리가 아무 짝에도 쓸모없는 고상한 진리보다 낫다는 거야. 그리고 천재성을 부여하는 창조적인 병, 말을 타고 장애물을 뛰어넘는 것 같은 병, 대담한 열광 속에 절벽에서 절벽으로 넘나드는 병은 말이야, 다리를 질질 끌 만큼 무기력한 건강보다 삶을 위해서는 몇 천 배나 낫다는 거야. 나는 병든 것에서는 오직 병든 것만 생겨날 수 있다는 말보다 더 어리석은 소리를 들어본 적이 없어. 삶이란 그렇게 까다롭지 않은 법이고, 도덕 따위는 개똥만큼도 모른다고. 삶은 오히려 대담한 병이 만들어낸 산물을 움켜쥐며 먹어치워버리고, 깨끗이 소화해버리지. 그런 식으로 삶이 병의 산물을 받아들인다면, 그게 바로 건강이란 거야. 삶의 효험이라는 사실 앞에서는 병과 건강에 대한 어떤 구별도 의미가 없는 거라

고, 알겠어? 수용력이 왕성하고 정말 건강한 한 세대의 사내아이들 전체가 바로 병든 창조형 인간에게, 병으로 인해 창조적이 된 인간에게 몰려들고 있어. 그를 경탄하고, 찬양하고, 숭배하고, 어떻게든 늘 품고 다니는가 하면, 자기들끼리 변화시키고, 또 문화유산으로 전승되도록 넘겨주지. 문화라는 것은 집에서 구운 빵만으로 존재하는 것이 아니라, '천국의 전령' 약국에서 나온 재료들과 독약으로도 존재하는 법이야. 이런 말은 개악되지 않은 사마엘이 네게 말하는 것이야. 사마엘이 네게 보증하는 것은, 네가 가진 모래시계의 시간이 끝나갈 즈음 너의 권력과 영광의 느낌은 작은 인어 아가씨의 고통을 점점 더 능가하다가, 결국엔 지극히 승리에 찬 쾌감으로, 열광적인 건강의 격정으로, 그래, 신으로 변화하며 상승하리라는 사실만이 아니야. 이런 건 원래 문제의 주관적인 측면일 뿐이지. 난 그것이 네게는 충분하지 않을 것이고, 그다지 신뢰감을 주지 않으리라는 것을 알고 있어. 그러니 이걸 잘 알아둬. 우린 네가 우리의 도움을 받아서 완성시키게 될 작품이 삶에 미치는 효력을 네게 보증해준다는 것을 말이야. 넌 지도자가 될 거야. 넌 미래를 향한 행진을 시작할 거야. 네가 광기를 띤 덕분에 스스로는 더 이상 미칠 필요가 없는 청소년들은 네 이름을 무조건 신봉하게 될 거야. 그 아이들은 건강을 누리며 너의 광기를 먹고 살 것이고, 그들 안에서 너는 건강할 거야, 알겠어? 무기력하게 만드는 이 시대의 어려움을 네가 돌파해 극복하게 되리라는 것만으로는 충분하지 않아. 넌 시대 자체를, 문화 시대, 즉 문화의 시대와 문화의 제식(祭式)을 돌파하고 야만을 감행하게 될 거야. 그것은 인간애, 즉 상상할 수 있는 최고의 '치근 치료'와 시민적인 것이 세련되고 발전하고 난 뒤에 나타나는 것이기 때문에 두번째 야만인 셈이지. 내 말을 믿어! 게다가 야만은 제식에서 멀어진 문화보다 신학을 훨씬 더 잘 다룰 줄 알아. 종교적인 것 속에서도 오로지 문화만 보는, 오로지 인간애만 보는 그런 문화 말이야. 달리 말하면, 탐닉, 모순, 신비한 열정, 그리고 전혀 시민적이지 않은 모험은 보지 않는 그런 문화 말이지. 예의 저 성(聖) 벨텐이 종교적인 것에 대해 말한다고 의아하게 생각하진 마!? 빌어먹을! 그런 악마가 아니면, 도대체 누가 오늘날 네게 이런 얘기를 해주겠어? 자유주의 신학자가 말할 얘기는 아니지 않아? 나야말로 보수적으로 행동하는 유일한 존재야! 넌 나 말고 누가 신학적인 존재라고 인정하겠어? 나 말고 누가 신학적인 존재로 살아갈 수 있겠느냐고? 종교적인 것은 시민 문화의 전문 분야가 아니라 확실히 내 전문 분야야. 문화가 예배 의식에서 이탈하고 나서 스스로를 숭배하기 시작한 이래, 문화는 배반 이외에 아무것도 아니야. 그리고 불과 500년이 지난 지금 온 세상이 문화에 지치고 싫증이 나버렸잖아. 미안한 말이지만(salva venia), 세상이 그것을 마치 철재 가마솥째 마구 먹어댄 것처럼 너무 질려버린 거지……"

내가 뭔가 알아차리게 된 것은 이 대목에서였다. 사실은 더 일찍, 그러니까 그자가 종교적인 삶의 수호자로 자신에 대해, 악마의 신학적 존재에 대해 설교 조로 유창하게 뱉어내는 말을 듣고 있을 때 이미 알게 되었다. 내 앞에서 소파에 앉아 있는 녀석이 다시 다르게 보였던 것이다. 조금 전에 나를 향해 말하고 있을 때처럼 안경을 쓰고 음악에 대해 말하던 지식인이 더 이상 아니었다. 또 더 이상 자기 자리에 제대로 앉은 것이 아니라, 소파의 둥근 옆쪽 팔걸이에 반쯤 걸터앉은 채 경망스럽게(légèrement) 말을 타는 것 같은 자세를 취하고 있었고, 손가락 끝은 제멋대로 무릎에 꽂혀 있었으며, 두 엄지손가락은 그곳에서 뻣뻣하게 뻗어 있었다. 턱에서 양쪽으로 갈라진 작은 수염은 그자가 말을 할 때 아래위로 움직였다. 작고 날카로운 이가 드러나 보이는 열린 입위에는 끝을 꼬아 올린 작은 콧수염이 뻣뻣하게 나 있었다.

나는 오한에 싸인 채 그가 예전부터 익숙했던 모습으로 변신한 것때문에 웃지 않을 수 없었다.

"충성스러운 심복이외다!"라고 내가 말했다. "나는 그대가 이런 인사를 하는 자로 알고 있어야 할 것이오. 그리고 그대가 여기 이 홀에서나에게 사적으로 특강을 해준 것은 아주 점잖은 태도라고 생각하오. 이제 위장술이 그대를 그렇게 만들어놓았으니, 그대는 나의 지식욕을 식혀주고, 그대가 자유롭게 존재하고 있다는 것을 점잖게 증명해줄 의사가 있기를 바라오. 내가 이미 스스로 알고 있는 것에 대해서만 이야기하지 말고, 이제 내가 알고 싶은 것들에 대해서 어디 말해보란 말이오. 그대가 팔고 있는 모래시계 시간에 대해 그대는 내게 많은 말을 했소. 또 고고한 삶을 살기 위해 가끔씩 치러야 할 고통의 대가에 대해서도 말했고. 하지만 종말에 대해서는 말하지 않았소. 그 이후에 찾아올것에 대해, 영원한 제거에 대해서 말이오. 내가 궁금한 것은 바로 그런제거란 말이오. 그런데 그대는 거기에 그렇게 쭈그리고 앉아 있는 동안수없이 많은 말을 하면서도, 그 질문을 허락하지는 않았소. 내가 이런거래를 하면서 갚아야 할 정확한 대가를 몰라서야 되겠소? 해명하시오! 딸깍발이의 집에서 사는 것은 어떻소? 더러운 술집에서 그대를 환대하던 사람들은 무슨 일을 겪게 되는 것이오?"

그자(크게 웃고, 깩깩 소리를 내며): "파괴(pernicies), 반박(confutatio)에 대해 상세히 알고 싶다고? 이런 친구를 두고 잘난 체 떠들어댄다 하고, 현학적인 젊은이의 용기가 있다고 하는 거지! 그때까지는 아직 시간이 많아. 예견할 수 없을 만큼 많다니까. 그리고 일단 그 전에 흥미진진한 것이 너무나 많으니까, 넌 벌써 끝을 생각하기보다, 혹은 언제 종말을 생각해야 할지 주의하기보다는 다른 할 일이 있을 거야. 난 네게 그것을 절대 숨기지 않아. 그럴듯하게 각색할 필요도 없고. 왜냐하면 내가 어떻게 너를 진지하게 챙겨줄 수 있겠어? 어떻게 그렇게 오래 돌봐주겠느냐고. 다만, 자네 질문에 대답하는 것은 원래 그다지 쉬운 일이 아니야. 그러니까 그게 원래 도무지 말할 수가 없는 문제인 거야. 원래의 것은 말로 정확히 표현되지 않기 때문이지. 그것을 표현하기 위해서는 많은 말이 필요한데, 뭐 어떻게든 말을 할 수는 있을지 모르지만, 그 모든 말은 단지 대리적인 의미만 지닐 뿐이고, 존재하지도 않는 이름을 대신할 뿐이야. 그래서 말이란 것으로 결코 명명할 수도 없고, 폄하할 수도 없는 것을 명명하겠다고 나서는 것은 불가능하단 말이지. 그게 바로 지옥이 은근히 재미있고 안전한 이유야. 지옥은 폄하할 수 있는 것이 아니고, 언어 이전에 생겨났으며, 그러니까 그냥 존재하기 때문이지. 하지만 신문 같은 데 오르내리지도 않고, 공개되지 않으며, 어떤 말로도 비판적으로 인식할 수 없거든. 그래서 이런 점에 대해 '지하의' '지하실' '두꺼운 벽' '무음 상태' '망각' '구제 불능' 같은 표현들은 원래의 것을 전달하기에는 그저 미약하기만 한 상징에 불과한 거야. 그래서 지옥에 대해 말할 때는 전적으로 상징들(symbolis)만으로 만족해야 해, 알겠어? 왜냐하면 그곳에서는 모든 것이 중단되니까. 무엇을 알리는 말뿐만 아니라, 그냥 모든 것이 중단되지. 게다가 이 점이 바로 지옥의 핵심적인 특징이기도 해. 그러니까 가장 일반적으로 지옥에 대해 말하는 것, 동시에 신참내기가 그곳에서 처음으로 체험하는 것, 또 그가 자신의 이른바 건강한 지각력으로는 처음에는 전혀 파악할 수 없고 또 이해하려고도 하지 않는 것, 이성이든, 혹은 이해의 어떤 편협함이든, 뭐가 그를 방해했든지 간에, 이해하지 못하는 것, 이런 모든 것이 모두 중단된다는 것이지. 한마디로 말해, 믿기 어려운 일이기 때문이야. 백묵처럼 새하얗게 질릴 만큼 믿기 어렵거든. 비록 '여기서 모든 것이 중단된다'는 말이 설명을 시작하는 표현으로 명료하게 아주 강조하는 형태로 전달되어도, 그것으로는 부족하고, 그냥 믿기 어려운 거지. 연민, 자비, 관용이 중단되고, 설마 하는 심정으로, '너희가 영혼을 지니고 그런 짓을 할 수는 없어'라며 애원하고 이의를 제기해봤자, 고려 따위는 흔적조차 없어. 일단 문제의 일이 행해졌으면, 다음에는 그 대가가 따르는 거야. 말하자면 말로 문책당하는 것이 아니라, 방음 장치가 철저하게 갖추어진 지하실에서, 아무리 소리를 질러도 신이 전혀 들을 수 없는 깊숙한 곳에서, 그리고 영원토록 말이지. 아니, 그것에 대해 말하는 것은 쉽지 않아. 그건 언어와는 거리가 멀고, 아예 언어 바깥에 있어. 언어와는 아무 상관도 없고, 어떤 방식으로든 연관이 안 된단 말이야. 그래서 언어 규칙도 그것을 어떤 시제로 말해야 할지 모르기 때문에 어쩔 수 없이 임시변통으로 미래형을 쓰는 것이지. 가령 '그는 울며불며 이를 덜덜 떨게 되리라'라고 하듯이 말이지. 그래, 그나마 이런 것은 몇몇 단어로 말을 해본 것이고, 언어의 매우 극단적인 영역에서 겨우 골라낸 것이겠지만, 역시 미약한 상징에 불과하고, 무슨 일이 '있게 될까'라는 의문과는 제대로 관련이 없어. 이처럼 해명도 없고, 모두가 잊어버려서 생각하지도 않는 가운데 두꺼운 담들 사이에서 말이지. 철저한 방음 상태에서 정말 소리가 요란스럽다는 말은 맞아. 절제되지 않고 엄청나게 귀를 꽉 채우면서 요란스러울 거야. 길길거리고 구구대며 우는 소리, 울며불며 지르는 소리, 신음하는 소리, 사납게 외치는 소리, 고로롱거리는 소리, 목이 찢어지게 외치는 소리, 고함 소리,

불평하는 소리, 애걸복걸하는 소리, 또 고문하면서 지르는 환호가 뒤섞여서 어느 누구도 자신이 부르는 노랫소리를 듣지 못할 거야. 노랫소리가 전체적인 소리에 압도되고 말기 때문이지. 쉴 틈 없이 이어지는 엄청난 지옥의 환성과 끊임없는 치욕의 전음(顫音)에 말이야. 믿을 수 없이 잔인하고 아무도 책임지지 않을 짓을 끝없이 더하면서 야기된 지옥의 소리들이지. 또 잊지 말 것은, 그 와중에 섞여드는 육욕의 지독한 신음 소리야. 아무리 참아도 한이 없고, 아무리 쇠약해지고 무기력해져도 끝날 줄 모르는 영원한 고통은 급기야 파렴치한 짓을 즐기는 쪽으로 변질되기 때문이야. 그렇기에 몇몇 직관적인 고객을 확보하고 있는 자들은 '지옥의 쾌락'이라고 하지 않나. 하지만 바로 그런 것이 지옥에 있는 조소와 극단적인 치욕의 요소, 결국 고문이나 다름없는 요소와 관련되는 거야. 왜냐하면 이 지옥의 희열은 모든 것을 한없이 참아야 하는 운명을 최악으로 조롱하는 것과 같고, 발칙하게 손가락으로 암시해대는 짓과 요란한 웃음소리를 동반하고 있거든. 그래서 이런 교훈도 있는 거야. 고통을 당하는 운명으로 저주받은 자들은 또 조롱과 모욕을 겪어야 한다고 말이지. 게다가 지옥이란 도저히 견딜 수 없는 아픔과, 그럼에도 불구하고 영원히 견뎌내야만 하는 아픔의 결합이라고, 또 그런 야유라고 정의할 수 있다 하잖아. 그런 자들은 너무나 엄청난 아픔 때문에 혓바닥을 깨물어 먹어치울 지경이 될 거야. 하지만 그렇다고 무슨 공동체 의식을 갖지도 않아. 오히려 서로 경멸하고 멸시하며, 떨리는 소리와 신음 소리가 섞인 최악의 욕설을 퍼부어대겠지. 더구나 저속한 말을 한 번도 입에 담아본 적이 없는 가장 점잖고 자긍심이 강한 자들은 또 가장 추잡하고 비천한 말을 쓸 수밖에 없게 될 거야. 그들이 지극히 추잡스러운 말을 아주 곰곰이 생각해보는 일이야말로 그들이 겪는 고통과 치욕스러운 쾌락의 일부이지."

나: "실례지만, 저주받은 자들이 지옥에서 참고 견뎌야 하는 아픔의 종류에 대해 그대가 내게 들려준 건 처음이오. 그나마도 그대는 내게 단지 지옥의 인상에 대해서만 풀어놓았던 점을 주의해야 할 거요. 저주받은 자들이 그래서 실제로 그곳에서 무슨 일을 겪게 될지는 언급하지 않았단 말이오."

그자: "네 호기심은 애들 수준이라서, 말하면서 속을 다 드러내는군. 내가 이 말을 앞에 내세우지만, 그 뒤에 무엇이 숨겨져 있는지 충분히 인식하고 있어, 친구. 넌 내게 꼬치꼬치 캐물으려고 하고 있는 거야. 너를 불안하게, 지옥 때문에 겁을 먹게 해달라고 말이지. 왜냐하면 되돌아가고 싶으니까, 구제되고 싶은 생각, 이른바 너의 영혼의 구제, 약속에서 물러서버리고 싶은 생각이 네 머리 뒤에 숨어 있으니까. 그래서 넌 가슴 깊은 불완전한 뉘우침(attritio cordis)의 기회를 잡으려고, 그래서 지옥에 있는 것들에 대한 엄청난 공포에 사로잡혀보려고 애를 쓰고 있는 거야. 그런 것들을 통해 인간은 소위 영혼의 구원에 이를 수 있다는 말을 들었을 테지. 하지만 그런 얘기는 아주 낡아빠진 신학 이론이라는 것을 말해주겠어. 불완전한 뉘우침 이론은 학문적으로 시대에 뒤떨어진 것이 되어버렸으니까. 영혼의 구원에 반드시 필요하다고 증명된 것은 완전한 뉘우침(contritio)이야. 교회의 규칙 따위에 따라 단순히 겁이 나서 하게 되는 참회가 아니라, 내적으로 종교적인 전환을 의미하는, 즉 죄에 대한 신교도 본래의 진정한 통회 말이야. 네가 그렇게 통회할 능력이 있는지는 너 자신에게 물어봐. 너의 자긍심이 분명하게 대답해주겠지. 시간이 갈수록 넌 완전한 뉘우침으로 돌아설 능력이 더욱 적어질 것이고, 그렇게 뉘우칠 의지도 줄어들 거야. 더구나 네가 살게 될

유별난 삶은 아주 나쁜 버릇을 키우는 삶이 될 테니까. 그런 삶에서는 그냥 아무렇게나 평범하고 유익한 삶으로 되돌아오게 되는 법은 없지. 그래서 말인데, 네가 안심하라고 하는 말이지만, 네게 지옥은 전혀 생소한 것이 아닐 거야. 그냥 다소 익숙한 것, 자긍심을 가지고 살면서 익숙해진 것을 제공할 거야. 지옥이란 기본적으로 유별난 삶이 계속되는 것에 불과해. 간단히 말하자면, 지옥의 본질은, 혹은 핵심이라고 해도 좋고, 지옥에 있는 존재들에게 극단적인 차가움, 그리고 화강암도 녹일 수 있는 열정 중에서 선택할 수 있는 권한을 준다는 것뿐이야. 바로 이 두 가지 사이에서 그들은 고함을 질러대며 이쪽저쪽으로 도망 다니지. 어느 한쪽에 있더라도 항상 다른 쪽이 기가 막히게 기분 좋은 곳으로 보이기 때문이야. 하지만 그쪽으로 가봤자, 가장 지옥 같다는 의미에서 도저히 견딜 만한 데가 아니라는 것을 곧바로 알게 되지. 그렇게 극단적인 점이 네 마음에 들 거야."

나: "마음에 드는군. 그렇다고 나에 대해 그렇게 자신만만하게 굴지 말라고 그대에게 경고하고 싶소. 그대의 그 얄팍한 신학 이론이 그대를 그렇게 오도할지도 모르니까. 그대는 자긍심이 내가 구원에 꼭 필요한 통회를 하지 못하도록 막아줄 것이라고 확신하지만, 바로 자긍심에 찬 통회가 있다는 점을 고려하지 않고 있소. 카인의 통회를 보오. 그는 자신의 죄가 언젠가 용서받을 수 있는 것보다 훨씬 더 크다고 확신하고 있소. 아무런 희망도 없고, 자비와 용서를 받을 가능성에 대해 철저히 믿지 않는 행위로서의 완전한 뉘우침, 자기가 너무나 뻔뻔하게 일을 저질렀고, 끝없는 관용조차 자신의 죄를 용서하기에는 충분하지가 않다고 생각하는 죄인의 움직일 수 없는 확신으로서의 완전한 뉘우침. 바로 이것이 비로소 진정한 통회인 거요. 내가 그대에게 주의를 기울이

라 이르노니, 그런 통회가 구원에 가장 가깝고, 관용의 신에게는 가장 뿌리칠 수 없는 것이라는 점이오. 일상적이고 평범한 죄인이란 자비라는 관점에서는 그저 적당히 흥미로운 경우일 뿐이라는 사실을 그대는 인정할 것이오. 이런 자의 경우에 자비를 베풀어봤자 별로 더 나아지지 않소. 그런 자비는 그냥 맥 빠진 일이 되고 말 뿐이오. 평범함이란 도무지 신학적인 삶을 살 줄 모르는 법이오. 죄를 지은 자가 절대로 구원을 기대하지 못할 만큼 심각한 정도의 죄를 지어야 비로소 구원받는 곳으로 통하는 참된 신학적인 길이 열린단 말이오."

그자: "약삭빠른 친구 같으니! 너 같은 친구가 어떻게 갑자기 그렇게 단순해진다는 거야? 너무나 심각한 죄가 오히려 구원으로 통하는 길이 되는 바로 그 절망 상태를 네가 어떻게 그렇게 순진하게 무조건적으로 유지할 수 있겠느냐고! 커다란 죄악을 범한 자가 신의 자비를 얻어내고자 매혹적인 방법을 의식적으로 궁리하는 건, 자비를 베푸는 일을 지극히 불가능하게 한다는 것을 몰라서 그래?"

나: "하지만 그처럼 가장 극단의 것(Non plus ultra)을 통해서야 비로소 극적이고 신학적인 삶에 주어지는 최고의 길에 이르는 것이오. 말하자면 가장 사악한 죄에 이르는 것이고, 따라서 자비의 무한함에 대한 최후의, 즉 신이 도저히 뿌리칠 수 없는 도전의 길에 이르는 것이오."

그자: "그럴듯해. 정말 재간이 있는 친구야. 그래서 나는 바로 너 같은 머리를 가진 유형이 지옥의 거주자층을 이루고 있다고 말해주겠어. 지옥에 간다는 게 그렇게 쉬운 게 아니야. 어중이떠중이가 다 올 수 있다면, 우린 이미 오래전에 공간 부족으로 고생깨나 했을걸. 하지만 너 같은 신학적인 유형, 즉 뭐든 궁리하는 버릇을 이미 친가 쪽의 핏속에 지니고 있기 때문에 궁리한 것에 대해 또 궁리하는 너같이 교활한

대(大)별종이 악마의 속성이 없다면, 뭔가 비밀스러운 묘약의 힘을 빌렸겠지."

이런 말을 할 때, 아니 사실 그 전부터 그자의 모습이 다시 변한다. 마치 구름이 모양을 바꾸듯이 말이다. 그자가 하는 말대로라면, 본인은 그 사실을 전혀 모르고 있다. 그는 더 이상 홀 안에서 내 앞에 있는 소파의 둥근 팔걸이에 앉아 있는 것이 아니라, 다시 뻔뻔스럽고 요물 같은 사내의 모습으로, 벙거지를 뒤집어쓰고 누렇게 뜬 얼굴에다 충혈된 눈빛의 뚜쟁이 모습으로 구석에 있다. 그러고는 느리고 콧소리 섞인 배우의 목소리로 말한다.

"우리가 이제 마지막으로 결정을 해야 할 단계에 온 것은 네게 반가운 일이겠지. 난 이 문제에 대해 너와 처음부터 끝까지 두루 이야기하느라고 네게 정말 기나긴 시간을 바쳤어. 기대하거니와, 네가 그걸 인정해주었으면 해. 하긴 넌 우리가 욕심낼 만한 경우야. 그건 솔직히 고백하지. 우린 일찍부터 네게 관심을 가지고 주목했었어. 빠르게 돌아가는 네 교만한 두뇌, 너의 그 천부적인 재능(ingenium)과 기억력(memoriam)을 말이야. 그래서 넌 신학을 공부하게 되더군. 너의 오만함이 그런 생각을 해낸 대로 말이지. 하지만 넌 곧 더 이상 신학도라고 불리기를 원치 않았어. 그때부터는 성서를 학교 의자 밑에 내려두고, 전적으로 음악적 형상들(figuris)과 징표들(characteribus) 그리고 주술들(incantationibus)만 다루었지. 우리한테는 그게 적잖이 마음에 들었어. 왜냐하면 너의 교만함은 원초적인 것을 갈망했고, 넌 그것을 자신에게 가장 잘 맞는 형식에서 얻어낼 생각을 했으니까. 대수학적 마법으로서의 그것이 이성적인 영리함이나 계산과 잘 어울려 결속하면서도, 동시에 이성과 냉철함에 대해서는 항상 대담하게 맞서는 곳에서 말

478

이야. 그렇다고 네가 자연의 원초적인 것과 어울리기에는 너무 영리하고 냉정하며 순결하다는 사실을 우리가 몰랐겠어? 그래서 넌 화가 났고, 수줍음을 타는 영리함이 있는 스스로에게 지독하게 짜증이 났다는 것을 우리가 몰랐겠느냐 말이지. 그래서 우린 네가 우리 품 안으로 달려오도록 열심히 손을 좀 썼지. 무슨 말인고 하면, 네가 나의 귀여운 심부름꾼인 에스메랄다의 품 안으로 달려오게 했다는 거야. 또 네가 온몸과 영혼과 정신을 다 바쳐 필사적으로 갈구했던, 일순간에 번쩍 빛나는 섬광, 뇌의 성욕 자극제(Aphrodisiacum)를 얻을 수 있도록 힘껏 준비해주었지. 간단히 말하면, 우리 사이엔 슈페서발트*에 있던 네 갈래 길과 동그라미 따위는 필요 없어. 우리는 벌써 계약을 한 것이고, 거래 중이야. 넌 그걸 너의 피로써 확인해 우리에게 약속했고, 우리의 이름을 걸고 세례를 받았지. 오늘 내가 이렇게 찾아온 것은 단지 견진성사에 해당할 뿐이야. 넌 우리에게서 시간을 가져갔어. 천재성을 보장하는 시간, 위대하게 해주는 시간, 오늘부터 세어 내려가면서(ab dato recessi) 24년의 시간이야. 우리는 그 시간을 너의 기한으로 정하겠어. 예측하지도 못하는 사이에 시간이 다 지나가면, 그리고 그런 시간이 영원을 의미하더라도, 넌 우리가 데려갈 거야. 그 대신 이제 우리는 네가 그동안 무슨 일을 하든지 겸손하게 복종할 것이고. 그리고 네가 살아 있는 모든 존재들, 즉 모든 천상의 주인과 모든 인간들을 포기만 한다면 지옥은 너를 기꺼이 도울 거야. 왜냐하면 이건 반드시 지켜져야 하는 조건이니까."

나(지독하게 차가운 바람을 맞으며): "뭐라? 그건 처음 듣는 소리요.

---

* 전설적 인물 파우스트가 악마를 불러낸 숲.

파우스트 박사1 479

그 조항은 뭘 말하려는 거요?"

그자: "단념하라는 말이야. 그게 아니면 뭐겠어? 질투라는 것이 저 높은 천국에만 있고, 저기 아래 지옥에는 없다고 생각해? 우리에게 넌 멋지게 창조된 인간이야. 넌 우리에게 오기로 약속되어 있고, 우리와 약혼했다고. 넌 사랑해선 안 돼."

나(정말 어이가 없어서 웃지 않을 수 없다): "사랑해선 안 된다고! 불쌍한 악마 같으니! 네가 멍청하다는 평판을 자랑이라도 하면서, 무슨 고양이인 양 스스로 제 목에 방울을 달려는 건가? 사랑처럼 허술하고, 그렇게 함정이 많은 개념을 거래와 약속의 담보로 삼겠다니? 악마께서 쾌락을 금지하시겠다는 거야? 아니라면 호감을, 심지어 자선까지 감수하시겠다고 하겠네. 그렇지 않으면 전형적인 방식으로 악마는 속은 거지. 내가 나 자신에게 저질렀다는 것, 그리고 그것 때문에 내가 너에게 내맡겨졌다고 넌 우기는데, 어디 말해봐, 그것의 근원이 사랑이 아니면 도대체 뭔가? 너에게서 유래한 사랑이 신의 허락 아래 독을 옮기기는 했지만 말이야. 네가 주장하듯이 우리가 맺었다는 그 계약 자체도 사랑과 관련이 있잖아, 이 멍청한 친구야. 내가 작품을 창작하기 위해 그것을 원했고, 또 숲으로, 네 갈래 길이 나뉘는 곳으로 갔다고 하고 싶겠지. 하지만 창작품 자체도 사랑과 관련이 있다는 말이 있지 않느냐고."

그자(코웃음을 치며): "얼씨구, 잘한다! 너한테 확실하게 해두는데, 네가 그런 식으로 심리학적인 속임수를 들이대도 나한테는 신학적인 속임수보다 더 나은 반응을 못 불러일으킨다니까! 심리학? 맙소사, 아직도 심리학에 매달리고 있어? 그건 시민적이고 19세기적인 형편없는 발상이야! 이 시대는 심리학에 지겹도록 물려버려서, 그런 건 곧 이 시대를 격분시키고 말 거야. 그리고 심리학으로 인생을 시끄럽게 하는 놈

480

은 그저 뒤통수를 한 대 얻어맞게 될걸. 이봐, 우리는 심리학으로 트집 잡히는 일이 없는 시대를 열어가고 있는 거란 말이야…… 어쨌든 그건 그렇고. 내가 제시한 조건은 분명하고 공정했어. 지옥의 적법한 열정에 따라 정해진 것이었지. 너에겐 사랑이 금지되어 있어. 그것이 널 달궈주는 한에서 말이야. 네 삶은 차가워야 해. 그래서 넌 아무도 사랑해선 안 돼. 무슨 생각을 하는 거야? 순간적으로 번쩍 빛나는 영혼의 섬광은 너의 정신력을 마지막까지 손상하지 않고 제 기능을 발휘하도록 할뿐더러, 이따금 눈부신 황홀경으로까지 고조시킬 거야. 결국 그게 사랑스러운 영혼과 소중한 감정생활에서 끝나는 것이 아니면 무엇에서 끝나겠어? 네 인생과 인간관계가 총체적으로 차가워지는 것은 원래 자연스러운 거야. 더 정확히 말하면, 그건 오히려 이미 네 천성 속에 들어 있어. 우리는 절대 너에게 새로운 것을 강요하는 게 아니야. 내 작은 심부름꾼들은 널 전혀 새로운 것, 낯선 것으로 만들지 않아. 네가 가지고 있는 그대로의 모든 것을 그저 강화하고 과도하게 드러낼 뿐이지. 넌 원래 차가움을 타고났잖아? 아버지에게서 물려받은 머리 통증처럼, 결국 작은 인어 아가씨의 고통이 되는 그 근원처럼 말이야. 우리는 차가운 너를 원해. 창작의 불꽃이 아무리 뜨겁다 해도 그 속에서 네가 따뜻해지기에는 부족할 정도로 차가운 너를 원한다고. 넌 네 삶의 차가움에서 뛰쳐나와 창작의 불꽃 속으로 도피하게 될 거야……"

나: "그리고 불 속에서 뛰쳐나와 다시 얼음 속으로 돌아가고 말이지. 보아하니 그건 그대들이 이미 이 지상에서 내게 마련해주는 지옥이로군."

그자: "유별난 삶이지. 자긍심으로 가득한 심성을 충분히 만족시킬 수 있는 유일한 삶이야. 너의 교만은 그런 삶을 미적지근한 삶과 절대

바꾸려 하지 않을걸. 너라면 나에게 그런 걸 권하겠어? 넌 인간의 삶으로는 작품으로 가득한 영원의 삶을 즐기게 될 거야. 그리고 모래시계가 다 흐르고 나면, 그땐 내가 힘을 얻을 거야. 훌륭하게 잘 만들어놓은 피조물을 내 방식으로, 내 마음대로 처리하고 다루며 관리할 거라고. 육체든, 영혼이든, 살이든, 피든, 네가 가진 모든 것을 영원히……"

그때 그것, 즉 그전에 이미 한 차례 나를 덮쳐 뒤흔들어놓았던 참을 수 없는 구역질이 다시 일었다. 동시에 몸에 꼭 끼는 바지를 입은 사내 쪽에서 빙하처럼 세찬 냉기의 물결이 다시 내게 밀려왔다. 나는 엄청난 불쾌감 때문에 나 자신을 잊어버릴 지경이었다. 그건 마치 의식불명 상태와 같았다. 그러고 나서 나는 실트크납의 목소리를 들었다. 그는 소파 구석에 앉아 내게 여유롭게 이야기하고 있었다.

"그대가 함께 가지 못해서 놓쳐버린 건 물론 아무것도 없어요. 신문(Giornali) 좀 읽고, 당구 두 판 치고, 마르살라 포도주를 한 잔씩 마시고, 그리고 소시민들이 정부를 혹평하는 소리를 들은 게 전부니까."

그래, 내가 여름 양복 차림으로 램프 곁에 앉아 무릎 위에 기독교도 키르케고르의 책을 펼쳐놓고 있었지! 어떻게 된 건지 뻔하군. 나는 화가 치밀어서 그 뻔뻔스러운 요물을 내쫓고, 친구가 오기 전에 모포와 외투를 벗어 옆방에 도로 가져다놓았음에 틀림없어.

(2권에 계속)